Jonathan Swift, geboren am 30. November 1667 in Dublin, ist am 19. Oktober 1745 dort gestorben.
Swift gehörte in Deutschland lange Zeit zu den verkannten, das heißt eben auch nichtübersetzten Schriftstellern. Eine Ausnahme bildete schon immer sein Werk *Reisen zu mehreren entlegenen Völkern der Erde in vier Teilen von Lemuel Gulliver erst Wundarzt später Kapitän mehrerer Schiffe.*
Der unter dem Titel *Gullivers Reisen* bekannt gewordene Roman in vier Teilen ist eine zeitlose Satire, deren Erfindungsreichtum und Fabulierlust das Buch zu einem der meistgelesenen Bücher der abendländischen Literatur gemacht haben.
Gullivers Entdeckungsreisen in die Länder der Lilliputaner, der Riesen und der sprechenden Pferde liegen hier in der originalgetreuen und vollständigen Ausgabe vor.

insel taschenbuch 3058

Jonathan Swift

Gullivers Reisen

Jonathan Swift
Gullivers Reisen

Aus dem Englischen übersetzt
von Franz Kottenkamp
Vervollständigt und bearbeitet
von Roland Arnold
Mit einem Vorwort
von Hermann Hesse
und Illustrationen von Grandville

Insel Verlag

insel taschenbuch 3058
Erste Auflage 2004
Insel Verlag Frankfurt am Main und Leipzig

Hinweise zu dieser Ausgabe am Schluß des Bandes
Vertrieb durch den Suhrkamp Taschenbuch Verlag
Umschlag: Michael Hagemann
Satz: LibroSatz, Kriftel
Druck: Nomos Verlagsgesellschaft, Baden-Baden
Printed in Germany
ISBN 3-458-34758-5

2 3 4 5 6 – 09 08 07 06

GRANDVILLE. FRANCAIS D. BREVIERE

Vorwort

Vor zweihundert Jahren sind in England kurz nacheinander zwei Bücher geschrieben worden, welche sich rasch über die ganze Welt verbreitet haben und seither in tausend Bearbeitungen, Übersetzungen und Nachdichtungen zu den weitverbreitetsten Büchern der Welt gehören. Es sind Defoes Robinson und Swifts Gulliver, beides halbphantastische Reiseromane, beide ursprünglich durchaus für Erwachsene geschrieben, beide im Laufe der Zeit zu höchst haltbaren und unermeßlich einflußreichen Kinderbüchern geworden.

Die »Reisen Gullivers« von Jonathan Swift haben ein ganz besonderes Schicksal gehabt. Sie erschienen zuerst im Jahre 1726, und zwar anonym, und wie es scheint, sind schon die ersten englischen Ausgaben voll von Fehlern, Weglassungen und Zutaten von fremder Hand gewesen. Weiterhin wurde das rasch überaus berühmt gewordene Buch unzähligemal neu gedruckt, übersetzt, überarbeitet, und jener »Gulliver«, den wir als Kinder in Bearbeitung und Kürzungen kennengelernt haben, ist nur noch ein Schatten, eine Erinnerung an das Original. Hat diese seltsame Dichtung auf diese Weise sich die Welt erobert, so ist sie doch zugleich in ihrer ursprünglichen Meinung und Form nahezu ganz verschwunden und mußte von Zeit zu Zeit neu entdeckt und erobert werden. So bekannt einem jeden von uns der Name Gulliver ist, so vertraut uns die Namen Lilliput und Brobdingnag klingen – den eigentlichen, vollständigen, ursprünglichen Gulliver kennen nur sehr wenige. Und dieser eigentliche Gulliver sieht wesentlich anders aus als der tausendmal umfrisierte und abgeschwächte Gulliver unserer Kinderbücher.

Sein Verfasser, Jonathan Swift, ist im Jahr 1667 in Dublin geboren. Sein ganzes Wesen drängte ihn zur Erforschung unserer seelischen und sozialen Mechanismen und zur Politik; aus Armut griff er aber zum Studium der Theologie und begann seine Laufbahn als kleiner Hungerpastor. Auf Protektion angewiesen, fand er sich häufig schwer von seinen zeitweiligen Gönnern enttäuscht, und wie er mehr und mehr zum politischen Schriftsteller wurde, so kam auch in seinen Studien und literarischen Strebungen immer mehr die Kritiklust des Unterdrückten zum Ausdruck. Eine Zeitlang heftiger Verteidiger der Hochkirche, eine

Zeitlang der bekannteste und feurigste Vorkämpfer Irlands gegen Walpole, endete er einsam, menschenscheu und tief verbittert in einem geistigen Zustande, den frühere Biographen Wahnsinn nannten, den wir aber, allen Zeugnissen nach, nicht mehr so nennen dürfen. Es war vielmehr die Vereinsamung eines tief leidenden, geistig aber völlig ungetrübten Neurotikers, eines Mannes, dessen Leben und Denken sich unheilvoll isoliert und zu einer nicht mehr ertragbaren Sensibilität gesteigert hatte.

Als das Bekenntnis dieses Mannes, dieses genialen, scharfsinnigen, empfindlichen und gegen das Leben schwach gewappneten Denkers ist uns der »Gulliver« geblieben, seine größte und reinste Dichtung. Die Menschheit hat es sich mit diesem Gulliver leichtgemacht. Sie nahm ihn erst als willkommene, abenteuerliche, spannende Lektüre, welche aber durch einige tödliche Bitterkeiten und Härten schwer verdaulich wurde, und nun half man sich damit, daß man das fabelhafte Werk, das viel zu lebendig war, um wieder untergehen zu können, zum ergötzlichen Kinder- und Märchenbuch stempelte.

Den unglücklichen Swift für die Bitterkeit seiner Beurteilung menschlicher Dinge anzuklagen, wäre ebenso falsch und nutzlos wie eine Anklage gegen die vielen Generationen seiner Leser, welche aus dem fabelhaften Reichtum seiner Dichtung sich nur die verdaulichsten, friedlichsten, bequemsten Bissen herausgerissen und das Ganze allmählich vergessen haben. Die lodernde Auflehnung und Erbitterung des vergrämten einzelnen gegen Menschheit und Weltlauf und die bequeme Art, mit welcher die Menge das Werk dieses genialen einzelnen verstümmelte, um es sich mundgerecht zu machen, beide waren tief begründet, beide waren notwendig. Nicht minder notwendig aber ist es, daß je und je die Menschheit sich einer so ungeheuren Mahnung, wie sie im Gulliver steckt, wiedererinnere, und von neuem den bitteren Bissen schlucke, da das Darüberweglesen und Darüberweglügen immer nur für eine kleine Weile hilft. Darum steht Swifts geniales und furchtbares Buch heute wieder vor uns und wird immer wieder seine Stimme gegen unsre Bequemlichkeit erheben, weil es Dinge sagt, welche zwar im Gehirn eines schwer leidenden einzelnen entstanden und von ihm mit einer vielleicht pathologischen Leidenschaftlichkeit erlebt und formuliert worden sind, welche aber nach wie vor uns alle angehen. Man lese nur auf den letzten Seiten des Buches die Sätze über Kolonialwesen und Annektierung, und man findet ein Problem, das wieder auf furchtbarste Weise aktuell geworden ist, auf eine menschliche Formel gebracht, deren anklagende Kritik in zweihundert Jahren nichts von ihrer Berechtigung verloren hat.

Es ist Jonathan Swift immer wieder zum schweren Vorwurf gemacht worden, daß seine Erbitterung über politische und gesellschaftliche Mißstände ihn zum Menschenhaß geführt habe. Es ist aber töricht, Swifts sogenannten Menschenhaß zu verurteilen. Es gibt keine Forderung für den Denker, seine Resultate einem Gebot unterzuordnen, das eine ideale Menschenliebe höher als die Wahrheit stellt. Und Wahrheit ist für den Denker das, was sich ihm als Resultat seines Erlebens und Denkens ergibt. Für den alternden Swift lautete diese Wahrheit bitter: Der Mensch ist im Grunde ein vernunftloses Tier. Unsre Aufgabe ist es nun nicht, diese bittere Wahrheit eines einzelnen als krankhaft zu verlachen und abzulehnen. Besser ist es, wenn wir uns fragen: Wie ist es möglich, daß ein Mensch von so ungeheurem Verstand, von so reicher Lebenskenntnis zu diesem traurigen Ergebnis kam? Welche Leiden sind da gelitten worden? Welche Gerechtigkeit vollzieht sich da? Was bedeutet diese scheinbare Rache eines gequälten Menschen an der Menschheit?

Sehen wir das Buch so an, so fällt uns vor allem auf, daß so sehr viele seiner Urteile und Anklagen noch heute, nach zweihundert Jahren, so heftig auf uns wirken können, während doch die Erfahrungen und Weltzustände, aus denen der Dichter damals seine Beispiele schöpfte, uns fremd sind und fernstehen. Der König oder Minister von Lilliput oder von Laputa, oder wie immer die phantastischen Namen im Gulliver heißen, war einst eine Karikatur, er sollte an den oder jenen englischen Politiker oder Fürsten zu Swifts Zeit erinnern. Wir aber, die wir von jenen Ministern und jenen politischen Zuständen und Sorgen nichts mehr wissen, sind für diese erfundenen Minister und Begebenheiten heiß und heftig wie für nahe, aktuelle Dinge interessiert! Es steht also Zeitloses, es steht Menschliches in diesem Buch, das uns alle angeht, heut wie damals.

Und wenn schließlich dieser Jonathan Swift aus lauter Menschenhaß ein Land erfindet, in welchem edle Pferde herrschen und Vernuft und Tugend üben, wenn er die Menschen in jenem

Fabellande zu scheußlichen Stinktieren entartet darstellt, die ein gewisser Schimmer von Vernunft gerade nur zu Verbrechen und zynischem Egoismus befähigt, wenn er alle Ziele menschlicher Gemeinschaft, menschlicher Ordnung, Vernunft und Brüderlichkeit jenen Pferden anvertraut und sich ihnen gegenüber seines eigenen Menschentums als eines Makels schämt – wieviel Menschenliebe, wieviel heiße Sorge um die Zukunft unsrer Art, wieviel heimliche, glühende Liebessorge um Menschheit, Staat, Moral, Gesellschaft glüht in dieser phantastischen Vorstellung auf! Nein, gerade dies letzte Buch der Reisen Gullivers, dies berühmte und berüchtigte Dokument eines ungewöhnlich wilden Menschenhasses ist ja nichts andres als eine heftige, wenn schon pervertierte Liebe!

Die Menschheit unsrer Tage, die erschütterte und ratlose Menschheit der Zeit nach diesem schauerlichen Kriege, ist wunderbar auf den Gulliver vorbereitet und kann aus ihm mehr haben und lernen als jede Zeit vorher.

Hermann Hesse

Reisen

zu mehreren entlegenen Völkern der Erde
in vier Teilen von

Lemuel Gulliver

erst Wundarzt
später Kapitän mehrerer Schiffe

Der Herausgeber an den Leser

Der Verfasser dieser Reisen, Mr. Lemuel Gulliver, ist mein alter und vertrauter Freund; wir sind von mütterlicher Seite sogar ein wenig verwandt. Vor etwa drei Jahren kaufte Mr. Gulliver, des Zusammenlaufs von Neugierigen in seinem Hause zu Redriff müde, ein kleines Landgut mit einem bequemen Haus bei Newark in Nottinghamshire, seiner Heimat, wo er jetzt zwar zurückgezogen, von seinen Nachbarn aber hoch geachtet lebt.

Obgleich Mr. Gulliver in Nottinghamshire, wo sein Vater wohnte, geboren wurde, habe ich ihn doch sagen hören, seine Familie stamme aus Oxfordshire; und in der Tat habe ich auf dem Friedhof von Banbury, das zu dieser Grafschaft gehört, mehrere Gräber und Gedenksteine der Gullivers bemerkt.

Ehe er Redriff verließ, händigte er mir die folgenden Aufzeichnungen ein und bevollmächtigte mich, darüber nach Gutdünken zu verfügen. Ich habe sie dreimal sorgfältig durchgelesen. Der Stil ist sehr schlicht und einfach, und das einzige, was ich daran auszusetzen habe, ist, daß der Verfasser nach Art der Reisenden zu sehr auf Einzelheiten eingeht. Das ganze Werk hat aber den Anschein der Wahrheit, und der Verfasser zeichnete sich in der Tat so sehr durch Wahrhaftigkeit aus, daß es bei seinen Nachbarn in Redriff gleichsam zum Sprichwort wurde, zur Bekräftigung einer Sache zu sagen, es sei so wahr, als ob Mr. Gulliver es gesagt hätte.

Auf den Rat mehrerer ehrenwerter Personen, denen ich mit Erlaubnis des Verfassers diese Aufzeichnungen vorgelegt habe, wage ich es jetzt, sie in die Welt hinauszuschicken, in der Hoffnung, daß sie wenigstens einige Zeit lang eine bessere Unterhaltung für unseren jungen Adel sein möchten als die gewöhnlichen Schreibereien über Politik und Parteien.

Dieser Band wäre wenigstens noch einmal so dick geworden, wenn ich mir nicht erlaubt hätte, sehr viele Stellen zu streichen, die sich, im seemännischen Stil geschrieben, auf Winde und Gezeiten sowie auf die Kursänderungen und Lotungen während der verschiedenen Reisen bezogen, und ebenso die ausführlichen Beschreibungen der Führung des Schiffs in Stürmen. Gleichfalls habe ich alle Längen- und Breitenangaben weggelassen, und ich habe Grund zu befürchten, daß Mr. Gulliver damit nicht sehr zufrieden sein wird; aber ich war entschlossen, das Werk soweit wie möglich dem Verständnis des Durchschnittslesers anzupassen. Sollte mich indes meine Unkenntnis des Seewesens einige Irrtümer haben begehen lassen, so bin ich allein dafür verantwortlich. Wenn übrigens irgendein Reisender den Originaltext in vollem Umfang zu sehen wünscht, wie er aus den Händen des Verfassers hervorgegangen ist, so bin ich bereit, ihm Genüge zu tun.

Was die näheren Lebensumstände des Verfassers betrifft, so wird sie der Leser auf den ersten Seiten des Buches erfahren.

Richard Sympson

Brief des Kapitäns Gulliver an seinen Vetter Sympson

Ich hoffe, Sie werden, wenn man Sie dazu auffordert, nicht anstehen, öffentlich zu bekennen, daß nur Ihre wiederholten, dringenden Bitten mich bestimmt haben, einen sehr zusammenhanglosen und fehlerhaften Bericht über meine Reisen veröffentlichen zu lassen, wobei ich Ihnen zugleich auftrug, einige junge Herren von einer der beiden Universitäten anzustellen, um die Materialien zu ordnen und den Stil zu verbessern, wie dies mein Vetter Dampier auf meinen Rat in seinem Buch »Eine Reise um die Welt« getan hat. Ich kann mich aber nicht daran erinnern, Sie dazu ermächtigt zu haben, irgendwelche Auslassungen und noch weniger irgendwelche Zusätze vorzunehmen. Was das letztere betrifft, stelle ich daher hiermit ausdrücklich fest, daß ich alle derartigen Stellen zurückweise, insbesondere einen Abschnitt über Ihre Majestät, die Königin Anna, frommen und ruhmwürdigen Angedenkens, obgleich ich sie mehr als irgendeinen der Gattung Mensch verehrte und achtete. Aber Sie oder Ihr Verfasser von Zusätzen hätten beachten sollen, daß ich weder dazu geneigt, noch daß es schicklich war, irgendein Tier unserer Gattung vor meinem Herrn, dem Houyhnhnm, zu loben; außerdem waren die Angaben völlig falsch. Ich habe nämlich während eines Teils der Regierung Ihrer Majestät in England gelebt, und meines Wissens hat sie sehr wohl durch einen Premierminister, ja sogar durch zwei aufeinanderfolgende regiert, von denen der erste Lord Godolphin und der zweite Lord Oxford war, so daß Sie mich etwas sagen ließen, *was nicht ist.* Dann haben Sie in meiner Schilderung der Akademie der Projektemacher und in mehreren Stellen meiner Rede an meinen Herrn, den Houyhnhnm, wesentliche Umstände weggelassen oder sie so beschönigt und verändert, daß ich mein eigenes Werk kaum wiedererkenne. Als ich Ihnen vor einiger Zeit in einem Brief etwas dergleichen andeutete, beliebten Sie zu antworten, Sie hätten gefürchtet, Anstoß zu erregen; die Machthaber überwachten die Presse sehr genau und seien imstande, alles, was den Schein einer *Insinuation* (das war, glaube ich, Ihr Ausdruck) habe, nicht nur beliebig auszulegen, sondern auch zu bestrafen. Aber ich bitte Sie, wie könnte das, was ich vor so vielen Jahren und in einer Entfernung von über fünftausend Meilen in einem anderen Reich geäußert habe, auf irgendeinen der Yahoos angewendet werden, die jetzt, wie es heißt, über die Herde herrschen, zumal ich das zu einer Zeit sagte, da ich kaum das Unglück bedachte oder befürchtete, wieder unter ihnen zu leben? Habe nicht vielmehr ich am meisten Grund, mich zu beklagen, wenn ich sehe, wie eben diese Yahoos von Houyhnhnms in einem Wagen gefahren werden, als ob die letzteren unvernünftige Tiere und die ersteren die denkenden Geschöpfe wären? Und wahrhaftig, vor allem um einen so ungeheuerlichen und abscheulichen Anblick zu vermeiden, habe ich mich hierher zurückgezogen.

Das mußte ich Ihnen wohl sagen, was Sie selbst und das Vertrauen anbelangt, das ich in Sie setzte.

Des weiteren beklage ich mich darüber, daß ich so wenig Verstand zeigte, als ich mich durch Ihre und einiger anderer Leute dringende Bitten und falsche Argumente sehr gegen meine eigene Meinung dazu bewegen ließ, die Veröffentlichung meiner Reisen zu gestatten. Erinnern Sie sich bitte, wie oft ich, wenn Sie als Beweggrund das öffentliche Wohl betonten, Sie zu bedenken bat, daß die Yahoos eine Gattung von Tieren seien, die völlig unfähig ist, sich durch Lehren oder Beispiele zu bessern; und das hat sich ja auch bestätigt. Denn ich hatte allen Grund zu erwarten, daß alle Mißstände und Verderbtheiten wenigstens auf dieser kleinen Insel völlig beseitigt wären, aber nachdem nun schon über sechs Monate vergangen sind, kann ich nicht feststellen, daß mein Buch auch nur eine einzige Wirkung gehabt hat, die ich beabsichtigte. Ich hatte Sie gebeten, mich brieflich zu benachrichtigen, sobald Parteien und Parteigeist erloschen, die Richter gelehrt und rechtschaffen, die Anwälte ehrlich, maßvoll und mit einer Spur von gesundem Menschenverstand begabt seien; wenn auf Smithfield Pyramiden von juristischen Büchern in Flammen aufgingen; wenn sich die Erziehung des jungen Adels völlig geändert habe, die Ärzte verbannt, die weiblichen Yahoos reich an Tugend, Ehre, Aufrichtigkeit und Vernunft, Höfe und Vorzimmer großer Minister gründlich gesäubert und gereinigt seien; wenn Geist, Verdienst und Gelehrsamkeit belohnt und alle, die in Prosa und Versen die Presse schänden, verurteilt seien, nichts als ihr eigenes Papier zu essen und ihren Durst mit ihrer eigenen Tinte zu löschen. Nach Ihren Ermutigungen rechnete ich fest auf diese und tausend andere Reformen, wie sie wirklich aus den Lehren, die in meinem Buch vorgetragen werden, klar abzuleiten gewesen wären; und man muß gestehen, daß sieben Monate wohl gereicht hätten, alle Laster und Torheiten zu beseitigen, denen die Yahoos unterworfen sind, wenn ihre Natur auch nur der geringsten Neigung zur Tugend oder Weisheit fähig gewesen wäre. Aber weit entfernt, meiner Erwartung in einem Ihrer Briefe zu entsprechen, beladen Sie vielmehr unseren Boten jede Woche mit Schmähschriften, Entschlüsselungen, Betrachtungen, Denkschriften und zweiten Teilen, in denen man mich beschuldigt, ich verleumdete große Staatsmänner, entwürdigte die menschliche Natur (denn sie besitzen noch immer die Dreistigkeit, es so zu nennen) und beschimpfte das weibliche Geschlecht. Ich stelle auch fest, daß die Verfasser dieser Papierbündel nicht einmal untereinander einig sind; denn einige von ihnen wollen nicht zugeben, daß ich der Verfasser meiner eigenen Reisen bin, und andere machen mich zum Verfasser von Büchern, die mir völlig unbekannt sind. Ich stelle ferner fest, daß ihr Buchdrucker so unachtsam gewesen ist, die Zeiten durcheinanderzubringen und sich bei den Daten meiner verschiedenen Reisen und Rückfahrten zu versehen; er hat weder das Jahr noch den Monat noch den Tag des Monats richtig angegeben. Zudem höre ich, das Originalmanuskript sei nach der Veröffentlichung meines Buches vernichtet worden. Ich besitze auch keine Abschrift mehr, habe Ihnen jedoch einige Berichtigungen übersandt, die Sie einrücken mögen, wenn es je zu einer zweiten Auflage kommen sollte; doch kann ich nicht dafür einstehen, sondern werde es meinen verständigen und unvoreingenommenen Lesern überlassen, diese Dinge nach Gutdünken in Ordnung zu bringen.

Ich höre, daß einige unserer See-Yahoos an meiner Seemannssprache tadeln, sie sei vielfach ungenau oder jetzt außer Gebrauch. Das ist nicht meine Schuld. Auf meinen ersten Reisen, als ich noch jung war, wurde ich von den ältesten Seeleuten unterrichtet und lernte sprechen, wie sie sprachen. Aber seither habe ich festgestellt, daß die See-Yahoos in ihrem Wortgebrauch ebenso zur Neuerungssucht neigen wie die Land-Yahoos, die ihre Wörter jedes Jahr wechseln, so daß ich stets, wenn ich in mein Vaterland zurückkehrte, ihren alten Jargon so verändert fand, daß ich den neuen kaum mehr verstehen konnte. Und ich bemerkte, daß, wenn ein Yahoo aus London kommt, um mich aus Neugierde in meinem eigenen Hause zu besuchen, wir beide nicht imstande sind, unseren Gedanken in einer für den anderen verständlichen Weise Ausdruck zu verleihen.

Wenn mich der Tadel der Yahoos im mindesten berühren könnte, so hätte ich allen Grund, mich zu beklagen, daß einige von ihnen die Frechheit besitzen, meine Reisebeschreibung für ein bloßes, meinem eigenen Gehirn entsprungenes Phantasieprodukt zu halten; ja sie sind sogar so weit gegangen, Andeutungen zu machen, daß es ebensowenig Houyhnhnms und Yahoos wie Einwohner von Utopia gäbe.

Gleichwohl muß ich zugeben, daß in bezug auf die Völker von Lilliput, Brobdingrag (denn so hätte das Wort geschrieben werden müssen und nicht, wie man irrig schreibt, Brobdingnag) und Laputa, soviel ich weiß, noch kein Yahoo anmaßend genug war, ihre Existenz oder die Tatsachen, die ich von diesen Völkern berichtet habe, zu bezweifeln; denn hier ist jeder Leser unmittelbar von der Wahrheit überzeugt. Aber ist denn mein Bericht von den Houyhnhnms oder den Yahoos weniger wahrscheinlich, wo es doch offenbar ist, daß allein in dieser Stadt so viele Tausende von Yahoos leben, die sich von ihren Bruderbestien im Lande der Houyhnhnms nur dadurch unterscheiden, daß sie eine Art Kauderwelsch sprechen und nicht nackt gehen? Ich schrieb, um sie zu bessern, nicht, um ihren Beifall zu erlangen. Die einstimmigen Lobsprüche der ganzen Gattung wären für mich von geringerer Bedeutung als das Wiehern jener zwei entarteten Houyhnhnms, die ich in meinem Stall halte; denn durch sie, so entartet sie auch sind, vervollkommne ich mich noch immer in einigen Tugenden ohne jegliche Beimischung von Laster.

Nehmen es sich diese elenden Tiere etwa heraus zu denken, ich sei so weit heruntergekommen, meine Wahrhaftigkeit zu verteidigen? Obgleich auch ich ein Yahoo bin, so ist es doch im ganzen Houyhnhnmland wohlbekannt, daß ich es durch den Unterricht und das Beispiel meines erlauchten Herrn in einer Zeit von zwei Jahren (wenn auch mit der größten Schwierigkeit, wie ich gestehen muß) dahin brachte, diese höllische Gewohnheit des Lügens, Schwindelns, Betrügens und der zweideutigen Rede, die namentlich in Europa so tief im Herzen aller meiner Artgenossen verwurzelt ist, ganz abzulegen.

Ich hätte aus diesem leidigen Anlaß noch andere Klagen vorzubringen, aber ich sehe davon ab, mir oder Ihnen noch mehr Verdruß zu bereiten. Ich muß offen gestehen, daß seit meiner letzten Rückkunft durch den unvermeidlich notwendigen Umgang mit einigen Ihrer Gattung, namentlich aus meiner eigenen Familie, einige Verderbtheiten meiner Yahoo-Natur in mir wieder lebendig geworden sind. Wenn das nicht wäre, hätte ich wahrscheinlich niemals ein so törichtes Vorhaben wie das der Besserung der Yahoo-Rasse in diesem Königreich in Angriff genommen; aber mit all solchen phantastischen Plänen bin ich nun ein für allemal fertig.

2. April 1727

ERSTER TEIL

Eine Reise nach Lilliput

Plate.1 Part.1 Page.1
Hogs I
SUMATRA
·P Mintaon
I Good Fortune
I Naſſow
SUNDA
Sillabar
Straits of Sunda
Blefuſcut
Lilliput
Diſcovered A.D. 1699.
Dimens Land

Erstes Kapitel

Der Verfasser berichtet über sich selbst und seine Familie. Seine ersten Beweggründe zu reisen. Er leidet Schiffbruch und sucht sich durch Schwimmen zu retten, erreicht wohlbehalten den Strand des Landes Lilliput, wird gefangengenommen und in das Innere des Landes gebracht.

Mein Vater besaß ein kleines Gut in Nottinghamshire; ich war der dritte seiner fünf Söhne. Als ich vierzehn Jahre alt war, schickte er mich auf das Emanuel-College in Cambridge, wo ich drei Jahre lang blieb und fleißig studierte. Da jedoch die Kosten meines Lebensunterhalts (obgleich mir nur ein sehr kärglicher Betrag zugestanden wurde) für ein geringes Vermögen zu groß waren, wurde ich bei Mr. James Bates, einem ausgezeichneten Wundarzt in London, in die Lehre gegeben, bei dem ich vier Jahre blieb. Von Zeit zu Zeit schickte mir mein Vater kleine Geldsummen, die ich für das Erlernen der Navigation und anderer mathematischer Wissenschaften verwandte, deren Kenntnis für diejenigen nützlich ist, die große Reisen unternehmen wollen; ich habe nämlich immer geglaubt, das werde früher oder später mein Schicksal sein. Als ich Mr. Bates verließ, kehrte ich zu meinem Vater aufs Land zurück, wo ich mir mit seiner Hilfe, der meines Onkels John und einiger anderer Verwandter vierzig Pfund verschaffte. Gleichzeitig wurden mir dreißig Pfund jährlich zur Bestreitung meines Lebensunterhalts in Leiden zugesichert. Dort studierte ich zwei Jahre und sieben Monate die Heilkunde. Ich wußte, daß mir das auf großen Reisen von Nutzen sein würde.

Bald nach meiner Rückkehr aus Leiden erhielt ich durch die Empfehlung meines guten Lehrers, Mr. Bates, die Stelle eines

Wundarztes auf der »Schwalbe«, die von Kapitän Abraham Pannell befehligt wurde. Mit diesem Schiff machte ich während der dreieinhalb Jahre, die ich auf ihm diente, einige Reisen nach der Levante und in andere Gegenden. Nach meiner Rückkehr beschloß ich, mich in London niederzulassen, wozu mich auch Mr. Bates, mein Lehrer, ermutigte, und wurde von ihm mehreren Patienten empfohlen. Ich mietete mich in einem kleinen Haus in der Old Jewry ein, und da man mir riet, den Stand des Junggesellen aufzugeben, heiratete ich Mrs. Mary Burton, die zweite Tochter des Strumpfhändlers Mr. Edmond Burton aus der Newgate Street, mit der ich vierhundert Pfund als Mitgift erhielt.

Nach zwei Jahren starb jedoch mein guter Lehrer Bates. Da ich nur wenige Freunde hatte, fing mein Geschäftsgang an nachzulassen, denn mein Gewissen erlaubte mir nicht, die üblen Praktiken nachzuahmen, die bei allzu vielen meiner Amtsbrüder üblich sind. Nachdem ich mich deshalb mit meiner Frau und mehreren meiner Bekannten beraten hatte, beschloß ich, wieder zur See zu gehen. Ich war nacheinander Wundarzt auf zwei Schiffen und machte sechs Jahre lang verschiedene Reisen nach Ost- und Westindien, wodurch ich mein Vermögen etwas vermehrte. In meinen Mußestunden las ich die besten alten und modernen Schriftsteller, denn ich war stets mit einer ansehnlichen Zahl von

Büchern versehen, und wenn ich an Land war, beobachtete ich die Sitten und Neigungen des Volkes und erlernte seine Sprache, was mir durch mein gutes Gedächtnis sehr erleichtert wurde.

Da die letzte dieser Reisen nicht sehr günstig ausging, wurde ich des Seefahrens müde und beschloß, bei meiner Frau und meiner Familie zu bleiben. Ich zog aus der Old Jewry in die Fetter Lane und von da nach Wapping, denn ich hoffte, unter den Matrosen Kundschaft zu bekommen; aber ich kam nicht auf meine Rechnung. Nachdem ich drei Jahre auf eine Verbesserung meiner Lage gewartet hatte, nahm ich ein vorteilhaftes Angebot von Kapitän William Prichard, dem Eigentümer der »Antilope«, an, die im Begriff war, eine Reise nach der Südsee zu unternehmen. Wir segelten am 4. Mai 1699 von Bristol ab, und unsere Reise verlief anfangs sehr glücklich.

Aus mehreren Gründen wäre es unangebracht, den Leser mit den Einzelheiten unserer Abenteuer in jenen Meeren zu behelligen; es genüge, wenn ich ihn davon unterrichte, daß wir auf unserer Fahrt von Bristol nach Ostindien durch einen heftigen Sturm nach dem Nordwesten von Vandiemensland getrieben wurden. Nach einer Ortsbestimmung befanden wir uns auf dreißig Grad zwei Minuten südlicher Breite. Zwölf von unserer Besatzung waren durch übermäßige Arbeit und schlechte Ernährung gestorben, die übrigen waren sehr geschwächt. Am 5. November, dem Anfang des Sommers in diesen Gegenden, war das Wetter sehr diesig. Die Matrosen entdeckten ein Felsenriff, das nicht weiter als eine halbe Kabellänge vom Schiff entfernt war, doch der Wind war so stark, daß wir geradewegs darauf zugetrieben wurden und augenblicklich scheiterten. Sechs von der Besatzung, unter denen ich mich befand, hatten das Boot ausge-

setzt und suchten vom Schiff und dem Felsenriff wegzukommen. Nach meiner Schätzung ruderten wir etwa neun Meilen, bis wir nicht mehr konnten, da wir bereits von der schweren Arbeit auf dem Schiff erschöpft waren. Wir überließen uns deshalb der Gnade der Wogen, und nach ungefähr einer halben Stunde brachte ein plötzlicher Windstoß aus Norden das Boot zum Kentern. Ich kann nicht sagen, was aus meinen Gefährten im Boot und denen, die sich auf das Felsenriff retteten oder auf dem Schiff zurückblieben, geworden ist, vermute jedoch, daß sie alle umgekommen sind. Was mich betrifft, so schwamm ich auf gut Glück, wohin Wind und Flut mich trieben. Oft ließ ich die Beine sinken und konnte keinen Grund finden; als ich aber fast zu Tode

ermattet war und nicht mehr weiterkämpfen konnte, fühlte ich endlich festen Boden; unterdessen war der Sturm sehr abgeflaut. Der Strand fiel so flach ab, daß ich beinah eine Meile zurücklegte, bevor ich um acht Uhr abends, wie ich annahm, ans trockene Ufer gelangte. Ich ging dann fast noch eine halbe Meile, konnte aber kein Anzeichen von Häusern oder Einwohnern entdecken; wenigstens war ich so schwach, daß ich sie nicht bemerkte. Ich war äußerst ermüdet; aus diesem Grund und wegen des heißen Wetters und etwa einer halben Pinte Branntwein, die ich getrunken hatte, als ich das Schiff verließ, hatte ich große Lust zu schlafen. Ich legte mich ins Gras, das sehr kurz und weich war, und schlief fester als jemals in meinem Leben, soweit ich mich erinnere, und nach meiner Rechnung ungefähr neun Stunden; denn als ich erwachte, war der Tag gerade angebrochen. Ich versuchte aufzustehen, konnte mich aber nicht rühren. Ich lag auf dem Rücken und bemerkte, daß meine Arme und Beine an jeder Seite fest an den Boden gebunden waren. Selbst mein langes und dichtes Haar war in der gleichen Weise befestigt. Auch fühlte ich mehrere dünne Bande quer über meinem Leib, von den Achselhöhlen bis zu den Schenkeln.

Ich konnte nur aufwärts blicken; die Sonne fing an zu stechen, und ihr Licht tat meinen Augen weh. Ich hörte ein verworrenes Geräusch um mich her, aber in meiner Stellung vermochte ich nur den Himmel zu sehen. Nach einer Weile fühlte ich, wie sich etwas Lebendiges auf meinem linken Bein regte; es bewegte sich sachte über meine Brust vorwärts und kam bis fast an mein Kinn. Als ich meinen Blick so weit wie möglich nach unten senkte, bemerkte ich, daß es ein menschliches Wesen von nicht

ganz sechs Zoll Höhe war, mit Pfeil und Bogen in den Händen und einem Köcher auf dem Rücken. Zugleich fühlte ich, wie wenigstens vierzig weitere der gleichen Art (wie ich vermutete) dem ersten folgten. Ich war äußerst bestürzt und brüllte so laut, daß sie alle erschrocken zurückliefen, und einige von ihnen, wie mir später berichtet wurde, verletzten sich durch den Fall, als sie von meiner Seite zu Boden sprangen. Sie kamen aber bald wieder; eines von ihnen wagte sich so weit, daß es mein ganzes Gesicht übersehen konnte, erhob voll Bewunderung seine Hände und Augen und rief mit schriller, doch deutlicher Stimme: »Hekinah degul.« Die anderen wiederholten die gleichen Worte mehrere Male, doch damals wußte ich noch nicht, was sie bedeuteten. Die ganze Zeit befand ich mich, wie der Leser wohl glauben mag, in einer sehr unbehaglichen Lage. Ich mühte mich loszukommen und hatte zuletzt das Glück, die Stricke zu zerreißen und die Pflöcke herauszuziehen, die meinen linken Arm am Boden festhielten. Denn als ich ihn nun zum Gesicht hob, bemerkte ich die Art und Weise, wie man mich gebunden hatte. Mit einem kräftigen Ruck, der mir heftigen Schmerz verursachte, lockerte ich gleichzeitig die Stricke, die mein Haar auf der linken Seite festhielten, ein wenig, so daß ich gerade imstande war, meinen

Kopf etwa zwei Zoll zu drehen. Allein, die Geschöpfe liefen ein zweites Mal davon, ehe ich sie ergreifen konnte. Daraufhin erhob sich ein lautes und sehr schrilles Geschrei, und nachdem es verhallt war, hörte ich, wie einer von ihnen laut »Tolgo phonac« rief, und sogleich fühlte ich, wie mehr als hundert Pfeile auf meine linke Hand abgeschossen wurden und mich wie lauter Nadeln stachen. Außerdem wurde eine zweite Salve in die Luft geschossen, wie wir in Europa Bomben schleudern. Ich glaube, eine Menge Pfeile traf auf meinen Körper (wenn ich sie auch nicht fühlte) und einige auf mein Gesicht, das ich sogleich mit der linken Hand bedeckte. Als dieser Pfeilschauer vorüber war, begann ich vor Kummer und Schmerz zu stöhnen. Dann bemühte ich mich von neuem loszukommen, und sie schossen noch eine Salve ab, die größer als die erste war; einige von ihnen versuchten, mich mit Speeren in die Seite zu stechen, zum Glück aber trug ich ein Wams von Büffelleder, das sie nicht durchbohren konnten. Ich hielt es für das klügste, mich ruhig zu verhalten, und meine Absicht war, bis zur Nacht liegenzubleiben, wo ich mich, da meine linke Hand bereits frei war, sehr leicht gänzlich befreien konnte. Was die Einwohner betraf, so glaubte ich mit gutem Grund, den größten Armeen, die sie gegen mich führen konnten, gewachsen zu sein, wenn die Soldaten alle von der gleichen Größe wie das Geschöpf wären, das ich gesehen hatte. Alein das Schicksal entschied anders über mich. Als dasVolk bemerkte, daß ich mich friedlich verhielt, schoß es weiter keine Pfeile ab; aus dem Lärm, den ich vernahm, erkannte ich jedoch, daß sich ihre Zahl vermehrte. Auch hörte ich, wie es in einer Entfernung von etwa vier Ellen gegenüber meinem rechten Ohr über eine Stunde pochte, als ob Leute an der Arbeit wären. Als ich den Kopf in diese Richtung drehte, so gut es mir die Pflöcke und Stricke gestatten wollten,

sah ich, daß ein ungefähr anderthalb Fuß hohes Gerüst errichtet worden war, das vier von den Einwohnern aufnehmen konnte und mit zwei oder drei Leitern versehen war, um hinaufzusteigen. Von dort aus hielt mir einer von ihnen, der ein Mann von Stande zu sein schien, eine lange Rede, von der ich keine einzige Silbe verstand. Ich hätte jedoch erwähnen sollen, daß die Hauptperson, bevor sie ihre Rede begann, dreimal ausrief: »Langro dehul san« (diese und auch die früheren Worte wurden mir später wiederholt und erklärt). Hierauf kamen sofort ungefähr fünfzig der Einwohner und zerschnitten die Stricke, mit denen die linke Seite meines Kopfes befestigt war, so daß ichihn nach rechts drehen und die Gestalt sowie die Haltung desjenigen, der reden wollte, betrachten konnte. Dem Anschein nach war er ein Mann mittleren Alters und größer als die drei anderen, die ihn begleiteten. Einer von diesen war ein Page, der ihm die Schleppe hielt und etwas länger als mein Mittelfinger zu sein schien. Die beiden anderen standen zu seinen Seiten, um ihn zu stützen. Er führte das ganze Repertoire eines Redners vor, und ich konnte viele Perioden der Drohung und andere der Versprechung, des Mitleids und der Freundlichkeit bemerken. Ich antwortete mit einigen Worten, jedoch in der untertänigsten Weise, indem ich die linke Hand und die Augen zur Sonne erhob, als wollte ich sie zum Zeugen anrufen. Da ich vor Hunger beinahe verschmachtet war, weil ich schon mehrere Stunden, bevor ich das Schiff verließ, keinen Bissen mehr gegessen hatte, wirkten die Bedürfnisse der Natur mit solcher Stärke, daß ich mich nicht enthalten konnte, meine Ungeduld, vielleicht gegen die strengen Regeln des Anstandes, dadurch zu zeigen, daß ich meinen Finger mehrere Male an den Mund legte, um anzudeuten, daß ich etwas zu essen haben wollte. Der Hurgo (denn so nennen sie einen großen Herrn, wie ich später erfuhr) verstand mich sehr gut. Er stieg von dem Gerüst herab und gab Befehl, mehrere Leitern an meine Seite zu stellen; mehr als hundert der Einwohner stiegen hinauf und gingen, mit Körben voll Fleisch beladen, das auf des Königs Befehl auf die erste Nachricht hin, die er über mich erhielt, bereitgestellt und hierhergesandt worden war, auf meinen Mund zu. Ich bemerkte, daß es Fleisch von verschiedenen Tieren war, die ich aber nicht nach dem Geschmack unterscheiden konnte. Es waren Schulter-, Keulen- und Lendenstücke, der Form nach wie die vom Hammel und sehr schmackhaft zubereitet, aber kleiner als Lerchenflügel. Ich aß jeweils zwei oder drei auf einen Bissen und nahm drei Laibe Brot auf einmal, die etwa die Größe von Musketenkugeln hatten. Sie speisten mich, so schnell sie konnten, und zeigten dabei mehr als tausendmal Verwunderung und Erstaunen über meine Größe und meinen Appetit. Darauf gab ich ein zweites Zeichen, daß ich zu trinken wünschte. Daran, wie ich aß, hatten sie bereits erkannt, daß mir eine kleine Menge nicht genügen werde, und da sie ein sehr erfinderisches Volk waren, zogen sie mit großer Geschicklichkeit eines ihrer größten Fässer auf mich herauf, rollten es dann zu meiner Hand hin und schlugen den Boden ein. Ich trank es mit einem Zug aus, was ich ohne Schwierigkeiten tun konnte, denn es enthielt keine halbe Pinte; es schmeckte wie ein leichter Burgunder, aber viel köstlicher. Sie brachten mir ein zweites Faß, das ich auf die gleiche Weise austrank; ich machte Zeichen nach mehr, aber sie hatten nichts weiter, was sie mir geben konnten. Als ich diese Wunder vollbracht hatte, schrien sie vor Freude und tanzten auf meiner Brust herum, wobei sie mehrere Male, wie sie es zuerst getan hatten, »Hekinah degul« wiederholten. Dann gaben sie mir ein Zeichen, ich sollte die beiden Fässer hinunterwerfen. Zuvor aber warnten sie die Leute unten, aus dem Wege zu gehen, indem sie laut schrien: »Borach mivola!« Als sie nun die

Fässer durch die Luft fliegen sahen, erhob sich ein allgemeines Geschrei: »Hekinah degul.« Ich gestehe, daß ich mehrmals in Versuchung kam, vierzig oder fünfzig von denen zu packen, die zuerst in meine Reichweite kamen, während sie auf meinem Leib hin und her liefen, und sie auf den Boden zu schmettern. Aber die Erinnerung an die Pein, die ich erlitten hatte und die wahrscheinlich noch nicht das Ärgste war, was sie mir antun konnten, und mein Ehrenwort, das ich ihnen gegeben hatte (denn so deutete ich mein unterwürfiges Benehmen), vertrieben diese Gedanken bald wieder. Außerdem fühlte ich mich jetzt durch die Gesetze der Gastfreundschaft einem Volke gegenüber verpflichtet, das mich mit so großen Kosten und solcher Großzügigkeit bewirtet hatte. Dennoch konnte ich mich im stillen nicht genug über die Unerschrockenheit dieser winzigen Menschlein wundern, die keck genug waren, meinen Leib zu besteigen und darauf umherzuspazieren, während ich eine Hand frei hatte, ohne beim Anblick eines so gewaltigen Geschöpfes, als das ich ihnen erscheinen mußte, zu zittern. Als sie nach einer Weile bemerkten, daß ich nicht weiter zu essen verlangte, erschien eine Person hohen Ranges im Auftrag Seiner Kaiserlichen Majestät vor mir. Nachdem Seine Exzellenz mein rechtes Bein zwischen Knöchel und Wade bestiegen hatte, ging er mit ungefähr einem Dutzend seines Gefolges vorwärts bis an mein Gesicht, und während er sein Beglaubigungsschreiben mit dem königlichen Siegel vorwies, das er mir dicht vor die Augen hielt, sprach er etwa zehn Minuten ohne irgendein Zeichen von Zorn, jedoch in einer Art und Weise fester Entschlossenheit; er wies oftmals nach vorn, was, wie ich später bemerkte, die Richtung auf die etwa eine halbe Meile entfernte Hauptstadt war. Seine Majestät hatte nämlich im Staatsrat beschlossen, daß ich dorthin gebracht werden sollte. Ich antwortete mit wenig Worten, doch völlig umsonst, und machte ein Zeichen mit meiner freien Hand, indem ich sie auf die andere legte (aus Furcht, Seine Exzellenz oder sein Gefolge zu verletzen, vorsichtig über seinen Kopf hinweg) und dann auf meinen Kopf und meinen Leib, um anzudeuten, daß ich meine Freiheit wünschte. Es hatte den Anschein, daß er mich hinlänglich verstand, denn er schüttelte mißbilligend den Kopf und hob die Hand in einer Geste, die zeigen sollte, daß ich als Gefangener weggeführt werden müßte. Ermachte aber auch andere Zeichen, um mir zu verstehen zu geben, daß ich Speise und Trank zur Genüge erhalten und sehr gut behandelt werden würde. Hierauf erwog ich noch einmal, den Versuch zu machen, meine Fesseln zu zerreißen; da ich aber heftige, von ihren Pfeilen verursachte Schmerzen im Gesicht und auf den Händen empfand, die ganz mit Blasen bedeckt waren und in denen noch viele Pfeile steckten, und auch bemerkte, daß sich die Zahl meiner Feinde vermehrte, gab ich Zeichen, um sie wissen zu lassen, sie könnten mit mir machen, was sie wollten. Daraufhin entfernten sich der Hurgo und sein Gefolge mit sehr viel Höflichkeit und vergnügten Gesichtern. Bald darauf vernahm ich ein allgemeines Geschrei, wobei die Worte »Peplom selan« häufig wiederholt wurden, und ich fühlte, wie eine große Menge von Leuten die Stricke an meiner linken Seite bis zu einem solchen Grad lockerten, daß ich mich auf die rechte umdrehen und mich erleichtern konnte, indem ich mein Wasser ließ. Das tat ich in sehr reichlichem Maße, zum großen Erstaunen der Leute, die aus meinen Bewegungen errieten, was ich tun wollte, und sogleich nach rechts und links eine Gasse auf jener Seite bildeten, um dem Strom auszuweichen, der mit solchem Getöse und mit solcher Heftigkeit aus mir hervorbrauste. Zuvor jedoch hatten sie mir Gesicht und beide Hände mit einer sehr angenehm duftenden Salbe bestrichen, die in einigen Minuten den durch ihre Pfeile verursachten Schmerz gänzlich stillte. Diese Umstände und auch die Stärkung, die ich durch ihre Eßwaren und ihr Getränk, die sehr nahrhaft waren, erhalten hatte, machten mich schläfrig. Wie man mir nachher versichert hat, schlief ich etwa acht Stunden, und das war kein Wunder, denn die Ärzte hatten auf Befehl des Kaisers einen Schlaftrunk in die Weinfässer gemischt.

Wie es scheint, war der Kaiser, sobald man mich nach meiner Landung auf dem Erdboden schlafend entdeckt hatte, durch einen Kurier davon benachrichtigt worden und hatte im Staatsrat beschlossen, daß ich in der von mir berichteten Weise gefesselt werden sollte (was in der Nacht geschah, während ich schlief), daß mir reichlich Speise und Trank geschickt und ein Gefährt hergerichtet werden sollte, um mich zur Hauptstadt zu bringen.

Dieser Entschluß mag vielleicht sehr kühn und gefährlich erscheinen und würde, dessen bin ich sicher, von keinem Fürsten in Europa bei der gleichen Gelegenheit nachgeahmt werden. Nach meiner Meinung war er aber äußerst klug und ebenso hochherzig. Denn angenommen, diese Leute hätten versucht, mich mit ihren Speeren und Pfeilen zu töten, während ich schlief, so wäre ich sicherlich bei dem ersten Schmerzgefühl erwacht, welches meine Wut und meine Kraft vielleicht so weit erregt hätte, daß ich die Stricke zerreißen konnte, mit denen ich gebunden war. Danach hätten sie, ebensowenig wie sie Widerstand leisten konnten, auch keine Gnade erwarten können.

Diese Leute sind ganz hervorragende Mathematiker und haben es durch die Unterstützung und Ermutigung seitens des Kaisers, der ein berühmter Förderer der Wissenschaft ist, zu großer Vollkommenheit auf dem Gebiet der Mechanik gebracht. Dieser Fürst besitzt mehrere Vorrichtungen auf Rädern zum Transport von Bäumen und anderen schweren Lasten. Er läßt oft seine größten Kriegsschiffe, von denen einige neun Fuß lang sind, in den Wäldern bauen, wo das Zimmerholz wächst, und sie dann auf diesen Vorrichtungen drei- bis vierhundert Ellen weit zum Meer fahren. Fünfhundert Zimmerleute und Techniker ließ man sogleich an die Arbeit gehen, um die größte Vorrichtung bereitzustellen, die sie besaßen. Es war ein Gestell aus Holz, das sich drei Zoll über den Boden erhob, etwa sieben Fuß lang und vier breit war und sich auf zweiundzwanzig Rädern bewegte. Das Geschrei, das ich vernahm, erscholl bei der Ankunft dieser Vorrichtung, die, so scheint es, innerhalb von vier Stunden nach meiner Landung losfuhr. Sie wurde parallel zu meinem ausgestreckten Körper aufgestellt. Die Hauptschwierigkeit bestand aber darin, mich zu heben und auf dieses Fuhrwerk zu legen. Achtzig Pfosten, jeder einen Fuß hoch, wurden zu diesem Zweck aufgestellt, und sehr starke Seile von der Dicke eines Bindfadens wurden mit Haken an vielen Binden befestigt, die mir die Arbeiter um Hals, Hände, Leib und Beine geschlungen hatten. Neunhundert der stärksten Männer wurden eingesetzt, um diese Seile mit vielen Flaschenzügen, die an den Pfosten befestigt waren, hochzuwinden, und auf diese Weise wurde ich in weniger als drei Stunden emporgehoben, auf die Vorrichtung gezogen und dort festgebunden. Alles das ist mir nachher erzählt worden, denn während das ganze Unternehmen durchgeführt wurde, lag ich, infolge der Stärke des einschläfernden Mittels, das man in mein Getränk gegossen hatte, im tiefsten Schlummer. Fünfzehnhundert der größten Pferde des Kaisers, jedes etwa viereinhalb Zoll groß, wurden angespannt, um mich zur Hauptstadt zu ziehen, die, wie ich schon gesagt habe, eine halbe Meile entfernt war.

Etwa vier Stunden, nachdem wir unsere Fahrt begonnen hatten, erwachte ich durch einen recht lächerlichen Vorfall. Als man nämlich das Fuhrwerk eine Zeitlang anhielt, um irgend etwas, was nicht in Ordnung war, zu richten, gaben zwei oder drei junge Eingeborene ihrer Neugierde nach, zu erfahren, wie ich aussah, wenn ich schlief. Sie kletterten auf das Gefährt, drangen sehr leise bis zu meinem Gesicht vor, und einer von ihnen, ein Gardeoffizier, steckte die Spitze seines Spontons ein ganzes Stück in mein linkes Nasenloch, was wie ein Strohhalm in der Nase kitzelte und mich heftig niesen machte, worauf sie sich unbemerkt davonschlichen;

und es dauerte drei Wochen, bis ich die Ursache meines so plötzlichen Erwachens erfuhr. In der restlichen Zeit dieses Tages legten wir eine lange Strecke zurück, und nachts machten wir Rast mit fünfhundert Wächtern an jeder Seite von mir; die eine Hälfte hielt Fackeln und die andere Bogen und Pfeile bereit, auf mich zu schießen, falls ich mich rühren würde. Am nächsten Morgen setzten wir bei Sonnenaufgang unsere Reise fort, und gegen Mittag waren wir nur noch zweihundert Ellen von den Stadttoren entfernt. Der Kaiser kam uns mit seinem ganzen Hofstaat entgegen; seine hohen Offiziere wollten aber unter keinen Umständen erlauben, daß Seine Majestät seine Person durch das Besteigen meines Körpers in Gefahr bringe.

Auf dem Platz, wo das Fuhrwerk hielt, stand ein alter Tempel, der, wie es hieß, der größte im ganzen Reich war. Einige Jahre vorher war er durch einen abscheulichen Mord befleckt worden. Dem Glaubenseifer dieses Volkes entsprechend, hielt man ihn für entweiht und hatte ihn deshalb für profane Zwecke bestimmt und alle heiligen Geräte und die ganze Einrichtung entfernt. In diesem Gebäude, so wurde beschlossen, sollte ich wohnen. Das große, nach Norden gerichtete Tor war etwa vier Fuß hoch und fast zwei Fuß breit, so daß ich mit Leichtigkeit hindurchkriechen konnte. Auf jeder Seite des Tores befand sich ein kleines Fenster, nicht höher als sechs Zoll über dem Boden. Durch das auf der linken Seite zogen die Schmiede des Königs einundneunzig Ketten, ähnlich wie die, an denen die Damen in Europa ihre Uhren tragen, und fast ebenso groß, und diese wurden mit sechsunddreißig Vorlegeschlössern an mein linkes Bein geschlossen. Dem Tempel gegenüber auf der anderen Seite der großen Landstraße stand in einer Entfernung von zwanzig Fuß ein wenig-

stens fünf Fuß hohes Türmchen. Hier stieg der Kaiser mit vielen der vornehmsten Würdenträger seines Hofes hinauf, um eine Gelegenheit zu haben, mich zu betrachten, wie man mir berichtete, denn ich konnte sie nicht sehen. Es wurde berechnet, daß über hunderttausend Menschen zum gleichen Zweck aus der Stadt kamen, und ich glaube, daß es trotz meiner Bewacher nicht weniger als zehntausend sein konnten, die mit Hilfe von Leitern zu verschiedenen Zeiten auf meinen Leib stiegen. Bald aber wurde ein Erlaß verkündet, der dies bei Todesstrafe untersagte. Als die Arbeiter sahen, daß es mir unmöglich war, mich loszureißen, durchschnitten sie alle Stricke, mit denen ich gefesselt war. Hierauf erhob ich mich in so melancholischer Stimmung, wie ich sie noch nie in meinem Leben empfunden hatte. Allein, der Lärm und das Staunen des Volkes, als es mich aufstehen und umhergehen sah, ist nicht zu beschreiben. Die Ketten, die mein linkes Bein festhielten, waren ungefähr zwei Ellen lang und gestatteten mir nicht nur, in einem Halbkreis vorwärts und rückwärts zu gehen, sondern erlaubten mir auch, da sie in nur vier Zoll Entfernung vom Tor befestigt waren, hineinzukriechen und mich der Länge nach im Tempel niederzulegen.

Zweites Kapitel

Der Kaiser von Lilliput besucht mit einem Gefolge von mehreren Adligen den Verfasser in seiner Haft. Person und Kleidung des Kaisers werden beschrieben. Gelehrte erhalten den Auftrag, den Verfasser ihre Sprache zu lehren. Er setzt sich durch seinen sanften Charakter in Gunst. Seine Taschen werden durchsucht, Degen und Pistolen werden ihm genommen.

Als ich mich wieder auf den Füßen befand, sah ich mich um, und ich muß gestehen, daß ich niemals eine ergötzlichere Aussicht hatte. Die Landschaft ringsum erschien wie ein einziger Garten, und die eingehegten Felder, die in der Regel vierzig Fuß im Geviert betrugen, sahen aus wie lauter Blumenbeete. Diese Felder wechselten ab mit winzigen Wäldern, und die größten Bäume schienen sieben Fuß hoch zu sein, soviel ich urteilen konnte. Zu meiner Linken erblickte ich die Hauptstadt, die wie die Kulisse einer Stadt im Theater aussah.

Schon seit einigen Stunden wurde ich von Naturbedürfnissen heftig bedrängt, und das war kein Wunder, denn es war fast zwei Tage her, seit ich mich zuletzt erleichtert hatte. Ich befand mich in großer Verlegenheit zwischen Dringlichkeit und Scham. Der beste Ausweg, der mir einfiel, war, in mein Haus zu kriechen. Das tat ich, schloß das Tor hinter mir, ging so weit hinein, wie es die Länge meiner Kette erlaubte, und entledigte meinen Leib von der bedrückenden Last. Es war jedoch das einzige Mal, daß ich mich einer so unreinlichen Handlung schuldig gemacht habe; auch hoffe ich, daß der unvoreingenommene Leser in diesem Punkt einige Nachsicht üben wird, wenn er reiflich und unparteiisch über meinen Fall und meine schlimme Lage nachgedacht hat. Von dieser Zeit an war es meine ständige Gewohnheit, dieses Geschäft, sobald ich aufgestanden war, im Freien zu verrichten, so weit entfernt, wie nur meine Kette reichte; und jeden Morgen wurde auch die gehörige Sorge getragen, daß der anstößige Stoff, ehe Besuch kam, von zwei zu diesem Zweck angestellten Dienern auf Schubkarren weggebracht wurde. Ich hätte nicht so lange bei einem Umstand verweilt, der auf den ersten Blick vielleicht als nicht sehr wichtig erscheinen könnte, wenn ich es nicht für notwendig gehalten hätte, meinen Ruf in bezug auf Reinlichkeit der Welt gegenüber zu verteidigen, die einige meiner Verleumder, wie ich höre, bei dieser und anderen Gelegenheiten in Zweifel zu ziehen beliebten.

Als dieses Abenteuer beendet war, kam ich wieder aus meinem Hause, denn ich hatte Bedürfnis nach frischer Luft. Der Kaiser war bereits von dem Turm herabgestiegen und ritt auf mich zu, was ihm beinah teuer zu stehen gekommen wäre. Sein Pferd, obgleich vortrefflich zugeritten, jedoch überhaupt nicht an einen solchen Anblick gewöhnt, der den Eindruck erweckte, als ob sich ein Berg vor ihm bewege, bäumte sich auf den Hinterbeinen. Aber der Fürst, der ein vorzüglicher Reiter ist, hielt

sich im Sattel, bis seine Begleiter herbeieilten und den Zaum hielten, während Seine Majestät Gelegenheit zum Absitzen hatte. Als der Kaiser abgesessen war, nahm er mich mit großer Bewunderung rundum in Augenschein, hielt sich aber immer aus dem Bereich meiner Ketten. Er befahl seinen Köchen und Kellermeistern, die schon bereitstanden, mir Essen und Trinken zu reichen. Sie schoben die Nahrung in einer Art von Fuhrwerken auf Rädern vorwärts, bis ich sie erreichen konnte. Ich nahm diese Fuhrwerke und leerte sie alle sehr schnell. Zwanzig davon waren mit Speisen und zehn mit Getränken gefüllt. Jedes von den ersteren lieferte mir zwei oder drei gute Bissen, und das Getränk aus zehn Behältern, das sich in irdenen Gefäßen befand, goß ich in ein Fuhrwerk und trank es auf einen Zug aus. Und ebenso machte ich es mit dem Rest. Die Kaiserin und die jungen Prinzen und Prinzessinnen von Geblüt saßen mit einem Gefolge vieler Damen in einiger Entfernung in ihren Sesseln. Bei der Begebenheit mit dem Pferd des Kaisers standen sie jedoch auf und kamen der Person Seiner Majestät näher, die ich jetzt beschreiben will. Er ist fast um die Breite meines Nagels größer als jedes Mitglied seines Hofstaats, und das allein genügt, diejenigen, die ihn anschauen, mit Ehrfurcht zu erfüllen. Seine Gesichtszüge sind stark und männlich, mit einer habsburgischen Lippe und einer gebogenen Nase, seine Haut olivfarben, seine Haltung aufrecht, Leib und Glieder wohlgestalt, alle seine Bewegungen anmutig und sein Benehmen majestätisch. Er war damals schon über die Jugendblüte hinaus, denn er war achtundzwanzigdreiviertel Jahre alt, von denen er etwa sieben mit großem Geschick und im allgemeinen als Sieger regiert hatte. Um ihn bequemer betrachten zu können, legte ich mich auf die Seite, so daß sich mein Gesicht in gleicher Höhe wie das seinige befand, während er nur drei Ellen von mir entfernt stand. Seither habe ich ihn je-

doch viele Male in der Hand gehalten und kann mich deshalb in der Beschreibung nicht täuschen. Seine Kleidung war sehr schlicht und einfach, ihr Schnitt halb asiatisch und halb europäisch. Auf dem Kopf aber trug er einen leichten Goldhelm, der mit Juwelen und einem Helmbusch auf der Spitze verziert war. Sein Schwert hielt er gezogen in der Hand, um sich zu verteidigen, falls ich mich losreißen sollte; es war beinahe drei Zoll lang, Griff und Scheide waren aus Gold und reich mit Diamanten verziert. Seine Stimme war schrill, aber sehr deutlich und vernehmlich; sogar wenn ich aufstand, konnte ich sie noch deutlich hören. Die Damen und die Höflinge waren alle mit größter Pracht gekleidet, so daß die Stelle, auf der sie standen, einem auf den Boden gebreiteten Frauenrock zu ähneln schien, der mit goldenen

und silbernen Mustern bestickt ist. Seine Kaiserliche Majestät redete mich oftmals an, und ich antwortete auch; aber keiner von uns konnte eine Silbe verstehen. Es waren auch mehrere seiner Priester und Rechtsgelehrten zugegen (wie ich wegen ihrer Kleidung vermutete), die den Auftrag erhielten, mich anzureden, und ich sprach mit ihnen in allen Sprachen, in denen ich auch nur die geringsten oberflächlichen Kenntnisse besaß, also Deutsch, Holländisch, Lateinisch, Französisch, Spanisch, Italienisch und Lingua franca, aber alles ohne jeden Erfolg. Nach etwa zwei Stunden zog sich der Hof zurück. Bei mir wurde eine starke Wache zurückgelassen, um die Zudringlichkeit und wahrscheinlich auch die Bosheit des Pöbels abzuwehren, der sehr begierig war, mir so nahe zu kommen, wie er es wagte. Einige von ihnen waren sogar so unverschämt, ihre Pfeile auf mich abzuschießen, als ich neben der Tür meines Hauses auf dem Boden saß, und einer davon verfehlte nur ganz knapp mein linkes Auge. Allein, der Oberst befahl, sechs der Rädelsführer zu verhaften, und hielt es für eine angemessene Strafe, sie mir gefesselt zu übergeben; einige seiner Soldaten führten den Befehl aus, indem sie die Gefangenen mit den Schäften ihrer Spieße in meine Reichweite stießen. Ich nahm sie alle in meine rechte Hand, steckte fünf in meine Rocktasche, und gegenüber dem sechsten gab ich mir das Ansehen, als wollte ich ihn lebendig verzehren. Der arme Mann schrie furchtbar, und der Oberst und seine Offiziere waren in großer Sorge, besonders als sie sahen, daß ich mein Federmesser hervorzog. Ich befreite sie jedoch bald von ihrer Furcht, denn ich machte ein freundliches Gesicht, durchschnitt sogleich die Stricke, mit denen er gebunden war, setzte ihn vorsichtig auf den Boden, und weg lief er. Die übrigen behandelte ich in derselben Art, einen nach dem anderen aus der Tasche nehmend, und ich bemerkte, daß sowohl die Soldaten als das Volk für dieses Zeichen meiner Nachsicht sehr dankbar waren, von dem sehr zu meinen Gunsten bei Hofe berichtet wurde.

Gegen Abend kroch ich mit einiger Schwierigkeit in mein Haus und legte mich dort auf den Boden. Das tat ich noch ungefähr vierzehn Tage; während dieser Zeit gab der Kaiser den Befehl, ein Bett für mich anfertigen zu lassen. Sechshundert Matratzen von gewöhnlicher Größe wurden in Wagen herbeigefahren und in meinem Haus zurechtgemacht. Hundertundfünfzig ihrer Matratzen ergaben zusammengenäht die Länge und Breite, und vier solche Schichten wurden aufeinandergelegt, was mir aber nur sehr bescheidenen Schutz vor der Härte des Fußbodens gewährte, der aus glattem Stein bestand. Nach der gleichen Berechnung versahen sie mich mit Bettlaken, Wolldecken und Steppdecken, die für jemand, der so lange an Strapazen gewöhnt gewesen war wie ich, erträglich genug waren.

Als sich die Nachricht von meiner Ankunft im Königreich verbreitete, strömte eine enorme Menge reicher, müßiger und neugieriger Leute herbei, um mich zu sehen. Die Dörfer waren nahezu leer, und eine bedeutende Vernachlässigung der Feldbestellung und der Hauswirtschaft hätte sich ergeben müssen, wenn Seine Kaiserliche Majestät nicht durch mehrere Proklamationen und Staatsbefehle Vorkehrungen gegen diesen Mißstand getroffen hätte. Er ordnete an, daß diejenigen, die mich bereits gesehen hatten, nach Hause zurückkehren und nicht wagen sollten, sich ohne besondere Erlaubnis des Hofes meinem Hause weiter als bis zu einem Umkreis von fünfzig Ellen zu nähern. Hierdurch erhielten die Staatssekretäre beträchtliche Bestechungsgelder.

Mittlerweile berief der Kaiser häufig den Staatsrat ein, um zu erwägen, wie man mit mir verfahren sollte. Ein vertrauter Freund, ein Mann von hohem Stande, der so viel von diesen Vorgängen wußte wie nur wenige, hat mir später versichert, daß der Hof meinethalben in großer Verlegenheit gewesen sei. Man fürchtete, ich könnte mich losreißen oder meine Ernährung würde sehr teuer sein und möglicherweise eine Hungersnot verursachen. Wiederholt beschlossen sie, mich verhungern zu lassen oder zum mindesten mein Gesicht und meine Hände mit vergifteten Pfeilen zu beschießen, die mich bald ins Jenseits befördern würden; dann aber überlegten sie wieder, daß der Gestank eines so großen Kadavers eine Seuche in der Hauptstadt hervorrufen und diese sich dann wahrscheinlich im ganzen Königreich verbreiten würde. Mitten in diesen Beratungen traten mehrere Offiziere an die Tür des großen Ratssaals. Zwei von ihnen wurden eingelassen und berichteten über mein Verhalten den sechs oben erwähnten Missetätern gegenüber. Das machte auf Seine Majestät und die ganze Ratsversammlung einen so vorteilhaften Eindruck zu meinen Gunsten, daß ein kaiserlicher Befehl erlas-

sen wurde, der alle Dörfer im Umkreis von neunhundert Ellen von der Hauptstadt dazu anhielt, jeden Morgen sechs Rinder, vierzig Schafe und andere Lebensmittel zu meiner Ernährung zu liefern, zusammen mit einer entsprechenden Menge an Brot, Wein und anderen Getränken. Zur pünktlichen Bezahlung stellte Seine Majestät Anweisungen auf seine Schatzkammer aus, denn dieser Fürst lebt hauptsächlich von den Einkünften seiner eigenen Domänen. Abgesehen von außerordentlichen Angelegenheiten, erhebt er nur selten Sondersteuern von seinen Untertanen, die dagegen verpflichtet sind, auf eigene Kosten mit ihm in den Krieg zu ziehen. Auch wurden sechshundert Personen als meine Bedienten angestellt, denen Kostgeld für ihren Unterhalt gewährt wurde und für die man in sehr zweckdienlicher Weise Zelte zu beiden Seiten meiner Tür errichtete. Desgleichen wurde befohlen, daß mir dreihundert Schneider einen Anzug nach der Mode des Landes anfertigen sollten, daß sechs der bedeutendsten Gelehrten Seiner Majestät angestellt werden sollten, um mich in ihrer Sprache zu unterrichten, und daß schließlich die Pferde des Kaisers, die des Adels und der Garde häufig in meiner Gegenwart zugeritten werden sollten, um sie an mich zu gewöhnen. Alle diese Befehle wurden ordnungsgemäß ausgeführt, und in ungefähr drei Wochen machte ich bedeutende Fortschritte im Erlernen ihrer Sprache. Während dieser Zeit beehrte mich der Kaiser häufig mit seinem Besuch und hatte die Gnade, meinen Lehrern beim Unterricht zu helfen. Wir fingen bereits an, uns einigermaßen zu unterhalten, und die ersten Worte, die ich lernte, sollten meinen Wunsch ausdrücken, er möge mir gütigst meine Freiheit schenken, was ich jeden Tag kniefällig wiederholte. Seine Antwort, soweit ich sie verstehen konnte, lautete, das müsse die Zeit lehren, ohne Vorschlag seines Staatsrats sei nicht daran zu denken, und zuerst müßte ich »Lumos Kelmin pesso desmar lon Emposo«, das heißt, ihm und seinem Königreich Frieden schwören.

Man würde mich jedoch mit aller Freundlichkeit behandeln, und er riet mir, durch Geduld und kluges Betragen seine und seiner Untertanen Achtung zu erwerben. Er sprach den Wunsch aus, ich möge es nicht übelnehmen, wenn er gewissen zuständigen Beamten den Befehl erteile, mich zu durchsuchen; wahrscheinlich hätte ich verschiedene Waffen bei mir, die notwendigerweise gefährlich sein müßten, wenn sie der Größe einer so riesigen Person entsprächen. Ich sagte, Seine Majestät solle zufriedengestellt werden, denn ich sei bereit, mich zu entkleiden und meine Taschen vor ihm umzuwenden. Das gab ich teils durch Worte und teils durch Zeichen zu verstehen. Er antwortete, daß ich nach den Gesetzen des Königreichs von zweien seiner Beamten durchsucht werden müsse. Er wisse, das könne ohne meine Zustimmung und Hilfe nicht geschehen, er habe aber eine so gute Meinung von meinem Edelmut und Gerechtigkeitssinn, daß er ihre Personen meinen Händen anvertraue. Alles, was sie mir nähmen, werde zurückgegeben, wenn ich das Land verließe, oder nach einem von mir festgesetzten Preise bezahlt werden. Ich nahm die beiden Beamten in die Hände, steckte sie zuerst in meine Rocktaschen und hierauf in jede andere Tasche, die ich hatte, nur nicht in meine beiden Uhrtaschen und eine Geheimtasche, die ich nicht durchsuchen lassen wollte, weil ich darin einige kleine Bedarfsgegenstände hatte, die für niemanden außer für mich von Bedeutung waren. In einer meiner Uhrtaschen befand sich eine silberne Uhr und in der anderen eine kleine Anzahl Goldstücke in einem Geldbeutel.

Diese Herren hatten Feder, Tinte und Papier bei sich und legten ein genaues Verzeichnis an von allem, was sie sahen. Als sie fertig waren, baten sie mich, ich möchte sie wieder auf den Boden setzen, damit sie es dem Kaiser überbringen könnten. Dieses Verzeichnis habe ich später ins Englische übersetzt, und es lautet Wort für Wort wie folgt:

Imprimis: In der rechten Rocktasche des großen Menschberges (so übersetze ich die Worte »Quinbus Flestrin«) fanden wir nach der genauesten Untersuchung nur ein großes Stück rauhen Tuches, groß genug, als Teppich für Euer Majestät ersten Thronsaal zu dienen. In der linken Tasche sahen wir eine große silberne Truhe mit einem Deckel aus demselben Metall, den wir, die Untersuchungsbeamten, nicht zu heben vermochten. Wir verlangten, sie solle geöffnet werden; einer von uns stieg hinein und geriet bis an die Knie in eine Art Staub, von dem uns ein Teil ins Gesicht flog und uns beide mehrmals nacheinander zum Niesen brachte. In seiner rechten Westentasche fanden wir ein ungeheures Bündel von dünnen wei-

ßen Substanzen, die übereinandergelegt waren und ungefähr die Stärke von drei Männern besaßen. Sie waren mit einem starken Tau zusammengebunden und mit schwarzen Zeichen versehen, von denen wir untertänigst annehmen, daß es Schriftzeichen sind, wobei jeder Buchstabe fast halb so groß wie unsere Handfläche ist. In der linken Westentasche befand sich eine Art Vorrichtung, aus deren Rücken zwanzig lange Pfosten herausragten, ähnlich den Palisaden vor dem Hofe Euer Majestät. Damit kämmt sich der Menschberg die Haare, wie wir vermuten. Wir haben ihn nämlich nicht immer mit Fragen belästigt, weil wir es sehr schwierig fanden, uns ihm verständlich zu machen. In der großen Tasche auf der rechten Seite seiner Mittelkleidung (so übersetze ich das Wort »ranfu-lo«, womit sie meine Hosen meinten) sahen wir eine hohle Eisensäule von etwa Manneslänge, die an einem starken Stück Bauholz befestigt war, das noch größer als die Säule war. Auf einer Seite der Säule standen große Eisenstücke heraus, die zu seltsamer Gestalt geformt wa-

ren und von denen wir nicht wissen, was wir davon halten sollen. In der linken Tasche befand sich noch ein Werkzeug derselben Art. In der kleineren Tasche auf der rechten Seite waren mehrere runde flache Stücke weißes und rotes Metall von verschiedener Größe; einige der weißen, die Silber zu sein schienen, waren so groß und schwer, daß mein Gefährte und ich sie kaum aufheben konnten. In der linken Tasche waren zwei schwarze Säulen von unregelmäßiger Gestalt. Wir konnten nur mit Mühe an ihre Oberseite reichen, als wir auf dem Boden seiner Tasche standen. Eine von ihnen steckte in einer Hülle und schien ganz aus einem Stück zu bestehen; am oberen Ende der anderen aber befand sich eine runde weiße Substanz, etwa zweimal so dick wie unsere Köpfe. In jede dieser Säulen war eine riesige Stahlplatte eingelassen, und wir bewogen ihn durch unsere Befehle, sie uns zu zeigen; wir befürchteten nämlich, es könnten gefährliche Werkzeuge sein. Er nahm die Stahlplatten aus ihrem Gehäuse und sagte uns, daß er in seinem Lande mit der einen seinen Bart zu rasieren und mit der anderen sein Fleisch zu schneiden pflegte. Er hatte zwei Taschen, in die wir nicht hineinkommen konnten. Er nannte sie seine Uhrtaschen; sie bestehen aus zwei großen Schlitzen, die in das Oberteil seiner Mittelkleidung geschnitten, aber durch den Druck seines Bauches eng zusammengedrückt sind. Aus der rechten Uhrtasche hing eine große silberne Kette mit einer wunderbaren Maschine am Ende. Wir befahlen ihm herauszuziehen, was auch immer an der Kette befestigt sei. Es erwies sich als ein runder Gegenstand, zur Hälfte aus Silber, zur Hälfte aus irgendeinem durchsichtigen Metall. Auf der durchsichtigen Seite sahen wir gewisse sonderbare Figuren, die kreisförmig aufgezeichnet waren, und glaubten, wir könnten sie berühren, bis wir bemerkten, daß unsere Finger von jenem durchsichtigen Material aufgehalten wurden. Er hielt diese Maschine an unsere Ohren, und sie machte ein unaufhörliches Geräusch, ähnlich dem einer Wassermühle. Und wir vermuten, daß es entweder ein unbekanntes Tier oder der Gott ist, den er anbetet. Wir neigen aber mehr zu der letzteren Ansicht, weil er uns versicherte (wenn wir ihn recht verstanden haben, denn er drückt sich sehr mangelhaft aus), er tue selten etwas, ohne es zu Rate zu ziehen. Er nannte es sein Orakel und sagte, es zeige die Zeit für jede Handlung seines Lebens. Aus der linken Uhrtasche zog er ein Netz heraus, das beinahe groß genug für einen Fischer war; es war aber so eingerichtet, daß es sich wie ein Geldbeutel öffnete und schloß, und es diente ihm auch zu diesem Zweck. Wir fanden darin mehrere schwere Stücke gelben

Metalls, die von ungeheurem Wert sein müssen, wenn sie wirklich aus echtem Gold sind.

Nachdem wir so den Befehlen Euer Majestät entsprechend alle seine Taschen sorgfältig durchsucht hatten, bemerkten wir einen Gürtel um seinen Leib, der aus der Haut eines ungeheuer großen Tieres angefertigt ist. Von diesem hing auf der linken Seite ein Schwert von fünffacher Manneslänge herab und auf der rechten ein in zwei Kammern geteilter Sack oder Beutel; jede Kammer kann drei von Euer Majestät Untertanen aufnehmen. In einer dieser Kammern befanden sich mehrere Kugeln oder Bälle aus einem sehr schweren Metall, die etwa den Umfang unserer Köpfe hatten und die eine starke Hand zum Aufheben erfordern; die andere Kammer enthielt einen Haufen gewisser schwarzer Körner, die aber nicht von großem Umfang oder Gewicht waren, denn wir konnten über fünfzig davon in der hohlen Hand halten.

Dies ist ein genaues Verzeichnis dessen, was wir am Körper des Menschberges gefunden haben, der uns mit großer Höflichkeit und geziemender Achtung vor dem Auftrag Euer Majestät behandelte. Unterzeichnet und besiegelt am vierten Tage des neunundachtzigsten Mondes der glücklichen Regierung Euer Majestät.

Flessen Frelock

Marsi Frelock

Als dieses Verzeichnis dem Kaiser vorgelesen worden war, wies er mich an, wenn auch in sehr liebenswürdigen Ausdrükken, die verschiedenen angeführten Gegenstände auszuliefern. Zuerst verlangte er meinen Säbel, den ich mit Scheide und allem Zubehör aus dem Gürtel nahm. Mittlerweile befahl er dreitausend Mann auserwählter Truppen, die ihn begleiteten, in einiger Entfernung einen Kreis um mich zu bilden und ihre Bogen und Pfeile genau schußbereit zu halten. Ich bemerkte das jedoch nicht, denn meine Augen waren allein auf Seine Majestät gerichtet. Dann verlangte er, daß ich den Säbel ziehen solle, der fast überall noch außerordentlich glänzte, obwohl er durch das Seewasser etwas angerostet war. Ich tat es, und sogleich stießen alle Truppen ein Geschrei aus, das teils von Schrecken, teils von Überraschung zeugte, denn die Sonne schien hell, und der Widerschein blendete ihre Augen, als ich den Säbel in meiner Hand hin und her schwang. Seine Majestät, der ein sehr beherzter Fürst ist, war weniger erschrocken, als ich erwarten durfte. Er befahl mir, den Säbel wieder in die Scheide zu stecken und ihn dann so sanft wie möglich, ungefähr sechs Fuß vom Ende meiner Kette entfernt, auf den Boden zu werfen. Das nächste, was er verlangte, war eine der hohlen eisernen Säulen, womit er meine Taschenpistolen meinte. Ich zog sie heraus und beschrieb ihm auf seinen Wunsch, so gut ich konnte, ihren Gebrauch; danach lud ich sie nur mit Pulver, das dank der Dichtheit meiner Pulvertasche vor dem Naßwerden in der See bewahrt worden war (alle

klugen Seeleute achten ganz besonders darauf, diesem Übelstand vorzubeugen). Zuerst warnte ich den Kaiser, nicht zu erschrekken, und schoß dann in die Luft. Diesmal war der Schrecken weit größer als beim Anblick meines Säbels. Hunderte fielen zu Boden, als ob sie erschlagen wären, und sogar der Kaiser, obgleich er stehen blieb, konnte sich nicht so bald von dem Schreck erholen. Ich lieferte meine beiden Pistolen in derselben Weise aus wie meinen Säbel und dann auch meine Pulvertasche und die Kugeln, bat ihn aber, man möchte die erstere vom Feuer entfernt halten, denn sie würde sich bei dem kleinsten Funken entzünden und seinen kaiserlichen Palast in die Luft sprengen. Ferner lieferte ich meine Uhr aus, die zu sehen der Kaiser sehr begierig war. Er befahl deshalb zweien seiner größten Gardisten, sie an einer Stange auf den Schultern herbeizutragen, wie das Rollkutscher in England mit einem Bierfaß machen. Er wunderte sich über das beständige Getöse, das sie von sich gab, und über die Bewegung des Minutenzeigers, die er sehr gut erkennen konnte, denn das Sehvermögen jener Leute ist viel feiner als das unsrige. Er fragte seine Gelehrten, die bei ihm waren, nach ihren Meinungen, die sehr verschieden und unbestimmt waren, wie sich der Leser, auch ohne daß ich sie wiederhole, leicht denken kann; wenn ich sie natürlich auch nicht ganz verstehen konnte. Hierauf übergab ich mein Silber- und Kupfergeld, meine Börse mit neun großen Goldstücken und einigen kleineren, mein Taschen- und mein Rasiermesser, meinen Kamm und meine silberne Schnupftabakdose, mein Taschentuch und mein Tagebuch. Mein Säbel, die Pistolen und die Pulvertasche wurden auf Wagen

in die Lagerhäuser Seiner Majestät gebracht; mein übriges Eigentum wurde mir jedoch zurückgegeben.

Wie ich schon bemerkte, hatte ich noch eine Geheimtasche, die ihnen bei ihrer Durchsuchung entgangen war. Hierin befanden sich eine Brille (die ich wegen der Schwäche meiner Augen bisweilen gebrauchte), ein Taschenfernrohr und verschiedene andere kleine Bedarfsartikel, die von keiner Bedeutung für den Kaiser waren. Ich hielt mich deshalb auch nicht für verpflichtet, sie vorzuzeigen. Ich befürchtete nämlich, sie könnten verlorengehen oder beschädigt werden, wenn ich mich auf das Wagnis einließ, sie aus den Händen zu geben.

Drittes Kapitel

Der Verfasser unterhält den Kaiser und den Adel beiderlei Geschlechts auf eine sehr ungewöhnliche Weise. Die Vergnügungen des Hofes von Lilliput werden beschrieben. Dem Verfasser wird unter gewissen Bedingungen die Freiheit gewährt.

Meine Sanftmut und mein gutes Verhalten hatten den Kaiser und seinen Hof und sogar die Armee und das Volk im allgemeinen so sehr für mich eingenommen, daß ich anfing, die Hoffnung zu hegen, ich würde in kurzem meine Freiheit erlangen. Ich suchte diese günstige Stimmung auf jede mögliche Art zu fördern. Die Eingeborenen fürchteten sich allmählich immer weniger vor einer Gefahr von meiner Seite. Zuweilen legte ich mich hin und ließ fünf oder sechs von ihnen auf meiner Hand tanzen. Und schließlich wagten es auch die Knaben und Mädchen, zu mir zu kommen und in meinem Haar Versteck zu spielen. Ich hatte damals schon große Fortschritte darin gemacht, ihre Sprache zu verstehen und zu sprechen. Eines Tages bekam der Kaiser

Lust, mich mit verschiedenen Schaustellungen des Landes zu unterhalten, worin sie alle Nationen, die ich kenne, an Gewandtheit und Pracht übertreffen. Nichts gefiel mir aber so sehr wie die Darbietung der Seiltänzer, die auf einem dünnen weißen Faden vorgeführt wurde, der ungefähr zwei Fuß lang und zwölf Zoll hoch über dem Boden ausgespannt war. Mit der Erlaubnis des Lesers werde ich mir die Freiheit nehmen, darüber ein wenig ausführlicher zu berichten.

An diesem Zeitvertreib beteiligen sich nur die Personen, die sich um bedeutende Ämter und um hohe Gunst bei Hofe bewerben. Von Jugend auf üben sie sich in dieser Kunst und sind dabei nicht immer von vornehmer Geburt noch bester Erziehung. Wenn ein hohes Amt frei wird, entweder durch Tod oder durch Ungnade (was oft geschieht), so ersuchen fünf oder sechs dieser Kandidaten den Kaiser in einer Bittschrift, Seine Majestät und den Hof mit einem Tanz auf dem Seil unterhalten zu dürfen, und wer am höchsten springt, ohne zu fallen, erhält das Amt. Sehr oft wird selbst den höchsten Ministern befohlen, ihre Geschicklichkeit zu zeigen und den Kaiser davon zu überzeugen, daß sie ihre Gewandtheit nicht eingebüßt haben. Nach allgemeiner Ansicht führt der Finanzminister Flimnap auf dem straff gespannten Seil einen wenigstens um einen Zoll höheren Luftsprung aus als jeder andere große Herr im ganzen Kaiserreich. Ich habe ihn mehrmals hintereinander einen Salto auf einem Tranchierbrett ausführen sehen, das auf dem Seil befestigt war, welches nicht dikker ist als ein gewöhnlicher Bindfaden in England. Mein Freund Reldresal, Erster Minister für Privatangelegenheiten, steht meiner Meinung nach, wenn ich nicht voreingenommen bin, hinter dem Finanzminister an zweiter Stelle; die übrigen hohen Beamten sind einander etwa ebenbürtig.

Diese Unterhaltungen sind oft mit tödlichen Unglücksfällen verbunden, von denen eine große Anzahl schriftlich niedergelegt ist. Ich selbst habe gesehen, daß sich zwei oder drei Kandidaten ein Glied brachen. Die Gefahr ist jedoch viel größer, wenn die Minister selbst den Befehl erhalten, ihre Geschicklichkeit zu zeigen; da sie nämlich miteinander wetteifern, sich selbst und ihre Kollegen zu übertreffen, strengen sie sich so sehr an, daß es kaum einen unter ihnen gibt, der nicht einmal gestürzt ist, und einigen von ihnen ist das zwei- oder dreimal begegnet. Man versicherte mir, daß sich ein oder zwei Jahre vor meiner Ankunft Flimnap unfehlbar das Genick gebrochen hätte, wenn die Wucht seines Sturzes nicht durch ein Kissen des Kaisers, das zufällig auf dem Boden lag, gemildert worden wäre.

Desgleichen gibt es eine andere Unterhaltung, die nur bei besonderen Gelegenheiten und allein vor dem Kaiser, der Kaiserin und dem Ersten Minister dargeboten wird. Der Kaiser legt drei feine Seidenfäden von sechs Zoll Länge auf den Tisch. Einer ist blau, der andere rot und der dritte grün. Diese Fäden sind als Preise für jene Personen ausgesetzt, die der Kaiser durch ein besonderes Zeichen seiner Gunst auszeichnen will. Die Zeremonie wird in Seiner Majestät großem Thronsaal durchgeführt, wo die Kandidaten eine Geschicklichkeitsprüfung ablegen müssen, die sich von der ersten stark unterscheidet und von so besonderer Art ist, daß ich in keinem anderen Land der Alten oder der Neuen Welt etwas auch nur im geringsten Ähnliches beobachtet habe. Der Kaiser hält einen Stock waagerecht in der Hand, während die Kandidaten einer nach dem anderen herantreten und zuweilen über den Stock springen, zuweilen aber auch mehrmals rückwärts und vorwärts darunter durchkriechen, je nachdem der Stock gehoben oder gesenkt wird. Zuweilen hält der Kaiser

das eine Ende des Stockes und sein Erster Minister das andere, zuweilen hält der Minister den Stock auch ganz allein. Wer seine Rolle mit größter Behendigkeit spielt und beim Springen und Kriechen am längsten aushält, wird mit der blauen Seide belohnt; die rote erhält der nächste und die grüne der dritte. Sie tragen diese Seidenfäden alle zweifach um die Hüfte geschlungen, und man sieht wenig hohe Persönlichkeiten an diesem Hofe, die nicht mit einer dieser Schärpen geschmückt sind.

Da die Pferde der Armee und die des Königlichen Marstalls täglich vor mich geführt worden waren, so waren sie nicht mehr ängstlich, sondern kamen, ohne zu scheuen, bis an meine Füße heran. Die Reiter ließen sie über meine Hand springen, wenn ich sie auf den Boden hielt, und einer der Jäger des Kaisers setzte auf einem großen Rennpferd sogar einmal über meinen Fuß mitsamt Schuh, und das war in der Tat ein großartiger Sprung. Eines Tages hatte ich das Glück, den Kaiser auf eine sehr ungewöhnliche Weise zu unterhalten. Ich bat, er möge mir mehrere Stöcke von zwei Fuß Höhe und von der Dicke eines gewöhnlichen Rohrstocks bringen lassen, worauf Seine Majestät dem Oberforstmeister befahl, die entsprechenden Anweisungen zu erteilen, und am nächsten Morgen kamen sechs Förster mit ebenso vielen Wagen an, deren jeder von acht Pferden gezogen wurde. Ich nahm neun dieser Stöcke und stieß sie in einem Quadrat von zweieinhalb Fuß Seitenlänge fest in den Boden. Dann nahm ich vier weitere Stöcke und band sie horizontal etwa zwei Fuß über dem Boden an jeder Ecke fest; danach befestigte ich mein Taschentuch an den neuen aufrecht stehenden Stöcken und spannte es auf allen Seiten, bis es so straff wie ein Trommelfell war. Die vier horizontalen Stöcke, die das Taschentuch ungefähr fünf Zoll überragten, dienten als Brüstung auf jeder Seite. Als ich mein Werk vollendet hatte, bat ich den Kaiser, er möge eine Schwadron seiner besten Reiter, vierundzwanzig an der Zahl, kommen und auf dieser Fläche exerzieren lassen. Seine Majestät billigte den Vorschlag, und ich hob sie, aufgesessen und bewaffnet, zusammen mit den geeigneten Offizieren, um sie zu befehligen, einen nach dem anderen in den Händen hinauf. Sobald sie sich aufgestellt hatten, teilten sie sich in zwei Parteien, führten Scheingefechte, schossen mit stumpfen Pfeilen, zogen ihre Schwerter, flohen und verfolgten, griffen an und zogen sich zurück, kurzum, sie zeigten die beste militärische Disziplin, die ich je sah. Die horizontal liegenden Stöcke schützten sie und ihre Pferde davor, von dem Gerüst zu fallen, und der Kaiser war so überaus entzückt, daß er diese Unterhaltung an mehreren Tagen wiederholen ließ; auch beliebte es ihm einmal, sich selbst hinaufheben zu lassen und das Kommando zu übernehmen. Mit großer Mühe überredete er sogar die Kaiserin, sich von mir in ihrer geschlossenen Sänfte zwei Ellen von dem Gerüst entfernt emporhalten zu lassen, von wo sie die ganze Vorführung völlig überblicken konnte. Es war mein Glück, daß sich bei diesen Unterhaltungen kein Unfall ereignete. Nur einmal scharrte ein feuriges Pferd, das einem der Rittmeister gehörte, mit dem Huf und riß ein Loch in mein Taschentuch; es tat einen Fehltritt und überschlug sich mitsamt seinem Reiter. Ich kam beiden aber sofort zu Hilfe, bedeckte das Loch mit der einen Hand und setzte die Schwadron mit der anderen in derselben Weise hinab, wie ich sie hinaufgehoben hatte. Das gestürzte Pferd hatte eine Sehnenzerrung in der linken Schulter, aber der Reiter trug keine Verletzung davon, und ich besserte mein Taschentuch wieder aus, so gut ich konnte. Auf seine Festigkeit wollte ich mich jedoch bei so gefährlichen Unternehmungen nicht mehr verlassen.

Ungefähr zwei oder drei Tage bevor ich in Freiheit gesetzt wurde, traf, als ich gerade den Hof mit Kunststücken dieser Art unterhielt, ein Kurier ein, um Seine Majestät davon zu benachrichtigen, daß einige seiner Untertanen, die in der Nähe des Ortes, wo man mich zuerst ergriffen hatte, spazierengeritten seien, einen großen schwarzen Gegenstand von seltsamer Form auf dem Erdboden erblickt hätten. Seine Ränder erstreckten sich in einem Umkreis, der so groß wie das Schlafzimmer Seiner Majestät sei, und in der Mitte rage er bis zu Mannshöhe empor. Es sei kein lebendes Geschöpf, wie sie zuerst befürchtet hätten, denn es liege bewegungslos im Gras, und einige von ihnen seien mehrere Male darum herumgegangen. Sie seien einander auf die Schultern gestiegen und so auf seinen oberen Teil gelangt, der flach und eben sei, und als sie mit dem Fuße darauf stampften, hätten sie bemerkt, daß es inwendig hohl sei. Sie dächten sich in aller Untertänigkeit, es werde wohl etwas sein, was dem Menschberg gehöre, und wenn es Seiner Majestät beliebte, erböten sie sich, es mit nur fünf Pferden herbeizuschaffen. Ich wußte sogleich, was sie meinten, und freute mich von Herzen, diese Nachricht zu erhalten. Als ich nach unserem Schiffbruch die Küste erreichte, war ich so verwirrt, daß mir mein Hut vom Kopfe fiel, noch ehe ich an den Ort kam, wo ich einschlief. Ich hatte ihn mit einer Schnur an meinem Kopf festgebunden, während ich ruderte, und er war offenbar auch die ganze Zeit an Ort und Stelle geblieben, während ich schwamm, und erst vom Kopfe gefallen, nachdem ich an Land gekommen war. Wie ich vermute, war die Schnur durch irgendeinen Zufall gerissen; das aber hatte ich nicht bemerkt, sondern ich glaubte, mein Hut sei mir in der See abhanden gekommen. Ich richtete die dringende Bitte an Seine Kaiserliche Majestät, er möge Befehl erteilen, daß der Gegenstand mir so bald wie möglich gebracht werde, und beschrieb ihm seine Verwendung und Beschaffenheit. Am nächsten Tage kamen auch die Fuhrleute mit ihm an, allerdings war er nicht gerade in sehr gutem Zustand. Anderthalb Zoll vom Rand entfernt hatten sie zwei Löcher in die Krempe gebohrt und in den Löchern zwei Haken befestigt; diese Haken wurden durch ein langes Seil mit dem Pferdegeschirr verbunden, und auf diese Weise wurde mein Hut mehr als eine halbe englische Meile dahergeschleift. Da der Boden in jenem Lande jedoch sehr glatt und eben ist, wurde mein Hut weniger beschädigt, als ich befürchtet hatte.

Zwei Tage nach diesem Abenteuer befahl der Kaiser, derjenige Teil seiner Armee, der in seiner Hauptstadt und ihrer Umgebung einquartiert war, solle sich in Bereitschaft halten. Er hatte nämlich den Einfall, sich auf eine sehr ungewöhnliche Weise zu unterhalten. Er wünschte, ich solle mich wie ein Koloß aufstellenund die Beine so weit auseinanderspreizen, wie ich es bequem tun könnte. Danach befahl er seinem General, der ein alter, erfahrener Heerführer und ein großer Gönner von mir war, die Truppen in geschlossenen Reihen aufzustellen und sie unter mir durchmarschieren zu lassen; die Infanterie in Vierundzwanziger-, die Kavallerie in Sechzehnerreihen, mit klingendem Spiel, fliegenden Fahnen und gefällten Spießen. Diese Heeresabteilung bestand aus dreitausend Mann Infanterie und tausend Mann Kavallerie. Seine Majestät gab Befehl, daß jeder Soldat auf dem Marsch bei Todesstrafe den strengsten Anstand hinsichtlich meiner Person beachten solle. Das konnte einige der jüngeren Offiziere jedoch nicht abhalten emporzublicken, als sie unter mir durchmarschierten. Und, um die Wahrheit zu gestehen, meine Hosen waren damals in so schlechtem Zustand, daß sie wohl einige Gelegenheit zum Lachen und zum Erstaunen boten.

Ich hatte so viele Eingaben und Bittschriften zur Erlangung meiner Freiheit eingesandt, daß Seine Majestät die Sache endlich

zuerst im Kabinett und dann in einer Sitzung des gesamten Staatsrats zur Sprache brachte. Dort war niemand dagegen mit Ausnahme von Skyresh Bolgolam, der ohne den geringsten Anlaß mein Todfeind zu sein beliebte. Der Antrag wurde aber vom gesamten Rat gegen seine Stimme angenommen und vom Kaiser bestätigt. Dieser Minister war Galbet oder Admiral des Reichs; er besaß das Vertrauen seines Herrn in sehr hohem Grade und war in Staatsgeschäften sehr gewandt, allein von mürrischem und griesgrämigem Charakter. Schließlich ließ er sich aber doch überreden, seine Einwilligung zu geben; er setzte es jedoch durch, daß die Artikel und Bedingungen, auf Grund deren ich freigelassen werden sollte und die ich beschwören mußte, von ihm selbst aufgesetzt werden sollten. Diese Artikel wurden mir von Skyresh Bolgolam persönlich überbracht, der von zwei Unterstaatssekretären und mehreren angesehenen Personen begleitet wurde. Nachdem sie mir vorgelesen worden waren, verlangte man von mir, ich solle schwören, sie zu erfüllen, zuerst nach der Sitte meines eigenen Landes und nachher in der Weise, die von ihren Gesetzen vorgeschrieben sei: sie bestand darin, daß ich den rechten Fuß in die linke Hand nehmen und den Mittelfinger der rechten Hand auf den Scheitel des Kopfes und den Daumen an das rechte Ohrläppchen legen mußte. Da der Leser aber vielleicht gern einen Eindruck von dem Stil und der Ausdrucksweise, die jenem Volke eigentümlich sind, erhalten und zugleich auch die Artikel kennenlernen möchte, auf Grund deren ich meine Freiheit wiedererhielt, habe ich das ganze Dokument, Wort für Wort und so genau ich nur konnte, übersetzt und lege es hier der Öffentlichkeit vor.

Golbasto Momaren Evlame Gurdilo Shefin Mully Ully Gue, großmächtiger Kaiser von Lilliput, Entzücken und Schrecken des Weltalls, dessen Länder sich über fünftausend Blustrugs (ungefähr zwölf Meilen im Umkreis) bis an die Grenzen des Erdballs erstrecken, Monarch aller Monarchen, größer als die Söhne der Menschen, dessen Füße sich bis zum Mittelpunkt der Erde hinabdrücken und dessen Haupt an die Sonne stößt, auf dessen Wink den Fürsten der Erde die Knie erzittern, lieblich wie der Frühling, wohltuend wie der Sommer, fruchtbar wie der Herbst, furchtbar wie der Winter. Seine Höchsterhabene Majestät legt dem kürzlich in Unseren himmlischen Ländern angelangten Menschberg die folgenden Artikel vor, die zu erfüllen er durch einen feierlichen Eid verpflichtet werden soll.

Erstens. Der Menschberg soll Unsere Länder nicht ohne Unsere unter Unserem großen Staatssiegel erteilte Erlaubnis verlassen.

Zweitens. Er soll sich nicht erkühnen, ohne Unseren ausdrücklichen Befehl in Unsere Hauptstadt zu kommen; wenn er ihn aber erhält, sollen die Einwohner zwei Stunden vorher gewarnt werden, damit sie in ihren Häusern bleiben.

Drittens. Der besagte Menschberg soll seine Spaziergänge auf Unsere größten Landstraßen beschränken und keine Anstalten machen, sich auf einer Wiese oder einem Kornfeld zu ergehen oder niederzulegen.

Viertens. Wenn er auf den besagten Straßen spazierengeht, soll er die äußerste Sorgfalt walten lassen, um nicht auf die Leiber Unserer geliebten Untertanen, ihre Pferde oder Wagen zu treten; auch soll er keinen Unserer Untertanen ohne dessen Einwilligung in die Hand nehmen.

Fünftens. Wenn eine Eilbotschaft außergewöhnlich schneller Beförderung bedarf, so soll der Menschberg einmal in jedem Monat verpflichtet sein, Boten und Pferd sechs Tagereisen weit in der Tasche zu tragen und den besagten Boten (falls erforderlich) wohlbehalten in Unsere Kaiserliche Gegenwart zurückzubringen.

Sechstens. Er soll Unser Verbündeter gegen Unsere Feinde auf der Insel Blefuscu sein und sein möglichstes tun, um ihre Flotte zu vernichten, die gerade zu einem Einfall in Unsere Länder rüstet.

Siebentens. Der besagte Menschberg soll in seinen Mußestunden Unsere Arbeiter unterstützen und ihnen helfen, gewisse große Steine aufzuheben, die zur Verkleidung der Mauer des Großen Parks und anderer Unserer Königlichen Gebäude bestimmt sind.

Achtens. Der besagte Menschberg soll in der Zeit von zwei Monden einen genauen Plan vom Umfang Unserer Länder einreichen, und zwar nach einer Berechnung seiner eigenen Schritte um die Küste.

Letztens. Der besagte Menschberg soll, nachdem er feierlich geschworen hat, alle obigen Artikel zu befolgen, eine tägliche Ration von Speise und Trank erhalten, die zum Lebensunterhalt von 1728 Unserer Untertanen ausreichen würde, außerdem soll er freien Zutritt zu Unserer Königlichen Person und andere Zeichen Unserer Gunst erhalten.

Gegeben in Unserem Palast zu Belfaborac, den zwölften Tag des einundneunzigsten Mondes Unserer Regierung.

Ich beschwor diese Artikel und stimmte ihnen freudigen Herzens und mit großer Befriedigung zu, obgleich einige von ihnen nicht so ehrenvoll waren, wie ich es hätte wünschen können; das lag aber ausschließlich an der Bosheit Skyresh Bolgolams, des

Großadmirals. Dann löste man sogleich meine Ketten, und ich befand mich in völliger Freiheit. Der Kaiser selbst erwies mir die Ehre, der ganzen Zeremonie persönlich beizuwohnen. Ich zeigte meine Dankbarkeit, indem ich mich zu Seiner Majestät Füßen niederwarf; er befahl mir aber aufzustehen, und nach zahlreichen huldvollen Äußerungen, die ich, um dem Vorwurf der Eitelkeit aus dem Wege zu gehen, nicht wiedergeben werde, fügte er hinzu, er hoffe, daß ich mich als nützlicher Diener erweisen und alle die Gunstbezeigungen verdienen würde, die er mir bereits erwiesen habe oder in Zukunft noch erweisen möchte.

Der Leser wolle bitte beachten, daß der Kaiser in dem letzten Artikel zur Wiedererlangung meiner Freiheit verspricht, mir Speise und Trank in einer Menge zuzugestehen, die für den Lebensunterhalt von 1728 Lilliputanern ausgereicht hätte. Einige Zeit später fragte ich einen Freund bei Hofe, wie sie dazu gekommen seien, sich gerade zu dieser bestimmten Zahl zu entschließen, und er sagte mir, die Mathematiker Seiner Majestät hätten die Höhe meines Körpers mit Hilfe eines Quadranten gemessen, und da sie nun fanden, daß er im Verhältnis von zwölf zu eins größer als die ihren sei, hätten sie aus der Ähnlichkeit des Körperbaus den Schluß gezogen, daß mein Körper mindestens 1728 ihrer Körper enthalten müsse und folglich ebensoviel Nahrung benötige, wie zum Lebensunterhalt für diese Anzahl von Lilliputanern erforderlich sei. Daraus kann sich der Leser eine Vorstellung vom Scharfsinn jenes Volkes wie auch von der klugen und sorgfältigen Wirtschaftsführung eines so großen Fürsten machen.

Viertes Kapitel

Mildendo, die Hauptstadt von Lilliput, und der Palast des Kaisers werden beschrieben. Eine Unterhaltung zwischen dem Verfasser und einem Ersten Minister über die Angelegenheiten jenes Kaiserreichs. Anerbieten des Verfassers, dem Kaiser in seinen Kriegen zu dienen.

Die erste Bitte, die ich vorbrachte, nachdem ich meine Freiheit erhalten hatte, war, man möchte mir die Erlaubnis erteilen, Mildendo, die Hauptstadt, zu besichtigen. Der Kaiser gewährte sie mir ohne weiteres, jedoch mit der besonderen Ermahnung, weder den Einwohnern noch ihren Häusern Schaden zuzufügen. Das Volk wurde durch eine öffentliche Bekanntmachung von meiner Absicht, die Stadt zu besuchen, in Kenntnis gesetzt. Die Mauer, die sie umgibt, ist zweieinhalb Fuß hoch und wenigstens elf Zoll breit, so daß eine Pferdekutsche ganz ohne Gefahr auf ihr rundum fahren kann; und in einem Abstand von zehn Fuß wird sie von starken Türmen flankiert. Ich stieg über das große Westtor und ging sehr vorsichtig seitwärts durch die zwei Hauptstraßen. Ich trug nur mein kurzes Wams, denn ich befürchtete, mit meinen Rockschößen die Dächer und Dachrinnen der Häuser zu beschädigen. Ich ging mit der größten Vorsicht, um ja nicht auf irgendwelche Nachzügler zu treten, die vielleicht noch auf den Straßen geblieben sein könnten, obgleich die Befehle ganz ausdrücklich lauteten, daß alle Leute in ihren Häusern bleiben sollten, Zuwiderhandlungen geschähen auf eigene Gefahr. Die Dachfenster und Hausdächer wimmelten so von Zuschauern, daß ich glaubte, niemals auf all meinen Reisen einen volkreicheren Ort gesehen zu haben. Die Stadt bildet genau ein Quadrat, denn jede Seite der Mauer ist fünfhundert Fuß lang. Die zwei großen Straßen, die sich kreuzen und vier gleichgroße Stadtteile bilden, sind fünf Fuß breit. Die Gassen und Durchgänge, in die ich nicht hineingehen konnte, sondern die ich mir nur im Vorübergehen ansah, sind zwölf bis achtzehn Zoll breit. Die Stadt kann fünfhunderttausend Seelen aufnehmen. Die

Häuser sind drei bis fünf Stockwerke hoch, die Läden und Märkte reichlich mit Waren versehen.

Der Palast des Kaisers liegt im Mittelpunkt der Stadt, wo sich die beiden großen Straßen kreuzen. Er wird von einer Mauer umgeben, die zwei Fuß hoch und zwanzig Fuß von den Gebäuden entfernt ist. Ich hatte die Erlaubnis Seiner Majestät, über diese Mauer zu steigen, und da der Abstand zwischen ihr und dem Palast so groß war, konnte ich ihn mühelos von jeder Seite betrachten. Der äußere Hof ist ein Quadrat von vierzig Fuß und schließt zwei andere Höfe ein. Im innersten befinden sich die königlichen Gemächer, die ich sehr gern gesehen hätte. Es zeigte sich jedoch, daß das äußerst schwierig war, denn die großen Tore von einem Hof in den anderen waren nur achtzehn Zoll hoch und sieben Zoll breit. Die Gebäude des äußeren Hofes waren aber nun wenigstens fünf Fuß hoch, und es war mir nicht möglich, ohne sehr große Beschädigung des Gebäudekomplexes über sie hinwegzuschreiten, obgleich die Mauern aus behauenen Steinen fest gebaut und vier Zoll dick waren. Zugleich wünschte aber der Kaiser sehr, daß ich die Pracht seines Palastes sehen sollte. Das konnte ich jedoch erst drei Tage danach, die ich damit zubrachte, mit meinem Messer einige der größten Bäume im königlichen Park abzuschneiden, der ungefähr hundert Ellen von der Stadt entfernt war. Aus diesen Bäumen machte ich zwei Schemel, die beide etwa drei Fuß hoch und stark genug waren, mein Gewicht zu tragen. Nachdem das Volk zum zweitenmal gewarnt worden war, ging ich wieder durch die Stadt zum Palast, diesmal mit meinen beiden Schemeln in den Händen. Als ich an den äußeren Hof kam, stellte ich mich auf den einen Schemel, nahm den anderen in die Hand, hob ihn über das Dach und setzte ihn behutsam auf den acht Fuß breiten Raum zwischen dem ersten und zweiten Hof nieder. Dann stieg ich sehr bequem

von einem Schemel auf den anderen über die Gebäude und zog den ersten mit einem Stock, der mit einem Haken versehen war, zu mir hinauf. Durch diese Erfindung gelangte ich in den innersten Hof, legte mich auf die Seite und wandte mein Gesicht den Fenstern der mittleren Stockwerke zu, die absichtlich offengelassen worden waren. Ich erblickte die prächtigsten Gemächer, die man sich nur vorstellen kann. Dort sah ich die Kaiserin und die jungen Prinzen in ihren verschiedenen Wohnungen, umringt von den Vornehmsten ihres Gefolges. Ihre Kaiserliche Majestät geruhte, mir sehr gnädig zuzulächeln, und reichte mir aus dem Fenster die Hand zum Kuß.

Aber ich werde dem Leser keine weiteren Beschreibungen dieser Art im voraus mitteilen, weil ich sie für ein größeres Werk aufspare, das nun fast druckfertig ist. Es wird eine allgemeine Beschreibung dieses Reiches von seinen Anfängen und seiner Entwicklung unter einer langen Reihe von Fürsten enthalten; ferner einen besonderen Bericht über ihre Kriege und ihre Politik, ihre Gesetze, Gelehrsamkeit und Religion, ihre Pflanzen und Tiere; auch über ihre besonderen Sitten und Gewohnheiten und andere sehr wissenswerte und nützliche Dinge. Gegenwärtig ist meine Hauptabsicht allein die Darstellung solcher Ereignisse und Vorgänge, die sich während meines Aufenthalts von etwa neun Monaten in jenem Reich in bezug auf das gesamte Volk oder auf mich selbst zutrugen.

Eines Morgens, ungefähr vierzehn Tage nachdem ich meine Freiheit erlangt hatte, kam Reldresal, Erster Minister für Privatangelegenheiten (wie sie ihn betiteln), nur von einem Diener begleitet, zu meinem Haus. Er ließ seine Kutsche in einiger Entfernung warten und bat, ich möchte ihm eine Stunde Gehör schenken. Ich stimmte bereitwillig zu, und zwar sowohl wegen seines hohen Rangs und seiner persönlichen Vorzüge als auch wegen der vielen guten Dienste, die er mir bei meinen Gesuchen am Hofe erwiesen hatte. Ich bot ihm an, mich niederzulegen, damit er mein Ohr desto bequemer erreichen könnte; er zog es aber vor, sich während unserer Unterredung von mir in der Hand halten zu lassen. Er begann mit Glückwünschen zu meiner Freilassung und sagte, er könnte einiges Verdienst dabei in Anspruch nehmen, fügte aber hinzu, daß ich sie vielleicht nicht so schnell erlangt

hätte, wäre nicht der gegenwärtige Stand der Dinge am Hofe gewesen. »Denn«, sagte er, »wie blühend unser Zustand Fremden auch erscheinen mag, so leiden wir doch unter zwei großen Übeln: einer heftigen Parteisucht im Innern und der Gefahr einer Invasion durch einen sehr mächtigen Feind von außen. Was das erste betrifft, so müßt Ihr wissen, daß es seit ungefähr siebzig Monden in diesem Reich zwei miteinander streitende Parteien namens Tramecksan und Slamecksan gibt, so benannt nach den hohen und niedrigen Absätzen an ihren Schuhen, durch die sie

sich unterscheiden. Man behauptet freilich, daß die hohen Absätze unserer alten Verfassung am besten entsprächen; aber wie dem auch sein mag, Seine Majestät hat beschlossen, in den Regierungsgeschäften und allen Ämtern, die die Krone zu vergeben hat, nur Träger niedriger Absätze zu verwenden, was Ihr sicherlich bemerkt habt, und besonders auch, daß die Kaiserlichen Absätze Seiner Majestät wenigstens um einen Drurr niedriger sind als die jeder anderen Person seines Hofes. (Ein Drurr ist ein Maß von ungefähr dem vierzehnten Teil eines Zolles.) Der Haß zwischen diesen beiden Parteien geht so weit, daß sie weder miteinander essen noch trinken, noch auch reden. Wir schätzen, daß uns die Tramecksan oder die Träger hoher Absätze an Zahl übertreffen; aber die Macht liegt völlig in unseren Händen. Wir befürchten, daß Seine

Kaiserliche Hoheit, der Thronerbe, eine gewisse Neigung zu der Partei der hohen Absätze hat, wenigstens können wir deutlich sehen, daß einer seiner Absätze höher ist als der andere, was ihm einen hinkenden Gang verleiht. Mitten in diesen inneren Unruhen droht uns nun eine Invasion von der Insel Blefuscu, die das andere große Reich der Welt ist, beinahe ebenso groß und mächtig wie das Seiner Majestät. Denn bezüglich dessen, was wir Euch haben versichern hören, nämlich daß es in der Welt noch andere Königreiche und Staaten gäbe, welche von menschlichen Geschöpfen bewohnt werden, die so groß sind wie Ihr selbst, sind unsere Philosophen sehr in Zweifel und möchten eher annehmen, daß Ihr vom Mond oder einem der Sterne herabgefallen seid, weil gewiß ist, daß hundert Sterbliche von Eurer Größe in kurzer Zeit alle Früchte und alles Vieh der Länder Seiner Majestät vernichten würden. Außerdem erwähnt unsere Geschichte, die sechstausend Monde zählt, keine andere Gegend als die beiden großen Reiche Lilliput und Blefuscu. Diese beiden großen Mächte liegen, wie ich Euch sagen wollte, seit sechsunddreißig Monden in einem äußerst hartnäckigen Krieg. Er begann aus folgendem Anlaß: Allerseits wird eingeräumt, daß die ursprüngliche Art, Eier aufzuschlagen, bevor man sie ißt, darin bestand, das am stumpfen Ende zu tun. Es trug sich aber zu, daß der Großvater Seiner gegenwärtig regierenden Majestät, als er als Knabe ein Ei essen wollte und es nach dem alten Brauch aufschlug, sich in den Finger schnitt. Darauf erließ der Kaiser, sein Vater, eine Verordnung, die all seinen Untertanen bei schweren Strafen befahl, die Eier am spitzen Ende aufzuschlagen. Das Volk war über dieses Gesetz so heftig empört, daß unsere Geschichtswerke uns berichten, es seien aus diesem Anlaß sechs Rebellionen angezettelt worden. Ein Kaiser verlor dabei das Leben und ein anderer die Krone. Diese Unruhen der Bürger wurden fortwährend durch die Herrscher von Blefuscu geschürt; und wenn sie unterdrückt wurden, flüchteten die Verbannten stets in dieses Reich. Man schätzt, daß im Laufe der Zeit elftausend Personen lieber den Tod erlitten haben, als daß sie sich damit abfanden, die Eier am spitzen Ende aufzuschlagen. Viel hundert dicke Bände sind über diesen Streit veröffentlicht worden; aber die Bücher der Stumpfender sind schon lange verboten, und die ganze Partei ist durch Gesetz für unfähig erklärt worden, Ämter zu bekleiden. Im Verlauf dieser Unruhen machten uns die Kaiser von Blefuscu durch ihre Gesandten häufig Vorhaltungen, indem sie uns beschuldigten, eine Spaltung in der Religion herbeizuführen, weil wir gegen eine Grundlehre unseres großen Propheten Lustrog im vierundfünfzigsten Kapitel des Blundecral (das ist ihr Koran) verstießen. Man meint jedoch, daß diese Auslegung dem Text nur Zwang antut, denn die Worte lauten so: *Alle wahren Gläubigen schlagen die Eier am passenden Ende auf.* Welches nun das passende Ende ist, scheint nach meiner demütigen Meinung dem Gewissen eines jeden einzelnen überlassen zu sein, oder wenigstens scheint es in der Macht der obersten Behörde zu stehen, das

zu bestimmen. Nun haben die verbannten Stumpfender so viel Einfluß am Hofe des Kaisers von Blefuscu und so viel heimliche Unterstützung und Ermutigung seitens ihrer Partei hier im Lande erlangt, daß schon sechsunddreißig Monde lang mit wechselndem Erfolg ein blutiger Krieg zwischen den beiden Reichen geführt wird. Während dieser Zeit haben wir vierzig Schlachtschiffe und eine viel größere Anzahl kleinerer Seefahrzeuge nebst dreißigtausend unserer besten Seeleute und Soldaten verloren. Und die Verluste, die der Feind erlitten hat, werden noch etwas größer als unsere geschätzt. Dessenungeachtet haben sie jetzt eine sehr große Flotte ausgerüstet und treffen gerade Vorbereitungen, über uns herzufallen. Da Seine Kaiserliche Majestät großes Vertrauen in Eure Tapferkeit und Stärke setzt, hat er mir befohlen, Euch diesen Bericht über seine Angelegenheiten zu unterbreiten.«

Ich bat den Minister, dem Kaiser meinen untertänigsten Gehorsam zu bezeigen und ihn wissen zu lassen, daß ich glaubte, für mich als Fremden gezieme es sich nicht, mich in Parteistreitigkeiten einzumischen; ich sei jedoch bereit, seine Person und seinen Staat unter Einsatz meines Lebens gegen alle Eindringlinge zu verteidigen.

Fünftes Kapitel

Der Verfasser verhindert eine Invasion durch eine außerordentliche Kriegslist. Ein hoher Ehrentitel wird ihm verliehen. Vom Kaiser von Blefuscu treffen Gesandte ein und bitten um Frieden. In den Gemächern der Kaiserin bricht durch einen Unglücksfall Feuer aus; der Verfasser ist behilflich, den übrigen Teil des Palastes zu retten.

Das Kaiserreich Blefuscu ist eine Insel, die nordnordöstlich von Lilliput liegt, von dem es nur durch einen achthundert Ellen breiten Kanal getrennt wird. Ich hatte es noch nicht gesehen, und auf diese Nachricht von einer beabsichtigten Invasion hin vermied ich es, auf jener Seite der Küste zu erscheinen, aus Furcht, von einigen der Schiffe des Feindes entdeckt zu werden, der noch nichts von mir erfahren hatte. Während des Krieges war nämlich jeder Verkehr zwischen den beiden Reichen bei Todesstrafe verboten, und unser Kaiser hatte ein Embargo auf Seefahrzeuge jeder Art gelegt. Ich teilte Seiner Majestät einen von mir ausgedachten Plan mit, mich der ganzen Flotte des Feindes zu bemächtigen, die, wie uns unsere Kundschafter versicherten, im Hafen vor Anker lag und bereit war, beim ersten günstigen Wind auszulaufen. Ich befragte die erfahrensten Seeleute nach der Tiefe des Kanals, die sie oft gelotet hatten; sie sagten mir, daß er bei Flut in der Mitte siebzig Glumgluffs tief sei, das sind etwa sechs Fuß nach europäischem Maß, und sonst höchstens fünfzig Glumgluffs. Ich ging an die Nordostküste gegenüber von Blefuscu und legte mich hinter einen Hügel, zog mein kleines Taschenfernrohr hervor und nahm die vor Anker liegende Flotte des Feindes in Augenschein, die aus etwa fünfzig Kriegsschiffen und einer großen Zahl von Transportschiffen bestand. Dann kehrte ich in mein Haus zurück und erteilte einen Auftrag (wozu ich eine Vollmacht hatte) über eine große Menge der stärksten Taue und eisernen Stangen. Die Taue waren ungefähr so dick wie Bindfäden und die Stangen von der Länge und Dicke einer Stricknadel. Ich verdreifachte die Taue, um sie stärker zu machen, und drehte aus dem gleichen Grunde drei der eisernen Stangen zusammen, indem ich die Spitzen zu einem Haken bog. Nachdem ich auf diese Weise fünfzig Haken an ebenso vielen Tauen befestigt hatte, kehrte ich an die Nordostküste zurück, zog Rock, Schuhe und Strümpfe aus und ging ungefähr eine halbe Stunde vor der Flut mit meinem ledernen Wams in die See hinein. Ich watete, so schnell ich konnte, und schwamm in der Mitte ungefähr dreißig Ellen, bis ich Grund fühlte. In weniger als einer halben Stunde erreichte ich die Flotte. Die Feinde waren so erschrocken, als sie mich erblickten, daß sie aus den Schiffen

sprangen und ans Ufer schwammen, wo nicht weniger als dreißigtausend Menschen versammelt sein mochten. Dann nahm ich mein Takelwerk, befestigte in der Luke auf dem Vorderdeck jedes Schiffes einen Haken und band alle Seile am Ende zusammen. Während ich damit beschäftigt war, schoß der Feind mehrere tausend Pfeile ab, von denen mir viele im Gesicht und in den Händen steckenblieben und mich, abgesehen von dem heftigen Schmerz, den sie mir verursachten, bei meiner Arbeit sehr behinderten. Am meisten war ich um meine Augen besorgt, die ich wohl auch unfehlbar verloren hätte, wenn mir nicht plötzlich ein Ausweg eingefallen wäre. Unter anderen kleinen Bedarfsgegenständen hatte ich auch eine Brille in einer Geheimtasche, die, wie ich bereits erwähnt habe, den Untersuchungsbeamten des Kaisers entgangen war. Diese Brille nahm ich heraus und setzte sie, so fest ich konnte, auf meine Nase. So geschützt führte ich meine Arbeit kühn fort, trotz der Pfeile des Feindes, von denen viele die Gläser meiner Brille trafen, aber ohne irgendeine andere Wirkung, als sie ein wenig zu verrücken. Ich hatte nun alle Haken befestigt, nahm den Knoten in die Hand und begann zu ziehen; aber kein Schiff wollte sich von der Stelle rühren, denn sie wurden sämtlich von den Ankern zu fest gehalten. Somit war der kühnste Teil meines Unternehmens noch zu vollbringen. Ich ließ daher das Seil los, und während die Haken an den Schiffen befestigt blieben, schnitt ich mit meinem Messer entschlossen die Taue durch, an denen sie verankert waren, wobei ich ungefähr zweihundert Schüsse in das Gesicht und auf die Hände bekam. Dann ergriff ich wieder das zusammengeknotete Ende der Taue, an denen meine Haken befestigt waren, und zog ohne die mindeste Anstrengung fünfzig der größten Kriegsschiffe des Feindes hinter mir her.

Die Blefuscudier, die nicht die geringste Vorstellung davon hatten, was ich beabsichtigte, waren zuerst vor Schrecken ganz verwirrrt. Sie hatten gesehen, daß ich die Taue durchschnitt, und glaubten, meine Absicht sei nur, die Schiffe treiben oder miteinander zusammenstoßen zu lassen. Als sie aber bemerkten, daß sich die ganze Flotte in guter Ordnung bewegte, und sahen, wie ich am Ende zog, stießen sie einen solchen Schrei des Schmerzes und der Verzweiflung aus, daß es beinahe unmöglich ist, ihn zu beschreiben oder sich vorzustellen. Als ich außer Gefahr war, blieb ich eine Weile stehen, um die Pfeile herauszuziehen, die mir in Gesicht und Händen steckten, und rieb die Wunden mit derselben Salbe ein, dic ich bei meiner Ankunft erhalten hatte, wie ich früher erwähnt habe. Hierauf nahm ich meine Brille ab, wartete ungefähr eine Stunde, bis die Flut ein wenig zurückgegangen war, watete dann mit meiner Fracht durch die Mitte des Kanals und langte wohlbehalten im königlichen Hafen von Lilliput an.

Der Kaiser und sein ganzer Hof standen am Ufer und erwarteten den Ausgang dieses großen Abenteuers. Sie sahen, daß sich die Schiffe in einem weiten Halbkreis vorwärts bewegten, konnten mich aber nicht erkennen, da ich bis an die Brust im Wasser war. Als ich die Mitte des Kanals erreichte, waren sie in noch größerer Sorge, weil ich bis zum Hals im Wasser war. Der Kaiser folgerte, ich sei ertrunken und die Flotte des Feindes nähere sich in feindseliger Absicht; er wurde aber bald von seinen Befürchtungen befreit. Da der Kanal ja mit jedem Schritt, den ich tat, seichter wurde, kam ich in kurzer Zeit in Hörweite, und während ich das Ende des Taues, an dem die Flotte befestigt war, in die Höhe hielt, rief ich mit lauter Stimme: »Lang lebe der großmächtige Kaiser von Lilliput!« Dieser große Fürst empfing mich bei meiner Landung mit allen möglichen Lobpreisungen und machte mich auf der Stelle zum Nardac, welches der höchste Ehrentitel bei ihnen ist.

Seine Majestät wünschte, ich möchte irgendeine andere Gelegenheit benutzen, um auch alle übrigen Schiffe seines Feindes in seine Häfen zu bringen. Und so grenzenlos ist der Ehrgeiz der Fürsten, daß er an nichts Geringeres zu denken schien, als das ganze Kaiserreich Blefuscu in eine Provinz zu verwandeln und sie durch einen Vizekönig zu regieren, die verbannten Stumpfender auszurotten und auch jenes Volk zu zwingen, die Eier am spitzen Ende aufzuschlagen, wodurch er der Alleinherrscher der ganzen Welt sein würde. Ich bemühte mich aber, ihn mit vielen Argumenten, die von den Maximen der Politik wie auch der Gerechtigkeit abgeleitet waren, von diesem Plan abzubringen, und erklärte rundheraus, ich würde mich nie zum Werkzeug dafür machen lassen, ein freies und tapferes Volk zu versklaven. Und als diese Angelegenheit im Staatsrat erörtert wurde, war der klügste Teil des Kabinetts meiner Meinung.

Diese meine offene und kühne Erklärung lief den Plänen und der Politik des Kaisers so zuwider, daß er sie mir nie verzeihen konnte. Er erwähnte sie auf sehr verschlagene Weise im Staatsrat, wo, wie ich hörte, einige der Klügsten wenigstens durch ihr Stillschweigen meine Ansicht zu billigen schienen. Andere aber, die meine geheimen Feinde waren, konnten einige Bemerkungen nicht unterdrücken, die mich auf indirekte Weise herabsetzten. Und von dieser Zeit an setzte ein heimtückisch gegen mich gerichtetes Ränkespiel zwischen Seiner Majestät und einer Clique von Ministern ein, das in weniger als zwei Monaten offen zutage trat und beinahe mit meinem völligen Verderben geendet hätte. So wenig Gewicht haben bei den Fürsten die größten Verdienste, wenn sie gegen eine Weigerung, ihrem Verlangen entgegenzukommen, in die Waagschale geworfen werden.

Etwa drei Wochen nach diesem Unternehmen traf eine feierliche Gesandtschaft aus Blefuscu mit demütigen Friedensangeboten ein. Der Frieden wurde auch bald unter Bedingungen, die für unseren Kaiser sehr vorteilhaft waren, womit ich aber den Leser nicht behelligen werde, abgeschlossen. Es waren sechs Gesandte mit einem Gefolge von ungefähr fünfhundert Personen, und ihr Einzug war sehr prächtig und der Erhabenheit ihres Herrn sowie der Bedeutung ihres Geschäftes angemessen. Als ihr Vertrag abgeschlossen war, wobei ich ihnen mehrere gute Dienste durch das Ansehen erwies, das ich jetzt bei Hofe hatte oder wenigstens zu haben schien, statteten mir Ihre Exzellenzen, denen man vertraulich mitgeteilt hatte, wie sehr ich mich als ihr Freund gezeigt hätte, in aller Form einen Besuch ab. Sie begannen mit vielen Komplimenten über meine Tapferkeit und Großmut, luden mich im Namen des Kaisers, ihres Herrn, in jenes Reich ein und wünschten, daß ich ihnen einige Beweise meiner ungeheuren Stärke gäbe, von der sie so viel Wunderbares gehört hätten.

Hierin stand ich ihnen bereitwillig zu Diensten, ich werde aber den Leser nicht mit den Einzelheiten belästigen.

Als ich Ihre Exzellenzen einige Zeit zu ihrer außerordentlich großen Befriedigung und Überraschung unterhalten hatte, bat ich, sie möchten mir die Ehre erweisen, dem Kaiser, ihrem Herrn, meine untertänigsten Empfehlungen zu übermitteln; der Ruf seiner Tugenden erfülle sehr zu Recht die ganze Welt mit Bewunderung, und ich sei entschlossen, seiner königlichen Person meine Aufwartung zu machen, bevor ich in mein eigenes Land zurückkehrte. Das nächste Mal, als ich die Ehre einer Audienz bei unserem Kaiser hatte, ersuchte ich ihn dementsprechend um generelle Erlaubnis, dem Monarchen von Blefuscu einen Besuch abstatten zu dürfen. Er hatte die Gnade, sie mir zu erteilen, jedoch, wie ich bemerken konnte, in sehr kühler Weise; den Grund konnte ich aber nicht erraten, bis eine gewisse Person mir zuflüsterte, Flimnap und Bolgolam hätten meine Unterredung mit jenen Gesandten als Zeichen von Illoyalität dargestellt, wovon mein Herz wahrhaftig völlig frei war. Das war das erstemal, daß ich begann, mir eine Vorstellung von der Unvollkommenheit von Höfen und Ministern zu machen.

Es muß noch gesagt werden, daß diese Gesandten durch einen Dolmetscher mit mir redeten; denn die Sprachen beider Reiche unterscheiden sich so sehr voneinander wie nur zwei beliebige andere in Europa, und jede Nation brüstet sich mit dem Alter, der Schönheit und der Kraft ihrer eigenen Sprache und verachtet rückhaltlos die ihrer Nachbarn. Unser Kaiser pochte jedoch auf den Vorteil, den ihm die Wegnahme ihrer Flotte eingebracht hatte, und zwang sie, ihre Beglaubigungsschreiben in lilliputanischer Sprache abgefaßt zu übergeben und ihre Rede in derselben

Sprache zu halten. Und man muß zugeben, daß es nur wenige Personen von Rang, Kaufleute oder Matrosen, die an den Küsten wohnen, gibt, die sich nicht in beiden Sprachen unterhalten können. Der Grund dafür liegt in dem starken Handels- und Geschäftsverkehr zwischen beiden Reichen, in der ständigen Aufnahme von Verbannten, die bei ihnen wechselseitig vor sich geht, sowie in dem in beiden Reichen herrschenden Brauch, die jungen Männer des hohen und des wohlhabenderen niederen Adels in das andere Reich zu schicken, damit sie die Welt sehen, Menschen und Sitten kennenlernen und dadurch ihre Bildung vervollkommnen. Ich fand diese Sprachkenntnis einige Wochen später bestätigt, als ich mich zum Kaiser von Blefuscu begab, um ihm meine Aufwartung zu machen, ein Umstand, der sich – inmitten großer Mißhelligkeiten infolge der Bosheit meiner Feinde – als ein höchst glückliches Ereignis erwies, wie ich an gehöriger Stelle berichten werde.

Der Leser wird sich wohl erinnern, daß, als ich die Artikel unterzeichnete, auf Grund deren ich meine Freiheit wiedererhielt, einige dabei waren, die mir nicht zusagten, weil sie zu knechtisch waren, auch hätte mich nichts außer einer dringenden Notwendigkeit zwingen können, mich mit ihnen abzufinden. Aber da ich nun ein Nardac des höchsten Rangs in jenem Reiche war, sah man Dienste solcher Art als unter meiner Würde an, und der Kaiser (um ihm Gerechtigkeit widerfahren zu lassen) erwähnte sie mir gegenüber nicht ein einziges Mal. Es dauerte jedoch nicht lange, bis ich Gelegenheit hatte, Seiner Majestät einen, so glaubte ich wenigstens damals, sehr bedeutenden Dienst zu erweisen. Ich wurde um Mitternacht durch das Geschrei vieler hundert Leute vor meiner Tür alarmiert und geriet, dadurch plötzlich aufgeweckt, in einigen Schrecken. Ich hörte, wie man das Wort »Burglum« unaufhörlich wiederholte; mehrere Hofleute des Kaisers drängten sich durch die Menge und flehten mich an, sogleich zum Palast zu kommen, wo in den Gemächern Ihrer Kaiserlichen Majestät durch die Fahrlässigkeit einer Hofdame, die einschlief, während sie einen Roman las, Feuer ausgebrochen sei. Ich sprang sofort auf; und da Befehl erteilt wurde, mir den Weg frei zu machen, und auch der Mond gerade schien, brachte ich es fertig, zum Palast zu gelangen, ohne auf irgendeinen Angehörigen dieses Volkes zu treten. Ich sah, daß sie schon Leitern an die

Wände der Gemächer gelegt hatten und ausreichend mit Eimern versehen waren, aber das Wasser befand sich in ziemlicher Entfernung. Diese Eimer besaßen ungefähr die Größe eines starken Fingerhuts, und die armen Leute reichten sie mir, so schnell sie nur konnten; aber die Glut war so stark, daß sie wenig ausrichteten. Ich hätte das Feuer mit meinem Rock leicht ersticken können; den hatte ich aber in der Eile unglücklicherweise zurückgelassen und war nur in meinem ledernen Wams losgelaufen. Der Fall schien völlig verzweifelt und hoffnungslos; und dieser prächtige Palast wäre unfehlbar bis auf den Grund niedergebrannt, wäre mir nicht plötzlich mit einer für mich außergewöhnlichen Geistesgegenwart ein Ausweg eingefallen. Am Abend zuvor hatte ich ausgiebig von einem ganz köstlichen Wein mit Namen Glimigrim getrunken (die Blefuscudier nennen ihn Flunec, aber man hält unsere Sorte für die bessere), der sehr harntreibend wirkt. Zum größten Glück hatte ich mich nun noch keines Tropfens davon entledigt. Da mir heiß geworden war, weil ich den Flammen sehr nahe kam und weil ich mich abmühte, sie zu löschen, fing der Wein an, in Form von Urin wirksam zu werden; ich entledigte mich dessen in einer solchen Menge und lenkte ihn so geschickt an die rechten Stellen, daß das Feuer in drei Minuten gänzlich gelöscht war und die übrigen Teile jenes prächtigen Gebäudekomplexes, dessen Bau so viele Menschenalter erfordert hatte, vor der Zerstörung bewahrt blieben.

Es war nun hellichter Tag geworden, und ich kehrte zu meinem Hause zurück, ohne den Dank des Kaisers abzuwarten, weil ich ihm zwar einen wirklich hervorragenden Dienst erwiesen hatte, aber doch nicht sagen konnte, wie Seine Majestät die Art aufnehmen würde, in der ich ihn vollbracht hatte. Nach den Grundgesetzen des Reiches wird nämlich jeder ohne Rücksicht auf seinen Stand mit dem Tode bestraft, der innerhalb des Palastbereichs Wasser läßt. Ein wenig wurde ich aber durch eine Botschaft Seiner Majestät beruhigt, er werde dem Obersten Richter Befehl erteilen, meine Begnadigung in aller Form zu bestätigen; die Urkunde konnte ich jedoch nicht bekommen. Und mir wurde vertraulich versichert, die Kaiserin empfinde den größten Abscheu vor dem, was ich getan hätte, und habe sich in den entferntesten Teil des Palastes zurückgezogen. Sie sei fest entschlossen, daß jene Gebäudeteile nie wieder für ihren Gebrauch hergerichtet werden sollten, und sie habe es nicht unterlassen können, in Gegenwart ihrer vornehmsten Vertrauten Rache zu schwören.

Sechstes Kapitel

Über die Einwohner von Lilliput, ihre Gelehrsamkeit, Gesetze und Sitten und die Art und Weise, wie sie ihre Kinder erziehen. Die Lebensweise des Verfassers in diesem Lande. Seine Ehrenrettung einer vornehmen Dame.

Obgleich ich die Absicht habe, die Beschreibung dieses Kaiserreichs einer besonderen Abhandlung vorzubehalten, bin ich doch bereit, dem neugierigen Leser einstweilen mit einigen allgemeinen Angaben gefällig zu sein. Wie die durchschnittliche Größe der Eingeborenen etwas unter sechs Zoll liegt, so besteht genau das gleiche Größenverhältnis bei allen anderen Tieren wie auch Pflanzen und Bäumen. Die größten Pferde und Ochsen sind zum Beispiel zwischen vier und fünf Zoll hoch, die Schafe ungefähr anderthalb Zoll, ihre Gänse haben etwa die Größe eines Sperlings, und so geht es die verschiedenen Abstufungen nach unten, bis man zu den kleinsten kommt, die für mein Sehvermögen fast unsichtbar waren. Die Natur hat die Augen der Lilliputaner jedoch allen Dingen, die sie sehen müssen, angepaßt. Sie sehen sehr scharf, aber nicht sehr weit. Um ihre Sehschärfe gegenüber nahen Dingen zu zeigen, möchte

ich nur anführen, daß ich das große Vergnügen hatte, einem

Koch zuzusehen, wie er eine Lerche rupfte, die nicht einmal so groß wie eine gewöhnliche Fliege war, und einem jungen Mädchen, wie es einen unsichtbaren Seidenfaden in eine unsichtbare Nadel einfädelte. Ihre größten Bäume sind ungefähr sieben Fuß hoch; ich meine einige von jenen im großen königlichen Park, an deren Wipfel ich mit geballter Faust gerade noch reichen konnte. Die anderen Pflanzen zeigen das gleiche Größenverhältnis, aber das überlasse ich der Phantasie des Lesers.

Von ihrer Gelehrsamkeit, die seit vielen Menschenaltern bei ihnen in all ihren Zweigen blüht, werde ich hier nur wenig sagen; ihre Art zu schreiben ist jedoch sehr eigenartig: sie schreiben nämlich weder von links nach rechts wie die Europäer

Inimitable, Incomparable:

noch von rechts nach links wie die Araber,

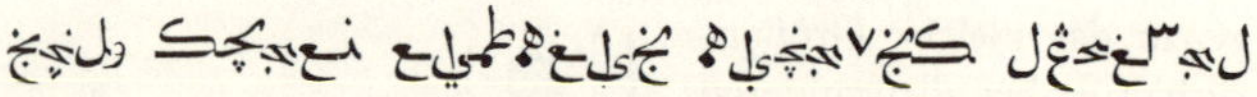

noch von oben nach unten wie die Chinesen,

天風律子
草才功史

noch von unten nach oben wie die Kaskagier, sondern schräg von einer Ecke des Schreibpapiers zur anderen wie unsere Damen in England.

Ihre Toten begraben sie mit dem Kopf senkrecht nach unten, weil sie der Meinung sind, daß sie in elftausend Monden alle auf-

erstehen. In dieser Zeit werde sich die Erde (von der sie glauben, sie sei flach) mit der Oberseite nach unten drehen, und auf diese Weise werde man sie bei ihrer Auferstehung in Bereitschaft finden, da sie richtig auf den Füßen stehen. Die Gelehrten unter ihnen geben die Unsinnigkeit dieser Lehre zu, aber aus Willfährigkeit gegenüber der Masse des Volkes besteht der Brauch noch immer.

In diesem Kaiserreich gibt es einige Gesetze und Gebräuche, die sehr eigenartig sind, und ständen sie nicht in so direktem Gegensatz zu denen meines eigenen teuren Vaterlandes, so wäre ich versucht, ein wenig zu ihrer Rechtfertigung zu sagen. Es ist nur zu wünschen, daß sie auch ebenso gut gehandhabt würden. Das erste Gesetz, das ich erwähnen will, bezieht sich auf Denunzianten. Alle Verbrechen gegen den Staat werden hier mit der größten Strenge bestraft; wenn aber die angeklagte Person ihre Unschuld vor Gericht klar nachweist, wird der Ankläger sogleich auf schmachvolle Weise hingerichtet, und aus seinem beweglichen Vermögen oder seinen Ländereien wird der Unschuldige vierfach für den Verlust seiner Zeit, für die Gefahr, der er ausgesetzt war, für die Leiden seiner Gefangenschaft und für alle Kosten, die ihm durch seine Verteidigung entstanden sind, entschädigt. Wenn jene Geldmittel unzureichend sind, werden sie von der Krone reichlich ergänzt. Der Kaiser erweist ihm ferner eine öffentliche Bezeigung seiner Gunst, und in der ganzen Stadt wird seine Unschuld bekanntgemacht.

Betrug sehen sie als größeres Verbrechen an als Diebstahl, und deshalb unterlassen sie es selten, ihn mit dem Tode zu bestrafen. Sie behaupten nämlich, daß Vorsicht und Wachsamkeit nebst ganz gewöhnlichem Verstand die Habe eines Menschen vor Dieben bewahren könnten, daß aber die Ehrlichkeit keinen Schutz vor überlegener Verschlagenheit besitze. Da ein fortwährender Wechsel von Kauf und Verkauf sowie Geschäftsverkehr auf Kreditbasis, wo Betrug erlaubt ist oder geduldet wird oder wo es kein Gesetz zu seiner Bestrafung gibt, nun einmal notwendig ist, kommt der Ehrliche stets zu Schaden, und der Schurke gewinnt die Oberhand. Ich erinnere mich, daß ich einmal bei dem Kaiser Fürsprache für einen Verbrecher einlegte, der seinen Herrn um eine große Geldsumme betrogen hatte, die er in dessen Auftrag in Empfang genommen hatte und mit der er durchgebrannt war.

Als ich nun Seiner Majestät zur Milderung der Sache sagte, daß es doch nur ein Vertrauensbruch sei, hielt es der Kaiser für ungeheuerlich, daß ich den erschwerendsten Umstand des Verbrechens zur Verteidigung anführte. Und darauf konnte ich in der Tat wenig mehr sagen als die übliche Antwort, daß andere Länder eben andere Sitten hätten, denn ich gestehe, ich schämte mich von Herzen.

Obgleich wir in der Regel Belohnung und Strafe als die zwei Angelpunkte bezeichnen, um die sich jede Regierung dreht, so habe ich doch nie beobachten können, daß dieser Grundsatz von irgendeiner Nation außer der von Lilliput verwirklicht wurde. Jeder, der dort den ausreichenden Beweis erbringen kann, daß er die Gesetze seines Landes dreiundsiebzig Monde lang streng befolgt hat, kann je nach seinem Stande und seiner Lebenslage gewisse Vorrechte sowie eine im Verhältnis dazu stehende Geldsumme aus einem für diesen Zweck bestimmten Fonds beanspruchen. Ferner erhält er den Titel »Snilpall« oder »der Rechtliche«, der seinem Namen hinzugefügt wird, aber nicht auf seine Nachkommenschaft übergeht. Diese Leute hielten es auch für einen außerordentlich großen Mangel unseres Staatswesens, als ich ihnen sagte, daß unsere Gesetze nur durch Strafen durchgesetzt würden, ohne daß je von einer Belohnung die Rede sei. Gerade aus diesem Grund ist die Statue der Göttin der Gerechtigkeit in ihren Gerichtshöfen mit sechs Augen versehen, zwei vorn, ebenso viele hinten und eins auf jeder Seite, um die Umsicht anzudeuten; ferner mit einem Beutel Gold, den sie offen in der rechten Hand, und einem Schwert in der Scheide, das sie in der linken Hand hält, um zu zeigen, daß sie mehr zur Belohnung als zur Strafe geneigt ist.

Bei der Auswahl von Personen für alle Ämter achten sie mehr auf gute Sitten als auf große Begabung; denn da die Regierung für die Menschheit notwendig ist, glauben sie, daß das gewöhnliche Maß menschlichen Verstandes der einen oder anderen Stellung angemessen sei; auch habe es nie in der Absicht der Vorsehung gelegen, die Verwaltung staatlicher Angelegenheiten zu einem Geheimnis zu machen, das nur von einigen wenigen Personen höchster Genialität verstanden werden könne, wie ihrer selten auch nur drei in einer Generation geboren werden. Dagegen meinen sie, daß Wahrhaftigkeit, Gerechtigkeit, Mäßigung und dergleichen in jedermanns Macht stünden; die Übung dieser Tugenden mache im Verein mit Erfahrung und guter Absicht jeden beliebigen Menschen für den Dienst an seinem Lande geeignet, außer wo ein besonderes Studium erforderlich sei. Sie glaubten aber, der Mangel an sittlichen Tugenden werde keineswegs durch überragende Geistesgaben ausgeglichen, so daß man Ämter niemals in derart gefährliche Hände wie die so veranlagter Personen legen könne; und weiterhin, daß zumindest die Fehler, die aus Unwissenheit bei sonst tugendhafter Veranlagung begangen werden, niemals solche verhängnisvollen Folgen für das Gemeinwohl haben könnten wie die Praktiken eines Mannes, dessen Neigungen ihn zur Unlauterkeit verleiten und der eine große Begabung besitze, seine unlauteren Handlungen auszuführen, zu vervielfachen und zu rechtfertigen.

Ebenso macht mangelnder Glaube an eine göttliche Vorsehung einen Menschen untauglich, irgendein öffentliches Amt zu bekleiden. Denn da sich die Könige dazu bekennen, die Vertreter der Vorsehung zu sein, glauben die Lilliputaner, nichts könne ungereimter sein, als daß ein Fürst solche Menschen beschäftigt, die die Autorität leugnen, in deren Auftrag er handelt.

Wenn ich diese und die folgenden Gesetze anführe, möchte ich so verstanden werden, daß ich nur die ursprünglichen Einrichtungen meine und nicht die äußerst schändlichen Entartungen, in die dieses Volk durch die verderbte Natur des Menschen verfallen ist. Denn was jenen schmachvollen Brauch angeht, hohe Ämter durch Tanzen auf dem Seil und Zeichen der Gunst und Ehre dadurch zu erwerben, daß man über Stöcke springt und unter ihnen durchkriecht, so muß der Leser beachten, daß diese Gebräuche zuerst von dem Großvater des jetzt regierenden Kaisers eingeführt wurden und durch die allmähliche Zunahme von Parteigeist und Zwietracht ihren jetzigen Höhepunkt erreicht haben. Undank ist bei ihnen ein Kapitalverbrechen; wie wir lesen, war es das auch in einigen anderen Ländern. Sie argumentieren nämlich so: Wer seinem Wohltäter mit Undank lohnt, muß notwendig ein notorischer Feind der übrigen Menschheit sein, der er ja für nichts verpflichtet ist, und deswegen ist ein solcher Mensch nicht wert zu leben.

Ihre Vorstellungen von den Pflichten der Eltern und Kinder unterscheiden sich sehr stark von den unseren. Da nämlich die Verbindung von Mann und Weib auf dem großen Naturgesetz der Vermehrung und Erhaltung der Art beruht, behaupten die Lilliputaner schlechterdings, daß sich Männer und Frauen, wie andere Tiere auch, aus Beweggründen der Sinneslust vereinigen; und ihre Zärtlichkeit gegenüber ihren Kindern entspringe dem gleichen Naturprinzip. Aus diesem Grund werden sie auch niemals zugeben, daß ein Kind seinem Vater verpflichtet ist, weil er es zeugte, oder seiner Mutter, weil sie es zur Welt brachte, was in Anbetracht des Elends des menschlichen Lebens weder eine Wohltat an sich noch von seinen Eltern als solche beabsichtigt sei, die bei ihren Liebesbegegnungen an ganz andere Dinge dächten. Auf der Grundlage dieser und ähnlicher Gedankengänge vertreten sie die Meinung, daß die Eltern die allerletzten seien, denen man die Erziehung ihrer Kinder anvertrauen dürfe. Deshalb haben sie in jeder Stadt staatliche Erziehungsanstalten, wohin alle Eltern, mit Ausnahme der Häusler und Tagelöhner, ihre Kinder beiderlei Geschlechts schicken müssen, wenn sie ein Alter von zwanzig Monden erreichen, damit sie dort aufgezogen und unterrichtet werden; zu diesem Zeitpunkt, nimmt man an, zeigen sie bereits einige Ansätze von Gelehrigkeit. Diese Schulen sind unterschiedlicher Art und den verschiedenen Ständen und beiden Geschlechtern angepaßt. Sie haben zuverlässige Lehrer, die sehr darin erfahren sind, Kinder für solche Lebensverhältnisse vorzubereiten, die dem Stand ihrer Eltern sowie ihren eigenen Fähigkeiten und Neigungen angemessen sind. Ich werde zuerst einiges über die Erziehungsanstalten für Knaben und dann über die für Mädchen berichten.

Die Erziehungsanstalten für Knaben adliger oder vornehmer Geburt verfügen über würdige und gelehrte Professoren und deren verschiedene Hilfskräfte. Kleidung und Nahrung der Kinder sind schlicht und einfach. Sie werden nach den Prinzipien der Ehre und Gerechtigkeit, des Mutes, der Bescheidenheit, Milde, Religion und Vaterlandsliebe erzogen. Sie werden stets mit etwas beschäftigt, außer während der Essens- und Schlafenszeit, die sehr kurz ist, und während zweier Stunden zur Zerstreuung, die aus körperlichen Übungen besteht. Bis zum vierten Lebensjahr werden sie von Männern angezogen, und danach müssen sie sich selbst anziehen, welch hohen Standes sie auch sein mögen. Die weiblichen Bediensteten, die in einem Alter sind, das dem unsrigen von fünfzig Jahren entspricht, verrichten nur die niedersten Dienste. Die Knaben dürfen sich niemals mit Dienern unterhalten; sie dürfen ferner nur gemeinsam in kleinerer oder größerer Zahl und immer nur in Gegenwart eines Professors oder eines seiner Stellvertreter zu ihrer Zerstreuung gehen, wodurch man vermeidet, daß sie jene frühzeitigen schlechten Eindrücke der Torheit und des Lasters erhalten, denen unsere Kinder ausgesetzt sind. Ihre Eltern dürfen sie nur zweimal im Jahr sehen, und der Besuch darf nur eine Stunde dauern. Es ist ihnen gestattet, das Kind bei der Ankunft und beim Abschied zu küssen; ein Professor, der bei diesen Gelegenheiten stets anwesend ist, läßt es aber nicht zu, daß sie flüstern oder irgendwelche zärtlichen Ausdrücke gebrauchen oder irgendwelche Geschenke, wie Spielzeug, Süßigkeiten und dergleichen, mitbringen.

Das von jeder Familie für die Erziehung und Verpflegung eines Kindes zu entrichtende Jahrgeld wird bei Versäumnis pünktlicher Zahlung von den Beamten des Kaisers eingezogen.

Die Erziehungsanstalten für Kinder von Männern mittleren Standes, von Kaufleuten, Händlern und Handwerkern, sind im entsprechenden Verhältnis dazu in derselben Art eingerichtet. Nur werden diejenigen, die für ein Gewerbe bestimmt sind, schon mit elf Jahren in die Lehre gegeben, während die Kinder von Standespersonen bis zum Alter von fünfzehn Jahren, das einem Alter von einundzwanzig Jahren bei uns entspricht, die Ausbildung an der Schule fortsetzen. In den letzten drei Jahren wird jedoch die Abgeschlossenheit allmählich vermindert.

In den Erziehungsanstalten für Mädchen werden die jungen Mädchen von Stande fast genau wie die Knaben erzogen; nur werden sie von gesitteten Dienstboten ihres eigenen Geschlechts angezogen, aber immer nur im Beisein eines Professors oder Hilfslehrers, bis sie dahin kommen, sich selbst anzuziehen, was im Alter von fünf Jahren geschieht. Und wenn sich herausstellt, daß diese Kinderfrauen es jemals wagen, die Mädchen mit furchterregenden oder albernen Geschichten oder mit den gewöhnlichen Torheiten zu unterhalten, die bei unseren Kammermädchen üblich sind, so werden sie dreimal öffentlich durch die Stadt gepeitscht, ein Jahr ins Gefängnis gesperrt und auf Lebenszeit in den ödesten Teil des Landes verbannt. Daher schämen sich die jungen Damen dort ebensosehr wie die Männer, Feiglinge und Dummköpfe zu sein, und verschmähen allen persönlichen Schmuck, der über Anstand und Reinlichkeit hinausgeht. Auch habe ich keinerlei Unterschied in ihrer Erziehung bemerkt, den man wegen der Verschiedenheit ihres Geschlechts machte, nur daß die körperlichen Übungen der Mädchen im ganzen genommen nicht so schwer waren und daß ihnen einige Lehren hinsichtlich des häuslichen Lebens erteilt wurden und man von ihnen ein geringeres Maß an Wissen verlangte. Sie folgen nämlich dem Grundsatz, bei Leuten von Stande müsse die Gemahlin stets eine vernünftige und angenehme Gefährtin sein, weil sie nicht immer jung bleiben könne. Wenn die Mädchen zwölf Jahre alt sind, was bei ihnen als heiratsfähiges Alter gilt, holen ihre Eltern oder Vormünder sie mit Äußerungen großer Dankbarkeit gegenüber den Professoren und selten ohne Tränen seitens der jungen Damen und ihrer Gefährtinnen wieder nach Hause.

In den Erziehungsanstalten für Mädchen der niederen Stände werden die Kinder in allen Arbeiten, die für ihr Geschlecht und ihren eigenen Stand zweckmäßig sind, unterrichtet; diejenigen, die dazu bestimmt sind, Lehrlinge zu werden, entläßt man mit sieben Jahren, die anderen bleiben, bis sie elf sind.

Die ärmeren Familien, die Kinder in diesen Erziehungsanstalten haben, müssen außer dem jährlichen Kostgeld, das so niedrig wie möglich ist, dem Verwalter der Erziehungsanstalt einen kleinen Teil ihrer monatlichen Einkünfte übergeben, der für die Ausstattung des Kindes bestimmt ist. Deshalb wird auch die Höhe der Ausgaben aller Eltern durch das Gesetz begrenzt. Die Lilliputaner glauben nämlich, daß nichts ungerechter sein kann, als aus sinnlicher Begierde Kinder in die Welt zu setzen und die Last ihres Unterhalts dem Staate zu überlassen. Was Standespersonen betrifft, so verbürgen sie sich, für jedes Kind eine bestimmte Summe anzuweisen, die ihren Verhältnissen angemessen ist, und diese Gelder werden stets mit solider Wirtschaftlichkeit und der größten Gerechtigkeit verwaltet.

Die Häusler und Tagelöhner behalten ihre Kinder zu Hause, da ihre Aufgabe nur im Pflügen und Bebauen des Landes besteht und ihre Erziehung daher von geringer Bedeutung für den Staat ist. Aber die Alten und Kranken unter ihnen werden in Spitälern versorgt, denn Betteln ist ein Gewerbe, das in diesem Reich unbekannt ist.

Den neugierigen Leser wird es vielleicht unterhalten, wenn ich ihm an dieser Stelle einen Bericht von meiner Haushaltung und Lebensweise in diesem Land während eines Aufenthalts von neun Monaten und dreizehn Tagen gebe. Da ich technisch veranlagt bin und auch durch die Not gezwungen wurde, hatte ich mir aus den größten Bäumen im königlichen Park einen ziemlich bequemen Stuhl und einen Tisch gebaut. Zweihundert Näherinnen wurden angestellt, um mir Hemden sowie Bett- und Tischwäsche anzufertigen, alles aus der stärksten und gröbsten Leinwand, die sie beschaffen konnten. Dennoch waren sie genötigt, die Leinwand in mehreren Lagen übereinanderzusteppen, denn die dickste Sorte war noch einige Grade feiner als Batist. Ihre Leinwand ist gewöhnlich drei Zoll breit, und drei Fuß bilden ein Stück. Die Näherinnen nahmen Maß, als ich am Boden lag; eine

stand an meinem Hals und eine andere an meinen Knien, sie hatten ein starkes Seil gezogen, das jede an einem Ende hielt, während eine dritte mit einem Meßstab von einem Zoll die Länge des Seils maß. Dann maßen sie meinen rechten Daumen und verlangten weiter nichts. Denn nach einer mathematischen Berechnung, daß der doppelte Umfang des Daumens den des Handgelenks ergebe und so weiter bis zu Hals und Taille, sowie mit Hilfe meines alten Hemdes, das ich als Muster vor ihnen auf dem Boden ausbreitete, trafen sie meine Maße ganz genau. Dreihundert Schneider wurden in derselben Art beschäftigt, um mir Kleider zu machen; sie hatten aber eine andere Methode, Maß zu nehmen. Ich kniete nieder, und sie stellten eine Leiter auf, die vom Boden bis zu meinem Hals reichte. Einer von ihnen stieg auf diese Leiter und ließ ein Senkblei von meinem Kragen auf den Boden hinab, wodurch sie die Länge meines Rockes herausbekamen; Taille und Arme maß ich jedoch selbst. Als

meine Kleider, die in meinem Hause genäht wurden (denn das größte ihrer Häuser hätte sie nicht fassen können), fertig waren, glichen sie den Flickmusterarbeiten, die die Damen in England herstellen, nur daß meine Flicken alle von einer Farbe waren.

Ich hatte dreihundert Köche, die meine Nahrung in kleinen zweckdienlichen Hütten zubereiteten, die bei meinem Haus gebaut worden waren und in denen sie mit ihren Familien wohnten. Jeder Koch lieferte mir zwei Gerichte. Ich nahm zwanzig Aufwärter in die Hand und stellte sie auf den Tisch; hundert andere warteten unten auf dem Boden, einige mit Fleischgerichten und andere mit Fässern voll Wein und anderen Getränken, die sie an Schlingen über die Schulter hängen hatten. Alles das zogen die oben stehenden Aufwärter hinauf, wie ich es gerade verlangte, und zwar auf sehr sinnreiche Weise mit bestimmten Seilen, wie wir in Europa den Wassereimer aus einem Brunnen ziehen. Eines ihrer Fleischgerichte machte einen guten Bissen aus und ein Faß ihres Getränks einen annehmbaren Schluck. Ihr Hammelfleisch ist nicht so gut wie unseres, aber ihr Rindfleisch ist ausgezeichnet. Einmal habe ich ein so großes Lendenstück bekommen, daß ich drei Bissen daraus machen mußte, aber das ist selten. Meine Bedienten erschraken, als sie sahen, daß ich es ganz und gar mit den Knochen aufaß, wie man in unserem Lande einen Lerchenflügel verspeist. Ihre Gänse und Truthühner aß ich gewöhnlich auf einen Bissen, und ich muß gestehen, sie sind viel besser als unsere. Von ihrem kleineren Geflügel konnte ich zwanzig bis dreißig Stück auf einmal mit der Spitze meines Messers aufspießen.

Eines Tages ersuchte Seine Kaiserliche Majestät, den man von meiner Lebensweise unterrichtet hatte, darum, daß er und Seine Kaiserliche Gemahlin nebst den jungen Prinzen und Prinzessinnen von Geblüt das Glück (wie er es zu nennen beliebte) haben möchten, mit mir zu speisen. Sie kamen also, und ich setzte sie in Prunksesseln und von ihren Wachen umgeben mir gerade gegenüber auf den Tisch. Flimnap, der Oberste Finanzminister, mit seinem weißen Stab war auch zugegen, und ich bemerkte, daß er mich oft mit saurer Miene ansah; ich wollte jedoch nicht den Anschein erwecken, daß ich mich darum kümmerte, sondern aß, meinem teuren Vaterland zu Ehren, zugleich aber auch, um den Hof in Erstaunen zu versetzen, mehr als gewöhnlich. Ich habe besondere Gründe zu glauben, daß dieser Besuch seitens Seiner Majestät Flimnap Gelegenheit gab, mir bei seinem Herrn schlimme Dienste zu erweisen. Dieser Minister war stets mein heimlicher Feind gewesen, obgleich er mich nach außen hin schmeichelhafter behandelte, als es sonst in seiner mürrischen Gemütsart lag. Er machte dem Kaiser Vorstellungen darüber, daß seine Staatskasse fast erschöpft sei; er sei gezwungen, Geld zu einem hohen Diskontsatz aufzunehmen; Schatzanweisungen kursierten nur noch bei neun Prozent unter Pari; kurz, ich hätte Seine Majestät bereits mehr als anderthalb Millionen Sprugs gekostet (ihre größte Goldmünze, ungefähr von der Dicke eines Goldflitters), und alles in allem sei anzuraten, daß Seine Majestät die erste passende Gelegenheit benutze, mich zu entlassen.

Hier muß ich den Ruf einer ausgezeichneten Dame verteidigen, die meinetwegen unschuldig leiden mußte. Der Finanzminister setzte es sich in den Kopf, auf seine Frau eifersüchtig zu werden, und zwar weil ihm die Bosheit einiger giftiger Zungen hinterbrachte, Ihre Gnaden habe eine heftige Leidenschaft für meine Person ergriffen. Bei Hofe ging auch eine Zeitlang die Skandalgeschichte um, sie sei einmal sogar heimlich in meine Wohnung gekommen. Ich erkläre hiermit feierlich, daß das eine schändliche, völlig unbegründete Lüge ist; Ihre Gnaden hatte allein die Güte, mich mit allen unschuldigen Zeichen der Vertraulichkeit und Freundschaft zu behandeln. Ich gebe zu, daß sie öfter zu meinem Haus kam, aber stets öffentlich und niemals ohne drei andere Damen in der Kutsche, gewöhnlich ihre Schwester, ihre junge Tochter und eine besondere Freundin. Das war jedoch auch bei vielen anderen Damen des Hofes üblich. Und ich rufe noch jetzt alle meine Diener als Zeugen an, ob sie jemals eine Kutsche vor meiner Tür sahen, ohne zu wissen, wer die Personen waren, die darin saßen. Bei diesen Gelegenheiten pflegte ich sofort, wenn ein Diener mich benachrichtigt hatte, zur Tür zu gehen. Nach einer höflichen Begrüßung nahm ich die Kutsche

mit den zwei Pferden sehr vorsichtig in die Hände (waren es sechs Pferde, so spannte der Kutscher immer vier aus) und stellte sie auf einen Tisch, an dem ich rundum einen verstellbaren fünf Zoll hohen Rand angebracht hatte, um Unglücksfälle zu verhüten. Und ich hatte oftmals vier Kutschen mit ihren Pferden und voll von Besuchern gleichzeitig auf dem Tisch stehen, während ich auf meinem Stuhl saß und ihnen das Gesicht zuneigte. In der Zeit, da ich mich mit der einen Gesellschaft befaßte, pflegten die Kutscher die anderen vorsichtig auf dem Tisch umherzufahren. Manchen Nachmittag habe ich sehr angenehm mit solchen Gesprächen zugebracht. Aber ich fordere den Finanzminister oder seine zwei Spitzel (ich will ihre Namen nennen, und sollen sie machen, was sie wollen), Clustril und Drunlo, auf zu beweisen, daß jemals irgendeine Person inkognito zu mir gekommen ist, mit Ausnahme des Ministers Reldresal, der auf ausdrücklichen Befehl Seiner Majestät zu mir gesandt wurde, wie ich bereits berichtet habe. Ich hätte nicht so lange bei diesem Umstand verweilt, wäre es nicht eine Angelegenheit gewesen, die den guten Ruf einer vornehmen Dame so sehr betrifft, von meinem eigenen ganz zu schweigen, obwohl ich damals die Ehre hatte, ein Nardac zu sein, was der Finanzminister selbst nicht ist. Die ganze Welt weiß ja, daß er nur ein Glumglum ist; das ist ein Titel, der einen Grad niedriger ist, wie in England der eines Marquis gegenüber dem eines Herzogs, wenn ich auch zugebe, daß er vermöge seines Amtes den Vorrang vor mir hatte. Jene unwahren Behauptungen, von denen ich später durch einen Umstand Kenntnis erhielt, den ich korrekterweise nicht erwähnen kann, veranlaßten Flimnap, den Finanzminister, sich seiner Gemahlin gegenüber einige Zeit unfreundlich und mir gegenüber noch unfreundlicher zu verhalten. Wenn er schließlich auch eines Besseren belehrt wurde und sich mit ihr aussöhnte, so verlor ich doch jedes Ansehen bei ihm und fand auch bald, daß mein Einfluß beim Kaiser sehr rasch abnahm, der sich von diesem Günstling wirklich zu sehr leiten ließ.

Siebentes Kapitel

Der Verfasser erfährt von einem Plan, ihn des Hochverrats anzuklagen, und flieht nach Blefuscu. Seine dortige Aufnahme.

Ehe ich dazu übergehe, einen Bericht von meiner Abreise aus diesem Reich zu geben, dürfte es angebracht sein, den Leser von einer heimlichen Intrige zu unterrichten, die sich schon seit zwei Monaten gegen mich angesponnen hatte.

Während meines ganzen bisherigen Lebens war mir das Hofleben fremd gewesen, für das ich infolge meines niedrigen Standes nicht in Betracht kam. Zwar hatte ich über den Charakter großer Fürsten und Minister in der Tat genug gelesen und gehört, aber nie hätte ich erwartet, so furchtbare Beispiele dafür in einem so entlegenen Lande zu finden, das, wie ich glaubte, nach ganz anderen Grundsätzen regiert wurde als die Länder Europas.

Als ich gerade Vorbereitungen traf, dem Kaiser von Blefuscu meine Aufwartung zu machen, kam eine bei Hofe angesehene Persönlichkeit (der ich zu einer Zeit, als sie in höchster Ungnade bei Seiner Kaiserlichen Majestät stand, sehr nützlich gewesen war) heimlich in der Nacht in einer geschlossenen Sänfte zu meinem Haus und bat um Einlaß, ohne mir ihren Namen nennen zu lassen. Die Sänftenträger wurden weggeschickt. Ich steckte die Sänfte mitsamt Seiner Lordschaft, die darin saß, in meine Rocktasche, befahl einem treuen Diener, er solle sagen, ich fühle mich nicht wohl und sei schlafen gegangen, verschloß die Tür meines Hauses, stellte die Sänfte nach meiner Gewohnheit auf den Tisch und setzte mich daneben. Als die gewöhnlichen Begrüßungen vorüber waren, bemerkte ich, daß der Gesichtsausdruck Seiner Lordschaft voller Sorge war. Als ich nach der Ursache fragte, bat er, ich möchte ihn in einer Angelegenheit, die meine Ehre und mein Leben sehr nahe anginge, geduldig anhören. Seine Rede kann ich genau wiedergeben, denn sobald er mich verlassen hatte, machte ich mir Notizen darüber.

»Ihr müßt wissen«, sagte er, »daß Euretwegen vor kurzem mehrere Ausschüsse des Staatsrats in größter Heimlichkeit einberufen worden sind; und es sind erst zwei Tage vergangen, seit Seine Majestät zu einem eingehenden Beschluß gekommen ist.

Ihr seid Euch wohl bewußt, daß Skyresh Bolgolam (der Galbet oder Großadmiral) schon fast seit Eurer Ankunft Euer Todfeind ist. Seine ursprünglichen Gründe kenne ich nicht; sein Haß hat sich aber seit Eurem großen Erfolg gegen Blefuscu, durch den sein Ruhm als Admiral in den Schatten gestellt wurde, sehr gesteigert. Dieser Lord hat nun im Verein mit Flimnap, dem Obersten Finanzminister, dessen Feindschaft gegen Euch wegen seiner Gemahlin nur zu bekannt ist, Limotoc, dem General, Lalcon, dem Kammerherrn, und Balmuff, dem Obersten Richter, Anklageartikel wegen Hochverrats und anderer Kapitalverbrechen gegen Euch vorbereitet.«

Da ich mir meiner eigenen Verdienste und meiner Unschuld bewußt war, machte mich diese Vorrede so ungehalten, daß ich ihn unterbrechen wollte. Er bat mich jedoch eindringlich zu schweigen und fuhr folgendermaßen fort:

»Aus Dankbarkeit für die Gefälligkeiten, die Ihr mir erwiesen habt, habe ich mir Informationen über das ganze Verfahren und eine Abschrift der Artikel verschafft, wobei ich meinen Kopf wage, um Euch zu helfen.

Anklageartikel gegen Quinbus Flestrin, den Menschberg

Artikel I

Obgleich durch ein Gesetz, das während der Regierung Seiner Kaiserlichen Majestät Calin Deffar Plune erlassen wurde, verfügt wird, daß jedermann, der innerhalb des Bereichs des kaiserlichen Palastes Wasser läßt, den Strafen und Bußen des Hochverrats unterliegen soll, hat besagter Quinbus Flestrin nichtsdestoweniger unter offenem Bruch des besagten Gesetzes und unter dem Vorwand, das Feuer zu löschen, das in den Gemächern von Seiner Majestät Allerteuerster Kaiserlicher Gemahlin ausgebrochen war, auf arglistige, verräterische und teuflische Weise durch Ablassen seines Urins das besagte Feuer in den besagten Gemächern gelöscht, die im Bereich des besagten kaiserlichen Palastes liegen und sich befinden, und zwar entgegen dem Gesetz, das für diesen Fall vorgesehen ist usw., entgegen der Ehrerbietung usw.

Artikel II

Als besagter Quinbus Flestrin die kaiserliche Flotte von Blefuscu in den königlichen Hafen gebracht hatte und ihm danach von Seiner Kaiserlichen Majestät befohlen wurde, auch alle anderen Schiffe des besagten Kaiserreichs von Blefuscu mit Beschlag zu belegen und dieses Kaiserreich in eine abhängige Provinz zu verwandeln, die durch einen Vizekönig von hier aus regiert werden sollte, sowie nicht allein die verbannten Stumpfender, sondern gleicherweise auch alle Einwohner jenes Reiches, welche der Stumpfend-Ketzerei nicht unverzüglich entsagen wollten, auszurotten und zu töten, hat er, besagter Flestrin, wie ein treuloser Verräter an Seiner Höchst Glückseligen Durchlauchtigsten Kaiserlichen Majestät darum nachgesucht, man möge ihm den besagten Dienst erlassen, und zwar unter dem Vorwand, er wolle keinen Gewissenszwang auf ein unschuldiges Volk anwenden noch auch dessen Freiheit und Leben vernichten.

Artikel III

Als gewisse Gesandte vom Hof von Blefuscu eintrafen, um am Hof Seiner Majestät um Frieden zu bitten, hat er, besagter Flestrin, wie ein treuloser Verräter die besagten Gesandten unterstützt, ermutigt, begünstigt und ihnen Unterhaltung verschafft, obgleich er wußte, daß sie Diener eines Fürsten sind, der noch vor kurzem ein offener Feind Seiner Kaiserlichen Majestät war und sich in offenem Krieg mit Seiner besagten Majestät befand.

Artikel IV

Besagter Quinbus Flestrin trifft gegenwärtig, im Widerspruch zur Pflicht eines treuen Untertanen, Vorbereitungen, eine Reise an den Hof und in das Reich Blefuscu zu machen, wofür er nur mündliche Erlaubnis von Seiner Kaiserlichen Majestät erhalten hat; und unter dem Deckmantel der besagten Erlaubnis ist er in treuloser und verräterischer Weise bedacht, die besagte Reise zu unternehmen und dadurch den Kaiser von Blefuscu, der noch vor so kurzer Zeit ein Feind Seiner vorbenannten Kaiserlichen Majestät war und sich mit ihm in offenem Krieg befand, zu unterstützen, zu begünstigen und zu ermutigen.

Es sind da noch einige andere Artikel; aber diejenigen, von denen ich Euch einen Auszug vorgelesen habe, sind die wichtigsten.

Man muß jedoch zugeben, daß Seine Majestät in den verschiedenen Debatten über diese Anklage viele Beweise seiner großen Milde gab, indem er oft die Dienste anführte, die Ihr ihm erwiesen habt, und sich bemühte, Eure Verbrechen in einem vorteilhafteren Licht erscheinen zu lassen. Der Finanzminister und der Admiral bestanden darauf, man sollte Euch auf die schmerzhafteste und schmachvollste Weise töten, indem man nachts Euer Haus in Brand steckte, und der General sollte mit zwanzigtausend Mann zugegen sein, die mit vergifteten Pfeilen bewaffnet wären, um Euch ins Gesicht und auf die Hände zu schießen. Einige Eurer Diener sollten geheimen Befehl erhalten, einen giftigen Saft auf Eure Bettücher und Hemden zu träufeln, der bald bewirken würde, daß Ihr Euch das eigene Fleisch herunterreißt und unter den größten Qualen sterbt. Der General schloß sich derselben Ansicht an, so daß lange Zeit eine Mehrheit gegen Euch vorhanden war. Seine Majestät war aber entschlossen, wenn möglich Euer Leben zu schonen, und brachte schließlich den Kammerherrn auf seine Seite.

Hierauf erhielt Reldresal, Erster Minister für Privatangelegenheiten, der sich immer als Euer wahrer Freund bewährt hat, vom Kaiser Befehl, seine Meinung darzulegen, was er demgemäß tat, und er rechtfertigte dabei die gute Meinung, die Ihr von ihm habt. Er gab zu, Eure Verbrechen seien zwar groß, es sei aber doch noch Gnade möglich, die löblichste Tugend bei einem Fürsten, für die auch Seine Majestät so sehr zu Recht gepriesen werde. Er sagte, die Freundschaft zwischen Euch und ihm sei der Welt so gut bekannt, daß der höchst ehrenwerte Rat ihn vielleicht für parteiisch halten könnte; dem Befehl gemäß, den er erhalten habe, wolle er jedoch seine Meinung offen vorbringen. Wenn Seine Majestät in Anbetracht Eurer Dienste und in Übereinstimmung mit seiner eigenen barmherzigen Veranlagung geruhen würde, Euer Leben zu schonen und nur Befehl zu geben, man solle Euch beide Augen ausstechen, so sei er der demütigen Ansicht, daß der Gerechtigkeit mit diesem Ausweg doch bis zu einem gewissen Grade genügt werden könnte und die ganze Welt sowohl die Milde des Kaisers als auch das gerechte und großmütige Vorgehen derer loben würde, die die Ehre hätten, seine Ratgeber zu sein. Der Verlust Eurer Augen würde keine Beeinträchtigung Eurer körperlichen Stärke bedingen, durch die Ihr Seiner Majestät noch immer nützlich sein könntet. Blindheit steigere sogar den Mut, da sie Gefahren vor uns verberge. Die Befürchtungen, die Ihr wegen Eurer Augen gehegt hättet, seien das größte Hindernis beim Herüberbringen der Flotte des Feindes gewesen. Außerdem würde es für Euch genügen, mit den Augen der Minister zu sehen, da doch selbst die größten Fürsten nichts anderes tun.

Dieser Vorschlag wurde von dem ganzen Rat mit der größten Mißbilligung aufgenommen. Bolgolam, der Admiral, konnte sich nicht mehr beherrschen, sondern sprang zornig auf und sagte, er wundere sich, wie der Minister es wagen könne, seine Meinung dahin gehend zu äußern, daß man einem Verräter das Leben erhalten solle. Die Dienste, die Ihr geleistet hättet, seien

nach allen wahren Prinzipien der Staatsräson gerade der große erschwerende Umstand Eurer Verbrechen. Ihr, der Ihr imstande gewesen wäret, das Feuer in den Gemächern Ihrer Majestät durch Ablassen von Urin zu löschen (was er mit Schaudern erwähnte), könntet zu anderer Zeit auf dieselbe Weise eine Überschwemmung verursachen, um den ganzen Palast zu überfluten, und dieselbe Stärke, die Euch in den Stand gesetzt habe, die Flotte des Feindes herüberzuholen, könnte auch bei der ersten Unzufriedenheit dazu dienen, sie wieder zurückzubringen. Er habe guten Grund zu glauben, Ihr seiet im Herzen ein Stumpfender, und da der Verrat im Herzen beginnt, bevor er sich in offenkundigen Handlungen zeigt, klagte er Euch deswegen als Verräter an und bestand daher darauf, daß man Euch töten sollte.

Der Finanzminister war derselben Meinung; er legte dar, in welche Schwierigkeiten die Staatskasse Seiner Majestät durch die Belastung, Euch zu erhalten, die bald unerträglich würde, schon geraten sei. Der Ausweg des Ministers, Euch die Augen auszustechen, sei so weit davon entfernt, diesem Übel abzuhelfen, daß er es wahrscheinlich noch vergrößern würde, wie deutlich aus dem allgemeinen Brauch hervorgehe, gewisse Arten von Geflügel zu blenden, wonach sie nur um so schneller fräßen und früher fett würden. Seine Heilige Majestät und der Rat, die Eure Richter sind, seien in ihrem innersten Gewissen vollkommen von Eurer Schuld überzeugt; dies sei ein ausreichender Grund, Euch auch ohne die förmlichen Beweise, die der strenge Buchstabe des Gesetzes erfordere, zum Tode zu verurteilen.

Seine Kaiserliche Majestät war jedoch fest entschlossen, nicht die Todesstrafe auszusprechen, und geruhte huldvoll zu bemerken, daß man, da der Rat den Verlust Eurer Augen für eine zu leichte Strafe halte, ja in Zukunft noch irgendeine weitere Strafe verhängen könne. Und Euer Freund, der Minister, bat demütig, nochmals gehört zu werden, um die Einwände des Finanzministers hinsichtlich der großen Belastung, der Seine Majestät durch Euren Unterhalt ausgesetzt sei, zu beantworten. Er sagte, daß Seine Exzellenz, der ja allein über die Staatskasse des Kaisers zu verfügen habe, doch diesem Übel durch allmähliche Verringerung Eurer Unterhaltsmittel leicht abhelfen könne. Infolgedessen würdet Ihr aus Mangel an ausreichender Nahrung schwach und kraftlos werden, Euren Appetit verlieren und folglich in einigen Monaten verfallen und zugrunde gehen. Auch wäre der Gestank Eures Leichnams nicht mehr so gefährlich, wenn dieser um mehr als die Hälfte kleiner sei. Sogleich nach Eurem Tode könnten dann fünf- oder sechstausend der Untertanen Seiner Majestät Euch in zwei oder drei Tagen das Fleisch von den Knochen schneiden, es fuhrenweise wegschaffen und, um Seuchen zu verhüten, in abgelegenen Gegenden vergraben. Das Skelett könnte als Denkmal der Bewunderung für die Nachwelt erhalten bleiben.

So wurde die ganze Angelegenheit dank der großen Freundschaft des Ministers durch einen Kompromiß geregelt. Es wurde strenge Anweisung erlassen, daß der Plan, Euch allmählich verhungern zu lassen, geheimgehalten werden solle; der Urteilsspruch aber, Euch die Augen auszustechen, wurde schriftlich festgehalten. Niemand war anderer Meinung, außer Bolgolam, dem Admiral, der eine Kreatur der Kaiserin ist und fortwährend von Ihrer Majestät angetrieben wurde, auf Eurem Tode zu bestehen; denn wegen jener schändlichen und ungesetzlichen Methode, von der Ihr Gebrauch machtet, um das Feuer in ihren Gemächern zu löschen, hat sie unaufhörlich Haß gegen Euch gehegt.

In drei Tagen wird Euer Freund, der Minister, angewiesen werden, zu Eurem Haus zu kommen, Euch die Anklageartikel vorzulesen und dann die große Milde und Gnade Seiner Majestät und des Rates bekanntzumachen, wodurch Ihr lediglich zum Verlust Eurer Augen verurteilt seid. Seine Majestät zweifelt nicht daran, daß Ihr Euch dankbar und demütig fügen werdet, und zwanzig der Wundärzte Seiner Majestät werden anwesend sein, um darauf zu achten, daß die Operation gut ausgeführt wird. Man wird Euch sehr scharfe, zugespitzte Pfeile in die Augäpfel schießen, während Ihr am Boden liegt.

Ich überlasse es Eurer Klugheit, welche Maßregeln Ihr ergreifen wollt. Und um jeden Verdacht zu vermeiden, muß ich unverzüglich ebenso heimlich zurückkehren, wie ich gekommen bin.«

Seine Lordschaft tat das auch, und ich blieb unter vielen Zweifeln und in großer Unruhe allein zurück.

Es bestand der vom derzeitigen Fürsten und seiner Regierung eingeführte Brauch (der sich, wie man mir versichert hat, sehr von den Gewohnheiten früherer Zeiten unterschied), daß der Kaiser immer, nachdem der Hof die Vollstreckung irgendeines grausamen Urteils angeordnet hatte, um entweder dem Haß des Monarchen oder der Heimtücke eines Günstlings zu willfahren, vor seinem gesamten Staatsrat eine Rede hielt, in der er seine große Milde und Güte als Eigenschaften darstellte, die in aller

Welt bekannt und anerkannt seien. Diese Rede wurde sogleich im ganzen Königreich bekanntgemacht, und nichts ängstigte das Volk so sehr wie diese Lobreden auf die Gnade Seiner Majestät, weil man beobachtet hatte, daß, je länger diese Lobpreisungen ausgedehnt und je mehr sie hervorgehoben wurden, die Strafe desto unmenschlicher und das Opfer desto unschuldiger war. Was mich betrifft, so muß ich gestehen, daß ich, da ich weder durch meine Geburt noch durch meine Erziehung zum Höfling bestimmt war, die Sachlage so falsch beurteilte, daß ich die Milde und Gnade dieses Urteils nicht entdecken konnte und es (vielleicht irrtümlich) eher für streng als für milde hielt. Zuweilen dachte ich daran, mich dem Gericht zu stellen; denn wenn ich auch die in den verschiedenen Artikeln angeführten Tatsachen nicht leugnen konnte, so hoffte ich doch, daß sie die Zubilligung einiger mildernder Umstände erlauben würden. Da ich aber in meinem Leben schon viele Berichte über Staatsprozesse gelesen und immer bemerkt habe, daß sie so ausgingen, wie die Richter es haben wollten, wagte ich nicht, in einer so kritischen Lage und gegenüber so mächtigen Feinden mein Vertrauen auf eine so gefährliche Entscheidung zu setzen. Einmal war ich fast zum Widerstand entschlossen; solange ich nämlich in Freiheit war, konnte mich die ganze Kriegsmacht jenes Reiches schwerlich überwinden, und es wäre mir ein leichtes gewesen, die Hauptstadt mit Steinen in Trümmer zu werfen. Aber bald ließ ich diesen Plan mit Abscheu fallen, denn ich dachte an den Eid, den ich dem Kaiser geleistet, an die Gunstbezeigungen, die ich von ihm empfangen, und an den hohen Titel eines Nardac, den er mir verliehen hatte. Auch hatte ich noch nicht so schnell die Dankbarkeit der Höflinge gelernt, um mir einzureden, daß mich die jetzige Strenge Seiner Majestät von allen früheren Verpflichtungen entbinde.

Schließlich faßte ich einen Entschluß, durch den ich mir wahrscheinlich, und nicht zu Unrecht, einigen Tadel zuziehen werde;

denn ich gestehe, daß ich die Erhaltung meiner Augen und damit meiner Freiheit nur meiner eigenen großen Voreiligkeit und meinem Mangel an Erfahrung verdanke. Hätte ich nämlich damals schon den Charakter von Fürsten und Ministern, den ich seither an vielen anderen Höfen beobachtet habe, und ihre Methoden der Behandlung von Verbrechern, denen man noch weniger vorwerfen konnte als mir, gekannt, so hätte ich mich mit großer Bereitwilligkeit und Schnelligkeit in eine so leichte Strafe gefügt. Aber angetrieben vom Übereifer der Jugend und im Besitz der Erlaubnis Seiner Kaiserlichen Majestät, dem Kaiser von Blefuscu meine Aufwartung zu machen, ergriff ich diese Gelegenheit, noch ehe die drei Tage verstrichen waren, um meinem Freund, dem Minister, einen Brief zu übersenden, der meinen Entschluß kundtat, gemäß der Erlaubnis, die ich erhalten

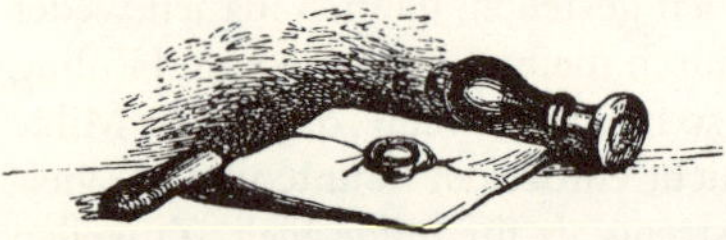

hatte, noch an diesem Morgen nach Blefuscu aufzubrechen; und ohne eine Antwort abzuwarten, ging ich auf diejenige Seite der Insel, wo unsere Flotte lag. Ich ergriff ein großes Kriegsschiff, band ein Tau an den Bug, lichtete die Anker, zog mich aus und legte meine Kleider (zusammen mit meiner Bettdecke, die ich unter dem Arm getragen hatte) in das Schiff. Ich zog es, bald watend, bald schwimmend, hinter mir her und kam so zum königlichen Hafen von Blefuscu, wo mich das Volk schon lange erwartet hatte. Man gab mir zwei Führer, die mir den Weg zur gleichnamigen Hauptstadt zeigen sollten. Ich hielt sie in den Händen, bis ich auf zweihundert Ellen an das Tor herankam, und bat sie dann, einem der Minister meine Ankunft kundzutun und ihn wissen zu lassen, daß ich dort Seiner Majestät Befehl erwartete. In ungefähr einer Stunde erhielt ich die Antwort, daß Seine Majestät, begleitet von der königlichen Familie und hohen Würdenträgern des Hofes, im Begriff sei, vor dem Tor zu erscheinen, um mich zu empfangen. Ich ging hundert Ellen vorwärts; der Kaiser und sein Gefolge saßen von den Pferden ab, die Kaiserin und die Damen stiegen aus ihren Kutschen, und ich konnte nicht bemerken, daß sie irgendwelche Furcht oder Besorgnis empfanden.

Ich legte mich auf den Boden, um Seiner Majestät und der Kaiserin die Hand zu küssen. Ich sagte Seiner Majestät, ich sei meinem Versprechen gemäß und mit Erlaubnis meines Herrn, des Kaisers, gekommen, um die Ehre zu haben, einen so mächtigen Monarchen zu sehen und ihm jeden Dienst anzubieten, der in meiner Macht stünde und mit meiner Pflicht gegenüber meinem

eigenen Fürsten zu vereinbaren sei. Von meiner Ungnade erwähnte ich kein Wort, weil ich bisher noch keine offizielle Mitteilung darüber erhalten hatte und so tun konnte, als wisse ich überhaupt nichts von irgendeiner solchen Absicht. Auch konnte ich mir vernünftigerweise nicht denken, daß der Kaiser das Geheimnis enthüllen würde, solange ich außerhalb seines Machtbereiches war. Es zeigte sich jedoch bald, daß ich mich darin täuschte.

Ich werde den Leser nicht mit der ausführlichen Beschreibung meiner Aufnahme an diesem Hofe belästigen, die der Großmut eines so großen Fürsten entsprach, noch auch der Schwierigkeiten, in denen ich mich durch das Fehlen eines Hauses und Bettes befand, so daß ich gezwungen war, mich, nur in meine Decke gehüllt, auf den Erdboden zu legen.

Achtes Kapitel

Der Verfasser findet durch einen glücklichen Zufall Gelegenheit, Blefuscu zu verlassen, und kehrt nach einigen Schwierigkeiten wohlbehalten in sein Heimatland zurück.

Als ich drei Tage nach meiner Ankunft zur Nordostküste der Insel ging, beobachtete ich ungefähr eine halbe Meile entfernt etwas auf dem Meer, das aussah wie ein gekentertes Boot. Ich zog Schuhe und Strümpfe aus, watete zwei- bis dreihundert Ellen hinaus und bemerkte, daß der Gegenstand durch die Gewalt der Flut näher kam. Dann sah ich auch deutlich, daß es wirklich ein Boot war, das vielleicht durch irgendeinen Sturm, so vermutete ich, von einem Schiff losgerissen worden war. Daraufhin kehrte ich sogleich zur Stadt zurück und bat Seine Kaiserliche Majestät, mir zwanzig der größten Schiffe, die ihm nach dem Verlust seiner Flotte noch geblieben waren, sowie dreitausend Seeleute unter dem Befehl seines Vizeadmirals zur Verfügung zu stellen. Diese Flotte segelte rund um die Küste, während ich auf dem kürzesten Weg dorthin zurückkehrte, wo ich das Boot zuerst entdeckt hatte. Ich bemerkte, daß es die Flut noch näher getrieben hatte. Die Matrosen waren alle mit Tauwerk versehen, das ich vorher zu ausreichender Stärke zusammengedreht hatte. Als die Schiffe herankamen, zog ich mich aus und watete, bis ich noch hundert Ellen von dem Boot entfernt war. Danach mußte ich schwimmen, bis ich es erreichte. Die Matrosen warfen mir ein Tau zu, und ich befestigte dessen eines Ende an einem Loch im Vorderteil des Bootes und das andere Ende an einem Kriegsschiff. Ich stellte aber fest, daß all mein Bemühen wenig Erfolg hatte; denn da ich keinen Grund fühlte, konnte ich auch nicht arbeiten. In dieser Not war ich gezwungen, hinter das Boot zu schwimmen und es mit einer Hand, sooft ich konnte, vorwärts zu stoßen. Da mir die Flut günstig war, kam ich so weit voran, daß ich bei hochgehobenem Kinn schon gerade den Grund spürte. Ich ruhte mich zwei oder drei Minuten aus und versetzte dann dem Boot einen weiteren Stoß und tat das so lange, bis mir die See nur noch bis zu den Achselhöhlen reichte. Nachdem jetzt der schwierigste Teil der Arbeit getan war, nahm ich meine anderen Taue heraus, die in einem der Schiffe verstaut waren, und befestigte sie zuerst an dem Boot und dann an neun von den

Schiffen, die mich begleiteten. Der Wind war günstig, die Matrosen hatten das Boot im Schlepptau, und ich schob, bis wir nur noch vierzig Ellen vom Ufer entfernt waren. Dann wartete ich, bis die Flut vorbei war, ging trockenen Fußes zu dem Boot, und mit Hilfe von zweitausend Mann mit Stricken und allerlei Vorrichtungen brachte ich es fertig, das Boot umzudrehen, und bemerkte dann, daß es nur wenig beschädigt war.

Ich werde den Leser nicht mit den Schwierigkeiten belästigen, die es mir bereitete, mein Boot mit Hilfe einer Art von Paddeln, deren Anfertigung mich zehn Tage kostete, in den königlichen Hafen von Blefuscu zu bringen. Dort lief bei meiner Ankunft eine ungeheure Volksmenge zusammen, die voll Erstaunen über den Anblick eines so riesigen Schiffes war. Ich sagte dem Kaiser, mein gutes Geschick habe mir dieses Boot in den Weg geführt, um mich an irgendeinen Ort zu bringen, von wo ich in mein Heimatland zurückkehren könne. Dann bat ich Seine Majestät um Befehle zur Beschaffung von Materialien, damit das Boot hergerichtet werden könne, und um seine Erlaubnis abzureisen. Nach einigen freundlichen Vorstellungen geruhte er, mir das zu gewähren.

Ich wunderte mich sehr, diese ganze Zeit über nichts von einer Botschaft von unserem Kaiser an den Hof von Blefuscu gehört zu haben, die sich auf mich bezog. Später hat man mir aber im geheimen zu verstehen gegeben, daß Seine Kaiserliche Majestät, der nicht einmal annahm, ich hätte auch nur die geringste Kenntnis von seinen Absichten, glaubte, ich sei nur entsprechend der Erlaubnis, die er mir erteilt hatte und die an unserem Hof allgemein bekannt war, nach Blefuscu gereist, um mein Versprechen einzulösen, und würde in einigen Tagen zurückkehren, wenn diese Höflichkeitsgeste abgetan sei. Schließlich aber geriet er wegen meiner langen Abwesenheit in Unruhe; und nach einer Beratung mit dem Finanzminister und den übrigen Angehörigen dieser Clique wurde ein Mann von Stande mit der Abschrift der gegen mich gerichteten Anklageartikel abgesandt. Dieser Gesandte hatte Weisung, dem Monarchen von Blefuscu von der großen Milde seines Herrn Mitteilung zu machen, der sich begnüge, mich nur mit dem Verlust meiner Augen zu bestrafen; ich sei vor der Gerechtigkeit geflohen und wenn ich nicht innerhalb von zwei Stunden zurückkehrte, würde man mir den Titel eines Nardac aberkennen und mich zum Verräter erklären. Der Gesandte fügte ferner hinzu, sein Herr erwarte, daß sein Bruder von Blefuscu, um den Frieden und die Freundschaft zwischen beiden Reichen zu erhalten, Befehl erteilen werde, mich an Händen und Füßen gefesselt nach Lilliput zurückzusenden, damit ich als Verräter bestraft werden könnte.

Nachdem sich der Kaiser von Blefuscu drei Tage Zeit zur Beratung genommen hatte, sandte er eine Antwort zurück, die aus vielen Höflichkeiten und Entschuldigungen bestand. Er sagte, was das Verlangen angehe, mich gefesselt zurückzusenden, so wisse sein Bruder sehr wohl, daß das unmöglich sei. Wenn ich ihn auch seiner Flotte beraubt hätte, so sei er mir doch für viele gute Dienste, die ich ihm beim Friedensschluß erwiesen hätte, zu großem Dank verpflichtet. Ihre beiden Majestäten würden indes bald zufriedengestellt sein; ich hätte nämlich am Ufer ein riesenhaftes Schiff gefunden, das mich auf das Meer hinaustragen könne. Er habe Befehl gegeben, es mit meiner Hilfe und unter meiner Leitung herzurichten, und er hoffe, in einigen Wochen würden beide Reiche von einer so unerträglichen Last befreit sein.

Mit dieser Antwort kehrte der Gesandte nach Lilliput zurück, und der Monarch von Blefuscu erzählte mir alles, was vorgefallen war. Gleichzeitig bot er mir (aber in strengster Vertraulichkeit) seinen gnädigen Schutz an, wenn ich in seinen Diensten bleiben wollte. Obwohl ich glaubte, daß er es damit ehrlich meinte, beschloß ich dennoch, niemals wieder auch nur im geringsten auf Fürsten oder Minister zu vertrauen, wo ich es nur irgend umgehen konnte. Deshalb bat ich ihn mit allem schuldigen Dank für seine gnädigen Absichten demütig, er möchte mich ziehen lassen. Ich sagte ihm, da mir das Schicksal, sei es ein gutes oder ein böses, nun einmal ein Schiff in den Weg geführt habe, so sei ich entschlossen, mich lieber auf den Ozean zu wagen, als der Anlaß eines Streites zwischen zwei so mächtigen Monarchen zu sein. Auch bemerkte ich wohl, daß der Kaiser keineswegs unzufrieden war, und durch einen gewissen Vorfall entdeckte ich, daß er sich über meinen Entschluß sogar sehr freute und die meisten seiner Minister mit ihm.

Diese Überlegungen bewogen mich, meine Abreise noch etwas mehr zu beschleunigen, als ich beabsichtigt hatte. Der Hof, in Ungeduld, mich abreisen zu sehen, half mir bereitwillig. Fünfhundert Arbeiter wurden angestellt, nach meinen Anweisungen zwei Segel für mein Boot anzufertigen, indem sie dreizehn Lagen ihrer stärksten Leinwand übereinandersteppten. Ich selbst bemühte mich, Seile und Taue herzustellen, indem ich zehn, zwanzig oder dreißig der dicksten und stärksten von den ihrigen zusammendrehte. Ein großer Stein, den ich nach langem Suchen zufällig am Strand fand, diente mir als Anker. Zum Einfetten meines Bootes und zu anderen Zwecken erhielt ich den Talg von

dreihundert Kühen. Ich gab mir unglaubliche Mühe, einige der größten Nutzholzbäume abzuschneiden, um Ruder und Masten daraus zu machen; dabei unterstützten mich die Schiffszimmerleute Seiner Majestät jedoch sehr, die mir halfen, sie zu glätten, nachdem ich die grobe Arbeit getan hatte.

Nach ungefähr einem Monat, als alles vorbereitet war, ließ ich mich bei Seiner Majestät melden, um seine Befehle entgegenzunehmen und mich zu verabschieden. Der Kaiser und die kaiserliche Familie kamen aus dem Palast. Ich legte mich aufs Gesicht, um seine Hand zu küssen, die er mir sehr gnädig reichte; die Kaiserin und die jungen Prinzen von Geblüt taten dasselbe. Seine Majestät schenkte mir fünfzig Börsen mit je zweihundert Sprugs und sein Porträt in Lebensgröße, das ich sogleich in einen meiner Handschuhe steckte, um es vor Schaden zu bewahren. Die Zeremonien bei meiner Abreise waren zu zahlreich, um den Leser an dieser Stelle damit zu behelligen.

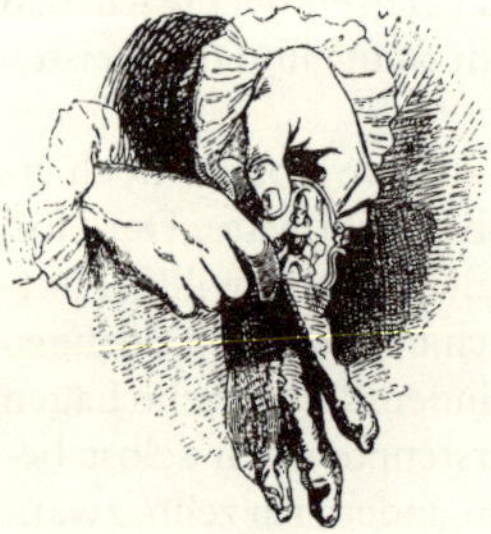

Ich verproviantierte das Boot mit dem Fleisch von hundert Ochsen und dreihundert Schafen, mit Brot und Trank im gleichen Verhältnis und mit so viel fertig zubereiteten Speisen, wie vierhundert Köche anrichten konnten. Sechs Kühe und zwei Stiere und ebenso viele Schafe und Widder nahm ich lebendig mit, da ich die Absicht hatte, sie in mein eigenes Land zu bringen und die Rasse zu züchten. Um sie an Bord zu füttern, hatte ich ein großes Bündel Heu und einen Sack Getreide. Ich hätte auch sehr gern ein Dutzend von den Eingeborenen mitgenommen, aber das war eine Angelegenheit, die der Kaiser auf keinen Fall zulassen wollte. Meine Taschen wurden deshalb genau durchsucht, und Seine Majestät verpflichtete mich außerdem bei meiner Ehre, keinen seiner Untertanen mit fortzunehmen, sei es auch mit seiner eigenen Zustimmung und auf seinen Wunsch.

Nachdem ich alles, so gut ich konnte, vorbereitet hatte, ging ich am 24. September 1701, sechs Uhr morgens, unter Segel. Als ich ungefähr vier Meilen nordwärts gesegelt war, denn der Wind blies Südost, erblickte ich um sechs Uhr abends, etwa anderthalb Meilen entfernt, im Nordwesten eine kleine Insel. Ich segelte weiter vorwärts und warf auf der Leeseite der Insel, die unbewohnt zu sein schien, Anker. Dann nahm ich einige Erfrischungen zu mir und legte mich zur Ruhe. Ich schlief gut und nach meiner Berechnung wenigstens sechs Stunden; denn ich bemerkte, daß der Tag zwei Stunden nach meinem Erwachen anbrach. Es war eine helle Nacht. Ich aß mein Frühstück, ehe die Sonne aufging, und da der Wind günstig war, lichtete ich den Anker und steuerte den gleichen Kurs wie am Tag vorher, wobei mir mein Taschenkompaß die Richtung angab. Es war meine Absicht, wenn möglich eine jener Inseln zu erreichen, die, wie ich Grund hatte zu glauben, nordöstlich von Vandiemensland liegen. Diesen ganzen Tag entdeckte ich überhaupt nichts, aber am nächsten erblickte ich gegen drei Uhr nachmittags, als ich nach meiner Berechnung zweiundsiebzig Meilen von Blefuscu aus zurückgelegt hatte, ein nach Südost steuerndes Schiff; mein Kurs war genau östlich. Ich rief es an, konnte aber keine Antwort bekommen; ich bemerkte jedoch, daß ich ihm näher kam, denn der Wind ließ nach. Ich setzte alle Segel, die ich setzen konnte, und nach einer halben Stunde wurde ich vom Schiff aus bemerkt, das dann die Flagge hißte und eine Kanone abfeuerte. Es ist nicht leicht, die Freude zu beschreiben, die ich bei der unerwarteten Hoffnung empfand, mein geliebtes Vaterland und die Lieben, die ich dort zurückgelassen hatte, noch einmal zu sehen. Das Schiff zog die Segel ein, und ich erreichte es am 26. September zwischen fünf und sechs Uhr abends. Mein Herz hüpfte vor Freude, als ich die englische Flagge erblickte. Ich steckte meine Kühe und Schafe in die Rocktaschen und ging mit meiner ganzen kleinen Ladung von Vorräten an Bord. Das Schiff war ein englischer Kauffahrer, der aus Japan durch den nördlichen Teil der Südsee zurückkehrte. Der Kapitän, Mr. John Biddel aus Deptford, war ein sehr höflicher Herr und ein ausgezeichneter Seemann. Wir befanden uns jetzt auf dreißig Grad südlicher Breite; auf dem Schiff waren ungefähr fünfzig Mann, und unter diesen fand ich einen meiner alten Kameraden, einen gewissen Peter Williams, der mir bei dem Kapitän einen guten Leumund gab. Dieser Herr behandelte mich sehr freundlich und bat mich, ich möchte ihn wissen lassen, woher ich käme und wohin ich unterwegs sei, was ich mit einigen wenigen Worten tat. Er dachte aber, daß ich phantasierte und daß mir die Gefahren, die ich durchgemacht hatte, den Verstand verwirrt hätten. Daraufhin zog ich meine schwarzen Rinder und meine Schafe aus der Tasche, was ihn nach großem Erstaunen völlig von meiner Glaubwürdigkeit überzeugte.

Dann zeigte ich ihm das Gold, das mir der Kaiser von Blefuscu gegeben hatte, sowie das Porträt Seiner Majestät in Lebensgröße und einige andere Raritäten aus jenem Lande. Ich gab ihm zwei Börsen mit je zweihundert Sprugs und versprach, ihm eine trächtige Kuh und ein trächtiges Schaf zu schenken, sobald wir in England ankämen.

Ich will den Leser nicht mit einer ausführlichen Beschreibung dieser Reise behelligen, die zum größten Teil sehr glücklich verlief. Am 13. April 1702 kamen wir an den Downs an. Mir widerfuhr nur ein einziges Mißgeschick. Die Ratten an Bord schleppten nämlich eines meiner Schafe weg. Seine Knochen fand ich sauber abgenagt in einem Loch. Mein übriges Vieh brachte ich wohlbehalten an Land und setzte es zum Grasen auf einen Bowlingplatz bei Greenwich, wo es dank der Zartheit des Grases sehr tüchtig fraß, obgleich ich stets das

Gegenteil befürchtet hatte. Auch hätte ich die Tiere auf einer so langen Reise nicht am Leben erhalten können, wenn mir der Kapitän nicht etwas von seinem besten Zwieback überlassen hätte, der, zu Pulver zerrieben und mit Wasser vermischt, ihr ständiges Futter war. Während der kurzen Zeit, die ich in England blieb, erzielte ich einen beträchtlichen Gewinn, indem ich mein Vieh vielen Personen von Stande und auch anderen Leuten zeigte. Bevor ich meine zweite Reise begann, verkaufte ich es für sechshundert Pfund. Seit meiner letzten Rückkunft, finde ich, haben sich die Tiere beträchtlich vermehrt, besonders aber die Schafe, was, wie ich hoffe, wegen der Feinheit ihrer Vliese der Wollmanufaktur sehr zum Vorteil gereichen wird.

Ich hielt mich nur zwei Monate bei meiner Frau und meiner Familie auf, denn mein unersättliches Verlangen, fremde Länder zu sehen, wollte mich nicht länger bleiben lassen. Ich ließ fünfzehnhundert Pfund bei meiner Frau zurück und richtete ihr ein gutes Haus in Redriff ein. Mein übriges Geschäftskapital nahm ich mit, teils in barem Geld und teils in Waren, denn ich hoffte, mein Vermögen zu vermehren. Mein ältester Onkel, John, hatte mir ein Landgut bei Epping hinterlassen, das jährlich ungefähr dreißig Pfund einbrachte; ferner hatte ich den »Schwarzen Ochsen« in der Fetter Lane in langjährige Pacht genommen, der mir

noch einmal soviel einbrachte, so daß keinerlei Gefahr bestand, meine Familie werde der Gemeinde zur Last fallen. Mein Sohn John, nach seinem Onkel genannt, war ein hoffnungsvolles Kind und besuchte die Lateinschule. Meine Tochter Betty (die jetzt vorteilhaft verheiratet ist und schon Kinder hat) lernte damals das Nähen. Ich nahm Abschied von meiner Frau, meinem Sohn und meiner Tochter, wobei auf beiden Seiten Tränen vergossen wurden, und ging an Bord der »Abenteuer«, eines Kauffahrers von dreihundert Tonnen, der nach Surat segeln sollte und unter dem Befehl von Kapitän John Nicholas aus Liverpool stand. Mein Bericht über diese Fahrt muß jedoch dem zweiten Teil meiner Reisen vorbehalten bleiben.

ZWEITER TEIL

Eine Reise nach Brobdingnag

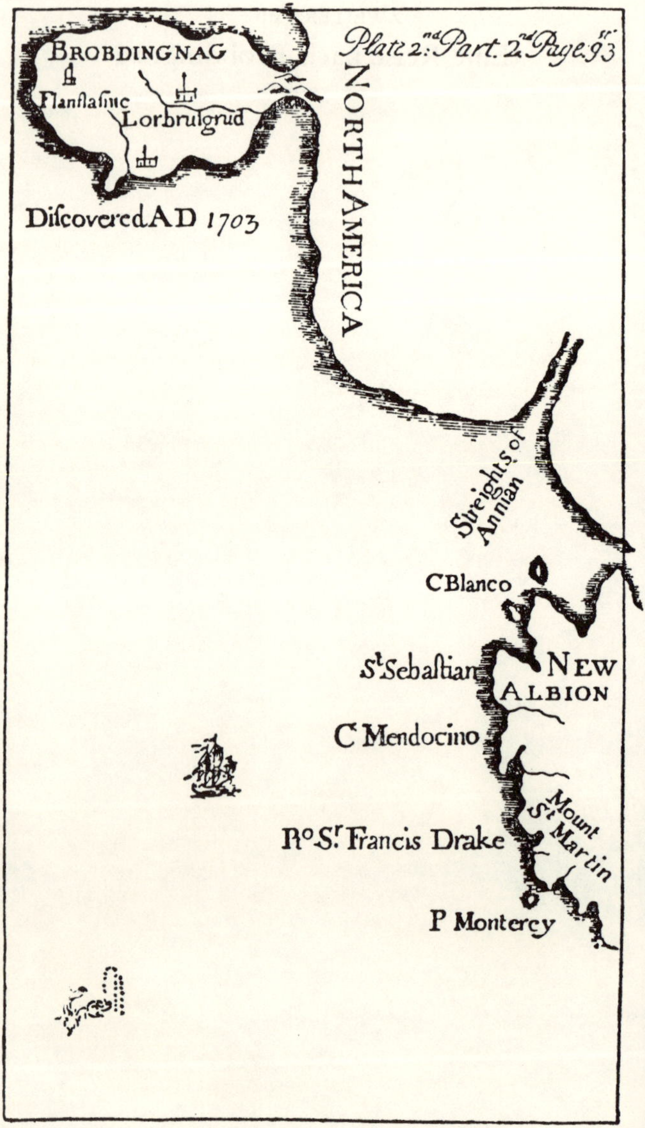

Plate 2nd Part 2nd Page 93rd
BROBDINGNAG
Flanflasnic
Lorbrulgrud
Discovered AD 1703
NORTHAMERICA
Streights of Annian
C Blanco
St Sebastian
NEW ALBION
C Mendocino
Mount St Martin
Po Sr Francis Drake
P Montercy

Erstes Kapitel

Beschreibung eines schweren Sturms. Das Großboot wird ausgesetzt, um Wasser zu holen. Der Verfasser fährt mit, um das Land zu erforschen. Er wird am Strand zurückgelassen, von einem der Eingeborenen ergriffen und zum Haus eines Pächters gebracht. Seine Aufnahme dort und verschiedene Vorfälle, die sich dort ereigneten. Beschreibung der Bewohner.

Da mich Natur und Schicksal zu einem tätigen und ruhelosen Leben verurteilt haben, verließ ich zwei Monate nach meiner Rückkehr mein Heimatland von neuem und schiffte mich am 20. Juni 1702 an den Downs auf der »Abenteuer« ein, die von Kapitän John Nicholas, der aus Cornwall stammte, befehligt wurde und nach Surat gehen sollte. Wir hatten sehr günstigen Wind, bis wir das Kap der Guten Hoffnung erreichten, wo wir landeten, um Süßwasser aufzunehmen. Weil wir aber ein Leck entdeckten, brachten wir unsere Waren an Land und überwinterten dort. Da der Kapitän am Wechselfieber erkankte, konnten wir das Kap nicht vor Ende März verlassen. Dann setzten wir die Segel und hatten gute Fahrt, bis wir die Straße von Moçambique durchfuhren.

Als wir uns nördlich von Madagaskar, etwa auf fünf Grad südlicher Breite, befanden, begann der Wind, der in diesen Meeren

von Anfang Dezember bis Anfang Mai beständig und gleichmäßig aus der Richtung zwischen Nord und West weht, am 19. April mit viel größerer Heftigkeit und viel westlicher als gewöhnlich zu wehen und hielt zwanzig Tage lang an. Während dieser Zeit wurden wir bis etwas östlich von den Molukken und etwa drei Grad nördlich des Äquators abgetrieben, wie unser Kapitän durch eine Ortsbestimmung feststellte, die er am 2. Mai vornahm, als sich der Wind legte und eine vollkommene Windstille eintrat, worüber ich mich nicht wenig freute. Der Kapitän jedoch, der in der Schiffahrt auf diesen Meeren sehr erfahren war, befahl uns allen, Vorbereitungen für einen Sturm zu treffen, und der traf dementsprechend auch am folgenden Tag ein, denn ein Südwind, der südliche Monsun genannt, begann einzusetzen.

Als wir merkten, daß der Sturm wahrscheinlich sehr heftig werden würde, zogen wir das Sprietsegel ein und hielten uns bereit, auch das Focksegel zu beschlagen. Als das Wetter aber immer schlechter wurde, sahen wir nach, ob die Kanonen alle festgezurrt waren, und beschlugen den Besan. Das Schiff lag sehr weit vom Lande ab, deshalb hielten wir es für besser, vor dem Wind zu laufen, als beigedreht zu liegen oder ohne Segel zu treiben. Wir refften das Focksegel und machten es fest, wir holten das Fockschot nach achtern; das Ruder lag hart luvwärts. Das Schiff hielt sich prächtig. Wir belegten den Fockniederholer, aber das Segel wurde zerrissen. Wir holten deshalb die Rahe nieder, zogen das Segel ins Schiff und machten alles Zubehör davon klar. Es war ein sehr heftiger Sturm; die Wogen brachen sich ungewöhnlich und gefährlich. Wir holten das Taljereep des Kolderstocks an und halfen dem Rudergänger. Unsere Marsstenge wollten wir jedoch nicht herunternehmen, sondern ließen alles stehen, denn das Schiff lenzte sehr gut vor dem Wind; wir wußten, daß es mit der Marsstenge in der Takelung desto seetüchtiger war und besser vorankam, da wir doch Seeraum hatten. Als der Sturm vorüber war, setzten wir das Focksegel und das Großsegel und ließen das Schiff beidrehen. Dann setzten wir auch den Besan, das Großmars- und das Vormarssegel. Unser Kurs war Ostnordost, der Wind kam aus Südwest. Wir zogen die Steuerbordgeitaue an Bord und warfen die Luvbrassen und Toppnanten ab, setzten die Leebrassen, zogen die Luvbulinen nach vorn ein, holten sie fest und belegten sie; dann zogen wir die Besangei nach Luv herum und hielten das Schiff scharf beim Wind, so nahe es nur daran liegen wollte.

Während dieses Sturmes, dem ein starker Wind aus Westsüdwest folgte, wurden wir nach meiner Berechnung ungefähr fünfhundert Meilen nach Ost abgetrieben, so daß selbst der älteste Matrose an Bord nicht sagen konnte, in welchem Teil der Welt wir uns befanden. Unsere Vorräte reichten gut aus, unser Schiff war seetüchtig und unsere gesamte Besatzung bei guter Gesundheit; nur befanden wir uns aus Mangel an Trinkwasser in einer äußersten Notlage. Wir hielten es für das beste, lieber den Kurs beizubehalten als mehr nach Norden zu drehen, was uns zu den nordwestlichen Gebieten der großen Tartarei und in das Eismeer hätte bringen können.

Am 16. Juni 1703 entdeckte ein Schiffsjunge von der Marsstenge aus Land. Am 17. sahen wir deutlich eine große Insel oder einen Kontinent (denn wir wußten nicht, welches von beiden es war); an der Südseite des Landes war eine schmale Landzunge, die in die See hinausragte, und eine Bucht, die aber zu seicht war, um ein Schiff von über hundert Tonnen aufzunehmen. Wir warfen nicht weiter als eine Meile von dieser Bucht entfernt Anker,

und unser Kapitän schickte ein Dutzend seiner Leute im Großboot aus, wohlbewaffnet und mit Gefäßen für Wasser versehen, ob welches zu finden wäre. Ich bat ihn um Erlaubnis, mit ihnen zu gehen, damit ich mir das Land ansehen und so viel Entdekkungen machen könnte, wie ich nur vermöchte. Als wir an Land kamen, sahen wir weder Fluß oder Quelle noch irgendeine Spur von Einwohnern. Unsere Leute gingen deshalb am Ufer entlang, um vielleicht etwas Süßwasser in der Nähe des Meeres zu entdecken, und ich ging allein ungefähr eine Meile in entgegengesetzter Richtung, wo ich bemerkte, daß das Land ganz unfruchtbar und felsig war. Ich fing nun an, müde zu werden, und da ich nichts sah, was meine Wißbegierde reizte, kehrte ich langsam zu der Bucht zurück. Als ich das Meer ganz überblicken konnte, sah ich, daß unsere Leute bereits wieder im Boot waren und aus Leibeskräften zum Schiff ruderten. Ich wollte schon hinter ihnen her schreien, wenn es auch nur wenig Zweck gehabt hätte, als ich sah, wie ein riesiges Geschöpf, so schnell es nur konnte, hinter ihnen durch das Meer ging. Es ging nicht viel tiefer im Wasser als bis an die Knie und machte ungeheure Schritte.

Unsere Leute hatten aber eine halbe Meile Vorsprung vor ihm, und da die See dort voll scharfer Klippen ist, konnte das Ungeheuer unser Boot nicht einholen. Das wurde mir später erzählt, denn ich wagte nicht zu bleiben, um den Ausgang dieses Abenteuers zu sehen, sondern lief, so schnell ich nur konnte, in der Richtung, in der ich zuerst gegangen war, und stieg dann auf einen steilen Hügel, der mir einen gewissen Überblick über das

Land gewährte. Ich bemerkte, daß es völlig bebaut war. Aber was mich zuerst in Erstaunen versetzte, war die Länge des Grases, das auf jenen Flächen, die zum Heuen bestimmt zu sein schienen, etwa zwanzig Fuß hoch stand.

Ich geriet auf eine Landstraße, denn dafür hielt ich sie, obwohl sie den Einwohnern nur als Fußpfad durch ein Gerstenfeld diente. Hier ging ich eine Zeitlang weiter, konnte aber auf beiden Seiten wenig sehen, denn es war nun fast Erntezeit, und das Getreide stand wenigstens vierzig Fuß hoch. Ich brauchte eine Stunde, um bis ans Ende dieses Feldes zu gehen, das mit einer Hecke von wenigstens hundertzwanzig Fuß Höhe umgeben war, und die Bäume waren so hoch, daß ich ihre Höhe nicht einmal schätzen konnte. Dort befand sich ein Zauntritt, um von diesem in das nächste Feld hinüberzusteigen. Er hatte vier Stufen, und wenn man zu der obersten kam, war noch ein Stein zu überqueren. Es war mir unmöglich, diesen Zauntritt zu ersteigen, weil jede Stufe sechs Fuß hoch war und der obere Stein über zwanzig. Ich suchte gerade eine Lücke in der Hecke zu finden, als ich auf dem nächsten Feld einen der Einwohner bemerkte, der auf den Zauntritt zukam und von gleicher Größe wie der war, den ich unser Boot im Wasser verfolgen sah. Er schien so groß zu sein wie ein gewöhnlicher Kirchturm und legte, so genau ich schätzen konnte, etwa zehn Ellen mit jedem Schritt zurück. Mich befiel die äußerste Furcht und Bestürzung, und ich lief weg, um mich im Getreide zu verbergen. Von dort sah ich ihn oben auf dem Zauntritt, als er auf das nächste Feld rechter Hand zurückschaute, und hörte ihn mit einer Stimme rufen, die um viele Grade lauter als ein Sprachrohr war; das Getöse erscholl aber so hoch in der Luft, daß ich zuerst ganz fest glaubte, es sei Donner. Daraufhin kamen sieben Ungeheuer wie er mit Sicheln in den Händen zu ihm; jede Sichel hatte etwa die Größe von sechs Sensen. Diese Leute waren nicht so gut gekleidet wie der erste, dessen Diener oder Landarbeiter sie zu sein schienen; denn nach einigen Worten, die er sagte, gingen sie daran, das Getreide auf dem Feld, in dem ich lag, zu schneiden. Ich hielt mich in möglichst großer Entfernung von ihnen, konnte aber nur mit äußersten Schwierigkeiten vorankommen; die Getreidehalme standen nämlich manchmal nicht mehr als einen Fuß voneinander entfernt, so daß ich nur mit Mühe meinen Leib zwischen ihnen hindurchquetschen konnte. Es gelang mir jedoch weiterzugehen, bis ich zu einem Teil des Feldes kam, wo sich das Getreide durch den Regen und Wind gelegt hatte. Hier war es mir unmöglich, auch nur einen Schritt voranzukommen; denn die Halme waren so sehr verflochten, daß ich nicht hindurchkriechen konnte, und die Grannen der abgefallenen Ähren waren so fest und scharf, daß sie mir durch die Kleider ins Fleisch drangen. Zugleich hörte ich die Schnitter nicht mehr als hundert Ellen hinter mir. Da ich

von der Anstrengung gänzlich entmutigt und von Gram und Verzweiflung völlig überwältigt war, legte ich mich in einer Furche auf den Boden und wünschte von ganzem Herzen, daß ich dort stürbe. Ich betrauerte meine verlassene Witwe und meine vaterlosen Kinder. Ich beklagte meine eigene Torheit und Halsstarrigkeit, gegen den Rat aller meiner Freunde und Verwandten eine zweite Reise zu wagen. In dieser furchtbaren Gemütsverfassung konnte ich es nicht unterlassen, an Lilliput zu denken, dessen Einwohner mich als das größte Wunderwesen ansahen, das jemals in der Welt vorgekommen sei; wo ich es vermochte, eine kaiserliche Flotte mit der Hand fortzuziehen und jene anderen Taten zu vollbringen, die in den Chroniken jenes Reiches auf ewig überliefert werden, während die Nachwelt sie kaum glauben wird, obgleich sie von Millionen bezeugt sind. Ich überlegte, als welche Demütigung es sich für mich erweisen müsse, unter diesem Volk ebenso unbedeutend zu erscheinen, wie es ein einzelner Lilliputaner bei uns wäre. Doch dies hielt ich noch für das geringste Unglück; denn da zu beobachten ist, daß die Menschen im Verhältnis zu ihrer Körpergröße immer wilder und grausamer werden, was konnte ich da anderes erwarten, als ein Leckerbissen im Munde des ersten jener riesenhaften Barbaren zu sein, der mich ergreifen würde? Zweifellos haben die Philosophen recht, wenn sie uns sagen, daß alles nur durch den Vergleich groß oder klein ist. Es hätte dem Schicksal belieben können, die Lilliputaner irgendein Volk finden zu lassen, wo die Menschen im Verhältnis zu ihnen ebenso winzig sind wie sie im Verhältnis zu mir. Und wer weiß, ob nicht sogar dieses riesenhafte Geschlecht von Sterblichen in irgendeinem entfernten Teil der Welt, den wir bis jetzt noch nicht entdeckt haben, in gleicher Weise übertroffen wird?

Erschrocken und verwirrt, wie ich war, konnte ich mich doch nicht enthalten, diesen Gedanken weiter nachzuhängen; da näherte sich ein Schnitter der Furche, in der ich lag, bis auf zehn Ellen und ließ mich befürchten, daß ich beim nächsten Schritt unter seinem Fuß totgequetscht oder von seiner Sichel entzweigeschnitten würde. Als er sich wieder in Bewegung setzen wollte, schrie ich deshalb so laut, wie die Furcht mich nur dazu treiben konnte. Daraufhin blieb das riesige Geschöpf stehen, schaute einige Zeit unter sich herum und erblickte mich schließlich, wie ich am Boden lag. Er bedachte sich eine Weile mit der Vorsicht eines Mannes, der versucht, ein kleines gefährliches Tier auf solche Weise zu fassen, daß es ihn weder kratzen noch beißen kann, wie ich es selbst zuweilen in England mit einem Wiesel gemacht habe. Schließlich wagte er es, mich mit seinem Daumen und Zeigefinger von hinten in der Mitte zu ergreifen, und hob mich, bis ich nicht weiter als drei Ellen von seinen Augen entfernt war, damit er meine Gestalt genauer betrachten konnte. Ich ahnte seine Absicht, und ein gutes Geschick verlieh mir so viel Geistesgegenwart, daß ich den Entschluß faßte, mich nicht im geringsten zu sträuben, als er mich ungefähr sechzig Fuß über dem Boden in der Luft hielt, obgleich er mir aus Besorgnis, ich möchte ihm durch die Finger schlüpfen, schrecklich die Seiten quetschte. Al-

les, was ich wagte, war nur, die Augen zur Sonne zu erheben, die Hände in der Haltung demütigen Flehens zusammenzulegen und einige Worte in demütigem, traurigem Ton zu sprechen, der der Lage angemessen war, in der ich mich damals befand. Ich befürchtete nämlich jeden Augenblick, daß er mich auf den Boden schleudern würde, wie wir es gewöhnlich mit einem kleinen widerlichen Tier machen, wenn wir es töten wollen. Aber mein guter Stern wollte es so, daß der Riese an meiner Stimme und meinen Gebärden Gefallen zu finden schien; er begann, mich als eine Kuriosität zu betrachten, und wunderte sich sehr, mich artikulierte Wörter aussprechen zu hören, wenn er sie auch nicht verstehen konnte. Mittlerweile konnte ich nicht mehr an mich halten, zu seufzen, Tränen zu vergießen und den Kopf nach beiden Seiten zu wenden, um ihm, so gut ich konnte, zu verstehen zu geben, wie entsetzliche Schmerzen er mir durch den Druck seines Daumens und Zeigefingers zufügte. Er schien zu verstehen, was ich meinte, denn er hob den Schoß seines Rockes auf, legte mich sanft hinein und lief sogleich mit mir zu seinem Herrn, der ein wohlhabender Pächter und ebendieselbe Person war, die ich zuerst auf dem Feld gesehen hatte.

Nachdem der Pächter (wie ich aus ihrem Gespräch schloß) einen solchen Bericht über mich erhalten hatte, wie sein Diener ihm geben konnte, nahm er ein Stück von einem kleinen Strohhalm, etwa von der Größe eines Spazierstocks, und hob damit meine Rockschöße in die Höhe; er schien nämlich zu glauben, das sei eine Art Hülle, die mir die Natur verliehen habe. Er blies mir auch die Haare auf die Seite, um mein Gesicht besser betrachten zu können. Dann rief er seine Landarbeiter ringsum herbei und fragte sie (wie ich später erfuhr), ob sie jemals irgendein kleines Geschöpf, das mir gliche, auf den Feldern gesehen hätten. Hierauf legte er mich sachte auf allen vieren auf den Boden; ich stand jedoch sogleich auf und ging langsam vorwärts und rückwärts, um jenen Leuten zu zeigen, ich hätte keine Absicht davonzulaufen. Sie setzten sich alle in einem Kreis um mich nieder, um meine Bewegungen desto besser zu beobachten. Ich nahm den Hut ab und machte dem Pächter eine tiefe Verbeugung. Ich fiel auf die Knie, hob Hände und Augen und sprach mehrere Worte, so laut ich konnte; dann nahm ich eine Börse mit Gold aus der Tasche und bot sie ihm demütig an. Er nahm sie auf seiner Hand-

fläche entgegen, dann hielt er sie dicht vor die Augen, um zu sehen, was es sei, und danach drehte er sie mehrere Male mit der Spitze einer Nadel (die er aus seinem Ärmel zog) um, konnte aber nicht daraus klug werden. Darauf gab ich ihm durch ein Zeichen zu verstehen, er solle seine Hand auf den Boden legen. Dann nahm ich die Börse, öffnete sie und schüttete alles Gold auf seine Hand. Es waren sechs spanische Goldstücke zu je vier Pistolen, außer zwanzig bis dreißig kleineren Münzen. Ich sah, wie er die Spitze seines kleinen Fingers mit der Zunge anfeuchtete und eines meiner größten Goldstücke und dann noch eins aufnahm; er schien jedoch ganz und gar nicht zu wissen, was es wäre. Er gab mir ein Zeichen, sie wieder in meine Börse und die Börse wieder in meine Tasche zu stecken. Nachdem ich sie ihm mehrere Male angeboten hatte, hielt ich es auch für das beste, das zu tun.

Mittlerweile war der Pächter davon überzeugt, daß ich ein vernunftbegabtes Geschöpf sein müsse. Er redete mich oft an, aber das Geräusch seiner Stimme zerriß mir die Ohren wie das Tosen einer Wassermühle; trotzdem waren seine Worte deutlich genug artikuliert. Ich antwortete in verschiedenen Sprachen, so laut ich konnte, und er hielt sein Ohr oft nur zwei Ellen von mir entfernt. Es war aber alles vergeblich, denn wir konnten einander in keiner Weise verstehen. Dann schickte er seine Leute wieder an die Arbeit, zog sein Taschentuch aus der Tasche, faltete es zusammen und breitete es auf seiner linken Hand aus, die er mit der Handfläche nach oben flach auf den Boden legte, und gab mir ein Zeichen hinaufzusteigen, was ich ohne Schwierigkeit tun konnte, denn ihre Dicke betrug nicht mehr als einen Fuß. Ich hielt es für meine Schuldigkeit zu gehorchen, und aus Furcht zu fallen legte ich mich der Länge nach auf das Taschentuch, in dessen übrigen Teil er mich der größeren Sicherheit wegen bis zum Kopf einschlug; auf diese Weise trug er mich heim in sein Haus. Dort rief er seine Frau und zeigte mich ihr; sie aber schrie auf und lief weg, wie es Frauen in England beim Anblick einer Kröte oder Spinne tun. Als sie jedoch mein Verhalten einige Zeit beobachtet und gesehen hatte, wie genau ich die Zeichen befolgte, die

mir ihr Gatte gab, wurde sie bald freundlich gestimmt und allmählich außerordentlich zärtlich gegen mich.

Es war ungefähr zwölf Uhr mittags, und ein Diener trug das Essen auf. Es war lediglich ein nahrhaftes Fleischgericht (dem schlichten Stand eines Landmanns angemessen) in einer Schüssel von etwa vierundzwanzig Fuß Durchmesser. Die Gesellschaft bestand aus dem Pächter und seiner Frau, drei Kindern und einer alten Großmutter. Als sie sich gesetzt hatten, stellte mich der Pächter in einiger Entfernung von sich auf den Tisch, der dreißig Fuß hoch war. Ich hatte schreckliche Furcht und hielt mich, aus Besorgnis hinunterzufallen, so weit wie möglich von der Tischkante entfernt. Die Frau zerschnitt ein kleines Stück Fleisch, dann zerkrümelte sie etwas Brot auf einem Schneidebrett und stellte es vor mich hin. Ich machte ihr eine tiefe Verbeugung, zog mein Messer und meine Gabel hervor und begann zu essen, was ihnen außerordentliches Vergnügen machte. Die Herrin ließ ihre Dienstmagd ein kleines Schnapsglas holen, das ungefähr zwei Gallonen faßte, und füllte es mit einem Getränk. Mit vieler Mühe hob ich das Gefäß mit beiden Händen und trank mit größter Ehrerbietung auf die Gesundheit der gnädigen Frau, wobei ich die Worte so laut wie möglich in Englisch ausrief; das brachte die Gesellschaft dazu, so herzlich zu lachen, daß ich von dem Getöse beinah taub wurde. Das Getränk schmeckte wie leichter Apfel-

wein und war nicht unangenehm. Hierauf gab mir der Herr ein Zeichen, neben sein Schneidebrett zu kommen. Als ich aber auf dem Tisch hinging – und die ganze Zeit war ich völlig außer Fassung, wie der nachsichtige Leser sich leicht denken und was er entschuldigen wird –, da stolperte ich über eine Brotrinde und fiel auf das Gesicht, tat mir aber keinen Schaden.

Ich stand sogleich auf, und da ich bemerkte, daß die guten Leute in großer Besorgnis waren, nahm ich meinen Hut (den ich des guten Benehmens wegen unter dem Arm hielt), und indem ich ihn über dem Kopf schwenkte, rief ich dreimal hurra, um zu zeigen, daß ich durch den Fall keine Verletzung erlitten hatte. Als ich jedoch auf meinen Herrn zuging (so werde ich ihn von nun an nennen), ergriff sein jüngster Sohn, der gleich neben ihm saß, ein durchtriebener Knabe von ungefähr zehn Jahren, mich bei den Beinen und hielt mich so hoch in der Luft empor, daß ich an allen Gliedern zitterte; sein Vater aber entriß mich ihm und versetzte ihm zugleich einen solchen Schlag auf das linke Ohr, der eine europäische Schwadron Kavallerie auf den Boden gestreckt hätte. Dann befahl er, ihn vom Tisch wegzubringen. Ich hatte aber Angst, der Knabe werde Groll gegen mich hegen, und da ich mich recht gut daran erinnerte, wie boshaft alle Kinder bei uns von Natur aus gegenüber Sperlingen, Kaninchen, jungen Kätzchen und Hunden sind, fiel ich auf die Knie, zeigte auf den Knaben und gab meinem Herrn, so gut ich konnte, zu verstehen, daß ich wünschte, seinem Sohn möchte die Strafe erlassen werden. Der Vater kam der Bitte nach, und der Knabe setzte sich wieder auf seinen Stuhl, worauf ich zu ihm ging und ihm die Hand küßte; mein Herr ergriff sie und veranlaßte ihn, mich sanft damit zu streicheln.

Während des Essens sprang die Lieblingskatze meiner Herrin auf ihren Schoß. Ich hörte hinter mir ein Geräusch wie das von einem Dutzend Strumpfwirkern bei der Arbeit, und als ich den Kopf herumdrehte, bemerkte ich, daß es vom Schnurren dieses Tieres herrührte, das dreimal größer als ein Ochse zu sein schien, wie ich nach dem Anblick seines Kopfes und einer seiner Pfoten schätzte, während seine Herrin es fütterte und streichelte. Die Wildheit in der Miene dieser Bestie brachte mich völlig aus der Fassung, obgleich ich am anderen Ende des Tisches stand, über fünfzig Fuß entfernt, und obgleich meine Herrin sie festhielt, in

der Besorgnis, sie könne plötzlich einen Satz machen und mich mit ihren Krallen packen. Es bestand jedoch keine Gefahr, denn die Katze nahm nicht die geringste Notiz von mir, als mich mein Herr nicht weiter als drei Ellen von ihr entfernt niedersetzte. Da man mir immer gesagt hat und ich aus Erfahrungen auf meinen Reisen auch als wahr erkannt hatte, daß man ein wildes Tier am ehesten zur Verfolgung oder zum Angriff reizt, wenn man flieht oder Furcht verrät, so beschloß ich, in dieser gefährlichen Lage keinerlei Unruhe zu zeigen. Unerschrocken ging ich fünf- bis sechsmal vor dem Kopf der Katze auf und nieder und kam ihr bis auf eine halbe Elle nahe, worauf sie sich zurückzog, als ob sie größere Angst vor mir habe. Weniger Befürchtungen hegte ich bezüglich der Hunde, von denen drei oder vier in das Zimmer kamen, wie es in Pächterhäusern üblich ist; einer von ihnen war eine Dogge, an Größe vier Elefanten gleich, und ein anderer, ein Windhund, etwas länger als die Dogge, aber nicht so mächtig.

Als das Essen beinahe vorüber war, trat die Amme mit einem einjährigen Kind auf dem Arm herein, das mich sogleich erspähte und ein Geschrei begann, das man von der London Bridge bis Chelsea hätte hören können, gemäß der gewöhnlichen Ausdrucksweise von Kleinkindern, um mich als Spielzeug zu bekommen. Aus bloßer Nachgiebigkeit hob mich die Mutter auf und stellte mich zu dem Kind hin, das mich stracks um die Taille packte und meinen Kopf in den Mund steckte. Dort brüllte ich so laut, daß das Balg erschrak und mich fallen ließ, und ich hätte mir unzweifelhaft das Genick gebrochen, wenn die Mutter nicht ihre

Schürze unter mir aufgehalten hätte. Um ihren Säugling zu beruhigen, benutzte die Amme eine Klapper, die aus einer Art von leerem Faß bestand, das mit großen Steinen gefüllt und mit einem Tau am Leib des Kindes befestigt war. Aber alles vergebens, so daß sie gezwungen war, das äußerste Mittel anzuwenden, indem sie ihm die Brust gab. Ich muß gestehen, daß mir niemals ein Gegenstand einen solchen Ekel eingeflößt hat wie der Anblick ihrer ungeheuren Brust, und ich kann nicht sagen, was damit zu vergleichen wäre, um dem neugierigen Leser einen Begriff von ihrer Größe, Form und Farbe zu geben. Sie stand sechs Fuß hervor und konnte nicht weniger als sechzehn Fuß Umfang haben. Die Warze war etwa halb so groß wie mein Kopf, und ihr

Aussehen wie das der Brust war vor Flecken, Pickeln und Sommersprossen so buntscheckig, daß nichts widerlicher erscheinen konnte; ich sah sie nämlich ganz aus der Nähe, da sie sich gesetzt hatte, um desto bequemer stillen zu können, während ich auf dem Tisch stand. Das gab mir Anlaß, über die reine Haut unserer englischen Damen nachzudenken, die uns allein deshalb so schön erscheinen, weil sie von unserer eigenen Größe sind und man ihre Mängel nur durch ein Vergrößerungsglas sehen kann; bei einem solchen Versuch erkennt man aber, daß die glatteste und weißeste Haut rauh und uneben und unschön gefärbt aussieht.

Ich erinnere mich, daß mir, als ich in Lilliput war, das Aussehen jener Zwergmenschen das schönste der Welt zu sein schien. Als ich mich dort einst mit einem Gelehrten, der einer meiner vertrauten Freunde war, darüber unterhielt, sagte er, daß mein Gesicht viel schöner und glatter zu sein schien, wenn er mich vom Boden aus betrachte, als es bei näherem Zusehen der Fall sei, wenn ich ihn in der Hand aufgehoben und nahe herangebracht habe; das war, gestand er, im Anfang ein sehr ekelhafter Anblick. Er sagte, in meiner Haut könne er große Löcher entdekken, die Stoppeln meines Bartes seien zehnmal dicker als die Borsten eines Ebers, und mein Teint bestehe aus verschiedenen Farben, die ganz und gar nicht zusammenpaßten. Dabei muß ich um Erlaubnis bitten, für mich selbst zu sagen, daß ich ebenso ansehnlich wie die meisten meines Geschlechts und meines Landes bin und daß mich die Sonne auf allen meinen Reisen sehr wenig verbrannt hat. Andererseits sagte er mir gewöhnlich, wenn er von den Damen am Hofe jenes Kaisers sprach, eine habe Sommersprossen, eine andere einen zu breiten Mund, eine dritte eine zu große Nase, wovon ich nichts bemerken konnte. Ich gestehe, daß diese Überlegung nahe genug lag; ich konnte sie jedoch nicht weglassen, damit der Leser nicht auf den Gedanken käme, jene riesigen Geschöpfe seien wirklich häßlich. Um ihnen Gerechtigkeit widerfahren zu lassen, muß ich nämlich sagen, daß sie ein schöner Menschenschlag sind; und besonders schienen mir die Gesichtszüge meines Herrn, obwohl er doch nur ein Pächter war, sehr ebenmäßig, wenn ich ihn in der Höhe von sechzig Fuß betrachtete.

Als das Essen vorüber war, ging mein Herr zu seinen Arbeitern hinaus und gab seiner Frau, wie ich an seiner Stimme und seinen Gebärden erkennen konnte, den ausdrücklichen Auftrag, mich in Obhut zu nehmen. Ich war sehr müde und hätte gern geschlafen. Als meine Herrin das bemerkte, legte sie mich auf ihr eigenes Bett und deckte mich mit einem sauberen weißen Taschentuch zu, das aber größer und derber als das Großsegel eines Kriegsschiffs war.

Ich schlief ungefähr zwei Stunden und träumte, ich sei zu Hause bei Frau und Kindern. Das verschlimmerte meinen Kummer, als ich erwachte und mich allein in einem ungeheuren Zimmer fand, das zwei- bis dreihundert Fuß breit und über zweihundert hoch war, und in einem zwanzig Ellen breiten Bett lag. Meine Herrin war ihren häuslichen Angelegenheiten nachgegangen und hatte mich eingeschlossen. Das Bett war acht Ellen über dem Boden. Gewisse natürliche Bedürfnisse machten es nötig, daß ich hinunterkam; ich wagte aber nicht, laut zu rufen. Und hätte ich es doch getan, so wäre es mit einer solchen Stimme wie der meinen doch vergeblich gewesen wegen der großen Entfernung von dem Zimmer, in dem ich lag, bis zu der Küche, wo sich die Familie aufhielt. Während ich mich in dieser Lage befand, kletterten zwei Ratten die Bettvorhänge herauf und liefen schnuppernd auf dem Bett hin und her. Eine davon kam bis dicht an mein Gesicht, worauf ich voller Schrecken aufsprang und meinen Hirschfänger zog, um mich zu verteidigen. Diese furchtbaren Tiere besaßen die Dreistigkeit, mich von beiden Seiten an-

zugreifen, und eines von ihnen setzte mir die Vorderpfoten auf den Kragen. Ich hatte aber das Glück, ihm den Bauch aufzuschlitzen, bevor es mir Schaden zufügen konnte. Es stürzte zu meinen Füßen nieder, und das andere entfloh, als es das Schicksal seines Gefährten sah, trug aber noch eine tiefe Wunde auf dem Rücken davon, die ich ihm auf der Flucht versetzte und aus der das Blut in Strömen floß. Nach dieser Tat ging ich langsam auf dem Bett hin und her, um wieder zu Atem zu kommen und die verlorenen Lebensgeister wiederzugewinnen. Diese Tiere waren von der Länge einer großen Dogge, aber unvergleichlich behender und wilder; hätte ich mein Degenkoppel abgelegt, bevor ich schlafen ging, so wäre ich unfehlbar in Stücke gerissen und verschlungen worden. Ich maß den Schwanz der toten Ratte und fand, daß er einen Zoll weniger als zwei Ellen lang war. Es ekelte mich aber, den Kadaver aus dem Bett zu ziehen, wo er noch blutend lag. Ich bemerkte auch noch etwas Leben in ihm, aber mit einem starken Hieb quer über das Genick tat ich es vollends ab.

Bald darauf kam meine Herrin ins Zimmer; als sie mich voll Blut sah, lief sie herbei und nahm mich in die Hand. Ich zeigte auf die tote Ratte, lächelte und gab noch andere Zeichen, um zu zeigen, daß ich nicht verwundet sei, worüber sie sich außerordentlich freute. Sie rief die Magd, um die tote Ratte mit einer Zange aufzuheben und aus dem Fenster zu werfen. Dann setzte sie mich auf einen Tisch, wo ich ihr meinen blutigen Hirschfänger zeigte, den ich an meinem Rockschoß abwischte und wieder in die Scheide steckte. Ich war in der Bedrängnis, mehr als nur ein Geschäft zu verrichten, das kein anderer für mich tun konnte, und deshalb bemühte ich mich, meiner Herrin zu verstehen zu geben, daß ich auf den Fußboden niedergesetzt zu werden wünschte. Nachdem sie das getan hatte, erlaubte mir meine Schamhaftigkeit nicht, mich weiter auszudrücken, als daß ich auf die Tür zeigte und mich mehrere Male verbeugte. Mit großer Schwierigkeit begriff die gute Frau endlich, was ich tun wollte, und nahm mich wieder in die Hand und ging in den Garten, wo sie mich auf den Boden setzte. Ich ging ungefähr zweihundert Ellen auf die Seite und gab ihr ein Zeichen, nicht herzusehen oder mir zu folgen, versteckte mich zwischen zwei Sauerampferblättern und kam dort den Bedürfnissen der Natur nach.

Ich hoffe, der geneigte Leser wird entschuldigen, daß ich auf diese und ähnliche Einzelheiten eingehe; denn wie belanglos sie gewöhnlichen und niedrigdenkenden Seelen auch immer erscheinen mögen, so werden sie einem Philosophen doch sicherlich helfen, sein Denken und seine Einbildungskraft zu erweitern und diese zum Vorteil für das öffentliche und private Leben anzuwenden. Das war auch meine einzige Absicht, als ich der Welt diesen und andere Berichte über meine Reisen vorlegte; ich habe mich dabei hauptsächlich um die Wahrheit bemüht, ohne nach irgendwelchen Ausschmückungen durch Gelehrsamkeit oder Stil zu streben. Die Vorkommnisse auf dieser Reise haben mich aber so tief beeindruckt und sind mir so genau im Gedächtnis geblieben, daß ich keinen einzigen wesentlichen Umstand ausgelassen habe, als ich sie zu Papier brachte. Nach einer genauen Durchsicht habe ich jedoch verschiedene Stellen von geringerer Wichtigkeit gestrichen, die sich in meinem ersten Manuskript befanden, aus Besorgnis, als weitschweifig und oberflächlich getadelt zu werden, was man Reisenden oft, und vielleicht nicht zu Unrecht, vorwirft.

Zweites Kapitel

Beschreibung der Tochter des Pächters. Der Verfasser wird zu einem Marktflecken und danach in die Hauptstadt gebracht. Die besonderen Umstände seiner Reise.

Meine Herrin hatte eine Tochter von neun Jahren, ein Kind mit für sein Alter weitentwickelten Fähigkeiten, das mit der Nadel sehr gewandt war und seine Puppe geschickt anzukleiden verstand. Ihre Mutter und sie hatten sich ausgedacht, für die Nacht die Puppenwiege für mich zurechtzumachen. Die Wiege wurde in eine kleine Schublade aus einem Schmuckkästchen gestellt und die Schublade aus Furcht vor den Ratten auf ein frei hängendes Brett gelegt. Das war mein Bett, solange ich bei diesen Leuten blieb, wenn es nach und nach auch bequemer eingerichtet wurde, als ich begann, ihre Sprache zu lernen und meine Wünsche kundzutun. Das junge Mädchen war so geschickt, daß sie mich an- und auskleiden konnte, nachdem ich ein- oder zweimal meine Kleider vor ihren Augen abgelegt hatte, obgleich ich ihr nie diese Mühe machte, wenn sie es mich selbst tun lassen wollte. Sie machte mir sieben Hemden und einige andere Wäschestücke

von so feiner Leinwand, wie sie nur zu bekommen war, die aber doch noch gröber als Sackleinwand war; diese Wäsche hat sie mir immer mit eigener Hand gewaschen. Sie war auch meine Schulmeisterin, die mich die Sprache lehrte: wenn ich auf etwas zeigte, nannte sie mir dessen Bezeichnung in ihrer eigenen Sprache, so daß ich schon in einigen Tagen nach allem verlangen konnte, was ich wünschte. Sie war sehr gutmütig und nicht größer als vierzig Fuß; denn sie war klein für ihr Alter. Sie gab mir den Namen Grildrig, den die Familie und später das ganze Königreich aufgriff. Das Wort bedeutet das, was die Lateiner »nanunculus«, die Italiener »homunceletino« und wir selbst »Zwergmenschlein« nennen. Ihr verdanke ich hauptsächlich die Erhaltung meines Lebens in diesem Lande. Wir trennten uns nie, solange ich dort war. Ich nannte sie meine Glumdalclitch oder kleine Wärterin, und ich würde mich großer Undankbarkeit schuldig machen, wenn ich diese ehrenvolle Erwähnung ihrer Sorgfalt und Zuneigung mir gegenüber unterließe. Auch wünsche ich von Herzen, es läge in meiner Macht, ihre Wohltaten so zu vergelten, wie sie es verdient, anstatt das unschuldige, aber doch unglückliche Mittel zu sein, daß sie in Ungnade fiel, wie ich nur allzuviel Grund zu befürchten habe.

Es fing nun an, in der Nachbarschaft bekannt und zum Gesprächsstoff zu werden, daß mein Herr auf dem Feld ein sonderbares Geschöpf gefunden habe, etwa von der Größe eines Splacknuck, sonst aber in jeder Hinsicht genau wie ein Mensch gestaltet. Es ahme auch in allen seinen Handlungen den Menschen nach, scheine eine eigene kleine Sprache zu sprechen, habe bereits mehrere Worte der ihren erlernt, ginge aufrecht auf zwei Beinen, sei zahm und fromm, käme, wenn man es riefe, tue alles, was man es heiße, besäße die zierlichsten Gliedmaßen von der Welt und eine schönere Haut als eine Edelmannstochter von drei Jahren. Ein anderer Pächter, der ganz in der Nähe wohnte und ein vertrauter Freund meines Herrn war, machte einen Besuch mit der Absicht, die Wahrheit dieser Geschichte nachzuprüfen. Ich wurde sogleich herbeigeholt und auf einen Tisch gestellt, wo ich hin und her ging, wie man mir befahl, meinen Hirschfänger zog, ihn wieder einsteckte, dem Gast meines Herrn eine Verbeugung machte, ihn in seiner eigenen Sprache fragte, wie es ihm gehe, und ihm sagte, er sei willkommen, ganz wie meine kleine

Wärterin mich unterwiesen hatte. Dieser Mann, der alt und kurzsichtig war, setzte seine Brille auf, um mich besser zu sehen, und ich konnte nicht umhin, sehr herzlich darüber zu lachen, denn seine Augen erschienen mir wie der Vollmond, der durch zwei Fenster in ein Zimmer scheint. Unsere Leute, die die Ursache meiner Heiterkeit erkannten, leisteten mir beim Lachen Gesellschaft; der alte Kerl aber war töricht genug, sich darüber zu ärgern und außer Fassung zu geraten. Er stand im Ruf, eine sehr habsüchtige Person zu sein, und zu meinem Unglück verdiente er diesen Ruf vollkommen durch den fluchwürdigen Rat, den er meinem Herrn gab, mich an einem Markttag als Sehenswürdigkeit in der nächsten Stadt zu zeigen, die eine halbe Stunde zu Pferde, also etwa zweiundzwanzig Meilen, von unserem Haus entfernt war. Ich vermutete, daß etwas Böses ausgeheckt wurde, als ich bemerkte, daß mein Herr und sein Freund lange miteinander flüsterten, wobei sie dann und wann auf mich zeigten; und meine Furcht verursachte bei mir die Vorstellung, einige ihrer Worte zu hören und zu verstehen. Doch am nächsten Morgen berichtete mir Glumdalclitch, meine kleine Wärterin, die ganze Geschichte, die sie geschickt aus ihrer Mutter herausbekommen hatte. Das arme Mädchen drückte mich an ihre Brust und weinte aus Scham und Traurigkeit. Sie befürchtete, mir werde etwas

Schlimmes von seiten roher und gemeiner Leute zustoßen, die mich vielleicht zu Tode drücken oder mir eines meiner Glieder brechen könnten, wenn sie mich in die Hand nähmen. Sie hatte auch bemerkt, wie zurückhaltend ich meinem Wesen nach war, wie streng ich auf meine Ehre achtete, und als was für eine Schmach ich es somit empfinden würde, für Geld öffentlich als Schaustück für den niedrigsten Pöbel ausgestellt zu werden. Sie sagte, Papa und Mama hätten ihr versprochen, daß Grildrig ihr gehören solle; aber nun sähe sie, daß sie es wie letztes Jahr mit ihr machen wollten, als sie vorgaben, ihr ein Lamm zu schenken, und es doch, sobald es fett geworden sei, einem Schlächter verkauft hätten. Was mich selbst betrifft, so kann ich aufrichtig versichern, daß ich weniger beunruhigt war als meine Wärterin. Ich hatte die feste Hoffnung, die ich nie aufgab, daß ich eines Tages meine Freiheit wiedererlangen würde; und was die Schande betraf, als Kuriosität herumgeführt zu werden, so überlegte ich, daß ich ja völlig fremd im Lande sei. Auch könne mir ein solches Mißgeschick nie zum Vorwurf gemacht werden, wenn ich jemals nach England zurückkehren würde; denn selbst der König von Großbritannien hätte in meiner Lage das gleiche Leid erdulden müssen.

Mein Herr brachte mich nun, dem Rat seines Freundes gemäß, am nächsten Markttag in einem Kästchen in die benachbarte Stadt; seine kleine Tochter, meine Wärterin, nahm er auf einem Reitkissen hinter sich mit. Das Kästchen war an allen Seiten geschlossen; es besaß eine kleine Tür, damit ich hinein- und hinausgehen konnte, und einige hineingebohrte Löcher, um Luft hereinzulassen. Das Mädchen war so vorsichtig gewesen, die Decke ihres Puppenbetts hineinzutun, damit ich mich darauf niederlegen konnte. Dennoch wurde ich auf dieser Reise furchtbar geschüttelt und umhergeworfen, obgleich sie nur eine halbe Stunde währte. Das Pferd legte nämlich mit jedem Schritt etwa vierzig Fuß zurück und trabte so hoch einher, daß die Bewegungen dem Steigen und Fallen eines Schiffes in einem heftigen Sturm glichen, aber viel häufiger waren. Unsere Reise war etwas weiter als von London nach St. Albans. Mein Herr stieg in einem Wirtshaus ab, das er gewöhnlich besuchte. Nachdem er sich eine Weile mit dem Wirt beraten und einige notwendige Vorbereitungen getroffen hatte, mietete er den Grultrud oder Ausrufer, um in der ganzen Stadt bekanntzumachen, im »Grünen Adler« sei ein sonderbares Geschöpf zu sehen, das nicht so groß wie ein Splacknuck sei (das ist ein sehr zierlich gebautes, etwa sechs Fuß langes Tier in diesem Lande) und in allen Teilen des Körpers einem menschlichen Geschöpf gliche, verschiedene Wörter sprechen und hunderterlei unterhaltsame Kunststücke ausführen könnte.

Ich wurde auf einen Tisch im größten Zimmer des Gasthofes gestellt, das fast dreihundert Quadratfuß groß sein mochte. Meine kleine Wärterin stand auf einem niedrigen Schemel dicht am Tisch, um auf mich achtzugeben und anzuordnen, was ich tun sollte. Um ein Gedränge zu vermeiden, wollte mein Herr nicht gestatten, daß mich mehr als dreißig Personen auf einmal

besahen. Ich ging auf dem Tisch umher, wie es das Mädchen befahl; sie richtete Fragen an mich, soweit, wie sie wußte, mein Verständnis der Sprache reichte, und ich beantwortete sie, so laut ich konnte. Ich wandte mich mehrmals an die Zuschauer, verbeugte mich demütig, sagte, sie seien willkommen, und machte von einigen anderen Redensarten Gebrauch, die man mich gelehrt hatte. Ich hob einen mit einem Getränk gefüllten Fingerhut auf, den mir Glumdalclitch als Becher gegeben hatte, und trank auf die Gesundheit der Anwesenden. Ich zog meinen Hirschfänger und schwang ihn nach Art der Fechter in England. Meine Wärterin gab mir ein Stück von einem Strohhalm, womit ich wie mit einer Pike exerzierte, denn diese Kunst hatte ich in meiner Jugend gelernt. An jenem Tag wurde ich zwölf Gruppen von Zuschauern gezeigt und mußte ebensooft dieselben Albernheiten wiederholen, bis ich vor Müdigkeit und Verdruß halb tot war; denn alle, die mich gesehen hatten, gaben so wunderbare Berichte, daß die Leute bereit waren, die Türen aufzubrechen, nur um hineinzugelangen. Mein Herr wollte aus eigenem Interesse nicht gestatten, daß mich irgend jemand außer meiner Wärterin berührte, und um Gefahren zu vermeiden, wurden Bänke in einer solchen Entfernung um den Tisch aufgestellt, daß mich niemand erreichen konnte. Ein niederträchtiger Schuljunge aber schleuderte eine Haselnuß direkt nach meinem Kopf, die mich

nur mit knapper Mühe und Not verfehlte; sie flog mit so großer Heftigkeit, daß sie mir sonst unfehlbar den Schädel eingeschlagen hätte, denn sie war beinahe so groß wie ein kleiner Kürbis. Ich hatte jedoch die Genugtuung, zu sehen, daß der junge Tunichtgut gehörig durchgeprügelt und dann aus dem Zimmer geworfen wurde.

Mein Herr ließ öffentlich bekanntmachen, daß er mich am nächsten Markttag wieder zeigen würde, und unterdessen richtete er für mich ein bequemeres Transportmittel her, wozu er auch Grund genug hatte; ich war nämlich so erschöpft von meiner ersten Reise und davon, daß ich acht Stunden lang Zuschauer unterhalten hatte, daß ich kaum auf den Beinen stehen oder ein Wort sprechen konnte. Es dauerte wenigstens drei Tage, bis ich wieder zu Kräften kam; damit ich aber auch zu Hause keine Ruhe hätte, kamen alle benachbarten Herren von Stande im Umkreis von hundert Meilen, nachdem sie von meinem Ruhm gehört hatten, um mich im eigenen Haus meines Herrn zu sehen. Das waren gewiß nicht weniger als dreißig Personen mit ihren Frauen und Kindern (denn das Land ist sehr dicht besiedelt), und immer wenn mich mein Herr zu Hause zeigte, verlangte er den Betrag für ein volles Zimmer, selbst wenn nur eine einzige Familie zugegen war. Auf diese Weise hatte ich eine Zeitlang an jedem Tag der Woche (außer am Mittwoch, der ihr Sonntag ist) nur wenig Ruhe, obgleich ich nicht in die Stadt gebracht wurde.

Als nun mein Herr sah, wie einträglich ich wahrscheinlich sein würde, beschloß er, mich in die bedeutendsten Städte des Königreichs zu bringen. Nachdem er sich deshalb mit allen Dingen, die für eine lange Reise erforderlich sind, versehen und seine Angelegenheiten zu Hause geregelt hatte, nahm er Abschied von seiner Frau, und am 17. August 1703, ungefähr zwei Monate nach meiner Ankunft, reisten wir nach der Hauptstadt ab, die fast in der Mitte jenes Reiches und etwa dreitausend Meilen von unserem Haus entfernt lag. Mein Herr ließ seine Tochter Glumdalclitch hinter sich aufsitzen. Sie trug mich auf dem Schoß in einem Kästchen, das ihr am Leib angebunden war. Das Mädchen hatte es an allen Seiten mit dem weichsten Tuch ausgeschlagen, das sie bekommen konnte, und darunter noch gut gepolstert, sie hatte es mit ihrem Puppenbett ausgestattet, mich mit Wäsche und anderen nötigen Dingen versehen, und alles so bequem wie möglich eingerichtet. Wir hatten keine andere Begleitung als einen Jungen aus dem Haus, der mit dem Gepäck hinter uns herritt.

Mein Herr beabsichtigte, mich in allen Städten zu zeigen, die am Wege lagen, und auch fünfzig bis hundert Meilen von der Landstraße abzuweichen, um in jedes Dorf oder jedes Haus einer Standesperson zu kommen, wo er Einnahmen erwarten konnte.

Wir machten nur kurze Tagereisen von nicht mehr als 140 bis 160 Meilen, denn um mich zu schonen, klagte Glumdalclitch darüber, sie sei vom Traben des Pferdes erschöpft. Sie nahm mich auch oft auf meinen eigenen Wunsch aus dem Kästchen, um mich frische Luft schöpfen zu lassen und mir das Land zu zeigen; sie hielt mich aber immer an einem Gängelband fest. Wir überquerten fünf oder sechs Flüsse, die um ein vielfaches breiter und tiefer als der Nil oder der Ganges waren, und es gab kaum einen Bach, der so klein war wie die Themse an der London Bridge. Unsere Reise dauerte zehn Wochen, und ich wurde in achtzehn großen Städten gezeigt, außer in vielen Dörfern und vor besonderen Familien.

Am 16. Oktober kamen wir in der Hauptstadt an, die in ihrer Sprache Lorbrulgrud oder Stolz des Weltalls genannt wird. Mein Herr nahm eine Wohnung in der Hauptstraße der Stadt, nicht weit vom königlichen Palast, und ließ Ankündigungen in der üblichen Form anschlagen, die eine genaue Beschreibung meiner Person und meiner Fähigkeiten enthielten. Er mietete ein großes Zimmer, das drei- bis vierhundert Fuß breit war. Er beschaffte einen Tisch von sechzig Fuß Durchmesser, auf dem ich auftreten sollte, und versah ihn mit einer Palisade, die drei Fuß von der Tischkante entfernt und ebenso hoch war, um zu verhindern, daß ich hinunterfiel. Zehnmal am Tag wurde ich zum Erstaunen und zur Zufriedenheit aller Leute gezeigt. Ich konnte nunmehr die Landessprache ziemlich gut sprechen und verstand jedes Wort, das man mir sagte. Außerdem hatte ich ihr Alphabet gelernt und konnte es bewerkstelligen, hier und da einen Satz zu erklären, denn Glumdalclitch war meine Lehrerin gewesen, während wir noch zu Hause waren und auch in Mußestunden auf unserer Reise. Sie hatte ein kleines Buch bei sich in der Tasche, das nicht viel größer war als ein Atlas von Sanson; es war ein übliches Traktat für junge Mädchen, das eine kurze Beschreibung ihrer Religion gab. Aus diesem Buch lehrte sie mich die Buchstaben und erklärte mir die Wörter.

Drittes Kapitel

Der Verfasser wird an den Hof geholt. Die Königin kauft ihn von seinem Herrn, dem Pächter, und schenkt ihn dem König. Er disputiert mit den hervorragenden Gelehrten Seiner Majestät. Der Verfasser erhält ein Zimmer bei Hofe. Er steht in hoher Gunst bei der Königin. Er tritt für die Ehre seines Heimatlandes ein. Sein Zwist mit dem Zwerg der Königin.

Die vielen Mühseligkeiten, denen ich jeden Tag ausgesetzt war, verursachten in ein paar Wochen eine beträchtliche Verschlechterung meiner Gesundheit. Je mehr mein Herr an mir verdiente, desto unersättlicher wurde er. Ich hatte völlig den Appetit verloren und war beinahe zum Skelett abgemagert. Der Pächter bemerkte das, und da er daraus folgerte, daß ich bald sterben würde, beschloß er, noch so viel aus mir herauszuschlagen, wie er nur konnte. Während er nun so hin und her überlegte und sich darüber schlüssig wurde, kam ein Slardral oder Kammerherr vom Hofe und befahl meinem Herrn, mich unverzüglich zur Unterhaltung der Königin und ihrer Damen dorthin zu bringen. Einige von den letzteren hatten mich schon gesehen und merkwürdige Dinge von meiner Schönheit, meinem feinen Betragen und meinem Verstand erzählt. Ihre Majestät und deren Gefolge waren über die Maßen von meinem Benehmen entzückt. Ich fiel auf die Knie und bat um die Ehre, Ihren kaiserlichen Fuß küssen zu dürfen; aber diese gütige Fürstin hielt mir (nachdem ich auf einen Tisch gesetzt worden war) ihren kleinen Finger hin, den ich mit beiden Armen umfaßte, wobei ich dessen Spitze mit größter Ehrfurcht an meine Lippen führte. Sie stellte mir einige allgemeine Fragen über mein Vaterland und meine Reisen, die ich so deutlich und mit so wenigen Worten beantwortete, wie ich nur konnte. Sie fragte, ob ich bereit sei, am Hofe zu leben. Ich verbeugte mich bis auf die Platte des Tisches und erwiderte demütig, daß ich der Sklave meines Herrn sei; wenn ich jedoch über mich selbst verfügen könnte, so würde ich stolz darauf sein, mein Leben dem Dienst Ihrer Majestät zu widmen. Darauf fragte sie meinen Herrn, ob er willens sei, mich zu einem guten Preis zu verkaufen. Er, der die Befürchtung hatte, ich hätte keinen Monat mehr zu leben, war nur zu bereit, sich von mir zu trennen, und verlangte tausend Goldstücke, die man auf der Stelle für ihn her-

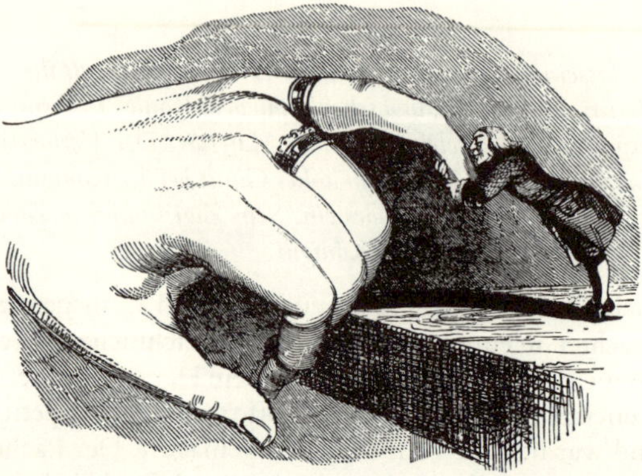

beischaffen ließ, und jedes Stück hatte ungefähr die Größe von achthundert Moidor. Berücksichtigt man jedoch das Verhältnis zwischen allen Dingen in diesem Lande und in Europa und den hohen Goldpreis bei ihnen, so war das kaum eine so hohe Summe, wie es tausend Guineen in England wären. Dann sagte ich der Königin, da ich jetzt Ihrer Majestät gehorsamster Sklave und Vasall sei, müsse ich um die Gnade bitten, daß Glumdalclitch, die mich stets mit so viel Sorgfalt und Güte gepflegt habe und das auch so trefflich verstünde, ebenfalls in ihren Dienst aufgenommen würde und meine Wärterin und Lehrerin bleiben dürfe. Ihre Majestät gewährte meine Bitte und erhielt ohne Mühe die Zustimmung des Pächters, der nur zu froh war, seine Tochter am Hofe untergebracht zu sehen. Und das arme Mädchen selbst konnte ihr Entzücken auch nicht verbergen. Mein ehemaliger Herr entfernte sich und wünschte mir Lebewohl, indem er sagte, er habe mich in einer guten Stellung gelassen, worauf ich kein Wort erwiderte, sondern ihm nur eine leichte Verbeugung machte.

Die Königin bemerkte meine Kälte, und als der Pächter das Gemach verlassen hatte, fragte sie mich nach dem Grunde. Ich nahm mir die Freiheit, Ihrer Majestät zu sagen, meinem früheren Herrn sei ich für nichts anderes verpflichtet, als daß er einem armen, harmlosen Geschöpf, das durch Zufall auf seinem Feld gefunden wurde, nicht den Schädel eingeschlagen habe; diese Verpflichtung werde aber durch den Gewinn, den er dadurch gehabt habe, daß er mich überall im halben Königreich zeigte, und durch den Preis, zu dem er mich jetzt verkauft habe, reichlich aufgewogen. Das Leben, das ich seither geführt hätte, sei anstrengend genug gewesen, um ein Tier umzubringen, das zehnmal stärker sei als ich. Meine Gesundheit sei durch die unaufhörliche Plackerei, den Pöbel zu jeder Stunde des Tages unterhalten zu müssen, sehr beeinträchtigt; und hätte mein Herr nicht geglaubt, mein Leben sei in Gefahr, so hätte Ihre Majestät vielleicht kein so billiges Angebot erhalten. Da ich aber nun unter dem Schutz einer so großen und guten Kaiserin, der Zierde der Natur, dem Liebling der Welt, dem Entzücken ihrer Untertanen, dem Phönix der Schöpfung, von aller Furcht, schlecht behandelt zu werden, befreit sei, so hoffe ich auch, daß sich die Befürchtungen meines ehemaligen Herrn als grundlos erweisen würden; denn ich spürte bereits, daß meine Lebensgeister durch den Einfluß ihrer hocherhabenen Gegenwart wieder erwachten.

Dies war der Inhalt meiner Rede, die ich sehr fehlerhaft und unter öfterem Stocken vortrug. Der letzte Teil war ganz in dem Stil gehalten, der diesem Volk eigentümlich ist und von dem ich einige Wendungen von Glumdalclitch gelernt hatte, während sie mich an den Hof brachte.

Die Königin übte große Nachsicht wegen meiner mangelhaften Ausdrucksweise, sie war jedoch erstaunt über so viel Witz und Verstand in einem so winzigen Lebewesen. Sie nahm mich selbst in die Hand und trug mich zum König, der sich gerade in sein Arbeitszimmer zurückgezogen hatte. Seine Majestät, ein Fürst von großer Würde und strengen Gesichtszügen, beachtete meine Gestalt beim ersten Hinsehen nicht genau und fragte die Königin kühl, seit wann sie in einen Splacknuck vernarrt sei. Für einen solchen hielt er mich nämlich, wie es scheint, als ich in der rechten Hand Ihrer Majestät auf dem Bauch lag. Diese Fürstin aber, die außerordentlich viel Geist und Humor besitzt, stellte mich sanft mit den Füßen auf den Schreibtisch und befahl mir, Seiner Majestät über mich selbst Bericht zu erstatten, was ich dann auch in einigen wenigen Worten tat. Und Glumdalclitch, die vor der Tür des Arbeitszimmers wartete und nicht ertragen konnte, daß ich ihr aus den Augen käme, erhielt Zutritt und bestätigte alles, was sich seit meiner Ankunft im Haus ihres Vaters zugetragen hatte.

Obwohl der König ein so gelehrter Mann wie nur irgendeiner in seinem Reich ist und auf dem Gebiet der Philosophie und besonders der Mathematik ausgebildet war, dachte er doch, als er meine Gestalt genau betrachtete und mich aufrecht gehen sah, bevor ich zu reden begann, daß ich wohl eine Art Uhrwerk sei (diese Kunst hat in jenem Land eine sehr große Vollkommenheit erreicht), das irgendein erfinderischer Künstler ersonnen habe. Als er aber meine Stimme vernahm und bemerkte, daß das, was ich sagte, korrekt und vernünftig war, konnte er sein Erstaunen nicht verbergen. Er war keineswegs mit dem Bericht zufrieden,

den ich ihm über die Art und Weise gab, in der ich in sein Königreich gekommen war, sondern hielt ihn für ein Märchen, das zwischen Glumdalclitch und ihrem Vater verabredet sei, die mich eine Reihe Wörter gelehrt hätten, um mich zu einem höheren Preis verkaufen zu können. Auf diese Idee hin stellte er mir verschiedene andere Fragen und erhielt noch immer vernünftige Antworten, die in keiner anderen Hinsicht mangelhaft waren als durch einen fremden Akzent, eine unvollkommene Kenntnis der Sprache und den Gebrauch mehrerer bäurischer Ausdrücke, die ich im Hause des Pächters gelernt hatte und die nicht zum vornehmen Stil eines Hofes paßten.

Seine Majestät schickte nach drei hervorragenden Gelehrten, die nach der Sitte jenes Landes gerade ihren wöchentlichen Dienst hatten. Nachdem diese Herren meine Gestalt eine Zeitlang mit großer Genauigkeit untersucht hatten, waren sie verschiedener Meinung über mich. Sie alle stimmten darin überein, daß ich nicht nach den gewöhnlichen Gesetzen der Natur hervorgebracht sein könne, weil ich nicht mit der Fähigkeit ausgestattet sei, mir das Leben zu erhalten, sei es durch Schnelligkeit, durch das Erklettern von Bäumen oder dadurch, daß ich Löcher in die Erde graben könnte. An meinen Zähnen, die sie sehr sorgfältig ansahen, stellten sie fest, daß ich ein fleischfressendes Tier sei; da jedoch die meisten Vierfüßer zu starke Gegner und Feldmäuse nebst einigen anderen zu behende für mich seien, konnten sie sich nicht vorstellen, wie ich imstande sein sollte, mich zu erhalten, falls ich mich nicht von Schnecken und anderem Ungeziefer ernährte, was ich aber, wie sie mit vielen gelehrten Gründen zu beweisen sich erbötig machten, unmöglich tun könnte. Einer dieser Naturforscher schien zu glauben, ich könne vielleicht ein Embryo oder eine Frühgeburt sein. Diese Meinung wurde aber von den beiden anderen verworfen, die bemerkten, daß meine Glieder vollkommen ausgebildet seien; auch hätte ich schon mehrere Jahre gelebt, wie aus meinem Bart hervorgehe, dessen Stoppeln sie mit einem Vergrößerungsglas deutlich erkennen könnten. Sie wollten nicht zugeben, daß ich ein Zwerg sei, weil meine Kleinheit über jeden Vergleich hinausgehe; denn der Lieblingszwerg der Königin, der kleinste, von dem man in jenem Königreich jemals gehört habe, sei beinahe dreißig Fuß hoch. Nach langen Debatten zogen sie einmütig den Schluß, ich sei nur ein Relplum Scalcath, was wörtlich übersetzt lusus naturae heißt; ein Schluß, der mit der modernen Philosophie Europas genau übereinstimmt, deren Bekenner die alte Ausrede von den »verborgenen Ursachen« verschmähen, mit der die Anhänger des Aristoteles vergeblich ihre Unwissenheit zu bemänteln suchen, und diese wunderbare Lösung aller Schwierigkeiten zur unbeschreiblichen Förderung des menschlichen Wissens erfunden haben.

Nach diesem entscheidenden Schluß bat ich darum, auf ein oder zwei Worte gehört zu werden. Ich wandte mich an den König und gab Seiner Majestät die Versicherung, daß ich aus einem Land käme, das voll von mehreren Millionen Leuten beiderlei Geschlechts meiner Größe sei, wo die Tiere, Bäume und Häuser im entsprechenden Verhältnis zu mir stünden und wo ich infolgedessen mich ebensogut verteidigen und meinen Lebensunterhalt finden könne wie hier irgendeiner der Untertanen Seiner Majestät, und das hielte ich für eine ausreichende Antwort auf die Beweisführung jener Herren. Darauf antworteten sie nur mit einem verächtlichen Lächeln und sagten, der Pächter habe mir meine Lektion sehr gut beigebracht. Der König, der einen viel besseren Verstand besaß, entließ seine Gelehrten und ließ den Pächter herbeiholen, der die Stadt glücklicherweise noch nicht verlassen hatte. Nachdem er ihn also zuerst allein befragt und dann mit mir und dem jungen Mädchen konfrontiert hatte, begann Seine Majestät zu glauben, daß das, was wir ihm sagten, möglicherweise doch wahr sein könnte. Er bat die Königin, Befehl zu geben, daß man mich mit besonderer Sorgfalt behandele, und war der Meinung, daß Glumdalclitch ihr Amt als meine Wärterin auch ferner behalten solle, weil er bemerkte, daß wir eine große Zuneigung zueinander hegten. Ihr wurde ein passendes Gemach bei Hofe zur Verfügung gestellt; eine Art Gouvernante für sie wurde ernannt, die sich um ihre Erziehung kümmern sollte, ferner ein Kammermädchen, um sie anzuziehen, und zwei andere Dienstboten für niedrige Dienste; die Sorge um mich aber wurde ausschließlich ihr übertragen. Die Königin befahl ihrem eigenen Kunsttischler, nach dem Bauplan, über den Glumdalclitch und ich uns einigen würden, ein Kästchen anzufertigen, das mir als Schlafzimmer dienen könne. Dieser Mann war ein sehr geschickter Handwerker und vollendete nach meinen Anweisungen in drei Wochen ein hölzernes Gemach von sechzehn Fuß im Quadrat und zwölf Fuß Höhe für mich, mit Schiebefenstern, einer Tür und zwei kleinen Nebenräumen, wie bei einem Schlafzimmer in London. Das Brett, das als Decke diente, ließ sich an zwei Scharnieren nach oben und nach unten heben, um ein Bett hineinstellen zu können, das vom Polsterer Ihrer Majestät fertig ausgestattet geliefert worden war; Glumdalclitch nahm es jeden Tag zum Lüften heraus, machte es mit eigener Hand, setzte es abends wieder hinein und verschloß das Dach über mir. Ein geschickter Handwerker, der wegen kleiner Kuriositäten berühmt war, erbot sich, mir aus einem Material, das dem Elfenbein nicht unähnlich war, zwei Stühle mit Rücken- und Seitenlehnen und zwei Tische nebst einem Schrank anzufertigen, in den ich meine Sachen legen konnte. Das Zimmer war auf allen Seiten gepolstert, ebenso der Fußboden und die Decke,

um irgendein Unglück infolge der Fahrlässigkeit derer zu verhüten, die mich trugen, und um die Gewalt der Stöße zu mildern, wenn ich in einer Kutsche fuhr. Ich bat um ein Schloß für meine Tür, um zu verhindern, daß Ratten und Mäuse hereinkämen. Der Schmied fertigte nach mehreren Versuchen das kleinste Schloß an, das man jemals bei ihnen gesehen hatte; ich selbst habe schon ein größeres am Haustor eines Edelmanns in England erblickt. Ich richtete es so ein, daß ich den Schlüssel in einer meiner eigenen Taschen verwahrte, denn ich befürchtete, Glumdalclitch könne ihn verlieren. Die Königin ließ auch das dünnste Seidenzeug kommen, das zu haben war, um mir Kleider anfertigen zu lassen; sie waren nicht viel dicker als eine englische Wolldecke, sehr unbequem, bis ich mich an sie gewöhnt hatte. Sie waren nach der Mode des Königreichs zugeschnitten, die teils der persischen und teils der chinesischen ähnelt, und sind eine sehr würdevolle und schickliche Kleidung.

Die Königin vernarrte sich so sehr in meine Gesellschaft, daß sie nicht mehr ohne mich speisen konnte. Ein Tisch für mich wurde auf den gesetzt, an dem Ihre Majestät speiste, gleich neben ihren linken Ellbogen, und ebenso ein Stuhl, auf dem ich sitzen konnte. Glumdalclitch stand auf einem Schemel auf dem Fußboden nahe bei meinem Tisch, um mir zu helfen und für mich zu sorgen. Ich hatte ein vollständiges Service silberner Schüsseln und Teller und anderer unentbehrlicher Dinge, das im Verhältnis zum Geschirr der Königin nicht viel größer war als ein Puppenservice dieser Art, das ich in einem Londoner Spielzeugladen gesehen habe. Meine kleine Wärterin bewahrte diese Dinge in einer silbernen Dose in ihrer Tasche auf und reichte sie mir beim Essen, wenn ich sie benötigte; sie säuberte sie immer selbst. Niemand speiste mit der Königin außer den beiden Prinzessinnen, von denen die ältere damals sechzehn und die jüngere dreizehn Jahre und einen Monat alt war. Ihre Majestät pflegte mir ein Stück Fleisch auf eine meiner Schüsseln zu legen, das ich selbst tranchierte, und sie hatte ihr Vergnügen daran, mich so im kleinen essen zu sehen. Die Königin (die allerdings nur einen schwa-

chen Magen hatte) nahm auf einen Bissen nämlich so viel zu sich, wie ein Dutzend englische Pächter bei einer ganzen Mahlzeit zu essen vermochten, was eine Zeitlang ein sehr widerlicher Anblick für mich war. Sie pflegte den Flügel einer Lerche mitsamt den Knochen zwischen ihren Zähnen zu zermalmen, obgleich er neunmal so groß wie der eines ausgewachsenen Truthahns war, und steckte sich ein Stück Brot in den Mund, so groß wie zwei Zwölfpennylaibe. Aus einem goldenen Becher trank sie bei jedem Schluck mehr als ein Oxhoft. Ihre Messer waren zweimal so lang wie eine geradegebogene Sense. Die Löffel, Gabeln und anderen Gerätschaften zeigten alle dasselbe Verhältnis. Ich erinnere mich, daß Glumdalclitch mich einmal aus Neugier, einige der Tafeln am Hof zu sehen, dorthin trug, wo zehn oder zwölf dieser riesigen Messer und Gabeln gleichzeitig erhoben wurden; ich meinte in meinem ganzen Leben noch kein so entsetzliches Schauspiel gesehen zu haben.

Es besteht die Sitte, daß der König und die Königin mit der königlichen Nachkommenschaft beiderlei Geschlechts an jedem Mittwoch (der, wie ich bereits erwähnt habe, ihr Sonntag ist) gemeinsam in den Gemächern Seiner Majestät speisen, dessen Gunst ich nun in hohem Grade erlangt hatte, und bei diesen Gelegenheiten wurden mein kleiner Tisch und Stuhl ihm zur Linken vor einem der Salznäpfe aufgestellt. Dem Fürsten machte es Vergnügen, sich mit mir zu unterhalten und sich nach den Sitten, der Religion, den Gesetzen, der Regierung und der Gelehrsamkeit in Europa zu erkundigen, worüber ich ihm Bericht erstattete, so gut ich nur konnte. Sein Verstand war so klar und sein Urteilsvermögen so genau, daß er über alles, was ich sagte, sehr kluge Überlegungen anstellte und Bemerkungen machte. Nachdem ich einmal beim Plaudern über mein geliebtes Vaterland, unseren Handel, unsere Kriege zur See und zu Lande, über unsere Spaltungen in der Religion und Parteien im Staat ein wenig zu weitschweifig gewesen war, machten sich allerdings die Nachteile seiner Erziehung doch so stark bemerkbar, daß er es nicht unterlassen konnte, mich mit der rechten Hand aufzuheben, mich mit der anderen sanft zu streicheln und nach einem Ausbruch in herzhaftes Gelächter zu fragen, ob ich ein Whig oder ein Tory sei. Dann wandte er sich an seinen Ersten Minister, der mit einem weißen Stab von annähernd der Größe des Hauptmastes der »Souverän« hinter ihm stand, und bemerkte, wie verächtlich doch die menschliche Größe sei, da sie von solchen winzigen Insekten, wie ich es wäre, nachgeäfft werden könnte. »Und doch«, sagte er, »wollte ich wetten, daß diese Geschöpfe ihre Titel und Ehrenzeichen haben; sie bauen kleine Nester und Löcher, die sie Häuser und Städte nennen; sie spielen eine Rolle in ihren Kleidern und Wagen; sie lieben, sie kämpfen, sie streiten sich, sie betrügen, und sie begehen Verrat.« Und in dieser Art sprach er weiter, während ich mehrmals rot und blaß vor Entrüstung wurde, unser edles Vaterland, die Gebieterin der Künste und Waffen, die Geißel Frankreichs, die Schiedsrichterin Europas, den Sitz der Tugend, Frömmigkeit, Ehre und Wahrheit, den Stolz und den Neid der Welt, so verächtlich behandelt zu sehen.

Da ich aber nicht in der Lage war, Beleidigungen übelzunehmen, so begann ich nach reiflicher Überlegung daran zu zweifeln, ob ich überhaupt beleidigt worden sei. Nachdem ich mehrere Monate an den Anblick und die Unterhaltung dieser Leute gewöhnt war und beobachtet hatte, daß jeder Gegenstand, auf den ich den Blick richtete, von entsprechender Größe war, hatte sich nämlich das Grausen, das ich wegen ihrer Größe und wegen ihres Aussehens zuerst empfunden hatte, weitgehend verloren; hätte ich damals eine Gesellschaft englischer Lords und Ladies in ihrem Putz und ihren Geburtstagskleidern erblickt, wie sie auf die höfischste Weise ihre verschiedenen Rollen spielten, indem sie sich spreizten, sich verbeugten und schwatzten, so wäre ich, um die Wahrheit zu sagen, in großer Versuchung gewesen, ebensosehr über sie zu lachen wie der König und seine Großen über mich. Auch konnte ich mich tatsächlich nicht enthalten, über mich selbst zu lächeln, wenn mich die Königin auf ihrer Hand vor einen Spiegel hielt, so daß unsere beiden Gestalten in voller Größe vor mir erschienen; es konnte auch nichts Lächerlicheres als diesen Vergleich geben, so daß ich mir wirklich einzubilden begann, ich sei um viele Grade unter meine gewohnte Größe zusammengeschrumpft.

Nichts ärgerte und demütigte mich so sehr wie der Zwerg der Königin. Da er die geringste Körpergröße besaß, die es jemals in diesem Lande gegeben hatte (denn ich glaube wirklich, daß er noch nicht einmal dreißig Fuß groß war), wurde er so unverschämt, als er ein Geschöpf sah, das so sehr unter ihm stand, daß er immer zu prahlen und großzutun pflegte, sooft er im Vorzimmer der Königin an mir vorüberging, während ich auf einem Tisch stand und mich mit den Herren und Damen des Hofes unterhielt. Dann unterließ er selten einige beißende Worte über meine Kleinheit, wofür ich mich nur dadurch rächen konnte, daß ich ihn Bruder nannte, ihn zum Ringen aufforderte und solche schlagfertigen Antworten gab, wie sie im Munde von Hofpagen üblich sind. Eines Tages war dieser boshafte kleine Flegel beim

Essen über etwas, das ich ihm gesagt hatte, so ärgerlich, daß er auf die Armlehne des Stuhls Ihrer Majestät kletterte, mich um den Leib packte, als ich, nichts Böses ahnend, ruhig dasaß, mich in eine große silberne Schale voll Sahne warf und dann weglief, so schnell er nur konnte. Ich versank bis über die Ohren, und wäre ich kein guter Schwimmer gewesen, so hätte es sehr unerfreulich für mich ausgehen können, denn Glumdalclitch befand sich zu diesem Zeitpunkt gerade am anderen Ende des Zimmers, und die Königin war so erschrocken, daß es ihr an Geistesgegenwart fehlte, mir beizustehen. Meine kleine Wärterin lief aber herbei, um mir zu helfen, und zog mich heraus, nachdem ich schon über ein Quart Sahne geschluckt hatte. Ich wurde zu Bett gebracht, erlitt jedoch keinen anderen Schaden als den Verlust eines

Anzugs, der völlig verdorben war. Der Zwerg wurde tüchtig durchgepeitscht und mußte außerdem zur Strafe die Schale voll Sahne austrinken, in die er mich geworfen hatte. Er kam auch niemals wieder zu Gnaden; bald darauf verschenkte ihn die Königin nämlich an eine Dame von hohem Stande, so daß ich ihn zu meiner größten Genugtuung niemals wiedersah, denn wer weiß, wie weit solch ein boshaftes Balg seinen Groll sonst getrieben hätte.

Schon vorher hatte er mir einen niederträchtigen Streich gespielt, über den die Königin lachen mußte, obwohl sie sich zugleich ernstlich darüber ärgerte und ihn auf der Stelle davongejagt hätte, wäre ich nicht so großmütig gewesen, Fürsprache für ihn einzulegen. Ihre Majestät hatte sich einen Markknochen auf den Teller genommen, und nachdem sie das Mark herausgeklopft hatte, stellte sie den Knochen wieder aufrecht in die Schüssel, wie er zuerst gestanden hatte. Der Zwerg lauerte auf eine günstige Gelegenheit, und als Glumdalclitch zum Anrichtetisch gegangen war, stieg er auf den Schemel, auf dem sie gewöhnlich stand, um bei den Mahlzeiten auf mich zu achten, packte mich mit beiden Händen, drückte mir die Beine zusammen und zwängte mich bis über die Taille in den Markknochen, wo ich einige Zeit steckenblieb und eine sehr lächerliche Figur machte. Ich glaube, es dauerte fast eine Minute, ehe jemand bemerkte, was mit mir geschehen war, denn ich hielt es für unter

meiner Würde, laut aufzuschreien. Da Fürsten ihre Speisen aber nur selten heiß auf den Tisch bekommen, verbrühte ich mir auch nicht die Beine; nur die Strümpfe und die Hose wurden übel zugerichtet. Der Zwerg erhielt auf meine Bitte keine andere Strafe als eine tüchtige Tracht Prügel.

Die Königin verspottete mich häufig wegen meiner Furchtsamkeit und pflegte mich zu fragen, ob meine Landsleute auch so große Feiglinge wie ich seien. Der Anlaß war wie folgt: Das Königreich wird im Sommer sehr von Fliegen geplagt, und diese widerlichen Insekten, jedes von ihnen so groß wie eine gewöhnliche Lerche, ließen mir, wenn ich bei Tisch saß, durch ihr ewiges Summen und Brummen um meine Ohren kaum einmal Ruhe. Manchmal setzten sie sich auf meine Speisen und ließen dort ihre ekelhaften Exkremente oder ihre Eier zurück, die wohl ich sehr gut sehen konnte, nicht aber die Eingeborenen jenes Landes, deren große Augen nicht so scharf wie meine waren, um kleinere Gegenstände zu beobachten. Zuweilen ließen sie sich auf meiner Nase oder Stirn nieder, wo sie mich bis aufs Blut stachen und zugleich höchst widerlich stanken. Ich konnte auch mühelos jenen klebrigen Stoff erkennen, der, wie unsere Naturforscher sagen, diese Geschöpfe instand setzt, mit den Beinen nach oben an der Zimmerdecke herumzulaufen. Ich hatte große Mühe, mich dieser verabscheuungswürdigen Tiere zu erwehren, und konnte mich nicht enthalten zurückzuschrecken, wenn sie mir ins Gesicht kamen. Es war nun die gewöhnliche Praktik des Zwergs, eine Anzahl dieser Insekten mit der Hand zu fangen, wie es die Schuljungen bei uns tun, und sie dann plötzlich unter meiner Nase fliegen zu lassen, um mich zu erschrecken und die Königin zu unterhalten. Mein Gegenmittel bestand darin, sie mit dem Messer in Stücke zu schneiden, während sie in der Luft herumflogen, und meine Geschicklichkeit dabei wurde sehr bewundert.

Eines Morgens hatte Glumdalclitch mich in meinem Kästchen an ein Fenster gesetzt, wie sie es an schönen Tagen zu tun pflegte, um mich frische Luft schöpfen zu lassen (ich wagte es nämlich nicht, das Kästchen an einen Nagel außerhalb des Fensters hängen zu lassen, wie wir das in England mit Vogelbauern tun). Ich hatte eines meiner Schiebefenster geöffnet und mich an meinen Tisch gesetzt, um ein Stück süßen Kuchen zum Frühstück zu verzehren, da kamen, wie ich mich erinnere, über zwanzig Wespen, durch den Duft herbeigelockt, in das Zimmer geflogen und brummten dabei lauter als die Baßpfeifen von ebenso vielen Dudelsäcken. Einige von ihnen ergriffen meinen Kuchen und trugen ihn stückweise fort, andere flogen mir um Kopf und Gesicht, betäubten mich fast mit ihrem Gebrumm und versetzten mich in die äußerste Furcht vor ihren Stacheln. Ich hatte jedoch den Mut aufzustehen, meinen Hirschfänger zu ziehen und sie in der Luft anzugreifen. Vier von ihnen tötete ich, die übrigen entwischten aber, und ich schloß sogleich das Fenster. Diese Insekten waren so groß wie Rebhühner; ich zog ihnen die Stacheln aus und fand, daß sie anderthalb Zoll lang und so scharf wie Nadeln waren. Ich bewahrte sie alle sorgfältig auf, und nachdem ich sie seither zusammen mit einigen anderen merkwürdigen Dingen in verschiedenen Teilen Europas gezeigt hatte, schenkte ich bei meiner Rückkehr nach England drei davon dem Gresham College, und den vierten behielt ich selbst.

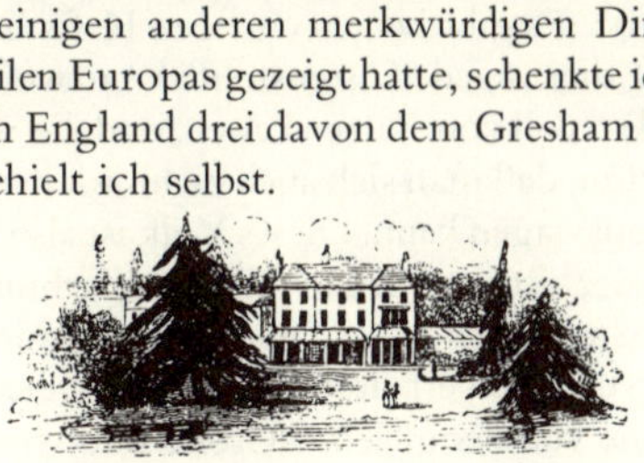

Viertes Kapitel

Beschreibung des Landes. Ein Vorschlag, die modernen Landkarten zu berichtigen. Der Palast des Königs und etwas über die Hauptstadt. Des Verfassers Art zu reisen. Beschreibung des Haupttempels.

Ich will nun dem Leser eine kurze Beschreibung dieses Landes geben, soweit ich es durchreist habe, was freilich nicht über einen Umkreis von zweitausend Meilen rings um Lorbrulgrud, die Hauptstadt, hinausging. Die Königin, in deren Gefolge ich mich stets befand, fuhr nämlich niemals weiter, wenn sie den König auf seinen Rundreisen begleitete, und wartete dort, bis Seine Majestät von der Besichtigung der Grenzen zurückkehrte. Die Größe des Herrschaftsgebiets dieses Fürsten beläuft sich insgesamt auf etwa sechstausend Meilen in der Länge und drei- bis fünftausend Meilen in der Breite. Hieraus muß ich notwendig den Schluß ziehen, daß unsere Geographen in Europa gewaltig im Irrtum sind, wenn sie vermuten, daß zwischen Japan und Kalifornien nichts als Meer liege. Ich war nämlich immer der Meinung, daß es ein Gegengewicht an Land geben müsse, um dem großen Kontinent der Tartarei das Gleichgewicht zu halten. Deshalb sollten die Geographen ihre Land- und Seekarten berichtigen und diesen großen Landstrich an die nordwestlichen Gebiete von Amerika anschließen, wobei ich gern bereit bin, ihnen meinen Beistand zu leihen.

Das Königreich besteht aus einer Halbinsel, die im Nordosten durch eine Bergkette von dreißig Meilen Höhe begrenzt wird. Wegen der Vulkane auf den Berggipfeln ist diese aber völlig unpassierbar. Auch die gelehrtesten Männer wissen nicht, was für Menschen jenseits dieser Berge wohnen oder ob jenes Land überhaupt bewohnt ist. An den drei anderen Seiten wird es vom Ozean begrenzt. Es gibt keinen einzigen Hafen im ganzen Königreich, und diejenigen Küstenstreifen, in welche die Flüsse münden, sind so voll von spitzen Felsen, und die See ist gewöhnlich so ungestüm, daß man sich auch nicht mit dem kleinsten ihrer Boote hinauswagen kann. Dieses Volk ist also von jeglichem Verkehr mit der übrigen Welt völlig abgeschnitten. Aber die großen Flüsse sind voller Schiffe und sind reich an ausgezeichneten Fischen. Nur selten erhalten sie nämlich welche aus der See, da die Seefische von der gleichen Größe sind wie die in Europa und deshalb das Fangen nicht lohnt. Daraus geht klar hervor, daß sich die Natur bei der Hervorbringung von Pflanzen und Tieren einer so außerordentlichen Größe völlig auf dieses Festland beschränkt hat; die Ursachen dafür zu bestimmen, überlasse ich Philosophen. Ab und zu fangen sie jedoch einen Wal, der zufällig an die Felsen geschleudert wird, und die einfachen Leute essen mit großem Appetit davon. Diese Wale habe ich von solcher Größe gesehen, daß ein einzelner Mann ein solches Tier kaum auf den Schultern tragen konnte, und zuweilen werden sie als Merkwürdigkeit in Tragkörben nach Lorbrulgrud gebracht. Ei-

nen habe ich in einer Schüssel auf der Tafel des Königs gesehen; er galt als Seltenheit. Ich habe jedoch nicht bemerkt, daß Seine Majestät davon angetan war; in der Tat glaube ich, daß ihm die Größe zuwider war, obgleich ich in Grönland einen gesehen habe, der noch etwas größer war.

Das Land ist dicht bevölkert, denn es umfaßt einundfünfzig große Städte, beinahe hundert von Mauern umgebene Ortschaften und eine große Anzahl Dörfer. Um die Neugier des Lesers zu befriedigen, wird es wohl genügen, Lorbrulgrud zu beschreiben. Diese Stadt besteht aus zwei fast gleich großen Stadtteilen, die auf beiden Seiten des Flusses liegen, der sie durchquert. Sie enthält über achtzigtausend Häuser und hat etwa sechshunderttausend Einwohner. Sie sind drei Glonglungs lang (das sind etwa vierundfünfzig englische Meilen) und zweieinhalb breit, wie ich selbst auf der königlichen Karte gemessen habe, die auf Befehl des Königs angefertigt worden war und die man zu dem Zweck für mich auf den Boden legte; sie erstreckte sich über einhundert Fuß. Ich schritt den Durchmesser und Umfang mehrere Male barfuß ab, und durch Berechnung nach dem Maßstab habe ich sie ziemlich genau gemessen.

Der Palast des Königs ist kein regelmäßiges Gebäude, sondern eine Anhäufung von Bauten mit einem Umfang von etwa sieben Meilen. Die Hauptsäle sind im allgemeinen zweihundertvierzig Fuß hoch und entsprechend lang und breit. Glumdalclitch und mir wurde eine Kutsche zur Verfügung gestellt, in der ihre Gouvernante häufig mit ihr ausfuhr, um die Stadt zu besehen oder in die Kaufläden zu gehen. Ich war immer dabei, und zwar wurde ich in meinem Kästchen getragen, wenn mich auch das Mädchen auf meinen Wunsch oft herausnahm und in der Hand hielt, damit ich die Häuser und die Leute bequemer betrachten konnte, während wir durch die Straßen fuhren. Ich schätzte, daß unsere Kutsche in der Fläche ungefähr so groß wie die Westminster Hall war, aber nicht ganz so hoch; ich kann jedoch keine ganz genauen Angaben machen. Eines Tages ließ die Gouvernante unseren Kutscher bei mehreren Läden halten, wo die Bettler die Gelegenheit ergriffen, sich von beiden Seiten an die Kutsche zu drängen; sie boten mir den schauerlichsten Anblick, den ein europäisches Auge jemals gesehen hat. Hier stand ein Weib mit einem Krebsgeschwür an der Brust, die zu ungeheuerlicher Größe angeschwollen und voller Löcher war. In zwei oder drei davon hätte ich ohne Schwierigkeit hineinkriechen und mich ganz darin verstecken können. Dort war ein Kerl mit einer Geschwulst am Hals, größer als fünf Wollballen, und ein anderer mit einem Paar Holzbeine, jedes ungefähr zwanzig Fuß hoch.

Den widerlichsten Anblick von allem boten aber die Läuse, die auf ihren Kleidern herumkrochen. Ich konnte die Glieder dieses Ungeziefers mit bloßem Auge deutlich sehen, viel besser als die einer europäischen Laus durch ein Mikroskop, und ebenso ihre Rüssel, mit denen sie wie Schweine herumwühlten. Es waren die ersten, die ich jemals gesehen hatte, und ich wäre wißbegierig genug gewesen, eine von ihnen zu sezieren, wenn ich nur geeignete Instrumente gehabt hätte (die ich unglücklicherweise auf dem Schiff zurückgelassen hatte), obwohl der Anblick in der Tat so ekelhaft war, daß sich mir der Magen völlig umdrehte.

Außer dem großen Kästchen, in dem ich gewöhnlich getragen wurde, ließ die Königin auch ein kleineres für mich anfertigen, ungefähr zwölf Fuß im Quadrat und zehn hoch, um bequem zu reisen. Das andere war nämlich etwas zu groß für den Schoß von Glumdalclitch und außerdem in der Kutsche hinderlich. Es wurde von demselben Handwerker angefertigt, den ich während des gesamten Herstellungsgangs anleitete. Dieses Reisezimmer war genau quadratisch mit je einem Fenster in der Mitte von dreien der Quadrate, und jedes Fenster war auf der Außenseite mit Eisendraht vergittert, um Unglücksfälle auf langen Reisen zu verhüten. An der vierten Seite, die kein Fenster hatte, waren zwei starke Krampen befestigt, durch welche die Person, die mich trug, wenn ich Lust hatte zu reiten, einen ledernen Riemen zog und ihn sich um den Leib schnallte. Wenn Glumdalclitch unwohl war, fiel dieses Amt immer einem ernsten und treuen Diener zu, dem ich vertrauen konnte, ob ich mich nun im Gefolge des Königs und der Königin auf ihren Rundreisen befand oder die Gärten besehen oder eine vornehme Dame oder einen Staatsminister bei Hofe besuchen wollte; denn bald begann ich bekannt und von den höchsten Beamten geschätzt zu werden, wie ich jedoch glaube, mehr wegen der Gunst Ihrer Majestäten als wegen irgendeines eigenen Verdienstes. Wenn ich auf Reisen der Kutsche überdrüssig war, schnallte sich ein berittener Diener mein Kästchen an und stellte es auf ein Kissen vor sich. Dort hatte ich auf drei Seiten von meinen drei Fenstern eine vollkommene Aussicht auf das Land. In diesem Zimmer hatte ich ein Feldbett und eine von der Decke herabhängende Hängematte, ferner zwei Stühle und einen Tisch, die sehr geschickt an den Boden geschraubt waren, um zu verhindern, daß sie durch die Bewegung des Pferdes oder der Kutsche hin und her geworfen würden. Da ich schon lange an Seereisen gewöhnt war, störten mich diese Bewegungen, wenn sie auch manchmal sehr heftig waren, nicht sehr.

Wenn ich Lust hatte, die Stadt zu besehen, so geschah das immer in meinem Reisezimmer, das Glumdalclitch auf dem Schoß hielt, während sie nach der Sitte des Landes in einer Art offenen

Sänfte saß, die von vier Männern getragen und von zwei anderen in der Livree der Königin begleitet wurde. Die Leute, die oft von mir gehört hatten, waren sehr neugierig und drängten sich um die Sänfte, und das Mädchen war entgegenkommend genug, die Sänftenträger halten zu lassen und mich in die Hand zu nehmen, damit man mich bequemer sehen könne.

Ich war sehr begierig, den Haupttempel und besonders den dazugehörigen Turm zu besichtigen, der als der höchste im Königreich gilt. Meine Wärterin trug mich also eines Tages dorthin, aber ich kann ehrlich sagen, daß ich enttäuscht zurückkam, denn seine Höhe beträgt – vom Boden bis zur höchsten Turmspitze gerechnet – nicht mehr als dreitausend Fuß. Berücksichtigt man nämlich den Größenunterschied zwischen diesen Leuten und uns Europäern, so ist nicht viel Grund zur Bewunderung, denn der

Turm entspricht im Verhältnis (wenn ich mich recht erinnere) nicht einmal dem von Salisbury. Um aber eine Nation nicht zu verunglimpfen, der ich, wozu ich mich mein ganzes Leben hindurch bekennen werde, im höchsten Grade verpflichtet bin, so muß man doch zugeben, daß alles, was diesem berühmten Turm an Höhe abgeht, vollauf durch seine Schönheit und Mächtigkeit ausgeglichen wird. Die Mauern sind nämlich beinahe hundert Fuß dick, aus behauenen Steinen erbaut, von denen ein jeder etwa vierzig Quadratfuß groß ist, und an allen Seiten sind sie mit Statuen von Göttern und Kaisern geschmückt, deren jede, überlebensgroß aus Marmor gehauen, in einer Nische steht. Ich maß einen kleinen Finger, der von einer dieser Statuen herabgefallen war und unbemerkt zwischen etwas Schutt lag, und fand, daß er genau vier Fuß und einen Zoll lang war. Glumdalclitch wickelte ihn in ein Taschentuch und trug ihn in ihrer Tasche nach Hause, um ihn mit anderem Spielkram aufzuheben, den das Mädchen sehr liebte, wie das bei Kindern ihres Alters gewöhnlich der Fall ist.

Die Küche des Königs ist wirklich ein prächtiges Gebäude mit gewölbter Decke und ungefähr sechshundert Fuß hoch. Der große Ofen ist zehn Schritt kleiner als die Kuppel der St.-Pauls-Kathedrale; ich habe die letztere nämlich nach meiner Rückkehr zu diesem Zweck gemessen. Wenn ich aber den Küchenrost, die ungeheuren Töpfe und Kessel, die Fleischstücke, die sich an den Bratspießen drehten, nebst vielen anderen Einzelheiten beschriebe, so würde man mir vielleicht kaum Glauben schenken. Zumindest würde ein strenger Kritiker zu der Meinung neigen, daß ich ein wenig übertriebe, wie man das oft von Reisenden glaubt. Ich befürchte nur, daß ich, um diesem Tadel auszuweichen, in das andere Extrem verfallen bin und daß der König und sein Volk, sollte diese Beschreibung in die Sprache von Brobdingnag (das ist der gebräuchliche Name jenes Königreichs) übersetzt und dorthin übermittelt werden, Ursache haben würden, sich darüber zu beklagen, daß ich ihnen durch falsche und verkleinernde Darstellung Unrecht getan hätte.

Seine Majestät hält selten mehr als sechshundert Pferde in seinen Ställen; diese Tiere sind gewöhnlich vierundfünfzig bis sechzig Fuß hoch. Reitet er aber an Festtagen aus, so wird er des Prunkes wegen von einer Leibwache von fünfhundert Reitern der Miliz begleitet. Ich glaubte wirklich, das sei der prächtigste Anblick, den man überhaupt sehen könne, bis ich einen Teil seiner Armee in Schlachtordnung sah; doch davon zu reden, werde ich noch Gelegenheit haben.

Fünftes Kapitel

Verschiedene Abenteuer, die der Verfasser erlebte. Die Hinrichtung eines Verbrechers. Der Verfasser zeigt seine Geschicklichkeit in der Schiffahrt.

Ich hätte in diesem Lande glücklich gelebt, wenn mich meine Kleinheit nicht verschiedenen lächerlichen und unangenehmen Vorfällen ausgesetzt hätte. Ich werde mir gestatten, einige davon zu erzählen. Glumdalclitch trug mich oft in meinem kleineren Kästchen in die Gärten des Hofes, und zuweilen pflegte sie mich herauszunehmen und in der Hand zu halten oder mich zum Umhergehen auf den Boden zu setzen. Wie ich mich erinnere, folgte uns der Zwerg eines Tages, ehe er die Königin verließ, in diese Gärten. Meine Wärterin hatte mich auf den Boden gesetzt, und als er und ich nahe an einigen Zwergapfelbäumen zusammenstanden, mußte ich unbedingt meinen Geist durch einen albernen wortspielerischen Vergleich zwischen ihm und den Bäumen zeigen, der zufällig in ihrer Sprache ebenso möglich ist wie in unserer. Daraufhin wartete der boshafte Schelm die Gelegenheit ab, als ich gerade unter einem von ihnen hindurchging, und schüttelte ihn direkt über meinem Kopf, so daß mir ein Dutzend Äpfel, jeder von ihnen beinahe so groß wie ein Bristoler Faß, um die Ohren flogen. Einer von ihnen traf mich auf den Rücken, als ich

mich zufällig duckte, und warf mich der Länge nach zu Boden; sonst blieb ich aber unverletzt, und dem Zwerg wurde auf meine Bitte hin verziehen, da ich den Anlaß gegeben hatte.

Ein andermal ließ mich Glumdalclitch auf einem ebenen Rasenplatz zurück, damit ich mich vergnügte, während sie in einiger Entfernung mit ihrer Gouvernante spazierenging. Unterdessen fiel plötzlich ein so heftiger Hagelschauer, daß ich durch seine Gewalt sogleich zu Boden geschlagen wurde. Als ich nun dalag, versetzten mir die Hagelkörner am ganzen Körper so harte Stöße, als ob ich mit Tennisbällen beschossen würde. Es gelang mir jedoch auf allen vieren wegzukriechen und mich in Sicherheit zu bringen, indem ich mich an der windgeschützten Seite einer Rabatte mit Zitronenthymian platt aufs Gesicht legte; ich war aber von Kopf bis Fuß so zerschlagen, daß ich zehn Tage lang nicht ausgehen konnte. Man braucht sich übrigens hierüber ganz und gar nicht zu wundern, weil die Natur in jenem Lande bei all ihrem Wirken das gleiche Verhältnis beobachtet, und so ist ein Hagelkorn fast achtzehnhundertmal so groß wie eines in Europa. Das kann ich aus eigener Erfahrung versichern, da ich so neugierig war, sie zu wiegen und zu messen.

Ein gefährlicheres Unglück stieß mir aber in demselben Garten zu, als meine kleine Wärterin, die glaubte, sie habe mich an einem sicheren Ort niedergesetzt (ich bat sie oft, das zu tun, damit ich meinen eigenen Gedanken nachhängen könne), und die mein Kästchen daheim gelassen hatte, um die Mühe des Tragens zu umgehen, mit ihrer Gouvernante und einigen Damen ihrer Bekanntschaft in einen anderen Teil des Gartens ging. Während sie abwesend und außer Hörweite war, strich ein kleiner weißer Wachtelhund, der einem der Obergärtner gehörte und durch Zufall in den Garten gekommen war, in der Nähe der Stelle umher, wo ich lag. Der Hund folgte der Witterung, kam sogleich herbei, nahm mich ins Maul, lief geradenwegs zu seinem Herrn und legte mich, indem er mit dem Schwanz wedelte, sanft auf den Boden nieder. Glücklicherweise war er so gut abgerichtet, daß er mich zwischen den Zähnen trug, ohne mich im geringsten zu verletzen oder auch nur meine Kleider zu zerreißen. Der arme Gärtner, der mich gut kannte und mir sehr zugetan war, bekam aber einen furchtbaren Schreck. Er hob mich vorsichtig mit beiden Händen auf und fragte mich, wie ich mich befinde; ich war aber noch so bestürzt und außer Atem, daß ich kein Wort sprechen konnte. Nach einigen Minuten kam ich wieder zu mir, und er brachte mich gesund zu meiner kleinen Wärterin, die unterdessen an den Ort zurückgekehrt war, wo sie mich verlassen hatte, und entsetzliche Angst ausstand, als ich auf ihren Ruf nicht erschien noch auch antwortete. Sie erteilte dem Gärtner wegen seines Hundes einen strengen Verweis. Die Angelegenheit wurde aber vertuscht und nie bei Hofe bekannt, denn das Mädchen fürchtete den Zorn der Königin, und was mich selbst betraf, so war ich mit gutem Grund der Meinung, es würde mir nicht zur Ehre gereichen, daß eine solche Geschichte umliefe.

Dieser Vorfall veranlaßte Glumdalclitch endgültig, mich in Zukunft außerhalb des Hauses niemals aus den Augen zu lassen. Ich hatte diesen Entschluß schon lange befürchtet und ihr deshalb einige kleine unglückliche Abenteuer verschwiegen, die sich zu jener Zeit zugetragen hatten, in der ich mir selbst überlassen war. Einmal stieß eine Weihe, die über dem Garten schwebte, auf mich herab, und wenn ich nicht beherzt den Hirschfänger gezogen hätte und unter ein dichtes Spalier gelaufen wäre, so hätte sie mich sicherlich in ihren Fängen davongetragen. Ein andermal, als ich auf den Gipfel eines frischen Maulwurfhügels stieg, fiel ich bis zum Hals in das Loch, durch das jenes Tier die Erde aufgeworfen hatte, und erfand irgendeine Lüge, die des Erwähnens nicht wert ist, um mich wegen der Beschmutzung meiner Kleider zu entschuldigen. Auch verletzte ich mir das rechte Schienbein an einem Schneckenhaus, über das ich stolperte, als ich allein spazierenging und an das arme England dachte.

Ich weiß nicht mehr, ob es mich mehr vergnügte oder mehr kränkte, bei diesen einsamen Spaziergängen zu beobachten, daß sich die kleineren Vögel überhaupt nicht vor mir zu fürchten schienen, sondern im Umkreis von einer Elle hin und her hüpften und Würmer und sonstige Nahrung mit so viel Gleichgültigkeit und Sicherheit suchten, als befände sich überhaupt kein Geschöpf in ihrer Nähe. Wie ich mich erinnere, besaß eine Drossel sogar die Frechheit, mir ein Stück Kuchen, das mir Glumdalclitch gerade zum Frühstück gegeben hatte, mit dem Schnabel aus der Hand zu reißen. Wenn ich versuchte, einen dieser Vögel zu fangen, wandten sie sich dreist gegen mich und suchten mir die Finger abzuhacken, die ich nicht in ihre Reichweite zu bringen wagte, und dann hüpften sie ganz unbekümmert wieder zurück, um Würmer oder Schnecken zu suchen, wie sie es vorher taten. Eines Tages aber nahm ich einen dicken Knüttel und schleuderte ihn mit aller Kraft und mit solchem Glück auf einen Hänfling, daß ich ihn zu Boden schlug, worauf ich ihn mit beiden Händen am Halse packte und im Triumph mit ihm zu meiner Wärterin lief. Der Vogel, der nur betäubt gewesen war, kam aber wieder zu sich, und obgleich ich ihn auf Armeslänge entfernt hielt und außerhalb der Reichweite seiner Krallen war, versetzte er mir doch mit seinen Flügeln so viele Schläge auf beiden Seiten des Kopfes und des Leibes, daß ich wohl zwanzigmal daran dachte, ihn wieder loszulassen. Ich wurde aber bald durch einen unserer Diener befreit, der ihm den Hals umdrehte, und am nächsten Tag erhielt ich den Vogel auf Befehl der Königin zum Mittagessen. Dieser Hänfling schien, so genau ich mich noch erinnern kann, etwas größer als ein englischer Schwan zu sein.

Die Ehrendamen luden Glumdalclitch oft in ihre Gemächer ein und baten sie, mich mitzubringen, um das Vergnügen zu haben, mich zu sehen und zu befühlen. Sie entkleideten mich oft von Kopf bis Fuß und legten mich in voller Länge an ihren Busen, worüber ich großen Ekel empfand, weil ihre Haut (um die Wahrheit zu sagen) einen sehr fatalen Geruch verbreitete. Ich erwähne das nicht (noch wünsche ich das) zum Nachteil jener vortrefflichen Damen, vor denen ich alle Achtung habe, sondern ich glaube, daß mein Geruchssinn im Verhältnis zu meiner Kleinheit um so feiner war und daß diese ausgezeichneten Personen ihren Liebhabern oder sich gegenseitig ebensowenig unangenehm waren, wie das unter Leuten gleichen Standes bei uns in England der Fall ist. Und im Grunde genommen fand ich, daß ihr natürlicher Geruch immer noch viel erträglicher war, als wenn sie Parfüme gebrauchten; dabei fiel ich sogleich in Ohnmacht. Ich muß auch daran denken, daß sich ein vertrauter Freund von mir in Lilliput an einem heißen Tag, als ich mir viel Bewegung gemacht hatte, die Freiheit nahm, über einen starken Geruch zu klagen, den ich an mir hätte, obgleich ich in dieser Hinsicht ebensowenig zu tadeln bin wie die meisten meines Geschlechts. Ich vermute jedoch, daß sein Riechvermögen im Vergleich zu mir ebenso fein wie das meine im Vergleich zu dem dieses Volkes war. In diesem Punkt muß ich jedoch der Königin, meiner Gebieterin, und Glumdalclitch, meiner Wärterin, Gerechtigkeit widerfahren lassen: sie waren so wohlriechend wie nur irgendeine Dame in England.

Was mir jedoch das größte Unbehagen bei diesen Ehrendamen bereitete (wenn ich meine Wärterin zum Besuch zu ihnen brachte), war, sehen zu müssen, daß sie sich mir gegenüber ohne jegliche Umstände wie gegenüber einem Geschöpf benahmen, das keinerlei Bedeutung habe. Sie pflegten sich nämlich in meiner Gegenwart bis auf die Haut zu entkleiden und ihre Hemden anzuziehen, während ich auf ihrem Toilettentisch direkt vor ihren nackten Körpern stand, was wahrhaftig sehr weit davon entfernt war, ein verführerischer Anblick für mich zu sein oder mir irgendwelche anderen Gefühle als Abscheu und Widerwillen einzuflößen. Ihre Haut erschien nämlich, wenn ich sie in der Nähe sah, so rauh und ungleichmäßig, so verschiedenfarbig, mit hier und da einem tellergroßen Leberfleck und Haaren, die davon herabhingen, dicker als Bindfäden, ganz zu schweigen von ihrer sonstigen äußeren Erscheinung. Auch trugen sie nicht das

geringste Bedenken, sich in meiner Gegenwart dessen, was sie getrunken hatten, in einer Menge von wenigstens zwei Oxhoft in ein Gefäß zu entledigen, das über drei Tonnen faßte. Die schönste dieser Ehrendamen, ein scherzhaft veranlagtes, ausgelassenes Mädchen von sechzehn Jahren, setzte mich mitunter rittlings auf eine ihrer Brustwarzen, nebst vielen anderen Possen, bei denen der Leser entschuldigen wird, wenn ich nicht übermäßig ins einzelne gehe. Das war mir aber so zuwider, daß ich Glumdalclitch bat, sich irgendeine Ausrede auszudenken, um dieser jungen Dame keinen Besuch mehr machen zu müssen.

Eines Tages kam ein junger Herr, der Neffe der Gouvernante meiner Wärterin, und bestürmte sie beide, sich eine Hinrichtung anzusehen. Es handelte sich um einen Menschen, der einen vertrauten Bekannten dieses Herrn ermordet hatte. Glumdalclitch wurde überredet, daran teilzunehmen, allerdings sehr gegen ihre Neigung, denn sie war von Natur aus weichherzig. Was mich selbst betrifft, so verlockte mich meine Neugier, etwas zu sehen, was meines Erachtens außergewöhnlich sein mußte, wenn ich auch Schauspiele dieser Art verabscheute. Der Verbrecher wurde auf einem Stuhl festgebunden, der auf einem für die Hinrichtung errichteten Schafott stand; dann wurde ihm der Kopf mit einem etwa vierzig Fuß langen Schwert mit einem Schlag abgehauen. Die Venen und Arterien spritzten eine so ungeheure Menge Blut so hoch in die Luft, daß ihm die große Fontäne zu Versailles nicht gleichkam, solange es anhielt; und als der Kopf auf den Boden des Schafotts fiel, erscholl ein so heftiges Krachen, daß ich erschrocken auffuhr, obwohl ich mindestens eine halbe englische Meile entfernt war.

Die Königin, die oft den Erzählungen von meinen Seereisen zuzuhören pflegte und jede Gelegenheit benutzte, mich aufzuheitern, wenn ich trübsinnig war, fragte mich, ob ich mich darauf verstehe, Segel oder Ruder zu handhaben, und ob nicht ein wenig körperliche Betätigung mit dem Ruder meiner Gesundheit zuträglich wäre. Ich erwiderte, daß ich mich auf beides sehr gut verstehe, denn obgleich ich eigentlich als Wundarzt oder Doktor für das Schiff angeheuert gewesen sei, so hätte ich doch in der Not oft wie ein gemeiner Matrose arbeiten müssen. Ich könne aber nicht begreifen, wie man das in ihrem Lande tun könne, wo die kleinste Jolle einem erstklassigen Kriegsschiff bei uns gleichkomme, und ein solches Boot, wie ich es regieren könne, hielte sich niemals auf irgendeinem ihrer Flüsse. Ihre Majestät sagte, wenn ich den Riß eines Bootes entwerfen wolle, sollte ihr eigener Tischler es anfertigen, und sie werde mir schon einen Platz verschaffen, wo ich segeln könne. Der Mann war ein geschickter Handwerker und vollendete nach meinen Anweisungen in zehn Tagen ein Vergnügungsboot nebst all seiner Takelage, das bequem acht Europäer hätte fassen können. Als es fertig war, war die Königin so entzückt, daß sie es in den Schoß ihres Kleides nahm und zum König lief, der es mit mir darin zur Probe in ein mit Wasser gefülltes Becken setzen ließ; dort konnte ich aber aus Platzmangel meine beiden Skullriemen oder kleinen Ruder nicht handhaben. Die Königin hatte jedoch schon vorher einen anderen Plan entworfen. Sie ließ den Tischler einen hölzernen Trog von dreihundert Fuß Länge, fünfzig Fuß Breite und acht Fuß Tiefe anfertigen. Dieser wurde sorgfältig verpicht, um zu verhindern, daß das Wasser auslief, und in einem äußeren Zimmer des Palastes an der Wand hin auf den Fußboden gesetzt. Nahe am Boden hatte der Trog einen Hahn, um das Wasser herauszulassen, wenn es faul zu werden begann, und zwei Diener konnten ihn in einer halben Stunde mit Leichtigkeit füllen. Hier pflegte ich oftmals zu meinem eigenen Vergnügen wie auch dem der Königin und ihrer Damen zu rudern, die der Meinung waren, meine Geschicklichkeit und Behendigkeit böten ihnen eine angenehme Unterhaltung. Bisweilen zog ich auch mein Segel auf, und dann bestand meine Aufgabe nur noch darin zu steuern, während die Damen mir mit ihren Fächern die Luft zuwehten; wenn sie müde waren, pflegten einige Pagen mein Segel voranzublasen, während ich meine Geschicklichkeit zeigte, indem ich steuerbord oder backbord steuerte, wie es mir gerade beliebte. Wenn ich fertig war, trug Glumdalclitch mein Boot immer in ihr Zimmer zurück und hängte es zum Trocknen an einem Nagel auf.

Bei dieser Betätigung hatte ich einmal einen Unfall, der mich das Leben hätte kosten können. Als nämlich einer der Pagen mein Boot in den Trog gesetzt hatte, hob mich die Gouvernante, die Glumdalclitch begleitete, allzu diensteifrig auf, um mich in das Boot zu setzen. Ich glitt ihr aber durch die Finger und wäre zweifellos vierzig Fuß tief auf den Boden gefallen, wenn ich nicht durch den glücklichsten Zufall der Welt von einer großen Stecknadel, die im Mieder der guten Frau steckte, aufgehalten worden wäre; der Knopf der Nadel ging nämlich zwischen meinem Hemd und dem Hosenbund durch, und so hielt mich mein Gürtel in der Luft fest, bis Glumdalclitch zu meiner Rettung herbeilief.

Ein andermal war einer der Diener, deren Aufgabe es war, meinen Trog mit frischem Wasser zu füllen, so nachlässig, einen

großen Frosch, den er nicht bemerkte, aus seinem Eimer schlüpfen zu lassen. Der Frosch hielt sich verborgen, bis ich in mein Boot gesetzt wurde; da er dann aber einen Ruheplatz erblickte, stieg er herauf und verursachte auf diese Weise, daß es sich so sehr auf eine Seite neigte, daß ich mit meinem ganzen Körper das Gleichgewicht auf der anderen halten mußte, um zu verhindern, daß es umschlug. Als der Frosch hereingekommen war, hüpfte er mit einem Satz halb so weit, wie das Boot lang war, und dann vorwärts und rückwärts über meinen Kopf, wobei er mir Gesicht und Kleider mit seinem ekelhaften Schleim besudelte. Die Größe seiner Gesichtszüge ließen ihn als das häßlichste Tier erscheinen, das man sich nur denken kann. Ich bat Glumdalclitch jedoch, mich allein mit ihm fertig werden zu lassen. Ich prügelte ihn geraume Zeit mit einem meiner Skullriemen und zwang ihn schließlich, aus dem Boot hinauszuspringen.

Die größte Gefahr jedoch, der ich in diesem Königreich ausgesetzt war, entstand durch einen Affen, der einem der Küchengehilfen gehörte. Glumdalclitch hatte mich in ihrem Zimmer eingeschlossen, während sie irgendwohin ging, um eine Besorgung oder einen Besuch zu machen. Da das Wetter sehr warm war, waren das Zimmerfesnter wie auch die Fenster und die Tür meines größeren Kästchens, in dem ich wegen seiner Größe und Bequemlichkeit gewöhnlich wohnte, offengelassen worden. Als ich nun ruhig in Gedanken an meinem Tisch saß, hörte ich, daß irgend etwas durch das Zimmerfenster hereinsprang und von der einen Seite des Zimmers zur anderen hüpfte. Obgleich ich sehr beunruhigt war, wagte ich es dennoch hinauszusehen, rührte mich aber nicht von dem Stuhl, und da erblickte ich dieses possierliche Tier, wie es Kapriolen schlug und hoch- und niedersprang, bis es schließlich zu meinem Kästchen kam, das es mit großem Vergnügen und großer Neugier zu betrachten schien, da es zur Tür und zu allen Fenstern hereinblickte. Ich zog mich in den entferntesten Winkel meines Zimmers oder Kästchens zurück; als der Affe aber von jeder Seite hereinsah, geriet ich in solchen Schrecken, daß ich nicht die Geistesgegenwart hatte, mich unter dem Bett zu verbergen, wie ich es mit Leichtigkeit hätte tun können. Nachdem er einige Zeit mit Hereinsehen, Grinsen und Schnattern verbracht hatte, erblickte er mich endlich, steckte eine seiner Pfoten zur Tür herein wie eine Katze, wenn sie mit einer Maus spielt, und packte mich schließlich, obgleich ich oft den Platz wechselte, um ihm zu entgehen, am Schoß meines Rocks (der sehr dick und fest war, da er aus der Seide des Landes gemacht war) und zog mich heraus. Dann nahm er mich in seine rechte Vorderpfote und hielt mich wie eine Amme ein Kind,

dem sie die Brust geben will, genau so, wie ich ein Geschöpf gleicher Art es mit einem Kätzchen in Europa habe machen sehen. Als ich Anstalten machte, mich zu widersetzen, drückte er mich so fest, daß ich es für klüger hielt, mich zu fügen. Da er mein Gesicht mit der anderen Pfote oft und sehr sanft streichelte, habe ich guten Grund zu glauben, daß er mich für ein Junges seiner eigenen Art hielt. Bei diesem Zeitvertreib wurde er durch ein Geräusch an der Zimmertür gestört, als wolle sie jemand öffnen; daraufhin sprang er plötzlich zum Fenster hinauf, durch das er hereingekommen war, und von da auf die bleiernen Dachplatten und die Regenrinnen, wobei er auf drei Beinen ging und mich mit dem vierten hielt, bis er schließlich auf ein Dach kletterte, das dem unsrigen zunächst lag. Ich hörte, wie Glumdalclitch in dem Augenblick, als er mich hinaustrug, laut aufschrie. Das arme Mädchen verlor beinahe den Verstand. Das ganze Palastviertel geriet in Aufruhr; die Diener liefen nach Leitern; der Affe wurde von Hunderten vom Hof aus betrachtet, wie er auf dem Dachfirst eines Gebäudes saß, mich wie ein Kleinkind in einer seiner Vorderpfoten hielt und mich mit der anderen fütterte, indem er mir einige Eßwaren in den Mund stopfte, die er aus der Backentasche auf einer Seite seiner Kiefer herausgequetscht hatte, und mir einen Klaps gab, wenn ich nicht essen wollte. Viele von dem Pöbel da unten konnten es nicht unterlassen, darüber zu lachen; ich glaube auch nicht, daß man sie mit Recht tadeln könnte, denn ohne Frage war der Anblick für jedermann außer für mich selbst nur zu lächerlich. Einige der Leute warfen Steine herauf und hofften, den Affen damit hinunterzutreiben. Das wurde aber streng verboten, da mir sonst höchstwahrscheinlich der Schädel eingeschlagen worden wäre.

Nun wurden die Leitern angelegt, und mehrere Leute stiegen herauf. Als der Affe das bemerkte und sah, daß er beinahe schon ganz eingeschlossen war, setzte er mich, da er auf drei Beinen nicht schnell genug laufen konnte, auf einem Firstziegel nieder und machte sich aus dem Staube. Hier saß ich nun einige Zeit dreihundert Ellen über dem Erdboden und erwartete jeden Augenblick, vom Wind hinabgeweht zu werden oder wegen meiner Schwindeligkeit hinabzufallen und kopfüber vom First zu den Dachrinnen zu stürzen. Ein rechtschaffener junger Bursche, einer der Diener meiner Wärterin, kletterte jedoch herauf, steckte mich in seine Hosentasche und brachte mich glücklich hinunter.

Ich war von dem ekelhaften Zeug, das mir der Affe in die Kehle gestopft hatte, fast erstickt; meine liebe kleine Wärterin stocherte es mir aber mit einer kleinen Nadel aus dem Mund, und dann begann ich mich zu erbrechen, was mir große Erleichterung verschaffte. Dennoch war ich so schwach, und die Seiten waren mir von diesem verhaßten Tier so gequetscht worden, daß ich vierzehn Tage lang das Bett hüten mußte. Der König, die Königin und der ganze Hof schickten täglich Boten, um sich nach meinem Gesundheitszustand zu erkundigen, und Ihre Majestät besuchte mich mehrere Male während meiner Krankheit. Der Affe wurde getötet und ein Befehl erlassen, daß kein solches Tier mehr am Palast gehalten werden solle.

Als ich dem König nach meiner Wiederherstellung meine Aufwartung machte, um mich für seine Gunstbeweise zu bedanken, beliebte es ihm, mich wegen dieses Abenteuers beträchtlich zu verspotten. Er fragte mich, was meine Gedanken und Überlegungen gewesen seien, während ich in der Pfote des Affen lag; wie mir die Eßwaren geschmeckt hätten, die er mir gab; wie mir seine Art, mich zu füttern, gefallen habe und ob die frische Luft auf dem Dach nicht meinen Appetit angeregt hätte. Er wünschte zu wissen, was ich in einem solchen Fall in meinem Vaterland getan hätte. Ich sagte Seiner Majestät, daß wir in Europa nur solche Affen hätten, die als Seltenheit aus anderen Ländern dahin gebracht würden und die so klein seien, daß ich mit einem Dutzend davon fertig werden könnte, wenn sie sich erdreisteten, mich anzugreifen. Was nun jenes riesige Tier betreffe, mit dem ich erst unlängst zu tun gehabt hätte (es war in der Tat so groß wie ein Elefant), so würde ich, wenn mich meine Furcht nur so weit hätte denken lassen, von meinem Hirschfänger Gebrauch zu machen (während ich sprach, zog ich eine grimmige Miene und schlug mit der Hand auf den Griff), ihm vielleicht eine solche Wunde beigebracht haben, als es seine Pfote in mein Zimmer steckte, daß es sie nur zu gern mit größerer Eile wieder zurückgezogen hätte, als es sie hereinsteckte. Das sagte ich mit fester Stimme wie ein Mann, der besorgt ist, daß sein Mut in Frage gestellt werde. Meine Rede hatte aber weiter nichts als ein lautes Gelächter zur Folge, und selbst der ganze Respekt, der Seiner

Majestät seitens der Personen um ihn gebührte, konnte sie nicht dazu bringen, es zu unterdrücken. Das ließ mich darüber nachdenken, ein wie törichtes Unterfangen es doch sei, wenn ein Mensch versucht, sich bei solchen Leuten ein Ansehen zu geben, die außerhalb jeglichen Grades der Gleichheit oder des Vergleichs mit ihm stehen. Und dennoch habe ich diese Lehre meines eigenen Verhaltens seit meiner Rückkehr sehr häufig in England gezogen, wo selbst ein unbedeutender verächtlicher Kerl ohne den geringsten Anspruch auf Geburt, ansehnliche Erscheinung, Witz oder Verstand es sich herausnimmt, sich ein Ansehen von Gewichtigkeit zu geben und sich mit den bedeutendsten Persönlichkeiten des Königreichs auf gleichen Fuß zu stellen.

Jeden Tag bot ich dem Hof Stoff für eine spaßige Geschichte, und obwohl Glumdalclitch mich bis zum Übermaß lieb hatte, war sie doch schalkhaft genug, es der Königin immer zu hinterbringen, wenn ich irgendeine Torheit beging, von der sie glaubte, daß sie Ihrer Majestät Vergnügen machen würde. Das Mädchen, das unwohl gewesen war, wurde einmal von ihrer Gouvernante eine Stunde oder dreißig Meilen vor die Stadt gebracht, um frische Luft zu schöpfen. Bei einem schmalen Fußpfad auf einem Feld stiegen sie aus der Kutsche; Glumdalclitch setzte mein Reisekästchen auf den Boden, und ich ging hinaus, um spazierenzugehen. Auf dem Pfad lag ein Kuhfladen, und ich mußte unbedingt meine Behendigkeit erproben, indem ich versuchte, darüberzuspringen. Ich nahm Anlauf, sprang aber unglücklicherweise zu kurz und fand mich genau in der Mitte bis an die Knie darin wieder. Mit einiger Schwierigkeit watete ich hindurch, und einer der Bedienten wischte mich mit seinem Taschentuch so sauber, wie er nur konnte, denn ich war abscheulich beschmutzt. Meine Wärterin schloß mich in mein Kästchen ein, bis wir wieder nach Hause kamen, wo der Königin bald hinterbracht wurde, was geschehen war, und die Bedienten verbreiteten es am Hofe, so daß einige Tage jegliche Heiterkeit auf meine Kosten ging.

Sechstes Kapitel

Verschiedene Erfindungen des Verfassers, um dem König und der Königin Vergnügen zu bereiten. Er zeigt seine Geschicklichkeit in der Musik. Der König erkundigt sich nach den Verhältnissen in Europa, über die ihm der Verfasser berichtet. Die Bemerkungen des Königs dazu.

Ich pflegte ein- oder zweimal die Woche dem Lever des Königs beizuwohnen und hatte ihn schon oft unter den Händen des Barbiers gesehen, was zuerst wirklich ein sehr schrecklicher Anblick war; das Rasiermesser war nämlich fast zweimal so lang wie eine gewöhnliche Sense. Seine Majestät wurde nach der Sitte des Landes nur zweimal die Woche rasiert. Einmal überredete ich den Barbier, mir etwas von dem Seifenschaum zu geben, aus dem ich vierzig oder fünfzig der stärksten Haarstümpfe heraussuchte. Dann nahm ich ein Stück feines Holz, schnitt es wie den Rücken eines Kammes zurecht und stach mit der kleinsten Nadel, die ich von Glumdalclitch bekommen konnte, mehrere Löcher in gleichem Abstand hinein. Ich befestigte die Stümpfe, die ich mit meinem Messer an den Enden abschabte und schräg zuspitzte, so kunstvoll darin, daß ich einen ganz erträglichen Kamm zustande brachte. Das war ein Ersatz zur rechten Zeit, denn meinem eigenen waren die Zähne schon so sehr ausgebrochen, daß er fast unbrauchbar war; auch kannte ich in jenem Lande keinen Handwerker, der so geschickt und genau war, daß er es übernommen hätte, mir einen neuen anzufertigen.

Und das erinnert mich an einen Zeitvertreib, mit dem ich viele meiner Mußestunden verbrachte. Ich bat die Kammerfrau der Königin, die ausgekämmten Haare Ihrer Majestät für mich aufzuheben, wovon ich allmählich eine beträchtliche Menge bekam. Dann beriet ich mich mit meinem Freund, dem Kunsttischler, der den allgemeinen Auftrag erhalten hatte, kleine Arbeiten für mich zu verrichten, und wies ihn an, zwei Stuhlrahmen, nicht größer als diejenigen, die ich in meinem Kästchen hatte, anzufertigen und dann mit einer feinen Ahle kleine Löcher rund um jene Teile zu bohren, wo ich die Lehnen und Sitze vorsah. Durch diese Löcher flocht ich genau nach Art der Rohrstühle in England die stärksten Haare, die ich herausfinden konnte. Als sie fertig waren, machte ich sie Ihrer Majestät zum Geschenk, die sie in ihrer Schatulle aufbewahrte und als Merkwürdigkeiten zu zeigen pflegte, wie sie denn auch wirklich das Erstaunen eines jeden erregten, der sie anschaute. Die Königin wünschte, ich solle mich auf einen dieser Stühle setzen, aber ich weigerte mich rundweg, ihr zu gehorchen, und beteuerte, ich würde lieber eines tausendfachen Todes sterben, als einen unehrenhaften Teil meines Körpers auf jene kostbaren Haare zu setzen, die einst das Haupt Ihrer Majestät geschmückt hatten. Aus diesen Haaren verfertigte ich (da ich immer erfinderisch veranlagt gewesen bin) ebenfalls eine hübsche kleine Geldbörse von etwa fünf Fuß Länge mit dem Namen Ihrer Majestät in goldenen Buchstaben, die ich mit Einwilligung der Königin Glumdalclitch schenkte. Um die Wahrheit zu gestehen, so eignete sie sich mehr zum Ansehen als zum Gebrauch, da sie nicht stark genug war, das Gewicht der größeren Münzen zu tragen, und deshalb bewahrte sie auch nur ein paar Kleinigkeiten darin auf, wie Mädchen sie lieben.

Der König, der an der Musik Vergnügen fand, ließ häufig Konzerte bei Hofe veranstalten. Man brachte auch mich zuweilen dorthin und setzte mich in meinem Kästchen auf einen Tisch, um sie anzuhören; der Lärm war aber so groß, daß ich kaum die Melodien unterscheiden konnte. Ich bin davon überzeugt, daß alle Trommeln und Trompeten einer königlichen Armee, wenn man sie auch gleichzeitig unmittelbar vor unseren Ohren schlüge und bliese, ihm nicht gleichkommen könnten. Es war meine Gewohnheit, mein Kästchen, so weit ich nur konnte, von der Stelle entfernen zu lassen, wo die Musiker saßen, dann die Fenster und Türen zu schließen und die Vorhänge an den Fenstern zuzuziehen. Danach fand ich ihre Musik nicht unangenehm.

In meiner Jugend hatte ich ein wenig das Spinett spielen gelernt. Glumdalclitch hatte eins in ihrem Zimmer, und zweimal wöchentlich kam ein Lehrer, um sie zu unterrichten; ich nenne es ein Spinett, weil es diesem Instrument ein wenig ähnelte und in derselben Art gespielt wurde. Ich hatte den Einfall, den König und die Königin mit einer englischen Weise auf diesem Instrument zu unterhalten. Das schien aber äußerst schwierig zu sein, denn das Spinett war fast sechzig Fuß lang und jede Taste beinahe einen Fuß breit, so daß ich mit ausgestreckten Armen nicht mehr als fünf Tasten erreichen konnte, und um sie herunterzudrücken, war ein ziemlich kräftiger Schlag mit der Faust erfor-

derlich, was eine zu schwere Arbeit und ohne Erfolg gewesen wäre. Die Methode, die ich ersann, war die folgende. Ich machte zwei runde Schlaghölzer etwa von der Größe gewöhnlicher Knüppel zurecht; an einem Ende waren sie dicker als am anderen, und ich überzog die dickeren Enden mit einem Stück eines Mausefells, damit ich, wenn ich auf die Tasten schlug, weder ihre Oberseite beschädigte noch den Wohlklang störte. Vor das Spinett, ungefähr vier Fuß tiefer als die Tasten, wurde eine Bank gestellt, und ich wurde auf die Bank gehoben. So schnell ich konnte, lief ich darauf seitwärts hin und her, indem ich mit meinen beiden Schlagstöcken auf die gehörigen Tasten schlug, und brachte es fertig, zur großen Zufriedenheit beider Majestäten eine Gigue zu spielen. Es war aber auch die härteste körperliche Übung, die ich jemals durchgemacht habe, und doch konnte ich nicht mehr als sechzehn Tasten anschlagen und deshalb auch

nicht gleichzeitig Baß und Diskant spielen, wie es andere Künstler tun, was meinem Vortrag sehr zum Nachteil gereichte.

Der König, der, wie ich schon früher bemerkt habe, ein Fürst von ausgezeichnetem Verstand war, ließ mich häufig in meinem Kästchen herbeibringen und auf den Tisch in seinem Arbeitszimmer stellen. Dann befahl er mir, einen meiner Stühle aus dem Kästchen herauszubringen und mich in einer Entfernung von drei Ellen oben auf sein Schubladenschränkchen zu setzen, was mich mit seinem Gesicht fast auf gleiche Höhe brachte. Auf diese Weise hatte ich mehrere Unterhaltungen mit ihm. Eines Tages nahm ich mir die Freiheit, Seiner Majestät zu sagen, daß die Verachtung, die er Europa und dem Rest der Welt gegenüber zeige, nicht den ausgezeichneten geistigen Eigenschaften zu entsprechen schiene, die er besitze. Die Vernunft vermehre sich nicht mit der Körpergröße; wir hätten im Gegenteil in unserem Land beobachtet, daß die größten Personen gewöhnlich am wenigsten damit ausgestattet seien. Unter anderen Tieren stünden Bienen und Ameisen im Ruf größeren Fleißes, größerer Kunstfertigkeit und Klugheit als viele der größeren Arten. Sei ich auch so unbedeutend, wie er mich einschätze, so hoffte ich es doch zu erleben, Seiner Majestät irgendeinen bemerkenswerten Dienst erweisen zu können. Der König hörte mich mit Aufmerksamkeit an und begann eine viel bessere Meinung von mir zu hegen, als er je zuvor gehabt hatte. Er wünschte, ich möge ihm einen möglichst genauen Bericht von der Regierung Englands geben, weil er, so eingenommen Fürsten gemeinhin auch für ihre eigenen Gebräuche seien (das nahm er nämlich nach meinen früheren Darlegungen von anderen Monarchen an), sich freuen würde, von irgend etwas zu hören, das Nachahmung verdiente.

Stell dir vor, geneigter Leser, wie oft ich mir da die Zunge des Demosthenes oder Cicero wünschte, die mich hätte befähigen können, den Ruhm meines eigenen, teuren Heimatlandes in einem Stil zu preisen, der seinen Vorzügen und seiner Trefflichkeit angemessen wäre.

Ich begann meine Darlegung, indem ich Seine Majestät davon unterrichtete, daß unsere Länder aus zwei Inseln bestünden, die unsere Kolonien in Amerika ungerechnet, drei mächtige Königreiche unter einem Herrscher bildeten. Ich verweilte lange bei der Fruchtbarkeit unseres Bodens und der Milde unseres Klimas. Dann sprach ich ausführlich über die Zusammensetzung eines englischen Parlaments, das zum Teil aus einer erlauchten Körperschaft bestehe, die man das Haus der Pairs nenne, Personen vom edelsten Blut, die im Besitz der ältesten und reichsten Erbgüter seien. Ich beschrieb die außerordentliche Sorgfalt, die man bei ihrer Erziehung in Künsten und Kriegswissenschaft stets walten lasse, um sie zu befähigen, geborene Ratgeber des Königs und des Königreichs zu werden, Anteil an der Gesetzgebung zu nehmen, Mitglieder des höchsten Gerichtshofs zu sein, der in letzter Instanz spreche, und sich als Vorkämpfer zu erweisen, die stets bereit seien, durch ihre Tapferkeit, ihre Führung und ihre Treue

ihren Fürsten und ihr Land zu verteidigen. Sie seien die Zierde und der Schutz des Königreichs, würdige Nachfolger ihrer höchst berühmten Ahnen, die ihre Ehrungen zur Belohnung ihrer Tugenden empfangen hätten, und niemals habe man erfahren, daß ihre Nachkommen auch nur einmal darin aus der Art geschlagen wären. Als Teil dieser Versammlung gesellten sich mehrere heilige Personen mit dem Titel eines Bischofs zu ihnen, deren besonderes Amt es sei, auf die Religion und auf diejenigen zu achten, die das Volk darin unterrichten. Sie würden vom Fürsten und seinen weisesten Ratgebern aus der ganzen Nation, und zwar aus solchen Angehörigen der Geistlichkeit ausgesucht und auserlesen, die sich durch die Frömmigkeit ihres Lebenswandels und die Tiefe ihrer Gelehrsamkeit am verdienstvollsten auszeichneten. Sie seien in Wahrheit die geistlichen Väter der Priesterschaft und des Volkes.

Der andere Teil des Parlaments bestehe aus einer Versammlung, die man das Haus der Gemeinen nenne; Mitglieder seien alle wichtigsten Personen von Stand, die das Volk selbst wegen ihrer großen Fähigkeiten und ihrer Vaterlandsliebe frei aussuche und auswähle, um die Weisheit der ganzen Nation zu repräsentieren. Diese beiden Körperschaften bildeten die erhabenste Versammlung in Europa, der gemeinsam mit dem Fürsten die ganze Gesetzgebung anvertraut sei.

Dann kam ich auf die Gerichtshöfe zu sprechen, denen die Richter, diese ehrwürdigen Weisen und Deuter des Gesetzes, vorstünden, um über die strittigen Rechtsansprüche und Besitz-

tümer der Leute zu entscheiden sowie das Laster zu bestrafen und die Unschuld zu schützen. Ich erwähnte die kluge Verwaltung unserer Finanzen, die Tapferkeit und die Leistungen unserer Streitkräfte zur See und zu Lande. Ich berechnete die Zahl unserer Einwohner, indem ich in Ansatz brachte, wie viele Millionen jede religiöse Sekte oder politische Partei bei uns umfassen mochte. Ich überging nicht einmal unsere sportlichen Belusti-

gungen und unseren Zeitvertreib oder irgendeine andere Einzelheit, von der ich glaubte, sie könnte meinem Lande zur Ehre gereichen. Und ich beschloß all das mit einem kurzen historischen Bericht über die Angelegenheiten und Ereignisse in England seit etwa hundert Jahren.

Diese Unterhaltung war erst nach nicht weniger als fünf Audienzen beendet, von denen jede mehrere Stunden dauerte. Der König hörte das Ganze mit großer Aufmerksamkeit an und machte sich häufig Notizen über das, was ich sagte, und Vermerke darüber, welche Fragen er mir zu stellen beabsichtigte.

Als ich diese langen Darlegungen beendet hatte, brachte Seine

Majestät in einer sechsten Audienz viele Zweifel, Fragen und Einwände zu jedem Punkt vor, wobei er seine Notizen zu Rate zog. Er erkundigte sich, welche Methoden angewandt würden, um Geist und Körper unseres jungen Adels zu bilden, und mit welcher Art von Beschäftigung er gemeinhin den ersten und bildungsfähigen Teil seines Lebens verbringe. Welches Verfahren man wähle, um jene Versammlung aufzufüllen, wenn irgendeine Adelsfamilie aussterbe. Welche Fähigkeiten diejenigen besitzen müßten, die zu neuen Lords erhoben werden sollen; ob die Laune des Fürsten, eine an eine Hofdame oder einen Premierminister gezahlte Geldsumme oder die Absicht, eine Partei, die gegen den Vorteil des Staates gerichtet sei, zu stärken, jemals Beweggründe bei diesen Beförderungen seien. Welche Kenntnis diese Lords von den Gesetzen ihres Landes besäßen, und wie sie sie erwürben, so daß sie befähigt seien, in letzter Instanz über die Besitztümer ihrer Mituntertanen zu entscheiden. Ob sie stets so frei von Habsucht, Voreingenommenheit oder Not seien, daß Bestechung oder irgendeine andere schlimme Absicht niemals

bei ihnen Platz haben könnte. Ob jene heiligen Lords, von denen ich gesprochen hätte, stets wegen ihrer Kenntnisse in religiösen Dingen und der Frömmigkeit ihres Lebenswandels zu jenem Stand erhoben würden; ob sie sich nie in die Zeitumstände gefügt hätten, während sie noch gewöhnliche Priester oder sklavisch ergebene Kapläne irgendeines Edelmannes waren, an dessen Meinung sie sich noch immer unterwürfig hielten, nachdem sie schon in jene Versammlung aufgenommen worden seien.

Dann wünschte er zu wissen, welche Schliche man bei der Wahl derjenigen anwende, die ich Mitglieder des Unterhauses genannt habe. Ob ein Fremder mit vollem Beutel die gemeinen Wähler nicht bewegen könne, ihn selbst anstelle ihres eigenen Gutsherrn oder des angesehensten Herrn von Stande aus der Nachbarschaft zu wählen. Wie es käme, daß man so heftig darauf erpicht sei, in diese Versammlung zu gelangen, was doch, wie ich zugäbe, viele Mühen und große Kosten verursache, oft sogar bis zum Ruin ihrer Familien, ohne daß sie irgendein Gehalt oder eine Rente erhielten. Weil das als ein so erhabener Zug von Tugend und Gemeinsinn erscheine, schien Seine Majestät zu befürchten, daß es möglicherweise nicht immer aufrichtig sei, und er wünschte zu wissen, ob so begeisterte Herren irgendwelche Absichten hegen könnten, sich für Ausgaben und die Mühe, die sie hätten, zu entschädigen, indem sie das öffentliche Wohl den Plänen eines schwachen und lasterhaften Fürsten in Verbindung mit einem korrupten Kabinett opferten. Er stellte immer mehr Fragen und forschte mich über jeden Teil dieses Punktes gründlich aus, indem er zahllose Fragen und Einwände vorbrachte, die zu wiederholen ich weder für klug noch zweckdienlich halte.

Zu dem, was ich in bezug auf unsere Gerichtshöfe sagte, wünschte Seine Majestät in verschiedenen Punkten hinreichende Auskunft. Und die konnte ich um so besser geben, da ich früher durch einen langen Prozeß am Kanzleigericht beinahe ruiniert worden wäre, der zu meinen Gunsten, aber bei Zahlung der Kosten, entschieden worden war. Er fragte, wieviel Zeit gewöhnlich verbracht werde, um zwischen Recht und Unrecht zu entscheiden, und welches Ausmaß von Kosten entstehe. Ob es Anwälten und Verteidigern freistehe, sich auch für Sachen einzusetzen, von denen nachweislich bekannt sei, daß sie ungerecht, schikanös oder grausam seien. Ob man beobachtet habe, daß die Partei in der Religion oder der Politik irgendwelches Gewicht in der Waage der Gerechtigkeit habe. Ob jene Verteidiger Personen seien, die in der allgemeinen Kenntnis der Gerechtigkeit oder nur in provinziellen, nationalen und anderen örtlichen Gebräuchen ausgebildet würden. Ob sie oder ihre Richter irgendeinen Anteil an der Abfassung jener Gesetze hätten, die nach Belieben auszulegen und zu kommentieren sie sich die Freiheit nähmen. Ob sie jemals zu verschiedenen Zeiten für und gegen dieselbe Sache gesprochen und Präzedenzfälle angeführt hätten, um entgegengesetzte Meinungen zu beweisen. Ob sie eine reiche oder eine arme Körperschaft seien. Ob sie irgendeine in Geld bestehende Belohnung für die Verteidigung oder die Abgabe ihrer Meinung erhielten. Und insbesondere, ob sie jemals als Mitglieder in die untere Kammer aufgenommen würden.

Danach kam er auf die Verwaltung unserer Finanzen und sagte, er glaube, daß mich mein Gedächtnis im Stich gelassen habe, weil ich unsere Steuern auf etwa fünf bis sechs Millionen jährlich geschätzt hätte, und als ich dahin gekommen sei, die Ausgaben zu erwähnen, habe er bemerkt, daß sie sich zuweilen auf mehr als das Doppelte beliefen. Die Notizen, die er sich gemacht habe, seien nämlich in diesem Punkt besonders eingehend, weil er gehofft habe, wie er mir sagte, daß die Kenntnis, wie wir uns hierin verhielten, ihm nützlich sein könnte, und er könne sich in seinen Berechnungen nicht irren. Wenn aber, was ich ihm gesagt hätte, wahr sei, so könne er immer noch nicht begreifen, wie ein Königreich gleich einer Privatperson über seine Verhältnisse leben könne. Er fragte mich, wer unsere Gläubiger seien und woher wir das Geld nähmen, sie zu bezahlen. Er wunderte sich, mich von so beschwerlichen und kostspieligen Kriegen reden zu hören. Wir müßten sicherlich ein streitsüchtiges Volk sein oder unter sehr bösen Nachbarn leben, und unsere Generäle müßten schlechterdings reicher als unsere Könige sein. Er fragte, was wir außerhalb unserer eigenen Inseln zu suchen hätten, wenn es nicht um den Handel oder um Verhandlungen oder um die Verteidigung der Küsten durch unsere Flotte gehe. Vor allem aber sei er höchst erstaunt, mich von einem stehenden Söldnerheer im tiefsten Frieden und unter einem freien Volk reden zu hören. Er sagte, wenn wir mit unserer eigenen Zustimmung in der Person unserer Volksvertreter regiert würden, so könne er sich nicht denken, vor wem wir uns fürchteten oder gegen wen wir kämpfen sollten, und wollte meine Meinung hören, ob das Haus eines Privatmannes nicht besser von ihm selbst, seinen Kindern und seiner Familie verteidigt würde als von einem halben Dutzend Halunken, die man auf gut Glück und für geringen Lohn in den Straßen aufgreife und die hundertmal mehr bekommen könnten, wenn sie ihnen den Hals abschnitten.

Er lachte über meine wunderliche Arithmetik (wie er sie zu nennen geruhte), die Zahl unserer Einwohner nach einer Berechnung in Ansatz zu bringen, die sich von den verschiedenen Sekten in Religion und Politik bei uns herleite. Er sagte, er sehe keinen Grund, weshalb diejenigen, die dem Gemeinwesen schädliche Meinungen hegen, gezwungen werden sollten, sie zu ändern, oder nicht gezwungen werden sollten, sie zu verbergen. Und wie es auf seiten jeder Regierung Tyrannei sei, das erste zu verlangen, so sei es Schwachheit, das zweite nicht durchzusetzen: denn man könne es wohl erlauben, daß jemand Gifte in seiner Kammer aufbewahrt, aber nicht, daß er sie als Stärkungsmittel verkauft.

Er bemerkte, daß ich unter den Zerstreuungen unseres hohen und niederen Adels auch das Spiel erwähnt hätte. Er wünschte zu wissen, in welchem Alter man gewöhnlich mit dieser Unterhaltung beginne und wann man sie aufgebe; wieviel ihrer Zeit es in

Anspruch nehme; ob es je so hoch sei, daß es ihr Vermögen beeinträchtige; ob niedrige, lasterhafte Personen durch ihre Gewandtheit in dieser Kunst nicht zu großem Reichtum gelangen und zuweilen sogar unsere Adligen in Abhängigkeit halten, sie an schlechte Gesellschaft gewöhnen, sie völlig von der Ausbildung ihres Geistes abbringen und sie durch die Verluste, die sie erlitten hätten, zwingen könnten, diese schändliche Gewandtheit selbst zu erwerben und andere damit zu täuschen zu suchen.

Überaus bestürzt war er über den historischen Bericht, den ich ihm von unseren Angelegenheiten im Laufe des letzten Jahrhunderts gab, und stellte fest, er sei nur eine Anhäufung von Verschwörungen, Rebellionen, Morden, Blutbädern, Revolutionen, Verbannungen, den schlimmsten Auswirkungen, die Habsucht, Parteigeist, Heuchelei, Verräterei, Grausamkeit, Raserei, Wahnsinn, Haß, Neid, Wollust, Bosheit oder Machthunger nur haben könnten.

In einer weiteren Audienz machte sich Seine Majestät die Mühe, den Hauptinhalt alles dessen zu rekapitulieren, was ich gesagt hatte. Er verglich die Fragen, die er gestellt, mit den Antworten, die ich gegeben hatte. Dann nahm er mich in die Hände, streichelte mich sanft und äußerte sich in folgenden Worten, die ich niemals vergessen werde, noch auch die Art, in der er sie sagte: »Mein kleiner Freund Grildrig, du hast eine höchst bewundernswerte Lobrede auf dein Land gehalten. Du hast klar erwiesen, daß Unwissenheit, Faulheit und Lasterhaftigkeit die richtigen Eigenschaften sind, um einen als Gesetzgeber geeignet zu erweisen; daß Gesetze am besten von denen erklärt, ausgelegt und angewandt werden, deren Interesse und Fähigkeiten darin bestehen, sie zu verdrehen, zu vereiteln und zu umgehen. Ich bemerke bei euch einige Grundsätze einer Staatsverfassung, die ursprünglich erträglich gewesen sein mag; aber diese sind zur Hälfte beseitigt, und der Rest ist völlig von Verfälschungen beschmutzt und befleckt. Aus allem, was du gesagt hast, geht nicht hervor, daß zur Erlangung irgendeines Amtes bei euch irgendeine Tugend erforderlich ist, noch viel weniger, daß Menschen wegen ihrer Tugend geadelt, daß Priester wegen ihrer Frömmigkeit oder Gelehrsamkeit, Soldaten wegen ihrer Führung oder Tapferkeit, Richter wegen ihrer Rechtschaffenheit, Senatoren wegen der Liebe zu ihrem Lande oder Ratgeber wegen ihrer Weisheit befördert werden. Was dich selbst betrifft (fuhr der König fort), der du den größten Teil deines Lebens auf Reisen verbracht hast, bin ich wohl geneigt zu hoffen, daß du soweit vielen Lastern deines Landes entgangen bist. Aus dem aber, was ich deinem eigenen Bericht entnommen, und aus den Antworten, die ich dir mit vieler Mühe abgerungen und abgedrungen habe, kann ich nur den Schluß ziehen, daß die große Masse euerer Eingeborenen die schädlichste Art von kleinem, scheußlichem Ungeziefer ist, dem die Natur jemals erlaubt hat, auf der Oberfläche der Erde herumzukriechen.«

Siebentes Kapitel

Die Liebe des Verfassers zu seinem Land. Er macht einen für den König sehr vorteilhaften Vorschlag, der aber abgelehnt wird. Die große Unwissenheit des Königs in der Politik. Die Gelehrsamkeit in jenem Lande sehr unvollkommen und beschränkt. Die Gesetze, Militärangelegenheiten und Parteien in diesem Staat.

Nichts als eine außergewöhnliche Wahrheitsliebe hätte mich hindern können, diesen Teil meiner Geschichte zu verschweigen. Es war vergeblich, meinen Verdruß zu zeigen, der stets ins Lächerliche gezogen wurde, und ich war gezwungen, geduldig zu bleiben, während von meinem edlen und heißgeliebten Vaterland so schmählich gesprochen wurde. Es tut mir von Herzen leid, wie es nur irgendeinem meiner Leser leid tun kann, daß ein Anlaß dazu gegeben wurde; aber dieser Fürst war nun einmal in jedem Punkt so neugierig und wissensdurstig, daß es weder mit der Dankbarkeit noch mit gutem Benehmen zu vereinbaren gewesen wäre, wenn ich mich geweigert hätte, ihm alle mir mögliche Aufklärung zu geben. Doch wird man mir vielleicht gestatten, so viel zu meiner Rechtfertigung zu sagen, daß ich vielen seiner Fragen geschickt auswich und jedem Punkt eine bei weitem günstigere Wendung gab, als es die Strenge der Wahrhaftigkeit erlauben würde. Ich habe nämlich stets jene lobenswerte Parteilichkeit für mein Vaterland gehegt, die Dionysios von Halikarnassos einem Historiker mit so viel Recht empfiehlt: ich wollte die Schwächen und Verunstaltungen meiner politischen Mutter verbergen und ihre Tugenden und Schönheiten ins günstigste Licht setzen. Das war mein aufrichtiges Bestreben in den vielen Unterredungen, die ich mit jenem mächtigen Monarchen hatte, wenn es auch unglücklicherweise ohne Erfolg blieb.

Man sollte aber mit einem König, der von der übrigen Welt gänzlich abgeschlossen lebt und deshalb mit den Sitten und Gewohnheiten, die bei anderen Nationen herrschen, völlig unvertraut sein muß, große Nachsicht üben. Der Mangel an solchem Wissen wird stets viele Vorurteile und eine gewisse Enge des Denkens zur Folge haben, wovon wir und die gebildeteren Länder Europas gänzlich frei sind. Und es wäre auch wirklich unbillig, wenn die Vorstellungen eines so abgelegen lebenden Fürsten von Tugend und Laster als Maßstab für die ganze Menschheit vorgeschlagen werden sollten.

Um das, was ich soeben gesagt habe, zu bestätigen und um weiter die traurigen Auswirkungen einer beschränkten Erziehung zu zeigen, werde ich hier eine Begebenheit einfügen, die kaum Glauben finden wird. In der Hoffnung, mich bei Seiner Majestät weiter in Gunst zu setzen, erzählte ich ihm von einer Erfindung, die vor drei- bis vierhundert Jahren gemacht worden war, wie man ein gewisses Pulver herstellt; wenn in einen Haufen dieses Pulvers, und sei er auch so groß wie ein Berg, der kleinste Feuerfunke falle, entzünde sich das Ganze im Nu und fliege mit einem Krachen und einer Erschütterung, die größer als die des Donners seien, in die Luft. Eine gehörige Menge dieses Pulvers treibe, fest in ein hohles Rohr aus Erz oder Eisen gestopft, je nach seiner Dicke eine Kugel aus Eisen oder Blei mit solcher Gewalt und Schnelligkeit heraus, daß nichts ihrer Kraft widerstehen könne. Die größten der so abgeschossenen Kugeln könnten nicht allein ganze Glieder eines Heeres auf einmal vernichten, sondern sie zerschmetterten auch die stärksten Mauern bis auf den Grund und versenkten Schiffe mit je tausend Mann Besatzung auf den Boden des Meeres. Wenn sie durch Ketten miteinander verbunden würden, so durchschnitten sie Masten und Tauwerk, rissen Hunderte von Leibern mitten hindurch und

verheerten alles vor sich. Wir füllten dieses Pulver auch oft in große, hohle Eisenkugeln und schleuderten sie mit einer Maschine in eine Stadt, die wir belagerten; diese rissen dann das Pflaster auf, zertrümmerten die Häuser, platzten und schleuderten Splitter nach allen Seiten, die allen den Schädel einschlügen, die in die Nähe kämen. Ich kennte die Bestandteile, die billig und überall verbreitet seien, ganz genau, ich verstünde auch die Art, sie zu mischen, und könnte seine Arbeiter anleiten, jene Rohre in einer Größe anzufertigen, die allen anderen Dingen im Königreich Seiner Majestät entspräche. Die größten brauchten nicht über einhundert Fuß lang zu sein; zwanzig oder dreißig dieser Rohre, mit der gehörigen Menge Pulver und Kugeln geladen, würden die Mauern der stärksten Stadt in seinem Herrschaftsgebiet in ein paar Stunden zerschmettern oder die ganze Hauptstadt zerstören, wenn sie sich jemals erdreisten sollte, sich seiner absoluten Befehlsgewalt zu widersetzen. Das böte ich Seiner Majestät untertänigst als eine kleine Bezeigung meiner Dankbarkeit für so viele Beweise seiner königlichen Gunst und seines Schutzes an, die ich bereits empfangen hätte.

Der König wurde von Grauen über die Beschreibung gepackt, die ich von diesen furchtbaren Kriegsmaschinen gegeben, und über den Vorschlag, den ich gemacht hatte. Er sei bestürzt, daß ein so schwaches und niedriges Insekt wie ich (das waren seine Worte) sich mit solchen unmenschlichen Gedanken, und zwar in so vertrauter Weise, tragen könne, daß ich bei all den Szenen des Blutvergießens und der Zerstörung, die ich als die gewöhnlichen Wirkungen dieser verheerenden Kriegsmaschinen geschildert hätte, vollkommen ungerührt erschiene. Derjenige, der sie zuerst ersonnen habe, sagte er, müsse irgendein böser Geist, ein Feind der Menschheit gewesen sein. Was ihn selbst betreffe, so beteuerte er, daß er, obwohl ihm wenige Dinge so viel Vergnügen bereiteten wie neue Entdeckungen in Wissenschaft oder Natur, lieber sein halbes Königreich verlieren als in ein solches Geheimnis eingeweiht sein wolle; und er befahl mir, es nie wieder zu erwähnen, wenn mir das Leben lieb sei.

Eine seltsame Auswirkung engstirniger Grundsätze und beschränkter Ansichten! Ein Fürst, begabt mit jeder Eigenschaft, die Verehrung, Liebe und Achtung hervorruft, ein Fürst von bedeutenden Fähigkeiten, großer Weisheit und tiefer Gelehrsamkeit, begabt mit vortrefflichen Anlagen zum Regieren und von seinen Untertanen beinahe angebetet, läßt sich aus kleinlichen, überflüssigen Bedenken, von denen wir in Europa keine Vorstellung haben können, eine ihm gebotene Gelegenheit entgehen, die ihn zum unumschränkten Herrn über das Leben, die Freiheit und das Vermögen seines Volkes gemacht hätte. Ich sage das aber nicht mit der geringsten Absicht, die vielen Tugenden jenes ausgezeichneten Königs herabzusetzen, dessen Ansehen, wie ich mir bewußt bin, bei einem englischen Leser aus diesem Grunde sehr sinken wird, sondern ich halte diesen Mangel bei ihnen für das Ergebnis ihrer Unwissenheit, die sie die Politik bisher noch nicht zu einer Wissenschaft gemacht haben, wie es die scharfsinnigeren Köpfe Europas taten. Ich erinnere mich nämlich noch sehr gut daran, daß ich dem König eines Tages in einer Unterredung beiläufig sagte, bei uns seien schon mehrere tausend Bücher über die Kunst des Regierens geschrieben worden, und er daraufhin (ganz im Gegensatz zu meiner Absicht) eine sehr schlechte Meinung von unserem Verstand bekam. Er beteuerte, daß er alle Heimlichtuerei, Raffinesse und Intrigen bei einem Fürsten oder Minister verabscheue und verachte. Er verstünde nicht, was ich mit Staatsgeheimnissen meinte, wo es sich nicht um einen Feind oder eine rivalisierende Nation handle. Er beschränkte die Wissenschaft des Regierens in sehr engen Grenzen auf den gesunden Menschenverstand und die Vernunft, auf Gerechtigkeit und Milde, auf die schnelle Entscheidung von Zivilrechts- und Strafprozessen nebst einigen anderen auf der Hand liegenden Regeln, die es nicht wert sind, daß man darüber nachdenkt. Und er sprach als seine Meinung aus, daß jeder, der zwei Kornähren oder zwei Grashalme auf einem Fleckchen Erde

zum Wachsen brächte, wo früher nur einer wuchs, sich mehr um die Menschheit verdient mache und seinem Lande einen wichtigeren Dienst erweise als das ganze Gezücht der Politiker zusammengenommen.

Die Bildung dieses Volkes ist sehr mangelhaft, denn sie besteht allein aus Moral, Geschichte, Poesie und Mathematik, worin sie, wie man zugeben muß, sich auszeichnen. Die letzte dieser Wissenschaften wird aber ausschließlich auf das angewandt, was im Leben nützlich sein kann, nämlich auf die Verbesserung des Ackerbaues und der Gewerbe, so daß sie bei uns nur in geringem Ansehen stehen würde. Und was Ideen, Wesenheiten, Abstraktionen und transzendentale Begriffe angeht, so konnte ich niemals auch nur die geringste Vorstellung davon in ihre Köpfe eintrichtern.

Kein Gesetz jenes Landes darf an Wörtern die Zahl der Buchstaben ihres Alphabets übersteigen, das nur aus zweiundzwanzig besteht. Tatsächlich erreichen aber wenige von ihnen auch nur diese Länge. Sie sind in den klarsten und einfachsten Ausdrücken abgefaßt, und diese Leute sind nicht gewandt genug, um in ihnen mehr als eine Auslegung zu finden; einen Kommentar zu irgendeinem Gesetz zu schreiben ist ein Kapitalverbrechen. Was die Entscheidung von Zivilrechtsprozessen oder von Verfahren gegen Verbrecher betrifft, so sind ihre Präzedenzfälle von so geringer Zahl, daß sie wenig Grund haben, sich irgendeiner außerordentlichen Geschicklichkeit in beiden Prozeßarten zu rühmen.

Die Kunst des Buchdrucks kennen sie wie die Chinesen seit undenklichen Zeiten. Ihre Bibliotheken sind jedoch nicht sehr groß; denn die des Königs, die als die größte gilt, beläuft sich auf nicht mehr als tausend Bände, die in einer Galerie von zwölfhundert Fuß Länge aufgestellt sind. Ich hatte die Erlaubnis, mir dort Bücher nach Belieben auszuleihen. Der Tischler der Königin hatte in einem der Zimmer Glumdalclitchs eine Art hölzernes Gerüst von fünfundzwanzig Fuß Höhe errichtet, das wie eine Stehleiter gestaltet war; die Stufen waren je fünfzig Fuß lang. Es war in der Tat eine bewegliche Treppe, deren unteres Ende zehn Fuß von der Wand des Zimmers entfernt stand. Das Buch, das ich lesen wollte, wurde an die Wand gelehnt. Ich stieg zuerst auf die oberste Stufe der Leiter, wandte mein Gesicht dem Buch zu, begann beim oberen Ende der Seite und ging so etwa acht bis

zehn Schritte, je nach der Länge der Zeilen, nach rechts und links, bis ich ein wenig unter meine Augenhöhe gelangt war; dann stieg ich stufenweise tiefer, bis ich an das untere Ende kam. Danach stieg ich wieder hinauf und begann die andere Seite in der gleichen Art, und danach wandte ich das Blatt um, was ich leicht mit beiden Händen tun konnte, denn es war so dick und steif wie ein Pappdeckel und in den größten Folianten nicht über achtzehn bis zwanzig Fuß lang.

Ihr Stil ist klar, männlich und flüssig, aber nicht überladen; denn nichts vermeiden sie mehr als die Anhäufung unnötiger Wörter oder den Gebrauch verschiedenartiger Ausdrücke.

Ich habe viele ihrer Bücher gelesen, besonders die über Geschichte und Moral. Unter den letzteren machte mir eine kleine alte Abhandlung viel Vergnügen, die stets in Glumdalclitchs Schlafzimmer lag und ihrer Gouvernante gehörte, einer gesetzten älteren Dame, die sich mit Moral- und Erbauungsschriften befaßte. Das Buch handelt von der Schwäche des Menschengeschlechts und steht außer bei den Frauen und dem niederen Volk in geringer Achtung. Ich war aber neugierig, was ein Schriftsteller jenes Landes über einen solchen Gegenstand sagen könnte. Der Verfasser ging all die gewöhnlichen Themen europäischer Moralisten durch und zeigte, ein wie winziges, verächtliches und hilfloses Lebewesen der Mensch seinem eigenen Wesen nach sei; wie unvermögend, sich vor den Unbilden des Klimas oder der Wut wilder Tiere zu schützen; wie sehr ihn das eine Geschöpf an Kraft, ein anderes an Schnelligkeit, ein drittes an Voraussicht, ein viertes an Fleiß übertreffe. Er fügte hinzu, daß die Natur in den jüngsten, zur Neige gehenden Zeitaltern der Welt entartet sei und jetzt im Vergleich zu denen in alten Zeiten nur noch kleine, verkümmerte Neugeborene hervorbringen könne. Er sagte, es sei sehr vernünftig, nicht nur anzunehmen, daß das Menschengeschlecht ursprünglich weit größer gewesen sei, sondern auch, daß es in früheren Zeiten Riesen gegeben haben müsse; und wie das von Geschichte und Tradition behauptet werde, so sei es auch durch riesige Knochen und Schädel bestätigt worden, die man gelegentlich in verschiedenen Teilen des Königreichs ausgegraben habe und die das gewöhnliche zusammengeschrumpfte Menschengeschlecht unserer Tage weit übertreffen. Er tat dar, daß es die Naturgesetze selbst unbedingt erforderten, daß wir im Anfang größer und kräftiger erschaffen worden und nicht so sehr durch jeden kleinen Unfall dem Untergang ausgesetzt gewesen seien, durch einen Ziegel, der von einem Hause herunterfalle, einen Stein, den die Hand eines Knaben geworfen habe, oder durch Ertrinken in einem kleinen Bach. Aus dieser Art der Beweisführung leitete der Verfasser mehrere moralische Nutzanwendungen ab, die für die Lebensführung nützlich sind, deren Wiederholung hier jedoch unnötig ist. Ich für meinen Teil konnte es nicht vermeiden, darüber nachzudenken, wie allgemein doch diese Neigung verbreitet sei, Morallehren oder eher noch Anlaß zu Unzufriedenheit und zur Klage aus dem Streit abzuleiten, den wir mit der Natur beginnen. Und ich glaube, bei genauer Untersuchung ließe sich zeigen, daß dieser Streit bei uns ebenso schlecht begründet ist wie bei jenem Volk.

Was ihre Militärangelegenheiten betrifft, so rühmen sie sich, daß die Armee des Königs aus einhundertsechsundsiebzigtausend Mann Infanterie und zweiunddreißigtausend Mann Kavallerie bestehe, wenn man etwas überhaupt eine Armee nennen kann, das sich aus Gewerbetreibenden in den verschiedenen Städten und Pächtern auf dem Lande zusammensetzt und dessen Befehlshaber nur der hohe und niedere Adel sind, und zwar ohne Sold oder Belohnung. Bei ihren Übungen sind sie wirklich tadellos und halten sehr gute Disziplin, worin ich aber kein großes Verdienst sah; denn wie sollte es auch anders sein, wo doch jeder Pächter unter dem Befehl seines eigenen Grundbesitzers und jeder Bürger unter dem der führenden Männer seiner eigenen Stadt steht, die nach der Art von Venedig in geheimer Abstimmung gewählt werden.

Ich habe oft gesehen, wie sich die Miliz von Lorbrulgrud zu Übungen auf einem großen Feld von zwanzig Meilen im Geviert in der Nähe der Stadt aufstellte. Alles in allem waren es nicht mehr als fünfundzwanzigtausend Mann Infanterie und sechstausend Mann Kavallerie; angesichts der Bodenfläche, die sie einnahmen, war es mir aber unmöglich, ihre Zahl zu berechnen. Ein Reiter auf einem großen Roß mochte ungefähr neunzig Fuß hoch sein. Ich habe diese ganze Masse von Reitern auf Kommando gleichzeitig die Säbel ziehen und in der Luft schwingen sehen. Keine Einbildungskraft kann sich etwas so Großartiges, so Überraschendes und so Erstaunliches vorstellen. Es sah aus, als ob zehntausend Blitze zur gleichen Zeit aus jeder Himmelsrichtung herabschössen.

Ich war neugierig zu erfahren, wie dieser Fürst, zu dessen Herrschaftsgebiet es keinen Zugang von einem anderen Land aus gibt, dazu gekommen war, an Armeen zu denken oder sein Volk in der Übung militärischer Disziplin zu unterrichten. Sowohl im Gespräch als auch durch die Lektüre ihrer Geschichtswerke erhielt ich aber bald Aufschluß. Im Laufe vieler Jahrhunderte wurden sie nämlich von der gleichen Krankheit geplagt, der das ganze Menschengeschlecht ausgesetzt ist: der Adel strebte oft nach Macht, das Volk nach Freiheit und der König nach unumschränkter Herrschaft. All das, wie sehr diese Bestrebungen durch die Gesetze jenes Landes zum Glück auch im Zaum gehalten werden, hat jede der drei Parteien zuweilen gewaltsam an sich gerissen, und es hat mehr als einmal Bürgerkriege veranlaßt, deren letztem von dem Großvater dieses Fürsten durch einen allgemeinen Kompromiß glücklich ein Ende

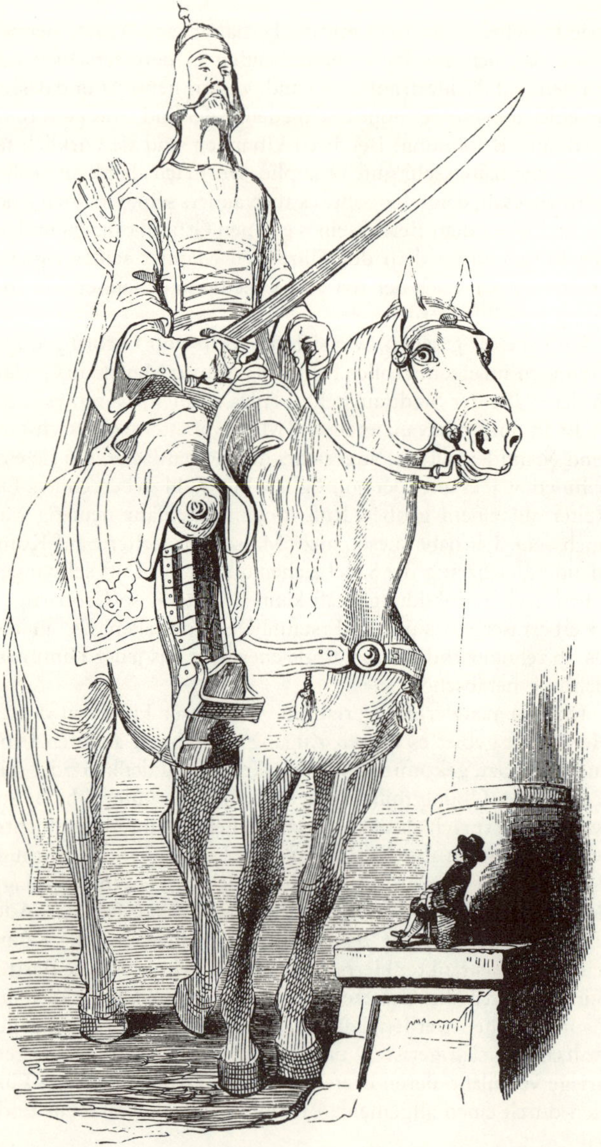

gesetzt wurde; die Miliz, die damals mit allgemeiner Zustimmung eingerichtet wurde, ist seitdem ständig in strengstem Gehorsam gehalten worden.

Achtes Kapitel

Der König und die Königin machen eine Reise an die Landesgrenzen. Der Verfasser begleitet sie. Sehr ausführlicher Bericht über die Art und Weise, in der er das Land verläßt. Er kehrt nach England zurück.

Ich hatte stets das zuversichtliche Gefühl, daß ich einmal meine Freiheit wiedererlangen würde, obgleich es mir unmöglich war, zu mutmaßen, wodurch, oder einen Plan zu schmieden, der auch nur die geringste Aussicht auf Erfolg hätte. Das Schiff, in dem ich gefahren war, war das erste, von dem man jemals erfahren hatte, daß es in die Sichtweite dieser Küste verschlagen worden war, und der König hatte strengen Befehl gegeben, daß, wenn sich je ein weiteres zeige, es an Land geholt und mit der gesamten Mannschaft und allen Passagieren in einem Karren nach Lorbrulgrud gebracht werden sollte. Er war sehr darauf erpicht, mir ein Weib meiner eigenen Größe zu verschaffen, mit der ich die Art fortpflanzen könnte; ich glaube jedoch, ich wäre lieber gestorben, als daß ich die Schande ertragen hätte, eine Nachkommenschaft zu hinterlassen, die wie zahme Kanarienvögel in Käfigen gehalten und mit der Zeit vielleicht als Kuriositäten an Personen von Stande über das Königreich hin verkauft würde. Ich wurde freilich mit großer Freundlichkeit behandelt, ich war der

Günstling eines mächtigen Königspaares und das Entzücken des ganzen Hofes; aber das beruhte auf einer solchen Grundlage, die der Würde des Menschengeschlechts übel anstand. Nie konnte ich die Lieben vergessen, die ich zu Hause zurückgelassen hatte. Ich wollte unter Leuten leben, mit denen ich auf gleichem Fuße verkehren konnte, und ohne Furcht, wie ein Frosch oder junger Hund zertreten zu werden, auf den Straßen und Feldern umhergehen. Meine Befreiung kam aber schneller, als ich erwartete, und auf eine Weise, die sehr ungewöhnlich war. Ich werde die ganze Geschichte mit allen Einzelheiten wahrheitsgemäß berichten.

Ich war nun schon zwei Jahre in diesem Land, und so gegen den Anfang des dritten begleiteten Glumdalclitch und ich den König und die Königin auf einer Reise an die Südküste des Königreichs. Ich wurde wie gewöhnlich in meinem Reisekästchen mitgenommen, das, wie ich bereits berichtet habe, ein sehr bequemes Zimmer von zwölf Fuß Breite war. Ich hatte eine Hängematte mit seidenen Seilen von den vier Ecken her an der Decke befestigen lassen, um die Stöße abzuschwächen, wenn mich ein Diener vor sich auf das Pferd nahm, wie ich zuweilen wünschte. Und oft pflegte ich in meiner Hängematte zu schlafen, während wir unterwegs waren. In das Dach meines Zimmers, doch nicht gerade über der Mitte der Hängematte, ließ ich den Tischler ein Loch von einem Quadratfuß schneiden, damit ich bei heißem Wetter frische Luft bekäme, während ich schlief; dieses Loch konnte ich nach Belieben mit einem Brett schließen, das sich in einer Auskehlung vorwärts und rückwärts ziehen ließ.

Als wir ans Ziel unserer Reise kamen, hielt es der König für richtig, einige Tage in einem Palast zu verbringen, den er in der Nähe von Flanflasnic besitzt, einer Stadt, die nicht weiter als achtzehn englische Meilen vom Meeresufer entfernt liegt. Glumdalclitch und ich waren sehr ermattet; ich hatte mich leicht erkältet, das arme Mädchen aber war so krank, daß sie in ihrem Zimmer bleiben mußte. Ich sehnte mich, das Meer zu sehen, das allein der Schauplatz meiner Flucht sein konnte, wenn sie überhaupt stattfinden würde. Ich gab vor, mich schlechter zu fühlen, als es in Wirklichkeit der Fall war, und bat um die Erlaubnis, mit einem Pagen, den ich sehr gern hatte und dem ich schon mehrere Male anvertraut worden war, die frische Seeluft zu genießen. Ich werde nie vergessen, mit welchem Widerstreben Glumdalclitch einwilligte, noch auch die strenge Mahnung, die sie dem Pagen erteilte, sorgsam auf mich achtzugeben, wobei sie gleichzeitig in eine Flut von Tränen ausbrach, als ob sie eine gewisse Vorahnung dessen hätte, was geschehen sollte. Der Knabe trug mich in meinem Kästchen ungefähr eine halbe Wegstunde weit vom Palast zu den Klippen am Meeresufer. Ich befahl ihm, mich niederzusetzen, zog eines meiner Schiebefenster auf und warf manchen sehnsüchtigen melancholischen Blick auf die See. Ich befand mich nicht sehr wohl und sagte dem Pagen, daß ich Lust hätte, ein Schläfchen in meiner Hängematte zu halten, was mir, wie ich

hoffe, guttun würde. Ich ging hinein, und der Knabe zog das Schiebefenster fest herunter, um die Kälte nicht hereinzulassen. Ich schlief bald ein, und alles, was ich vermuten kann, ist, daß, während ich schlief, der Page, der wohl dachte, es könne ja nichts Gefahrvolles geschehen, zwischen den Klippen umherging, um Vogeleier zu suchen, da ich vorher schon von meinem Fenster aus beobachtet hatte, wie er herumsuchte und eins oder zwei in den Felsspalten aufhob. Wie dem auch sei, ich wurde plötzlich durch einen heftigen Ruck an dem Ring geweckt, der oben auf meinem Kästchen befestigt war, um es bequem transportieren zu können. Ich fühlte, wie mein Kästchen se hr hoch in die Luft emporgehoben und dann mit ungeheurer Geschwindigkeit vorwärtsgetragen wurde. Der erste Stoß hätte mich beinahe aus meiner Hängematte geschleudert, aber später war die Bewegung hinlänglich ruhig. Ich schrie mehrere Male, so laut ich nur meine Stimme ertönen lassen konnte, aber alles vergebens. Ich schaute auf meine Fenster und konnte nichts als Wolken und Himmel sehen. Gerade über meinem Kopf hörte ich ein Geräusch wie das Schlagen von Flügeln, und da begann ich die jämmerliche Lage zu erkennen, in der ich mich befand, daß nämlich ein Adler den Ring meines Kästchens mit dem Schnabel gepackt hatte, um es wie eine Schildkröte im Panzer auf eine Klippe fallen zu lassen und dann meinen Leib herauszuhacken und zu verschlingen. Der Scharfsinn und das Geruchsvermögen dieses Vogels befähigen ihn nämlich, seine Beute auf große Entfernung zu entdecken, sei sie auch noch besser verborgen, als ich es unter einem zweizölligen Brett sein konnte.

Nach kurzer Zeit bemerkte ich, daß sich das Geräusch und das Flattern der Flügel sehr schnell verstärkten, und mein Kästchen wurde wie ein Aushängeschild an einem stürmischen Tag auf- und niedergeschleudert. Ich hörte verschiedene Hiebe oder Stöße, wie ich dachte, die dem Adler versetzt wurden (denn ich bin sicher, daß es ein solches Tier gewesen sein muß, das den Ring meines Kästchens im Schnabel hielt), und ganz plötzlich fühlte ich dann, wie ich eine Minute senkrecht hinabfiel, aber mit so unglaublicher Schnelligkeit, daß mir beinahe das Atmen verging. Mein Fall endete mit einem furchtbaren Platsch, der lauter in meinen Ohren dröhnte als der Niagarafall; danach war ich eine Minute völlig im Finstern, und dann begann mein Kästchen wieder so hoch zu steigen, daß ich am oberen Teil meiner Fenster Licht sehen konnte. Jetzt erkannte ich, daß ich ins Meer gefallen war. Infolge des Gewichts meines Körpers, der Gegenstände, die sich darin befanden, und der breiten Eisenplatten, die zur Verstärkung an den vier Ecken der Decke und des Bodens befestigt waren, lag mein Kästchen etwa fünf Fuß tief im Wasser. Ich vermutete damals und vermute noch jetzt, daß der Adler, der mit meinem Kästchen davonflog, von zwei oder drei anderen verfolgt wurde und gezwungen war, mich fallen zu lassen, während er sich gegen die anderen verteidigte, die auf einen Anteil an der Beute hofften. Die am Boden des Kästchens befestigten Eisenplatten (denn das waren die stärksten) hielten es im Gleichgewicht, während es fiel, und verhinderten, daß es an der Oberfläche des Wassers zerschellte. Alle seine Teile waren gut zusammengefügt, und die Tür bewegte sich nicht auf Angeln, sondern auf und nieder wie ein Schiebefenster. Dadurch blieb mein Zimmer so dicht, daß sehr wenig Wasser eindrang. Ich stieg mit vieler Mühe aus meiner Hängematte, nachdem ich zuerst gewagt hatte, das bereits erwähnte Schiebebrett an der Decke zurückzuziehen, das zu dem Zweck angefertigt worden war, frische Luft hereinzulassen; aus Mangel daran wäre ich nämlich beinahe erstickt.

Wie oft wünschte ich mich damals bei meiner lieben Glumdalclitch, von der mich eine einzige Stunde so weit getrennt hatte! Und ich kann in Wahrheit sagen, daß ich mich inmitten meines eigenen Unglücks nicht enthalten konnte, meine arme Wärterin, den Schmerz, den sie wegen meines Verlustes erleiden würde, die Ungnade der Königin und die Zerstörung ihres Glücks zu beklagen. Möglicherweise sind nicht viele Reisende in größeren Schwierigkeiten und größerer Not gewesen, als ich es in dieser Lage war, der ich jeden Augenblick erwartete, mein Kästchen in Stücke geschlagen oder wenigstens von dem ersten heftigen Windstoß oder einer ansteigenden Woge umgeworfen zu sehen. Eine Bruchstelle in einer einzigen Glasscheibe hätte unmittelbaren Tod bedeutet. Und nichts hätte die Fenster retten können, wären nicht die starken Gitterdrähte gewesen, die auf der Außenseite zur Verhütung von Unglücksfällen beim Reisen angebracht waren. Ich sah, daß durch mehrere Ritzen Wasser einsikkerte, wenn die undichten Stellen auch nicht beträchtlich waren, und ich bemühte mich, sie, so gut ich konnte, zu verstopfen. Ich war nicht imstande, die Decke meines Zimmers hochzuheben, was ich sonst sicherlich getan und mich oben darauf gesetzt hätte, wo ich mich wenigstens einige Stunden länger vor dem Verderben hätte schützen können, als wenn ich, wie ich es nennen darf, im Laderaum eingeschlossen wäre. Oder wenn ich diesen Gefahren ein oder zwei Tage entgehen sollte, was konnte ich schon außer einem elenden Tod durch Kälte und Hunger erwarten! Vier Stunden befand ich mich in dieser Lage, wobei ich erwartete und wirklich auch wünschte, daß jeder Augenblick mein letzter wäre.

Ich habe dem Leser bereits mitgeteilt, daß auf jener Seite meines Kästchens, die kein Fenster hatte, zwei starke Krampen befestigt waren, durch die der Diener, der mich gewöhnlich beim Reiten trug, einen ledernen Riemen zog und ihn sich um den Leib schnallte. Während ich mich in diesem trostlosen Zustand befand, hörte ich oder wenigstens glaubte ich eine Art Kratzgeräusch auf jener Seite meines Kästchens zu hören, wo die Krampen befestigt waren, und bald danach hatte ich den Eindruck, daß das Kästchen in der See vorwärtsgezogen oder abgeschleppt werde. Von Zeit zu Zeit fühlte ich nämlich eine Art starken Zug, der die Wogen bis nahe an die Oberseite meiner Fenster steigen ließ, so daß ich beinahe im Dunkeln blieb. Das gab mir eine schwache Hoffnung auf Befreiung, obgleich ich mir nicht denken konnte, wie sie zustande kommen könnte. Ich wagte es, einen meiner Stühle loszuschrauben, die immer am Fußboden befestigt waren; und nachdem ich ihn mit vieler Mühe direkt unter dem Schiebebrett wieder festgeschraubt hatte, das ich unlängst geöffnet hatte, stieg ich auf den Stuhl, brachte meinen Mund, so nahe ich konnte, an das Loch und rief mit lauter Stimme und in allen Sprachen, die ich verstand, um Hilfe. Dann befestigte ich mein Taschentuch an einem Stock, den ich gewöhnlich bei mir hatte, steckte ihn durch das Loch und schwenkte ihn mehrere Male in der Luft, damit, falls ein Boot oder Schiff in der Nähe wäre, die Seeleute auf den Gedanken kämen, daß ein unglücklicher Mensch in dem Kästchen eingeschlossen sei.

Ich konnte zwar keinen Erfolg meiner Bemühungen feststellen, spürte aber deutlich, daß mein Zimmer vorwärts gezogen wurde; und nach einem Zeitraum von einer Stunde oder darüber stieß die Seite des Kästchens, wo die Krampen waren und die kein Fenster hatte, gegen etwas, das hart war. Ich befürchtete, es sei eine Klippe, und bemerkte, daß ich heftiger denn je hin und her geworfen wurde. Auf dem Deckel meines Zimmers hörte ich deutlich ein Geräusch wie von einem Tau und sein Kratzen, als es durch den Ring glitt. Dann spürte ich, daß ich nach und nach um wenigstens drei Fuß höher, als ich vorher war, gehoben wurde. Daraufhin steckte ich meinen Stock mit dem Taschentuch von neuem hinaus und rief um Hilfe, bis ich beinahe heiser war. Als Antwort darauf hörte ich einen lauten Schrei, der dreimal wiederholt wurde und mich in ein solches Entzücken versetzte, wie es sich nur diejenigen vorstellen können, die es fühlen. Jetzt hörte ich auch ein Getrampel über meinem Kopf, und jemand rief mit lauter Stimme in englischer Sprache durch das Loch: »Wenn da unten jemand ist, dann soll er sich melden.« Ich antwortete, ich sei ein Engländer, der durch Mißgeschick in das größte Unglück geraten sei, das jemals irgendein Geschöpf durchgemacht habe, und bäte bei allem, was sie bewege, aus dem Kerker befreit zu werden, in dem ich mich befände. Die Stimme

erwiderte, ich sei in Sicherheit, denn meine Kiste sei an ihrem Schiff festgemacht, und der Zimmermann werde sogleich kommen und ein Loch in den Deckel sägen, das groß genug sei, um mich herauszuziehen. Ich antwortete, das sei unnötig und werde zuviel Zeit kosten; man brauche nämlich nichts weiter zu tun, als einen von der Besatzung anzuweisen, den Finger in den Ring zu stecken, das Kästchen aus der See in das Schiff zu heben und ebenso in die Kajüte des Kapitäns zu bringen. Einige von ihnen glaubten, ich sei toll, als sie mich so unsinnig reden hörten, andere lachten; denn es kam mir wirklich ganz und gar nicht in den Sinn, daß ich nun wieder unter Leute meiner eigenen Größe und Stärke gekommen war.Der Zimmermann kam und sägte in einigen Minuten einen etwa vier Quadratfuß großen Durchgang, dann ließ er eine kleine Leiter herunter, die ich hinaufstieg; von dort wurde ich in sehr geschwächtem Zustand auf das Schiff gebracht.

Die Seeleute waren alle sehr erstaunt und stellten mir unzählige Fragen, die zu beantworten ich keine Lust hatte. Ich war beim Anblick so vieler Pygmäen gleichfalls verwirrt, denn dafür hielt ich sie, nachdem meine Augen so lange an die riesenhaften Dinge, die ich verlassen hatte, gewöhnt gewesen waren. Der Kapitän aber, Mr. Thomas Wilcocks, ein rechtschaffener, ehrenwerter Mann aus Shropshire, der bemerkte, daß ich nahe daran war, in Ohnmacht zu fallen, führte mich in seine Kajüte, gab mir ein Stärkungsmittel, um mich zu erquicken, und ließ mich auf sein eigenes Bett legen, wobei er mir riet, mich ein wenig auszuruhen, was ich sehr nötig hatte. Bevor ich einschlief, gab ich ihm zu verstehen, daß ich einige wertvolle Einrichtungsgegenstände in meinem Kästchen hätte, zu gut, um verlorenzugehen: eine ausgezeichnete Hängematte, ein bequemes Feldbett, zwei Stühle, einen Tisch und einen Schrank. Mein Zimmer sei auf allen Seiten mit Seide und Baumwolle behängt oder vielmehr gepolstert. Wenn er einen von der Mannschaft mein Zimmer in seine Kajüte bringen lassen wolle, so würde ich es dort vor seinen Augen öffnen und ihm meine Habe zeigen. Als der Kapitän mich diese Ungereimtheiten äußern hörte, schloß er, ich sei toll; er versprach jedoch (ich nehme an, um mich zu beruhigen), Befehl zu geben, wie ich es wünschte. Er stieg an Deck und schickte einige seiner Leute in mein Zimmer hinunter, von wo sie (wie ich später erfuhr) alle meine Sachen heraufzogen und die Polsterung abnahmen; Stühle, Schrank und Bettstelle aber, die am Fußboden festgeschraubt waren, wurden durch die Unwissenheit der Seeleute, die sie mit Gewalt herausrissen, stark beschädigt. Dann hieben sie auch einige der Bretter zum Gebrauch auf dem Schiff ab, und als sie alles genommen hatten, wonach ihnen der Sinn stand, ließen sie den Rumpf ins Meer fallen; er versank auch sogleich wegen der vielen Risse im Boden und in den Seitenwänden. Und es war mir auch wirklich lieb, kein Zuschauer bei der Verwüstung gewesen zu sein, die sie anrichteten, weil mich das, dessen bin ich gewiß, empfindlich bewegt hätte, indem es mir frühere Ereignisse ins Gedächtnis brachte, die ich lieber vergessen wollte.

Ich schlief einige Stunden, wurde aber fortwährend durch Träume von dem Land, das ich verlassen hatte, und von den Gefahren, denen ich entgangen war, beunruhigt. Als ich erwachte, fühlte ich mich jedoch sehr erholt. Es war jetzt gegen acht Uhr abends, und der Kapitän ließ sogleich das Abendessen auftragen, denn er meinte, ich hätte schon zu lange gefastet. Er begegnete mir mit großer Freundlichkeit, als er bemerkte, daß ich weder wirre Blicke um mich warf noch ungereimtes Zeug redete, und nachdem man uns allein gelassen hatte, bat er, ich möchte ihm einen Bericht von meinen Reisen geben und durch welchen unglücklichen Vorfall ich dazu käme, in jener riesigen hölzernen Kiste den Wellen preisgegeben zu sein. Er sagte, er habe sie ungefähr um zwölf Uhr mittags, als er durch sein Fernglas sah, in einiger Entfernung bemerkt und geglaubt, es sei ein Segelschiff; da es nicht sehr weit aus seinem Kurs lag, habe er – in der Hoffnung, etwas Zwieback kaufen zu können, weil sein eigener anfing knapp zu werden – Lust gehabt, es anzusteuern. Als er näher gekommen sei und seinen Irrtum erkannt habe, habe er sein Großboot ausgesetzt, um herauszufinden, was es sei; seine Leute seien erschrocken zurückgekommen und hätten beteuert, sie hätten ein schwimmendes Haus gesehen. Er habe über ihre Torheit gelacht, selbst das Boot bestiegen und seinen Leuten befohlen, ein starkes Tau mitzunehmen. Da es windstill war, sei er mehrere Male um mich herumgerudert und habe meine Fenster und die Drahtgitter bemerkt, die sie schützten. Auf einer Seite, die ganz aus Brettern ohne einen Durchgang für das Licht bestand, habe er zwei Krampen entdeckt. Er habe dann seinen Leuten befohlen, an diese Seite heranzurudern, und nachdem er ein Tau an einer Krampe festgemacht habe, habe er sie geheißen, meine Kiste (wie er sie nannte) zum Schiff zu ziehen. Als sie dort war, habe er Anweisungen gegeben, ein weiteres Tau an dem Ring festzumachen, der am Deckel angebracht war, und meine Kiste mit Taljen hochzuziehen; die Matrosen seien aber sämtlich nicht imstande gewesen, sie höher als zwei bis drei Fuß zu heben. Er sagte, sie hätten gesehen, wie mein Stock mit dem Taschentuch aus dem Loch gesteckt wurde, und daraus geschlossen, daß irgendein Unglücklicher in dem Hohlraum eingeschlossen sein müsse. Ich fragte, ob er oder die Mannschaft um die Zeit, als er mich zum erstenmal erblickte, irgendwelche ungeheuer großen Vögel in der Luft gesehen hätten. Darauf antwortete er, daß einer von den Matrosen, als er mit ihnen über diese Sache sprach, während ich schlief, sagte, er habe beobachtet, wie drei Adler nach Norden flogen; er habe aber nichts darüber gesagt, daß sie größer als gewöhnlich gewesen seien, was, wie ich vermute, der großen Höhe zuzuschreiben ist, in der sie sich befanden, und er könne den Grund meiner Frage nicht erraten. Dann fragte ich den Kapitän, wie weit wir seiner Meinung nach vom Lande entfernt seien. Er sagte, nach der genauesten Berechnung, die er anstellen könne, wenigstens hundert Meilen. Ich versicherte ihm, daß er sich um beinahe die Hälfte irren müsse, denn ich hätte das Land, woher ich käme, nicht länger als zwei Stunden verlassen, ehe ich ins Meer fiel. Daraufhin fing er wieder an zu glauben, daß mein Verstand zerrüttet sei, wie er mir zu verstehen gab, und riet mir, in einer Kajüte, die er eingerichtet habe, zu Bett zu gehen. Ich versicherte ihm, durch seine gute Bewirtung und angenehme Gesellschaft hätte ich mich völlig erholt und sei so gut bei Verstand wie nur je in meinem Leben. Da wurde er ernst und bat mich, offen fragen zu dürfen, ob mir nicht der Verstand dadurch getrübt sei, daß ich mir eines grauenhaften Verbrechens bewußt wäre, für das ich auf Befehl eines Fürsten bestraft wurde, indem man mich in jener Kiste aussetzte, wie man große Verbrecher in anderen Ländern gezwungen habe, ohne Proviant in einem lecken Boot in See zu stechen. Denn wenn es ihm dann zwar leid täte, einen so schlechten Menschen in sein Schiff aufgenommen zu haben, so wolle er doch sein Wort verpfänden, mich im ersten Hafen, wo wir ankämen, wohlbehalten an Land zu setzen. Er fügte hinzu, sein Verdacht habe sich durch einige sehr ungereimte Dinge, die ich zuerst den Matrosen und danach ihm selbst in bezug auf mein Zimmer oder meine Kiste gesagt hätte, sowie durch mein seltsames Aussehen und Benehmen, während ich beim Abendessen war, sehr verstärkt.

Ich bat ihn um Geduld, mich anzuhören, wenn ich meine Geschichte erzählte, was ich auch von der Zeit an, wo ich England zum letztenmal verließ, bis zu dem Augenblick, wo er mich zum erstenmal bemerkte, wahrheitsgetreu tat. Da sich nun die Wahrheit bei vernünftigen Menschen stets durchsetzt, so wurde auch dieser rechtschaffene, ehrenwerte Herr, der einen Anflug von Gelehrsamkeit und einen sehr guten Verstand besaß, von meiner Aufrichtigkeit und Wahrhaftigkeit sogleich überzeugt. Um aber alles, was ich gesagt hatte, weiter zu bekräftigen, bat ich ihn dringend, Befehl zu geben, daß mein Schrank herbeigebracht würde, dessen Schlüssel ich in der Tasche hatte (er hatte mir nämlich schon mitgeteilt, was die Seeleute mit meinem Zimmer gemacht hatten). Ich öffnete den Schrank in seiner Gegenwart und zeigte ihm die kleine Sammlung von Seltenheiten, die ich in dem Land, aus dem ich auf so sonderbare Weise befreit worden war, angelegt hatte. Da war der Kamm, den ich aus den Bartstümpfen des Königs verfertigt hatte, und ein zweiter aus dem gleichen Material, das jedoch in einem Stück vom Daumennagel Ihrer Majestät, befestigt war, welches als Rücken diente. Da war eine Kollektion Näh- und Stecknadeln, einen Fuß bis zu einer halben Elle

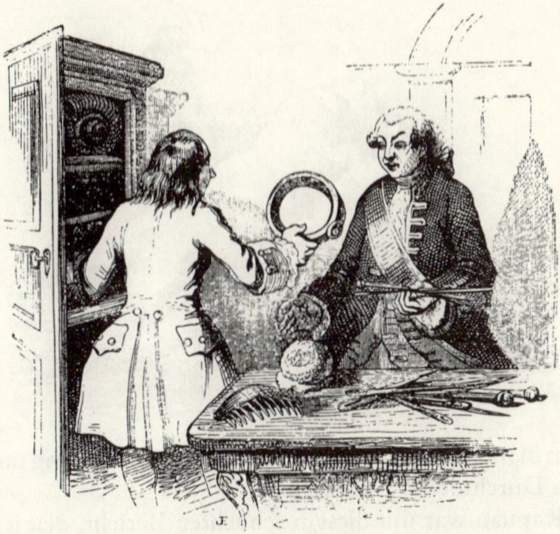

lang; vier Wespenstacheln wie Tischlerstifte; einige ausgekämmte Haare der Königin; ein goldener Ring, den sie mir eines Tages auf sehr gefällige Weise zum Geschenk gemacht hatte, indem sie ihn von ihrem kleinen Finger zog und mir wie eine Ordenskette über den Kopf warf. Ich bat den Kapitän, er möge diesen Ring in Erwiderung seiner Gefälligkeit annehmen, was er aber entschieden ablehnte. Ich zeigte ihm ein Hühnerauge, das ich eigenhändig von der Zehe einer Hofdame abgeschnitten hatte. Es hatte etwa die Größe eines kentischen Pippinapfels und war so hart geworden, daß ich es bei meiner Rückkehr nach England als Becher aushöhlen und in Silber fassen ließ. Zuletzt bat ich ihn, die Hosen zu besehen, die ich damals anhatte; sie waren aus dem Fell einer Maus gemacht.

Ich konnte ihm lediglich den Zahn eines Bedienten aufdrängen, den er, wie ich bemerkte, mit großer Neugier untersuchte und an dem er, wie ich sah, Gefallen fand. Er empfing ihn mit sehr viel Danksagungen, mehr als es eine solche Kleinigkeit verdienen konnte. Der Zahn war einem von Glumdalclitchs Dienern, der an Zahnweh litt, von einem ungeschickten Wundarzt aus Versehen gezogen worden, der Zahn war aber so gesund wie nur irgendein anderer in seinem Mund. Ich ließ ihn putzen und

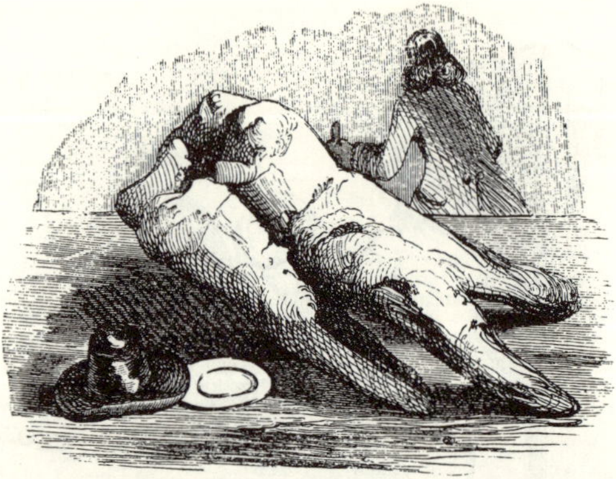

legte ihn in meinen Schrank. Er war etwa einen Fuß lang und vier Zoll im Durchmesser.

Der Kapitän war mit diesem schlichten Bericht, den ich ihm gegeben hatte, sehr zufrieden und sagte, er hoffe, daß ich mir die Welt verpflichten werde, indem ich ihn zu Papier brächte und veröffentlichte, wenn wir nach England zurückkehrten. Meine Antwort lautete, daß wir meiner Meinung nach mit Reisebeschreibungen bereits überreichlich eingedeckt seien. Jetzt könne nichts Beifall finden, was nicht außergewöhnlich sei, wobei aber, wie ich befürchtete, einige Verfasser weniger die Wahrheit als ihre eigene Eitelkeit, ihr Interesse oder die Zerstreuung unwissender Leser im Auge hätten. Meine Geschichte könne nur wenig außer gewöhnlichen Ereignissen enthalten, sie sei ohne jene dekorativen Beschreibungen von sonderbarer Pflanzen, Bäumen, Vögeln und anderen Tieren oder von den barbarischen Sitten und dem Götzendienst wilder Völker, in denen sich die meisten Schriftsteller ergehen. Ich sei ihm jedoch für seine gute Meinung dankbar und verspreche, mir die Sache zuu überlegen.

Er sagte, eines wundere ihn sehr, und das sei, mich so laut sprechen zu hören, und fragte mich, ob der König oder die Königin jenes Landes schwerhörig seien. Ich sagte ihm, daran sei ich schon seit über zwei Jahren gewöhnt und daß ich mich ebensosehr über seine Stimme und die seiner Leute wundere, die mir nur zu flüstern schienen, und doch könne ich sie recht gut hören. Wenn ich aber in jenem Land gesprochen hätte, sei es so gewesen, wie wenn ein Mann von der Straße aus sich mit einem anderen unterhält, der oben aus einem Kirchturm sieht, außer wenn man mich auf einen Tisch gestellt oder wenn mich jemand in der Hand gehalten habe. Ich sagte ihm, ich hätte auch noch etwas anderes beobachtet; als ich das Schiff zum erstenmal betrat und die Seeleute mich alle umringten, hätte ich nämlich gedacht, es seien die kleinsten, verächtlichsten Geschöpfe, die ich jemals gesehen hätte. In der Tat hätte ich auch, während ich im Lande jenes Fürsten weilte, es nie ertragen können, in einen Spiegel zu schauen, nachdem sich meine Augen an solche riesigen Dinge gewöhnt hatten, weil mir der Vergleich eine so verächtliche Meinung von mir selbst gab. Der Kapitän sagte, daß er, während wir beim Abendessen waren, bemerkt habe, daß ich alles mit einer Art Verwunderung betrachtete und oft, wie es schien, kaum das Lachen unterdrücken konnte; er habe nicht recht gewußt, wie er das auffassen sollte, habe es aber irgendeiner Verwirrung in meinem Gehirn zugeschrieben. Ich erwiderte, das sei wirklich wahr, und ich wundere mich nur, wie ich es tatsächlich unterlassen konnte, als ich seine Schüsseln von der Größe eines silbernen Dreipencestücks, eine Schweinskeule, die kaum einen Bissen ausmachte, einen Becher, nicht einmal so groß wie eine Nußschale, erblickte; und so fuhr ich fort, seinen übrigen Hausrat und seine Speisen auf gleiche Weise zu beschreiben. Denn obgleich mir die Königin eine kleine Ausstattung mit allen notwendigen Dingen hatte anfertigen lassen, während ich in ihren Diensten stand, so waren meine Vorstellungen doch völlig in dem befangen, was ich überall um mich sah, und ich verschloß die Augen vor meiner eigenen Kleinheit, wie es die Menschen gewöhnlich vor ihren eigenen Fehlern tun. Der Kapitän hatte volles Verständnis für meine Spöttelei und erwiderte scherzhaft mit dem alten englischen Sprichwort, daß er fürchte, meine Augen seien größer als mein Magen, denn er habe nicht bemerkt, daß mein Appetit besonders gut sei, obwohl ich den ganzen Tag gefastet hätte. Und weiterhin beteuerte er in seiner Heiterkeit, er hätte gern hundert Pfund dafür gegeben, hätte er mein Zimmer im Schnabel des Adlers und danach bei seinem Sturz ins Meer aus einer so großen Höhe gesehen. Das wäre doch sicherlich eine höchst erstaunliche Sache gewesen, die es verdiene, daß ihre Beschreibung der Nachwelt überliefert werde. Und der Vergleich mit Phaeton lag so nahe, daß er es nicht unterlassen konnte, ihn anzubringen, obwohl ich diesen Einfall nicht sehr bewunderte.

Der Kapitän war in Tongking gewesen und auf der Rückreise nach England in nordöstlicher Richtung bis zur Breite von vierundvierzig und Länge von hundertdreiundvierzig Grad abgetrieben worden. Zwei Tage, nachdem ich an Bord gekommen war, erreichte uns ein Passatwind, und wir segelten lange Zeit in südlicher Richtung, dann fuhren wir an der Küste von Neuholland entlang und hielten unseren Kurs auf Westsüdwest und dann auf Südsüdwest, bis wir das Kap der Guten Hoffnung umsegelten. Unsere Reise war sehr günstig; ich werde den Leser jedoch nicht mit einem Tagebuch darüber belästigen. Der Kapitän lief ein oder zwei Häfen an und schickte Leute in seinem Großboot aus, um Proviant und frisches Wasser einzunehmen. Ich verließ das Schiff aber niemals, bis wir an den Downs ankamen; das war am 3. Juni 1706, ungefähr neun Monate nach meinem Entrinnen. Ich erbot mich, meine Sachen als Sicherheit für die Bezahlung meiner Überfahrt zurückzulassen, aber der Kapitän beteuerte, er werde nicht einen Farthing annehmen. Wir nahmen freundlich voneinander Abschied, und ich ließ mir versprechen, daß er mich in meinem Haus in Redriff besuchen würde. Ich mietete ein Pferd und einen Führer für fünf Shilling, die ich von dem Kapitän borgte.

Als ich unterwegs war und die Kleinheit der Häuser, der Bäume, der Rinder und der Menschen bemerkte, begann ich zu glauben, ich sei in Lilliput. Ich befürchtete, jeden Reisenden, dem ich begegnete, zu zertreten, und rief oft mit lauter Stimme, um sie zu veranlassen, mir aus dem Wege zu gehen, so daß mir wegen meiner Unverschämtheit ein- oder zweimal beinahe der Schädel eingeschlagen worden wäre.

Als ich bei meinem eigenen Haus ankam, nach dem ich erst hatte fragen müssen, und einer der Bedienten die Tür öffnete, bückte ich mich nieder, um hineinzugehen (wie eine Gans unter einem Gatter), weil ich befürchtete, mir den Kopf zu stoßen. Meine Frau lief heraus, um mich zu umarmen, ich bückte mich aber tiefer als ihre Knie, weil ich glaubte, sie würde sonst niemals meinen Mund erreichen können. Meine Tochter kniete nieder, um meinen Segen zu erbitten; ich konnte sie aber nicht sehen, bis sie aufstand, da ich so lange gewöhnt war, Kopf und Augen zu

einer Höhe von über sechzig Fuß zu erheben; dann schickte ich mich an, sie mit einer Hand um den Leib zu fassen und hochzuheben. Auf die Bedienten und ein oder zwei Freunde, die im Hause waren, blickte ich herab, als ob sie Zwerge wären und ich ein Riese. Ich sagte meiner Frau, sie sei zu sparsam gewesen, denn ich fände, sie habe sich und ihre Tochter zu einem Nichts

verkümmern lassen. Kurz, ich benahm mich so sonderbar, daß alle der Meinung des Kapitäns waren, als er mich zum erstenmal sah, und folgerten, ich hätte den Verstand verloren. Das erwähne ich als Beispiel für die große Macht der Gewohnheit und des Vorurteils.

In kurzer Zeit kamen ich, meine Familie und meine Freunde zum rechten Verständnis. Meine Frau erklärte aber nachdrücklich, ich sollte niemals wieder zur See gehen, obwohl es mein böses Schicksal so bestimmte, daß sie keine Gewalt besaß, mich zurückzuhalten, wie der Leser hernach erfahren wird. Unterdessen schließe ich hier den zweiten Teil meiner unglücklichen Reisen.

DRITTER TEIL

Eine Reise nach Laputa, Balnibarbi, Luggnagg, Glubbdubdrib und Japan

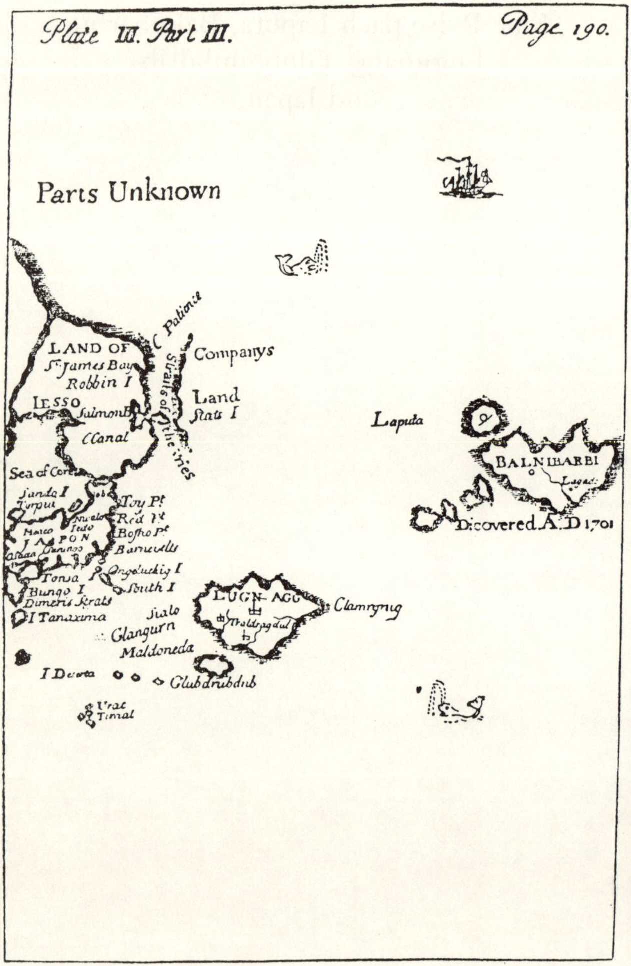
Plate III. Part III.
Page 190.
Parts Unknown
LAND OF
St. James Bay
Robbin I
LESSO
Salmon B
C Canal
C Patience
Companys
Land
Stats I
Laputa
BALNIBARBI
Lagado
Discovered A.D 1701
Sea of Corea
Toy Pt
Red Pt
Bosho Pt
JAPON
Tonsa
Bungo I
I Tanaxima
South I
LUGNAGG
Traldragdubh
Clumegnig
Glangurn
Maldoneda
I Deserta
Glubdrubdrib
Timal

Erstes Kapitel

Der Verfasser bricht zu seiner dritten Reise auf. Er wird von Piraten gefangengenommen. Die Bosheit eines Holländers. Seine Ankunft auf einer Insel. Er wird in Laputa aufgenommen.

Ich war kaum zehn Tage zu Hause, als Kapitän William Robinson, der aus Cornwell stammte und die »Gute Hoffnung«, ein festgebautes Schiff von dreihundert Tonnen, befehligte, mich aufsuchte. Ich war früher auf einer Reise in die Levante Wundarzt auf einem anderen Schiff gewesen, dessen Kapitän er war und an dem er einen Anteil von einem Viertel besaß. Er hatte mich immer mehr wie einen Bruder denn wie einen untergeordneten Offizier behandelt. Als er von meiner Ankunft hörte, machte er mir einen Besuch, und zwar, wie ich dachte, ausschließlich aus Freundschaft, denn es wurde nichts weiter gesprochen, als was nach langer Abwesenheit üblich ist. Aber er wiederholte seine Besuche häufig, bezeigte seine Freude, mich bei guter Gesundheit vorzufinden, fragte, ob ich nun auf Lebenszeit seßhaft geworden sei, fügte hinzu, daß er in zwei Monaten eine Reise nach Ostindien vorhabe, und schließlich bat er mich geradeheraus, obwohl mit einigen Entschuldigungen, Wundarzt auf dem Schiff zu werden. Ich sollte einen zweiten Wundarzt nebst unse-

ren zwei Gehilfen unter mir haben, mein Gehalt sollte das Doppelte des gewöhnlichen Entgelts betragen, und da er aus Erfahrung wisse, daß meine Kenntnisse im Seewesen den seinigen wenigstens gleichkämen, wollte er jegliche Verpflichtung eingehen, meinem Rat ebenso zu folgen, als ob ich Anteil an der Schiffsführung hätte.

Er sagte mir noch so viele andere verbindliche Dinge, und ich kannte ihn als einen so ehrlichen Mann, daß ich seinen Vorschlag nicht zurückweisen konnte. Meine Begierde, die Welt zu sehen, war trotz der schlechten Erfahrungen, die ich gemacht hatte, noch ebenso heftig wie je. Die einzige Schwierigkeit, die noch blieb, bestand darin, meine Frau zu bereden, deren Zustimmung ich jedoch schließlich wegen der Aussicht auf die Vorteile erhielt, die sie für ihre Kinder im Sinne hatte.

Wir brachen am 5. August 1706 auf und erreichten am 11. April 1707 das Fort St. George. Dort blieben wir drei Wochen, damit sich unsere Mannschaft erholen konnte, von der viele krank waren. Von da segelten wir nach Tongking, wo der Kapitän einige Zeit zu bleiben beschloß, weil viele von den Waren, die er kaufen wollte, nicht bereitlagen und er noch nicht einmal hoffen konnte, in mehreren Monaten abgefertigt zu werden. In der Hoffnung, einige der Unkosten zu decken, die er tragen mußte, kaufte er deswegen eine Schaluppe, belud sie mit verschiedenen Arten von Waren, mit denen die Tongkingesen auf den benachbarten Inseln gewöhnlich Handel treiben, besetzte das Fahrzeug mit vierzehn Mann, wovon drei aus diesem Lande stammten, ernannte mich zum Befehlshaber der Schaluppe und erteilte mir Vollmacht, zwei Monate Handel zu treiben, während er seine Angelegenheiten in Tongking abwickelte.

Wir waren noch nicht mehr als drei Tage unter Segel, als sich ein heftiger Sturm erhob und wir fünf Tage lang nach Nordnordost und dann nach Osten getrieben wurden. Danach hatten wir schönes Wetter, jedoch noch immer einen ziemlich starken Westwind. Am zehnten Tag wurden wir von zwei Piratenschiffen verfolgt, die uns bald einholten, denn meine Schaluppe war so schwer beladen, daß sie sehr langsam segelte, und wir waren auch nicht in der Lage, uns zu verteidigen.

Wir wurden fast gleichzeitig von den beiden Piraten geentert, die an der Spitze ihrer Leute grimmig auf uns eindrangen. Da sie

uns aber alle mit dem Gesicht auf dem Boden liegend vorfanden (dazu hatte ich nämlich Befehl gegeben), fesselten sie uns nur mit starken Stricken, stellten eine Bewachung für uns auf und gingen daran, die Schaluppe zu durchsuchen.

Ich bemerkte unter ihnen einen Holländer, der einigen Einfluß zu haben schien, obgleich er keines der beiden Schiffe befehligte. Er erkannte an unserer Haltung, daß wir Engländer waren, schnatterte uns in seiner eigenen Sprache an und schwor, wir sollten Rücken an Rücken gebunden und ins Meer geworfen werden. Ich sprach ziemlich gut Holländisch; ich sagte ihm also, wer wir wären, und bat ihn, er möge mit Rücksicht darauf, daß wir Christen und Protestanten aus benachbarten Ländern seien, die in einem engen Bündnis ständen, die Kapitäne dazu bewegen, uns mit einiger Milde zu behandeln. Das erregte seinen Zorn. Er wiederholte seine Drohungen, wandte sich an seine Gefährten und redete mit großer Heftigkeit in japanischer Sprache, wie ich glaube, wobei er oft das Wort »Christianos« gebrauchte.

Das größere der beiden Piratenschiffe wurde von einem japanischen Kapitän befehligt, der, wenn auch sehr mangelhaft, ein wenig Holländisch sprach. Er kam zu mir heran und sagte nach verschiedenen Fragen, die ich mit großer Unterwürfigkeit beantwortete, wir sollten nicht sterben. Ich machte dem Kapitän eine sehr tiefe Verbeugung, und dann wandte ich mich an den Holländer und sagte, es tue mir leid, mehr Erbarmen bei einem Heiden als bei einem Mitchristen zu finden. Bald jedoch hatte ich Grund, diese törichten Worte zu bereuen; denn der heimtückische Schurke, der oft vergeblich versucht hatte, die beiden Kapitäne dazu zu bereden, daß ich ins Meer geworfen werden sollte (worauf sie nach dem mir gegebenen Versprechen, daß ich nicht sterben sollte, nicht eingehen wollten), hatte jedoch so weit Erfolg, daß mir eine Strafe auferlegt wurde, die allem menschlichen Ermessen nach schlimmer als selbst der Tod war. Meine Leute wurden gleichmäßig auf beide Piratenschiffe verteilt, und meine Schaluppe wurde neu bemannt. Was mich selbst betraf, so wurde beschlossen, daß ich in einem kleinen Kanu mit Paddeln, einem Segel und Proviant für vier Tage den Wellen preisgegeben werden sollte; der japanische Kapitän war so gütig, den Proviant aus seinen eigenen Vorräten zu verdoppeln, und wollte auch niemandem erlauben, mich zu durchsuchen. Ich stieg in das Kanu hinab, während der Holländer auf dem Verdeck stand und mich mit allen Flüchen und Schimpfworten überschüttete, die seine Sprache nur bieten konnte.

Etwa eine Stunde, ehe wir die Piraten sahen, hatte ich eine Ortsbestimmung vorgenommen und ermittelt, daß wir uns auf sechsundvierzig Grad nördlicher Breite und hundertdreiundachtzig Grad Länge befanden. Als ich schon in einiger Entfernung von den Piraten war, entdeckte ich durch mein Taschenfernglas mehrere Inseln in südöstlicher Richtung. Da der Wind günstig war, zog ich mein Segel auf, in der Absicht, die nächste dieser Inseln zu erreichen, was ich auch in ungefähr drei Stunden fertigbrachte. Sie bestand völlig aus Felsen. Ich fand jedoch viele Vogeleier, schlug Feuer und zündete etwas Heidekraut und trokkenen Seetang an, auf dem ich meine Eier briet. Ich aß nichts anderes zu Abend, weil ich entschlossen war, mit meinem Proviant so sparsam wie möglich umzugehen. Ich verbrachte die Nacht unter dem Schutz eines Felsens, nachdem ich etwas Heidekraut unter mich gestreut hatte, und schlief ziemlich gut.

Am nächsten Tag fuhr ich zu einer anderen Insel und von dort zu einer dritten und vierten, indem ich zuweilen mein Segel und zuweilen meine Paddel benützte. Um jedoch den Leser nicht mit

einer ausführlichen Beschreibung meiner Leiden zu belästigen, möge es genügen, daß ich am fünften Tag die letzte Insel in meiner Sichtweite erreicht hatte, die südsüdöstlich von den vorigen lag.

Diese Insel war weiter entfernt, als ich erwartet hatte, und ich erreichte sie erst nach fünf Stunden. Ich umfuhr sie beinahe ringsum, ehe ich einen bequemen Landeplatz fand; das war eine kleine Bucht von etwa dreimal der Breite meines Kanus. Ich bemerkte, daß die Insel völlig aus Felsen bestand und nur wenig mit Grasbüscheln und wohlriechenden Kräutern bewachsen war. Ich nahm meinen geringen Proviant aus dem Boot, und nachdem ich mich gestärkt hatte, brachte ich den Rest in eine Höhle, deren es eine große Anzahl gab. Ich sammelte eine Menge Eier auf den Felsen und holte einen Haufen trockenen Seetang und dürres Gras, den ich am nächsten Tag anzünden wollte, um meine Eier, so gut ich konnte, zu braten (denn ich hatte Feuerstein, Stahl, Zunder und Brennglas bei mir). Die ganze Nacht lag ich in der Höhle, in der ich meinen Proviant untergebracht hatte. Mein Bett bestand aus demselben trockenen Gras und Seetang, die ich als Brennstoff verwenden wollte. Ich schlief sehr wenig, denn meine innere Unruhe gewann die Oberhand über meine Müdigkeit und hielt mich wach. Ich überlegte, wie undenkbar es sei, an einem so öden Ort am Leben zu bleiben, und wie elend mein Ende sein müsse. Und doch war ich so teilnahmslos und verzagt, daß ich nicht das Herz hatte aufzustehen, und noch ehe ich genügend Energie aufbringen konnte, aus meiner Höhle zu kriechen, war der Tag schon weit vorgerückt. Eine Zeitlang streifte ich zwischen den Felsen umher; der Himmel war völlig klar, und die Sonne brannte so heiß, daß ich mein Gesicht abwenden mußte. Plötzlich aber verfinsterte sie sich in einer Weise, die mir sehr verschieden von dem vorkam, was das Dazwischentreten einer Wolke bewirkt. Ich drehte mich um und erblickte einen großen dunklen Körper zwischen mir und der Sonne, der sich auf die Insel zubewegte. Er schien ungefähr zwei Meilen hoch zu sein und bedeckte die Sonne sechs bis sieben Minuten; ich bemerkte aber nicht, daß die Luft viel kälter oder der Himmel stärker verdunkelt gewesen wäre, als wenn ich im Schatten eines Berges gestanden hätte. Als er dem Ort, wo ich war, näher kam, schien es eine feste Substanz zu sein, der Boden war flach, glatt und leuchtete sehr hell vom Widerschein des Meeres unter ihm. Ich stand auf einer Höhe ungefähr zweihundert Ellen vom Strand und sah, wie sich dieser ungeheure Körper in einer Entfernung von weniger als einer englischen Meile bis fast auf gleiche Höhe mit mir senkte. Ich zog mein Taschenfernglas hervor und konnte deutlich sehen, wie sich Scharen von Leuten an den Seiten, die schräg zu sein schienen, auf und ab bewegten, aber was diese Leute eigentlich machten, konnte ich nicht erkennen.

Die natürliche Liebe zum Leben erweckte einige Regungen der Freude in mir, und ich war schon geneigt, die Hoffnung zu hegen, daß dieses Abenteuer vielleicht auf die eine oder andere Weise dazu beitragen würde, mich von dem trostlosen Ort und aus der traurigen Lage zu retten, in der ich mich befand. Gleichzeitig wird sich der Leser jedoch schwerlich mein Erstaunen vor-

stellen können, eine Insel in der Luft zu erblicken, die von Menschen bewohnt wurde, die (wie es scheinen wollte) imstande waren, sie nach Belieben steigen oder sinken zu lassen oder sie nach vorn in Bewegung zu setzen. Da ich aber zu jener Zeit nicht in der Stimmung war, philosophische Betrachtungen über dieses Phänomen anzustellen, zog ich es vor zu beobachten, welche Richtung die Insel einschlagen würde, weil sie einige Zeit stillzustehen schien. Gleich darauf aber kam sie näher, und ich konnte erkennen, daß sie an den Seiten in bestimmten Abständen und in verschiedener Anordnung von Galerien und Treppen, um von einer zur anderen hinabzusteigen, umgeben war. Auf der untersten Galerie sah ich, wie ein paar Leute mit großen Angelruten fischten und andere ihnen zusahen. Ich winkte der Insel mit meiner Mütze (denn mein Hut war schon vor langer Zeit verschlissen) und mit meinem Taschentuch zu, und bei ihrem Näherkommen rief und schrie ich mit äußerster Lautstärke; und als ich nun sehr aufmerksam hinschaute, sah ich, wie sich eine Menschenmenge an der Seite versammelte, die am meisten in meinem Blickfeld lag. Daran, daß sie auf mich und aufeinander zeigten, erkannte ich deutlich, daß sie mich entdeckt hatten, oblgleich sie mein Schreien nicht erwiderten. Ich konnte aber sehen, wie vier oder fünf Männer in großer Eile die Treppen hinauf zur oberen Seite der Insel liefen und dann verschwanden. Ich vermutete zufällig zu Recht, daß man sie geschickt hatte, um bei einer höhergestellten Persönlichkeit Befehle für dieses Ereignis einzuholen.

Die Zahl der Leute nahm zu, und in weniger als einer halben Stunde wurde die Insel so bewegt und gehoben, daß die niedrigste Galerie auf gleicher Ebene und in einem Abstand von weniger als hundert Ellen von der Anhöhe erschien, wo ich stand. Ich nahm dann die flehendsten Haltungen ein und sprach im demütigsten Ton, erhielt aber keine Antwort. Diejenigen, welche mir am nächsten gegenüberstanden, schienen Leute von Rang zu sein, wie ich nach ihrer Kleidung vermutete. Sie berieten ernsthaft miteinander und sahen oft auf mich. Schließlich rief einer laut in einer deutlichen, höflichen und sanften Sprache, die im Klang dem Italienischen nicht unähnlich war; deshalb gab ich in dieser Sprache Antwort, in der Hoffnung, daß wenigstens der Tonfall seinen Ohren angenehmer sei. Obgleich keiner von uns den anderen verstand, wurde meine Absicht doch ohne Schwierigkeit erkannt, denn die Leute sahen die Notlage, in der ich mich befand.

Sie gaben mir Zeichen, von dem Felsen herabzukommen und zum Strand zu gehen, was ich demgemäß tat. Und nachdem die fliegende Insel in eine passende Höhe gebracht worden war, so daß der Rand direkt über mir stand, wurde von der untersten Galerie eine Kette herabgelassen, an deren Ende ein Sitz befestigt war; ich machte mich daran fest und wurde mit Flaschenzügen hinaufgezogen.

Zweites Kapitel

Beschreibung der Wunderlichkeiten und Neigungen der Laputier. Bericht über ihre Gelehrsamkeit. Vom König und seinem Hof. Die dortige Aufnahme des Verfassers. Die Einwohner sind Befürchtungen und Besorgnissen ausgesetzt. Bericht über die Frauen.

Als ich von dem Sitz stieg, umringte mich eine große Menschenmenge; die aber, die am nächsten standen, schienen von höherem Stande zu sein. Sie sahen mich mit allen Anzeichen und Merkmalen der Verwunderung an, und darin blieb ich ihnen wirklich auch nur wenig schuldig, denn bis dahin hatte ich noch nie ein Geschlecht von Menschen gesehen, das nach Gestalt, Kleidung und Gesichtsbildung so eigentümlich war. Ihre Köpfe waren alle entweder nach rechts oder nach links geneigt; eines ihrer Augen war nach innen und das andere senkrecht auf den Zenit gerichtet. Ihre Obergewänder waren mit den Bildern von Sonnen, Mon-

den und Sternen geschmückt, vermengt mit solchen von Geigen, Flöten, Harfen, Trompeten, Gitarren, Cembalos und vielen anderen Musikinstrumenten, die uns in Europa unbekannt sind. Allenthalben bemerkte ich viele Leute in der Kleidung von Dienern, die luftgefüllte Blasen, die wie Dreschflegel am Ende eines kurzen Stocks befestigt waren, in den Händen hielten. In jeder Blase befand sich eine kleine Menge getrockneter Erbsen oder kleiner Kieselsteine (wie man mir später sagte). Mit diesen Blasen versetzten sie denen, die in ihrer Nähe standen, von Zeit zu Zeit einen Klaps auf Mund und Ohren, ein Brauch, von dessen Sinn ich mir damals noch keine Vorstellung machen konnte. Wie es scheint, sind diese Leute so sehr von intensivem Nachdenken in Anspruch genommen, daß sie weder sprechen noch auf die Rede anderer achten können, ohne durch eine Berührung der Sprech- und Hörorgane von außen geweckt zu werden; aus diesem Grunde halten sich die Personen, die es sich leisten können, stets einen Aufwecker (das Originalwort heißt »Climenole«) als einen ihrer Bedienten in ihrem Hause; ohne ihn gehen sie weder aus, noch machen sie Besuche. Die Aufgabe dieses Dieners besteht darin, wenn zwei oder mehr Personen zusammen sind, mit seiner Blase leicht auf den Mund desjenigen, der sprechen soll, und auf das rechte Ohr dessen oder derjenigen zu schlagen, an die sich der Redende wendet. Dieser Aufwecker wird auch dazu gebraucht, sorgfältig auf seinen Herrn bei dessen Spaziergängen aufzupassen und ihm notfalls einen sanften Klaps auf die Augen zu geben, da dieser stets so in Gedanken versunken ist, daß er in augenscheinlicher Gefahr schwebt, jeden Abgrund hinunterzustürzen, mit dem Kopf an jeden Pfahl zu stoßen und auf der Straße andere anzurempeln oder selbst in die Gosse gestoßen zu werden.

Es war notwendig, dem Leser diese Auskunft zu geben, ohne die er ebensowenig wie ich die Handlungsweise dieser Leute verstanden hätte, als sie mich die Treppen hinauf zur oberen Seite der Insel und von dort zum königlichen Palast führten. Während wir hinaufstiegen, vergaßen sie mehrmals, was sie vorhatten, und überließen mich mir selber, bis ihr Gedächtnis von ihren Aufweckern wieder geweckt wurde. Der Anblick meiner fremdartigen Kleidung und meines Verhaltens schien sie nämlich völlig ungerührt zu lassen, wie auch das Geschrei des gewöhnlichen Volks, dessen Gedanken und Gedächtnis ungebundener waren.

Schließlich traten wir in den Palast und gingen in den Audienzsaal, wo ich den König auf seinem Thron sitzen sah, auf allen Seiten von Personen des höchsten Standes umgeben. Vor dem Thron stand ein großer Tisch, der mit Erd- und Himmelsgloben und mathematischen Instrumenten jeder Art bedeckt

war. Seine Majestät schenkte uns nicht die geringste Beachtung, obgleich unser Eintritt nicht ohne hinlänglichen Lärm vor sich ging, da alle Leute, die zum Hof gehörten, zusammenliefen. Er war gerade in ein Problem vertieft, und wir warteten wenigstens eine Stunde, ehe er es lösen konnte. Neben ihm stand auf jeder Seite ein junger Page mit einem Klapser in der Hand; und als sie

sahen, daß er Muße hatte, schlug ihn der eine sanft auf den Mund und der andere auf das rechte Ohr. Daraufhin schreckte er hoch wie jemand, der plötzlich wachgerüttelt wird, und als er auf mich und die Gesellschaft sah, in der ich mich befand, erinnerte er sich an den Anlaß unseres Kommens, von dem man ihn schon vorher unterrichtet hatte. Er sprach einige Worte, worauf ein junger Mann mit einem Klapser sogleich neben mich trat und mich sanft auf das rechte Ohr klapste; so gut ich konnte, gab ich aber Zeichen, daß ich eines solchen Instruments nicht bedürfe, was, wie ich später erfuhr, Seine Majestät und den ganzen Hof eine sehr geringe Meinung von meinem Verstand hegen ließ. Soweit ich mutmaßen konnte, stellte mir der König mehrere Fragen, und ich redete ihn in allen Sprachen an, die ich verstand. Als sich herausstellte, daß ich weder verstehen noch verstanden werden konnte, wurde ich auf seinen Befehl in ein Gemach in seinem Palast geführt (dieser Fürst zeichnet sich nämlich vor allen seinen Vorgängern durch seine Gastfreundschaft gegenüber Fremden aus), wo zwei Diener angewiesen wurden, mich zu bedienen. Mein Mittagessen wurde aufgetragen, und vier Personen von Stand, die ich, wie ich mich erinnerte, in großer Nähe der Person des Königs erblickt hatte, erwiesen mir die Ehre, mit mir zu speisen. Es gab zwei Gänge zu je drei Gerichten. Der erste Gang bestand aus einer Hammelschulter, die zu einem gleichseitigen Dreieck zurechtgeschnitten war, einem Stück Rindfleisch in der Form eines Rhomboids und einem Preßkopf in der Form einer Zykloide. Der zweite Gang bestand aus zwei Enten, die in Form von Geigen zubereitet waren, Würsten und Preßköpfen, die Flöten und Oboen glichen, und einer Kalbsbrust in Gestalt einer Harfe. Die Diener schnitten uns das Brot zu Kegeln, Zylindern, Parallelogrammen und verschiedenen anderen mathematischen Figuren.

Während wir bei Tisch saßen, nahm ich mir die Freiheit, nach den Bezeichnungen verschiedener Dinge in ihrer Sprache zu fragen, und diese vornehmen Personen fanden Vergnügen daran, mir mit Hilfe ihrer Aufwecker zu antworten. Sie hofften nämlich, meine Bewunderung ihrer großen Fähigkeiten zu verstärken, wenn ich so weit gebracht werden könnte, mich mit ihnen zu unterhalten. Ich war bald imstande, Brot und Getränke, oder was ich sonst noch brauchte, zu bestellen.

Nach dem Essen zogen sich meine Tischgenossen zurück, und auf Befehl des Königs wurde ein Mann, der von einem Aufwekker begleitet wurde, zu mir geschickt. Er brachte Feder, Tinte und Papier und drei oder vier Bücher mit und gab mir durch Zeichen zu verstehen, daß er hergeschickt worden sei, um mich die Sprache zu lehren. Wir saßen vier Stunden zusammen, und in dieser Zeit schrieb ich eine große Menge Wörter spaltenweise nieder und die Übersetzungen ihnen gegenüber. Es gelang mir auch, mehrere kurze Sätze zu lernen. Mein Lehrer pflegte nämlich einem meiner Diener den Befehl zu geben, etwas zu holen, sich umzudrehen, eine Verbeugung zu machen, sich zu setzen oder aufzustehen oder umherzugehen und dergleichen. Dann schrieb ich mir den Satz auf. Er zeigte mir auch in einem seiner Bücher die Abbildungen der Sonne, des Mondes und der Sterne, des Tierkreises, der Wende- und Polarkreise nebst den Benennungen vieler Flächen und Körper. Er nannte mir die Namen und gab mir Beschreibungen aller Musikinstrumente und nannte die allgemeinen Fachausdrücke für das Spiel auf jedem von ihnen. Nachdem er mich verlassen hatte, brachte ich alle meine Wörter nebst ihren Erklärungen in alphabetische Ordnung. Und so erlangte ich in einigen Tagen mit Hilfe eines sehr zuverlässigen Gedächtnisses einige Kenntnisse von ihrer Sprache.

Das Wort, das ich mit »fliegende« oder »schwebende Insel« übersetze, heißt in ihrer Sprache »Laputa«, wovon ich die wahre Etymologie jedoch nie ergründen konnte. »Lap« bedeutet in der alten, nicht mehr üblichen Sprache »hoch« und «untuh« heißt »Statthalter«. Davon soll durch Verballhornung »Laputa«, aus «Lapuntuh«, herstammen. Ich stimme dieser Ableitung aber nicht zu, die ein bißchen gekünstelt zu sein scheint. Ich erlaubte mir, den Gelehrten unter ihnen meine eigene Konjektur zu unterbreiten, daß »Laputa« quasi »lap outed« sei, wobei »lap« genaugenommen das Tanzen der Sonnenstrahlen auf dem Meer und »outed« Flügel bedeutet; diese Auslegung werde ich jedoch niemandem aufdrängen, sondern sie dem verständigen Leser nur unterbreiten.

Als diejenigen, denen mich der König anvertraut hatte, bemerkten, wie schlecht ich gekleidet war, ließen sie am nächsten Morgen einen Schneider kommen und mein Maß zu einem Anzug nehmen. Dieser Handwerker erledigte seine Aufgabe nach einer von der seiner Zunftbrüder in Europa verschiedenen Methode. Er maß zuerst meine Höhe mit einem Quadranten und beschrieb dann mit Lineal und Zirkel die Dimensionen und Konturen meines ganzen Körpers; das alles brachte er zu Papier, und nach sechs Tagen lieferte er meinen Anzug, der sehr schlecht gemacht und völlig außer Fasson war, da er versehentlich bei der Berechnung eine Ziffer verwechselt hatte. Zu meinem Trost bemerkte ich, daß solche Vorkommnisse sehr häufig waren und wenig beachtet wurden.

Während ich wegen meines Mangels an Kleidern und wegen einer Unpäßlichkeit, die mich noch einige Tage länger festhielt, das Zimmer hüten mußte, erweiterte ich mein Wörterbuch bedeutend, und als ich das nächste Mal an den Hof ging, konnte ich vieles, was der König sagte, verstehen und ihm auch einigermaßen antworten. Seine Majestät hatte Befehl gegeben, daß sich die Insel nach Nordost zu Ost bis zum Scheitelpunkt über Lagado bewegen sollte, der Hauptstadt des ganzen Königreichs, das unten auf festem Boden lag. Diese Stadt war ungefähr neunzig Meilen entfernt, und unsere Reise dorthin dauerte viereinhalb Tage. Ich merkte nicht das geringste von der Vorwärtsbewegung, die von der Insel in der Luft vollführt wurde. Am zweiten Morgen gegen elf Uhr spielten der König in höchsteigener Person, sein Adel, seine Höflinge und Offiziere, nachdem alle ihre Musikinstrumente gestimmt hatten, drei Stunden lang ohne Unterbrechung auf ihnen, so daß ich von dem Lärm ganz betäubt war; auch konnte ich unmöglich den Zweck erraten, bis mich mein Lehrer davon unterrichtete. Er sagte, die Einwohner ihrer Insel könnten die Sphärenmusik hören, die immer zu bestimmten Zeiten spiele, und der Hof sei jetzt soweit, seinen Teil dazu beizutragen, und zwar jeder auf dem Instrument, auf dem er sich am meisten auszeichnete.

Auf unserer Reise nach Lagado, der Hauptstadt, befahl Seine Majestät, daß die Insel über gewissen Städten und Dörfern anhalten solle, damit er von dort die Bittschriften seiner Untertanen in Empfang nehmen könne. Zu diesem Zweck wurden mehrere Bindfäden mit kleinen Gewichten am unteren Ende hinabgelassen. Auf diese Bindfäden zogen die Leute ihre Bittschriften, die sogleich in die Höhe stiegen wie die Papierfetzen, die die Schuljungen am Ende ihrer Drachenschnur befestigen. Zuweilen erhielten wir von unten auch Wein und Lebensmittel, die mit Flaschenzügen heraufgezogen wurden. Die Kenntnisse, die ich auf dem Gebiet der Mathematik hatte, halfen mir sehr beim Erlernen ihrer Phraseologie, die sehr von dieser Wissenschaft und der Musik abhängt; und in der letzteren war ich auch nicht unerfahren. Ihre Gedanken sind fortwährend mit Kurven und Figuren beschäftigt. Wenn sie zum Beispiel die Schönheit einer Frau oder irgendeines anderen Lebewesens rühmen wollen, so beschreiben sie sie durch Rhomben, Kreise, Parallelogramme, Ellipsen und andere geometrische Begriffe oder mit Fachausdrücken aus dem Gebiet der Musik, deren Wiederholung hier überflüssig ist. In der Küche des Königs bemerkte ich alle Arten mathematischer und musikalischer Instrumente, nach deren Formen sie die Fleischstücke zuschnitten, die an der Tafel Seiner Majestät aufgetragen wurden.

Ihre Häuser sind sehr schlecht gebaut, die Wände sind schief, und in keinem Zimmer sieht man einen rechten Winkel. Dieser Mangel entspringt der Verachtung, die sie gegenüber der angewandten Geometrie hegen, die sie als gemein und handwerksmäßig verschmähen, und die Anweisungen, die sie geben, sind für den Verstand ihrer Arbeiter zu kompliziert, was ständige Irrtümer verursacht. Obgleich sie in der Handhabung des Lineals, des Bleistifts und des Zirkels auf einem Blatt Papier geschickt genug sind, habe ich doch noch nie ein Volk gesehen, das in den gewöhnlichen Tätigkeiten und im Verhalten im Leben ungeschickter, unbeholfener und linkischer oder so langsam und ratlos in seinen Auffassungen auf allen anderen Gebieten außer denen der Mathematik und Musik gewesen wäre. Sie sind sehr schlechte Denker und neigen leidenschaftlich zum Widerspruch, es sei denn, sie sind zufällig der richtigen Meinung, was jedoch bei ihnen nur selten der Fall ist. Einbildungskraft, Phantasie und Erfindungsgabe sind ihnen völlig fremd; sie haben auch keinerlei Wörter in ihrer Sprache, durch welche diese Begriffe ausgedrückt werden können, da sich der Gesamtbereich ihrer Gedanken und Meinungen auf die zwei vorerwähnten Wissenschaften beschränkt.

Die meisten von ihnen und besonders diejenigen, die sich mit dem Gebiet der Astronomie beschäftigen, glauben fest an die Astrologie, die das Schicksal der Menschen vorhersagt, obgleich sie sich schämen, es öffentlich einzugestehen. Das aber, worüber ich mich hauptsächlich gewundert und es für vollkommen unerklärlich gehalten habe, war der starke Hang zu Neuigkeiten und Politik, den ich bei ihnen bemerkte. Sie erkundigen sich ständig nach den öffentlichen Geschäften, geben in Staatsangelegenheiten ihr Urteil ab und streiten leidenschaftlich um jeden Zoll einer Parteimeinung. Den gleichen Hang habe ich auch bei den meisten Mathematikern bemerkt, die ich in Europa kennengelernt habe, obgleich ich niemals auch nur die geringste Ähnlichkeit zwischen den beiden Wissenschaften entdecken konnte, es sei denn, daß diese Leute glauben, da der kleinste Kreis ebenso viele Grade wie der größte habe, so verlange auch die Einrichtung und Leitung der Welt keine größeren Fähigkeiten als die Handhabung und Drehung eines Globus. Ich möchte aber eher annehmen, daß diese Eigenschaft einer sehr verbreiteten Schwäche der menschlichen Natur entspringt, die uns dazu neigen läßt, bezüglich solcher Dinge neugieriger und selbstgefälliger zu sein, die uns am wenigsten angehen und für die wir uns nach unseren Studien oder Anlagen am wenigsten eignen.

Die Laputier leben in fortwährenden Besorgnissen und haben niemals auch nur eine Minute innere Ruhe; ihre Beunruhigung hat Ursachen, die auf die übrigen Menschen sehr wenig Eindruck machen. Ihre Befürchtungen entstehen aus verschiedenen Veränderungen bei den Himmelskörpern, vor denen sie sich ängstigen. Zum Beispiel befürchten sie, daß die Erde infolge der ständigen Annäherung der Sonne an sie im Laufe der Zeit von ihr absorbiert oder verschlungen werden müsse; daß sich die Oberfläche der Sonne durch ihre eigenen Ausflüsse allmählich mit einer Kruste bedecke und dann der Welt kein Licht mehr geben würde; daß die Erde nur mit knapper Not einem Zusammenstoß mit dem Schweif des letzten Kometen entgangen sei, der sie unfehlbar in Asche verwandelt hätte; und daß der nächste, der, wie sie berechnet haben, in einunddreißig Jahren erscheine, uns wahrscheinlich vernichten werde. Wenn er sich nämlich in seinem Perihel der Sonne in bestimmtem Maße nähern würde (was zu befürchten sie nach ihren Berechnungen Grund haben), so werde er einen Hitzegrad annehmen, der zehntausendmal stärker als der von rotglühendem Eisen sei; und bei seiner Entfernung von der Sonne werde er einen glühenden Schweif von zehnmalhunderttausendundvierzehn Meilen Länge haben. Wenn ihn die Erde nun bis zu einer Entfernung von einhunderttausend Meilen von dem Kern oder der Hauptmasse des Kometen durchquere, so müsse sie bei ihrem Durchgang in Flammen aufgehen und zu Asche verwandelt werden. Auch werde sich die Sonne, die täglich ihre Strahlen ohne irgendwelche Nahrung zu ihrem Ersatz aussende, zuletzt völlig erschöpfen und vernichten; das müsse aber auch den Untergang unserer Erde und aller Planeten zur Folge haben, die ihr Licht von ihr erhalten.

Die Laputier werden durch die Befürchtungen dieser und ähnlicher drohenden Gefahren so unaufhörlich beunruhigt, daß sie weder ruhig schlafen noch irgendeinen Gefallen an den gewöhnlichen Vergnügungen und Belustigungen des Lebens finden können. Wenn sie am Morgen einen Bekannten treffen, so ist die erste Frage die nach dem Befinden der Sonne, wie sie bei ihrem Untergang und ihrem Aufgang ausgesehen habe und welche Hoffnung sie hätten, dem Stoß des nahenden Kometen zu entgehen. Sie neigen dazu, in Gespräche dieser Art aus der gleichen Veranlagung zu verfallen, die Knaben erkennen lassen, indem sie Vergnügen an schrecklichen Geschichten von Geistern und Kobolden finden, die sie begierig anhören und dann aus Furcht nicht wagen, zu Bett zu gehen.

Die Frauen der Insel haben ein Übermaß an Temperament. Sie verachten ihre Gatten und sind für Fremde äußerst eingenommen, von denen es immer eine beträchtliche Anzahl vom darunter liegenden Festland gibt, die zum Hof kommen, um Angelegenheiten der verschiedenen Städte und Gilden zu betreiben oder ihren eigenen besonderen Geschäften nachzugehen; sie werden aber sehr verachtet, weil sie nicht die gleichen Geistesgaben besitzen. Unter ihnen wählen sich die Damen ihre Liebhaber. Das Ärgernis besteht jedoch darin, daß sie mit zuviel Ungeniertheit und Sicherheit vorgehen, denn der Ehemann ist immer so tief in Gedanken, daß sich die Geliebte und der Liebhaber vor seinen

Augen die größten Vertraulichkeiten erlauben dürfen, wenn er nur Papier und Instrumente zur Hand hat und sein Aufwecker ihm nicht zur Seite steht.

Die Gattinnen und Töchter klagen, daß ihre Bewegungsfreiheit auf die Insel beschränkt ist, obgleich ich sie für den angenehmsten Ort in der Welt halte. Und obwohl sie hier in größtem Überfluß und in Herrlichkeit leben und tun dürfen, was sie nur wollen, sehnen sie sich danach, die Welt zu sehen und die Vergnügungen der Hauptstadt zu genießen, was sie aber ohne besondere Erlaubnis des Königs nicht tun dürfen. Und diese Erlaubnis ist nicht leicht zu erhalten, da die Personen von Stand aus häufigen Erfahrungen gelernt haben, wie schwer es ist, ihre Frauen zu bereden, wieder von unten zurückzukehren. Mir wurde erzählt, daß eine vornehme Hofdame, die bereits mehrere Kinder hat und mit dem Premierminister verheiratet ist, dem reichsten Untertan im Königreich, der zudem sehr anmutig ist, sie innig liebt und im schönsten Palast der Insel wohnt, angeblich wegen ihrer Gesundheit hinunter nach Lagado gereist sei und sich dort mehrere Monate lang verborgen gehalten habe, bis der

König einen Steckbrief erließ, sie zu suchen. Da fand man sie in einer zweifelhaften Kneipe, ganz in Lumpen, da sie ihre Kleider verpfändet hatte, um einen alten, häßlichen Bedienten zu ernähren, der sie jeden Tag prügelte und aus dessen Gesellschaft sie sehr gegen ihren Willen weggeholt wurde. Obgleich ihr Gemahl sie mit aller nur möglichen Güte und ohne den geringsten Vorwurf aufnahm, bewerkstelligte sie es bald danach, sich mit allen ihren Juwelen wieder zu demselben Galan hinunterzustehlen, und seitdem hat man nichts mehr von ihr gehört.

Der Leser mag das vielleicht eher für eine europäische oder englische Geschichte als für eine aus einem so entlegenen Lande halten. Er mag jedoch bitte bedenken, daß die Launen des weiblichen Geschlechts nicht auf ein besonderes Klima oder eine Nation beschränkt sind und daß sie viel stärker übereinstimmen, als man sich unbedacht vorstellt.

Nach ungefähr einem Monat hatte ich eine leidliche Fertigkeit in ihrer Sprache erworben und war imstande, die meisten Fragen des Königs zu beantworten, wenn ich die Ehre hatte, ihm meine Aufwartung zu machen. Seine Majestät zeigte aber nicht die geringste Neugier, sich nach den Gesetzen der Regierung, Geschichte, Religion oder den Sitten der Länder zu erkundigen, wo ich gewesen war, sondern beschränkte seine Fragen auf den Stand der Mathematik und nahm den Bericht, den ich gab, mit großer Verachtung und Gleichgültigkeit auf, obgleich er von seinen Aufweckern auf beiden Seiten oft geweckt wurde.

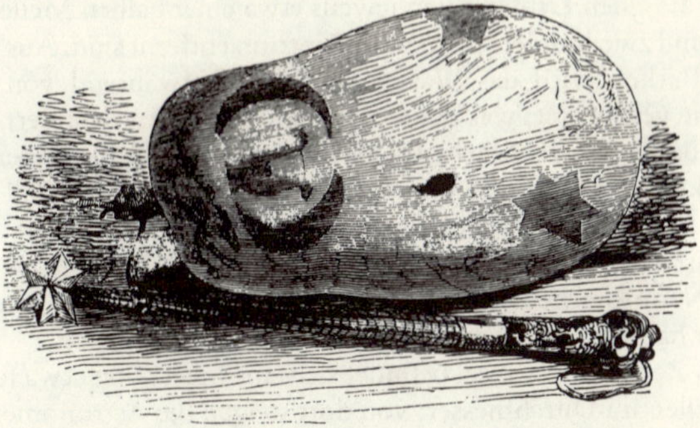

Drittes Kapitel

Erklärung eines Phänomens durch die moderne Philosophie und Astronomie. Die großen Fortschritte der Laputier in der letzteren. Die Methode des Königs, Aufstände zu unterdrücken.

Ich bat diesen Fürsten um Erlaubnis, die Merkwürdigkeiten der Insel besichtigen zu dürfen, was er huldvoll zu bewilligen geruhte, und er befahl meinem Lehrer, mich zu begleiten. Ich wollte hauptsächlich wissen, welcher künstlichen oder natürlichen Ursache sie ihre verschiedenen Bewegungen verdankte, und darüber will ich dem Leser jetzt einen wissenschaftlichen Bericht erstatten.

Die Fliegende oder Schwebende Insel ist genau kreisförmig, ihr Durchmesser beträgt siebentausendachthundertsiebenunddreißig Ellen oder ungefähr vier und eine halbe Meile, und folglich umfaßt sie zehntausend Morgen. Sie ist dreihundert Ellen dick. Der Boden oder die untere Fläche, die denjenigen sichtbar ist, die sie von unten betrachten, ist eine ebene, regelmäßige Platte aus Adamant, die bis zu einer Höhe von etwa zweihundert Ellen emporragt. Über ihr liegen die verschiedenen Mineralien in ihrer gewöhnlichen Reihenfolge, und über alledem befindet sich eine Schicht von fettem Mutterboden, die zehn bis zwölf

Fuß tief ist. Die Abschüssigkeit der Oberfläche von der Peripherie zum Zentrum hin ist die natürliche Ursache, weshalb aller Tau und Regen, der auf der Insel fällt, in kleinen Bächen zur Mitte hin geleitet wird, wo sie sich in vier große Becken ergießen, die einen Umfang von jeweils etwa einer halben Meile haben und zweihundert Ellen vom Zentrum entfernt sind. Aus diesen Becken wird das Wasser bei Tage fortwährend von der Sonne verdunstet, was ein Überlaufen wirksam verhindert. Da es außerdem in der Macht des Monarchen steht, die Insel über die Wolken- und Dunstregion steigen zu lassen, kann er den Fall von Tau und Regen verhindern, wann immer es ihm beliebt. Die höchsten Wolken können sich ja nach der einhelligen Meinung der Naturforscher nicht mehr als zwei Meilen erheben; wenigstens hat man das in jenem Lande noch nie erlebt.

Im Zentrum der Insel befindet sich eine Spalte von etwa fünfzig Ellen im Durchmesser; von dort steigen die Astronomen in ein großes Gewölbe hinab, das deswegen »Flandona Gagnole« oder die Höhle der Astronomen heißt und in einer Tiefe von hundert Ellen unter der Oberfläche des Adamants liegt. In dieser Höhle brennen ständig zwanzig Lampen, die durch die Reflexion des Adamants nach allen Seiten hin helles Licht ausstrahlen. Der Raum ist mit einer großen Anzahl von Sextanten, Quadranten, Teleskopen, Astrolabien und anderen astronomischen Instrumenten ausgestattet. Die größte Merkwürdigkeit jedoch, von der das Schicksal der Insel abhängt, ist ein Magnetstein von ungeheurer Größe, der in der Form einem Weberschiff ähnelt. Er beträgt sechs Ellen in der Länge und hat an der dicksten Stelle einen Durchmesser von wenigstens drei Ellen. Dieser Magnet wird von einer sehr starken Achse aus Adamant getragen, die durch seine Mitte läuft und auf der er sich bewegt und so genau im Gleichgewicht steht, daß ihn die schwächste Hand drehen kann. Er ist rundum von einem hohlen Zylinder aus Adamant umgeben, der vier Fuß tief, ebenso viele dick und zwölf Ellen im Durchmesser ist; er hat horizontale Lage und wird von acht adamantenen Füßen, jeder sechs Ellen hoch, getragen. In der Mitte der konkaven Seite befindet sich eine zwölf Zoll tiefe Rinne, in der die Enden der Achse liegen und je nach Bedarf gedreht werden.

Der Stein kann durch keine Kraft aus seiner Stellung gebracht werden, weil der Mantel und seine Füße mit jener Adamantmasse, die den Boden der Insel bildet, aus einem zusammenhängenden Stück sind.

Mittels dieses Magnetsteins läßt man die Insel steigen, sinken und sich von einem Ort zum anderen bewegen. In bezug auf jenen Teil der Erde nämlich, dem der Monarch vorsteht, besitzt der Stein an einer seiner Seiten eine anziehende und an der anderen eine abstoßende Kraft. Stellt man den Magneten aufrecht mit seinem anziehenden Ende zur Erde hin, so senkt sich die Insel; wenn aber das abstoßende Ende nach unten zeigt, so steigt die Insel senkrecht nach oben. Wenn die Stellung des Steins schräg ist, so ist das auch die Bewegung der Insel. Denn bei diesem Magneten wirken die Kräfte immer in Linien, die parallel zu seiner Richtung liegen.

Durch diese schräge Bewegung wird die Insel in verschiedene Teile des Herrschaftsgebiets des Monarchen befördert. Um die Art ihrer Fortbewegung zu erklären, möge AB eine quer über das Gebiet von Balnibarbi gezogene Linie bedeuten; die Linie CD stehe für den Magnetstein, wovon D das abstoßende Ende und C das anziehende Ende sei; die Insel selbst schwebe über C. Angenommen, der Stein liege in der Stellung CD mit seinem abstoßenden Ende nach unten, dann wird die Insel schräg aufwärts nach D gelenkt. Wenn sie D erreicht hat, werde der Stein auf sei-

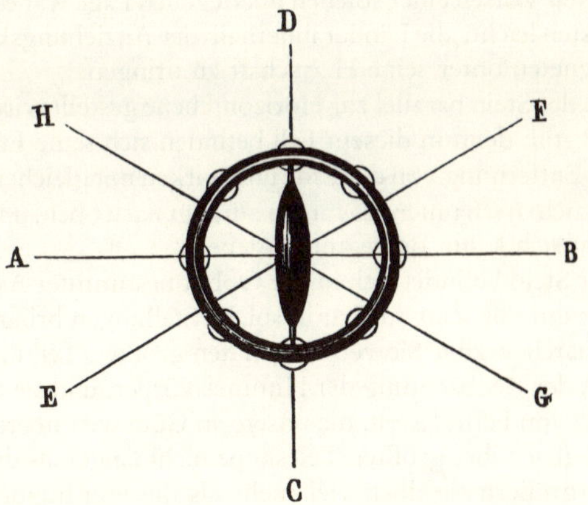

ner Achse gedreht, bis sein anziehendes Ende auf E gerichtet ist, und dann wird die Insel schräg nach E getragen. Wenn der Stein dort wieder auf seiner Achse gedreht wird, bis er in der Stellung EF steht, mit seiner abstoßenden Spitze nach unten, so wird die Insel schräg nach F steigen, von wo sie durch Einstellung des anziehenden Endes auf G nach G getragen werden kann und von G nach H, indem man den Stein dreht, um seine abstoßende Spitze senkrecht nach unten gerichtet sein zu lassen. Indem man auf diese Weise die Lage des Steines so oft verändert, wie Bedarf besteht, läßt man die Insel in schräger Richtung abwechselnd steigen und sinken, und durch dieses abwechselnde Steigen und Sinken (die Neigung ist unbedeutend) wird sie von einem Teil des Herrschaftsgebiets zum anderen befördert.

Man muß jedoch bemerken, daß sich diese Insel nicht über den Bereich des unten liegenden Herrschaftsgebiets hinaus bewegen kann, und sie kann auch nicht über eine Höhe von vier Meilen hinaus steigen. Die Astronomen (die sehr ausführliche systematische Darstellungen über den Stein geschrieben haben) geben dafür den folgenden Grund an: die magnetische Kraft reiche nicht über eine Entfernung von vier Meilen hinaus, und das Mineral, das im Innern der Erde und der See innerhalb einer Entfernung von etwa sechs Meilen von der Küste auf den Stein wirkt, sei nicht über den ganzen Erdkreis verbreitet, sondern endige mit den Grenzen des Herrschaftsgebiets des Königs. Und durch den großen Vorteil einer solchen überlegenen Lage war es für einen Fürsten leicht, alle Länder innerhalb der Anziehungskraft jenes Magneten unter seine Herrschaft zu bringen.

Wenn der Stein parallel zur Horizontebene gestellt wird, steht die Insel still; denn in diesem Fall befinden sich seine Enden in gleicher Entfernung von der Erde und wirken mit gleicher Kraft: das eine zieht nach unten, das andere drängt nach oben, und folglich kann sich keine Bewegung ergeben.

Dieser Stein befindet sich in der Obhut bestimmter Astronomen, die ihn von Zeit zu Zeit in solche Stellungen bringen, die der Monarch angibt. Sie verbringen den größten Teil ihres Lebens mit der Beobachtung der Himmelskörper, und sie tun das mit Hilfe von Ferngläsern, die unsere an Güte weit übertreffen. Denn obgleich ihre größten Teleskope nicht länger als drei Fuß sind, vergrößern sie doch viel mehr als die von hundert Fuß

Länge bei uns und zeigen die Sterne mit größerer Deutlichkeit. Dieser Vorteil hat sie befähigt, ihre Entdeckungen viel weiter fortzuführen, als es unsere Astronomen in Europa tun können; sie haben nämlich einen Katalog von zehntausend Fixsternen aufgestellt, während unsere umfangreichsten Verzeichnisse nicht mehr als ein Drittel dieser Zahl enthalten. Sie haben auch zwei kleinere Sterne oder Satelliten entdeckt, die um den Mars kreisen, wovon der innerste vom Zentrum des Hauptplaneten genau dreimal so weit entfernt ist, wie sein Durchmesser beträgt, und der äußerste fünfmal; der erstere vollendet einen Umlauf im Zeitraum von zehn, der letztere in einundzwanzigeinhalb Stunden, so daß die Quadrate ihrer Umlaufzeiten beinahe im gleichen Verhältnis stehen wie die Kubikzahlen ihrer Entfernungen vom Zentrum des Mars, und das zeigt, daß sie offensichtlich von demselben Gravitationsgesetz beherrscht werden, das auch auf die übrigen Himmelskörper einwirkt.

Sie haben dreiundneunzig verschiedene Kometen beobachtet und ihre Umlaufzeiten mit großer Genauigkeit bestimmt. Wenn das wahr sein sollte (und sie behaupten es mit großer Zuversicht), so wäre es sehr zu wünschen, daß ihre Beobachtungen allgemein bekanntgemacht würden, wodurch die Theorie von den Kometen, die gegenwärtig sehr unbefriedigend und mangelhaft ist, zu der gleichen Vervollkommnung wie andere Gebiete der Astronomie gebracht werden könnte.

Der König wäre der unumschränkteste Fürst in der ganzen Welt, wenn er nur seine Minister überreden könnte, sich mit ihm zu verbinden. Diese aber haben ihre Güter unten auf dem Festland, und in Anbetracht dessen, daß die Stelle eines Günstlings von sehr unsicherer Dauer ist, würden sie der Versklavung ihres Landes niemals zustimmen.

Wenn sich irgendeine Stadt in eine Rebellion oder Meuterei einlassen, in heftige Parteikämpfe geraten oder sich weigern sollte, die gewöhnlichen Abgaben zu zahlen, so hat der König zwei Methoden, sie zum Gehorsam zu zwingen. Das erste und mildeste Verfahren besteht darin, die Insel über einer solchen Stadt und den umliegenden Ländereien schweben zu lassen, wodurch er den Einwohnern die Wohltat des Sonnenscheins und des Regens vorenthalten und sie folglich mit Hungersnot und Krankheiten bedrücken kann. Und wenn es das Verbrechen verdienen sollte, so werden sie von oben gleichzeitig mit großen Steinen beworfen, gegen die sie keinen anderen Schutz haben, als in Keller oder Höhlen zu kriechen, während die Dächer ihrer Häuser in Stücke geschlagen werden. Bleiben sie dann aber immer noch halsstarrig oder drohen sie sogar, Revolten anzuzetteln, so greift der König zum letzten Mittel und läßt ihnen die Insel direkt auf den Kopf fallen, was zur gänzlichen Vernichtung von Häusern und Menschen führt. Das ist jedoch eine extreme Maßnahme, zu der der Fürst selten genötigt ist, und er ist auch wirklich nicht geneigt, sie zu vollziehen. Ebensowenig wagen es seine Minister, ihm eine Handlung anzuraten, die sie gleichermaßen dem Volk verhaßt machen und erhebliche Schäden in ihren eigenen Gütern anrichten würde, die alle unten liegen, denn die Insel ist eine Domäne des Königs.

Allerdings gibt es noch einen gewichtigeren Grund, weshalb die Könige dieses Landes stets abgeneigt waren, ein so furchtbares Unternehmen durchzuführen, wenn sie nicht die äußerste Notwendigkeit dazu zwang. Wenn es nämlich in der Stadt, die vernichtet werden soll, hohe Felsen geben sollte, wie es in den größeren Städten gewöhnlich der Fall ist – eine Lage, die anfangs wahrscheinlich in der Absicht gewählt wurde, eine solche Katastrophe zu verhindern –, oder wenn sie viele hohe Kirchtürme oder Säulen aus Stein besitzt, so könnte ein plötzlicher Fall den Boden oder die untere Fläche der Insel in Gefahr bringen, die, obwohl sie ganz aus einem Adamant von zweihundert Ellen Dicke besteht, wie ich schon gesagt habe, durch einen zu starken Aufprall vielleicht zerspringen oder, wenn sie der Feuersglut aus den Häusern unten zu nahe käme, bersten könnte, wie das oft in unseren Kaminen mit den Rückwänden aus Eisen und Stein geschieht. All das ist dem Volk wohlbekannt, und es weiß sehr wohl, wie weit es seinen Widerstand treiben darf, wenn es um seine Freiheit oder seinen Besitz geht. Und der König läßt, selbst wenn er aufs heftigste gereizt und fest entschlossen ist, eine Stadt zu Schutt zu zermalmen, die Insel sehr sachte herabsinken, angeblich aus Mitgefühl mit seinem Volk, in Wirklichkeit jedoch aus Besorgnis, den adamantenen Boden zu zerbrechen. Alle ihre Wissenschaftler sind nämlich der Meinung, daß der Magnetstein in diesem Falle die Insel nicht mehr oben halten könnte und die ganze Masse zu Boden fallen würde.

Etwa drei Jahre vor meiner Ankunft bei ihnen ereignete sich, während der König auf seiner Rundreise über sein Herrschaftsgebiet war, ein außerordentlicher Vorfall, der dem Schicksal jener Monarchie, zumindest wie sie jetzt eingerichtet ist, beinahe ein Ende gesetzt hätte. Lindalino, die zweitgrößte Stadt im Königreich, war die erste, die Seine Majestät auf seiner Rundreise besuchte. Drei Tage nach seiner Abreise schlossen die Einwohner, die sich oft über starke Unterdrückung beklagt hatten, die Stadttore, verhafteten den Statthalter und errichteten mit unglaublicher Geschwindigkeit und Anstrengung vier große Türme, einen an jeder Ecke der Stadt (die ein genaues Viereck bildet), an Höhe einem starken, spitzen Felsen gleich, der genau im Mittelpunkt der Stadt steht. Auf der Spitze jedes Turms wie auch auf dem Felsen befestigten sie einen großen Magnetstein, und für den Fall, daß ihr Vorhaben fehlschlagen sollte, hatten sie eine ungeheure Menge sehr leicht entzündlichen Brennmaterials beschafft, mit dem sie den adamantenen Boden der Insel zum Bersten zu bringen hofften, falls der Magnetsteinplan mißlingen sollte.

Es dauerte acht Monate, ehe der König sichere Nachricht erhielt, daß sich die Lindaliner im Aufstand befanden. Darauf befahl er, die Insel über der Stadt schweben zu lassen. Das Volk war sich völlig einig und hatte große Vorräte an Lebensmitteln angelegt, und mitten durch die Stadt fließt ein großer Fluß. Der König blieb mehrere Tage über ihnen schweben, um ihnen die Sonne und den Regen vorzuenthalten. Er befahl, viele Bindfäden hinabzulassen, doch keine einzige Person machte Anstalten, eine Bittschrift hinaufzusenden, statt dessen vielmehr sehr verwegene Forderungen, Abhilfe für alle ihre Beschwerden, weitgehende Freiheiten, die Wahl ihres eigenen Statthalters und weitere Ungeheuerlichkeiten dieser Art. Daraufhin befahl Seine Majestät allen Einwohnern der Insel, von der unteren Galerie aus große Steine in die Stadt zu werfen; die Bürger aber hatten gegen dieses Unheil vorgesorgt, indem sie sich mit ihrer beweglichen Habe in die vier Türme und andere feste Gebäude und unterirdische Gewölbe begaben.

Der König war nun entschlossen, dieses stolze Volk zum Gehorsam zu zwingen, und befahl, daß sich die Insel langsam bis auf vierzig Ellen über den Spitzen der Türme und des Felsens senken sollte. Das geschah dementsprechend; die mit dieser Aufgabe beschäftigten Beamten bemerkten jedoch, daß der Abstieg viel schneller als gewöhnlich vonstatten ging, und konnten die Insel durch Drehen des Magnetsteins nur mit großer Mühe in einer festen Stellung halten, bemerkten aber, daß sie eine Tendenz zum Fallen zeigte. Sie gaben dem König unverzüglich Nachricht von diesem erstaunlichen Vorkommnis und baten Seine Majestät um Erlaubnis, die Insel höher zu heben. Der König stimmte zu; es wurde eine allgemeine Beratung einberufen, und die Beamten vom Magnetstein erhielten Befehl, daran teilzunehmen. Einer der ältesten und erfahrensten unter ihnen erhielt die Erlaubnis, ein Experiment zu machen. Er nahm eine feste Leine von hundert Ellen, und nachdem die Insel über der Stadt bis oberhalb der Anziehungskraft, die sie gespürt hatten, gehoben worden war, befestigte er am Ende seiner Leine ein Stück Adamant, das eine Beimischung von Eisenerz enthielt und von gleicher Beschaffenheit wie der war, aus dem der Boden oder die untere Fläche der Insel besteht, und ließ es von der unteren Galerie langsam auf die Spitze der Türme hinab. Der Adamant war noch keine vier Ellen gesunken, als der Beamte schon fühlte, wie er so kräftig nach unten gezogen wurde, daß er ihn kaum wieder hinaufziehen konnte. Er warf dann mehrere kleine Stücke Adamant hinab und bemerkte, daß sie alle von der Spitze des Turms stark angezogen wurden. Der gleiche Versuch wurde an den drei anderen Türmen und an dem Felsen mit dem gleichen Ergebnis angestellt.

Dieser Umstand vereitelte völlig die Maßnahmen des Königs, und (um nicht länger bei weiteren Einzelheiten zu verweilen) er war gezwungen, der Stadt ihre eigenen Bedingungen zu gewähren.

Ein hoher Minister versicherte mir, die Bürger seien entschlossen gewesen, die Insel, wenn sie sich in solche Nähe der Stadt gesenkt hätte, daß sie sich nicht wieder hätte erheben können, auf ewig festzuhalten, den König und alle seine Diener zu töten und die Regierung völlig zu verändern.

Nach einem Grundgesetzt dieses Reiches dürfen weder der König noch seine zwei ältesten Söhne die Insel verlassen, auch die Königin darf es nicht, bis sie über das Gebären hinaus ist.

Viertes Kapitel

Der Verfasser verläßt Laputa, wird nach Balnibarbi gebracht und kommt in der Hauptstadt an. Beschreibung der Hauptstadt und des umliegenden Landes. Der Verfasser wird von einem großen Herrn gastfreundlich aufgenommen. Seine Unterhaltung mit diesem Herrn.

Obwohl ich nicht sagen kann, daß ich auf dieser Insel schlecht behandelt worden wäre, so muß ich doch gestehen, daß ich mich zu sehr vernachlässigt fühlte, und zwar nicht ohne ein gewisses Maß von Verachtung. Denn weder Fürst noch Volk schienen auf irgendeinem Wissensgebiet außer der Mathematik und Musik wißbegierig zu sein, in denen ich ihnen weit unterlegen war, und aus diesem Grund wurde ich sehr wenig geachtet.

Auf der anderen Seite wünschte ich sehr, die Insel zu verlassen, nachdem ich alle ihre Merkwürdigkeiten gesehen hatte, da ich dieser Leute herzlich müde war. Gewiß zeichneten sie sich in zwei Wissenschaften aus, vor denen ich große Achtung habe und in denen ich auch nicht unbewandert bin; zur gleichen Zeit waren sie aber so geistesabwesend und steckten so tief in Grübeleien, daß ich sonst niemals mit so unangenehmen Gesellschaftern zusammengetroffen bin. Während der zwei Monate meines dortigen Aufenthalts unterhielt ich mich nur mit Frauen, Kaufleuten, Aufweckern und Hofpagen, wodurch ich mich schließlich äußerst verächtlich machte. Und doch waren das die einzigen Leute, von denen ich jemals eine vernünftige Antwort erhalten konnte.

Durch angestrengtes Studium hatte ich ein beträchtliches Maß von Kenntnissen in ihrer Sprache erworben; ich war es müde, in meiner Bewegungsfreiheit auf eine Insel beschränkt zu sein, wo ich so wenig Ermutigung erhielt, und beschloß, sie bei der ersten Gelegenheit zu verlassen.

Am Hof lebte ein großer Herr, der mit dem König nahe verwandt war und nur aus diesem Grunde mit Achtung behandelt wurde. Man hielt ihn allgemein für die unwissendste und beschränkteste Person bei ihnen. Er hatte der Krone viele hervorragende Dienste geleistet, besaß große angeborene und erworbene Fähigkeiten, und Rechtschaffenheit und Ehrgefühl zierten ihn; er hatte aber ein so schlechtes Ohr für Musik, daß seine Verleumder berichteten, man habe oft bemerkt, daß er an der falschen Stelle

Takt geschlagen habe. Auch konnten ihm seine Lehrer nur mit äußerster Schwierigkeit beibringen, den leichtesten Lehrsatz in der Mathematik zu beweisen. Er hatte die Güte, mir viele Gunstbezeigungen zu erweisen, tat mir oft die Ehre eines Besuchs und wünschte, über die Verhältnisse in Europa, die Gesetze und Sitten, die Bräuche und die Gelehrsamkeit der verschiedenen Länder unterrichtet zu werden, in denen ich Reisen unternommen hatte. Er hörte mir mit großer Aufmerksamkeit zu und machte sehr kluge Bemerkungen über alles, was ich sagte. Wegen seiner Würde hatte er zwei Aufwecker, die auf ihn achteten; außer bei Hofe oder förmlichen Besuchen bediente er sich ihrer aber niemals. Und wenn wir allein zusammen waren, befahl er ihnen stets, sich zu entfernen.

Ich ersuchte diese hervorragende Persönlichkeit, sich bei Seiner Majestät zu meinen Gunsten um Erlaubnis zur Abreise zu verwenden; er tat es auch, aber mit Bedauern, wie er mir zu sagen geruhte. Tatsächlich hatte er mir nämlich verschiedene Angebote gemacht, die sehr vorteilhaft waren, die ich jedoch mit Ausdrücken der größten Erkenntlichkeit ablehnte.

Am 16. Februar nahm ich Abschied von Seiner Majestät und dem Hofe. Der König machte mir ein Geschenk im Wert von ungefähr zweihundert englischen Pfund, und mein Gönner, sein Verwandter, gab mir noch einmal soviel nebst einem Empfehlungsschreiben an einen seiner Freunde in Lagado, der Hauptstadt. Die Insel schwebte damals gerade über einem Berg, der etwa zwei Meilen von ihr entfernt war, und ich wurde von der untersten Galerie in der gleichen Art und Weise hinabgelassen, wie ich hinaufgezogen worden war.

Das Festland, soweit es dem Monarchen der Fliegenden Insel untertan ist, läuft unter dem allgemeinen Namen Balnibarbi, und die Hauptstadt, wie ich schon sagte, heißt Lagado. Ich fühlte doch eine kleine Freude, als ich mich wieder auf festem Boden befand. Ich ging ganz unbesorgt in die Stadt, da ich wie einer der Eingeborenen gekleidet und genügend unterrichtet war, mich mit ihnen zu unterhalten. Bald fand ich auch das Haus der Persönlichkeit, der ich empfohlen worden war, überreichte meinen Brief von seinem Freund, dem vornehmen Herrn auf der Insel, und wurde mit großer Freundlichkeit aufgenommen. Dieser edle Lord, dessen Name Munodi war, wies mir ein Gemach in seinem eigenen Haus an, wo ich während meines Aufenthalts wohnte und in sehr gastfreundlicher Weise bewirtet wurde.

Am nächsten Morgen nach meiner Ankunft nahm er mich in seiner Kutsche mit, um die Stadt zu besichtigen, die ungefähr halb so groß wie London ist. Die Häuser sind aber sehr sonderbar gebaut, und die meisten sind baufällig. Die Leute auf den Straßen gingen schnell, blickten wirr drein, die Augen starr, und waren allgemein in Lumpen. Wir fuhren durch eins der Stadttore und etwa drei Meilen ins Land hinein, wo ich viele Arbeiter mit Werkzeugen verschiedener Art am Boden arbeiten sah, aber nicht erraten konnte, was sie eigentlich machten. Auch bemerkte ich keinerlei Aussicht auf Korn oder Gras, obgleich der Boden ausgezeichnet zu sein schien. Ich konnte nicht umhin, mich über diese seltsamen Erscheinungen in Stadt und Land zu wundern, und ich nahm mir die Freiheit, meinen Führer zu bitten, daß er die Güte haben möchte, mir zu erklären, was so viele geschäftige Köpfe, Hände und Gesichter auf den Straßen und den Feldern wohl zu bedeuten hätten, da ich keinerlei gute Auswirkungen bemerkte, die sie hervorbrächten, sondern ich hätte im Gegenteil noch nie einen so elend bebauten Boden, so schlecht entworfene und so verfallene Häuser noch ein Volk gesehen, dessen Mienen und Kleidung so viel Not und Elend erkennen ließen.

Dieser Lord Munodi war eine Person von erstem Rang. Er war einige Jahre Statthalter von Lagado gewesen, war aber durch eine Kabale von Ministern wegen Unfähigkeit entlassen worden. Der König behandelte ihn jedoch mit Freundlichkeit als einen wohlmeinenden Mann, der eben leider einen geringen, verächtlichen Verstand habe.

Als ich jenen freimütigen Tadel des Landes und seiner Einwohner aussprach, gab er weiter keine Antwort, als daß er mir sagte, ich sei noch nicht lange genug bei ihnen, um mir ein Urteil zu bilden, und die verschiedenen Nationen der Welt hätten eben verschiedene Sitten, nebst anderen abgedroschenen Gemeinplätzen derselben Art. Als wir aber zu seinem Palast zurückkehrten, fragte er mich, wie mir das Gebäude gefalle, was für Unsinnigkeiten ich bemerkte und was ich an der Kleidung und am Aussehen seiner Diener auszusetzen hätte. Das konnte er ohne Gefahr tun, weil alles bei ihm prächtig, ordentlich und elegant war. Ich erwiderte, die Klugheit, der Rang und das Vermögen Seiner Exzellenz hätten ihn vor jenen Mängeln bewahrt, die Torheit und Bettelarmut bei anderen zur Folge gehabt hätten. Er sagte, wenn ich mit ihm zu seinem Landhaus fahren wolle, das etwa zwanzig Meilen entfernt sei, wo auch seine Güter lägen, so hätte man mehr Muße für Gespräche dieser Art. Ich sagte Seiner Exzellenz, ich stünde völlig zu seiner Verfügung, und demgemäß brachen wir am nächsten Morgen auf.

Während unserer Reise machte er mich auf die verschiedenen Methoden aufmerksam, die von Pächtern zur Bearbeitung ihres Landes angewendet wurden und die mir vollkommen unerklärlich waren; außer an ganz wenigen Stellen konnte ich keine einzige Kornähre und keinen Grashalm entdecken. Aber nach dreistündiger Fahrt veränderte sich die Landschaft vollständig: wir kamen in ein sehr schönes Land; Pächterhäuser in geringen Entfernungen, sauber gebaut; die Felder waren umzäunt, sie enthielten Weingärten, Getreideäcker und Wiesen. Auch erinnere ich mich nicht, jemals eine entzückendere Landschaft gesehen zu haben. Seine Exzellenz bemerkte, daß sich meine Miene aufheiterte; er sagte mir mit einem Seufzer, daß hier sein Besitz beginne, und so bliebe es, bis wir zu seinem Haus kämen. Seine Landsleute verspotteten und verachteten ihn, weil er seine Geschäfte nicht besser führe und dem Königreich ein so schlechtes Beispiel gäbe; dem folgten aber nur sehr wenige, die alt, eigensinnig und schwach wie er selber seien.

Schließlich erreichten wir das Haus, das wirklich ein vortreffliches Gebäude und nach den besten Regeln der alten Architektur errichtet war. Die Springbrunnen, Gärten, Spazierwege, Alleen und Haine waren alle mit sicherem Urteilsvermögen und Geschmack angeordnet. Ich spendete allem, was ich sah, das gebührende Lob. Seine Exzellenz nahm bis nach dem Abendessen nicht die geringste Notiz davon; als kein Dritter mehr zugegen war, sagte er mir mit sehr melancholischer Miene, er fürchte, er müsse seine Häuser in Stadt und Land niederreißen, um sie nach der gegenwärtigen Mode wiederaufzubauen; er werde alle seine Anpflanzungen vernichten und andere in solcher Form anlegen müssen, wie sie der moderne Brauch verlange; und die gleichen Anweisungen werde er allen seinen Pächtern erteilen müssen, wenn er sich nicht damit abfinden wolle, den Tadel des Hochmuts, des Einzelgängertums, der Künstelei, der Unwissenheit

und des Eigensinns auf sich zu laden und vielleicht das Mißfallen Seiner Majestät noch zu steigern.

Die Verwunderung, die ich zu empfinden scheine, werde aufhören oder sich vermindern, wenn er mir ein paar Einzelheiten mitgeteilt habe, von denen ich bei Hofe wahrscheinlich niemals gehört hätte, da die Leute dort zu sehr von ihren eigenen Grübeleien in Anspruch genommen seien, um darauf zu achten, was hier unten vorgehe.

Der Hauptinhalt seiner Darlegung bestand in folgendem: Vor ungefähr vierzig Jahren hätten sich gewisse Leute entweder in Geschäften oder zu ihrem Vergnügen nach Laputa hinaufbegeben, und nach einem Aufenthalt von fünf Monaten seien sie mit einigen sehr geringen oberflächlichen Kenntnissen in der Mathematik, aber auch voller flatterhafter Geschäftigkeit zurückgekehrt, die sie in jener luftigen Region erworben hätten. Gleich nach ihrer Rückkehr hätten diese Leute begonnen, mit allem, was unten betrieben wurde, unzufrieden zu sein, und seien auf Pläne verfallen, alle Künste, Wissenschaften, Sprachen und die Technik auf eine neue Grundlage zu stellen. Zu diesem Zweck hätten sie sich ein königliches Patent für die Errichtung einer Akademie der Projektemacher in Lagado verschafft; und diese Neigung habe im Volk so stark überhandgenommen, daß es keine Stadt von einiger Bedeutung im Königreich mehr ohne eine solche Akademie gebe. In diesen Kollegien ersinnen die Professoren neue Regeln und Methoden für die Landwirtschaft und den Hausbau und neue Geräte und Werkzeuge für alle Handwerke und Manufakturen, mit denen, wie sie sich verbürgen, ein Mann die Arbeit von zehn werde verrichten können. Ein Palast könne in einer Woche und von so dauerhaftem Material erbaut werden, daß er ohne Instandsetzungsarbeiten auf ewig stehen werde. Alle Früchte der Erde sollen zu jeder Jahreszeit, die zu wählen wir für richtig halten, zur Reife kommen und einen hundertfach höheren Ertrag liefern, als sie gegenwärtig erbringen; nebst zahllosen anderen trefflichen Vorschlägen. Der einzige Nachteil ist der, daß noch keines dieser Projekte zur Vollendung gebracht worden ist, und unterdessen liegt das ganze Land bejammernswert wüst, die Häuser verfallen, und das Volk ist ohne Nahrung und Kleidung. Anstatt durch all das entmutigt zu werden, sind sie nur fünfzigmal heftiger darauf versessen, ihre Pläne zu verfolgen, von Hoffnung und Verzweiflung gleichermaßen vorwärtsgetrieben. Was ihn selbst betreffe, der er nun einmal nicht unternehmungslustigen Geistes sei, so begnüge er sich damit, in der alten Manier weiterzumachen, in den Häusern zu wohnen, die seine Vorfahren gebaut hätten, und ohne Neuerungen auf allen Gebieten des Lebens so zu handeln wie sie. Ein paar andere Standespersonen und vornehme Bürgerliche hätten dasselbe getan, würden aber mit Blicken der Verachtung und Feindseligkeit als Feinde der Künste, als unwissende und schlechte Staatsbürger angesehen, die ihre eigene Behaglichkeit und Trägheit dem allgemeinen Fortschritt ihres Vaterlandes vorzögen.

Seine Lordschaft fügte hinzu, er wolle nicht durch weitere Einzelheiten das Vergnügen vorwegnehmen, das ich sicherlich bei der Besichtigung der großen Akademie empfinden würde, denn er sei zu dem Entschluß gekommen, daß ich dorthin gehen sollte. Er bat mich nur, erst noch ein verfallenes Gebäude an der

Seite eines Berges zu betrachten, das etwa drei Meilen entfernt war und über das er mir folgenden Bericht gab. Er habe nur eine halbe Meile von seinem Haus entfernt eine sehr bequem gelegene Mühle besessen, die von der Strömung eines großen Flusses getrieben wurde und für seine eigene Familie wie auch eine große Zahl seiner Pächter ausreichte. Vor etwa sieben Jahren sei nun eine Rotte jener Projektemacher mit Vorschlägen zu ihm gekommen, diese Mühle abzureißen und eine andere an der Seite jenes Berges zu errichten, auf dessen langem Rücken ein langer Kanal für das Wasser ausgehoben werden müsse, das durch Rohre und Maschinen hinaufgeschafft werden solle, um die Mühle damit zu versorgen. Der Wind und die Luft auf einer Anhöhe brächten nämlich das Wasser in Bewegung und machten es so geeigneter zum Fließen, und weil das Wasser einen Abhang hinablaufe, würde es die Mühle mit nur der Hälfte des Wassers eines Flusses treiben, dessen Lauf mehr auf gleicher Höhe bleibt. Er sagte, da er sich damals mit dem Hofe nicht sehr gut gestanden habe und von vielen seiner Freunde gedrängt worden sei, sei er auf den Vorschlag eingegangen. Und nachdem er hundert Leute zwei Jahre lang beschäftigt habe, sei das Werk mißlungen, die Projektemacher seien abgezogen und hätten die ganze Schuld auf ihn geschoben. Seitdem verspotteten sie ihn ständig und veranlaßten andere zu demselben Experiment, und zwar mit gleicher Zusicherung des Erfolgs wie auch gleicher Enttäuschung.

Nach einigen Tagen kehrten wir in die Stadt zurück. Seine Exzellenz wollte in Anbetracht des schlechten Rufes, den er an der Akademie hatte, nicht selbst mit mir gehen, sondern empfahl mich einem seiner Freunde, der mich dorthin begleitete. Mylord hatte die Güte, mich als großen Bewunderer von Projekten und als Menschen von großer Neugier und Leichtgläubigkeit auszugeben. Daran war tatsächlich etwas Wahres, denn in jüngeren Jahren war ich selbst eine Art Projektemacher gewesen.

Fünftes Kapitel

Der Verfasser erhält die Erlaubnis, die Große Akademie von Lagado zu besichtigen. Ausführliche Beschreibung der Akademie. Die Künste, mit denen sich die Professoren beschäftigen.

Diese Akademie ist kein zusammenhängendes, einzelnes Gebäude, sondern besteht aus einer Reihe verschiedener Häuser auf beiden Seiten einer Straße, die bei zunehmendem Verfall gekauft und zu diesem Zweck verwandt wurden.

Ich wurde von dem Präsidenten sehr freundlich aufgenommen und ging viele Tage lang zur Akademie. Jedes Zimmer beherbergt einen oder mehrere Projektemacher, und ich glaube, ich bin wohl in nicht weniger als fünfhundert Zimmern gewesen.

Der erste Mann, den ich aufsuchte, war von armseligem Aussehen mit rußigen Händen und Gesicht; Haare und Bart waren lang, zottig und an mehreren Stellen versengt. Seine Kleider, sein Hemd und seine Haut waren alle von der gleichen Farbe. Er hatte acht Jahre an einem Projekt gesessen, Sonnenstrahlen aus Gurken zu ziehen, die in hermetisch verschlossene Gefäße gegeben und in rauhen, unfreundlichen Sommern herausgelassen werden sollten, um die Luft zu erwärmen. Er sagte mir, er zweifle nicht

daran, daß er nach weiteren acht Jahren imstande sein werde, die Gärten des Statthalters zu einem annehmbaren Preis mit Sonnenschein zu beliefern. Er klagte jedoch darüber, daß sein Betriebskapital gering sei, und bat mich, ihm etwas als Ermutigung für den Erfindungsgeist zu geben, zumal die Gurken in diesem Jahr sehr teuer gewesen seien. Ich gab ihm ein kleines Geschenk, denn Mylord hatte mich zu dem Zweck mit Geld versehen, weil er ihre Gewohnheit kannte, alle, die sie aufsuchten, anzubetteln.

Ich ging in ein anderes Zimmer, war aber drauf und dran,

mich schleunigst wieder zurückzuziehen, da mich ein furchtbarer Gestank beinahe überwältigte. Mein Begleiter schob mich vorwärts, indem er mich im Flüsterton beschwor, kein Ärgernis zu erregen, was sehr übelgenommen würde, und deshalb wagte ich nicht einmal, mir die Nase zu verstopfen. Der Projektemacher in dieser Zelle war der älteste Gelehrte der Akademie; sein Gesicht und sein Bart waren von blassem Gelb, seine Hände und Kleider mit Schmutz beschmiert. Als ich ihm vorgestellt wurde, schloß er mich eng in die Arme (ein Kompliment, dessen Unterlassung ich durchaus hätte entschuldigen können). Seit seinem Eintritt in die Akademie beschäftigte er sich mit einem Verfah-

ren, menschliche Exkremente in die ursprüngliche Nahrung zurückzuverwandeln, indem er die verschiedenen Bestandteile voneinander trennte, die Färbung, die sie von der Galle erhalten, beseitigte, den Geruch verfliegen ließ und den Speichel abschäumte. Er erhielt von der Gesellschaft ein wöchentliches Kontingent von einem Behälter, der mit menschlichem Kot gefüllt war und etwa die Größe eines Bristoler Fasses hatte.

Ich sah einen anderen damit beschäftigt, Eis zu Schießpulver auszuglühen. Er zeigte mir auch eine Abhandlung, die er über die

Schmiedbarkeit des Feuers geschrieben hatte und die er zu veröffentlichen beabsichtigte.

Dort war auch ein wahrhaft genialer Architekt, der eine neue Methode für den Bau von Häusern ersonnen hatte, indem man mit dem Dach anfing und dann bis zum Fundament nach unten baute. Er rechtfertigte das mir gegenüber mit dem gleichen Brauch jener beiden klugen Insekten, der Biene und der Spinne.

Es gab dort einen blindgeborenen Menschen, der mehrere Lehrlinge hatte, die in der gleichen Lage waren. Ihre Beschäftigung bestand darin, Farben für Maler zu mischen; ihr Lehrer unterwies sie nämlich darin, sie durch Gefühl und Geruch zu unterscheiden. Freilich war es mein Mißgeschick, sie zu jener Zeit noch nicht sehr sicher in ihren Lektionen zu finden, und zufällig irrte sich meistens auch der Professor. Dieser Gelehrte wird von der ganzen Brüderschaft sehr ermutigt und geschätzt.

In einem anderen Gemach fand ich viel Vergnügen an einem Projektemacher, der einen Plan erfunden hatte, den Boden mit Schweinen zu pflügen, um die Kosten für Pflüge, Zugtiere und Arbeitskräfte zu sparen. Die Methode besteht in folgendem. In einem Morgen Land vergräbt man im Abstand von sechs Zoll und acht Zoll tief eine große Menge Eicheln, Datteln, Kastanien und anderes Mastfutter oder Futterpflanzen, die diese Tiere am liebsten haben. Dann treibt man sechshundert oder mehr von ihnen auf das Feld, wo sie auf der Suche nach ihrem Futter in einigen Tagen den ganzen Boden umwühlen und ihn so für die Saat vorbereiten, während sie ihn gleichzeitig mit ihrem Mist düngen. Es ist freilich wahr, daß man bei der Erprobung feststellte, daß Kosten und Mühe sehr groß waren und man nur einen geringen oder gar keinen Ernteertrag erzielte. Man zweifeltaber nicht daran, daß diese Erfindung noch sehr entwicklungsfähig sein könnte.

Ich ging in ein anderes Zimmer, wo die Wände und die Decke ganz mit Spinnweben behangen waren, außer einem engen Durchgang für den Gelehrten zum Hinein- und Hinausgehen. Bei meinem Eintritt rief er mir laut zu, seine Gewebe nicht zu stören. Er beklagte es, daß die Welt so lange in dem verhängnisvollen Irrtum befangen gewesen sei, Seidenraupen zu benutzen, während wir doch eine solche Menge von Hausinsekten besäßen, welche die ersteren außerordentlich überträfen, da sie es verständen, sowohl zu weben als auch zu spinnen. Und er machte den weiteren Vorschlag, durch Verwendung von Spinnen die Kosten des Färbens der Seide völlig einzusparen, wovon ich voll und ganz überzeugt wurde, als er mir eine riesige Menge sehr schön gefärbter Fliegen zeigte, mit denen er seine Spinnen fütterte; und er versicherte uns, daß die Gewebe ihre Färbung annehmen würden. Da er nun Fliegen aller Farben besitze, so hoffe er, jedermanns Geschmack zu treffen, sobald er nur in gewissen

Gummiharzen, Ölen und anderen klebrigen Stoffen passendes Futter für die Fliegen finden könnte, um den Fäden Stärke und Festigkeit zu verleihen.

Dort war auch ein Astronom, der es unternommen hatte, eine Sonnenuhr auf dem großen Wetterhahn des Rathauses anzubringen, indem er die jährlichen und täglichen Bewegungen der Erde und der Sonne so regulierte, daß sie allen zufälligen Drehungen durch den Wind entsprachen und mit ihnen zusammenfielen.

Als ich über einen leichten Anfall von Darmkatarrh klagte, brachte mich mein Begleiter in ein Zimmer, wo ein bedeutender Arzt residierte, der dafür berühmt war, daß er diese Krankheit durch entgegengesetzte Verfahren mit demselben Instrument heilte. Er hatte einen großen Blasebalg mit einer langen, dünnen Mündung aus Elfenbein. Diese führte er acht Zoll tief in den After ein und versicherte, er könne die Eingeweide so schlaff wie eine getrocknete Blase machen, wenn er die Luft einziehe. Wenn die Krankheit aber hartnäckiger und heftiger war, führte er das Mundstück ein, während der Blasebalg voller Luft war, die er in

den Leib des Patienten blies. Dann zog er das Instrument heraus, um es wieder zu füllen, während er mit dem Daumen die Öffnung des Gesäßes fest zuhielt. Wenn das drei- oder viermal wiederholt worden war, brach die hinzugekommene Luft gewöhnlich hervor, führte die schädliche Luft mit sich fort (wie Wasser, das in eine Pumpe gegossen wird), und der Patient genas. Ich sah, wie er beide Experimente an einem Hund erprobte, konnte jedoch bei dem ersten keinerlei Wirkung feststellen. Nach dem zweiten war das Tier dem Platzen nahe und entlud sich so heftig, daß es mir und meinen Begleitern sehr ekelhaft war. Der Hund verendete auf der Stelle, und wir verließen den Doktor, während er versuchte, ihn durch das gleiche Verfahren wieder zum Leben zu erwecken.

Ich besuchte noch viele andere Gemächer, werde meine Leser aber nicht mit all den Merkwürdigkeiten belästigen, die ich beobachtet habe, da ich mich um Kürze bemühe.

Bisher hatte ich nur eine Seite der Akademie gesehen; die andere ist für die Förderer der spekulativen Wissenschaften bestimmt, von denen ich etwas sagen werde, wenn ich noch eine weitere ausgezeichnete Persönlichkeit erwähnt habe, die bei ihnen »der Universalgelehrte« genannt wird. Er sagte uns, er beschäftige sich seit dreißig Jahren damit, über die Verbesserung des menschlichen Lebens nachzudenken. Er hatte zwei große Zimmer, die voll von seltsamen Raritäten waren, und fünfzig Menschen, die dort arbeiteten. Einige verdichteten die Luft zu einer trockenen, greifbaren Substanz, indem sie den Stickstoff ausschieden und die wässerigen oder flüssigen Bestandteile filtrierten; andere erweichten Marmor zu Kopfkissen und Nadelkissen; andere versteinerten die Hufe eines lebenden Pferdes, um sie vor der Hufentzündung zu bewahren. Der Gelehrte selbst war zu jener Zeit mit zwei großartigen Projekten beschäftigt. Das erste bestand darin, Akkerland mit Spreu zu bestellen, in der, so versicherte er, die wahre Keimkraft enthalten sei, wie er durch verschiedene Experimente bewies, die zu verstehen ich jedoch nicht genügend Fachkenntnisse besaß. Das andere Projekt war ein Plan, durch äußerliche Anwendung einer gewissen Mischung aus Gummiharzen, Mineralien und Pflanzen bei zwei jungen Lämmern das Wachsen der Wolle zu verhindern; und er hoffte, in angemessener Zeit die Zucht nackter Schafe im ganzen Königreich zu verbreiten.

Wir gingen über einen Weg zum anderen Teil der Akademie hinüber, wo, wie ich bereits sagte, die Projektemacher auf dem

Gebiet der spekulativen Wissenschaften ansässig waren. Der erste Professor, den ich sah, befand sich in einem sehr großen Zimmer und war von vierzig Schülern umgeben. Nach der Begrüßung bemerkte er, daß ich angelegentlich einen Rahmen betrachtete, der den größten Teil der Länge und Breite des Zimmers einnahm, und sagte, ich wundere mich vielleicht, ihn mit einem Projekt zur Förderung der spekulativen Erkenntnis durch praktische und technische Verfahren beschäftigt zu sehen. Die Welt werde sich aber bald ihrer Nützlichkeit bewußt werden, und er schmeichle sich, daß nie ein edlerer, erhabenerer Gedanke dem Kopfe irgendeines anderen Menschen entsprungen sei. Jedermann wisse, wie mühevoll die gewöhnliche Methode sei, Kenntnisse auf dem Gebiet der Geistes- und Naturwissenschaften zu erwerben; dagegen könne durch seine Erfindung auch die unwissendste Person mit mäßigem Kostenaufwand und ein bißchen körperlicher Arbeit auch ohne die geringste Hilfe von Begabung oder Studium Bücher über Philosophie, Poesie, Politik, Recht, Mathematik und Theologie schreiben. Dann führte er mich zu dem Rahmen, um dessen Seiten alle seine Schüler in Reihen standen. Er war zwanzig Fuß im Quadrat und stand in der Mitte des Zimmers. Die Oberfläche setzte sich aus verschiedenen Holzstücken von etwa der Größe eines Würfels zusammen, aber einige waren größer als andere. Sie waren alle durch dünne Drähte miteinander verbunden. Diese Holzstücke waren an jeder Seite mit Papier beklebt, und auf diese Papiere waren alle Wörter ihrer Sprache in ihren verschiedenen Modi, Tempora und Deklinationen geschrieben, aber ohne jede Ordnung. Der Professor bat mich dann achtzugeben, denn er wolle seinen Apparat in Betrieb setzen. Die Schüler ergriffen auf seinen

Befehl alle je eine eiserne Kurbel, von denen vierzig rundherum an den Kanten des Rahmens befestigt waren, und dadurch, daß sie sie plötzlich drehten, wurde die ganze Anordnung der Wörter völlig verändert. Dann befahl er sechsunddreißig von den Burschen, leise die verschiedenen Zeilen zu lesen, wie sie auf dem Rahmen erschienen. Und wo sie drei oder vier Wörter beisammen fanden, die einen Teil eines Satzes bilden konnten, diktierten sie diese den vier übrigen Knaben, die Schreiber waren. Diese Arbeit wurde drei- oder viermal wiederholt, und der Apparat war so eingerichtet, daß sich die Wörter bei jeder Drehung an neue Stellen schoben, wenn sich die viereckigen Holzstücke herumdrehten.

Sechs Stunden am Tag waren die jungen Studenten mit dieser Arbeit beschäftigt, und der Professor zeigte mir mehrere Bände in großem Folioformat mit unvollständigen Sätzen, die sie bereits gesammelt hatten. Er hatte die Absicht, sie zusammenzusetzen und der Welt aus diesem reichen Material ein vollständiges

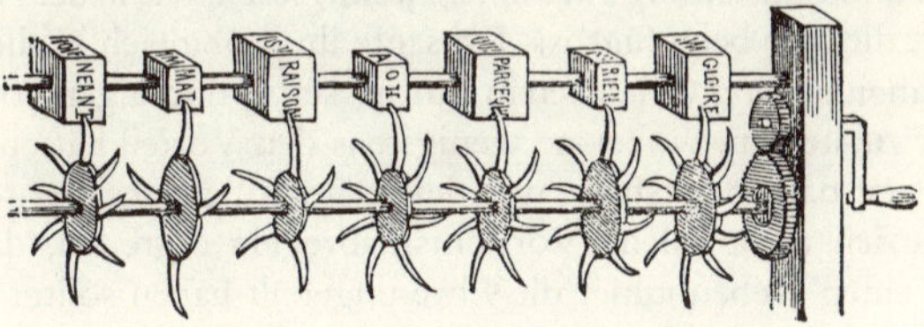

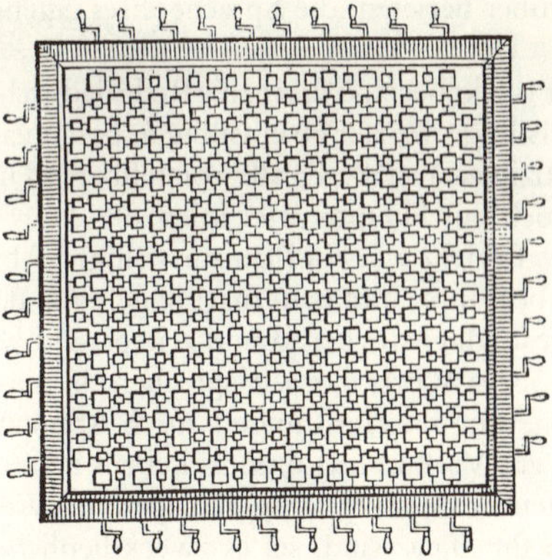

System aller Geistes- und Naturwissenschaften zu liefern, das sich jedoch noch verbessern und viel schneller aufstellen ließe, wenn die Öffentlichkeit einen Fonds zur Herstellung und Inbetriebnahme von fünfhundert solcher Rahmen in Lagado aufbringen und die Leiter verpflichten würde, ihre verschiedenen Sammlungen zu einer gemeinschaftlichen beizusteuern.

Er versicherte mir, diese Erfindung habe all seine Gedanken seit seiner Jugend in Anspruch genommen; er habe den gesamten Wortschatz für seinen Rahmen ausgeschöpft und eine sehr genaue Berechnung des gewöhnlichen Verhältnisses vorgenommen, das in Büchern zwischen der Anzahl der Partikel, Substantive, Verben und anderen Wortklassen bestehe.

Ich bezeigte dieser ausgezeichneten Persönlichkeit meinen untertänigsten Dank für ihre große Mitteilsamkeit und versprach, falls ich je das Glück hätte, in mein Vaterland zurückzukehren, ihm Gerechtigkeit als dem einzigen Erfinder dieses wunderbaren Apparats widerfahren zu lassen; ich bat um Erlaubnis, dessen Form und Einrichtung auf Papier zu skizzieren, wie in der Abbildung, die hier beigefügt ist. Ich sagte ihm, obgleich es die Gewohnheit unserer Gelehrten in Europa sei, Erfindungen voneinander zu stehlen, wobei sie wenigstens den Vorteil hätten, daß ein Streit daraus entstehe, wer der rechtmäßige Besitzer sei, so wollle ich doch solche Vorsichtsmaßregeln ergreifen, daß er ohne einen Nebenbuhler die Ehre ungeteilt haben sollte.

Darauf gingen wir in die Fakultät für Sprachen, wo drei Professoren darüber berieten, die Sprache ihres eigenen Landes zu verbessern.

Das erste Projekt bestand darin, die Rede dadurch abzukürzen, daß man vielsilbige Wörter zu einsilbigen beschneidet und Verben und Partizipien ausläßt, da alle vorstellbaren Dinge in Wirklichkeit ja doch nur Hauptwörter seien.

Das zweite Projekt war ein Plan zur völligen Abschaffung aller Wörter überhaupt, und man machte geltend, daß das außerordentlich gesundheitsfördernd und zeitsparend wäre. Denn es ist klar, daß jedes Wort, das wir sprechen, in gewissem Maße eine Verkleinerung unserer Lungen durch Abnutzung bedeutet und folglich zur Verkürzung unseres Lebens beiträgt. Es wurde deshalb folgender Ausweg vorgeschlagen: da Wörter nur Bezeichnungen für *Dinge* sind, sei es zweckdienlicher, wenn alle

Menschen die Dinge bei sich führten, die zur Beschreibung der besonderen Angelegenheit, über die sie sich unterhalten wollen, notwendig seien. Und zur großen Bequemlichkeit und zur Erhaltung der Gesundheit der Untertanen hätte diese Erfindung sicherlich Eingang gefunden, wenn nicht die Weiber im Verein mit dem Pöbel und den Analphabeten gedroht hätten, einen Aufstand anzuzetteln, falls man ihnen nicht erlaubte, nach Art ihrer Vorfahren mit ihren Zungen zu reden. Solch ein beharrlicher, unversöhnlicher Feind der Wissenschaft ist das gemeine Volk! Viele der Gelehrtesten und Weisesten sind jedoch Anhänger des neuen Projekts, sich mittels Dingen zu äußern; das bringt nur die eine Unbequemlichkeit mit sich, daß jemand, dessen Angelegenheiten sehr umfangreich und von verschiedener Art sind, ein entsprechend größeres Bündel von Dingen auf dem Rücken tragen muß, falls er es sich nicht leisten kann, daß ein oder zwei starke Diener ihn begleiten. Ich habe oft gesehen, wie zwei dieser Weisen unter der Last ihrer Bündel fast zusammenbrachen, wie bei uns die Hausierer. Wenn sie sich auf der Straße begegneten, legten sie ihre Lasten nieder, öffneten ihre Säcke und unterhielten sich eine Stunde lang; dann packten sie ihre Utensilien wieder ein, halfen einander, ihre Bürden wieder auf den Rücken zu nehmen, und verabschiedeten sich.

Für kurze Gespräche aber kann man das Zubehör, um sich hinlänglich auszustatten, in den Taschen und unter den Armen tragen, und zu Hause kann man nicht in Verlegenheit kommen. Deshalb ist auch das Zimmer, wo Leute zusammenkommen, die diese Kunst ausüben, voll von allen griffbereit daliegenden Dingen, die erforderlich sind, um Material für diese Art künstliche Unterhaltung zu liefern.

Ein weiterer großer Vorteil, den diese Erfindung haben sollte, war der, daß sie als Universalsprache dienen würde, die man bei allen zivilisierten Nationen verstehen könnte, deren Waren und Gerätschaften im allgemeinen von gleicher Art oder so sehr ähnlich sind, daß man ihren Gebrauch leicht begreifen könnte. Und dementsprechend wären Gesandte dazu befähigt, mit fremden Fürsten oder Staatsministern zu verhandeln, deren Sprache ihnen vollkommen unbekannt ist.

Ich war auch in der mathematischen Fakultät, wo der Magister seine Schüler nach einer Methode unterrichtete, die uns in Europa kaum vorstellbar erscheint. Lehrsatz und Beweis wurden mit Tinte, die aus einer Gehirntinktur bestand, deutlich auf eine dünne Oblate geschrieben. Der Student mußte diese auf nüchternen Magen hinunterschlucken, und die drei folgenden Tage durfte er nur Brot und Wasser zu sich nehmen. Während die Oblate verdaut wurde, stieg ihm die Tinktur ins Gehirn und nahm den Lehrsatz mit sich. Bisher sind aber noch keine angemessenen Erfolge zu verzeichnen, und zwar zum Teil wegen irgendeines Fehlers im Quantum oder in der Zusammensetzung und zum Teil wegen des Eigensinns der jungen Burschen, denen diese Pille so ekelhaft ist, daß sie sich gewöhnlich wegstehlen und sie auf dem gleichen Wege wieder herausbringen, bevor sie wirken kann; sie haben sich auch noch nicht dazu überreden lassen, so lange Enthaltsamkeit zu üben, wie es das Rezept verlangt.

Sechstes Kapitel

Ein weiterer Bericht über die Akademie. Der Verfasser schlägt einige Verbesserungen vor, die mit ehrenvoller Anerkennung aufgenommen werden.

In der Fakultät der politischen Projektemacher habe ich mich nur schlecht unterhalten, denn die Professoren schienen nach meinem Dafürhalten völlig von Sinnen zu sein, und das ist ein Anblick, der mich stets melancholisch stimmt. Diese unglücklichen Leute arbeiteten Pläne aus, Monarchen dazu zu bewegen, Günstlinge auf Grund ihrer Weisheit, Fähigkeit und Tugend zu wählen; Ministern beizubringen, das Wohl des Staates im Auge zu haben; Verdienste, große Fähigkeiten und hervorragende Leistungen zu belohnen; Fürsten zu lehren, ihre wahren Interessen zu erkennen, indem sie sich die ihres Volkes zu eigen machen; für Ämter nur Personen zu wählen, die befähigt sind, sie auszuüben; nebst vielen anderen unsinnigen, unausführbaren Hirngespinsten, die zu hegen noch nie einem Menschen in den Sinn gekommen ist und die bei mir die alte Beobachtung bekräftigten, daß es nichts noch so Überspanntes und Unsinniges gibt, das einige Philosophen nicht als Wahrheit behauptet haben.

Ich werde jedoch diesem Teil der Akademie so weit Gerechtigkeit widerfahren lassen, als ich eingestehe, daß nicht alle von ihnen so überspannt waren. Es gab da einen höchst scharfsinnigen Dozenten, der mit dem ganzen Wesen und dem System der Regierung vollkommen vertraut zu sein schien. Diese ausgezeichnete Persönlichkeit trieb sehr nützliche Studien mit dem Ziel, wirksame Mittel gegen alle Krankheiten und Verderbtheiten zu finden, denen die verschiedenen Arten der Staatsregierung durch die Laster oder Schwächen der Herrschenden wie auch durch die Zügellosigkeit derer, die gehorchen sollen, ausgesetzt sind. Da sich zum Beispiel alle Schriftsteller und Logiker darüber geeinigt haben, daß eine absolute, allumfassende Ähnlichkeit zwischen dem menschlichen und dem politischen Körper besteht, kann dann etwas einleuchtender sein, als daß die Gesundheit beider nach den gleichen Rezepten erhalten und die Krankheiten ebenso geheilt werden müssen? Es wird doch zugegeben, daß Senate und große Ratsversammlungen häufig von überflüssigen, aufbrausenden und anderen verdorbenen Körpersäften geplagt werden; von vielen Krankheiten des Kopfes und noch mehr des Herzens; von starken Konvulsionen, von schmerzhaften Kontraktionen der Nerven und Sehnen in beiden Händen, besonders aber der rechten; von Melancholie, Blähungen, Schwindelanfällen und Delirien; von skrofulösen Geschwülsten voller stinkendem Eiter; von saurem, schaumigem Aufstoßen; von Wolfshunger und Störungen der Verdauung, nebst vielen anderen Leiden, deren Erwähnung überflüssig ist. Dieser Dozent machte deshalb den Vorschlag, daß beim Zusammentreten eines Senats einige Ärzte während der ersten drei Tage seiner Sitzungsperiode zugegen sein und am Ende der Verhandlungen jedes Tages jedem Senator den Puls fühlen sollten; nachdem sie danach die Natur der verschiedenen Krankheiten und die Heilmethoden reiflich erwogen und darüber beraten hätten, sollten sie am vierten Tag in Begleitung ihrer Apotheker, die mit zweckdienlichen Arzneien versehen wären, in das Senatsgebäude zurückkehren. Und ehe die Mitglieder mit der Sitzung begännen, sollten sie jedem von ihnen Lenitiva, Aperientia, Abstersiva, Korrosiva, Restringentia, Palliativa, Laxativa, Kephalalgika, Ik-

terika, Apophlegmatika, Akustika verabreichen, wie es ihre verschiedenen Fälle erforderten; und je nachdem wie diese Arzneien wirkten, sollten sie die Gabe bei der nächsten Zusammenkunft wiederholen, verändern oder unterlassen.

Dieses Projekt dürfte dem Gemeinwesen keine großen Kosten verursachen und wäre meiner unmaßgeblichen Meinung nach von großem Nutzen für die rasche Abwicklung der Geschäfte in jenen Ländern, wo Senate irgendeinen Anteil an der gesetzgebenden Gewalt haben; es würde Einstimmigkeit zuwege bringen; Debatten abkürzen; einigen den Mund öffnen, der jetzt geschlossen ist, und ihn vielen anderen schließen, denen er jetzt offensteht, die Ungeduld der Jungen zügeln und die Rechthaberei der Alten abstellen; die Langweiligen aufrütteln und die Vorlauten hemmen.

Da allgemein darüber geklagt wird, daß die Günstlinge der Fürsten an kurzem und schwachem Gedächtnis leiden, schlug derselbe Dozent ferner vor, daß jeder, der einem Ersten Minister seine Aufwartung mache, bei seinem Abschied, nachdem er sein Anliegen in möglichster Kürze und mit den klarsten Worten vorgetragen habe, den besagten Minister an der Nase ziehen oder ihm einen Tritt in den Bauch geben oder ihm auf die Hühneraugen treten oder ihn dreimal an beiden Ohren ziehen oder ihn mit einer Nadel in den Hintern stechen oder den Arm grün und blau kneifen sollte, um der Vergeßlichkeit vorzubeugen. Und diese Operation solle er an jedem Empfangstag wiederholen, bis die Sache erledigt oder vollkommen abgelehnt sei.

Desgleichen schrieb er vor, daß jeder Senator in der großen Ratsversammlung einer Nation, nachdem er seine Meinung dargelegt und Argumente zu ihrer Verteidigung vorgebracht habe, verpflichtet sein sollte, seine Stimme für das genaue Gegenteil abzugeben; denn wenn das geschehe, so würde das Ergebnis unfehlbar zum Vorteil des Gemeinwesens ausfallen.

Er schlug auch einen großartigen Plan vor, allzu hitzige Parteien in einem Staat wieder zur Ruhe zu bringen. Die Methode ist folgende: Man nehme hundert Führer von jeder Partei, stelle sie in Paaren von solchen Leuten auf, deren Köpfe von annähernd gleicher Größe sind, und lasse dann zwei geschickte Operateure jedem Paar zur gleichen Zeit das Hinterhaupt so absägen, daß das Gehirn gleichmäßig geteilt wird. Man vertausche die so abgesägten Hinterhäupter und setze jedes am Kopf des ihm gegenüberstehenden Parteimanns an. Das scheint freilich eine Aufgabe zu sein, die einige Exaktheit erfordert; der Professor versicherte uns jedoch, daß die Behandlung unfehlbar wirksam sei, wenn sie nur geschickt ausgeführt werde. Er argumentierte nämlich folgendermaßen: da die beiden halben Gehirne die Sache untereinander in einem Schädelraum auszumachen hätten, würden sie bald zu gutem Einvernehmen kommen und jene Mäßigung wie auch Richtigkeit des Denkens bewirken, die in den Köpfen derjenigen so sehr zu wünschen wäre, die einzig zu dem Zweck auf die Welt gekommen zu sein glauben, den Lauf der Welt zu überwachen und zu lenken. Und was den Unterschied der Gehirne

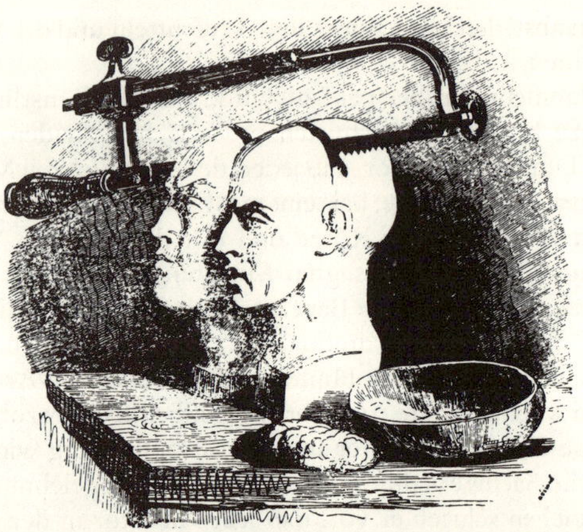

nach Quantität oder Qualität bei denen betrifft, die bei Parteimachenschaften richtunggebend sind, so versicherte uns der Gelehrte aus eigener Erfahrung, daß er völlig belanglos sei.

Ich hörte eine sehr erregte Debatte zwischen zwei Professoren über die vorteilhaftesten und wirksamsten Mittel und Wege, Geld zu beschaffen, ohne den Untertan zu bedrücken. Der erste behauptete, die gerechteste Methode bestehe darin, eine bestimmte Steuer auf Laster und Torheit auszuschreiben und die Summe, die für jeden festgesetzt werde, auf die unparteiischste Weise von einer Jury aus seinen Nachbarn veranschlagen zu lassen. Der zweite war der direkt entgegengesetzten Meinung, es sei besser, diejenigen Eigenschaften des Körpers und Geistes zu besteuern, deren man sich hauptsächlich rühme; die Höhe der Steuer solle sich danach richten, wie sich jeder vor den anderen auszeichne, und die Entscheidung darüber solle völlig dem eigenen Gewissen überlassen bleiben. Die höchste Steuer treffe die Männer, die die größten Günstlinge des anderen Geschlechts seien, und zwar richte sich die Veranlagung nach der Zahl und der Art der Gunstbezeigungen, die sie erhalten hätten. Hierbei sei es ihnen erlaubt, Zeugnis für sich selbst abzulegen. Es wurde vorgeschlagen, Witz, Tapferheit und Höflichkeit ebenfalls hoch zu besteuern und die Beträge in der gleichen Art einzuziehen, indem jeder das Quantum, das er besitze, auf Ehrenwort angebe. Ehre, Gerechtigkeit, Weisheit und Gelehrsamkeit sollten jedoch überhaupt nicht besteuert werden, da es Eigenschaften so sonderbarer Art seien, daß sie keiner seinem Nachbarn zugestehen oder sich selbst ihrer rühmen möchte.

Es wurde vorgeschlagen, die Frauen entsprechend ihrer Schönheit und ihrer Geschicklichkeit, sich zu putzen, zu besteuern, wobei sie das gleiche Privileg wie die Männer hätten, nämlich nach ihrem eigenen Urteil veranlagt zu werden. Beständigkeit, Keuschheit, Vernunft und Gutmütigkeit sollten jedoch nicht besteuert werden, da sie nicht einmal die Kosten des Steuereinzugs einbrächten.

Um Senatoren auf der Seite der Krone zu halten, wurde vorgeschlagen, daß die Senatsmitglieder um Ämter würfeln sollten. Jeder müsse zuerst schwören und Bürgschaft leisten, daß er für den Hof stimmen werde, ob er nun gewinne oder verliere; danach hätten die Verlierer ihrerseits das Recht, bei der nächsten Vakanz wieder zu würfeln. Auf diese Weise hielte man Hoffnung und Erwartung rege; auch würde sich keiner über den Bruch von Versprechen beklagen, sondern seine Enttäuschungen ausschließlich dem Schicksal zuschreiben, dessen Schultern breiter und stärker als die eines Kabinetts sind.

Ein anderer Professor zeigte mir ein großes Papier voll Anleitungen zur Aufdeckung von Komplotten und Verschwörungen gegen die Regierung. Er riet großen Staatsmännern, die Ernährungsweise aller verdächtigen Personen zu untersuchen, ebenso ihre Essenszeiten, auf welcher Seite sie im Bett lägen und mit welcher Hand sie sich den Hintern wischten; ferner eine genaue Prüfung ihrer Exkremente vorzunehmen und sich nach

Farbe, Geruch, Geschmack, Beschaffenheit und Unverdautheit oder fortgeschrittenem Zustand der Verdauung ein Urteil über ihre Gedanken und Absichten zu bilden. Denn nie seien die Menschen so ernsthaft, gedankenvoll und angespannt, wie wenn sie zu Stuhle kommen. Er wisse das aus häufiger Erprobung; wenn er nämlich in einer solchen Lage versuchshalber überlegt habe, welches die beste Art und Weise sei, den König zu ermorden, so hätten seine Exkremente jedesmal eine grünliche Färbung gehabt, ganz anders aber, wenn er nur daran gedacht habe, einen Aufstand anzuzetteln oder die Hauptstadt in Brand zu setzen.

Die ganze Abhandlung war mit großem Scharfsinn geschrieben und enthielt viele Beobachtungen, die für Politiker beachtenswert und nützlich sind; sie war aber, wie ich meinte, nicht ganz vollständig. Ich erlaubte mir, das dem Verfasser zu sagen, und erbot mich, ihm noch einige Zusätze zu liefern, wenn es ihm recht sei. Er nahm mein Angebot mit größerer Bereitwilligkeit auf, als es sonst bei Schriftstellern, besonders bei denen von der projektemachenden Gattung, üblich ist, und beteuerte, er würde sich freuen, weitere Informationen zu erhalten.

Ich erzählte ihm, daß im Königreich Tribnia, das von den Eingeborenen Langden genannt wird, wo ich mich auf meinen Reisen einige Zeit aufgehalten hatte, ein Großteil der Bevölkerung sozusagen völlig aus Spürhunden, Spähern, Spitzeln, Denunzianten, Staatsanwälten, Belastungszeugen, Eideshelfern nebst ihren verschiedenen untergeordneten und subalternen Werkzeugen besteht, die alle unter den Fahnen, der Leitung und Besoldung von Staatsministern und ihren Beauftragten stünden. Die Verschwörungen in jenem Königreich werden gewöhnlich von Leuten verfertigt, die darauf ausgehen, ihren Ruf als tiefgründige Politiker zu erhöhen, einer wackligen Regierung neue Lebenskraft zu geben, allgemeine Unzufriedenheit zu ersticken oder davon abzulenken, sich die Taschen mit beschlagnahmten Geldern zu füllen und den Staatskredit steigen oder sinken zu lassen, je nachdem es ihrem persönlichen Vorteil am besten entspricht. Zuerst wird vereinbart und untereinander abgesprochen, welche verdächtigen Personen einer Verschwörung angeklagt werden sollen; dann trägt man hinreichende Sorge, alle ihre Briefe und Papiere sicherzustellen und die Verbrecher in Ketten zu legen. Diese Papiere werden einer Gruppe von Spezialisten übergeben, die sehr geschickt darin sind, die dunkle Bedeutung von Wörtern, Silben und Buchstaben festzustellen. Zum Beispiel können sie entdecken,

daß ein Nachtstuhl einen geheimen Rat bezeichnet;

eine Herde Gänse einen Senat;

ein lahmer Hund einen Landesfeind;

die Pest ein stehendes Heer;

ein Käfer einen Premierminister;

die Gicht einen hohen Geistlichen;

ein Galgen einen Staatssekretär;

ein Nachttopf eine Kommission von hohen Herren;

ein Sieb eine Hofdame;

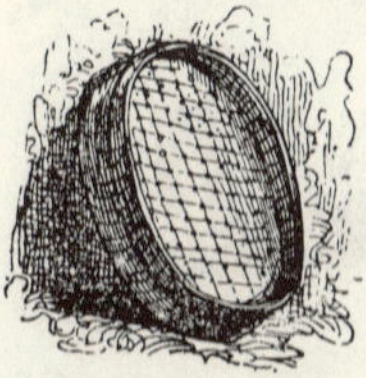

ein Besen eine Revolution;

eine Mausefalle ein Amt;

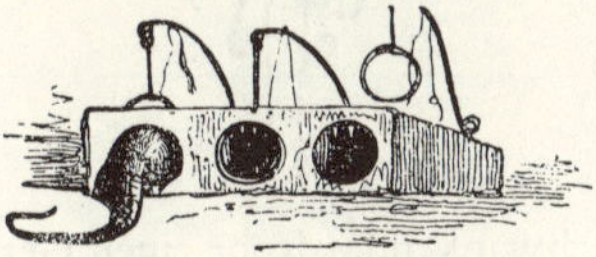

ein bodenloser Abgrund das Schatzamt;

eine Kloake einen Hof;

eine Narrenkappe einen Günstling;

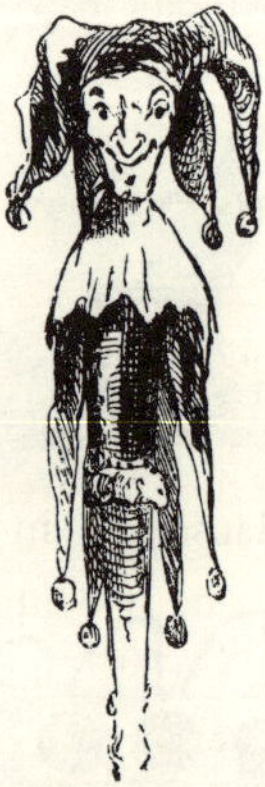

ein schwankendes Rohr einen Gerichtshof;

ein leeres Faß einen General;

eine offene Wunde die Staatsverwaltung.

Wenn diese Methode versagt, haben sie zwei andere, die noch erfolgreicher sind und die die Gelehrten unter ihnen Akrosticha und Anagramme nennen. Nach der ersten können sie alle Anfangsbuchstaben in politische Bedeutungen dechiffrieren.

So soll N eine Verschwörung,

B ein Kavallerieregiment,

L eine Flotte auf See bedeuten.

Nach der zweiten können sie dadurch, daß sie die Buchstaben in irgendeinem verdächtigen Papier umstellen, die geheimsten Pläne einer unzufriedenen Partei aufdecken. Wenn ich zum Beispiel in einem Brief an einen Freund schriebe: »Unser Bruder Tom Past hatte einen Haemorrhoidalknoten«, würde ein geschickter Dechiffrierer entdecken, daß dieselben Buchstaben, die diesen Satz bilden, bei genauer Untersuchung zu folgenden Wörtern zusammengesetzt werden können: »Harret aus – heute ein Komplott ersonnen – Heirat – Dombrand.« Und das ist die anagrammatische Methode.

Der Professor sprach mir vielen Dank für die Mitteilung dieser Beobachtungen aus und versprach, mich in seiner Abhandlung auf ehrenvolle Weise zu erwähnen.

Ich sah in diesem Land nichts, was mich zum längeren Bleiben hätte verlocken können, und begann, an meine Heimkehr nach England zu denken.

Siebentes Kapitel

Der Verfasser verläßt Lagado und kommt nach Maldonada. Kein Schiff abfahrtsbereit. Er unternimmt eine kurze Reise nach Glubbdubdrib. Wie er von dem Statthalter aufgenommen wird.

Der Kontinent, von dem dieses Königreich einen Teil bildet, erstreckt sich, wie ich Grund zu glauben habe, in östlicher Richtung bis zu jenem unbekannten, westlich von Kalifornien liegenden Landstrich Amerikas und in nördlicher Richtung bis zum Stillen Ozean, der nicht mehr als hundertfünfzig Meilen von Lagado entfernt ist. Dort befindet sich ein guter Hafen, von dem aus viel Handel mit der großen Insel Luggnagg getrieben wird, die in nordwestlicher Richtung auf etwa neunundzwanzig Grad nördlicher Breite und hundertundvierzig Grad Länge liegt. Diese Insel Luggnagg befindet sich südöstlich von Japan in einer Entfernung von etwa dreihundert Meilen. Zwischen dem japanischen Kaiser und dem König von Luggnagg besteht ein festes Bündnis, wodurch häufig Gelegenheit geboten wird, von einer Insel zur anderen zu fahren. Ich beschloß deshalb, meinen Weg dorthin zu nehmen, um nach Europa zurückzukehren. Ich mietete zwei Maulesel nebst einem Führer, der mir den Weg zeigen und mein kleines Gepäck tragen sollte. Ich nahm Abschied von meinem edlen Beschützer, der mir so viele Gunstbezeigungen erwiesen hatte und mir bei meiner Abreise ein großzügiges Geschenk machte.

Meine Reise verlief ohne einen Zwischenfall oder ein Abenteuer, die erzählenswert wären. Als ich im Hafen von Maldonada ankam(denn so heißt er), lag kein Schiff im Hafen, das nach Luggnagg gehen sollte, und es war auch nicht wahrscheinlich, daß das in absehbarer Zeit der Fall sein würde. Die Stadt ist ungefähr so groß wie Portsmouth. Ich machte bald einige Bekanntschaften und wurde sehr gastfreundlich aufgenommen. Ein Herr von Rang sagte mir, daß es, da die nach Luggnagg bestimmten Schiffe nicht vor einem Monat abfahrtsbereit sein könnten, vielleicht keine unangenehme Unterhaltung für mich wäre, einen

Ausflug nach der kleinen Insel Glubbdubdrib zu unternehmen, die ungefähr fünfzehn Meilen entfernt in südwestlicher Richtung liege. Er machte mir das Angebot, daß er und ein Freund mich begleiten wollten und daß mir eine kleine, bequeme Barke für die Reise beschafft werden sollte.

Glubbdubdrib bedeutet, so genau ich das Wort verdolmetschen kann, die »Insel der Zauberer« oder »Magier«. Sie ist ungefähr ein Drittel so groß wie die Insel Wight und überaus fruchtbar. Sie wird vom Oberhaupt einer Sippe regiert, deren Angehörige alle Magier sind. Diese Sippe heiratet nur untereinander, und jeweils der Älteste ist der Fürst oder Statthalter. Er besitzt einen herrlichen Palast und einen Park von ungefähr dreitausend Morgen, der von einer zwanzig Fuß hohen Mauer aus behauenem Stein umgeben ist. In diesem Park befinden sich mehrere kleine Einhegungen für Vieh, Getreide und Gartenbau.

Der Statthalter und seine Familie lassen sich von Dienstboten einer etwas ungewöhnlichen Art bedienen und aufwarten. Durch seine Geschicklichkeit in der Schwarzen Kunst besitzt er die Macht, wen er will, von den Toten zurückzurufen und vierundzwanzig Stunden, jedoch nicht länger, über ihn zu verfügen; auch darf er außer bei ganz besonderem Anlaß dieselbe Person nicht in weniger als drei Monaten von neuem heranziehen.

Als wir auf der Insel ankamen (das war gegen elf Uhr morgens), ging einer der Herren, die mich begleiteten, zum Statthalter und bat darum, einem Fremden Eintritt zu gewähren, der in der Absicht gekommen sei, die Ehre eines Besuchs bei Seiner Hoheit zu haben. Das wurde sogleich gewährt, und zwischen zwei Reihen von Wachen, die auf sehr bizarre Art bewaffnet und gekleidet waren und in deren Mienen etwas lag, daß es mich vor einem Grauen, das ich nicht ausdrücken kann, kalt überlief, traten wir durch das Tor des Palastes ein. Wir gingen durch mehrere Gemächer, immer zwischen Dienern derselben Art, die wie zuvor zu beiden Seiten aufgestellt waren, bis wir zum Audienzsaal kamen, wo man uns nach drei tiefen Verbeugungen und einigen allgemeinen Fragen erlaubte, uns auf drei Hocker in der Nähe der untersten Stufe des Thrones Seiner Hoheit zu setzen. Er verstand die Sprache von Balnibarbi, obgleich sie von der seiner Insel verschieden ist. Er verlangte, daß ich ihm einen Bericht über meine Reisen gab, und um mir zu zeigen, daß ich nicht nach

Etikette behandelt werden sollte, entließ er sein ganzes Gefolge durch einen Wink mit dem Finger, worauf sie zu meiner Bestürzung augenblicklich verschwanden wie Bilder eines Traumes, wenn man plötzlich erwacht. Ich konnte mich eine ganze Zeit nicht beruhigen, bis mir der Statthalter versicherte, mir werde nichts geschehen; und als ich auch bemerkte, daß meine beiden Gefährten, die schon oft auf dieselbe Art unterhalten worden waren, unbesorgt blieben, fing ich an, Mut zu fassen, und gab Seiner Hoheit eine kurze Darstellung meiner verschiedenen Abenteuer, jedoch nicht ohne einiges Zögern und nicht ohne mich häufig nach der Stelle umzudrehen, wo ich jene dienstbaren Geister gesehen hatte. Ich hatte die Ehre, mit dem Statthalter zu speisen, wobei eine neue Schar von Geistern das Essen auftrug und bei Tisch aufwartete. Ich bemerkte, daß ich jetzt schon weniger Angst hatte als am Morgen. Ich blieb bis Sonnenunter-

gang, bat Seine Hoheit aber untertänig, mich zu entschuldigen, daß ich seine Einladung, im Palast zu wohnen, nicht annähme. Meine beiden Freunde und ich verbrachten die Nacht in einem Privathaus in der benachbarten Stadt, die die Hauptstadt dieser kleinen Insel ist, und am nächsten Morgen kehrten wir zurück, um dem Statthalter erneut unsere Aufwartung zu machen, wie er uns gütigst befohlen hatte.

Auf diese Weise verbrachten wir zehn Tage auf der Insel, den größten Teil jedes Tages bei dem Statthalter, und nachts waren wir in unserem Quartier. Ich war an den Anblick von Geistern bald so gewöhnt, daß sie mich nach dem dritten oder vierten Mal überhaupt nicht mehr beunruhigten, oder wenn ich doch noch einige Besorgnis empfand, so gewann meine Neugier die Oberhand über sie. Seine Hoheit der Statthalter befahl mir nämlich, alle Personen, die ich beim Namen nennen wollte, und zwar in beliebiger Zahl, unter allen Toten vom Anfang der Welt bis zur Gegenwart zu zitieren und ihnen zu befehlen, alle Fragen, die zu stellen ich für richtig halten würde, zu beantworten, aber unter der Bedingung, daß sich meine Fragen in den Grenzen der Zeit halten müßten, in der sie gelebt hätten. Und auf eines könne ich mich verlassen, daß sie mir nämlich gewiß die Wahrheit sagen würden, denn das Lügen sei ein Talent, das in der Unterwelt ohne Nutzen sei.

Ich sagte Seiner Hoheit meinen untertänigen Dank für eine so große Gunst. Wir befanden uns in einem Zimmer, von wo man eine schöne Aussicht auf den Park hatte. Da nun meine erste Neigung dahin ging, mich mit Szenen des Prunks und der Pracht unterhalten zu lassen, so wünschte ich Alexander den Großen an der Spitze seines Heeres unmittelbar nach der Schlacht bei Arbela zu sehen, und auf eine Fingerbewegung des Statthalters hin erschien das Schauspiel auch sogleich auf einem großen Feld unter dem Fenster, wo wir standen. Alexander wurde ins Zimmer zitiert; nur mit großen Schwierigkeiten verstand ich sein Griechisch und sprach es selbst auch nur wenig. Er versicherte mir bei seiner Ehre, er sei nicht vergiftet worden, sondern an einem Fieber infolge übermäßigen Trinkens gestorben.

Darauf sah ich, wie Hannibal die Alpen überquerte. Er sagte mir, er habe keinen einzigen Tropfen Essig in seinem Lager gehabt.

Ich sah Cäsar und Pompejus an der Spitze ihrer Truppen, bereit zum Angriff. Ich sah den ersteren auch bei seinem letzten großen Triumphzug. Ich wünschte, der römische Senat möge in einem großen Saal vor mir erscheinen und demgegenüber eine moderne Volksvertretung in einem anderen. Das erste schien eine Versammlung von Helden und Halbgöttern zu sein, das

zweite ein Haufen von Hausierern, Taschendieben, Straßenräubern und Großmäulern.

Der Statthalter gab auf mein Verlangen Cäsar und Brutus ein Zeichen, zu uns heranzutreten. Beim Anblick des Brutus wurde ich von tiefster Ehrfurcht ergriffen und konnte in jedem Zug seines Gesichtes leicht die vollkommenste Tugend, die größte Unerschrockenheit und Seelenfestigkeit, die aufrichtigste Liebe zu seinem Lande und allgemeines Wohlwollen gegenüber der Menschheit erkennen. Ich bemerkte mit großem Vergnügen, daß diese beiden Personen in gutem Einvernehmen miteinander waren, und Cäsar gestand mir freimütig, daß die größten Taten seines Lebens bei weitem nicht dem Ruhm gleichkämen, es ihm genommen zu haben. Ich hatte die Ehre, ein langes Gespräch mit Brutus zu führen, und erfuhr, daß sein Vorfahr Junius, Sokrates, Epaminondas, Cato der Jüngere, Sir Thomas More und er selbst ständig zusammen seien: ein Sextumvirat, dem alle Zeitalter der Welt keinen siebenten hinzufügen können.

Es wäre langweilig, den Leser mit einem Bericht zu belästigen, welch riesige Anzahl von berühmten Persönlichkeiten zitiert

wurde, um jenes unersättliche Verlangen zu befriedigen, das ich danach hatte, die Welt in jeder Periode des Altertums vor mir zu sehen. Ich weidete meine Augen hauptsächlich am Anblick derer, die Tyrannen und Usurpatoren getötet und unterdrückten und geknechteten Nationen die Freiheit wiedergegeben haben. Es ist jedoch unmöglich, die Befriedigung, die ich in meinem Herzen empfand, in solcher Weise zu äußern, daß sie zu einer geeigneten Unterhaltung für den Leser wird.

Achtes Kapitel

Ein weiterer Bericht über Glubbdubdrib. Berichtigung der alten und neuen Geschichte.

Da ich diejenigen Alten zu sehen wünschte, die wegen ihres Verstandes und ihrer Gelehrsamkeit am meisten berühmt sind, reservierte ich einen Tag dafür. Ich machte den Vorschlag, daß Homer und Aristoteles an der Spitze aller ihrer Kommentatoren erscheinen sollten; diese waren aber so zahlreich, daß einige hundert im Hof und in den äußeren Räumen des Palastes warten mußten. Ich erkannte diese beiden Heroen auf den ersten Blick und konnte sie nicht allein von der Menge, sondern auch voneinander unterscheiden. Homer war die größere und anmutigere Person von den beiden, ging sehr aufrecht für jemanden seines Alters, und seine Augen waren die lebhaftesten und durchdringendsten, die ich jemals gesehen habe. Aristoteles ging sehr gebeugt und bediente sich eines Stabes. Sein Gesicht war mager, sein Haar glatt und dünn, und seine Stimme klang hohl. Ich bemerkte bald, daß beiden der Rest der Gesellschaft völlig fremd war und daß sie die anderen nie gesehen oder etwas von ihnen gehört hatten. Und ein Geist, der ungenannt bleiben soll, flüsterte mir zu, daß sich diese Kommentatoren infolge des Bewußtseins ihrer Schande und Schuld in der Unterwelt immer in den von ihren Meistern entferntesten Regionen aufhielten, weil sie der Nachwelt die Absicht dieser Autoren so entsetzlich falsch dargestellt hätten. Ich stellte Didymos und Eustathios dem Homer vor und bewog ihn, sie besser zu behandeln, als sie es vielleicht verdienten; denn er fand bald, daß es ihnen an Begabung fehle, um in den Geist eines Dichters einzudringen. Aristoteles aber war über den Bericht, den ich ihm von Scotus und Ramus gab, als ich sie ihm vorstellte, sehr aufgebracht und fragte sie, ob die übrigen von der Zunft ebenso große Dummköpfe wie sie selbst seien.

Dann bat ich den Statthalter, Descartes und Gassendi zu zitieren, die ich dazu bewog, Aristoteles ihre Systeme zu erläutern. Dieser große Philosoph gab seine eigenen Irrtümer in den Naturwissenschaften offen zu, da er in vielen Dingen nur von Vermutungen ausgegangen sei, wie das alle Menschen tun müßten; und er hielt dafür, daß Gassendi, der die Lehre Epikurs so genieß-

bar wie möglich gemacht habe, und die Wirbel Descartes gleichermaßen veraltet seien. Das gleiche Schicksal sagte er der Anziehungskraft voraus, die die gegenwärtigen Gelehrten mit so viel Eifer verfechten. Er sagte, daß neue Systeme von der Natur nur neue Moden seien, die sich in jeder Generation änderten; selbst diejenigen, die vorgeben, sie von mathematischen Prinzipien her zu beweisen, stünden nur eine kurze Zeit in Ansehen und kämen aus der Mode, wenn diese verflossen sei.

Fünf Tage habe ich damit verbracht, mich noch mit vielen anderen der alten Gelehrten zu unterhalten. Ich habe die meisten von den ersten römischen Kaisern gesehen. Ich bewog den Statthalter, die Köche des Heliogabalus zu zitieren, um uns ein Essen zuzubereiten; aus Mangel an Material konnten sie uns jedoch nicht viel von ihrer Geschicklichkeit zeigen. Ein Helot des Agesilaos bereitete uns eine Schüssel spartanische Suppe; ich war aber nicht imstande, mehr als einen Löffel hinunterzubringen.

Die beiden Herren, die mich zu der Insel begleitet hatten, waren durch ihre privaten Angelegenheiten genötigt, in drei Tagen zurückzukehren. Ich benutzte diese Zeit, um einige von den neueren Toten zu sehen, die während der vergangenen zwei- bis dreihundert Jahre in unserem eigenen und in anderen Ländern Europas die größte Rolle gespielt hatten. Da ich nun immer ein großer Bewunderer alter, erlauchter Familien gewesen bin, bat ich den Statthalter, er möchte ein oder zwei Dutzend Könige mit ihren Vorfahren in der richtigen Reihenfolge über acht oder neun Generationen zitieren. Meine Enttäuschung war jedoch schmerzlich und unerwartet. Anstatt eines langen Zuges mit königlichen Diademen sah ich in einer Familie nämlich zwei Fiedler, drei herausgeputzte Höflinge und einen italienischen Prälaten, in einer anderen einen Barbier, einen Abt und zwei Kardi-

näle. Ich hege eine zu große Verehrung für gekrönte Häupter, um länger bei einem so heiklen Thema zu verweilen. Was aber Grafen, Marquis, Herzöge, Earls und dergleichen betrifft, hatte ich keine solchen Skrupel, und ich gestehe, daß ich mich nicht ohne ein gewisses Vergnügen in der Lage sah, die besonderen Gesichtszüge, durch die sich gewisse Familien auszeichnen, bis zu ihrem Ursprung zu verfolgen. Ich konnte deutlich entdecken, woher die eine Familie ein langes Kinn erhalten hat; weshalb eine andere zwei Generationen lang Überfluß an Schurken und zwei weitere an Dummköpfen hatte; weshalb eine dritte verrückt war und eine vierte aus Gaunern bestand. Woher das kam, was Polydor Vergil von einem gewissen großen Haus sagt: Nec vir fortis, nec femina casta. Wie Grausamkeit, Falschheit und Feigheit zu

charakteristischen Merkmalen wurden, an denen gewisse Familien ebensogut zu erkennen sind wie an ihrem Wappen. Wer zuerst die Syphilis in ein Adelsgeschlecht gebracht hat, die in Form von skrofulösen Geschwülsten in gerader Linie auf ihre Nachkommen übergegangen ist. Auch konnte ich mich über all das gar nicht wundern, als ich eine derartige Unterbrechung der Abstammungslinien durch Pagen, Lakaien, Kammerdiener, Kutscher, Spieler, Fiedler, Komödianten, Hauptleute und Taschendiebe sah.

Hauptsächlich ekelte mich die neuere Geschichte an. Nachdem ich nämlich alle Personen, die während der letzten hundert Jahre an den Fürstenhöfen von größtem Ansehen waren, genau ausgefragt hatte, erkannte ich, wie die Welt von charakterlosen Schriftstellern dazu verleitet worden ist, die größten Kriegstaten Feiglingen, die weisesten Ratschläge Toren, Aufrichtigkeit

Schmeichlern, römische Tugend Verrätern ihres Landes, Frömmigkeit Atheisten, Keuschheit Sodomiten und Wahrheit Denunzianten zuzuschreiben. Wie viele unschuldige und ausgezeichnete Personen zum Tod oder zur Verbannung verurteilt worden waren, weil sich mächtige Minister die Bestechlichkeit der Richter und die Bosheit der Parteien zunutze machten. Wie viele Schurken in die höchsten Positionen des Vertrauens, der Macht, der Würde und des einträglichen Vorteils erhoben worden waren. Ein wie großer Anteil an den Handlungen und Begebenheiten an Höfen, in Ratsversammlungen und Senaten von Kupplerinnen, Huren, Zuhältern, Schmarotzern und Hanswürsten beansprucht werden könnte. Eine wie geringe Meinung hatte ich von menschlicher Weisheit und Rechtschaffenheit, als ich wahrheitsgemäß über die Anlässe und Beweggründe großer Unternehmungen und Umwälzungen in der Welt und die verächtlichen Zufälle, denen sie ihren Erfolg verdankten, unterrichtet wurde!

Hier erkannte ich die Schurkerei und Unwissenheit derer, die vorgeben, »Anekdoten« oder Geheimgeschichte zu schreiben; die so viele Könige mittels eines Giftbechers ins Grab schicken; die die Unterredung zwischen einem Fürsten und einem Premierminister wiederholen, wo doch kein Zeuge zugegen war; die die Gedanken und Schubladenschränke von Gesandten und Staatssekretären erschließen und das ständige Unglück haben, sich zu irren. Hier entdeckte ich die wahren Ursachen vieler großer Ereignisse, die die Welt überrascht haben: wie eine Hure die Hintertreppe, die Hintertreppe einen Staatsrat, der Staatsrat einen Senat beherrschen kann. Ein General gestand in meiner Gegenwart, daß er einmal einen Sieg ausschließlich kraft seiner Feigheit und schlechten Führung errungen habe, und ein Admiral, daß er aus Mangel an genauen Nachrichten den Feind schlug, dem er die Flotte verraten wollte. Drei Könige versicherten mir, daß sie während ihrer ganzen Regierung nicht ein einziges Mal einen Mann von Verdienst befördert hätten, es sei denn aus Versehen oder durch die Verräterei eines Ministers, auf den sie vertrauten; und sie würden das auch nicht tun, wenn sie noch einmal leben sollten. Und sie bewiesen mit großer Überzeugungskraft ihrer Begründung, daß der königliche Thron nicht ohne Korruption erhalten werden könne, weil jener selbstsichere, zuver-

sichtliche und beharrliche Charakter, den die Tugend dem Menschen einflöße, ein ständiger Hemmschuh für die Staatsgeschäfte sei.

Ich war so neugierig, sehr eingehend nachzuforschen, auf welche Weise sich sehr viele Leute hohe Ehrentitel und riesige Besitzungen verschafft hätten. Ich beschränkte meine Nachforschungen auf eine sehr neuzeitliche Periode, ohne jedoch der Gegenwart zu nahe zu treten, weil ich auf keinen Fall und nicht einmal bei Ausländern Anstoß erregen möchte (denn ich hoffe, dem Leser braucht nicht erst gesagt zu werden, daß ich mit dem, was ich bei dieser Gelegenheit sage, nicht im geringsten mein eigenes Land meine); eine große Anzahl beteiligter Personen wurde heraufbeschworen und enthüllte mir schon bei einer sehr flüchtigen Befragung ein solches Bild der Niedertracht, daß ich nur mit großem Ernst daran denken kann. Eidbruch, Unterdrückung, Bestechung, Betrug, Kuppelei und dergleichen Charakterschwächen gehörten noch zu den entschuldbarsten Kniffen, die sie zu erwähnen hatten, und diesen gegenüber übte ich, wie es nur vernünftig war, große Nachsicht. Als aber einige bekannten, sie verdankten ihre Größe und ihren Reichtum der Sodomie oder Blutschande, andere der Prostitution ihrer eigenen Frauen und

Töchter, andere dem Verrat ihres Landes oder ihres Fürsten, einige dem Giftmord und mehr noch der Verdrehung des Rechts, um Unschuldige zu verderben, da hoffe ich, wird man mir verzeihen, wenn mich diese Entdeckungen geneigt machten, jene tiefe Verehrung ein wenig einzuschränken, die ich für Personen von hohem Rang von Natur aus zu hegen geneigt bin, die von uns, die wir unter ihnen stehen, mit der größten Hochachtung behandelt werden sollten, wie ihrer erhabenen Würde gebührt.

Ich hatte oft von einigen großen Diensten gelesen, die Fürsten und Staaten erwiesen worden waren, und wünschte die Personen zu sehen, die jene Dienste geleistet hatten. Auf meine Frage wurde mir gesagt, ihre Namen seien in keiner Akte zu finden, mit Ausnahme einiger von ihnen, die die Geschichte als die gemeinsten Schurken und Verräter dargestellt hat. Was die übrigen angeht, so hatte ich nicht ein einziges Mal von ihnen gehört. Sie erschienen alle mit gesenktem Blick und in armseliger Kleidung; die meisten sagten mir, sie seien in Armut und Schande, und die übrigen, sie seien auf dem Schafott oder am Galgen gestorben.

Unter anderen sah ich einen Mann, dessen Fall etwas ungewöhnlich zu sein schien. An seiner Seite stand ein Jüngling von ungefähr achtzehn Jahren. Er sagte mir, er sei viele Jahre Befehlshaber eines Schiffes gewesen und in der Seeschlacht von Actium habe er das Glück gehabt, die Hauptkampflinie des Feindes zu durchbrechen, drei Schlachtschiffe zu versenken und ein viertes zu nehmen. Das sei die einzige Ursache von Antonius Flucht und dem sich daraus ergebenden Sieg gewesen; der neben ihm stehende Jüngling, sein einziger Sohn, sei bei dem Unternehmen getötet worden. Er fügte hinzu, daß er im Vertrauen auf einiges Verdienst nach Beendigung des Krieges nach Rom gegangen sei und am Hof des Augustus um Beförderung auf ein größeres Schiff nachgesucht habe, dessen Befehlshaber gefallen war; ohne jegliche Rücksicht auf seine Ansprüche sei es jedoch einem Jüngling gegeben worden, der noch nie das Meer gesehen hatte, dem Sohn einer gewissen Libertina, die einer der Mätressen des Kaisers diente. Als er auf sein eigenes Schiff zurückgekehrt sei, habe man ihn der Vernachlässigung seiner Pflicht angeklagt und das Schiff einem Lieblingspagen des Vizeadmirals Publicola gegeben. Daraufhin habe er sich auf ein armseliges, weit von Rom entferntes Landgut zurückgezogen und dort sein Leben be-

schlossen. Ich war so neugierig, die Wahrheit dieser Geschichte zu erfahren, daß ich bat, Agrippa möchte heraufbeschworen werden, der in jener Schlacht Admiral war. Er erschien und bestätigte den ganzen Bericht, aber nur noch mehr zum Vorteil des Kapitäns, dessen Bescheidenheit einen großen Teil seines Verdienstes verkleinert oder verschwiegen hatte.

Ich erfuhr zu meiner Bestürzung, daß sich die Verderbtheit in jenem Kaiserreich durch den Einfluß des erst vor so kurzer Zeit eingeführten Luxus so schnell und so weit verbreitet hatte, und das ließ mich weniger über viele Parallelfälle in anderen Ländern staunen, wo Laster jeder Art so viel länger geherrscht haben und wo der ganze Ruhm und die ganze Beute völlig vom Oberbefehlshaber in Anspruch genommen wurden, der vielleicht auf beides das geringste Anrecht hatte.

Da jede heraufbeschworene Person in genau derselben äußeren Erscheinung auftrat, die sie im Leben gehabt hatte, erweckte es bei mir melancholische Gedanken, als ich bemerkte, wie sehr das Menschengeschlecht in den vergangenen hundert Jahren bei uns entartet war; wie die Syphilis mit all ihren Folgen und unter all ihren Bezeichnungen jeden Zug eines englischen Gesichts verändert, die Körpergröße vermindert, die Nerven geschwächt, die Sehnen und Muskeln zum Erschlaffen gebracht, eine fahle Gesichtsfarbe erzeugt und das Fleisch schlaff und übelriechend gemacht hatte.

Ich ließ mich so weit herab, darum zu bitten, es möchten einige englische Freisassen vom alten Schlag veranlaßt werden zu erscheinen, die wegen der Einfachheit ihrer Sitten, Nahrung und Kleidung, wegen der Gerechtigkeit in ihrem Tun und Treiben, wegen ihres echten Freiheitssinnes, wegen ihrer Tapferkeit und Vaterlandsliebe einstmals so berühmt waren. Und ich konnte nicht ganz unbewegt bleiben, als ich nach einem Vergleich der Lebenden mit den Toten bedachte, wie alle diese reinen, herkömmlichen Tugenden von ihren Enkeln für ein Geldstück feilgeboten werden, die bei dem Verkauf ihrer Stimmen und dem Betrug bei Wahlen jedes Laster und jede Verderbnis angenommen haben, die man nur immer an einem Hofe erlernen kann.

Neuntes Kapitel

Der Verfasser kehrt nach Maldonada zurück. Er segelt nach dem Königreich Luggnagg. Der Verfasser wird in Haft genommen. Er wird an den Hof geholt. Die Art, wie er vorgelassen wird. Die große Milde des Königs gegenüber seinen Untertanen.

Als der Tag unserer Abreise gekommen war, nahm ich Abschied von Seiner Hoheit, dem Statthalter von Glubbdrubdrib, und kehrte mit meinen beiden Gefährten nach Maldonada zurück, wo nach einer Wartezeit von vierzehn Tagen ein Schiff zur Fahrt nach Luggnagg segelfertig war. Die beiden Herren und einige andere waren so großzügig und freundlich, mich mit Proviant zu versehen und an Bord zu geleiten. Bei dieser Reise war ich einen Monat unterwegs. Wir erlebten einen heftigen Sturm und waren gezwungen, westwärts zu steuern, um in den Passatwind zu gelangen, der mehr als hundertachtzig Meilen weit vorherrscht. Am 21. April 1708 liefen wir in die Flußmündung von Clumegnig ein, das ist eine Hafenstadt an der Südostspitze von Luggnagg.

Etwa drei Meilen von der Stadt entfernt warfen wir Anker und signalisierten nach einem Lotsen. In weniger als einer halben Stunde kamen ihrer zwei an Bord, von denen wir zwischen einigen Untiefen und Klippen, die sehr gefährlich zu durchfahren sind, in ein großes Becken gesteuert wurden, wo eine ganze Flotte keine Kabellänge von der Stadtmauer entfernt in Sicherheit vor Anker liegen kann.

Einige unserer Matrosen hatten, sei es aus Niedertracht oder aus Unbedachtsamkeit, die Lotsen wissen lassen, daß ich Ausländer und ein großer Reisender sei. Diese wiederum erstatteten einem Zollbeamten darüber Bericht, der mich bei meiner Landung sehr streng verhörte. Dieser Beamte redete in der Sprache von Balnibarbi mit mir, die infolge großen Handelsverkehrs in dieser Stadt allgemein, besonders aber von Seeleuten und denen, die beim Zoll angestellt sind, verstanden wird. Ich gab ihm einen kurzen Bericht über einige Einzelheiten und machte meine Geschichte so glaubhaft und folgerichtig, wie ich nur konnte. Ich hielt es jedoch für notwendig, mein Vaterland zu verheimlichen und mich als Holländer auszugeben, da ich nach Japan reisen wollte und wußte, daß die Holländer die einzigen Europäer sind, denen gestattet wird, dieses Königreich zu betreten. Ich sagte deshalb dem Beamten, ich sei, nachdem ich an der Küste von Balnibarbi Schiffbruch erlitten hätte und auf eine Klippe geschleudert worden sei, in Laputa oder der Fliegenden Insel (von der er oft gehört hatte) aufgenommen worden und suche jetzt, nach Japan zu gelangen, wo ich vielleicht eine Gelegenheit fände, um von dort in mein Heimatland zurückzukehren. Der Beamte sagte, ich müsse in Haft genommen werden, bis er vom Hofe

Befehle erhalte; er wolle sogleich deswegen schreiben und hoffe, in vierzehn Tagen Antwort zu erhalten. Ich wurde in ein angemessenes Quartier gebracht, und vor der Tür wurde ein Wachtposten aufgestellt; ich konnte mich jedoch frei in einem großen Garten bewegen und wurde mit aller Menschlichkeit behandelt und die ganze Zeit auf Kosten des Königs verpflegt. Auch erhielt ich von mehreren Personen Besuch, wenn auch hauptsächlich aus Neugier, weil sich das Gerücht verbreitet hatte, daß ich aus sehr entlegenen Ländern käme, von denen sie noch nie gehört hatten.

Ich nahm mir einen jungen Mann, der im selben Schiff gekommen war, als Dolmetscher; er war in Luggnagg geboren, hatte aber einige Jahre in Maldonada gelebt und beherrschte beide Sprachen vollkommen. Mit seiner Hilfe war es mir möglich, mit denen, die mich besuchen kamen, ein Gespräch zu führen; das bestand jedoch nur aus ihren Fragen und meinen Antworten.

Etwa zu der Zeit, für die wir es erhofft hatten, kam die Eilbotschaft vom Hofe. Sie enthielt einen Auftrag, mich und mein Gefolge von einer Abteilung von zehn Reitern nach Traldragdubb oder Trildrogdrib (denn so gut ich mich erinnern kann, wird es auf beide Arten ausgesprochen) bringen zu lassen. Mein ganzes Gefolge bestand aus jenem armen Burschen als Dolmetscher, den ich überredet hatte, in meinen Dienst zu treten, und auf meine demütige Bitte erhielt jeder von uns einen Maulesel zum Reiten. Ein Bote wurde uns eine halbe Tagereise vorausgeschickt, um dem König Nachricht von meinem Kommen zu geben und zu bitten, daß Seine Majestät geruhen möge, Tag und Stunde zu bestimmen, zu der es sein gnädiges Gefallen finden würde, daß ich die Ehre haben dürfte, »den Staub vor seinem Fußschemel aufzulecken«. Das ist der Hofstil, und ich machte die Erfahrung, daß es mehr als bloße Formsache ist. Als ich nämlich zwei Tage nach meiner Ankunft vorgelassen wurde, wurde mir befohlen, auf dem Bauch zu kriechen und den Boden abzulekken, während ich vorwärts kroch; in Anbetracht dessen, daß ich Ausländer war, hatte man aber dafür gesorgt, ihn so sauber machen zu lassen, daß der Staub nicht unangenehm war. Das war jedoch eine besondere Gnade, die nur Personen von höchstem Rang gewährt wird, wenn sie um eine Audienz bitten. Manchmal wird der Boden sogar absichtlich mit Staub bestreut, wenn nämlich die Person, die vorgelassen werden soll, bei Hofe zufällig mächtige Feinde hat. Und ich habe einen hohen Herrn mit so vollgestopftem Mund gesehen, daß er, als er bis auf den gebührenden Abstand vom Thron herangekrochen war, kein einziges Wort sagen konnte. Dafür gibt es auch keinerlei Abhilfe, da es todeswürdig ist, wenn diejenigen, die eine Audienz erhalten, in Gegenwart Seiner Majestät ausspucken oder sich den Mund wischen. Es gibt noch eine andere Sitte, die ich nicht ganz billigen kann. Wenn der König Lust hat, einen seiner Edelleute auf sanfte,

schonende Art hinzurichten, gibt er Befehl, den Fußboden mit einem gewissen braunen Pulver von tödlicher Zusammensetzung bestreuen zu lassen, das ihn, wenn es aufgeleckt wird, unfehlbar innerhalb von vierundzwanzig Stunden tötet. Um jedoch der großen Milde dieses Fürsten und der Sorge, die er für das Leben seiner Untertanen hegt (es wäre sehr zu wünschen, daß die Monarchen Europas ihn darin nachahmen wollten), gerecht zu werden, muß zu seiner Ehre erwähnt werden, daß strenger Befehl gegeben wird, die vergifteten Teile des Fußbodens nach jeder solchen Hinrichtung gut abwaschen zu lassen; wenn seine Bedienten das versäumen, laufen sie Gefahr, sich seine königliche Ungnade zuzuziehen. Ich habe selbst gehört, wie er Anweisungen gab, daß einer seiner Pagen ausgepeitscht werden sollte, der an der Reihe gewesen war, den Hinweis auf das Aufwischen des Fußbodens zu geben, das aber boshafterweise unterlassen hatte. Durch dieses Versäumnis wurde unglücklicherweise ein sehr hoffnungsvoller junger Lord, der zu einer Audienz erschien, vergiftet, obgleich der König zu jener Zeit keinen Anschlag auf sein Leben plante. Dieser gute Fürst war aber so gnädig, dem armen Pagen die Auspeitschung zu erlassen, als er versprach, daß er es ohne besonderen Befehl nicht wieder tun wolle.

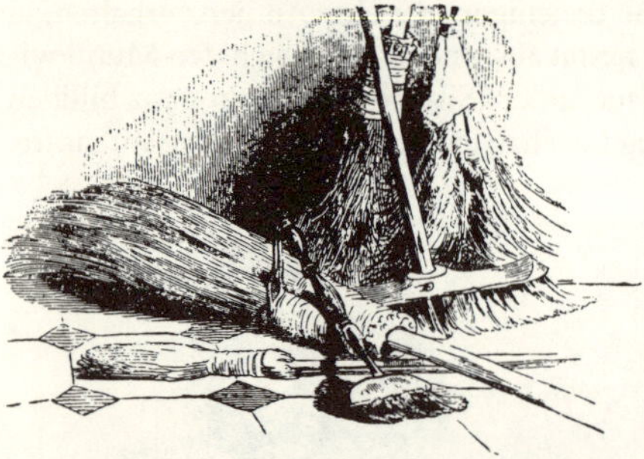

Um von dieser Abschweifung zurückzukommen: als ich bis auf vier Ellen an den Thron herangekrochen war, erhob ich mich langsam auf die Knie, und indem ich mit der Stirn siebenmal den Boden berührte, sprach ich die folgenden Worte, wie man sie mich am Abend vorher gelehrt hatte: »Ickpling gloffthrobb squutserumm blhiop mlashnalt zwin tnodbalkuffh slhiophad gurdlubh asht.« Das ist die Höflichkeitsbezeigung, die von den Landesgesetzen für alle Personen vorgeschrieben ist, die zur Audienz bei dem König vorgelassen werden. Sie könnte etwa so übersetzt werden: »Möge Eure himmlische Majestät die Sonne um elf und einen halben Mond überleben.« Hierauf gab der König eine Antwort, und obwohl ich sie nicht verstehen konnte, erwiderte ich doch, wie man mich geheißen hatte: »Fluft drin yalerick dwuldom prastrad mirpush.« Das heißt wörtlich: »Meine Zunge ist im Munde meines Freundes«, und mit dieser Redensart war gemeint, ich bäte um Erlaubnis, meinen Doletscher zu holen, worauf der bereits erwähnte junge Mann demgemäß hereingeführt wurde. Durch seine Vermittlung beantwortete ich so viele Fragen, wie sie Seine Majestät in mehr als einer Stunde stellen konnte. Ich redete in balnibarbischer Sprache, und mein Dolmetscher gab den Sinn meiner Worte in der von Luggnagg wieder.

Der König war von meiner Gesellschaft sehr entzückt und befahl seinem Bliffmarklub oder Oberkammerherrn, mir und meinem Dolmetscher im Palast eine Wohnung nebst einer täglichen Ration für meine Tafel und einem großen Beutel voll Gold für meine täglichen Ausgaben zuzuweisen.

Drei Monate blieb ich aus lauter Ergebenheit gegenüber Seiner Majestät in diesem Lande, der die Gnade hatte, mir hohe Gunstbezeigungen zu erweisen, und mir sehr ehrenvolle Angebote machte. Ich hielt es jedoch für klüger und gerechter, den Rest meiner Tage mit meiner Frau und meiner Familie zu verbringen.

Zehntes Kapitel

Lob der Luggnaggier. Ausführliche Beschreibung der Struldbrugs nebst vielen Gesprächen zwischen dem Verfasser und einigen vornehmen Personen über dieses Thema.

Die Luggnaggier sind ein höfliches und großmütiges Volk, und obgleich sie von jenem Hochmut, der allen östlichen Nationen eigen ist, nicht völlig frei sind, zeigen sie sich Ausländern gegenüber aber doch höflich, und zwar besonders gegen solche, die vom Hof begünstigt werden. Ich hatte viele Bekanntschaften unter Personen bester Lebensart, und da ich stets von meinem Dolmetscher begleitet wurde, waren die Gespräche, die wir führten, recht angenehm.

Eines Tages fragte mich in einer großen, angenehmen Gesellschaft ein Mann von Stand, ob ich schon einen ihrer »Struldbrugs« oder »Unsterblichen« gesehen hätte. Ich sagte nein und bat, er möchte mir erklären, was er mit einer solchen Bezeichnung meine, da sie doch einem sterblichen Geschöpf gegeben werde. Er sagte mir, es ereigne sich zuweilen, wenn auch sehr selten, daß in einer Familie ein Kind mit einem kreisrunden roten Fleck auf der Stirn, gerade über der linken Augenbraue, geboren werde, der ein unfehlbares Zeichen sei, daß es niemals sterben

werde. Wie er den Fleck beschrieb, hat er etwa den Umfang eines silbernen Dreipencestückes, wird aber im Laufe der Zeit größer und verändert seine Farbe; im zwölften Lebensjahr wird er nämlich grün, bleibt so bis zum fünfundzwanzigsten und verwandelt sich dann in dunkelblau; mit fünfundvierzig wird er kohlschwarz und so groß wie ein englischer Shilling, erfährt aber niemals irgendeine weitere Veränderung. Er sagte, diese Geburten seien so selten, daß er nicht glaube, es könnte mehr als elfhundert Struldbrugs beiderlei Geschlechts im ganzen Königreich geben, davon seiner Schätzung nach etwa fünfzig in der Hauptstadt, und unter den anderen befinde sich ein kleines Mädchen, das vor etwa drei Jahren geboren sei. Diese Geschöpfe seien nicht irgendeiner Familie eigentümlich, sondern ein bloßes Werk des Zufalls, und die Kinder der Struldbrugs seien selbst ebenso sterblich wie die übrigen Menschen.

Ich gebe offen zu, daß mich eine unaussprechliche Begeisterung erfüllte, als ich diesen Bericht hörte, und da der Herr, der mir ihn gab, die balnibarbische Sprache verstand, die ich sehr gut sprach, konnte ich mich nicht enthalten, in Ausdrücke auszubrechen, die vielleicht ein wenig zu überschwenglich waren. Wie in Verzückung rief ich aus: »O glückliche Nation, wo jedes Kind wenigstens das Los erhoffen kann, unsterblich zu sein! O glückliches Volk, das sich so vieler lebender Beispiele der alten Tugend erfreut und Lehrer besitzt, die es in der Weisheit aller früheren Zeiten unterrichten können! Überaus, unvergleichlich glücklich aber sind jene vortrefflichen Struldbrugs selbst, die, durch Geburt von jenem allgemeinen Unglück der menschlichen Natur ausgenommen, einen freien und ungefesselten Geist besitzen, ohne die Belastung und Niedergeschlagenheit, die von der ständigen Furcht vor dem Tode verursacht wird.« Ich äußerte meine Verwunderung, daß ich noch keine dieser ausgezeichneten Personen bei Hofe gesehen hätte; der schwarze Fleck an der Stirn sei ja ein so auffallendes Kennzeichen, daß ich es nicht leicht hätte übersehen können, und es sei doch unmöglich, daß sich Seine Majestät, ein überaus kluger Fürst, nicht eine beträchtliche Anzahl solcher weisen und fähigen Berater zur Verfügung halte. Doch vielleicht sei die Tugend dieser ehrwürdigen Weisen zu streng für die verdorbenen und lockeren Sitten eines Hofes. Man mache ja auch häufig die Erfahrung, daß junge Leute zu eigensinnig und leichtfertig sind, um sich von den nüchternen Vorschriften derer leiten zu lassen, die älter sind als sie. Da Seine Majestät jedoch geruht habe, mir Zutritt zu seiner königlichen Person zu gewähren, sei ich entschlossen, ihm mit Hilfe meines Dolmetschers bei der allerersten Gelegenheit offen und ausführlich meine Meinung über diese Sache vorzutragen. Ob er nun geruhe, meinem Rate zu folgen oder nicht, so sei ich doch in einem Punkte fest entschlossen: daß ich nämlich, da mir Seine Majestät häufig eine Versorgung in diesem Lande angeboten habe, diese Gnade mit großer Dankbarkeit annehmen und mein Leben hier im Umgang mit jenen höheren Wesen, den Struldbrugs, verbringen wolle, wenn es ihnen beliebte, mich in ihre Gesellschaft aufzunehmen.

Der Herr, an den ich meine Darlegung richtete, weil er (wie ich schon bemerkt habe) die Sprache von Balnibarbi sprach, sagte mir mit einem gewissen Lächeln, das gewöhnlich die Folge des Mitleids mit den Unwissenden ist, daß er sich über jeden Anlaß freue, der mich bewege, bei ihnen zu bleiben, und bat mich um Erlaubnis, der Gesellschaft zu erklären, was ich gesagt hatte. Das geschah, und sie unterhielten sich eine Zeitlang in ihrer eigenen Sprache, von der ich keine Silbe verstand; ich konnte auch nicht an ihren Mienen erkennen, welchen Eindruck meine Darlegung auf sie gemacht hatte. Nach kurzem Schweigen sagte mir derselbe Herr, seine Freunde und die meinigen (er hielt es für angemessen, sich so auszudrücken) seien sehr erfreut über die klugen Bemerkungen, die ich über das große Glück und die Vorteile unsterblichen Lebens gemacht hätte, und sie wünschten in allen

Einzelheiten zu erfahren, welchen Lebensplan ich für mich entworfen hätte, wenn mir das Los zugefallen wäre, als Struldbrug geboren zu sein.

Ich erwiderte, es sei nicht schwer, bei einem so reichhaltigen und angenehmen Thema Beredsamkeit zu zeigen, insbesondere nicht für mich, der ich mich schon oft an Wunschbildern ergötzt hätte, was ich tun würde, wenn ich König, General oder ein hoher Lord wäre; und gerade für diesen Fall hätte ich häufig den ganzen Plan durchdacht, womit ich mich beschäftigen und wie ich die Zeit verbringen würde, wenn ich sicher wäre, ewig zu leben.

Hätte ich das Glück gehabt, als Struldbrug auf die Welt zu kommen, so würde ich mich, sobald ich mein eigenes Glück erkennen könnte, indem ich den Unterschied zwischen Leben und Tod verstände, zuerst dazu entschließen, mir durch alle möglichen Kniffe und Methoden Reichtümer zu verschaffen. Im Verfolg dieses Ziels könnte ich billigerweise erwarten, durch Sparsamkeit und Geschicklichkeit in ungefähr zweihundert Jahren der reichste Mann im Königreich zu sein. Zweitens würde ich mich von meiner frühesten Jugend an dem Studium der Künste und Wissenschaften widmen, wodurch ich es mit der Zeit erreichen würde, alle anderen an Gelehrsamkeit zu übertreffen. Schließlich würde ich jede Handlung und jedes Ereignis von Bedeutung, die in der Öffentlichkeit vorfielen, sorgfältig aufzeichnen, unparteiisch die Charaktere der aufeinanderfolgenden Fürsten und hohen Staatsminister nebst meinen eigenen Bemerkungen zu jedem Gesichtspunkt darstellen. Ich würde die verschiedenen Veränderungen der Sitten, der Sprache, der Art und Weise der Bekleidung, der Ernährung und der Vergnügungen genau vermerken. Mit allen diesen Kenntnissen wäre ich eine lebendige Schatzkammer des Wissens und der Weisheit und würde sicherlich die unfehlbare Autorität der Nation werden.

Ich würde mich nach sechzig Jahren nicht mehr verheiraten, sondern ein gastfreies Leben führen, jedoch immer noch sparen. Ich würde mich damit beschäftigen, den Geist hoffnungsvoller Jünglinge zu bilden und anzuleiten, indem ich sie aus meiner Erinnerung, Erfahrung und Beobachtung, die ich mit vielen Beispielen bekräftigte, von der Zweckmäßigkeit der Tugend im öffentlichen und privaten Leben überzeugte. Meine auserwählte

und ständige Gesellschaft sollte jedoch ein Kreis aus meiner eigenen unsterblichen Bruderschaft sein, aus der ich ein Dutzend von den ältesten bis herunter zu meinen eigenen Zeitgenossen auswählen würde. Sollte es einigen von ihnen an Vermögen fehlen, so würde ich ihnen behagliche Wohnungen im Umkreis meines eigenen Landgutes beschaffen, etliche von ihnen stets an meine Tafel laden und nur ein paar der wertvollsten von euch Sterblichen hinzuziehen, und die Länge der Zeit würde mich daran gewöhnen, euch mit nur wenig oder gar keinem Bedauern zu verlieren und eure Nachkommen in derselben Art zu behandeln, so wie man sich an der alljährlichen Aufeinanderfolge der Nelken und Tulpen in seinem Garten erfreut, ohne den Verlust derjenigen zu bedauern, die im vorigen Jahr verwelkt sind.

Diese Struldbrugs und ich würden uns gegenseitig unsere Beobachtungen und Erinnerungen während des Verlaufs der Zeit mitteilen, die verschiedenen Stufenfolgen beobachten, in denen sich die Verderbnis in die Welt einschleicht, und ihr bei jedem Schritt entgegentreten, indem wir die Menschen ständig warnten und belehrten. Das würde zusammen mit dem starken Einfluß unseres eigenen Beispiels wahrscheinlich die fortwährende Entartung der menschlichen Natur verhindern, die man zu allen Zeiten mit so viel Recht beklagt.

Zu alledem käme noch das Vergnügen, die verschiedenen Umwälzungen der Staaten und Reiche zu erleben, die Veränderungen in den niederen und höheren Sphären, wie alte Städte in

Trümmer fallen und unbedeutende Dörfer zu Residenzen von Königen werden. Wie sich berühmte Flüsse zu seichten Bächen verkleinern, wie der Ozean die eine Küste trocken werden läßt und eine andere überschwemmt; die Entdeckung vieler jetzt noch unbekannter Länder; wie Barbarei die zivilisiertesten Nationen überflutet und die barbarischsten Völker zivilisiert werden. Ich würde dann die Entdeckung der geographischen Länge, des Perpetuum mobile und der Universalmedizin erleben und sehen, wie viele andere große Erfindungen zur äußersten Vollkommenheit gebracht werden.

Was für wunderbare Entdeckungen würden wir in der Astronomie machen, indem wir unsere eigenen Vorhersagen überlebten und bestätigten, indem wir den Lauf und die Wiederkehr der Kometen nebst den Änderungen der Bewegung von Sonne, Mond und Sternen beobachteten!

Ich verbreitete mich noch über viele andere Themen, die mir die natürliche Sehnsucht nach endlosem Leben und irdischem Glück mit Leichtigkeit liefern konnte. Als ich geendet hatte und der Hauptinhalt meiner Rede wie zuvor der übrigen Gesellschaft übersetzt worden war, entstand unter ihnen ein langes Gespräch in der Landessprache, nicht ohne einiges Gelächter auf meine Kosten. Schließlich sagte derselbe Herr, der mein Dolmetscher gewesen war, er sei von den übrigen gebeten worden, mich in einigen Irrtümern zu berichtigen, in die ich durch die gewöhnliche Schwachheit der menschlichen Natur verfallen sei und die aus diesem Grunde weniger unverzeihlich seien. Das Geschlecht der Struldbrugs sei ihrem Lande eigentümlich, denn solche Leute gäbe es weder in Balnibarbi noch in Japan, wo er die Ehre gehabt habe, Gesandter Seiner Majestät zu sein, und er habe bemerkt, daß die Einwohner dieser beiden Königreiche nur sehr schwer glaubten, daß diese Tatsache möglich sei. Und aus meinem Erstaunen, als er die Angelegenheit mir gegenüber zum erstenmal erwähnte, gehe hervor, daß ich sie als etwas völlig Neues und kaum Glaubliches aufgenommen habe. In den beiden vorerwähnten Königreichen, wo er während seines Aufenthalts vielen Umgang gepflogen habe, habe er bemerkt, daß langes Leben die allgemeine Sehnsucht und der Wunsch des Menschengeschlechts sei. Jeder, der schon mit einem Fuß im Grabe stehe, halte ganz gewiß den anderen so fest wie möglich zurück. Der

Älteste habe noch die Hoffnung, einen Tag länger zu leben, und betrachte den Tod als das größte Übel, vor dem zu fliehen die Natur ihn ständig antreibe. Nur auf der Insel Luggnagg sei die Gier zu leben nicht so heftig, da man das Beispiel der Struldbrugs fortwährend vor Augen habe.

Der Lebensplan, den ich aufgestellt hätte, sei unvernünftig und unbillig, da er eine immerwährende Dauer der Jugend, Gesundheit und Geisteskraft voraussetze. Kein Mensch könne aber doch so töricht sein, diese zu erwarten, so ausschweifend er auch in seinen Wünschen sein möge. Es sei deshalb nicht die Frage, ob ein Mensch stets in der Blüte der Jugend, verbunden mit Wohlstand und Gesundheit, leben wolle, sondern wie er ein ewiges Leben mit all den üblichen Nachteilen, die das Alter mit sich bringt, verbringen würde. Denn obwohl nur wenige Menschen ihr Verlangen, unsterblich zu sein, unter so harten Bedingungen aufrechterhalten würden, so habe er in den beiden vorher erwähnten Königreichen von Balnibarbi und Japan beobachtet, daß jeder Mensch den Tod noch einige Zeit weiter hinauszuschieben wünschte, und käme er auch noch so spät. Er habe auch nur selten von einem Menschen gehört, der gern gestorben sei, außer er sei durch ein Übermaß von Leid oder Qual dazu getrieben worden. Und er wandte sich an mich, ob ich nicht in jenen Ländern, die ich bereist hätte, sowie in meinem eigenen dieselbe allgemeine Veranlagung bemerkt habe.

Nach dieser Vorrede gab er mir einen ausführlichen Bericht über die Struldbrugs bei ihnen. Er sagte, sie benähmen sich gewöhnlich wie Sterbliche, bis sie etwa dreißig Jahre alt wären; dann würden sie allmählich melancholisch und niedergeschlagen, und beides steigere sich, bis sie das achtzigste Jahr erreichten. Er habe das aus ihrem eigenen Eingeständnis erfahren; denn sonst seien es, da nicht mehr als zwei oder drei dieser Gattung in einem Menschenalter geboren würden, zuwenig, um davon eine allgemeine Regel abzuleiten. Wenn sie nun das achtzigste Jahr erreichten, das in diesem Land als äußerste Grenze des Lebens betrachtet werde, so zeigten sie nicht allein alle Torheiten und Schwächen anderer alter Leute, sondern noch viel mehr, die eine Folge der furchtbaren Aussicht, niemals zu sterben, seien. Sie wären nicht allein eigensinnig, verdrießlich, habgierig, mürrisch, eingebildet und geschwätzig, sondern auch der Freundschaft unfähig und unempfänglich für jede natürliche Zuneigung, die sich nie über ihre Enkel hinaus erstrecke. Neid und ohnmächtige Begierden sind ihre vorherrschenden Leidenschaften. Die Gegenstände aber, auf die sich ihr Neid hauptsächlich zu richten scheint, sind die Laster der jüngeren Leute und der Tod der alten. Wenn sie an die ersteren denken, so werden sie sich bewußt, daß sie von jeder Möglichkeit des Vergnügens ausgeschlossen sind, und wenn sie einen Leichenzug sehen, so klagen und murren sie, daß andere in einen Hafen der Ruhe eingegangen sind, den zu erreichen sie selbst niemals hoffen können. Sie erinnern sich nur an das, was sie in ihrer Jugend und in ihrem mittleren Alter gelernt und beobachtet haben, und selbst daran nur sehr unvollkommen. Und was die Wahrheit oder die Einzelheiten irgendeines Sachverhalts angeht, so ist es sicherer, sich auf allgemeine Überlieferungen als auf ihre besten Erinnerungen zu verlassen. Die am wenigsten Unglücklichen unter ihnen scheinen noch diejenigen zu sein, die kindisch werden und ihr Gedächtnis völlig verlieren; diesen wird mehr Mitleid und Hilfe zuteil, da ihnen viele schlechte Eigenschaften fehlen, die bei anderen im Überfluß vorhanden sind.

Wenn ein Struldbrug eine seiner eigenen Art heiratet, so wird die Ehe nach dem Recht des Königreichs natürlich aufgehoben, sobald der jüngere von beiden achtzig wird. Das Gesetz sieht es nämlich als eine gerechte Vergünstigung an, daß das Elend derjenigen, die ohne eigene Schuld zu einem ewigen Verweilen in dieser Welt verdammt sind, nicht auch noch durch die Last eines Weibes verdoppelt werden sollte.

Sobald sie das achtzigste Lebensjahr vollendet haben, werden sie rechtlich als tot betrachtet. Ihre Erben folgen ihnen sogleich in ihrem Besitz; nur eine kleine Summe wird für ihren Unterhalt ausgesetzt, und die Ärmeren werden auf Kosten des Staates ernährt. Nach dieser Zeit betrachtet man sie als unfähig, irgendeine Vertrauensstellung oder eine, die Gewinn bringt, zu bekleiden; sie dürfen keinen Grundbesitz kaufen oder in Pacht nehmen, und es ist ihnen auch nicht gestattet, in irgendeinem Prozeß, sei er zivilrechtlich oder strafrechtlich, als Zeuge aufzutreten, nicht einmal bei einer Entscheidung über Marksteine und Grenzlinien.

Mit neunzig verlieren sie die Zähne und Haare; in diesem Alter nehmen sie keinen Geschmacksunterschied mehr wahr, sondern essen und trinken ohne Vergnügen oder Appetit, was sie bekommen können. Die Krankheiten, denen sie ausgesetzt waren, dauern immer fort, ohne sich zu verschlimmern oder zu bessern. Beim Sprechen vergessen sie die gewöhnlichsten Bezeichnungen von Sachen und die Namen von Personen, sogar derjenigen, die ihre nächsten Freunde und Verwandten sind. Aus demselben Grund können sie sich niemals mehr mit Lesen die Zeit vertreiben, weil ihr Gedächtnis nicht ausreicht, sie vom Anfang eines Satzes bis zum Ende zu bringen; und durch dieses Gebrechen werden sie der einzigen Unterhaltung beraubt, deren sie sonst noch fähig wären.

Da die Sprache dieses Landes ständig in Veränderung begriffen ist, verstehen die Struldbrugs der einen Generation die der anderen nicht mehr, und nach zweihundert Jahren sind sie auch nicht mehr imstande, irgendein Gespräch (mit mehr als ein paar allgemeinen Wörtern) mit ihren Nachbarn, den Sterblichen, zu

führen. Und so sind sie in der ungünstigen Lage, wie Fremde in ihrem eigenen Vaterland zu leben.

Das war der Bericht, der mir über die Struldbrugs gegeben wurde, so genau ich mich erinnern kann. Später habe ich selbst fünf oder sechs verschiedenen Alters gesehen, der Jüngste nicht mehr als zweihundert Jahre alt, die von einigen meiner Freunde bei verschiedenen Gelegenheiten zu mir gebracht wurden. Obgleich man ihnen sagte, daß ich ein großer Reisender sei und die ganze Welt gesehen hätte, zeigten sie aber nicht die geringste Neugier, um mir auch nur eine Frage zu stellen. Sie baten nur, ich möge ihnen »Slumskudask« oder ein Zeichen der Erinnerung geben, und das ist eine bescheidene Art des Bettelns, um das Gesetz zu umgehen, das es streng verbietet, da der Staat für ihren Lebensunterhalt sorgt, wenn auch tatsächlich nur mit einem sehr kärglichen Betrag.

Sie werden von allen Schichten des Volkes verachtet und gehaßt. Wenn einer von ihnen geboren wird, so hält man das für ein böses Vorzeichen, und ihre Geburt wird sehr genau registriert, so daß man ihr Alter erfahren kann, indem man das Register

nachschlägt, das jedoch erst seit ungefähr tausend Jahren geführt wird oder sonst durch die Zeit oder durch Unruhen im Staat vernichtet worden ist. Die gewöhnliche Art zu berechnen, wie alt sie sind, besteht aber darin, daß man sie fragt, an welche Könige oder hohen Persönlichkeiten sie sich erinnern können, und dann die Geschichte zu Rate zieht; denn ganz gewiß hat der letzte Fürst, an den sie sich erinnern, seine Regierung angetreten, bevor sie achtzig Jahre alt waren.

Sie boten den niederdrückendsten Anblick, den ich jemals gesehen habe, und die Frauen sahen noch scheußlicher aus als die Männer. Neben der üblichen Ungestaltheit hohen Alters zeigten sie im Verhältnis zur Zahl ihrer Jahre eine erhöhte Grausigkeit, die nicht zu beschreiben ist; und unter einem halben Dutzend erkannte ich bald, wer der älteste war, selbst wenn nicht mehr als ein oder zwei Jahrhunderte zwischen ihnen lagen.

Der Leser wird mir ohne Frage glauben, daß mein starkes Verlangen nach ununterbrochener Fortdauer des Lebens durch das, was ich gehört und gesehen hatte, sehr nachgelassen hatte. Ich fing an, mich der angenehmen Wunschbilder, die ich ersonnen hatte, von Herzen zu schämen, und dachte, kein Tyrann könne einen Tod erfinden, in den ich nicht mit Freuden aus einem solchen Leben gehen würde. Der König hörte von allem, was zwischen mir und meinen Freunden bei dieser Gelegenheit vorgefallen war, und neckte mich sehr freundlich. Er wünschte, ich möchte ein paar Strudbrugs in mein Heimatland schicken, um unser Volk gegen die Furcht vor dem Tode zu wappnen; wie es scheint, ist das aber durch die Grundgesetze des Königreichs verboten, sonst wäre ich gern willens gewesen, die Mühe und die Kosten ihres Transports auf mich zu nehmen.

Ich konnte nicht umhin zuzugeben, daß die Gesetze dieses Königreichs, die sich auf die Struldbrugs beziehen, auf den triftigsten Gründen beruhten und so beschaffen waren, wie sie jedes andere Land unter den gleichen Umständen notwendig auch erlassen müßte. Andernfalls würden, da ja Geiz die unumgängliche Folge des Greisenalters ist, diese Unsterblichen mit der Zeit die Besitzer der ganzen Nation werden und die zivile Macht ganz für sich in Anspruch nehmen, was aus Mangel an Fähigkeiten, damit umzugehen, mit dem Untergang des Staates enden müßte.

Elftes Kapitel

Der Verfasser verläßt Luggnagg und segelt nach Japan. Von dort kehrt er auf einem holländischen Schiff nach Amsterdam und von Amsterdam nach England zurück.

Ich habe gedacht, dieser Bericht über die Struldbrugs könne dem Leser einige Unterhaltung bieten, weil er ein wenig von der gewohnten Art abweicht. Ich erinnere mich wenigstens nicht, Ähnliches in irgendeiner Reisebeschreibung gelesen zu haben, die mir in die Hände gekommen ist. Und wenn ich mich täuschen sollte, so kann ich zu meiner Rechtfertigung anführen, daß Reisende, die dasselbe Land beschreiben, notwendig sehr oft die gleichen Einzelheiten darstellen, ohne daß man ihnen den Vorwurf machen könnte, sie hätten von ihren Vorgängern entlehnt oder abgeschrieben.

Zwischen diesem Königreich und dem großen Kaiserreich Japan herrscht in der Tat ein ständiger Handelsverkehr, und es ist sehr wahrscheinlich, daß die japanischen Schriftsteller schon über die Struldbrugs berichtet haben. Mein Aufenthalt in Japan war aber so kurz und ich mit der Sprache so ganz und gar unbekannt, daß ich nicht in der Lage war, irgendwelche Erkundigungen einzuziehen. Ich hoffe jedoch, daß die Holländer auf diese Nachricht hin wißbegierig und geschickt genug sein werden, meine Mängel auszugleichen.

Seine Majestät hatte mich oft dringend gebeten, eine Anstellung an seinem Hofe anzunehmen. Als er mich aber fest entschlossen fand, in mein Heimatland zurückzukehren, geruhte er, mir seine Erlaubnis zur Abreise zu geben, und ehrte mich mit einem eigenhändig geschriebenen Empfehlungsschreiben an den Kaiser von Japan. Er schenkte mir auch vierhundertvierundvierzig große Goldstücke (die Nation findet Vergnügen an geraden Zahlen) und einen roten Diamanten, den ich in England für elfhundert Pfund verkaufte.

Am 6. Mai 1709 nahm ich von Seiner Majestät und allen meinen Freunden feierlichen Abschied. Dieser Fürst war so gnädig zu befehlen, daß mich eine Leibwache nach Glanguenstald geleitete, einem königlichen Hafen im südwestlichen Teil der Insel. Nach sechs Tagen fand ich ein segelfertiges Schiff, um mich nach Japan zu bringen, und brachte fünfzehn Tage auf der Reise zu.

Wir landeten in einer kleinen Hafenstadt namens Xamoschi, die im südöstlichen Teil Japans liegt; die Stadt ist auf der westlichen Landspitze erbaut, von wo eine schmale Meerenge nordwärts in einen langen Meeresarm führt, an dessen nordwestlicher Seite die Hauptstadt Yedo liegt. Beim Landen zeigte ich den Zollbeamten meinen Brief vom König von Luggnagg an Seine Kaiserliche Majestät. Sie kannten das Siegel genau; es war so breit wie meine Hand. Der Abdruck zeigte einen König, der einen lahmen Bettler von der Erde aufhebt. Als die Beamten der Stadt von meinem Brief hörten, empfingen sie mich wie einen Staatsmini-

ster. Sie stellten mir Wagen und Diener zur Verfügung und übernahmen die Kosten meiner Reise bis Yedo, wo ich Zutritt zur Audienz erhielt und meinen Brief überreichte. Er wurde mit großer Förmlichkeit geöffnet und dem Kaiser durch einen Dolmetscher erläutert, der mir auf Befehl Seiner Majestät verkündete, daß ich mein Ansuchen aussprechen möchte, und was es auch sei, es solle seinem königlichen Bruder von Luggnagg zuliebe gewährt werden. Dieser Dolmetscher war ein Mann, der dazu verwendet wurde, die Geschäfte mit den Holländern abzuwikkeln. Aus meinem Verhalten erriet er bald, daß ich ein Europäer sei, und wiederholte deshalb die Befehle Seiner Majestät auf holländisch, das er sehr gut sprach. Ich erwiderte (wie ich mich vorher entschieden hatte), daß ich ein holländischer Kaufmann sei, der in einem sehr entlegenen Land Schiffbruch erlitten habe; von dort sei ich zu Wasser und zu Lande nach Luggnagg gereist, und dann hätte ich mich nach Japan eingeschifft, wo, wie ich wisse, meine Landsleute häufig Handel trieben. Ich hoffte, bei einigen von ihnen eine Gelegenheit zu erhalten, nach Europa zurückzukehren. Deshalb erbäte ich untertänigst die königliche Gunst, Befehl zu geben, daß ich sicher nach Nagasaki geleitet werde. Dazu fügte ich eine weitere Bitte: Meinem Beschützer, dem König von Luggnagg, zuliebe möge Seine Majestät geruhen, mir den Vollzug der Zeremonie zu erlassen, die meinen Landsleuten vorgeschrieben sei, nämlich das Kruzifix mit Füßen zu treten.

Ich sei ja nur durch mein Mißgeschick in sein Königreich verschlagen worden, ohne die geringste Absicht, Handel zu treiben. Als diese letztere Bitte dem Kaiser übersetzt wurde, schien er ein wenig erstaunt und sagte, er glaube, ich sei der erste von meinen Landsleuten, der in diesem Punkt irgendein Bedenken gehabt habe, und daß er zu zweifeln beginne, ob ich wirklich ein Holländer sei. Vielmehr hege er den Verdacht, ich müsse ein Christ sein. Aus den Gründen, die ich vorgebracht hätte, vorzüglich aber, um dem König von Luggnagg durch eine außergewöhnliche Bezeigung seiner Gunst gefällig zu sein, werde er jedoch meiner einzigartigen Laune willfahren. Die Angelegenheit müsse jedoch mit Geschicklichkeit ins Werk gesetzt werden, und seine Offiziere würden Befehl erhalten, mich durchzulassen, als geschehe es aus Unachtsamkeit. Er versicherte mir nämlich, daß meine Landsleute, die Holländer, mir unterwegs die Kehle abschneiden würden, wenn sie das Geheimnis entdeckten. Ich stattete durch den Dolmetscher meinen Dank für eine so außerordentliche Gunstbezeigung ab, und da zu jener Zeit gerade einige Truppen auf dem Marsch nach Nagasaki waren, erhielt der kommandierende Offizier Befehl, mich sicher dorthin zu bringen, und außerdem noch ausführliche Instruktionen über die Angelegenheit mit dem Kruzifix.

Am 9. Juni 1709 kam ich nach einer sehr langen und beschwerlichen Reise in Nagasaki an. Ich machte bald die Bekanntschaft einiger holländischer Matrosen von der »Amboyna« aus Amsterdam, einem fest gebauten Schiff von vierhundertundfünfzig Tonnen.

Ich hatte lange in Holland gelebt, als ich meine Studien in Leiden betrieb, und sprach gut Holländisch. Die Matrosen erfuhren bald, woher ich zuletzt gekommen war; sie erkundigten sich neugierig nach meinen Reisen und nach meinem Lebenslauf. Ich erfand eine Geschichte, so kurz und wahrscheinlich wie möglich, verschwieg jedoch den größten Teil. Ich kannte viele Personen in Holland und konnte so Namen für meine Eltern erfinden, von denen ich vorgab, sie seien Leute niederen Standes in der Provinz Geldern. Ich hätte dem Kapitän (einem Theodorus Vangrult) gegeben, was er für meine Reise nach Holland verlangen wollte; als er aber erfuhr, daß ich Wundarzt sei, begnügte er sich damit, die Hälfte des gewöhnlichen Preises zu nehmen, unter der Bedingung, daß ich für ihn in meinem Beruf Dienst tat. Ehe wir uns einschifften, wurde ich oft von einigen aus der Schiffsmannschaft gefragt, ob ich obenerwähnte Zeremonie bereits vollzogen hätte. Ich umging die Frage durch unbestimmte Antworten, daß ich den Kaiser und den Hof in allen Punkten zufriedengestellt hätte. Ein boshafter Schurke von einem Bootsmann ging aber zu einem Offizier und sagte ihm, indem er auf mich zeigte, ich hätte noch nicht auf das Kruzifix getreten; aber der andere, der Instruktionen erhalten hatte, mich durchzulassen, gab dem Halunken mit einem Bambusstock zwanzig Hiebe auf den Rücken, worauf ich nicht weiter mit solchen Fragen belästigt wurde.

Auf dieser Reise ereignete sich nichts Erwähnenswertes. Wir segelten mit günstigem Wind zum Kap der Guten Hoffnung, wo wir uns nur aufhielten, um frisches Wasser einzunehmen. Am 10. April 1710 kamen wir wohlbehalten in Amsterdam an, nachdem wir auf der Reise nur drei Mann durch Krankheit verloren hatten und einen vierten, der nicht weit von der Küste von Guinea vom Fockmast ins Meer gefallen war. Von Amsterdam ging ich bald darauf in einem kleinen Schiff, das in dieser Stadt beheimatet war, nach England unter Segel.

Am 16. April liefen wir in die Downs ein. Am nächsten Morgen ging ich an Land und sah mein Heimatland nach einer Abwesenheit von vollen fünf Jahren und sechs Monaten wieder. Ich ging geradewegs nach Redriff, wo ich am selben Tag um zwei Uhr nachmittags anlagte und meine Frau und Familie bei guter Gesundheit vorfand.

VIERTER TEIL

Eine Reise in das Land der Houyhnhnms

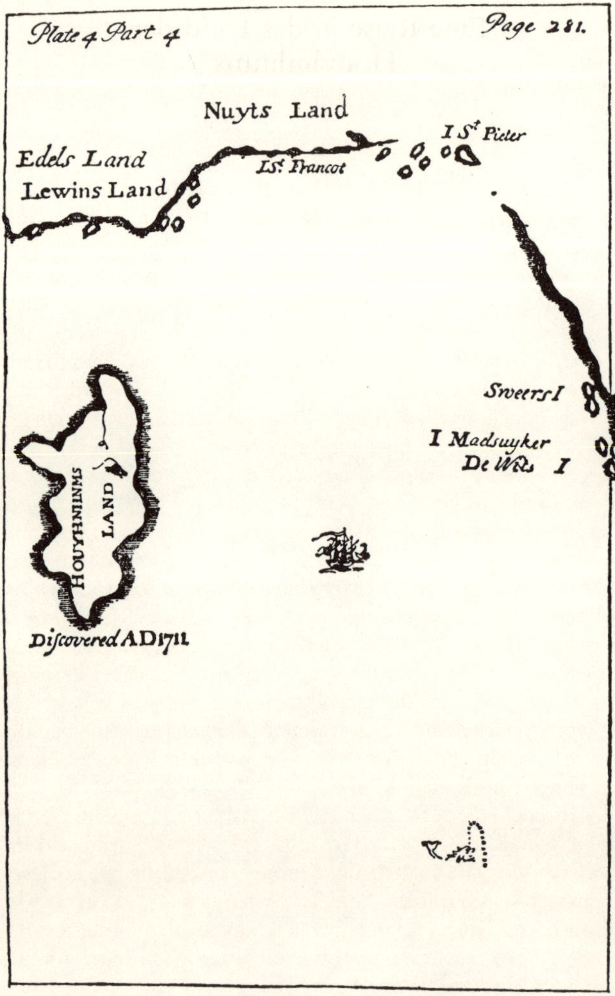
Plate 4 Part 4
Page 281.
Nuyts Land
I St Pieter
Edels Land
I St Francot
Lewins Land
Sweers I
I Madsuyker
De Wits I
HOUYHNHNMS LAND
Discovered AD1711

Erstes Kapitel

Der Verfasser beginnt die Reise als Kapitän eines Schiffes. Seine Leute verschwören sich gegen ihn, sperren ihn längere Zeit in seiner Kajüte ein und setzen ihn an einer unbekannten Küste an Land. Er geht landeinwärts. Beschreibung der Yahoos, einer sonderbaren Tierart. Der Verfasser begegnet zwei Houyhnhnms.

Ich blieb ungefähr fünf Monate in sehr glücklichen Umständen zu Hause bei meiner Frau und meinen Kindern; wenn ich nur begriffen hätte, wann es mir gut geht. Ich ließ meine arme Frau schwanger zurück und nahm ein vorteilhaftes Angebot an, das man mir gemacht hatte, Kapitän der »Abenteurer« zu werden, eines fest gebauten Kauffahrteischiffs von dreihundertundfünfzig Tonnen. Denn ich verstand mich gut auf die Navigation, und da ich des Amtes eines Wundarztes zur See müde geworden war, das ich jedoch, wenn nötig, ausüben konnte, nahm ich einen geschickten jungen Mann dieses Berufs, einen gewissen Robert Purefoy, auf mein Schiff. Wir gingen am 7. September 1710 von Portsmouth aus unter Segel; am 14. trafen wir bei Teneriffa mit Kapitän Pocock aus Bristol zusammen, der zum Golf von Campeche fuhr, um Blauholz zu fällen. Am 16. wurde er durch einen Sturm von uns getrennt; nach meiner Rückkehr habe ich gehört, daß sein Schiff unterging und mit Ausnahme eines Schiffsjungen niemand davongekommen ist. Er war ein ehrenwerter Mann und ein guter Seefahrer, aber ein wenig zu selbstsicher in seinen Ansichten, was auch der Grund seines Untergangs war, wie es der verschiedener anderer gewesen ist. Denn hätte er meinen Rat befolgt, so hätte er jetzt ebenso wie ich wohlbehalten zu Hause bei seiner Familie sein können.

Mehrere Leute auf meinem Schiff starben an Tropenfieber, so daß ich genötigt war, auf Barbados und den Leewardinseln Ersatz anzuwerben, wo ich im Auftrag der Kaufleute, in deren Dienst ich stand, anlegte. Bald hatte ich nur zu guten Grund, das zu bereuen, denn ich fand später heraus, daß die meisten der neuen Matrosen Seeräuber gewesen waren. Ich hatte fünfzig Mann an Bord, und mein Auftrag lautete, mit den Indianern in der Südsee Handel zu treiben und so viele Entdeckungen zu machen, wie ich nur konnte. Diese Schurken, die ich aufgelesen hatte, verführten auch meine anderen Leute, und alle zusammen

schmiedeten ein Komplott, um sich des Schiffs zu bemächtigen und mich einzusperren. Das taten sie eines Morgens, indem sie in meine Kajüte eindrangen, mich an Händen und Füßen banden und drohten, mich über Bord zu werfen, falls ich wagte, mich nur zu rühren. Ich sagte ihnen, ich sei ihr Gefangener und ergäbe mich. Das ließen sie mich beschwören, dann lösten sie meine Fesseln und banden mich nur an einem Bein mit einer Kette nahe bei meinem Bett fest und stellten einen Wachtposten mit geladenem Gewehr an meine Tür, der Befehl hatte, mich zu erschießen, wenn ich die Freiheit zu erlangen suchte. Sie schickten mir Lebensmittel und Getränke herunter und übernahmen selbst die Leitung des Schiffs. Es war ihre Absicht, Piraten zu werden und die Spanier auszuplündern, was sie jedoch nicht eher tun konnten, als bis sie mehr Leute hatten. Zuerst aber beschlossen sie, die auf dem Schiff befindlichen Waren zu verkaufen und dann nach Madagaskar zu gehen, um neue Leute anzuwerben, da mehrere von ihnen seit meiner Gefangennahme gestorben waren. Sie segelten viele Wochen und handelten mit den Indianern; ich wußte aber nicht, welchen Kurs sie steuerten, da ich als streng bewachter Gefangener in meiner Kajüte festgehalten wurde und nichts Geringeres erwartete, als ermordet zu werden, wie sie es mir oft androhten.

Am 9. Mai 1711 kam ein gewisser James Welch in meine Kajüte herab und sagte, er habe vom Kapitän Befehl, mich an Land zu setzen. Ich machte ihm Vorhaltungen, aber vergeblich; er wollte mir nicht einmal sagen, wer ihr neuer Kapitän sei. Sie zwangen mich, das Großboot zu besteigen, erlaubten mir aber, meinen besten Anzug anzuziehen, der noch so gut wie neu war, und ein kleines Bündel Wäsche, aber keine Waffen mit Ausnahme meines Hirschfängers mitzunehmen. Sie waren auch so anständig, mir nicht die Taschen zu durchsuchen, in die ich alles Geld, das ich besaß, und einige kleine Bedarfsgegenstände steckte. Sie ruderten etwa eine Meile und setzten mich dann an einem Gestade aus. Ich bat sie, mir zu sagen, was für ein Land es sei. Sie beteuerten alle, sie wüßten nicht mehr als ich, sagten aber, daß der Kapitän (wie sie ihn nannten) beschlossen habe, sich meiner nach Verkauf der Ladung an der ersten Stelle, wo sie Land entdeckten, zu entledigen. Sie stießen unverzüglich wieder ab, rieten mir, mich zu beeilen, damit ich nicht von der Flut überrascht würde, und sagten mir Lebewohl.

In dieser traurigen Lage ging ich vorwärts und kam bald auf festen Boden, wo ich mich auf einer Anhöhe niedersetzte, um auszuruhen und zu überlegen, was ich am besten tun könnte. Als ich mich ein wenig erholt hatte, ging ich mit dem Entschluß landeinwärts, mich den ersten Wilden, denen ich begegnete, auszuliefern und mir von ihnen das Leben mit ein paar Armbändern, Glasringen und anderem Spielzeug zu erkaufen, womit sich Seefahrer auf solchen Reisen gewöhnlich versehen und wovon ich einiges bei mir hatte. Das Land wurde von langen Baumreihen durchzogen, die jedoch nicht regelmäßig angepflanzt waren, sondern wild wuchsen; es gab auch eine Menge Wiesen und mehrere Haferfelder. Ich ging sehr vorsichtig, um nicht überrascht oder von hinten oder von der Seite plötzlich von einem Pfeil getroffen zu werden. Ich stieß auf einen ausgetretenen Weg, wo ich viele Spuren von menschlichen Füßen und einige von Kühen, am meisten aber von Pferden sah. Schließlich erblickte ich mehrere Tiere auf einem Feld und eins oder zwei derselben Art, die auf Bäumen saßen. Ihre Gestalt war sehr sonderbar und häßlich, was mich ein wenig beunruhigte, so daß ich mich hinter ein Gebüsch legte, um sie besser beobachten zu können. Einige von ihnen kamen näher an die Stelle heran, wo ich lag, und gaben mir Gelegenheit, ihre Gestalt deutlich zu sehen. Kopf und Brust waren mit dichtem Haar bedeckt, bei einigen war es kraus und bei anderen glatt. Sie hatten Bärte wie Ziegen und einen langen Haarstreifen über den Rücken und die Vorderseite der Beine und Füße hinunter; der übrige Teil ihres Körpers aber war kahl, so daß ich ihre Haut sehen konnte, die von braungelber Farbe war. Sie hatten keinen Schwanz und auch überhaupt kein Haar am Hinterteil, außer um den After herum, wo es, nehme ich an, die Natur hatte wachsen lassen, um sie zu schützen, wenn sie auf der

Erde saßen; denn diese Stellung nahmen sie ein, legten sich auch nieder und standen oft auf den Hinterpfoten. Sie erkletterten hohe Bäume so behend wie Eichhörnchen, denn sie hatten vorne und hinten kräftige, lange Pfoten, die in scharfe und gekrümmte Krallen ausliefen. Sie tollten, hüpften und sprangen oft mit erstaunlicher Behendigkeit. Die Weibchen waren nicht so groß wie die Männchen; sie hatten langes, glattes Haar auf dem Kopf, aber keins im Gesicht und auch nicht mehr als eine Art Flaum auf dem übrigen Körper, außer um den After und die Scham. Ihre

Zitzen hingen ihnen zwischen den Vorderpfoten herab und reichten beim Laufen oft fast bis zum Boden. Das Haar beider Geschlechter war von unterschiedlicher Farbe: braun, rot, schwarz und gelb. Im ganzen habe ich auf allen meinen Reisen niemals ein so widerliches Tier gesehen oder eines, gegen das ich instinktiv eine so starke Abneigung empfand. Deshalb stand ich voller Verachtung und Abscheu auf, als ich meinte, ich hätte genug gesehen, und ging auf dem ausgetretenen Weg weiter, da ich hoffte, er werde mich zur Hütte irgendeines Indianers führen. Ich war noch nicht weit gekommen, als ich eins dieser Geschöpfe genau vor mir sah, das geradeswegs auf mich zukam. Als mich das ekelhafte Ungeheuer erblickte, verzerrte es alle Züge seines Gesichts auf die verschiedenste Weise und starrte mich an wie etwas, was es noch nie gesehen hatte; dann kam es näher und hob die Vorderpfote, ob aus Neugier oder in schlimmer Absicht, konnte ich nicht unterscheiden. Ich zog aber meinen Hirschfänger und gab ihm einen derben Schlag mit der flachen Klinge; denn ich wagte nicht, mit der Schneide zuzuschlagen, weil ich befürchtete, die Einwohner möchten gegen mich aufgebracht sein, wenn sie erführen, daß ich eines ihrer Haustiere getötet oder verstümmelt hätte. Als das Vieh den Schmerz spürte, fuhr es zurück und brüllte so laut, daß eine Herde von wenigstens vierzig Stück vom nächsten Feld herbeigelaufen kam und mich um-

ringte, wobei sie heulten und abscheuliche Grimassen schnitten. Ich lief jedoch zu einem Baum, lehnte mich mit dem Rücken gegen den Stamm und hielt sie mir vom Leibe, indem ich meinen Hirschfänger schwang. Mehrere von dieser verfluchten Brut bekamen hinten die Zweige zu fassen und sprangen auf den Baum, von wo sie anfingen, sich über meinem Kopf ihrer Exkremente zu entledigen; ich kam jedoch ziemlich gut davon, da ich mich eng an den Baumstamm drückte, erstickte aber beinahe an dem Gestank des Kotes, der an allen Seiten um mich herabfiel.

Mitten in dieser Bedrängnis bemerkte ich, daß sie plötzlich alle davonliefen, so schnell sie konnten. Daraufhin wagte ich es, den Baum zu verlassen und meinen Weg fortzusetzen, voller Verwunderung, was ihnen wohl diesen Schrecken eingejagt haben könnte. Als ich aber nach links blickte, sah ich, wie ein Pferd langsam über das Feld ging; dieses Tier, das meine Verfolger früher entdeckt hatten, war die Ursache ihrer Flucht. Das Pferd fuhr ein wenig zusammen, als es mir näher kam, faßte sich aber bald und sah mir mit deutlichen Zeichen des Erstaunens gerade ins Gesicht. Es sah sich meine Hände und Füße an und ging mehrere Male um mich herum. Ich wollte weitergehen, aber es stellte sich mir direkt in den Weg, blickte jedoch mit sehr sanfter Miene

drein und machte nicht die geringsten Anstalten, Gewalt anzuwenden. Wir blieben eine Zeitlang stehen und starrten uns gegenseitig an; schließlich hatte ich die Kühnheit, die Hand nach seinem Hals auszustrecken in der Absicht, ihn zu streicheln, wobei ich nach Art der Reitknechte vorging und so wie sie pfiff, wenn sie im Begriff sind, mit einem fremden Pferd umzugehen. Dieses Tier aber schien meine Artigkeiten mit Verachtung aufzunehmen, schüttelte den Kopf, machte ein finsteres Gesicht und hob sacht den rechten Vorderfuß, um meine Hand wegzuschieben. Dann wieherte es drei- oder viermal, aber in so verschiedenem Tonfall, daß ich beinahe zu glauben begann, es spreche in einer eigenen Sprache mit sich selbst.

Während wir beide uns so miteinander abgaben, kam ein zweites Pferd herbei, das sich in einer sehr förmlichen Weise an das andere wandte; sie klopften sich gegenseitig sanft auf den rechten Vorderhuf, wieherten abwechselnd mehrere Male und veränderten dabei den Ton, was beinahe artikuliert klang. Sie gingen ein paar Schritte zur Seite, gleichsam um sich zu besprechen, gingen Seite an Seite hin und her, wie Personen, die sich über eine gewichtige Angelegenheit beraten, wobei sie ihre Blicke aber oft auf mich richteten, als wollten sie aufpassen, daß ich nicht entwischte. Ich war erstaunt, solche Handlungen und ein solches Verhalten bei unvernünftigen Tieren zu finden, und kam zu dem Schluß, daß die Einwohner dieses Landes notwendig das weiseste Volk auf der Erde sein müßten, wenn sie mit einem entsprechenden Grad von Vernunft begabt wären. Dieser Gedanke gab mir so viel Trost, daß ich beschloß weiterzugehen, bis ich ein Haus oder ein Dorf entdecken oder einem der Eingeborenen begegnen würde, und die beiden Pferde miteinander reden zu lassen, wie es ihnen beliebte. Doch als das erste Pferd, ein Apfelschimmel, sah, daß ich mich davonstahl, wieherte es in so ausdrucksvollem Ton hinter mir her, daß ich mir einbildete zu verstehen, was es meinte; ich kehrte daraufhin um und näherte mich ihm, um seine weiteren Befehle zu erwarten, wobei ich jedoch meine Furcht verbarg, so gut ich konnte. Ich begann nämlich einige Sorge zu empfinden, wie dieses Abenteuer ausgehen würde, und der Leser wird leicht glauben, daß mir meine gegenwärtige Lage nicht sehr gefiel.

Die beiden Pferde kamen nahe an mich heran und blickten mir mit großem Ernst ins Gesicht und auf die Hände. Der Schimmel strich mit dem rechten Vorderhuf rund um meinen Hut und brachte ihn so sehr in Unordnung, daß ich genötigt war, ihn abzunehmen und wieder richtig aufzusetzen. Darüber schienen er und sein Gefährte (es war ein Brauner) sich sehr zu wundern. Der letztere befühlte meinen Rockschoß, und als er merkte, daß er locker an mir hing, schauten beide mit neuen Zeichen der Verwunderung drein. Er streichelte mir die rechte Hand, deren Zartheit und Farbe er zu bewundern schien, drückte sie aber so fest zwischen Huf und Fessel, daß ich laut schreien mußte; danach berührten sie mich beide so zart wie nur möglich. Sie waren in großer Ratlosigkeit wegen meiner Schuhe und Strümpfe, die sie mehrmals befühlten, wobei sie miteinander wieherten und verschiedene Gebärden machten, die denen eines Philosophen glichen, der versucht, eine Erklärung für ein neues und problematisches Phänomen zu finden.

Im ganzen war das Verhalten dieser Tiere so ordentlich und vernünftig, so scharfsinnig und klug, daß ich schließlich folgerte, es müßten notwendig Magier sein, die sich zu irgendeinem Zweck derart verwandelt hätten und, als sie am Wege einen Fremden sahen, zu dem Entschluß gekommen waren, sich einen Scherz mit ihm zu machen, oder vielleicht waren sie auch wirklich erstaunt über den Anblick eines Menschen, der sich in Kleidung, Gesichtszügen und Hautfarbe so sehr von jenen unterschied, die in dieser entlegenen Gegend leben mochten. Auf diesen Schluß hin wagte ich es, sie folgendermaßen anzureden: »Meine Herren, wenn Sie Zauberer sein sollten, wie ich guten Grund habe zu glauben, so können Sie jede Sprache verstehen. Ich nehme mir daher die Freiheit, Euer Gnaden wissen zu lassen, daß ich ein armer, unglücklicher Engländer bin, der durch sein Mißgeschick an Ihre Küste verschlagen worden ist, und ich flehe einen von Ihnen an, mich auf seinem Rücken, als ob er ein wirkliches Pferd wäre, zu einem Haus oder Dorf reiten zu lassen, wo mir geholfen werden kann. Als Dank für diese Gefälligkeit werde ich Ihnen dieses Messer und dieses Armband schenken« (und ich nahm beides aus der Tasche). Die beiden Geschöpfe standen schweigend da, während ich sprach, und schienen mit großer Aufmerksamkeit zuzuhören. Als ich geendet hatte, wie-

herten sie sich mehrere Male zu, als wären sie in einem ernsthaften Gespräch begriffen. Ich bemerkte deutlich, daß ihre Sprache die Gefühle sehr gut ausdrückte und daß die Wörter mit geringer Mühe und viel leichter als das Chinesische in ein Alphabet zerlegt werden könnten.

Ich konnte häufig das Wort »Yahoo« unterscheiden, das jeder von ihnen mehrmals wiederholte, und obgleich es mir unmöglich war zu erraten, was es bedeutete, bemühte ich mich doch, dieses Wort mit der Zunge zu formen, während sich die beiden Pferde eifrig unterhielten; und sobald sie schwiegen, sprach ich kühn mit lauter Stimme »Yahoo«, während ich gleichzeitig das Wiehern eines Pferdes nachahmte, so genau ich konnte. Darüber waren sie beide offensichtlich erstaunt, und der Schimmel wiederholte das Wort zweimal, als wolle er mich die richtige Aussprache lehren. Ich sprach es ihm nach, so gut ich konnte, und stellte fest, daß ich mich jedesmal merklich verbesserte, obgleich ich von jeglicher Vollkommenheit noch sehr weit entfernt war. Dann versuchte es der Braune mit einem zweiten Wort bei mir, das viel schwerer auszusprechen war; doch wenn man es in die englische Orthographie umsetzt, ließe es sich so schreiben: Houyhnhnm. Damit hatte ich nicht so guten Erfolg wie mit dem vorigen, aber nach zwei oder drei weiteren Versuchen hatte ich mehr Glück, und sie schienen beide über mein Auffassungsvermögen erstaunt zu sein.

Nach einem weiteren Gespräch, das sich wohl, wie ich vermutete, auf mich bezog, nahmen die beiden Freunde mit dem gleichen Gruß des sanften Hufklopfens voneinander Abschied, und der Schimmel gab mir Zeichen, ich solle ihm vorangehen; ich hielt es für geraten, mich zu fügen, bis ich einen besseren Führer finden könnte. Sobald ich anfing, langsamer zu gehen, rief er: »Hhuun! Hhuun!« Ich erriet, was er meinte, und gab ihm, so gut ich konnte, zu verstehen, daß ich erschöpft sei und nicht schneller gehen könne, worauf er eine Weile stehenblieb, ummich auszuruhen zu lassen.

Zweites Kapitel

Der Verfasser wird von einem Houyhnhnm in sein Haus geführt. Beschreibung des Hauses. Die Aufnahme des Verfassers. Die Nahrung der Houyhnhnms. Der Verfasser, aus Mangel an Nahrung in Not, wird schließlich mit Lebensmitteln versehen. Wie er sich in diesem Lande ernährte.

Nachdem wir ungefähr drei Meilen zurückgelegt hatten, kamen wir zu einer Art länglichem Gebäude, das aus Balken bestand, die in den Boden gerammt und kreuzweise mit Ruten verflochten waren. Das Dach war niedrig und mit Stroh bedeckt. Ich fing nun an, wieder etwas Mut zu fassen, und nahm ein paar Kleinigkeiten aus der Tasche, wie sie Reisende gewöhnlich als Geschenke für die wilden Indianer in Amerika und anderen Gegenden bei sich tragen, weil ich hoffte, die Leute in dem Hause würden dadurch bewogen, mich freundlich aufzunehmen. Das Pferd gab mir ein Zeichen, als erster einzutreten; es war ein großer Raum mit glattem Lehmboden und einer Raufe und einer Krippe, die sich auf einer Seite über die ganze Länge hinzogen. Drinnen waren drei Hengste und zwei Stuten, die aber nicht fraßen, sondern einige von ihnen saßen auf den Schenkeln, worüber ich mich sehr wunderte; noch mehr aber wunderte ich mich, als ich die übrigen mit häuslichen Pflichten beschäftigt sah. Es schienen nur gewöhnliche Haustiere zu sein; das bestätigte jedoch meine anfängliche Meinung, daß ein Volk, das unvernünftige Tiere so weit zivilisieren könne, notwendig alle Nationen der Welt an Weisheit übertreffen müsse. Der Schimmel kam gleich danach herein und verhinderte dadurch eine schlimme Behandlung, die mir die anderen vielleicht hätten zuteil werden lassen. Er wieherte ihnen mehrere Male in befehlendem Ton zu und erhielt auch Antwort.

Hinter diesem Raum befanden sich noch drei andere, die sich über die ganze Länge des Hauses erstreckten und in die man durch drei Türen gelangte, die wie bei einer Zimmerflucht einander gegenüberlagen. Wir gingen durch den zweiten Raum zum dritten; hier trat der Schimmel zuerst ein, indem er mir zuwinkte zu verweilen. Ich wartete in dem zweiten Raum und hielt meine Geschenke für den Herrn und die Herrin des Hauses bereit. Es waren zwei Messer, drei Armbänder aus falschen Perlen, ein kleiner Spiegel und eine Halskette aus Glaskugeln. Das Pferd wieherte drei- oder viermal, und ich erwartete, eine menschliche Stimme antworten zu hören, aber ich vernahm nur Entgegnungen in derselben Sprache, die eine davon ein wenig schriller als seine Stimme. Ich begann zu glauben, daß das Haus irgendeiner Person von großem Ansehen bei ihnen gehören müsse, weil so viel Förmlichkeit beobachtet wurde, ehe ich Zutritt erhalten konnte. Daß ein Mann von Stand sich nur von Pferden bedienen ließ, konnte ich jedoch nicht begreifen. Ich fürchtete, mein Verstand sei durch meine Leiden und mein Unglück verwirrt: ich raffte

mich auf und sah mich in dem Raum um, wo ich allein gelassen worden war; er war wie der erste eingerichtet, nur weit eleganter. Ich rieb mir mehrmals die Augen, aber ich sah immer noch dieselben Gegenstände. Ich zwickte mich in Arme und Seiten, um mich zu wecken, denn ich hoffte, daß ich nur träumte. Dann kam ich zu dem sicheren Schluß, daß alle diese Phänomene weiter nichts als Schwarze Kunst und Magie sein könnten. Ich hatte jedoch keine Zeit, diesen Gedanken nachzugehen, denn der Schimmel kam an die Tür und gab mir ein Zeichen, ihm in den dritten Raum zu folgen, wo ich eine sehr anmutige Stute mit einem Hengstfohlen und einem Stutfohlen sah, die mit ihren Schenkeln auf recht geschickt geflochtenen und völlig reinen und sauberen Strohmatten saßen.

Gleich nach meinem Eintritt erhob sich die Stute von ihrer Matte, trat nahe an mich heran, und nachdem sie meine Hände und mein Gesicht genau betrachtet hatte, warf sie mir einen äußerst verächtlichen Blick zu; dann wandte sie sich zu dem Hengst, und ich hörte, wie sie untereinander oft das Wort »Yahoo« wiederholten. Die Bedeutung dieses Wortes konnte ich damals noch nicht verstehen, obgleich es das erste war, das ich auszusprechen gelernt hatte. Zu meiner unendlichen Demütigung wurde ich aber sogleich besser unterrichtet; denn das Pferd winkte mir mit dem Kopf zu und wiederholte das Wort »Hhuun! Hhuun!«, wie es das unterwegs getan hatte und das ich so verstand, daß ich ihm folgen solle. Es führte mich in eine Art Hof hinaus, wo in einiger Entfernung vom Haus ein anderes Gebäude stand. Dort traten wir ein, und ich sah drei dieser scheußlichen Geschöpfe, denen ich nach meiner Landung zuerst begegnet war; sie fraßen Wurzeln und das Fleisch irgendwelcher Tiere; wie ich nachher erfuhr, war es das von Eseln und Hunden und dann und wann auch von einer Kuh, die durch Unfall oder Krankheit umgekommen war. Ihnen allen waren feste Bänder aus Weidenruten um den Hals gebunden, die an einem Balken befestigt waren. Sie hielten ihr Futter zwischen den Krallen ihrer Vorderpfoten und zerrissen es mit ihren Zähnen.

Das Pferd, das der Herr war, befahl einem Rotfuchs, einem seiner Diener, das größte dieser Tiere loszubinden und in den Hof zu bringen. Die Bestie und ich wurden dicht nebeneinandergestellt und unsere Gesichtszüge sowohl vom Herrn als auch vom Diener aufmerksam verglichen, worauf sie mehrmals das Wort »Yahoo« wiederholten. Mein Grauen und mein Erstaunen waren unbeschreiblich, als ich in diesem widerwärtigen Tier eine vollkommen menschliche Gestalt erkannte. Sein Gesicht war freilich platt und breit, die Nase eingedrückt, die Lippen wulstig und der Mund breit. Aber diese Merkmale sind allen wilden Völkern gemeinsam, bei denen die Gesichtszüge dadurch entstellt werden, daß die Eingeborenen ihre Säuglinge auf dem Bauch liegen lassen oder sie auf dem Rücken tragen, wobei sie das Gesicht gegen die Schulter der Mutter drücken. Die Vorderfüße des Yahoos unterschieden sich von meinen Händen nur durch die Länge der Nägel, die Rauheit und Bräune der Handfläche und die Behaartheit des Rückens. Zwischen unseren Füßen bestand die gleiche Ähnlichkeit mit den gleichen Unterschieden, wie ich sehr wohl wußte, die Pferde jedoch nicht, da ich Schuhe und Strümpfe trug. Die gleiche Ähnlichkeit bestand bei jedem Teil unserer Körper, außer in bezug auf die Behaartheit und die Hautfarbe, die ich schon geschildert habe.

Die große Schwierigkeit, mit der die beiden Pferde nicht fertigzuwerden schienen, bestand darin, daß sich der übrige Teil meines Körpers von dem eines Yahoos augenscheinlich so sehr

unterschied, was ich meinen Kleidern zu verdanken hatte, von denen sie sich keinen Begriff machen konnten. Der Rotfuchs bot mir eine Wurzel an, die er in ihrer Art, wie wir an passender Stelle schildern werden, zwischen Huf und Fessel hielt; ich nahm sie in die Hand, roch daran und gab sie ihm, so höflich ich konnte, wieder zurück. Er holte aus dem Stall des Yahoos ein Stück Eselsfleisch; es roch aber so widerlich, daß ich mich voll Ekel davon abwandte. Er warf es dann dem Yahoo zu, der es gierig verschlang. Danach zeigte er mir ein Bündel Heu und eine Fußfessel voll Hafer, aber ich schüttelte den Kopf, um zu verstehen zu geben, daß beides keine Nahrung für mich sei. Und ich fürchtete nun wirklich, daß ich unweigerlich Hungers sterben müßte, wenn ich nicht zu Wesen meiner Gattung käme; denn was diese schmutzigen Yahoos betraf, so muß ich, obwohl es zu jener Zeit kaum einen größeren Menschenfreund als mich gab, doch gestehen, daß ich niemals ein mit sinnlicher Wahrnehmung begabtes Wesen gesehen hatte, das in jeder Hinsicht so verabscheuungswürdig gewesen wäre; und je häufiger ich ihnen nahe kam, während ich in jenem Lande weilte, desto verhaßter wurden sie mir. Das ersah das Pferd, das der Herr war, aus meinem Verhalten und schickte den Yahoo deshalb in seinen Stall zurück. Dann legte es den Vorderhuf an den Mund, worüber ich sehr erstaunt war, obwohl es diese Bewegung mit Leichtigkeit und vollkommener Natürlichkeit ausführte, und machte noch andere Zeichen, um zu erfahren, was ich essen wollte. Ich vermochte ihm aber keine Antwort zu geben, die es begreifen konnte, und selbst wenn es mich verstanden hätte, so sah ich doch nicht, auf welche Weise es möglich sein sollte, mir Nahrung zu verschaffen. Während wir so beschäftigt waren, bemerkte ich, wie eine Kuh vorbeiging; daraufhin zeigte ich auf sie und brachte den Wunsch zum Ausdruck, sie melken zu dürfen. Das hatte Erfolg, denn das Pferd führte mich ins Haus zurück und befahl einer Dienststute, einen Raum zu öffnen, wo ein reichlicher Vorrat von Milch in irdenen und hölzernen Gefäßen sehr ordentlich und sauber aufbewahrt wurde. Sie gab mir eine große Schale voll, aus der ich recht herzhaft trank und mich sehr erfrischt fühlte.

Gegen Mittag sah ich eine Art Fuhrwerk, das wie ein Schlitten von vier Yahoos gezogen wurde, auf das Haus zukommen. Darin befand sich ein altes Pferd, das von Stand zu sein schien. Es stieg mit den Hinterfüßen zuerst aus, da es sich bei einem Unfall eine Verletzung am linken Vorderfuß zugezogen hatte. Es kam, um mit unserem Pferd zu speisen, von dem es mit großer Höflichkeit aufgenommen wurde.

Sie speisten im besten Raum und hatten als zweiten Gang in Milch gekochten Hafer, den das alte Pferd warm aß, die übrigen aber kalt. Ihre Krippen waren kreisförmig in der Mitte des Raums aufgestellt und in mehrere Abteilungen geteilt, um die sie mit ihren Schenkeln auf Strohballen saßen. In der Mitte befand sich eine große Raufe, deren Winkel der Einteilung der Krippe entsprachen, so daß jeder Hengst und jede Stute ihr eigenes Heu und ihren eigenen Brei aus Hafer und Milch mit viel Anstand und Ordnung aßen. Das Benehmen des jungen Hengstfohlens und des Stutfohlens war sehr bescheiden und das des Herrn und der Herrin außerordentlich heiter und ihrem Gast gegenüber zuvorkommend. Der Apfelschimmel befahl mir, mich neben ihn zu stellen, und zwischen ihm und seinem Freund war viel von mir die Rede, wie ich an den häufigen Blicken des Fremden auf mich und an der häufigen Wiederholung des Wortes »Yahoo« erkannte.

Ich trug zufällig meine Handschuhe. Als das der Apfelschimmel, der der Hausherr war, bemerkte, schien er verblüfft und ließ Anzeichen von Verwunderung darüber erkennen, was ich mit meinen Vorderfüßen gemacht hatte. Er berührte sie drei- oder viermal mit seinem Huf, als ob er kundtun wollte, daß ich sie wieder in ihre frühere Verfassung zurückbringen sollte. Das tat ich sogleich, indem ich meine Handschuhe auszog und in die Tasche steckte. Das veranlaßte ein weiteres Gespräch, und ich sah, daß der Gesellschaft mein Benehmen gefiel; auch bemerkte ich bald, wie günstig sich das auswirkte. Mir wurde befohlen, die wenigen Wörter, die ich verstand, auszusprechen, und während sie beim Essen waren, lehrte mich der Herr die Namen für Hafer, Milch, Feuer, Wasser und einige andere Dinge, die ich ihm ohne weiteres nachsprechen konnte, da ich von Jugend an große Gewandtheit im Erlernen von Sprachen besessen habe.

Als das Essen vorbei war, nahm mich das Pferd, das der Hausherr war, beiseite und ließ mich durch Zeichen und Worte die Sorge erkennen, die es ihm machte, daß ich nichts zu essen hatte. Hafer heißt in ihrer Sprache »Hlunnh«. Dieses Wort sprach ich zwei- oder dreimal aus; denn obwohl ich ihn zuerst zurückgewiesen hatte, überlegte ich mir hinterher doch, daß ich es vielleicht bewerkstelligen könnte, eine Art Brot daraus zu machen, das zusammen mit Milch hinreichend wäre, mich am Leben zu erhalten, bis ich in irgendein anderes Land und zu Geschöpfen meiner eigenen Art entfliehen könnte. Das Pferd befahl sogleich einer weißen Dienststute aus seinem Haus, mir in einer Art hölzernem Trog eine ausreichende Menge Hafer zu bringen. Ich erhitzte ihn, so gut ich konnte, am Feuer, rieb ihn, bis die Hülsen abgingen, und bemühte mich, sie vom Korn zu trennen; ich mahlte und zerstieß die Körner zwischen zwei Steinen, dann nahm ich Wasser und machte daraus einen Teig oder Fladen, den ich am Feuer röstete und warm mit Milch aß. Zuerst war das eine sehr fade Kost, wenn sie auch in vielen Teilen Europas ziemlich verbreitet ist; sie wurde aber mit der Zeit erträglich, und da ich in meinem Leben schon oft zu magerer Kost verurteilt gewesen war, so beobachtete ich hier nicht zum erstenmal, wie leicht sich die Natur zufriedenstellen läßt. Und ich kann nicht umhin zu bemerken, daß ich nie auch nur eine Stunde lang krank war, während ich auf dieser Insel weilte. Zuweilen brachte ich es allerdings auch fertig, ein Kaninchen oder einen Vogel mit Schlingen aus Yahoohaar zu fangen, und oft sammelte ich heilkräftige Kräuter, die ich kochte oder als Salat zu meinem Brot aß. Hin und wieder machte ich mir auch als etwas Besonderes ein wenig Butter und trank die Molke. Anfangs empfand ich das Fehlen von Salz als sehr unangenehm, aber die Gewohnheit glich diesen Mangel bald aus. Ich bin davon überzeugt, daß die häufige Verwendung von Salz bei uns bloß eine Auswirkung der Schwelgerei ist und zuerst nur als ein Reizmittel zum Trinken eingeführt wurde, außer wo es notwendig ist, um Fleisch auf langen Reisen oder an Orten, die von großen Märkten weit entfernt liegen, zu konservieren. Denn wir können beobachten, daß kein Tier außer dem Menschen eine Vorliebe für Salz zeigt, und was mich betrifft, so hat es, nachdem ich dieses Land verlassen hatte, lange gedauert, bis ich den Geschmack davon in irgend etwas, das ich aß, ertragen konnte.

Das soll zum Thema meiner Kost genügen, womit andere Reisende ihre Bücher füllen, als ob es die Leser persönlich interessiere, ob wir gut oder schlecht zu essen und zu trinken hatten. Es war jedoch notwendig, diese Dinge zu erwähnen, damit es die Welt nicht für unmöglich hält, daß ich drei Jahre lang in einem solchen Lande und unter solchen Einwohnern meinen Lebensunterhalt finden konnte.

Als es auf den Abend zuging, bestimmte das Pferd, das der Hausherr war, einen Raum zum Wohnen für mich. Er war nur sechs Ellen vom Haus entfernt und von dem Stall der Yahoos getrennt. Ich bekam etwas Stroh, deckte mich mit meinen eigenen Kleidern zu und schlief sehr fest. Binnen kurzem wurde ich aber besser untergebracht, wie der Leser später erfahren soll, wenn ich meine Lebensweise ausführlicher behandle.

Drittes Kapitel

Der Verfasser bemüht sich, die Landessprache zu erlernen; der Houyhnhnm, sein Herr, hilft ihn unterrichten. Beschreibung der Sprache. Mehrere Houyhnhnms von Stand kommen aus Neugier, den Verfasser zu sehen. Er gibt seinem Herrn einen kurzen Bericht über seine Reise.

Mein hauptsächliches Bestreben war, die Sprache zu erlernen, und mein Herr (denn so werde ich ihn von nun an nennen), seine Kinder und alle Diener seines Hauses wünschten sehr, sie mich zu lehren. Sie betrachteten es nämlich als ein Wunder, daß ein unvernünftiges Tier derartige Merkmale eines vernünftigen Geschöpfes erkennen lasse. Ich zeigte auf jedes Ding und fragte nach seinem Namen, den ich, wenn ich allein war, in meinem Tagebuch aufschrieb, und verbesserte meine schlechte Aussprache, indem ich die Mitglieder der Familie bat, es oft auszusprechen. Bei dieser Beschäftigung zeigte sich der Rotfuchs, einer der niederen Diener, sehr bereitwillig, mir zu helfen.

Beim Reden sprechen sie durch die Nase und die Kehle, und von jeder Sprache in Europa, die ich kenne, kommt die ihre dem Deutschen am nächsten; sie ist aber viel eleganter und ausdrucksvoller. Kaiser Karl V. machte fast die gleiche Bemerkung, als er sagte, wenn er mit seinem Pferd reden sollte, würde er deutsch sprechen.

Die Neugier und die Ungeduld meines Herrn waren so groß, daß er viele seiner Mußestunden damit zubrachte, mich zu unterrichten. Er war überzeugt (wie er mir später sagte), daß ich ein Yahoo sein müsse, aber meine Gelehrigkeit, Höflichkeit und Reinlichkeit setzten ihn in Erstaunen, weil das Eigenschaften waren, die so völlig im Gegensatz zu jenen Tieren standen. Er war in großer Verlegenheit wegen meiner Kleider und dachte zuweilen angestrengt darüber nach, ob sie ein Teil meines Körpers seien; denn ich zog sie niemals aus, bis die Familie eingeschlafen war, und zog sie wieder an, bevor sie am Morgen erwachten. Mein Herr war begierig, zu erfahren, woher ich käme, wie ich jene Anzeichen von Vernunft erworben hätte, die ich in allen meinen Handlungen zeigte, und meine Geschichte aus meinem eigenen Mund zu hören, was er bei den großen Fortschritten, die ich beim Erlernen und in der Aussprache ihrer Wörter und Sätze machte, hoffte, bald tun zu können. Um mein Gedächtnis zu unterstützen, übertrug ich alles, was ich lernte, in das englische Alphabet und schrieb die Wörter mit Übersetzungen auf. Nach einiger Zeit wagte ich, letzteres in Gegenwart meines Herrn zu tun. Es kostete mich viel Mühe, ihm zu erklären, was ich da machte, denn die Einwohner haben nicht den geringsten Begriff von Büchern oder Literatur.

Nach einer Zeit von ungefähr zehn Wochen war ich imstande, die meisten seiner Fragen zu verstehen, und nach drei Monaten konnte ich ihm ein paar erträgliche Antworten geben. Er war außerordentlich neugierig, zu erfahren, aus welchem Teil des Landes ich gekommen sei und wie ich gelernt hätte, ein vernünftiges Geschöpf nachzuahmen, da man beobachte, daß die Yahoos (denen ich, wie er sah, an Kopf, Händen und Gesicht, die allein sichtbar waren, genau glich) bei einem gewissen Anschein von Schlauheit und dem stärksten Hang zum Unheilstiften doch die ungelehrigsten von allen Tieren seien. Ich erwiderte, ich sei mit vielen anderen meiner eigenen Art von einem fernen Ort in einem großen hohlen Fahrzeug, das aus den Stämmen von Bäumen gemacht worden sei, über das Meer gekommen. Meine Gefährten hätten mich gezwungen, an dieser Küste an Land zu gehen, und es mir dann überlassen, mich allein durchzuschlagen. Nur mit großer Mühe und mit Hilfe von vielen Zeichen brachte ich ihn dazu, mich zu verstehen. Er erwiderte, ich müsse mich notwendig irren oder habe »gesagt, was nicht sei«. (Sie haben nämlich kein Wort in ihrer Sprache, um Lüge oder Unwahrheit zu bezeichnen.) Er wisse, es sei unmöglich, daß jenseits des Meeres noch ein Land liegen könnte oder daß ein Haufe vernunftloser Tiere mit einem hölzernen Fahrzeug auf dem Wasser an jeden beliebigen Ort gelangen könnte. Er sei sicher, daß ein Houyhnhnm nie und nimmer ein solches Fahrzeug anfertigen könne und es auch keinem Yahoo zur Handhabung anvertrauen würde.

Das Wort »Houyhnhnm« bezeichnet in ihrer Sprache ein Pferd, und seiner Etymologie nach bedeutet es »die Vollendung der Natur«. Ich sagte meinem Herrn, ich fände noch nicht die richtigen Worte, wolle mich aber vervollkommnen, so schnell ich könne, und hoffe, daß ich in kurzer Zeit imstande sein würde, ihm Wunderdinge zu erzählen. Er hatte die Güte, seine eigene Stute, sein Hengstfüllen und sein weibliches Fohlen sowie die Diener der Familie anzuweisen, jede Gelegenheit zu ergreifen, um mich zu unterrichten, und jeden Tag machte er sich zwei oder drei Stunden lang selbst die Mühe. Als sich das Gerücht von einem seltsamen Yahoo verbreitete, der wie ein Houyhnhnm sprechen könne und in seinen Worten und Taten einen Schimmer von Vernunft zu zeigen scheine, kamen oft verschiedene Pferde und Stuten von Stand aus der Nachbarschaft in unser Haus. Sie fanden Vergnügen daran, sich mit mir zu unterhalten; sie stellten viele Fragen und erhielten solche Antworten, wie ich sie geben konnte. Infolge all dieser günstigen Umstände machte ich so große Fortschritte, daß ich fünf Monate nach meiner Ankunft alles verstand, was gesprochen wurde, und mich auch ziemlich gut ausdrücken konnte.

Die Houyhnhnms, die meinen Herrn in der Absicht besuchen kamen, mich zu sehen und mit mir zu sprechen, wollten kaum glauben, daß ich ein richtiger Yahoo sei, weil mein Körper eine Hülle habe, die sich von der anderer meiner Art unterscheide. Siewaren höchst erstaunt, mich nicht mit der gewöhnlichen Behaarung oder Haut, außer an Kopf, Gesicht und Händen, zu sehen; jedoch hatte ich nach einem Vorfall, der sich etwa vierzehn Tage vorher zugetragen hatte, meinem Herrn dieses Geheimnis verraten.

Ich habe dem Leser schon gesagt, daß es meine Gewohnheit war, mich jede Nacht auszuziehen und mit meinen Kleidern zuzudecken, wenn die Familie zu Bett gegangen war.

Früh an einem Morgen trug es sich nun zu, daß mich mein Herr durch den Rotfuchs, der sein Kammerdiener war, holen ließ. Als er kam, schlief ich noch fest; meine Kleider waren auf einer Seite heruntergefallen, und mein Hemd hatte sich bis über die Hüften hinaufgeschoben. Ich erwachte bei dem Geräusch, das er machte, und bemerkte, daß er seine Botschaft in einiger Verwirrung ausrichtete; danach ging er zu meinem Herrn und

gab ihm in großer Furcht einen sehr verworrenen Bericht von dem, was er gesehen hatte. Das entdeckte ich sogleich; als ich nämlich, sobald ich angezogen war, hinging, um Seiner Gnaden meine Aufwartung zu machen, fragte er mich, was der Bericht seines Dieners zu bedeuten habe, daß ich nämlich, wenn ich schliefe, nicht dasselbe Geschöpf sei, das ich zu anderen Zeiten zu sein scheine; sein Kammerdiener habe ihm versichert, ein Teil von mir sei weiß, einer gelb oder wenigstens nicht so weiß, und einer braun.

Ich hatte bisher das Geheimnis meiner Kleidung verborgen, um mich so sehr wie möglich von jenem verfluchten Geschlecht der Yahoos zu unterscheiden; jetzt aber merkte ich, daß es vergeblich war, dies noch länger zu tun. Außerdem überlegte ich, daß meine Kleider und Schuhe, die schon sehr abgetragen waren, bald völlig verbraucht sein würden und auf irgendeine Weise durch Felle von Yahoos oder anderen Tieren ersetzt werden müßten; und dadurch würde das ganze Geheimnis ja doch bekannt. Daher sagte ich meinem Herrn, daß sich in dem Land, aus dem ich käme, die Wesen meiner Art den Körper stets mit dem Haar gewisser Tiere, das kunstvoll bearbeitet werde, bedeckten. Das geschehe sowohl der Schicklichkeit wegen als auch, um den

Unbilden der frischen Luft, sowohl der Hitze wie der Kälte, zu entgehen. Ich wolle ihn davon, soweit es meine eigene Person angehe, sogleich überzeugen, wenn er es für gut befinde, mir den Befehl zu erteilen. Ich bäte ihn nur um Entschuldigung, wenn ich nicht auch diejenigen Teile entblößte, die zu verbergen uns die Natur lehre. Er sagte, meine Darlegungen seien alle sehr eigenartig, besonders aber ihr letzter Teil; denn er könne nicht begreifen, warum uns die Natur lehren sollte, etwas zu verbergen, was die Natur uns gegeben habe. Weder er noch seine Familie schämten sich irgendeines Körperteiles. Ich könne es jedoch halten, wie es mir beliebe. Daraufhin knöpfte ich zuerst meinen Rock auf und zog ihn aus. Dasselbe tat ich mit meiner Weste; dann legte ich Schuhe, Strümpfe und Hose ab. Ich ließ das Hemd bis zur Taille hinunter, zog den unteren Teil herauf und befestigte es wie einen Gürtel um die Mitte meines Leibes, um meine Blöße zu bedecken.

Mein Herr beobachtete alles, was ich tat, mit Gebärden großer Neugier und Verwunderung. Er hob alle meine Kleider Stück für Stück mit der Fußfessel auf und untersuchte sie sorgfältig, dann strich er mir sehr sanft über den Körper und betrachtete mich mehrmals von allen Seiten. Danach sagte er, es sei klar, daß ich ein vollkommener Yahoo sein müsse, daß ich mich aber von den anderen meiner Art sehr durch die Weichheit, die Weiße und die Glätte meiner Haut unterscheide, durch das Fehlen der Behaarung an mehreren Teilen meines Körpers, durch die Form und Kürze meiner Vorder- und Hinterpfoten und auch durch mein unnatürliches Bestreben, fortwährend auf meinen beiden Hinterfüßen zu gehen. Er wünschte nichts weiter zu sehen und gab mir die Erlaubnis, meine Kleider wieder anzuziehen, denn ich zitterte vor Kälte.

Ich brachte mein Unbehagen darüber zum Ausdruck, daß er mir so oft die Bezeichnung »Yahoo« beilegte, eines abscheulichen Tieres, gegen das ich einen so entschiedenen Haß und eine so große Verachtung hegte. Ich bat ihn, er möge doch dieses Wort nicht mehr auf mich anwenden und seine Familie und seine Freunde, denen er erlaube, mich zu besichtigen, ebenfalls dazu anhalten. Ich ersuchte ihn ferner, das Geheimnis, daß ich eine falsche Körperhülle habe, für sich zu behalten, wenigstens solange meine gegenwärtige Kleidung halten würde, und hinsichtlich dessen, was der Rotfuchs, sein Kammerdiener, bemerkt habe, möge Seine Gnaden ihm befehlen, es zu verheimlichen.

Dem allen stimmte mein Herr sehr gnädig zu, und so wurde das Geheimnis gewahrt, bis meine Kleider anfingen, völlig zu verschleißen, so daß ich genötigt war, sie durch verschiedene Notbehelfe zu ersetzen, die im folgenden erwähnt werden sollen. Inzwischen möchte ich, so wünschte er, mit größtem Fleiß fortfahren, ihre Sprache zu erlernen, weil ihn meine Fähigkeit, zu sprechen und vernünftig zu denken, noch mehr in Erstaunen setze als die Gestalt meines Körpers, sei er nun bedeckt oder nicht. Er fügte hinzu, daß er mit einiger Ungeduld darauf warte, die Wunderdinge zu hören, die ich ihm zu erzählen versprochen hätte.

Von da an verdoppelte er die Mühe, die er sich gegeben hatte, ummich zu unterrichten; er nahm mich in jede Gesellschaft mit und veranlaßte, daß man mich mit Höflichkeit behandelte, weil mich das, wie er Ihnen insgeheim sagte, in gute Laune versetzen und noch unterhaltsamer machen würde.

Jeden Tag, wenn ich ihm meine Aufwartung machte, gab er sich Mühe, mich zu belehren, und stellte mir außerdem mehrere Fragen zu meiner Person, die ich beantwortete, so gut ich konnte, und auf diese Weise hatte er sich bereits einige allgemeine Vorstellungen gebildet, wenn sie auch noch sehr unvollkommen waren. Es würde zu weit führen, die verschiedenen Stufen darzulegen, in denen ich zu einer normaleren Unterhaltung gelangte. Aber der erste überhaupt geordnete und ausführliche Bericht, den ich über mich selbst gab, hatte folgenden Inhalt:

Ich sei, wie ich bereits versucht hätte, ihm zu erzählen, mit etwa fünfzig anderen meiner eigenen Gattung aus einem sehr fernen Land gekommen; wir seien in einem großen, hohlen Fahrzeug, das aus Holz angefertigt und größer als das Haus Seiner Gnaden sei, über die Meere gefahren. Ich beschrieb ihm das Schiff, so gut ich konnte, und erklärte ihm mit Hilfe meines ausgebreiteten Taschentuchs, wie es vom Winde angetrieben wurde. Nach einem Streit unter uns sei ich an dieser Küste an Land gesetzt worden, wo ich, ohne zu wissen, wohin, vorwärts gegangen sei, bis er mich von der Verfolgung jener verabscheuungswürdigen Yahoos erlöst habe. Er fragte mich, wer das

Schiff gebaut habe und wie es möglich sei, daß es die Houyhnhnms meines Landes der Handhabung durch vernunftlose Tiere überließen. Meine Antwort war, ich wage in meinem Bericht nicht weiter fortzufahren, wenn er mir nicht sein Ehrenwort gebe, sich nicht beleidigt zu fühlen, und dann wolle ich ihm die Wunderdinge erzählen, die ich schon so oft versprochen hätte. Er willigte ein, und ich fuhr fort, indem ich ihm versicherte, das Schiff sei von Geschöpfen wie mir selbst gebaut worden, die auch in allen Ländern, die ich bereist hätte, wie auch in meinem eigenen, allein die herrschenden, vernünftigen Tiere seien. Bei meiner Ankunft sei ich ebenso erstaunt gewesen zu sehen, daß die Houyhnhnms gleich vernünftigen Wesen handelten, wie er oder seine Freunde nur erstaunt sein könnten, einige Spuren von Vernunft bei einem Geschöpf zu finden, das er Yahoo zu nennen geruhe. Ich gäbe zu, daß ich ihnen in jedem Körperteil ähnlich sei, könne mir aber ihre entartete und viehische Natur nicht erklären. Ich sagte ferner, wenn mich das Glück jemals in mein Heimatland zurückführte, um von meiner Reise hierher zu berichten, wie ich beabsichtigte, so würde jedermann glauben, daß ich »etwas sage, was nicht sei«, daß ich mir die Geschichte aus den Fingern gesogen habe; und bei aller Achtung vor ihm selbst, seiner Familie und seinen Freunden und angesichts seines Versprechens, nicht beleidigt zu sein, müsse ich doch sagen, daß es unsere Landsleute kaum für wahrscheinlich halten würden, daß ein Houyhnhnm das herrschende Geschöpf einer Nation sei und ein Yahoo das vernunftlose Tier.

Viertes Kapitel

Die Vorstellungen der Houyhnhnms von Wahrheit und Unwahrheit. Die Darlegung des Verfassers erregt das Mißfallen seines Herrn. Der Verfasser gibt einen ausführlichen Bericht über sich selbst und die Vorfälle auf seiner Reise.

Mein Herr hörte mich mit vielen Anzeichen des Unbehagens in seinen Zügen an, weil »zweifeln« oder »nicht glauben« in diesem Land so wenig bekannt sind, daß die Einwohner nicht wissen, wie sie sich unter solchen Umständen verhalten sollen. Ich erinnere mich auch, daß mein Herr, als ich in häufigen Gesprächen mit ihm über die Natur der Menschheit in anderen Teilen der Welt Ursache hatte, von »Lügen« und »falscher Darstellung« zu sprechen, nur mit großer Schwierigkeit verstand, was ich meinte, obgleich er sonst einen scharfen Verstand besaß. Er argumentierte nämlich so: Der Zweck der Rede besteht darin, daß wir uns gegenseitig verstehen und Auskunft über Tatsachen erhalten. Sagt nun jemand »etwas, was nicht ist«, so sind diese Ziele vereitelt, weil man genaugenommen nicht mehr sagen kann, daß ich ihn verstehe, und ich bin so weit davon entfernt, eine Auskunft zu erhalten, daß er mir vielmehr Schlimmeres antut, als mich in Unkenntnis zu lassen, denn ich werde dazu verleitet, etwas für schwarz zu halten, während es weiß ist, und für kurz, während es lang ist. Und das war alles, was er von jener Fähigkeit des Lügens wußte, die unter menschlichen Geschöpfen so ausnehmend gut verstanden und so allgemein angewandt wird.

Um von dieser Abschweifung zurückzukommen: Als ich versicherte, die Yahoos seien allein die herrschenden Tiere in meinem Lande, was, so sagte mein Herr, völlig seine Begriffe übersteige, wünschte er zu wissen, ob wir auch Houyhnhnms unter uns hätten und was ihre Beschäftigung sei. Ich sagte ihm, wir hätten große Mengen; im Sommer grasten sie auf den Weiden, und im Winter würden sie bei Heu und Hafer in Häusern gehal-

ten, wo Yahoodiener angestellt seien, um ihnen das Fell glattzustriegeln, die Mähnen zu kämmen, die Füße zu säubern, sie mit Futter zu versorgen und ihnen das Lager zu machen. »Ich verstehe dich wohl«, sagte mein Herr. »Nach allem, was du gesagt hast, ist es nun ganz klar, daß die Houyhnhnms eure Herren sind, welchen Anteil an der Vernunft die Yahoos auch immer beanspruchen. Ich wünschte von Herzen, unsere Yahoos wären auch so gelehrig.« Ich bat Seine Gnaden, er möge geruhen, mich zu entschuldigen, daß ich nicht weiter fortführe, weil ich ganz sicher sei, daß der Bericht, den er von mir erwarte, ihm sehr mißfallen würde. Er bestand jedoch darauf, mir zu befehlen, ihn das Beste und das Schlimmste wissen zu lassen. Ich sagte, ich wolle gehorchen. Ich gab zu, daß die Houyhnhnms bei uns, die wir Pferde nennten, die edelsten und anmutigsten Tiere seien, die

wir besäßen; daß sie sich durch Kraft und Schnelligkeit auszeichneten und daß man sie, wenn sie Personen von Stand gehörten und zu Reisen, Wettrennen und zum Ziehen von Kutschen verwendet würden, mit viel Güte und Sorgfalt behandle, bis sie erkrankten oder steif in den Beinen würden. Dann aber würden sie verkauft und müßten Schwerarbeit jeder Art leisten, bis sie stürben; danach ziehe man ihnen die Haut ab und verkaufe sie für das, was sie noch wert seien, und die Kadaver überlasse man Hunden und Raubvögeln zum Fraße.

Die gewöhnlichen Pferde hätten jedoch kein so gutes Leben, da sie von Pächtern, Fuhrleuten und anderen geringen Leuten gehalten würden, die sie schwerere Arbeit verrichten ließen und schlechter fütterten.

So gut ich konnte, beschrieb ich unsere Art zu reiten,

die Form und den Gebrauch des Zaums,

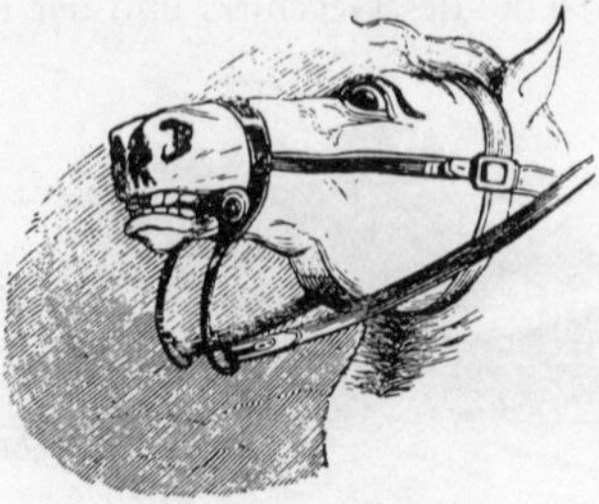

des Sattels,

des Sporns

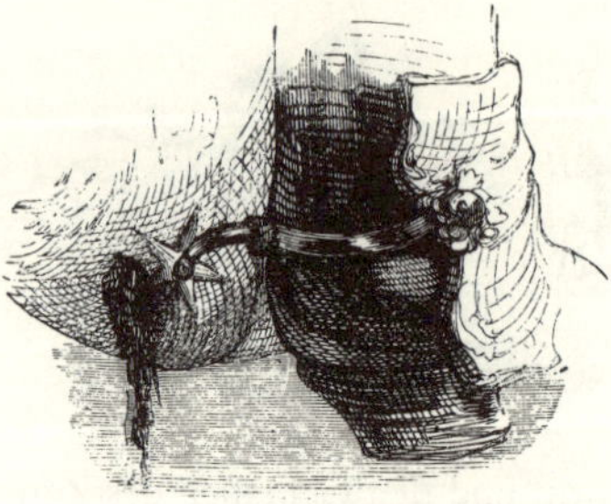

und der Peitsche, des Geschirrs und der Räder.

Ich fügte hinzu, daß wir Platten aus einer gewissen harten Substanz, die Eisen genannt werde, an der Sohle ihrer Füße befestigten, um ihre Hufe davor zu bewahren, auf den steinigen Wegen, auf denen wir oft reisten, zu zerbrechen.

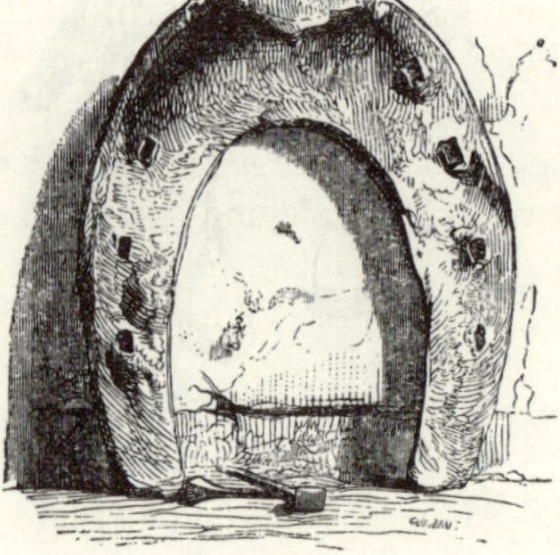

Nach einigen Ausdrücken großer Entrüstung fragte mein Herr erstaunt, wie wir uns unterstehen könnten, uns auf den Rücken eines Houyhnhnms zu wagen, denn er sei sicher, daß der schwächste Diener in seinem Hause imstande wäre, den stärksten Yahoo abzuschütteln oder das Vieh totzuquetschen, indem er sich niederlege und auf dem Rücken wälze. Ich erwiderte, daß unsere Pferde vom dritten oder vierten Jahr an zu den verschiedenen Aufgaben, für die wir sie bestimmt hätten, abgerichtet würden; wenn sich einige von ihnen als unerträglich bösartig erwiesen, so gebrauche man sie zum Ziehen von Wagen; solange sie jung seien, würden sie für jeden mutwilligen Streich schonungslos gepeitscht; die Männchen, die als gewöhnliche Reittiere oder zum Ziehen vorgesehen seien, würden im allgemeinen etwa zwei Jahre nach ihrer Geburt verschnitten, um ihr Temperament zu dämpfen und sie zahmer und frommer zu machen; sie seien freilich für Belohnungen und Strafen empfänglich, aber Seine Gnaden möge geruhen zu bedenken, daß sie nicht die geringste Spur von Vernunft besäßen, ebensowenig wie die Yahoos in diesem Lande.

Es kostete mich die Mühe vieler Umschreibungen, um meinem Herrn eine richtige Vorstellung von dem zu geben, was ich sagte; ihre Sprache ist nämlich nicht reich an vielfältigen Wörtern, weil sie weniger Bedürfnisse und Leidenschaften haben als wir. Es ist mir jedoch unmöglich, seinen edlen Unwillen über unsere grausame Behandlung des Geschlechts der Houyhnhnms zubeschreiben, besonders nachdem ich die Art und Weise und den Zweck, Pferde bei uns zu verschneiden, erklärt hatte, um sie nämlich an der Fortpflanzung ihrer Art zu hindern und sie unterwürfiger zu machen. Er sagte, wenn es möglich sei, daß es irgendein Land gäbe, wo die Yahoos allein mit Vernunft begabt wären, so müßten sie sicherlich das herrschende Tier sein, da sich die Vernunft mit der Zeit stets gegen tierische Kraft durchsetze. Wenn er aber unseren Körperbau und besonders den meinen betrachte, so glaube er, daß kein Geschöpf von gleicher Größe so schlecht dazu geeignet sei, diese Vernunft für die gewöhnlichen Tätigkeiten des Lebens zu gebrauchen; er wünschte daraufhin zu wissen, ob die, unter denen ich lebte, mir oder den Yahoos seines Landes glichen. Ich versicherte ihm, daß ich so wohlgestalt wie die meisten meines Alters sei; die Jüngeren und die weiblichen

Personen seien jedoch viel weicher und zarter und die Haut der letzteren gewöhnlich so weiß wie Milch. Er sagte, ich unterscheide mich in der Tat von anderen Yahoos, da ich viel reinlicher und nicht ganz so mißgestalten sei, aber hinsichtlich der tatsächlichen Überlegenheit unterscheide ich mich, wie er glaube, zu meinem Nachteil. Meine Nägel seien weder an meinen Vorder- noch meinen Hinterfüßen zu etwas nütze. Was meine Vorderfüße angehe, so könne er sie eigentlich nicht einmal mit diesem Namen bezeichnen, denn er habe nie bemerkt, daß ich auf ihnen ginge; sie seien zu weich, um die Härte des Bodens zu ertragen; ich ließe sie gewöhnlich unbedeckt, auch sei die Hülle, die ich zuweilen auf ihnen trüge, weder von der gleichen Form noch so stark wie die auf meinen Hinterfüßen. Ich könnte überhaupt nicht sicher gehen, denn wenn auch nur einer meiner Hinterfüße ausgleite, müsse ich unfehlbar fallen. Dann fing er an, auch andere Teile meines Körpers zu tadeln: die Flachheit meines Gesichts, das Hervorstehen meiner Nase, meine Augen, weil sie gerade nach vorn lägen, so daß ich nach keiner Seite blicken könnte, ohne den Kopf zu wenden. Ich sei nicht imstande zu essen, ohne einen meiner Vorderfüße zum Munde zu heben, und deshalb habe die Natur jene Glieder auch an dieser Stelle untergebracht, um diesem Bedürfnis nachzukommen. Er wisse nicht, wozu die verschiedenen gespaltenen Glieder an meinen Hinterfüßen nütze sein könnten; und diese seien zu weich, um die Härte und Schärfe von Steinen ohne eine Hülle aus der Haut eines anderen Tieres zu ertragen. Mein ganzer Leib benötige einen Schutz gegen Hitze und Kälte, den ich jeden Tag umständlich und mühevoll an- und ablegen müsse. Und schließlich habe er auch bemerkt, daß jedes Tier in diesem Lande die Yahoos instinktiv verabscheue, indem die schwächeren sie mieden und die stärkeren sie von sich wegjagten. Angenommen also, daß wir die Gabe der Vernunft besäßen, so könne er doch nicht einsehen, wie es möglich sein sollte, jene natürliche Abneigung zu überwinden, die jedes Geschöpf

gegen uns an den Tag lege, und folglich auch nicht, wie wir sie zähmen und dienstwillig machen könnten. Er wolle jedoch (wie er sagte) diese Angelegenheit nicht weiter erörtern, weil ihn mehr danach verlange, meine eigene Geschichte zu erfahren, das Land, wo ich geboren sei, und die verschiedenen Handlungen und Ereignisse meines Lebens, bevor ich hierherkam. Ich versicherte ihm, wie sehr ich auch wünschte, daß er in jedem Punkt zufriedengestellt werden sollte, so sei ich dennoch sehr im Zweifel, ob es mir möglich sein werde, mich über verschiedene Dinge verständlich zu machen, von denen Seine Gnaden keinen Begriff haben könne, da ich in seinem Lande nichts sähe, womit ich sie vergleichen könnte. Ich wolle jedoch mein Bestes tun und mich durch Gleichnisse verständlich zu machen suchen, bäte aber demütig um seine Hilfe, wenn mir die passenden Wörter fehlen sollten; er hatte auch die Güte, mir das zu versprechen.

Ich sagte, daß ich von ehrenwerten Eltern auf einer Insel mit Namen England geboren sei, die von diesem Land so viele Tagereisen entfernt liege, wie der stärkste Diener Seiner Gnaden während des jährlichen Umlaufs der Sonne zurücklegen könne. Ich sei als Wundarzt ausgebildet, dessen Gewerbe es sei, Wunden und Verletzungen am Körper, die man sich durch Unfall oder Gewalttat zuziehe, zu heilen. Mein Land werde von einem weiblichen Menschen regiert, den wir Königin nennten. Ich hätte es verlassen, um Reichtümer zu erwerben, von denen ich nach meiner Rückkehr mit meiner Familie leben wollte. Auf meiner letzten Reise sei ich Befehlshaber des Schiffes gewesen und hätte etwa fünfzig Yahoos unter mir gehabt, von denen viele auf See gestorben seien, und ich sei genötigt gewesen, sie durch andere zu ersetzen, die ich aus verschiedenen Nationen ausgewählt hätte. Unser Schiff sei zweimal in Gefahr gewesen unterzugehen, das erstemal durch einen heftigen Sturm und das zweitemal dadurch, daß es gegen eine Klippe stieß. Hier unterbrach mich mein Herr, indem er mich fragte, wie ich Fremde aus verschiedenen Ländern nach den Verlusten, die ich erlitten hätte, und den Gefahren, denen ich ausgesetzt gewesen sei, dazu hätte überreden können, es mit mir zu wagen. Ich sagte, es seien Burschen in verzweifelten Umständen gewesen, die gezwungen waren, wegen ihrer Armut oder ihrer Verbrechen vom Ort ihrer Geburt zu fliehen. Einige seien durch Prozesse zugrunde gerichtet worden, andere hätten all ihre Habe mit Trinken, Huren und Spielen durchgebracht; andere seien wegen Hochverrats geflohen, viele wegen Mord, Diebstahl, Giftmord, Raub, Meineid, Fälschung, Falschmünzerei, weil sie Notzucht verübt oder Sodomie getrieben hätten, weil sie fahnenflüchtig geworden oder zum Feinde übergelaufen seien, und die meisten von ihnen seien aus dem Gefängnis ausgebrochen. Keiner von diesen wage in sein Heimatland zurückzukehren, aus Furcht, gehängt zu werden oder in einem Kerker zu verhungern; und deshalb seien sie gezwungen, ihren Lebensunterhalt an anderen Orten zu suchen.

Während dieser Darlegung geruhte mein Herr, mich mehrere Male zu unterbrechen. Ich hatte mich vieler Umschreibungen bedient, um ihm die Natur der verschiedenen Verbrechen zu beschreiben, um derentwillen die meisten von unserer Mannschaft gezwungen gewesen waren, aus ihrem Lande zu fliehen. Diese Aufgabe nahm ein Gespräch von mehreren Tagen in Anspruch, bevor er mich verstehen konnte. Er konnte durchaus nicht begreifen, was der Zweck sein oder worin die Notwendigkeit liegen könne, jenen Lastern zu frönen. Um das klarzumachen, versuchte ich ihm eine Vorstellung von dem Verlangen nach Macht und Reichtümern zu geben, von den furchtbaren Auswirkungen der Wollust, der Unmäßigkeit, der Bosheit und des Neides. All das mußte ich definieren und beschreiben, indem ich Fälle konstruierte und Hypothesen aufstellte. Danach richtete er wie einer, dessen Vorstellungswelt mit etwas in Berührung kommt, was er früher noch nie gesehen oder wovon er noch nie gehört hat, die Augen mit Staunen und Entrüstung empor. Macht, Regierung, Krieg, Gesetz, Strafe und tausend andere Dinge hatten keine Bezeichnungen, mit denen man sie in jener Sprache ausdrücken konnte, was die Schwierigkeit, meinem Herrn einen Begriff von dem zu geben, was ich meinte, beinahe unüberwindlich machte. Da er jedoch einen ausgezeichneten Verstand besaß, der durch Nachsinnen und Gespräche weiter geschärft war, erlangte er schließlich eine hinreichende Kenntnis von allem, was menschliche Natur in unseren Teilen der Welt zu leisten imstande ist, und wünschte, ich möchte ihm einen ausführlichen Bericht von jenem Land geben, das wir Europa nennen, besonders aber von meinem eigenen Heimatland.

Fünftes Kapitel

Der Verfasser unterrichtet seinen Herrn auf dessen Befehl über die Verhältnisse in England. Die Ursachen der Kriege zwischen den Fürsten Europas. Der Verfasser beginnt, die englische Verfassung zu erläutern.

Der Leser möge bitte beachten, daß der folgende Extrakt vieler Gespräche, die ich mit meinem Herrn führte, eine Zusammenfassung der wesentlichsten Punkte enthält, die zu verschiedenen Zeiten während eines Zeitraums von mehr als zwei Jahren besprochen wurden. Seine Gnaden verlangte nämlich oft ausführlichere Auskunft, als ich mich in der Sprache der Houyhnhnms weiter vervollkommnete. Ich legte ihm den ganzen Zustand Europas dar, so gut ich konnte; ich sprach von Handel und Manufakturen, von Künsten und Wissenschaften; und die Antworten, die ich auf alle Fragen gab, die er stellte, wie sie sich bei verschiedenen Themen ergaben, bildeten einen unerschöpflichen Gesprächsstoff. Ich werde hier jedoch nur das Wesentliche von dem niederschreiben, was sich davon auf mein Heimatland bezog, indem ich es ohne Berücksichtigung des Zeitpunktes oder anderer Umstände ordne, mich dabei aber streng an die Wahrheit halte. Mein einziger Kummer besteht darin, daß ich kaum imstande sein werde, den Argumenten und Erklärungen meines Herrn gerecht zu werden, die notwendig durch meinen Mangel an Fähigkeiten sowie durch eine Übersetzung in unser barbarisches Englisch leiden müssen.

Den Befehlen Seiner Gnaden gehorsam, berichtete ich ihm also von der Revolution unter dem Prinzen von Oranien; von

dem langen Krieg mit Frankreich, der von dem besagten Fürsten begonnen und von seiner Nachfolgerin, der gegenwärtigen Königin, wiederaufgenommen wurde, an dem die größten Mächte der Christenheit beteiligt waren und der noch immer andauerte. Ich berechnete auf sein Ersuchen hin, daß in seinem ganzen Verlauf ungefähr eine Million Yahoos getötet, vielleicht hundert oder mehr Städte eingenommen und fünfmal soviel Schiffe verbrannt oder versenkt sein mochten.

Er fragte mich, was die gewöhnlichen Ursachen oder Beweggründe seien, die ein Land veranlaßten, mit einem anderen Krieg zu führen. Ich erwiderte, die Ursachen seien zahllos; ich würde aber nur einige der hauptsächlichsten erwähnen. Zuweilen sei es der Ehrgeiz der Fürsten, die niemals glaubten, sie hätten genügend Land oder Leute zu beherrschen; zuweilen die Verderbtheit der Minister, die ihren Herrn in einen Krieg verwickeln, um das Geschrei der Untertanen über ihre schlechte Regierung zu erstikken oder abzulenken. Verschiedenheit der Meinungen habe viele

Millionen Menschenleben gekostet, zum Beispiel ob Fleisch Brot oder Brot Fleisch sei, ob der Saft einer gewissen Beere Blut oder Wein sei; ob das Pfeifen ein Laster oder eine Tugend sei; ob es besser sei, einen Holzpfosten zu küssen oder ihn ins Feuer zu werfen; was die beste Farbe für einen Rock sei, ob Schwarz, Weiß, Rot oder Grau; und ob er lang oder kurz, eng oder weit, schmutzig oder sauber sein sollte, nebst vielen anderen Dingen. Und keine Kriege seien so wütend und blutig oder von so langer Dauer wie diejenigen, die durch Verschiedenheit der Meinungen veranlaßt würden, besonders wenn es sich um nebensächliche Dinge handelte.

Zuweilen, fuhr ich fort, geht der Streit zwischen zwei Fürsten darum, zu entscheiden, wer von ihnen einen dritten seiner Besitzungen berauben soll, auf die keiner von beiden irgendeinen Rechtsanspruch hat. Zuweilen fängt ein Fürst Streit mit einem anderen an, weil er fürchtet, der andere möchte Streit mit ihm anfangen. Zuweilen wird ein Krieg begonnen, weil der Feind zu stark, und zuweilen, weil er zu schwach ist. Zuweilen verlangen unsere Nachbarn die Dinge, die wir haben, oder haben die Dinge, die wir verlangen, und dann kämpfen wir beide, bis sie unsere nehmen oder uns ihre geben. Es ist ein sehr berechtigter Kriegsgrund, in ein Land einzufallen, nachdem das Volk durch eine Hungersnot geschwächt, durch die Pest dezimiert oder weil es untereinander in Parteikämpfe verwickelt ist. Es ist gerechtfertigt, unseren nächsten Verbündeten mit Krieg zu überziehen, wenn eine seiner Städte oder ein Landstrich so günstig für uns liegt, daß er unser Herrschaftsgebiet abrunden und vervollständigen würde. Wenn ein Fürst einen Staat mit Heeresmacht überzieht, dessen Volk arm und unwissend ist, darf er rechtmäßig die Hälfte des Volkes hinrichten lassen und die übrigen zu Sklaven machen, um sie zu zivilisieren und von ihrer barbarischen Lebensweise abzubringen. Es ist ein sehr königlicher, ehrenwerter und häufig geübter Brauch, daß, wenn ein Fürst die Hilfe eines anderen erbittet, um sich vor einer Invasion zu schützen, der Helfer, nachdem er den Angreifer vertrieben hat, sich selbst des Landes bemächtigt und den Fürsten, dem er zu Hilfe kam, tötet, einkerkert oder verbannt. Blutsverwandtschaft oder Verschwägerung ist eine häufige Ursache für Kriege zwischen Fürsten, und je näher die Verwandtschaft ist, desto größer ist ihre Neigung, sich zu streiten. Arme Nationen sind hungrig, und reiche Nationen sind hochmütig, und Hochmut und Hunger werden stets miteinander im Streit liegen. Aus all diesen Gründen gilt das Handwerk des Soldaten als das ehrenwerteste von allen, weil ein Soldat ein Yahoo ist, der gemietet wird, um kalten Blutes so viele seiner eigenen Art, die ihm nie etwas getan haben, zu töten, wie er nur irgend kann.

Desgleichen gibt es eine Art bettelhafte Fürsten in Europa, die nicht imstande sind, aus eigener Kraft Krieg zu führen, und ihre Truppen an reichere Nationen für soundso viel pro Tag für jeden Mann vermieten; davon behalten sie drei Viertel für sich, und das ist der größte Teil ihrer Unterhaltsmittel; solcher Art sind die in Deutschland und anderen nördlichen Teilen Europas.

»Was du mir« (sagte mein Herr) »zum Thema Krieg gesagt hast, zeigt tatsächlich in höchst bewundernswerter Weise die Auswirkungen jener Vernunft, auf die ihr Anspruch erhebt; zum Glück ist es jedoch so, daß die Schande größer ist als die Gefahr und daß die Natur euch ganz unfähig gelassen hat, viel Unheil anzurichten. Da nämlich euer Mund nicht aus eurem Gesicht herausragt, könnt ihr euch kaum wirkungsvoll beißen, es sei denn mit Einwilligung. Und was dann die Krallen an euren Vorder- und Hinterfüßen angeht, so sind sie so kurz und schwach, daß einer unserer Yahoos ein Dutzend der Euern vor sich hertreiben würde. Und deshalb kann ich nicht umhin zu glauben,

daß du bei dem Bericht über die Zahlen derer, die im Kampf getötet wurden, ›das gesagt hast, was nicht ist‹.«

Ich konnte mich nicht enthalten, den Kopf zu schütteln und über seine Unwissenheit ein wenig zu lächeln. Da mir die Kriegskunst nicht unbekannt war, gab ich ihm eine Beschreibung von Kanonen, Feldschlangen, Musketen, Karabinern, Pistolen, Kugeln, vom Pulver, von Degen, Bajonetten, Schlachten, Belagerungen, Rückzügen, Angriffen, Unterminierungen, Gegenminen, Bombardierungen, Seeschlachten; von Schiffen, die mit tausend Mann versenkt wurden; von zwanzigtausend Toten auf jeder Seite; vom Sterberöcheln; von Gliedmaßen, die durch die Luft fliegen; von Rauch, Lärm, Verwirrung; von Menschen, die unter Pferdehufen zu Tode getrampelt werden; von Flucht, Verfolgung, Sieg; von Feldern, übersät mit Leichen, die Hunden und Wölfen und Raubvögeln zum Fraß überlassen werden; von Plünderung, Leichenfledderei, Notzucht, Brand und Zerstörung. Und um die Tapferkeit meiner eigenen teuren Landsleute herauszustreichen, versicherte ich ihm, ich hätte gesehen, daß sie bei einer Belagerung hundert Feinde auf einmal

und ebenso viele auf einem Schiff in die Luft gesprengt hätten, und hätte zugeschaut, wie die Leichen zum großen Ergötzen der Zuschauer stückweise aus den Wolken herunterfielen.

Ich wollte noch auf mehr Einzelheiten eingehen, als mein Herr mir zu schweigen befahl. Er sagte, jeder, der sich in der Natur von Yahoos auskenne, werde es leicht für möglich halten, daß ein so scheußliches Tier jeder Handlung, die ich genannt hätte, fähig wäre, wenn ihre Kraft und Schlauheit ihrer Bosheit gleichkämen. In dem Maße aber, wie meine Darlegung seinen Abscheu vor der ganzen Gattung vermehrt habe, habe er bemerkt, daß sie ihn in einer Weise beunruhigte, die ihm früher völlig fremd gewesen sei. Er glaube, daß seine Ohren, wenn sie einmal an so schreckliche Wörter gewöhnt seien, sie allmählich auch mit geringerem Abscheu aufnehmen würden. Obgleich er die Yahoos dieses Landes hasse, tadle er sie doch wegen ihrer abscheulichen Eigenschaften nicht mehr als einen »Gnnayh« (einen Raubvogel) wegen seiner Grausamkeit oder einen scharfen Stein, weil er ihn in den Huf schneide. Wenn aber ein Geschöpf, das Anspruch auf Vernunft erhebe, solcher Ungeheuerlichkeiten fähig sein könnte, so fürchte er, daß die Entartung dieser Gabe noch schlimmer als selbst viehische Unvernunft sei. Er schien deshalb überzeugt zu sein, daß wir statt der Vernunft lediglich irgendeine Eigenschaft besäßen, die geeignet sei, unsere natürlichen Laster zu vergrößern, so wie die Oberfläche eines aufgewühlten Flusses das Bild eines mißgestalteten Körpers nicht nur größer, sondern auch verzerrter widerspiegle.

Er fügte hinzu, er habe in diesem wie in einigen früheren Gesprächen schon allzuviel über den Krieg gehört. Es gebe jedoch einen anderen Punkt, den er noch nicht recht begreifen könne. Ich hätte ihm mitgeteilt, daß einige von unserer Mannschaft ihr Land verlassen hätten, weil sie durch *das Recht* ruiniert worden seien. Zwar hätte ich die Bedeutung des Wortes schon erklärt, er könne aber nicht begreifen, wie es zuginge, daß das Recht, das doch den Schutz jedes Menschen bezwecke, irgendeinem Menschen zum Verderben gereichen sollte. Deshalb wünschte er, weitere Auskunft darüber zu erhalten, was ich dem gegenwärtigen Brauch in meinem eigenen Lande entsprechend mit »Recht« und denen, die es sprechen, meinte. Er glaube nämlich, Natur und Vernunft seien für ein vernünftiges Wesen, wie wir es ja zu sein vorgäben, ausreichende Ratgeber, indem sie uns zeigten, was wir tun und was wir lassen sollten.

Ich versicherte Seiner Gnaden, daß das Recht eine Wissenschaft sei, in der ich nicht mehr Erfahrung hätte, als daß ich bei einigen Ungerechtigkeiten, die mir zugefügt worden seien, Advokaten genommen hätte, allerdings ohne Erfolg. Ich wolle ihm jedoch alle Aufklärung geben, zu der ich imstande sei.

Ich sagte, es gebe bei uns eine Gilde von Menschen, die von Jugend auf in der Kunst erzogen würden, mit einem eigens dazu geschaffenen Wortreichtum zu beweisen, daß Weiß Schwarz und Schwarz Weiß ist, je nachdem sie bezahlt werden. Alle übrigen Menschen sind Sklaven dieser Gilde. Wenn es zum Beispiel meinen Nachbarn nach meiner Kuh gelüstet, dingt er einen Rechtsanwalt, um zu beweisen, daß er meine Kuh von mir erhalten müsse. Ich muß dann einen zweiten dingen, um mein Recht zu verteidigen, denn es ist gegen alle Regeln des Rechts, daß es irgendeinem Menschen erlaubt sein sollte, für sich selbst zu sprechen. In diesem Fall nun bin ich, der rechtmäßige Eigentümer, zwei großen Nachteilen ausgesetzt. Erstens ist mein Rechtsanwalt, der fast von der Wiege an darin geübt ist, die Unwahrheit zu verteidigen, ganz und gar nicht in seinem Element, wenn er Fürsprecher der Gerechtigkeit sein soll, und als eine unnatürliche Aufgabe packt er das immer mit großer Ungeschicklichkeit, wenn nicht mit Übelwollen an. Der zweite Nachteil ist der, daß mein Rechtsanwalt mit großer Behutsamkeit vorgehen muß, sonst erhält er einen Verweis von den Richtern und wird von seinen Amtsbrüdern als ein Mensch verabscheut, der die Rechtspraxis herabsetzen möchte. Und deshalb bleiben mir nur zwei Verfahren, um meine Kuh zu retten. Das erste besteht darin, den Rechtsanwalt meines Gegners mit einem doppelten Honorar auf meine Seite zu ziehen; der wird dann seinen Klienten verraten, indem er durchblicken läßt, daß er das Recht auf seiner Seite habe. Der zweite Weg besteht darin, daß mein Rechtsanwalt meine Sache als so ungerecht, wie er nur kann, erscheinen läßt, indem er zugibt, daß die Kuh meinem Gegner gehört; und wenn das geschickt gemacht wird, spricht es sicherlich das Wohlwollen der Richter an.

Nun muß Euer Gnaden wissen, daß diese Richter Personen sind, die dazu eingesetzt wurden, sowohl alle Eigentumsprozesse zu entscheiden als auch die Gerichtsverfahren gegen Verbrecher zu leiten; sie wurden unter den geschicktesten Rechtsan-

wälten ausgewählt, die alt oder träge geworden sind. Da sie nun das ganze Leben hindurch gegen Wahrheit und Billigkeit voreingenommen waren, unterliegen sie einer so unvermeidlichen Notwendigkeit, Betrug, Meineid und Unterdrückung zu begünstigen, daß ich verschiedene von ihnen gekannt habe, die lieber eine große Bestechungssumme von der Seite, auf der das Recht lag, zurückwiesen, als daß sie ihren Beruf schädigten, indem sie etwas täten, was ihrem Charakter oder ihrem Amt nicht anstände.

Es ist ein Hauptgrundsatz unter diesen Rechtsanwälten, daß alles, was früher einmal getan wurde, rechtmäßig wieder getan werden darf. Deshalb verwenden sie besondere Sorgfalt darauf, alle Entscheidungen aufzuzeichnen, die früher gegen die selbstverständliche Gerechtigkeit und die gewöhnliche Vernunft der Menschen gefällt wurden. Diese führen sie unter dem Namen *Präzedenzfälle* als rechtsverbindliche Vorgänge an, um die unbilligsten Meinungen zu rechtfertigen, und die Richter versäumen es niemals, dementsprechend zu entscheiden.

Wenn sie einen Fall erörtern, vermeiden sie es sorgfältig, auf das Wesentliche des Prozesses einzugehen, sondern verweilen laut, heftig und weitschweifig bei allen Einzelheiten, die nicht zur Sache gehören. In dem bereits erwähnten Fall wollen sie zum Beispiel niemals wissen, welchen Anspruch oder welches Recht mein Gegner auf meine Kuh besitzt, sondern ob besagte Kuh rot oder schwarz sei, ihre Hörner lang oder kurz; ob das Feld, auf dem ich sie grasen lasse, rund oder viereckig sei; ob sie daheim oder draußen gemolken werde; für welche Krankheiten sie anfällig sei und derglei-

chen mehr. Darauf schlagen sie Präzedenzfälle nach, vertagen den Prozeß von Zeit zu Zeit und kommen in zehn, zwanzig oder dreißig Jahren zu einer Entscheidung.

Desgleichen ist zu bemerken, daß diese Gilde eine besondere Zunftsprache oder einen Jargon spricht, den kein anderer Sterblicher verstehen kann und in dem alle ihre Gesetze geschrieben sind. Sie verwenden besondere Sorgfalt darauf, ihn zu vermehren. Dadurch haben sie das innerste Wesen von Wahrheit und Unwahrheit, von Recht und Unrecht völlig durcheinandergebracht, so daß es dreißig Jahre dauert, um zu entscheiden, ob das Feld, das mir von meinen Vorfahren über sechs Generationen hinterlassen wurde, mir gehört oder einem Fremden, der dreihundert Meilen entfernt wohnt.

Bei den Prozessen gegen Personen, die eines Verbrechens gegen den Staat beschuldigt werden, ist das Verfahren viel kürzer und löblicher. Der Richter sucht zuerst die Einstellung der Machthaber zu erforschen; danach kann er den Verbrecher mit Leichtigkeit hängen oder retten, wobei alle gehörigen Rechtsformen streng gewahrt werden.

Hier unterbrach mich mein Herr und sagte, es sei schade, daß Geschöpfe, die mit so ungeheuren geistigen Fähigkeiten begabt seien, wie es diese Rechtsanwälte nach der Beschreibung, die ich von ihnen gegeben hätte, sicherlich sein müßten, nicht vielmehr dazu ermutigt würden, andere in Weisheit und Wissen zu unterrichten. Daraufhin versicherte ich Seiner Gnaden, daß sie in allen Angelegenheiten außerhalb ihres eigenen Gewerbes gewöhnlich die Unwissendsten und Dümmsten bei uns seien, kaum fähig

selbst zu ganz gewöhnlicher Unterhaltung, erklärte Feinde aller Wissenschaft und Bildung und gleichermaßen geneigt, die normale Vernunft der Menschen bei jedem anderen Gesprächsthema auf den Kopf zu stellen wie bei Themen aus ihrem eigenen Beruf.

Sechstes Kapitel

Fortsetzung des Berichts über die Verhältnisse in England unter der Königin Anna. Der Charakter eines Ersten oder Obersten Staatsministers an europäischen Höfen.

Mein Herr konnte immer noch nicht verstehen, welche Beweggründe diese Gattung der Rechtsanwälte dazu veranlassen mochten, die Gedankenarbeit, die Unruhe und die Mühen eines solchen Komplotts der Ungerechtigkeit auf sich zu nehmen, nur um ihre Mittiere zu schädigen; auch konnte er nicht begreifen, was ich damit meinte, als ich sagte, sie täten es für Lohn. Daraufhin gab ich mir große Mühe, ihm den Gebrauch des Geldes, das

Material, aus dem es hergestellt wird, und den Wert der Metalle zu beschreiben. Wenn ein Yahoo einen großen Vorrat von dieser kostbaren Substanz habe, so sei er imstande, alles zu kaufen, wonach es ihm gelüste: die herrlichste Kleidung, die prächtigsten Häuser, große Landstriche, die kostspieligsten Speisen und Getränke, und er könne seine Wahl unter den schönsten Frauen treffen. Da nun das Geld allein imstande sei, all dies zu bewirken, so glaubten unsere Yahoos, sie könnten nie genug davon haben, um es auszugeben oder zu sparen, je nachdem sie sich ihrem natürlichen Hang zufolge entweder zur Verschwendung oder zum Geiz geneigt fänden. Der Reiche genieße die Früchte der Arbeit der Armen, und die Zahl der Reichen verhalte sich zu der der Armen wie eins zu tausend. Die Masse unseres Volkes sei gezwungen, im Elend zu leben, indem sie jeden Tag für geringen Lohn schwer arbeite, damit einige wenige im Überfluß leben könnten. Ich ließ mich sehr weitläufig über diese und viele andere diesbezügliche Einzelheiten aus; Seine Gnaden verstand mich aber immer noch nicht, denn er ging von der Voraussetzung aus, daß alle Lebewesen ein Recht auf ihren Anteil an den Produkten der Erde hätten, und vor allem diejenigen, die über die anderen herrschten. Deshalb wünschte er, ich möchte ihn wissen lassen, was das für kostspielige Speisen seien und weshalb denn irgend jemand danach verlange. Darauf zählte ich so viele Arten auf, wie mir gerade einfielen, nebst den verschiedenen Methoden, sie zuzubereiten, was nicht möglich sei, ohne Fahrzeuge über See in jeden Teil der Welt auszusenden, um Flüssigkeiten zum Trinken wie auch Soßen und unzählige andere Genußartikel herbeizuholen. Ich versicherte ihm, daß unser ganzer Erdball wenigstens dreimal umrundet werden müsse, ehe eins unserer besseren Yahooweibchen sein Frühstück oder das Geschirr dazu bekommen könne. Er sagte, das müsse schlechterdings ein armseliges Land sein, das keine Nahrungsmittel für seine eigenen Einwohner liefern könne. Worüber er sich aber hauptsächlich wunderte, war, wieso solche riesigen Landstriche, wie ich sie beschrieben hätte, gänzlich ohne frisches Wasser seien und die Leute genötigt wären, Getränke über das Meer holen zu lassen. Ich erwiderte, man schätze, daß England (der teure Ort meiner Geburt) ungefähr dreimal soviel Nahrungsmittel hervorbringe, wie seine Einwohner verzehren könnten, und ebensoviel Flüssigkeiten, die aus

Korn ausgezogen oder aus den Früchten gewisser Bäume ausgepreßt würden, was ein ausgezeichnetes Getränk ergäbe. Und das gleiche Verhältnis bestehe bei jeder anderen Annehmlichkeit des Lebens. Um jedoch die Schwelgerei und Unmäßigkeit der Männchen und die Eitelkeit der Weibchen zu befriedigen, schickten wir den größeren Teil unserer notwendigen Dinge in andere Länder, aus denen wir dafür die Grundstoffe für Krankheiten, Torheit und Laster zurückbrächten, um sie bei uns zu verwenden. Daraus folge mit Notwendigkeit, daß ein großer Teil unseres Volkes gezwungen sei, seinen Lebensunterhalt durch Betteln, Rauben, Stehlen, Betrügen, Kuppeln, Meineid, Schmeicheln, Bestechung, Fälschung, Spielen, Lügen, Kriecherei, Prahlerei, Stimmenverkauf, Sudelei, Sternguckerei, Giftmord, Huren, Heucheln, Verleumdung, Freidenkerei und ähnliche Beschäftigungen zu suchen. Ich hatte große Mühe, ihm einen jeden dieser Ausdrücke verständlich zu machen.

Wein werde aus fremden Ländern bei uns eingeführt, nicht um den Mangel an Wasser oder anderen Getränken auszugleichen, sondern weil er eine Art Flüssigkeit sei, die uns lustig mache, indem sie uns von Sinnen brächte, alle melancholischen Gedanken zerstreue, wilde, ausschweifende Vorstellungen im Hirn erzeuge, unsere Hoffnungen bestärke und unsere Befürchtungen verbanne, jede Wirkung der Vernunft für einige Zeit aufhebe und

uns des Gebrauchs unserer Glieder beraube, bis wir in einen tiefen Schlaf fielen; wenn ich auch gestehen müsse, daß wir immer krank und niedergeschlagen erwachten und daß uns der Gebrauch dieser Flüssigkeit mit Krankheiten verseuche, die uns das Leben unbehaglich und kurz machten.

Bei alledem ernährt sich die große Masse unseres Volkes dadurch, daß sie den Reichen oder sich gegenseitig die Bedürfnisse oder Annehmlichkeiten des Lebens liefert. Wenn ich zum Beispiel zu Hause und so gekleidet bin, wie es sich gehört, trage ich auf meinem Leib die Arbeit von hundert Handwerkern. Der Bau und die Einrichtung meines Hauses beschäftigen noch einmal soviel, und die fünffache Zahl ist notwendig, um meine Frau auszustaffieren.

Ich wollte ihm von einer anderen Art Leute erzählen, die ihren Lebensunterhalt dadurch verdienen, daß sie die Kranken pflegen; denn ich hatte Seiner Gnaden schon bei einigen Gelegenheiten mitgeteilt, daß viele von meiner Mannschaft an Krankheiten gestorben waren. Hier konnte ich ihn aber nur mit der größten Mühe dahin bringen, daß er begriff, was ich meinte. Er konnte sich leicht vorstellen, daß ein Houyhnhnm einige Tage vor seinem Tode schwach und schwerfällig würde oder sich durch irgendeinen Zufall ein Glied verletzen könnte. Er hielt es aber für unmöglich, daß es die Natur, die doch alle Dinge in Vollkommenheit hervorbrächte, dulden sollte, daß in unseren Körpern Schmerzen entständen, und wünschte die Ursache eines so unerklärlichen Übels zu erfahren. Ich sagte ihm, wir nährten uns von tausend Dingen, die einander entgegenwirkten; wir äßen, wenn wir nicht hungrig wären, und tränken, auch ohne Durst zu spüren. Wir säßen ganze Nächte und nähmen starke Getränke zu uns, ohne einen Bissen zu essen, und das mache uns träge, entzünde uns den Leib und beschleunige oder verhindere die Verdauung. Prostituierte weibliche Yahoos zögen sich eine gewisse Krankheit zu, die Fäulnis in den Knochen derjenigen hervorrufe, die in ihre Umarmungen gerieten. Diese und viele andere Leiden würden vom Vater auf den Sohn übertragen, so daß zahlreiche Menschen bereits mit komplizierten Krankheiten behaftet auf die Welt kämen. Es würde zu lange dauern, ihm ein Verzeichnis aller Krankheiten, die im menschlichen Körper vorkommen, zu geben, denn es könnten nicht weniger als fünf- bis sechshundert sein, die sich auf alle Glieder und Gelenke verteilten; kurz, jeder äußere und innere Teil habe Gebrechen, die ihm eigen seien. Um ihnen abzuhelfen, gebe es bei uns eine Gruppe von Menschen,

die in dem Beruf oder der Vorspiegelung ausgebildet würden, die Kranken zu heilen. Und da ich in diesem Wissenszweig einige Sachkenntnis besäße, wollte ich Seine Gnaden aus Dankbarkeit das ganze Geheimnis und die Methode wissen lassen, nach der sie vorgehen.

Ihr Grundprinzip lautet, daß alle Krankheiten durch Überfüllung entstehen. Daraus schließen sie, daß eine große Entleerung des Körpers notwendig ist, entweder durch den natürlichen Kanal oder nach oben hin durch den Mund. Ihre nächste Maßnahme besteht darin, aus Kräutern, Mineralien, Harzen, Ölen, Muscheln, Salzen, Säften, Seetang, Exkrementen, Baumrinden, Schlangen, Kröten, Fröschen, Spinnen, Fleisch und Knochen von Toten, aus Vögeln, Tieren und Fischen eine Mixtur zurechtzumachen, die nach Geruch und Geschmack so abscheulich, ekelhaft und widerwärtig ist, wie sie nur ersinnen können, und die der Magen sogleich voller Abscheu von sich gibt; und das nennen sie ein Vomitiv. Oder aber sie lassen uns durch die obere oder untere Öffnung (je nachdem, wie der Arzt dann gerade gelaunt ist) eine Medizin aus demselben Sortiment mit ein paar anderen giftigen Zusätzen einnehmen, die den Eingeweiden gleichermaßen lästig und ekelhaft ist und die den Bauch entleert, indem sie alles vor sich her treibt; und das nennen sie ein Purgans oder ein Klistier. Denn da die Natur (wie die Ärzte behaupten) die obere, vordere Öffnung nur für die Einführung fester Körper und Flüssigkeiten, die untere, hintere aber für die Ausscheidung bestimmt hat und da diese Gelehrten in genia-

ler Weise annehmen, daß die Natur bei allen Krankheiten aus ihrem Sitz vertrieben ist, muß der Körper, um sie wieder an die rechte Stelle zu rücken, daher auf gerade entgegengesetzte Weise behandelt werden, indem man die Bestimmungen beider Öffnungen vertauscht, feste Körper und Flüssigkeiten beim After hineinzwingt und Entleerungen durch den Mund bewirkt.

Außer wirklichen Krankheiten sind wir aber noch vielen ausgesetzt, die nur eingebildet sind und für die die Ärzte eingebildete Kuren erfunden haben; diese haben ihre besonderen Namen und ebenso die Arzneimittel, die für sie geeignet sind. Und von diesen Krankheiten werden unsere Yahooweibchen ständig geplagt.

Diese Zunft zeichnet sich sehr durch ihr Können im Stellen von Prognosen aus, worin sie selten versagen; denn bei wirklichen Krankheiten, die auch nur in gewissem Grade bösartig werden, sagen sie im allgemeinen den Tod voraus, der ja immer in ihrer Macht steht, wenn sie keine Besserung erzielen können. Und bei irgendwelchen unerwarteten Anzeichen einer Besserung, nachdem sie ihr Urteil verkündet haben, verstehen sie es daher, ehe sie sich als falsche Propheten anklagen lassen, der Welt ihren Scharfsinn durch eine rechtzeitige Dosis Medizin zu beweisen.

Von besonderem Nutzen sind sie auch für Männer und Frauen, die ihrer Ehegefährten überdrüssig geworden sind, für erstgeborene Söhne, für hohe Staatsminister und oft für Fürsten.

Ich hatte schon früher mit meinem Herrn gelegentlich über das Wesen der Regierung im allgemeinen und insbesondere über unsere eigene vortreffliche Verfassung gesprochen, die verdientermaßen das Erstaunen und den Neid der ganzen Welt erregt. Da ich aber hierbei zufällig einen Staatsminister erwähnt hatte, befahl er mir einige Zeit darauf, ihm mitzuteilen, welche Gattung der Yahoos ich mit dieser Bezeichnung im besonderen meinte.

Ich sagte ihm, daß ein Erster und Oberster Staatsminister, den ich zu beschreiben beabsichtigte, ein Geschöpf völlig ohne Freude und Kummer, Liebe und Haß, Mitleid und Zorn ist; wenigstens gibt er keiner anderen Leidenschaft Raum als einem heftigen Verlangen nach Reichtum, Macht und Titeln. Er verwendet seine Worte zu allen Zwecken, außer um seine Meinung kundzutun. Er sagt nie die Wahrheit, außer mit dem Ziel, daß man sie für eine Lüge halten soll, und nie eine Lüge, außer in der Absicht, daß man sie für Wahrheit halten soll. Diejenigen, von denen er hinter ihren Rücken am schlechtesten spricht, sind auf dem sichersten Wege zur Beförderung, und sobald er beginnt, einen vor anderen oder vor einem selbst zu loben, so ist man von diesem Tage an verloren. Das schlimmste Zeichen, das man erhalten kann, ist ein Versprechen, besonders wenn es durch einen Eid bekräftigt wird; daraufhin zieht sich jeder kluge Mann zurück und gibt alle Hoffnung auf.

Es gibt drei Methoden, durch die es jemand zum Obersten Minister bringen kann. Die erste besteht darin, daß man mit Klugheit über seine Frau, Tochter oder Schwester zu verfügen weiß; die zweite darin, daß man seinen Vorgänger verrät oder seine Stellung untergräbt; und die dritte besteht in heftigem Wettern in öffentlichen Versammlungen gegen die Verderbtheiten des Hofes. Ein kluger Fürst wird aber vorzugsweise diejenigen in seinen Dienst nehmen, die die letzte dieser Methoden verfolgen, weil sich solche Eiferer dem Willen und den Leidenschaften ihres Herrn gegenüber stets als am willfährigsten und kriecherischsten erweisen. Da diese Minister über alle Ämter verfügen, halten sie sich an der Macht, indem sie die Mehrheit eines Senats oder großen Rates bestechen, und schließlich sichern sie sich durch ein Mittel, das man Indemnitätsakte nennt (deren Eigenart ich ihm beschrieb), vor nachfolgenden Abrechnungen und ziehen sich, beladen mit der Beute aus der Plünderung der Nation, vom öffentlichen Leben zurück.

Der Palast eines Obersten Ministers ist eine Lehranstalt zur Ausbildung anderer in seinem eigenen Gewerbe. Die Pagen, Lakaien und Türhüter werden dadurch, daß sie ihren Herrn nachahmen, in ihren verschiedenen Arbeitsgebieten zu Staatsministern und lernen es, sich in den drei wichtigsten Fähigkeiten aus-

zuzeichnen: der Unverfrorenheit, der Lüge und der Bestechung. Demgemäß wird auch ihnen von Personen des besten Adels in subalterner Weise der Hof gemacht, und zuweilen kommen sie vermittels ihrer Gewandtheit und Unverschämtheit dahin, über verschiedene Stufen Nachfolger ihres Herrn zu werden.

Er wird gewöhnlich von einer heruntergekommenen Dirne oder einem Lieblingslakaien beherrscht, die die Kanäle sind, durch die alle Gnadenbezeigungen übermittelt werden, und die man letzten Endes mit Recht die Regenten des Königreichs nennen kann.

Als mein Herr mich eines Tages im Gespräch den Adel meines Landes hatte erwähnen hören, hatte er die Güte, mir ein Kompliment zu machen, das zu verdienen ich nicht beanspruchen konnte. Er sei nämlich sicher, daß ich aus einer vornehmen Familie stammen müsse, da ich an Gestalt, Farbe und Reinlichkeit alle Yahoos seines Landes weit überträfe, wenn es mir auch an Kraft und Behendigkeit zu fehlen scheine, was wohl meiner von diesen anderen Tieren verschiedenen Lebensweise zuzuschreiben sei. Außerdem sei ich nicht nur mit der Fähigkeit zu sprechen begabt, sondern auch mit einigen Ansätzen von Vernunft, und zwar in solchem Grad, daß ich bei allen seinen Bekannten als Wunder gelte.

Er machte mich darauf aufmerksam, daß bei den Houyhnhnms der Schimmel, der Rotfuchs und der Eisengraue nicht genauso gestaltet seien wie der Braune, der Apfelschimmel und der Rappe und auch nicht mit der gleichen geistigen Begabung oder Bildungsfähigkeit geboren würden; deshalb blieben sie immer im Bedientenstand, ohne jemals danach zu streben, sich außerhalb ihrer Rasse zu paaren, was in diesem Land als ungeheuerlich und unnatürlich gelten würde.

Ich sagte Seiner Gnaden meinen demütigsten Dank für die gute Meinung, die von mir zu fassen er die Güte hatte; ich versicherte ihm jedoch gleichzeitig, daß meine Geburt von der niederen Art gewesen sei, da ich von einfachen, ehrlichen Eltern geboren sei, die nur gerade imstande waren, mir eine leidliche Erziehung zu geben. Der Adel bei uns sei etwas ganz anderes als die Vorstellung, die er davon habe. Unsere jungen Edelleute werden von Kindheit an in Faulheit und Üppigkeit erzogen. Sobald die Jahre es erlauben, vergeuden sie ihre Lebenskraft bei unzüchtigen Weibern und ziehen sich dort scheußliche Krankheiten zu. Wenn ihr Vermögen beinahe zugrunde gerichtet ist, heiraten sie nur des Geldes wegen irgendeine Frau von niedriger Geburt, häßlicher Erscheinung und ungesunder Konstitution, die sie hassen und verachten. Die Sprößlinge solcher Ehen sind im allgemeinen skrofulöse, rachitische oder verwachsene Kinder. Auf diese Weise besteht ein Geschlecht selten über drei Generationen hinaus, es sei denn, die Frau bemüht sich darum, für einen gesunden Vater unter ihren Nachbarn oder Bedienten zu sorgen, um die Art zu veredeln und fortzupflanzen. Ein schwacher, krankhafter Körper, ein mageres Gesicht und fahle Hautfarbe sind die echten Zeichen edlen Geblüts, und eine gesunde, kräftige Erscheinung ist bei einem Manne von Stande so schimpflich, daß die Welt den Schluß zieht, sein wirklicher Vater sei ein Reitknecht oder Kutscher. Die Schwächen seines Geistes stehen mit denen seines Körpers in Einklang; er ist eine Mischung aus Hypochondrie, Stumpfsinn, Unwissenheit, Launenhaftigkeit, Sinnlichkeit und Hochmut.

Ohne Zustimmung dieser erlauchten Körperschaft kann kein Gesetz erlassen, aufgehoben oder geändert werden. Und bei diesen Adligen liegt gleichfalls die Entscheidung über all unseren Besitz, ohne daß Berufung eingelegt werden kann.

Siebentes Kapitel

Die große Liebe des Verfassers zu seinem Heimatland. Die Bemerkungen seines Herrn über die Verfassung und die Regierung Englands, wie sie vom Verfasser beschrieben worden waren, nebst Parallelfällen und Vergleichen. Die Bemerkungen seines Herrn über die menschliche Natur.

Der Leser ist vielleicht geneigt, sich darüber zu wundern, wie ich es über mich bringen konnte, eine so freimütige Darstellung meiner eigenen Gattung zu geben, und noch dazu bei einem Geschlecht von Sterblichen, die schon nur zu bereit sind, sich nach jener völligen Übereinstimmung zwischen mir und ihren Yahoos die verächtlichste Meinung von der Menschheit zu bilden. Ich muß jedoch offen gestehen, daß die vielen Tugenden dieser ausgezeichneten Vierfüßler im Vergleich zu den menschlichen Verderbtheiten mir die Augen so weit geöffnet und meine Einsicht so erweitert hatten, daß ich die Handlungen und Leidenschaften der Menschen allmählich in einem ganz anderen Licht sah und es nicht mehr der Mühe wert hielt, die Ehre meiner eigenen Art zu behaupten. Das war mir ohnehin unmöglich vor einer Person mit so feinem Urteilsvermögen wie meinem Herrn, der mir Tag für Tag tausend Fehler an mir selbst nachwies, von denen ich vorher nicht die geringste Vorstellung hatte und die bei uns niemals auch nur unter die menschlichen Schwächen gezählt würden. Durch sein Beispiel hatte ich auch gelernt, den höchsten Abscheu vor jeder Unwahrheit oder Verstellung zu empfinden, und die Wahrheit schien mir so liebenswert, daß ich beschloß, ihr alles zu opfern.

Man gestatte, daß ich mich dem Leser gegenüber so aufrichtig verhalte, zu gestehen, daß ich noch einen viel stärkeren Beweggrund für die Freimütigkeit hatte, mit der ich die Dinge so offen darstellte. Ich war noch kein Jahr in diesem Land gewesen, als ich schon eine solche Liebe und Verehrung für die Einwohner empfand, daß ich den festen Entschluß faßte, niemals zu den Menschen zurückzukehren, sondern den Rest meines Lebens bei diesen vortrefflichen Houyhnhnms in der Betrachtung und Übung jeder Tugend zu verbringen, wo mich kein Beispiel und kein Anreiz zum Laster treiben konnte. Vom Schicksal, meinem ewigen Feind, wurde aber bestimmt, daß mir ein so großes Glück nicht zuteil werden sollte. Jetzt ist es für mich jedoch ein gewisser Trost, daran zu denken, daß ich bei allem, was ich von meinen Landsleuten sagte, ihre Fehler so sehr beschönigte, wie ich es vor einem so strengen Examinator nur zu tun wagte, und jedem Punkt eine so vorteilhafte Wendung gab, wie sie sich mit der Sache nur vertragen wollte. Denn in der Tat, wer in aller Welt wird nicht von seiner Voreingenommenheit und Parteilichkeit für das Land seiner Geburt beherrscht?

Ich habe den Inhalt mehrer Gespräche wiedergegeben, die ich mit meinem Herrn während des größten Teils der Zeit führte, als ich die Ehre hatte, in seinem Dienst zu stehen; der Kürze wegen habe ich in der Tat jedoch viel mehr ausgelassen, als hier niedergeschrieben ist.

Als ich alle seine Fragen beantwortet hatte und seine Neugier völlig befriedigt schien, ließ er mich eines Morgens in aller Frühe rufen und befahl mir, mich in einiger Entfernung niederzusetzen (eine Ehre, die er mir vorher noch nie erwiesen hatte). Er sagte, er habe über meine ganze Geschichte, soweit sie sich auf mich selbst und mein Land beziehe, sehr ernsthaft nachgedacht; er betrachte uns als eine Art Tiere, denen durch irgendeinen ihm unerklärlichen Zufall ein klein bißchen Vernunft zuteil geworden sei, von der wir keinen anderen Gebrauch machten, als unsere natürlichen Verderbtheiten mit ihrer Hilfe noch zu verschlimmern und neue anzunehmen, die uns die Natur nicht mitgegeben habe. Wir beraubten uns selbst der wenigen Fähigkeiten, die sie uns verliehen habe, seien sehr erfolgreich darin gewesen, unsere ursprünglichen Bedürfnisse zu vervielfachen, und schienen unser ganzes Leben in vergeblichen Bemühungen zu verbringen, sie durch unsere eigenen Erfindungen zu befriedigen. Was mich selbst betreffe, so sei es augenscheinlich, daß ich weder die Kraft noch die Behendigkeit eines gewöhnlichen Yahoos besitze; ich ginge unsicher auf meinen Hinterfüßen, hätte ein Verfahren ausfindig gemacht, meine Krallen nutzlos oder zur Verteidigung unbrauchbar zu machen und das Haar von meinem Kinn zu entfernen, das doch zum Schutz gegen Sonne und Witterung bestimmt sei. Schließlich könne ich weder schnell laufen noch Bäume erklettern wie meine Brüder (so nannte er sie), die Yahoos in diesem Lande.

Unsere Regierungs- und Gesetzeseinrichtungen seien unmißverständlich unserem deutlichen Mangel an Vernunft und folglich auch an Tugend zuzuschreiben, denn Vernunft allein genüge schon, ein vernünftiges Geschöpf zu regieren; ein solches zu sein sei daher ein Wesensmerkmal, das uns anzumaßen wir kein Recht hätten, eben auf Grund des Berichts, den ich von meinem eigenen Volk gegeben hätte, obwohl er allerdings bemerkt habe, daß ich viele Einzelheiten verschwiegen hätte, um sie in günstigem Licht erscheinen zu lassen, und oft »etwas gesagt habe, was nicht sei«.

In dieser Meinung werde er um so mehr bestärkt, da er bemerke, daß ich in jedem Merkmal meines Körpers mit anderen Yahoos übereinstimme, außer wo es zu meinem tatsächlichen Nachteil sei, nämlich in Stärke, Schnelligkeit und Behendigkeit, in der Kürze meiner Krallen und in einigen anderen Einzelheiten, woran die Natur keinen Anteil habe. Nach der Darstellung, die ich ihm von unserem Leben, unseren Sitten und unseren Handlungen gegeben hätte, finde er eine ebenso große Ähnlichkeit in unserer geistigen Veranlagung. Er sagte, es sei bekannt, daß die Yahoos einander mehr haßten, als das bei irgendeiner anderen Gattung von Tieren der Fall sei, und der gewöhnlich dafür angeführte Grund sei die Scheußlichkeit ihrer eigenen Gestalt, die alle bei den übrigen sähen, aber nicht bei sich selbst. Deshalb habe er begonnen, es für recht klug zu halten, daß wir unsere Leiber bedeckten und durch diese Erfindung viele unserer eigenen Häßlichkeiten, die sonst kaum erträglich wären, voreinander verborgen hielten. Jetzt aber erkenne er, daß er sich geirrt habe und daß die Zwistigkeiten dieser Tiere in seinem Lande auf dieselbe Ursache wie die unseren, wie ich sie beschrieben hätte, zurückzu-

führen seien. Denn wenn man (sagte er) unter fünf Yahoos so viel Futter wirft, wie für fünfzig genügen würde, so werden sie, statt friedlich zu fressen, übereinander herfallen, da jeder einzelne danach giert, alles für sich allein zu haben. Deshalb wird gewöhnlich ein Diener beauftragt, zugegen zu sein, wenn sie draußen fressen, und diejenigen, die man im Stall läßt, werden mit einigem Abstand voneinander angebunden. Wenn eine Kuh an Altersschwäche oder durch einen Unfall stirbt, bevor ein Houyhnhnm sie für seine eigenen Yahoos sicherstellen kann, so kommen die aus der Nachbarschaft in Herden herbei, um sich ihrer zu bemächtigen, und dann ergibt sich ein Kampf, wie ich ihn beschrieben hätte, wobei beide Seiten einander mit ihren Krallen furchtbare Wunden zufügen, wenn sie auch nur selten imstande sind, einander zu töten, da ihnen solche bequemen Mordwerkzeuge fehlen, wie wir sie erfunden hätten. Zu anderen Zeiten sind auch schon ähnliche Kämpfe ohne jede erkennbare Ursache zwischen den Yahoos verschiedener Gegenden ausgefochten worden; denn die Yahoos eines Bezirks lauern auf jede Gelegenheit, die des nächsten zu überfallen, bevor sie kampfbereit sind. Wenn sie aber erkennen, daß ihr Plan gescheitert ist, kehren sie nach Hause zurück und beginnen aus Mangel an Feinden untereinander das, was ich Bürgerkrieg nennte.

Auf einigen Feldern seines Landes gibt es gewisse glänzende Steine von verschiedenen Farben, die die Yahoos leidenschaftlich lieben. Wenn ein Teil dieser Steine fest in der Erde steckt, wie das zuweilen vorkommt, so graben sie ganze Tage lang mit ihren Krallen, um sie herauszuholen, dann schleppen sie sie fort und verstecken sie haufenweise in ihren Ställen, sehen sich aber

immer mit großer Vorsicht um, aus Furcht, ihre Kameraden könnten ihren Schatz entdecken. Mein Herr sagte, er habe niemals die Ursache dieses unnatürlichen Gelüstes entdecken oder erraten können, wie diese Steine für einen Yahoo überhaupt von Nutzen sein könnten. Jetzt aber glaube er, es könne von demselben Grundzug der Habgier herrühren, die ich dem Menschengeschlecht zugeschrieben hätte. Einmal habe er versuchsweise heimlich einen Haufen dieser Steine von dem Ort entfernt, wo ihn einer seiner Yahoos vergraben hatte. Als das schmutzige Tier seinen Schatz vermißte, habe es durch sein lautes Klagegeschrei die ganze Herde an den Ort gerufen, dort jämmerlich geheult und dann begonnen, die übrigen zu beißen und zu kratzen. Es habe angefangen, sich abzuhärmen, und habe weder essen noch trinken noch arbeiten wollen, bis er einem Diener befohlen habe, die Steine heimlich in dasselbe Loch zu stecken und sie wie vordem zu verbergen. Als sein Yahoo sie gefunden hätte, habe er seinen Lebensmut und seine gute Laune sogleich wiedergefunden, habe aber Sorge getragen, sie in ein besseres Versteck zu schaffen, und von der Zeit an sei er ein sehr dienstwilliges Tier.

Mein Herr versicherte mir ferner, und ich beobachtete das auch selbst, daß auf den Feldern, wo die glänzenden Steine im Überfluß vorhanden sind, die wildesten und häufigsten Kämpfe, veranlaßt durch fortwährende Überfälle seitens der benachbarten Yahoos, ausgefochten werden.

Er sagte, wenn zwei Yahoos einen solchen Stein auf einem

Felde entdeckten und sich stritten, wer von ihnen der Besitzer sein sollte, so ergreife gewöhnlich ein dritter die günstige Gelegenheit und nehme ihn beiden weg. Mein Herr wollte durchaus behaupten, daß das eine gewisse Ähnlichkeit mit unseren Rechtshändeln habe, und ich meinte, es sei zu unseren Gunsten, ihn hierbei nicht eines Besseren zu belehren, da die Entscheidung, die er erwähnte, weitaus gerechter war als viele Urteile bei uns: denn dort verloren der Kläger und der Beklagte nichts außer dem Stein, um den sie sich stritten, während unsere Billigkeitsgerichte den Prozeß nicht eher aufgegeben hätten, bis beide Parteien überhaupt nichts mehr besäßen.

Mein Herr setzte seine Darlegung fort und sagte, nichts mache die Yahoos verhaßter als ihre wahllose Gier, alles zu verschlingen, was ihnen in die Hände falle, seien es Kräuter, Wurzeln, Beeren, verfaultes Fleisch von Tieren oder alles durcheinandergemischt. Auch sei es eine Eigentümlichkeit ihres Charakters, daß sie viel mehr auf das versessen wären, was sie sich durch Raub oder Diebstahl in größerer Entfernung verschaffen könnten, als auf das viel bessere Futter, mit dem sie zu Hause versorgt würden. Wenn ihre Beute vorhalte, so fräßen sie, bis sie nahe daran seien zu platzen. Für diesen Fall habe ihnen die Natur eine gewisse Wurzel gewiesen, die bei ihnen eine allgemeine Entleerung bewirke.

Es gebe noch eine andere Art Wurzel, die sehr saftig, aber ziemlich selten und schwer zu finden sei, nach der die Yahoos mit viel Eifer suchten und an der sie mit großer Wonne saugten.

Sie hätte bei ihnen die gleichen Auswirkungen wie bei uns der Wein. Sie brächte sie dazu, sich bald zu umarmen und bald zu zerfleischen; sie heulten und lachten und schnatterten und schwankten und fielen hin und schliefen dann im Schmutz ein.

Ich beobachtete auch wirklich, daß die Yahoos die einzigen Tiere in diesem Lande waren, die überhaupt Krankheiten ausgesetzt waren. Es waren aber viel weniger, als Pferde bei uns haben, und sie wurden nicht durch irgendwelche schlechte Behandlung, die sie erfahren, sondern durch die Schmutzigkeit und Gierigkeit jenes scheußlichen Tieres hervorgerufen. Auch enthält die Sprache der Houyhnhnms nur eine allgemeine Bezeichnung für diese Krankheiten, die dem Namen des Tieres entlehnt ist und »Hnea-Yohoo« oder »Yahoo-Krankheit« lautet. Das Mittel, das verordnet wird, ist eine Mischung ihres eigenen Kots und Urins, die dem Yahoo gewaltsam in den Rachen gestopft wird. Ich habe seither oft erlebt, daß dieses Mittel mit Erfolg eingenommen wurde, und ich empfehle es uneingeschränkt meinen Landsleuten zum allgemeinen Wohle als ein treffliches Heilmittel für alle Krankheiten, die durch Übersättigung entstehen.

Was Bildung, Regierung, Künste, Manufakturen und dergleichen betrifft, so gestand mein Herr, könne er nur wenig oder keine Ähnlichkeit zwischen den Yahoos jenes Landes und denen in unserem finden. Er wolle auch nur feststellen, welche Übereinstimmung es in unserer Natur gebe. Tatsächlich habe er einige wißbegierige Houyhnhnms sagen hören, daß es in den meisten Herden eine Art herrschenden Yahoo gebe (wie es bei uns in einem Wildgehege gewöhnlich einen leitenden oder führenden Hirsch gibt), der stets noch mißgestalteter an Leib und boshafter an Veranlagung als irgendeiner der übrigen sei. Dieser Führer habe gewöhnlich einen Günstling, der ihm

so ähnlich sei, wie er ihn nur finden könne, und dessen Amt es sei, seinem Herrn die Füße und den Hintern zu lecken und ihm die weiblichen Yahoos in den Stall zu treiben; dafür werde er von Zeit zu Zeit mit einem Stück Eselsfleisch belohnt. Dieser Günstling wird von der ganzen Herde gehaßt und hält sich daher sicherheitshalber stets in der Nähe seines Herrschers. Er bleibt gewöhnlich im Amt, bis man einen schlimmeren finden kann; sowie er aber fallengelassen wird, kommt sein Nachfolger an der Spitze aller Yahoos jenes Bezirks, der jungen und alten, männlichen und weiblichen, um ihn von Kopf bis Fuß mit Kot zu besudeln. Wieweit das aber auf unsere Höfe, Günstlinge und Staatsministers anwendbar sei, sagte mein Herr, könne ich selbst am besten entscheiden.

Ich wagte nicht, eine Antwort auf diese gehässige Anspielung zu geben, die den menschlichen Verstand noch unter die Klugheit eines gewöhnlichen Hundes herabwürdigte, der ja Urteilsvermögen genug besitzt, am Gebell den tüchtigsten Hund im Rudel zu erkennen und ihm zu folgen, ohne sich jemals zu irren.

Mein Herr sagte mir, es gebe noch einige bemerkenswerte Eigenschaften bei den Yahoos, die ich, wie er bemerkt habe, in den Berichten, die ich ihm über das Menschengeschlecht gegeben hätte, nicht oder doch nur sehr flüchtig erwähnt hätte. Er sagte, diese Tiere hätten wie anderes Vieh ihre Weibchen gemeinsam; sie unterschieden sich aber insofern, als das Yahooweibchen sogar während ihrer Trächtigkeit das Männchen zu sich lasse und die Männchen sich mit den Weibchen ebenso erbittert zankten und schlügen wie untereinander. Diese beiden Bräuche stellten aber ein solches Ausmaß schändlicher Roheit dar, wie es kein anderes fühlendes Wesen jemals erreichte.

Eine andere Eigenschaft, über die er sich bei den Yahoos wunderte, sei ihr eigenartiger Hang zu Unsauberkeit und Schmutz, während doch bei allen anderen Tieren offenbar eine angeborene Liebe zur Reinlichkeit anzutreffen sei. Was die beiden ersten Anklagen betraf, so ließ ich sie gern ohne Antwort, weil ich kein einziges Wort zur Verteidigung meiner Gattung dazu zu sagen hatte, was ich sonst aus eigenem Antrieb bestimmt getan hätte. Mit Leichtigkeit hätte ich jedoch das Menschengeschlecht vor der Bezichtigung der Einzigartigkeit im letzten Punkt in Schutz nehmen können, wenn es nur Schweine im Lande gegeben hätte (was zu meinem Unglück nicht der Fall war); denn wenn es auch ein angenehmerer Vierfüßler als ein Yahoo sein mag, so kann es doch, wie ich in aller Bescheidenheit wohl zu Recht glaube, keinen Anspruch auf größere Reinlichkeit erheben. Und das hätte selbst Seine Gnaden zugeben müssen, wenn er ihre ekelhafte Art zu fressen und ihre Gewohnheit gesehen hätte, sich im Kot zu wälzen und darin zu schlafen.

Mein Herr erwähnte noch eine andere Eigenschaft, die seine

Diener bei mehreren Yahoos entdeckt hatten und die ihm völlig unerklärlich war. Er sagte, zuweilen komme einen Yahoo die Laune an, sich in einen Winkel zurückzuziehen, sich niederzulegen, zu heulen, zu seufzen und alle, die ihm näher kämen, zurückzustoßen, obwohl er jung und fett sei und es ihm weder an Futter noch an Wasser fehle. Auch die Diener hätten keine Ahnung, was ihn möglicherweise anfechten könnte. Das einzige Gegenmittel, das sie gefunden hätten, bestehe darin, ihn schwere Arbeit verrichten zu lassen, wonach er unfehlbar wieder zu sich komme. Aus Voreingenommenheit für meine eigene Art schwieg ich dazu, doch konnte ich hier deutlich die wahren Keime der Hypochondrie erkennen, die nur die Faulen, die Schwelger und die Reichen befällt; und wenn man diese Leute zwänge, sich derselben Kur zu unterziehen, so würde ich für die Heilung garantieren.

Seine Gnaden hatte ferner bemerkt, daß sich Yahooweibchen oft hinter einen Erdwall oder einen Busch stellten, um die jungen Männchen anzustarren, die vorbeigingen, und sich dann zu zeigen und wieder zu verbergen, wobei sie viele närrische Gesten machten und Grimassen schnitten; es sei auch bemerkt worden, daß sie zu dieser Zeit einen äußerst widerlichen Geruch verbreiteten. Und wenn eins der Männchen auf sie zukäme, zögen sie sich langsam zurück, blickten sich aber oft um, zeigten geheuchelte Furcht und liefen an einen bequem gelegenen Ort, wohin ihnen das Männchen, wie sie wußten, folgen würde.

Wenn einmal ein fremdes Weibchen zu ihnen kam, so gingen drei oder vier vom gleichen Geschlecht um es herum, starrten es an, schnatterten, lachten und berochen es von allen Seiten. Und dann wandten sie sich mit Gesten ab, die Verachtung und Geringschätzung auszudrücken schienen.

Vielleicht mochte mein Herr bei diesen Theorien, die er auf Grund eigener Beobachtungen und der Berichte anderer aufgestellt hatte, die Dinge ein wenig überspitzen; ich konnte jedoch nicht ohne einige Bestürzung und großen Kummer darüber

nachdenken, daß die Grundzüge der Unzüchtigkeit, Koketterie, Tadelsucht und Klatscherei bei den Frauen offenbar von Natur aus angelegt sind.

Ich erwartete jeden Augenblick, daß mein Herr die Yahoos auch jener widernatürlichen Begierden bezichtigen würde, die bei uns unter beiden Geschlechtern so verbreitet sind. Wie es scheint, war die Natur aber doch keine so kundige Schulmeisterin, und diese feineren Genüsse sind ausschließlich die Früchte der Kunst und der Vernunft auf unserer Seite des Erdballs.

Achtes Kapitel

Der Verfasser berichtet über verschiedene Besonderheiten der Yahoos. Die großen Tugenden der Houyhnhnms. Die Erziehung und die Leibesübungen ihrer Jugend. Ihre Generalversammlung.

Da ich die menschliche Natur eigentlich viel besser verstehen mußte, als es, wie ich annahm, meinem Herrn möglich war, war es mir auch ein leichtes, die Schilderung, die er von den Yahoos gab, auf mich und meine Landsleute anzuwenden. Ich glaubte auch, ich könnte aus eigener Beobachtung noch weitere Entdekkungen machen. Deshalb bat ich Seine Gnaden oft, mich zu den Yahooherden in der Nachbarschaft gehen zu lassen; er stimmte dem auch immer sehr huldvoll zu, da er völlig davon überzeugt war, daß der Haß, den ich gegen diese Tiere hegte, es niemals zulassen werde, daß ich von ihnen verdorben würde. Seine Gnaden befahl auch einem seiner Diener, einem starken Rotfuchs, der sehr brav und gutmütig war, mein Beschützer zu sein; ohne seinen Schutz hätte ich es nicht gewagt, solche Risiken einzugehen. Ich habe dem Leser ja schon erzählt, wie sehr ich gleich nach meiner Landung von diesen scheußlichen Tieren belästigt worden war. Und auch später entging ich drei- oder viermal nur mit knapper Mühe und Not dem Schicksal, ihnen in die Klauen zu fallen, als ich mich ohne meinen Hirschfänger nur wenig vom Hause entfernte. Ich habe Grund zu glauben, daß sie eine gewisse Vorstellung hatten, ich gehörte zu ihrer eigenen Gattung. Dazu trug ich oft selbst bei, indem ich vor ihren Augen meine Ärmel aufkrempelte und meine nackten Arme und meine bloße Brust sehen ließ, wenn mein Beschützer bei mir war. Bei diesen Gelegenheiten pflegten sie so nahe heranzukommen, wie sie es wagten, und meine Handlungen wie Affen nachzuahmen, doch stets mit beträchtlichen Anzeichen des Hasses, so wie eine zahme Dohle mit Haube und Strümpfen stets von den wilden verfolgt wird, wenn sie zufällig unter sie geraten ist.

Vom frühesten Kindesalter an sind sie außerordentlich behend; dennoch fing ich einmal ein junges Männchen von drei Jahren und bemühte mich, es mit allen Arten von Liebkosungen zu beruhigen. Der kleine Teufel begann aber mit solcher Heftigkeit zu kreischen, zu kratzen und zu beißen, daß ich gezwungen war, ihn laufenzulassen; und es war auch höchste Zeit, denn auf den Lärm hin umringte uns eine ganze Herde von alten. Da sie jedoch das Junge in Sicherheit sahen (denn im Nu war es weg) und mein Rotfuchs dabeistand, wagten sie sich nicht in unsere Nähe. Ich bemerkte, daß der Körper des jungen Tieres sehr widerlich roch, und der Gestank lag etwa zwischen dem eines Wiesels und eines Fuchses, war aber viel unangenehmer. Ich habe noch einen Umstand vergessen (und der Leser würde mir vielleicht verzeihen, wenn er gänzlich übergangen würde): während ich nämlich das verhaßte Ungeziefer in den Händen hielt, entleerte es seine ekelhaften Exkremente von gelber, flüssiger Beschaffenheit über alle meine Kleider. Zum Glück war aber ein kleiner Bach ganz in der Nähe, wo ich mich so sauber abwusch, wie ich nur konnte. Trotzdem wagte ich es nicht, vor meinem Herrn zu erscheinen, bis ich mich genügend ausgelüftet hatte.

Nach allem, was ich feststellen konnte, scheinen die Yahoos die ungelehrigsten von allen Tieren zu sein, denn ihre Fähigkeiten reichen nie weiter, als Lasten zu ziehen oder zu tragen. Dennoch bin ich der Meinung, daß dieser Mangel hauptsächlich von einer eigensinnigen, widerspenstigen Veranlagung herrührt. Denn sie sind verschlagen, heimtückisch, hinterhältig und rachsüchtig. Sie sind stark und widerstandsfähig, aber von feiger Gesinnung und folglich unverschämt, kriecherisch und grausam. Man beobachtet, daß die Rothaarigen beider Geschlechter un-

züchtiger und boshafter als die übrigen sind, denen sie aber auch an Kraft und Behendigkeit sehr überlegen sind.

Die Houyhnhnms halten die für den täglichen Gebrauch bestimmten Yahoos in Hütten, die nicht weit vom Hause entfernt sind; die übrigen aber werden auf bestimmte Felder hinausgeschickt, wo sie Wurzeln ausgraben, verschiedene Arten von Kräutern fressen und nach Aas suchen oder zuweilen auch Wiesel und »Luhimuhs« (eine Art wilde Ratten) fangen, die sie gierig verschlingen. Die Natur hat sie gelehrt, an den Abhängen von Bodenerhebungen mit den Nägeln tiefe Höhlen zu graben, in denen sie für sich allein liegen; nur die Höhlen der Weibchen sind größer und reichen hin, um noch zwei bis drei Junge aufzunehmen.

Von frühester Kindheit an schwimmen sie wie Frösche und können auch lange unter Wasser bleiben, wo sie häufig Fische fangen, die die Weibchen für ihre Jungen nach Hause tragen. Ich hoffe, der Leser wird mir verzeihen, wenn ich bei dieser Gelegenheit ein sonderbares Abenteuer erzähle.

Eines Tages war ich mit meinem Beschützer, dem Rotfuchs, unterwegs, und da das Wetter überaus heiß war, bat ich ihn, mich in einem nahen Fluß baden zu lassen. Er stimmte zu, und ich zog mich sogleich splitternackt aus und ging langsam in den Fluß. Es traf sich, daß ein junges Yahooweibchen, das hinter einer Böschung stand, den ganzen Vorgang ansah, und von Begierde entflammt, wie das Pferd und ich vermuteten, kam es mit äußerster Geschwindigkeit gelaufen und sprang nicht weiter als fünf Ellen von der Stelle, wo ich badete, ins Wasser. Noch nie in meinem Leben war ich so furchtbar erschrocken; das Pferd graste in einiger Entfernung, da es nichts Böses vermutete. Sie umarmte mich in der brünstigsten Weise. Ich brüllte, so laut ich konnte, und das Pferd kam herbeigaloppiert; daraufhin ließ sie mich mit dem größten Widerstreben los und sprang auf das gegenüberliegende Ufer, wo sie die ganze Zeit, solange ich meine Kleider anzog, gaffend und heulend stehenblieb.

Das gab meinem Herrn und seiner Familie Veranlassung zur Belustigung, während es mich aufs äußerste beschämte. Denn jetzt konnte ich nicht mehr leugnen, daß ich in jedem Glied und nach jedem Merkmal ein richtiger Yahoo war, da die Weibchen eine natürliche Neigung zu mir empfanden, wie zu einem ihrer eigenen Art. Auch war das Haar dieses Tieres nicht von roter Farbe (was noch als eine gewisse Entschuldigung für eine etwas abartige Begierde hätte gelten können), sondern schwarz wie eine Schlehe, und ihre Erscheinung machte auch keinen ganz so häßlichen Eindruck wie die übrigen ihrer Art, denn ich glaube, sie konnte nicht über elf Jahre alt gewesen sein.

Da ich drei Jahre in diesem Land gelebt habe, wird der Leser, nehme ich an, erwarten, daß ich ihm wie andere Reisende einen

Bericht von den Sitten und Gewohnheiten seiner Einwohner gebe, die kennenzulernen in der Tat mein hauptsächliches Bestreben war.

Da diese edlen Houyhnhnms von der Natur mit einem allgemeinen Hang zu allen Tugenden ausgestattet sind und keine Vorstellungen oder Begriffe davon haben, was das Böse bei einem vernünftigen Wesen bedeutet, so besteht ihr Hauptgrundsatz darin, die Vernunft zu entwickeln und sich gänzlich von ihr leiten zu lassen. Auch ist die Vernunft bei ihnen keine problematische Angelegenheit wie bei uns, wo man mit dem Anschein von Richtigkeit Gründe für und wider eine Sache anführen kann, sondern sie bewirkt unmittelbare Überzeugung, wie sie das notwendig tun muß, wo sie nicht mit Leidenschaft und Eigennutz vermischt und von ihnen getrübt oder entstellt ist. Ich erinnere mich, daß ich meinen Herrn nur mit größten Schwierigkeiten dazu bringen konnte, die Bedeutung des Wortes »Meinung« zu verstehen oder wie eine Angelegenheit strittig sein könnte, da uns die Vernunft doch lehre, nur zu behaupten oder zu leugnen, wo wir sicher seien, und wenn etwas außerhalb unseres Wissens liegt, können wir keines von beiden tun. Daher sind Streitigkeiten, Zänkereien, Auseinandersetzungen und Beharren auf falschen oder zweifelhaften Thesen bei den Houyhnhnms unbe-

kannte Übel. Ebenso pflegte er, wenn ich ihm unsere verschiedenen Systeme der Naturphilosophie erklärte, darüber zu lachen, daß sich ein Geschöpf, das Anspruch auf Vernunft erhebe, etwas darauf einbildete, die Vermutungen anderer Leute zu kennen, und noch dazu bei Dingen, wo dieses Wissen, selbst wenn es gewiß wäre, keinen Nutzen haben könnte. Darin stimmte er völlig mit den Anschauungen des Sokrates überein, wie sie Plato überliefert, und ich erwähne das als die höchste Ehre, die ich jenem Fürsten der Philosophen erweisen kann. Ich habe mir seitdem oft überlegt, was für eine Verheerung eine solche Lehre in den Bibliotheken Europas anrichten würde und wie viele Wege zum Ruhm in der gelehrten Welt dann versperrt wären.

Freundschaft und Wohlwollen sind die zwei Haupttugenden der Houyhnhnms, und diese sind nicht auf einzelne Individuen beschränkt, sondern richten sich allgemein auf das ganze Geschlecht. Denn ein Fremder aus der entlegensten Gegend wird ebenso wie der nächste Nachbar behandelt, und überall, wohin er geht, betrachtet er sich als zu Hause. Sie wahren Anstand und Höflichkeit im höchsten Grad, kennen aber überhaupt keine leere Förmlichkeit. Sie hegen keine übertriebene Zärtlichkeit zu ihren Hengstfüllen oder weiblichen Fohlen; die Sorgfalt, die sie auf ihre Erziehung verwenden, entspringt vielmehr ganz und gar den Geboten der Vernunft. Ich bemerkte auch, daß mein Herr gegenüber der Nachkommenschaft seines Nachbarn die gleiche Zuneigung an den Tag legte, die er zu seiner eigenen empfand. Sie behaupten, daß die Natur sie lehrt, die ganze Gattung zu lieben, und nur die Vernunft macht da einen Unterschied zwischen Einzelpersonen, wo sich ein überragender Grad von Tugend findet.

Wenn die Houyhnhnmfrauen ein Füllen von jedem Geschlecht hervorgebracht haben, so vereinigen sie sich nicht mehr mit ihren Gatten, es sei denn, sie verlieren eins von ihrer Nachkommenschaft durch irgendeinen Unfall, was nur sehr selten vorkommt. In einem solchen Fall kommen sie aber von neuem zusammen, oder, wenn das gleiche Unglück einem Houyhnhnm zustößt, dessen Weib über das Gebären hinaus ist, so übergibt ihnen irgendein anderes Paar eins seiner eigenen Füllen und verkehrt dann wieder miteinander, bis die Mutter trächtig ist. Diese Vorsicht ist notwendig, um zu verhindern, daß das Land mit großen Mengen von Einwohnern überlastet wird. Der Rasse der tieferstehenden Houyhnhnms, die zu Dienern erzogen werden, sind in diesem Punkt keine so engen Grenzen gesetzt; es ist ihnen gestattet, drei Füllen von jedem Geschlecht zu zeugen, die Dienstboten bei den vornehmen Familien werden.

Bei ihren Eheschließungen sind sie sehr darauf bedacht, genau solche Farben auszuwählen, die bei der Nachkommenschaft keine unangenehme Mischung ergeben. Beim Männchen wird hauptsächlich Kraft und beim Weibchen Anmut geschätzt, jedoch nicht um der Liebe willen, sondern um die Rasse vor Entartung zu bewahren. Wenn sich nämlich ein Weibchen durch Kraft auszeichnet, wird ein Gatte mit Rücksicht auf Anmut ausgesucht. Werbung, Liebe, Geschenke, Wittümer und Leibgedinge haben keinen Raum in ihrem Denken, noch haben sie überhaupt Wörter, um sie in ihrer Sprache zu bezeichnen. Das junge Paar kommt zusammen und wird verbunden, und zwar lediglich deshalb, weil es der Entschluß seiner Eltern und Freunde ist. Sie sehen jeden Tag, daß man es so hält, und betrachten es als eine der notwendigen Handlungen eines vernünftigen Wesens. Von Ehebruch oder irgendeiner anderen Unkeuschheit hat man jedoch niemals gehört, und das verheiratete Paar verbringt sein Leben in

derselben Freundschaft und demselben gegenseitigen Wohlwollen, das sie allen anderen der gleichen Gattung entgegenbringen, mit denen sie in Berührung kommen: ohne Eifersucht, übertriebene Zärtlichkeit, Zank oder Unzufriedenheit.

Ihre Methode zur Erziehung der Jugend beider Geschlechter ist bewundernswert und verdient unsere Nachahmung in hohem Grade. Die Füllen dürfen außer an gewissen Tagen kein Korn Hafer zu sich nehmen, bis sie achtzehn Jahre alt sind, und auch Milch nur sehr selten. Im Sommer grasen sie zwei Stunden am Morgen und ebensolange am Abend, und diese Zeit halten auch ihre Eltern ein. Den Dienern gesteht man aber nicht mehr als die Hälfte dieser Zeit zu, und ein großer Teil ihres Grases wird nach Hause gebracht, den sie dann zu den gelegensten Stunden essen, wenn man sie am besten bei der Arbeit entbehren kann.

Mäßigkeit, Fleiß, Körperbewegung und Reinlichkeit sind die Lehren, die den Füllen beider Geschlechter gleichermaßen eingeschärft werden, und mein Herr hielt es für absurd, daß wir den Weibchen eine andere Art von Erziehung geben als den Männchen, es sei denn in einigen Punkten der Haushaltsführung. Dadurch, so bemerkte er ganz richtig, sei ja eine Hälfte unserer Bevölkerung zu nichts anderem brauchbar, als Kinder in die Welt zu setzen. Und daß man solchen unnützen Lebewesen die Sorge für seine Kinder anvertraue, sei ein noch schlimmeres Beispiel von tierischer Unvernunft.

Die Houyhnhnms indessen erziehen ihre Jugend zu Kraft, Schnelligkeit und Mut, indem sie sie darin üben, steile Hügel hinauf und hinab und auf hartem, steinigem Boden Wettrennen abzuhalten; und wenn sie alle in Schweiß geraten sind, wird ihnen befohlen, kopfüber in einen Teich oder Fluß zu springen. Viermal im Jahr kommt die Jugend eines bestimmten Bezirks zusammen, um ihre Fertigkeit im Laufen und Springen und andere Leistungen ihrer Kraft und Behendigkeit zu zeigen; der Sieger oder die Siegerin wird dann mit einem Lied belohnt, das zu seinem oder ihrem Lob gedichtet wird. Bei diesem Fest treiben die Diener eine Herde Yahoos auf das Feld, die mit Heu, Hafer und Milch für eine Mahlzeit der Houyhnhnms beladen sind. Danach aber werden diese Tiere sogleich wieder zurückgetrieben, um zu verhüten, daß sie der Gesellschaft lästig fallen.

Alle vier Jahre findet zur Frühjahrs-Tagundnachtgleiche eine

Ratsversammlung statt, auf der die ganze Nation vertreten ist. Sie wird in einer Ebene abgehalten, die ungefähr zwanzig Meilen von unserem Haus entfernt liegt, und dauert etwa fünf bis sechs Tage. Hier untersuchen sie den Zustand und die Lage in den verschiedenen Bezirken, ob sie Überfluß an Heu, Hafer, Kühen oder Yahoos haben oder Mangel daran leiden. Und überall, wo irgendein Mangel besteht (was aber nur selten vorkommt), wird ihm sogleich mit einmütiger Zustimmung und einer allgemeinen Spende abgeholfen. Hier wird auch die Regulierung der Kinder vereinbart. Wenn zum Beispiel ein Houyhnhnm zwei Männchen hat, tauscht er eines mit einem anderen, der zwei Weibchen hat; und wenn durch irgendein Unglück ein Kind umkam, dessen Mutter über das Gebären hinaus ist, so wird beschlossen, welche Familie im Bezirk ein neues zu zeugen hat, um den Verlust auszugleichen.

Neuntes Kapitel

Eine große Debatte in der Generalversammlung der Houyhnhnms und wie sie beschlossen wurde. Die Gelehrsamkeit der Houyhnhnms. Ihre Gebäude. Die Art ihrer Begräbnisse. Die Unzulänglichkeit ihrer Sprache.

Eine dieser großen Versammlungen wurde auch zu meiner Zeit abgehalten, und zwar etwa drei Monate vor meiner Abreise; mein Herr besuchte sie als Vertreter unseres Bezirks. In dieser Ratsversammlung wurde ihre alte Debatte wiederaufgenommen, die in der Tat die einzige Debatte ist, die je in diesem Land geführt wurde. Nach seiner Rückkehr gab mir mein Herr einen sehr ausführlichen Bericht darüber.

Die zu erörternde Frage war die, ob die Yahoos vom Angesicht der Erde vertilgt werden sollten. Einer von denen, die dafür waren, führte mehrere Argumente von großer Beweiskraft und großem Gewicht an; er brachte vor, daß die Yahoos, so wie sie das schmutzigste, ekelhafteste und mißgestaltenste Tier seien, das die Natur jemals hervorgebracht habe, so auch das widerspenstigste und unlenksamste, das boshafteste und tückischste seien. Sie sögen heimlich an den Zitzen der Kühe der Houyhnhnms, töteten und verschlängen ihre Katzen, zertrampelten ihren Hafer und ihr Gras, wenn man sie nicht ständig bewachte, und verübten tausend andere Streiche. Er erwähnte eine allgemeine Überlieferung, daß es nicht immer Yahoos in diesem Lande gegeben habe, sondern daß vor vielen Generationen zwei dieser Tiere zusammen auf einem Berg erschienen seien. Ob sie

durch die Einwirkung der Sonnenhitze auf faulenden Kot und Schlamm oder aus dem Schlick und Schaum des Meeres erzeugt worden seien, habe man nie erfahren. Diese Yahoos vermehrten sich, und ihre Brut sei in kurzer Zeit so zahlreich geworden, daß sie das ganze Land überschwemmt und unsicher gemacht hätten. Um dieses Übel loszuwerden, hätten die Houyhnhnms eine allgemeine Jagd angestellt und schließlich die ganze Herde eingeschlossen. Die älteren hätten sie getötet, aber jeder Houyhnhnm habe zwei junge in einem Stall gehalten und sie zu einem solchen Grad von Zahmheit gebracht, wie ihn ein von Natur so wildes Tier überhaupt nur erreichen kann, und habe sie als Zug- und Lasttiere verwendet. An dieser Überlieferung scheine viel Wahres zu sein, und jene Geschöpfe könnten schon wegen des heftigen Hasses keine »Ylnhniamshy« (oder Ureinwohner des Landes) sein, den ihnen die Houyhnhnms wie auch alle anderen Tiere entgegenbrächten; und obwohl ihr schlechter Charakter ihn zur Genüge verdiente, hätte er doch nie ein so großes Ausmaß annehmen können, wenn sie Ureinwohner gewesen wären, sonst wären sie schon lange ausgerottet. Die Einwohner hätten bald Gefallen daran gefunden, sich der Dienstleistungen der Yahoos zu bedienen, und es sehr unbedachtsam vernachlässigt, die Zucht von Eseln zu betreiben, die anmutige Tiere, leicht zu halten, zahmer und folgsamer, ohne jeglichen üblen Geruch und stark genug zur Arbeit seien, obgleich sie den anderen an körper-

licher Behendigkeit nachstünden. Und ihr Geschrei sei zwar kein angenehmer Laut, aber dem fürchterlichen Geheul der Yahoos doch bei weitem vorzuziehen.

Verschiedene andere äußerten ihre Ansichten im gleichen Sinne, als mein Herr der Versammlung einen Ausweg vorschlug, zu dem er die Anregung freilich von mir entlehnt hatte. Er schloß sich der Tradition an, die von dem ehrenwerten Mitglied, das vorher gesprochen habe, erwähnt worden sei, und erklärte, daß die beiden Yahoos, die zuerst bei ihnen gesehen worden sein sollten, über das Meer dahin verschlagen worden seien. Als sie an Land gekommen und von ihren Gefährten im Stich gelassen worden seien, hätten sie sich in die Berge zurückgezogen, seien allmählich entartet und im Laufe der Zeit viel wilder geworden als die Tiere ihrer eigenen Gattung in dem Land, aus dem diese beiden ersten Exemplare kamen. Der Grund für diese Behauptung sei der, daß er jetzt einen gewissen seltsamen Yahoo (damit meinte er mich) in Besitz habe, von dem die meisten von ihnen wohl schon gehört und den viele von ihnen schon gesehen hätten. Dann erzählte er ihnen, wie er mich zuerst gefunden habe. Mein Körper sei ganz mit einer künstlichen Zusammensetzung aus den Fellen und Haaren anderer Tiere bedeckt. Ich spräche eine eigene Sprache und hätte die ihre vollkommen erlernt. Ich hätte ihm die Begebenheiten erzählt, die mich dahin gebracht hätten. Als er mich ohne meine Hülle gesehen habe, sei ich in jedem Körperteil ein richtiger Yahoo gewesen, nur sei ich von weißerer Farbe, sei weniger behaart und hätte kürzere Krallen. Er fügte hinzu, wie ich mich bemüht hätte, ihn zu überzeugen, daß in meinem eigenen und in anderen Ländern die Yahoos als herrschendes, vernünftiges Lebewesen fungierten und die Houyhnhnms in Knechtschaft hielten. Er habe an mir alle Eigenschaften eines Yahoos bemerkt, nur seien sie durch einen gewissen Anstrich von Vernunft ein wenig verfeinert, die jedoch der der Houyhnhnms so weit unterlegen sei, wie es die Yahoos ihres Landes mir gegenüber seien. Unter anderem hätte ich eine bei uns bestehende Sitte erwähnt, die Houyhnhnms zu kastrieren, solange sie jung seien, um sie zahm zu machen. Die Operation sei leicht und ungefährlich. Auch sei es keine Schande, von unvernünftigen Tieren kluge Handlungen zu lernen, wie doch auch Fleiß von der Ameise und das Bauen von der Schwalbe gelehrt

werden. (So übersetze ich das Wort »Lyhannh«, obwohl das ein viel größerer Vogel ist.) Dieses Verfahren könne man bei den jüngeren Yahoos dieses Landes anwenden, was, außer sie fügsam und tauglicher zum Gebrauch zu machen, der ganzen Gattung in einer Generation ein Ende setzen würde, ohne Leben zu vernichten. Mittlerweile solle man den Houyhnhnms dringend empfehlen, die Zucht von Eseln zu betreiben, die in jeder Hinsicht wertvollere Tiere sind und zugleich den Vorteil bieten, schon mit fünf Jahren zum Dienst tauglich zu sein, was die anderen nicht unter zwölf sind.

Das war alles, was mein Herr mir damals von den Erörterungen in der großen Ratsversammlung zu erzählen geruhte. Es beliebte ihm aber, einen besonderen Umstand zu verschweigen, der sich auf mich persönlich bezog und dessen unheilvolle Auswirkung ich bald zu spüren bekam, wie der Leser am gehörigen Ort erfahren wird; und davon leite ich alles folgende Unglück meines Lebens her.

Die Houyhnhnms haben keine Schrift, und folglich ist ihr ganzes Wissen mündlich überliefert. Da sich jedoch bei einem so völlig einigen Volk, das von Natur zur Ausübung jeder Tugend geneigt ist, sich gänzlich von der Vernunft leiten läßt und von allem Verkehr mit anderen Nationen abgeschnitten ist, nur wenige Ereignisse von einiger Bedeutung zutragen, läßt sich der historische Teil des Wissens leicht bewahren, ohne ihr Gedächtnis zu belasten. Ich habe schon gesagt, daß sie keinen Krankheiten ausgesetzt sind und deshalb auch keinen Bedarf an Ärzten haben.

Sie besitzen jedoch ausgezeichnete Arzneimittel, die aus Kräutern bestehen, um etwaige Quetschungen und Schnitte durch scharfe Steine an der Fessel oder der Gabel des Fußes wie auch andere Verletzungen und Wunden an den verschiedenen Körperteilen zu heilen.

Das Jahr berechnen sie nach dem Umlauf der Sonne und des Mondes, machen aber keinen Gebrauch von Unterteilungen in Wochen. Sie sind mit den Bewegungen dieser beiden lichtspendenden Himmelskörper recht gut vertraut und verstehen auch das Wesen der Verfinsterungen. Weiter reichen ihre Kenntnisse in der Astronomie jedoch nicht.

Man muß zugeben, daß sie in der Poesie alle anderen Sterblichen übertreffen; dabei sind die Treffsicherheit ihrer Vergleiche sowie die Sorgfalt und Genauigkeit ihrer Beschreibungen wirklich einzigartig. Ihre Verse sind sehr reich an beiden und enthalten gewöhnlich einige erhabene Auffassungen von Freundschaft und Wohlwollen oder das Lob derer, die in Wettrennen und anderen Leibesübungen den Sieg davongetragen haben. Ihre Gebäude, obgleich sehr kunstlos und einfach, sind doch nicht unbehaglich und sehr gut so angelegt, um sie vor allen Unbilden der Kälte und Hitze zu schützen. Sie haben eine Baumart, die sich mit 40 Jahren an der Wurzel lockert und beim ersten Sturm umfällt. Diese Bäume wachsen ganz gerade, und nachdem sie wie Pfähle mit einem scharfen Stein zugespitzt worden sind (denn den Gebrauch des Eisens kennen die Houyhnhnms nicht), stekken sie sie in einem Abstand von etwa zehn Zoll aufrecht in den Boden und flechten dann Haferstroh oder zuweilen auch Ruten dazwischen. Das Dach wird in der gleichen Art und Weise gemacht und ebenso auch die Türen.

Die Houyhnhnms gebrauchen den hohlen Teil ihrer Vorderfüße zwischen der Fessel und dem Huf wie wir die Hände, und zwar mit größerer Geschicklichkeit, als ich mir zuerst vorstellen konnte. Ich habe gesehen, daß eine weiße Stute aus unserer Familie mit diesem Gelenk eine Nadel (die ich ihr zu diesem Zweck lieh) einfädelte. Auf die gleiche Weise melken sie ihre Kühe, ernten ihren Hafer und verrichten alle Arbeit, die Hände erfordert. Sie haben eine Art harten Feuerstein, aus dem sie durch Schleifen an anderen Steinen Werkzeuge machen, die als Keile, Äxte und Hämmer dienen. Mit Werkzeugen aus diesen Feuersteinen

schneiden sie auch ihr Heu und ihren Hafer, der auf mehreren Feldern wild wächst. Die Yahoos ziehen die Garben auf Wagen nach Hause, und die Diener zerstampfen sie in überdachten Hütten mit den Hufen, um das Korn zu gewinnen, das dann in Speichern aufbewahrt wird. Sie stellen auch eine Art kunstloser irdener und hölzerner Gefäße her und trocknen die ersteren an der Sonne.

Wenn ihnen kein Unfall zustößt, sterben sie nur an Altersschwäche und werden an den abgelegensten Orten begraben, die man finden kann. Ihre Freunde und Verwandten äußern weder Freude noch Kummer über ihr Verscheiden, und auch der Sterbende zeigt nicht das geringste Bedauern darüber, daß er die Welt verläßt, so wenig, als sei er dabei, von einem Besuch bei einem seiner Nachbarn nach Hause zurückzukehren. Ich erinnere mich, daß mein Herr einmal mit einem Freund und dessen Fami-

lie eine Verabredung getroffen hatte, wegen einer Angelegenheit von Bedeutung in sein Haus zu kommen. An dem verabredeten Tag kamen die Frau und ihre zwei Kinder jedoch sehr spät. Sie brachte zwei Entschuldigungen vor, zuerst für ihren Gatten, dem es, wie sie sagte, gerade an diesem Morgen zugestoßen sei zu »shnuwnh«. Das Wort ist in ihrer Sprache sehr ausdrucksvoll, läßt sich aber nicht leicht ins Englische übersetzen; es bedeutet »sich zu seiner ersten Mutter zurückziehen«. Ihre Entschuldigung, daß sie nicht früher gekommen sei, war die, daß sie, weil ihr Gatte erst spät am Morgen gestorben sei, eine ganze Weile mit ihren Dienern über einen geeigneten Ort beraten habe, wo sein Leichnam begraben werden sollte. Ich bemerkte auch, daß sie sich in unserem Haus ebenso heiter verhielt wie die anderen. Sie starb etwa drei Monate später.

Sie werden gewöhnlich siebzig oder fünfundsiebzig, sehr selten achtzig Jahre alt. Einige Wochen vor ihrem Tod spüren sie ein allmähliches Nachlassen ihrer Kräfte, jedoch ohne Schmerzen. Während dieser Zeit werden sie viel von ihren Freunden besucht, weil ihnen das Ausgehen nicht mehr so leichtfällt und keine rechte Freude macht. Etwa zehn Tage vor ihrem Tod, dessen Zeitpunkt richtig zu berechnen sie nur selten verfehlen, erwidern sie jedoch die Besuche, die ihnen von den nächsten Nachbarn gemacht wurden, indem sie sich in einem bequemen Schlitten befördern lassen, der von Yahoos gezogen wird. Dieses Beförderungsmittel benutzen sie nicht nur bei dieser Gelegenheit,-sondern auch, wenn sie alt werden, bei langen Reisen oder wenn sie durch einen Unfall lahm gehen. Wenn daher die sterbenden

Houyhnhnms diese Besuche erwidern, nehmen sie feierlich Abschied von ihren Freunden, als ob sie sich in einen entlegenen Teil des Landes begäben, wo sie den Rest ihres Lebens verbringen wollten.

Ich weiß nicht, ob es der Mühe wert ist zu bemerken, daß die Houyhnhnms in ihrer Sprache kein Wort haben, um irgend etwas zu bezeichnen, das böse ist, außer den Ausdrücken, die sie von der Ungestaltheit oder den schlechten Eigenschaften der Yahoos ableiten. So bezeichnen sie die Torheit eines Dieners, ein Versäumnis eines Kindes, einen Stein, der ihren Fuß ritzt, anhaltendes schlechtes oder nicht der Jahreszeit entsprechendes Wetter und dergleichen, indem sie zu jedem das Beiwort »Yahoo« hinzufügen. Zum Beispiel »Hhnm Yahoo«, »Whnaholm Yahoo«, »Ynlhmndwihlma Yahoo« und ein schlechtgebautes Haus «Ynholmhnmrohlnw Yahoo». Ich könnte mich mit großem Vergnügen noch weiter über die Sitten und Tugenden dieses ausgezeichneten Volkes verbreiten; da ich jedoch die Absicht habe, in kurzer Zeit ein besonderes Buch eigens über dieses Thema zu veröffentlichen, so verweise ich den Leser darauf. Und inzwischen fahre ich damit fort, mein eigenes trauriges Verhängnis zu erzählen.

Zehntes Kapitel

Der Haushalt und das glückliche Leben des Verfassers bei den Houyhnhnms. Seine große Vervollkommnung in der Tugend durch den Umgang mit ihnen. Ihre Unterhaltungen. Der Verfasser wird von seinem Herrn davon in Kenntnis gesetzt, daß er das Land verlassen muß. Er fällt von Kummer in Ohnmacht, fügt sich jedoch. Er entwirft ein Kanu, stellt es mit Hilfe eines anderen Bediensteten fertig und sticht auf gut Glück in See.

Ich hatte meinen kleinen Haushalt zu meiner größten Zufriedenheit eingerichtet. Mein Herr hatte befohlen, mir etwa sechs Ellen vom Hause eine Kammer in ihrer Bauart zu errichten. Die Seiten und den Fußboden verputzte ich mit Lehm und bedeckte sie mit selbstgefertigten Binsenmatten. Ich hatte Hanf geschlagen, der dort wild wächst, und eine Art Inlett daraus gemacht; dieses füllte ich mit den Federn verschiedener Vögel, die ich mit Schlingen aus Yahoohaar gefangen hatte und die ein ausgezeichnetes Essen ergaben. Mit meinem Messer hatte ich zwei Stühle hergestellt, wobei mir der Rotfuchs bei dem gröberen und mühseligeren Teil der Arbeit half. Als meine Kleider zu Fetzen zerschlissen waren, machte ich mir neue aus den Fellen von Kaninchen und denen eines schönen Tieres von etwa der gleichen Größe, das »Nnuhnoh« heißt und dessen Haut mit zartem Flaum bedeckt ist. Daraus machte ich auch ganz leidliche Strümpfe. Meine

Schuhe besohlte ich mit Holz, das ich von einem Baum abschnitt und dem Oberleder anpaßte, und als auch dieses abgenutzt war, ersetzte ich es durch Yahoohaut, die an der Sonne getrocknet war. Oft beschaffte ich mir Honig aus hohlen Bäumen, den ich mit Wasser mischte oder zu meinem Brot aß. Niemand hat je die Wahrheit der beiden Grundsätze »Die Natur ist sehr leicht zufriedengestellt« und »Not macht erfinderisch« besser bestätigen

können. Ich erfreute mich vollkommener körperlicher Gesundheit und seelischer Ruhe. Ich bekam weder die Verräterei oder den Wankelmut eines Freundes noch die Kränkungen eines heimlichen oder offenen Feindes zu spüren. Ich hatte keine Veranlassung, zu bestechen, zu schmeicheln oder zu kuppeln, um mir die Gunst irgendeines großen Mannes oder seines Günstlings zu verschaffen. Ich brauchte keinen Schutz vor Betrug oder Unterdrückung. Hier gab es weder einen Arzt, um meinen Körper zugrunde zu richten, noch einen Juristen, um mein Vermögen zu ruinieren, keinen Spion, der meine Worte und Handlungen belauerte oder für Geld Anklagen gegen mich erfand. Hier gab es keine Spötter, Krittler, Verleumder, Taschendiebe, Straßenräuber, Einbrecher, Advokaten, Kupplerinnen, Possenreißer, Spieler, Politiker, Schöngeister, Hypochonder, langweilige Schwätzer, Streithammel, Schänder, Mörder, Räuber und Dilettanten, keine Führer oder Anhänger von Parteien und Cliquen; keine Menschen, die durch Verführung oder Beispiel zum Laster anreizten; keinen Kerker, keine Henkerbeile, Galgen, Pranger oder Schandpfähle; keine betrügerischen Ladenbesitzer oder Handwerker; keinen Hochmut, keine Eitelkeit oder Ziererei; keine Stutzer, Zuhälter, Trunkenbolde, umherstrolchende Huren oder syphilitische Erkrankungen; keine keifenden, unzüchtigen und kostspieligen Ehefrauen; keine beschränkten, dünkelhaften Buchstabengelehrten, keine aufdringlichen, anmaßenden, händelsüchtigen, lärmenden, brüllenden, hohlen, eingebildeten, fluchenden Kumpane; keine Schurken, die wegen ihrer Laster aus dem Staub erhoben wurden, keinen Adel, der wegen seiner Tugenden niedergeworfen wurde; keine Lords, Fiedler, Richter oder Tanzlehrer.

Mir wurde die Gunst zuteil, mehreren Houyhnhnms vorgestellt zu werden, die gekommen waren, um meinen Herrn zu besuchen oder mit ihm zu speisen. Dabei gestattete mir Seine Gnaden huldvoll, im Zimmer zu bleiben und ihrem Gespräch zu lauschen. Sowohl mein Herr als auch seine Besucher ließen sich oft herab, mir Fragen zu stellen und meine Antworten entgegenzunehmen. Ich hatte zuweilen auch die Ehre, meinen Herrn auf seinen Besuchen bei anderen zu begleiten. Ich nahm mir nie heraus, etwas zu sagen, wenn ich nicht gefragt wurde; und auch dann tat ich es nurmit innerlichem Bedauern, weil ich dadurch so viel

Zeit verlor, mich weiter zu vervollkommnen. Ich fand aber ein unendliches Vergnügen an der Stellung eines demütigen Zuhörers bei solchen Gesprächen, in denen nur Nützliches gesagt und mit sehr wenigen und den bedeutungsvollsten Worten ausgedrückt wurde. Wie ich schon gesagt habe, wurde dabei der größte Anstand ohne die geringste Spur von leerer Förmlichkeit gewahrt. Keine Person sprach, ohne daß es ihr selbst und ihren Gefährten angenehm war. Es gab keine Unterbrechungen, Langeweile, Heftigkeit oder Meinungsverschiedenheit. Sie sind der Ansicht, daß in Gesellschaft die Unterhaltung durch kurzes Schweigen sehr gewinnt. Ich erkannte, daß das wahr ist, denn während jener kleinen Unterbrechungen des Gesprächs entstanden neue Gedanken bei ihnen, die die Unterhaltung sehr belebten. Ihre Gesprächsthemen sind gewöhnlich Freundschaft und Wohlwollen oder Ordnung und Sparsamkeit, zuweilen auch das sichtbare Wirken der Natur oder alte Überlieferungen, die von der Tugend gesetzten Grenzen und Schranken, die untrüglichen Regeln der Vernunft oder auch einige Beschlüsse, die man auf der nächsten großen Versammlung fassen sollte, und oft auch die verschiedenen vortrefflichen Eigenschaften der Poesie. Ich darf ohne Eitelkeit hinzufügen, daß ihnen meine Anwesenheit oft genügend Stoff zur Unterhaltung bot, da sie meinem Herrn Gelegenheit gab, seine Freunde über meine Geschichte und die meines Landes aufzuklären; und ihnen allen beliebte es, sich darüber in einer Art und Weise auszulassen, die für das Menschengeschlecht nicht sehr günstig war. Aus diesem Grunde werde ich auch nicht wiederholen, was sie sagten; man gestatte mir nur zu bemerken, daß Seine Gnaden zu meinem großen Erstaunen das Wesen der Yahoos viel besser zu verstehen schien als ich selbst. Er erörterte alle unsere Laster und Torheiten und entdeckte viele, die ich nie vor ihm erwähnt hatte, indem er sich lediglich vorstellte, wozu ein Yahoo seines Landes mit einem kleinen Anteil von Vernunft fähig wäre. Daraus schloß er mit nur zu großer Wahrscheinlichkeit, wie schlecht und elend ein solches Geschöpf sein müsse.

Ich gestehe offen, daß ich all mein geringes Wissen von einigem Wert aus den Lehren geschöpft habe, die ich von meinem Herrn erhielt, und aus den Gesprächen zwischen ihm und seinen Freunden, die ich anhörte. Ich wäre stolzer darauf, ihnen zu lauschen, als der größten und weisesten Versammlung in Europa Befehle zu geben. Ich bewunderte die Kraft, Anmut und Schnelligkeit der Einwohner; und eine solche Vereinigung von Tugenden bei so liebenswerten Personen erweckte in mir die höchste Verehrung. Zuerst empfand ich jene natürliche Ehrfurcht freilich nicht, die ihnen die Yahoos und alle anderen Tiere entgegenbringen; allmählich aber ergriff sie auch mich, und zwar viel früher, als ich es vermutete, und sie war mit einer achtungsvollen Liebe und Dankbarkeit vermischt, weil sie sich herabließen, mich von den anderen meiner Gattung zu unterscheiden.

Wenn ich an meine Familie, meine Freunde, meine Landsleute oder die Menschen im allgemeinen dachte, so betrachtete ich sie als das, was sie wirklich waren, als Yahoos in Form und Charakter, vielleicht ein wenig zivilisierter und mit der Gabe der Rede versehen, die jedoch von der Vernunft keinen anderen Gebrauch machten, als jene Laster zu vervollkommnen und zu vermehren, von denen ihre Brüder in diesem Lande nur den Teil besaßen, den ihnen die Natur zugewiesen hatte. Wenn ich zufällig in einem See oder in einer Quelle das Spiegelbild meiner eigenen Gestalt erblickte, wandte ich das Gesicht mit Schauder und Abscheu vor mir selbst ab; und den Anblick eines gewöhnlichen

Yahoos konnte ich immer noch besser ertragen als den meiner eigenen Person. Infolge des Umgangs mit den Houyhnhnms und dadurch, daß ich sie mit Entzücken betrachtete, begann ich ihren Gang und ihre Gebärden nachzuahmen, was mir jetzt zur Gewohnheit geworden ist, und meine Freunde sagen mir oft in derber Art und Weise, daß ich »wie ein Gaul trabe«, was ich jedoch als großes Kompliment auffasse. Ich will auch nicht leugnen, daß ich beim Sprechen dazu neige, in den Tonfall und die Redeweise der Houyhnhnms zu verfallen, und daß ich nicht im geringsten gekränkt bin, wenn man mich deswegen verspottet.

Mitten in all diesem Glück, als ich den restlichen Ablauf meines Lebens schon geregelt glaubte, ließ mich mein Herr eines Morgens ein wenig früher als gewöhnlich holen. Ich merkte an seinem Gesicht, daß er in einiger Verlegenheit war und nicht recht wußte, wie er mit dem beginnen sollte, was er mir mitzuteilen hatte. Nach kurzem Schweigen sagte er, er wisse nicht, wie ich seine Worte aufnehmen würde. In der letzten Generalversammlung hätten die Volksvertreter, als die Frage der Yahoos angeschnitten wurde, daran Anstoß genommen, daß er einen Yahoo (damit war ich gemeint) eher wie einen Houyhnhnm denn wie ein unvernünftiges Tier in seinem Hause halte. Man habe erfahren, daß er sich häufig mit mir unterhalte, als wenn ihm meine Gesellschaft nützlich oder angenehm sein könnte. Ein solches Verhalten sei weder mit der Vernunft noch mit der Natur vereinbar, noch habe man je bei ihnen dergleichen vernommen. Die Versammlung habe ihm daher dringend empfohlen, mich entweder wie die übrigen meiner Gattung zu halten oder mir zu befehlen, dorthin zurückzuschwimmen, woher ich gekommen sei. Der erste dieser Vorschläge sei jedoch von allen Houyhnhnms, die mich je in seinem oder ihrem Hause gesehen hätten, ganz und gar verworfen worden. Denn sie führten an, da ich einige Elemente der Vernunft besäße, so sei, wenn sie zu der natürlichen Verderbtheit dieser Tiere noch hinzukomme, zu fürchten, daß ich sie in die waldigen und gebirgigen Teile des Landes locken und sie nachts in Scharen herbeiführen könnte, um das Vieh der Houyhnhnms zu töten, denn sie seien ja von Natur Raubtiere und der Arbeit abgeneigt.

Mein Herr fügte hinzu, daß er Tag für Tag von den Houyhnhnms aus der Nachbarschaft gemahnt werde, die dringende Empfehlung der Versammlung ausführen zu lassen, und er könne das nicht viel länger hinauszögern. Er fürchte, es sei mir unmöglich, zu einem anderen Land zu schwimmen, und er wünsche deshalb, daß ich mir eine Art Fahrzeug herstelle, das denen gleiche, die ich ihm beschrieben hätte, und das mich auf das Meer hinaustragen könne. Bei dieser Arbeit solle ich die Unterstützung seiner eigenen Diener wie auch die seiner Nachbarn haben. Er schloß damit, daß er für seinen Teil einverstanden gewesen wäre, mich in seinem Dienst zu behalten, solange ich lebte, denn er fände, daß ich mich schon selbst von einigen schlechten Gewohnheiten und Neigungen geheilt hätte, indem ich mich bemühte, die Houyhnhnms nachzuahmen, soweit meine tieferstehende Natur dazu imstande sei.

Ich möchte hier für den Leser anmerken, daß ein Beschluß der Generalversammlung in diesem Lande mit dem Wort »Hnhloayn« bezeichnet wird, was »dringende Empfehlung« bedeutet, so genau ich es übersetzen kann. Sie haben nämlich keine Vorstellung davon, wie ein vernünftiges Geschöpf zu etwas gezwungen werden kann: man kann ihm nur raten oder ihm etwas empfehlen; denn jemand kann ungehorsam gegen die Vernunft sein, ohne seinen Anspruch aufzugeben, ein vernünftiges Wesen zu sein.

Bei der Darlegung meines Herrn befielen mich der größte Kummer und die tiefste Verzweiflung, und da es mir unmöglich war, die Qualen zu ertragen, die ich litt, fiel ich ohnmächtig zu seinen Füßen nieder. Als ich wieder zu mir kam, sagte er mir, er habe gefolgert, ich sei tot (denn diese Leute sind solchen Schwächen ihrer Natur nicht unterworfen). Ich antwortete mit schwacher Stimme, daß der Tod ein nur zu großes Glück für mich gewesen wäre. Wenn ich auch die dringende Empfehlung der Versammlung oder die Vorstellungen seiner Freunde nicht tadeln könnte, so dächte ich mir doch in meinem schwachen und verderbten Verstand, daß auch eine geringere Strenge mit der Vernunft zu vereinbaren gewesen wäre. Ich könne keine Meile weit schwimmen, und das dem ihren am nächsten liegende Land sei wahrscheinlich über hundert Meilen entfernt. Viele Materialien, die zum Bau eines kleinen Fahrzeugs notwendig seien, das mich davontragen könne, gäbe es in diesem Lande überhaupt nicht. Aus Gehorsam und Dankbarkeit Seiner Gnaden gegenüber

wolle ich den Bau jedoch versuchen, obgleich ich die Sache für unmöglich hielte und mich deshalb schon jetzt als dem Untergang geweiht betrachte. Die sichere Aussicht auf einen unnatürlichen Tod sei jedoch das geringste meiner Übel; denn angenommen, ich käme durch irgendeinen seltsamen Zufall mit dem Leben davon, wie könne ich da mit Gelassenheit daran denken, meine Tage unter Yahoos zu verbringen und aus Mangel an Beispielen, die mich leiteten und auf dem Pfad der Tugend hielten, wieder in meine alte Verderbtheit zurückzufallen. Ich wisse nur zu gut, auf was für gewichtigen Gründen alle Beschlüsse der weisen Houyhnhnms beruhten und daß sie durch meine Argumente, die eines armseligen Yahoos, nicht zu erschüttern wären. Nachdem ich ihm daher meinen demütigsten Dank für das Angebot der Hilfe seiner Diener beim Bau eines Fahrzeugs abgestattet und um eine angemessene Frist für ein so schwieriges Werk gebeten hatte, sagte ich ihm, ich wolle danach trachten, mich elendes Wesen am Leben zu erhalten, und wenn ich jemals nach England zurückkehren sollte, so sei ich nicht ohne Hoffnung, meiner eigenen Gattung dadurch nützlich zu werden, daß ich das Lob der berühmten Houyhnhnms verkünde und ihre Tugenden der Menschheit zur Nachahmung empfehle.

Mein Herr gab mir in wenigen Worten eine sehr gnädige Antwort, er gewährte mir die Zeit von zwei Monaten, um mein

Boot zu vollenden, und befahl dem Rotfuchs, meinem Dienstgenossen (denn auf diese Entfernung darf ich es mir wohl erlauben, ihn so zu nennen), meine Anweisungen zu befolgen. Ich hatte meinem Herrn nämlich gesagt, daß seine Hilfe ausreichen würde, und ich wußte, daß er eine Schwäche für mich hatte.

Meine erste Arbeit bestand darin, in seiner Gesellschaft an jenen Teil der Küste zu gehen, wo mich meine aufständische Mannschaft hatte an Land setzen lassen. Ich stieg auf eine Anhöhe, sah nach allen Seiten auf das Meer hinaus und glaubte in nordöstlicher Richtung eine kleine Insel zu sehen. Ich nahm mein Taschenfernrohr heraus und konnte sie dann in einer Entfernung von etwa fünfzehn Meilen, wie ich schätzte, deutlich erkennen. Dem Rotfuchs freilich schien sie nur eine blaue Wolke zu sein, denn da er keine Vorstellung von irgendeinem Lande außer seinem eigenen hatte, konnte er deshalb auch nicht so erfahren darin sein, weit entfernte Gegenstände auf See zu unterscheiden, wie wir, die wir auf diesem Element so viel verkehren.

Nachdem ich diese Insel entdeckt hatte, überlegte ich nicht länger, sondern beschloß, daß sie, wenn möglich, der erste Ort meiner Verbannung sein sollte, wobei ich das Weitere dem Schicksal überließ.

Ich kehrte nach Hause zurück, und nachdem ich mich mit dem Rotfuchs beraten hatte, gingen wir in ein etwas entferntes Gehölz, wo ich mit meinem Messer und er mit einem scharfen Feuerstein, der nach ihrer Sitte sehr kunstvoll an einem hölzernen Griff befestigt war, mehrere Eichenzweige von etwa der Dicke eines Spazierstocks und einige größere Äste abschnitten. Ich werde den Leser aber nicht mit einer ausführlichen Beschreibung meines technischen Verfahrens behelligen; hier sei nur gesagt, daß ich in sechs Wochen mit Hilfe des Rotfuchses, der den mühevollsten Teil der Arbeit verrichtete, eine Art Indianerkanu, aber viel größer, vollendete. Ich überzog es mit Yahoohäuten, die ich mit Hanffäden eigener Herstellung gut zusammengenäht hatte. Mein Segel war gleichfalls aus Häuten desselben Tieres zusammengesetzt; ich verwendete jedoch die jüngsten, die ich bekommen konnte, da die älteren zu zäh und zu dick sind. Desgleichen beschaffte ich mir auch vier Paddel. Ich versah mich mit einem Vorrat an gekochtem Fleisch von Kaninchen und Vögeln und nahm zwei Gefäße mit, eins voll Milch und das andere voll Wasser.

Ich erprobte mein Kanu auf einem großen Teich nahe beim Haus meines Herrn und verbesserte dann, was daran nicht in Ordnung war; dabei verstopfte ich auch alle Ritzen mit Yahootalg, bis ich sah, daß es dicht und somit imstande war, mich und meine Ladung zu tragen. Und als es so vollkommen war, wie ich es nur machen konnte, ließ ich es von Yahoos unter der Aufsicht des Rotfuchses und eines anderen Dieners ganz sachte auf einem Schlitten zur Meeresküste ziehen.

Als alles bereit und der Tag meiner Abreise gekommen war, nahm ich von meinem Herrn, meiner Herrin und der ganzen Familie Abschied. Meine Augen schwammen in Tränen, und mein Herz war krank vor Kummer. Aus Neugier und vielleicht (wenn ich es ohne Eitelkeit aussprechen darf) zum Teil auch aus Zuneigung war Seine Gnaden entschlossen, mich in meinem Kanu abfahren zu sehen, und bewog mehrere seiner benachbarten Freunde, ihn zu begleiten. Ich mußte über eine Stunde auf die Flut warten, und als ich dann bemerkte, daß der Wind sehr günstig in Richtung auf die Insel wehte, die ich anzusteuern beabsichtigte, nahm ich zum zweiten Mal Abschied von meinem Herrn. Als ich mich aber niederwerfen wollte, um seinen Huf zu küssen, erwies er mir die Ehre, ihn sanft an meinen Mund zu heben. Ich weiß sehr wohl, wie sehr man mich wegen der Erwähnung dieses letzten Umstandes getadelt hat. Meinen Verleumdern beliebt es nämlich, es für unwahrscheinlich zu halten, daß sich eine so hervorragende Persönlichkeit dazu herablassen sollte, einem so minderwertigen Geschöpf, wie ich es war, eine so hohe Auszeichnung zuteil werden zu lassen. Auch habe ich

nicht vergessen, wie sehr einige Reisende dazu neigen, sich außerordentlicher Gunstbezeigungen zu rühmen, die sie empfangen hätten. Wenn diese Tadler mit der edlen und höflichen Veranlagung der Houyhnhnms aber besser bekannt wären, so würden sie bald ihre Meinung ändern.

Ich erwies den übrigen Houyhnhnms in der Gesellschaft Seiner Gnaden die schuldigen Höflichkeiten. Dann stieg ich in mein Kanu und stieß vom Ufer ab.

Elftes Kapitel

Die gefahrvolle Reise des Verfassers. Er kommt nach Neuholland und hofft, sich dort niederlassen zu können. Er wird von einem der Eingeborenen mit einem Pfeil verwundet. Er wird ergriffen und gewaltsam auf ein portugiesisches Schiff gebracht. Die große Höflichkeit des Kapitäns. Der Verfasser kommt in England an.

Ich begann diese verzweifelte Reise am 15. Februar 1715 um neun Uhr morgens. Der Wind war sehr günstig; jedoch machte ich zuerst nur von meinen Paddeln Gebrauch. Als ich mir aber überlegte, daß ich bald müde sein würde und daß der Wind plötzlich umschlagen könnte, wagte ich es, mein kleines Segel zu setzen, und so hatte ich mit Hilfe der Flut eine Geschwindigkeit von viereinhalb Meilen in der Stunde, so genau ich es schätzen konnte. Mein Herr und seine Freunde blieben am Ufer, bis ich fast außer Sicht war, und ich hörte oft, wie der Rotfuchs (der mich immer geliebt hatte) laut rief: »Hnuy illa nyha majah Yahoo! Gib acht auf dich, zarter Yahoo!«

Mein Plan war, nach Möglichkeit eine kleine Insel ausfindig zu machen, die unbewohnt, aber doch dazu tauglich wäre, mir durch meine Arbeit das zum Leben Erforderliche zu liefern; das hätte ich für ein größeres Glück gehalten, als Erster Minister am vornehmsten Hof Europas zu sein, so grauenhaft war die Vorstellung, die ich mir davon machte, in die Gesellschaft und unter die Regierung von Yahoos zurückzukehren. Denn in einer solchen Einsamkeit, wie ich sie mir wünschte, konnte ich doch wenigstens meinen eigenen Gedanken nachhängen und mit Entzükken über die Tugenden jener einzigartigen Houyhnhnms nachdenken, ohne daß eine Gelegenheit bestand, in die Laster und Verderbtheiten meiner eigenen Gattung zurückzufallen.

Der Leser wird sich vielleicht an das erinnern, was ich berichtete, als sich meine Mannschaft gegen mich verschwor und mich in meiner Kajüte einsperrte. Wie ich dort mehrere Wochen zubrachte, ohne zu wissen, was für einen Kurs wir einschlugen; und wie mir die Matrosen, als ich im Großboot an Land gesetzt wurde, unter wahren oder falschen Eiden versicherten, sie wüßten nicht, in welchem Teil der Welt wir wären. Ich glaubte damals aber, daß wir uns etwa zehn Grad südlich vom Kap der Guten Hoffnung oder auf ungefähr fünfundvierzig Grad südlicher

Breite befanden, wie ich einigen allgemeinen Äußerungen entnahm, die ich zufällig bei ihnen hörte, als sie, wie ich annahm, auf ihrer geplanten Fahrt nach Madagaskar in südöstlicher Richtung steuerten. Und obgleich das nicht viel mehr als bloße Vermutung war, entschloß ich mich doch, meinen Kurs nach Osten zu nehmen, da ich hoffte, die Südwestküste von Neuholland und vielleicht eine solche Insel, wie ich sie mir wünschte, zu erreichen, die westlich davon lag. Der Wind kam genau aus Westen, und gegen sechs Uhr abends war ich nach meiner Berechnung wenigstens vierundfünfzig Meilen nach Osten gesegelt, als ich in einer Entfernung von etwa anderthalb Meilen eine sehr kleine Insel erspähte, die ich bald erreichte. Sie war nichts als ein Felsen mit einer kleinen Bucht, die von der Gewalt der Stürme ausgehöhlt worden war. Hier legte ich mit meinem Kanu an, und als ich ein Stück des Felsens erstieg, konnte ich in östlicher Richtung deutlich Land erkennen, das sich von Süden nach Norden erstreckte. Die ganze Nacht blieb ich in meinem Kanu liegen. Ich setzte meine Reise früh am Morgen fort und erreichte in sieben Stunden die Südostspitze von Neuholland. Das bestätigte mich in der Meinung, die ich schon lange hegte, daß die Land- und Seekarten dieses Land wenigstens drei Grad östlicher setzen, als es wirklich liegt. Diesen Gedanken habe ich schon vor vielen Jahren meinem würdigen Freund Mr. Herman Moll mitgeteilt und habe ihm auch meine Gründe dafür angegeben, wenn er es auch vorgezogen hat, anderen Autoren zu folgen.

Ich sah keine Einwohner an der Stelle, und da ich unbewaffnet war, scheute ich mich, mich weit in das Land hineinzuwagen. Ich fand einige Schaltiere am Strand und aß sie roh, weil ich nicht wagte, ein Feuer anzuzünden, aus Furcht, von den Eingeborenen entdeckt zu werden. Drei Tage lang ernährte ich mich weiter von Austern und Napfschnecken, um meinen eigenen Proviant zu sparen; und glücklicher-

weise fand ich auch einen Bach mit ausgezeichnetem Wasser, was für mich sehr tröstlich war.

Als ich mich am vierten Tag frühmorgens ein wenig zu weit hinauswagte, erblickte ich zwanzig bis dreißig Eingeborene nicht mehr als fünfhundert Ellen von mir entfernt auf einer Anhöhe. Sie waren splitternackt und saßen alle, Männer, Weiber und Kinder, um ein Feuer, wie ich am Rauch erkennen konnte. Einer von ihnen erspähte mich und sagte es den anderen; fünf von ihnen kamen auf mich zu und ließen die Weiber und Kinder am Feuer zurück. Ich eilte, so schnell ich konnte, zum Strand, stieg in mein Kanu und stieß ab. Als die Wilden mich fliehen sahen, rannten sie hinter mir her, und ehe ich weit genug aufs Meer hinauskommen konnte, schossen sie einen Pfeil ab, der mir an der Innenseite meines linken Knies eine tiefe Wunde beibrachte (ich werde die Narbe bis zum Grabe behalten). Ich befürchtete, daß der Pfeil vergiftet sein könnte, paddelte aus der Reichweite ihrer Pfeile (der Tag war windstill) und bemühte mich, die Wunde auszusaugen und sie, so gut ich konnte, zu verbinden.

Ich wußte nicht, was ich tun sollte, denn ich wagte nicht, an denselben Landeplatz zurückzukehren, sondern steuerte nach Norden und war gezwungen zu paddeln, denn der Wind, wenn auch sehr leicht, stand mir entgegen und wehte aus Nordwest. Als ich mich nun nach einem sicheren Landeplatz umsah, bemerkte ich in nordnordöstlicher Richtung ein Segel, das mit jeder Minute deutlicher sichtbar wurde. Ich war in einigem Zweifel, ob ich auf die Seeleute warten sollte oder nicht; aber schließ-

lich behielt mein Abscheu vor dem Geschlecht der Yahoos die Oberhand. Ich wendete mein Kanu, segelte und paddelte gleichzeitig nach Süden und erreichte dieselbe Bucht, von wo ich am Morgen aufgebrochen war; ich wollte mich lieber unter diese Barbaren wagen, als mit europäischen Yahoos zusammen zu leben. Ich zog mein Kanu so nahe wie möglich an den Strand und versteckte mich hinter einem Stein bei dem kleinen Bach, der, wie ich schon gesagt habe, ausgezeichnetes Wasser führte.

Das Schiff kam bis auf eine halbe Meile an diese Bucht heran und sandte sein Großboot mit Behältern aus, um frisches Wasser einzunehmen (denn wie es scheint, war der Ort weithin bekannt). Ich bemerkte das aber nicht, bis das Boot den Strand beinahe erreicht hatte und es zu spät war, ein anderes Versteck zu suchen. Die Matrosen sahen bei ihrer Landung mein Kanu, durchstöberten es von vorn bis hinten und errieten ohne Schwierigkeit, daß der Eigentümer nicht weit entfernt sein konnte. Vier von ihnen durchsuchten wohlbewaffnet jede Spalte und jeden Schlupfwinkel, bis sie mich schließlich hinter dem Stein fanden, wo ich flach auf dem Gesicht lag. Eine Zeitlang starrten sie verwundert auf meine sonderbare, wunderliche Kleidung: meinen aus Häuten angefertigten Rock, meine Schuhe mit Holzsohlen und meine Pelzstrümpfe. Daraus schlossen sie jedoch, daß ich kein Eingeborener dieser Gegend sei, die alle nackt gehen. Einer der Matrosen befahl mir auf portugiesisch aufzustehen und fragte, wer ich sei. Ich verstand diese Sprache sehr gut, stand auf und sagte, ich sei ein armer Yahoo, der von den Houyhnhnms verbannt sei, und bäte sie, mich doch gütigst gehen zu lassen. Sie staunten, als sie hörten, daß ich ihnen in ihrer eigenen Sprache antwortete, und sahen an meiner Gesichtsfarbe, daß ich ein Europäer sein müsse; sie konnten jedoch nicht begreifen, was ich mit »Yahoos« und »Houyhnhnms« meinte, und begannen zugleich über meinen sonderbaren Tonfall beim Sprechen zu lachen, der dem Wiehern eines Pferdes glich. Ich zitterte die ganze Zeit vor Furcht und vor Haß. Ich bat sie aufs neue, mich ziehen zu lassen, und bewegte mich langsam in Richtung auf mein Kanu; sie ergriffen mich aber und wollten wissen, aus welchem Land ich sei und woher ich käme, nebst vielen anderen Fragen. Ich sagte ihnen, ich sei in England geboren, von wo ich vor ungefähr fünf Jahren gekommen sei, und damals habe zwischen ihrem Lande und dem unsrigen Frieden geherrscht. Deshalb hoffe ich, sie würden mich nicht als Feind behandeln, da ich es nicht böse mit ihnen meine, sondern nur ein armer Yahoo sei, der irgendeinen einsamen Ort suche, um dort den Rest seines unglücklichen Lebens zu verbringen.

Als sie zu reden begannen, glaubte ich, nie etwas so Widernatürliches gehört oder gesehen zu haben; es schien mir nämlich ebenso ungeheuerlich, wie wenn ein Hund oder eine Kuh in England oder ein Yahoo im Lande der Houyhnhnms sprechen könnte. Die braven Portugiesen waren in gleichem Maße über meine sonderbare Kleidung und die wunderliche Art erstaunt, in der ich meine Worte aussprach, die sie jedoch sehr gut verstanden. Sie sprachen sehr menschenfreundlich mit mir und sagten, sie seien sicher, daß ihr Kapitän mich gratis nach Lissabon bringen würde, von wo ich in mein Heimatland zurückkehren könne. Zwei von den Matrosen würden zum Schiff zurückkehren, den Kapitän von dem, was sie gesehen hätten, unterrichten und seine Befehle entgegennehmen; in der Zwischenzeit würden sie mich mit Gewalt festhalten, wenn ich nicht einen feierlichen Eid leistete, nicht zu entfliehen. Ich hielt es für das beste, ihrem Vorschlag nachzukommen. Sie waren sehr begierig, meine Geschichte zu erfahren; ich befriedigte ihre Neugier aber nur sehr wenig, und sie vermuteten alle, daß mir mein Unglück den Verstand verwirrt habe. Nach zwei Stunden kehrte das Boot, das mit Wasserbehältern beladen abgefahren war, mit dem Befehl des Kapitäns zurück, mich an Bord zu bringen. Ich fiel auf die Knie, um mir die Freiheit zu erhalten, aber alles war vergeblich. Nachdem mich die Männer mit Stricken gefesselt hatten, hoben sie mich in das Boot, von wo ich auf das Schiff und von da in die Kajüte des Kapitäns gebracht wurde.

Sein Name war Pedro de Mendez; er war ein sehr höflicher und großmütiger Mann. Er bat mich, ihm einige Aufklärung über mich zu geben, und fragte, was ich essen oder trinken wolle; er sagte, ich solle ebenso gut bedient werden wie er selbst, und sprach so viele liebenswürdige Worte, daß ich mich wunderte, solche Lebensart bei einem Yahoo zu finden. Ich blieb jedoch stumm und mürrisch; schon sein Geruch und der seiner Leute brachte mich einer Ohnmacht nahe. Schließlich verlangte ich etwas aus meinem eigenen Kanu zu essen; er ließ mir aber ein Hühnchen und etwas ausgezeichneten Wein holen und befahl dann, mich in einer sehr sauberen Kajüte zu Bett zu bringen. Ich wollte mich nicht ausziehen, sondern legte mich nur auf das Bettzeug; nach einer halben Stunde, als ich glaubte, die Mannschaft sei beim Essen, stahl ich mich hinaus, schlich zur Reling und wollte ins Meer springen und lieber um mein Leben schwimmen, als weiter unter Yahoos zu leben. Einer der Matrosen hiinderte mich jedoch daran, und nachdem er es dem Kapitän gemeldet hatte, wurde ich in meiner Kajüte angekettet.

Nach dem Mittagessen kam Don Pedro zu mir und wünschte den Grund einer solchen Verzweiflungstat zu wissen. Er versicherte mir, er habe nur die Absicht, mir nach Kräften zu helfen, und sprach so freundlich und rührend, daß ich mich zuletzt herabließ, ihn wie ein Tier zu behandeln, das eine kleine Spur von Vernunft besaß. Ich gab ihm einen sehr kurzen Bericht von meiner Reise, von der Verschwörung, die von meinen eigenen Leuten gegen mich angezettelt worden war, von dem Land, wo sie mich ans Ufer setzten, und von meinem dreijährigen Aufenthalt dort. Er betrachtete das alles so, als ob es ein Traum oder eine Vision wäre, worüber ich sehr aufgebracht war; denn ich hatte die Fähigkeit zu lügen, die den Yahoos in allen Ländern, in denen sie herrschen, so eigentümlich ist, völ-

lig vergessen und folglich auch ihre Neigung, bei anderen ihrer eigenen Gattung an der Wahrheit zu zweifeln. Ich fragte ihn, ob es in seinem Lande Sitte wäre, »etwas zu sagen, was nicht ist«. Ich versicherte ihm, ich hätte fast schon vergessen, was er mit »Unwahrheit« meine, und wenn ich auch tausend Jahre im Lande der Houyhnhnms gelebt hätte, so würde ich doch selbst von dem geringsten Diener nie eine Lüge gehört haben. Es sei mir völlig gleichgültig, ob er mir glaube oder nicht; als Gegenleistung für seine Gefälligkeiten wolle ich jedoch so viel Zugeständnisse an die Verderbnis seiner Natur machen, daß ich jeden Einwurf, den er machen wolle, beantworten werde, und dann könne er leicht die Wahrheit erkennen.

Nach vielen Bemühungen, mich in irgendeinem Teil meiner Geschichte bei einem Widerspruch zu ertappen, begann der Kapitän, ein verständiger Mann, schließlich eine bessere Meinung von meiner Wahrheitsliebe zu hegen. Jedoch fügte er hinzu, da ich mich zu einer so unverletzlichen Liebe zur Wahrheit bekenne, so müsse ich ihm mein Ehrenwort geben, ihm auf dieser Reise Gesellschaft zu leisten, ohne irgendeinen Anschlag auf mein Leben zu unternehmen, sonst werde er mich gefangenhalten, bis wir nach Lissabon kämen. Ich gab ihm das Versprechen, das er verlangte, beteuerte aber zugleich, daß ich lieber die größten Leiden ertragen als zurückkehren wolle, um unter Yahoos zu leben.

Unsere Reise verlief ohne irgendein bedeutendes Vorkommnis. Aus Dankbarkeit gegenüber dem Kapitän setzte ich mich zuweilen auf seine ernstlichen Bitten mit ihm zusammen und bemühte mich, meine Abneigung gegen das Menschengeschlecht zu verbergen, obgleich sie oft durchbrach; das ließ er aber ohne Bemerkung hingehen. Den größten Teil des Tages schloß ich mich jedoch in meiner Kajüte ein, um zu vermeiden, irgend jemanden von der Schiffsmannschaft zu sehen. Der Kapitän hatte mich oft gebeten, mich meiner unzivilisierten Kleidung zu entledigen, und sich erboten, mir den besten Anzug zu leihen, den er hatte. Ich wollte mich nicht dazu bewegen lassen, das anzunehmen, da es mir widerstrebte, mich mit irgend etwas zu bedecken, das ein Yahoo am Leibe getragen hatte. Ich bat ihn nur, mir zwei saubere Hemden zu leihen, die, wie ich glaubte, mich nicht so sehr beschmutzen würden, da sie gewaschen worden waren, seit er sie getragen hatte. Ich wechselte sie jeden zweiten Tag und wusch sie auch selbst.

Am 5. November 1715 kamen wir in Lissabon an. Bei unserer Landung zwang mich der Kapitän, seinen Mantel überzuziehen, um zu verhindern, daß der Pöbel um mich zusammenlief. Ich wurde in sein eigenes Haus gebracht, und auf meine inständige Bitte führte er mich in das höchste Zimmer nach hinten hinaus. Ich beschwor ihn, allen Leuten zu verschweigen, was ich ihm von den

Houyhnhnms erzählt hatte, weil die geringste Anspielung auf eine solche Geschichte nicht allein Scharen von Leuten herbeilocken würde, die mich sehen wollten, sondern weil sie mich wahrscheinlich auch in Gefahr brächte, verhaftet oder von der Inquisition verbrannt zu werden. Der Kapitän überredete mich, einen neuen Anzug anzunehmen; ich wollte aber nicht zulassen, daß der Schneider Maß an mir nahm. Da Don Pedro jedoch beinahe von meiner Statur war, paßte mir der Anzug recht gut. Er stattete mich auch mit anderen Bedarfsgegenständen aus, die alle neu waren; ich lüftete sie noch vierundzwanzig Stunden, ehe ich sie in Gebrauch nahm.

Der Kapitän hatte keine Frau und nicht mehr als drei Dienstboten, von denen keiner bei Tisch aufwarten durfte; sein ganzes Verhalten war so liebenswürdig, und außerdem besaß er sehr guten *menschlichen* Verstand, daß ich wirklich anfing, seine Gesellschaft erträglich zu finden. Er brachte mich so weit, daß ich es wagte, zum Hinterfenster hinauszublicken. Nach und nach wurde ich auch in ein anderes Zimmer gebracht, von wo ich einen verstohlenen Blick auf die Straße warf, aber den Kopf erschrocken wieder zurückzog. Binnen einer Woche lockte er mich bis zur Tür hinab. Ich merkte, daß sich meine Angst allmählich verminderte, doch mein Haß und meine Verachtung schienen sich noch zu steigern. Schließlich wurde ich kühn genug, in seiner Gesellschaft auf die Straße zu gehen, verstopfte mir aber die Nase gehörig mit Raute oder zuweilen mit Tabak.

In zehn Tagen überzeugte mich Don Pedro, dem ich einiges über meine häuslichen Angelegenheiten erzählt hatte, daß es eine Ehren- und Gewissenssache für mich sei, in mein Heimatland zurückzukehren und bei meiner Frau und meinen Kindern daheim zu leben. Er sagte mir, ein englisches Schiff liege gerade segelfertig im Hafen und er wolle mich mit allem Notwendigen versorgen. Es würde zu weit führen, seine Argumente und meine Einwände darzulegen. Er sagte, es sei ganz unmöglich, eine solche einsame Insel zu finden, wie ich sie mir wünschte, um dort zu leben; in meinem eigenen Haus jedoch könne ich bestimmen und meine Zeit so zurückgezogen verbringen, wie ich nur wolle.

Zuletzt gab ich nach, da ich erkannte, daß mir nichts anderes übrigblieb. Ich verließ Lissabon am 24. November auf einem englischen Kauffahrteischiff; ich habe jedoch nie gefragt, wer der Kapitän war. Don Pedro begleitete mich an Bord und lieh mir zwanzig Pfund. Er nahm freundlich Abschied von mir und umarmte mich bei der Trennung, was ich ertrug, so gut ich konnte. Während dieser letzten Reise pflegte ich keinen Umgang mit dem Kapitän oder irgendeinem seiner Leute, sondern blieb in meiner Kajüte eingeschlossen, indem ich vorgab, daß ich seekrank sei. Am 5. Dezember 1715 warfen wir gegen neun Uhr morgens an den Downs Anker, und um drei Uhr nachmittags erreichte ich wohlbehalten mein Haus in Redriff.

Meine Frau und meine Kinder empfingen mich mit großer Überraschung und Freude, denn sie hatten meinen Tod als sicher angenommen; ich muß jedoch offen gestehen, daß mich ihr Anblick nur mit Haß, Ekel und Verachtung erfüllte, und zwar um so mehr, wenn ich an die enge Verbindung dachte, in der ich mit ihnen stand. Denn obwohl ich mich seit meiner unglückseligen Verbannung aus dem Lande der Houyhnhnms dazu gezwungen hatte, den Anblick von Yahoos zu ertragen und mich mit Don Pedro de Mendez zu unterhalten, so waren mein Gedächtnis und meine Phantasie doch ständig von den Tugenden und Ideen jener erhabenen Houyhnhnms durchdrungen. Und als ich zu überlegen begann, daß ich durch die Paarung mit einer von der Gattung der Yahoos Vater von mehreren geworden war, wurde ich in größtem Maße von Scham, Verwirrung und Entsetzen gepackt.

Sobald ich das Haus betreten hatte, nahm mich meine Frau in die Arme und küßte mich; da ich so viele Jahre nicht mehr daran gewöhnt gewesen war, von diesem widerlichen Tier berührt zu werden, fiel ich in eine Ohnmacht, die beinahe eine Stunde an-

hielt. Zu der Zeit, da ich schreibe, sind es fünf Jahre seit meiner letzten Rückfahrt nach England; während des ersten Jahres konnte ich nicht ertragen, daß meine Frau oder meine Kinder in meine Nähe kamen, ihr bloßer Geruch war unausstehlich. Noch weniger konnte ich es aushalten, daß sie im gleichen Zimmer aßen. Bis heute dürfen sie es nicht wagen, mein Brot zu berühren oder aus demselben Becher zu trinken; auch war ich nie imstande, mich von einem von ihnen an die Hand nehmen zu lassen. Das erste Geld, das ich ausgab, verwandte ich für den Kauf zweier junger Hengste, die ich in einem guten Stall halte, und nächst ihnen ist der Stallknecht mein liebster Freund; denn ich fühle, wie sich meine Lebensgeister durch den Geruch beleben, den er im Stall annimmt. Meine Pferde verstehen mich ziemlich gut; ich unterhalte mich jeden Tag wenigstens vier Stunden mit ihnen. Zaum oder Sattel sind ihnen unbekannt; sie leben in gutem Einvernehmen mit mir und in großer Freundschaft miteinander.

Zwölftes Kapitel

Die Wahrheitsliebe des Verfassers. Seine Absicht bei der Veröffentlichung dieses Werkes. Sein Tadel jener Reisenden, die von der Wahrheit abweichen. Der Verfasser spricht sich von jeglicher böser Absicht beim Schreiben frei. Widerlegung eines Einwands. Die Methode, Kolonien zu gründen. Lob seines Heimatlandes. Der Anspruch der Krone auf die vom Verfasser beschriebenen Länder ist berechtigt. Die Schwierigkeit, sie zu erobern. Der Verfasser nimmt zum letzten Male Abschied vom Leser, legt dar, wie er in Zukunft leben wird, gibt einen guten Rat und schließt.

Auf diese Weise habe ich dir, geneigter Leser, eine wahrheitsgetreue Geschichte meiner Reisen während einer Zeit von sechzehn Jahren und über sieben Monaten gegeben; ich war dabei weniger auf die Ausschmückung als auf Wahrhaftigkeit bedacht. Ich hätte dich vielleicht wie andere auch mit außerordentlichen, unwahrscheinlichen Berichten in Erstaunen versetzen können; ich habe es aber vorgezogen, reine Tatsachen in schlichtester Art und Weise und einfachstem Stil zu erzählen, weil es meine vornehmste Absicht war, dich zu unterrichten, nicht aber dich zu unterhalten.

Für uns, die wir in entlegene Länder reisen, die von Engländern oder anderen Europäern selten besucht werden, ist es leicht, Beschreibungen von wunderbaren See- und Landtieren zu ersinnen. Hingegen sollte es das Hauptziel eines Reisenden sein, die Menschen klüger und besser zu machen und ihren Geist durch das schlechte wie das gute Beispiel dessen, was sie über fremde Gegenden berichten, zu bilden.

Ich könnte von Herzen wünschen, es würde ein Gesetz erlassen, daß jeder Reisende, bevor ihm gestattet wird, seine Reisebeschreibungen zu veröffentlichen, vor dem Lordkanzler einen Eid schwören müßte, daß alles, was er zu drucken beabsichtige, nach seinem besten Wissen vollkommen wahr sei. Denn dann würde die Welt nicht länger betrogen werden, wie sie gewöhnlich betrogen wird, solange gewisse Schriftsteller dem arglosen Leser die gröbsten Lügen auftischen, damit ihre Werke desto bessere Aufnahme beim Publikum finden sollen. Ich habe in meiner Jugend mehrere Reisebücher mit großem Vergnügen gelesen. Da ich aber seither die meisten Gegenden des Erdballs bereist habe und imstande bin, viele fabelhafte Berichte aus eigener Beobachtung zu widerlegen, empfinde ich nun einen großen Abscheu vor dieser Art von Literatur und auch einige Entrüstung, wenn ich sehe, wie die Leichtgläubigkeit der Menschheit so schamlos mißbraucht wird. Deshalb habe ich, da meine Bekannten die Güte hatten zu glauben, meine schwachen Bemühungen möchten in meinem Lande nicht übel aufgenommen werden, es mir zu einem keine Ausnahme duldenden Grundsatz gemacht, mich *streng an die Wahrheit zu halten*. Und ich kann auch tatsächlich nicht in die geringste Versuchung kommen, davon abzuweichen, solange ich die Lehren und das Beispiel meines edlen Herrn und der anderen erlauchten Houyhnhnms im Gedächtnis behalte, deren demütiger Zuhörer zu sein ich so lange die Ehre hatte.

. . . Nec si miserum fortuna Sinonem
finxit, vanum etiam mendacemque improba finget.

Ich weiß sehr wohl, wie wenig Ruhm durch Schriften zu gewinnen ist, die weder Genie noch Gelehrsamkeit, noch überhaupt irgendwelche Talente, sondern nur ein gutes Gedächtnis oder ein genaues Tagebuch erfordern. Ich weiß auch, daß Reiseschriftsteller wie die Verfasser von Wörterbüchern durch das Gewicht und die Masse derer, die danach kommen und deshalb zuoberst liegen, in Vergessenheit gebracht werden. Und es ist sehr wahrscheinlich, daß die Reisenden, die künftig die in diesem meinem Werk beschriebenen Länder besuchen, mich dadurch, daß sie meine Irrtümer aufspüren (wenn solche vorhanden sind) und viele neue eigene Entdeckungen hinzufügen, aus der Mode drängen, an meine Stelle treten und die Welt vergessen lassen, daß ich jemals ein Schriftsteller war. Das wäre in der Tat eine allzu große Demütigung, wenn ich des Ruhmes wegen schriebe; da aber mein einziges Ziel das *allgemeine Wohl* war, kann ich nicht gänzlich enttäuscht werden. Denn wer kann von den Tugenden lesen, die ich bei den herrlichen Houyhnhnms beschrieben habe, ohne sich seiner eigenen Laster zu schämen, wenn er sich als das logisch denkende, herrschende Lebewesen seines Landes betrachtet? Ich will nichts von jenen entlegenen Nationen sagen, wo Yahoos die Herrschaft haben; unter diesen sind die am wenigsten verderbten die Brobdingnagier, und es wäre schon ein

Glück für uns, wenn wir deren weise Grundsätze auf dem Gebiet der Moral und der Regierung beobachteten. Ich enthalte mich jedoch weiterer Bemerkungen und überlasse den verständigen Leser lieber seinen eigenen Betrachtungen und Schlußfolgerungen.

Es ist mir keine geringe Genugtuung, daß dieses mein Werk schlechterdings bei niemandem Anstoß erregen kann. Denn welche Einwände können gegen einen Schriftsteller erhoben werden, der nur reine Tatsachen erzählt, die sich in solchen entlegenen Ländern zutrugen, an denen wir nicht das geringste wirtschaftliche oder diplomatische Interesse haben. Ich habe sorgfältig jeden Fehler vermieden, den man den gewöhnlichen Reiseschriftstellern oft mit nur zuviel Recht vorwirft. Außerdem mische ich mich in keinerlei Parteipolitik ein, sondern schreibe ohne Leidenschaft, Vorurteil oder Böswilligkeit gegenüber irgendeinem Menschen oder irgendeiner Gruppe von Menschen. Ich schreibe zu dem edelsten Zweck, nämlich um das Menschengeschlecht zu belehren und zu unterrichten, dem ich mich wohl ohne Verstoß gegen die Bescheidenheit überlegen fühlen darf durch den Vorteil, daß ich so lange unter den höchst gebildeten Houyhnhnms verkehrte. Ich schreibe ohne jedes Streben nach Gewinn oder Ruhm. Ich lasse nie ein Wort durchgehen, das wie ein Tadel aussehen oder etwa im geringsten Anstoß erregen könnte, und zwar selbst bei denen, die sehr schnell dabei sind, Anstoß zu nehmen. Deshalb kann ich mich, wie ich hoffe, mit Recht einen vollkommen untadeligen Schriftsteller nennen, bei dem die Zunft der Replikenschreiber, Bei-Lichte-Betrachter, Analysierer, Aussetzer, Enthüller und Kommentierer vergeblich nach Stellen fahnden wird, um ihre Talente daran zu üben.

Ich gestehe, daß man mir insgeheim gesagt hat, als Untertan Englands sei ich verpflichtet gewesen, gleich bei meiner Rückkehr einem Staatssekretär eine Denkschrift zu überreichen, weil alle Länder, die von einem Untertan entdeckt werden, der Krone gehören. Ich zweifle jedoch, ob uns die Eroberung der Länder, von denen ich spreche, so leicht fiele wie dem Ferdinand Cortez der Sieg über die nackten Amerikaner. Die Lilliputaner sind, wie ich glaube, wohl kaum die Kosten einer Flotte und einer Armee wert, um sie zu unterwerfen; und ich habe Zweifel, ob es klug oder ungefährlich wäre, die Brobdingnagier anzugreifen, oder ob sich ein englisches Heer mit der Fliegenden Insel über dem

Kopf sehr wohl fühlen würde. Die Houyhnhnms freilich scheinen nicht so gut auf einen Krieg vorbereitet zu sein – eine Wissenschaft, die ihnen völlig fremd ist –, und schon gar nicht gegen Schußwaffen. Angenommen, ich seiStaatsminister, so könnte ich jedoch niemals dazu raten, in ihr Land einzufallen. Ihre Klugheit, Einmütigkeit, Furchtlosigkeit und ihre Vaterlandsliebe würden alle Mängel in der Kriegskunst vollauf ausgleichen. Man stelle sich vor, wie zwanzigtausend von ihnen mitten in eine europäische Armee sprengen, die Reihen durcheinanderbringen, die Wagen umstürzen und die Gesichter der Krieger durch furchtbare Stöße mit den Hinterhufen zu Brei schlagen; denn sie würden mit Recht die Charakterisierung verdienen, die man von Augustus gegeben hat: Recalcitrat undique tutus. Aber anstelle von Vorschlägen, wie man jene großherzige Nation unterwerfen könnte, wünschte ich vielmehr, sie wäre imstande oder geneigt, eine genügende Anzahl ihrer Einwohner zu uns zu entsenden, um Europa zu zivilisieren, indem sie uns die Grundprinzipien der Ehre, der Gerechtigkeit, der Wahrheit, der Mäßigung, des Gemeinsinns, der Festigkeit, der Keuschheit, der Freundschaft, des Wohlwollens und der Treue lehren. Die *Namen* ALL DIESER Tugenden sind bei uns noch in den meisten Sprachen erhalten und kommen bei modernen wie bei alten Schriftstellern vor; das kann ich auf Grund meiner eigenen bescheidenen Lektüre versichern.

Ich hatte aber noch einen anderen Grund, der meinen Eifer dämpfte, die Besitzungen Seiner Majestät durch meine Entdekkungen zu vergrößern. Um die Wahrheit zu sagen, so waren mir einige Bedenken hinsichtlich der abwägenden Gerechtigkeit der Fürsten bei diesen Gelegenheiten gekommen. Zum Beispiel: Eine Rotte Piraten wird durch einen Sturm, sie wissen nicht wohin, verschlagen; schließlich entdeckt ein Schiffsjunge von der Marsstenge aus Land; sie gehen an Land, um zu rauben und zu plündern; sie finden ein harmloses Volk, werden freundlich bewirtet, sie geben dem Land einen neuen Namen, sie ergreifen in aller Form davon Besitz für ihren König, sie stellen ein morsches Brett oder einen Stein als Kennzeichen auf, sie ermorden zwei bis drei Dutzend von den Eingeborenen, schleppen ein paar andere gewaltsam als Muster weg, kehren nach Hause zurück und erhalten Pardon. Hier liegt der Anfang einer neuen Besitzung, die unter Berufung auf das »göttliche Recht« erworben wurde. Bei der ersten Gelegenheit werden Schiffe dorthin gesandt, die Eingeborenen werden vertrieben oder getötet, ihre Fürsten gefoltert, damit sie ihr Gold preisgeben; für alle Taten der Unmenschlichkeit und der Begierde wird ein Freibrief ausgestellt, die Erde dampft vom Blut der Einwohner; und diese fluchwürdige Bande von Schlächtern, die in einem so gottseligen Feldzug eingesetzt wurde, sind *moderne Kolonisten,* ausgesandt, um ein götzendienerisches und barbarisches Volk zu bekehren und zu zivilisieren.

Diese Beschreibung betrifft aber, das gebe ich zu, auf gar keinen Fall die britische Nation, die wegen ihrer Weisheit, Fürsorglichkeit und Gerechtigkeit bei der Gründung von Kolonien der ganzen Welt als Vorbild dienen kann; ebenso wegen ihrer großzügigen Ausgaben zur Förderung von Religion und Bildung; wegen ihrer Auswahl von frommen und fähigen Hirten, um das Christentum zu verbreiten; ihrer Umsicht, ihre Kolonien nur mit Leuten von nüchternem Lebenswandel und gesetzten Umgangsformen aus dem Mutterland zu bevölkern; ihrer strengen Beachtung der Handhabung der Gerechtigkeit, indem sie die Zivilverwaltung in allen ihren Kolonien mit Beamten von größten Fähigkeiten besetzt, denen Korruption vollkommen fremd ist; und als Krönung von allem, indem sie die achtsamsten und tugendhaftesten Gouverneure dorthin entsendet, die nichts anderes im Auge haben, als das Glück des Volkes, das sie regieren, und die Ehre ihres Herrn, des Königs.

Da aber jene Länder, die ich beschrieben habe, keinerlei Verlangen zu haben scheinen, erobert und versklavt, von Kolonisten durch Mord oder Vertreibung entvölkert zu werden, da sie auch keinen Überfluß an Gold, Silber, Zucker oder Tabak haben, dachte ich mir in aller Bescheidenheit, daß sie durchaus kein passender Gegenstand für unseren Eifer, unsere Tapferkeit oder unser Interesse seien. Wenn es aber diejenigen, die es näher angeht, für richtig halten, anderer Meinung zu sein, so bin ich bereit, sobald ich gesetzlich dazu aufgefordert werde, eidlich zu versichern, daß kein Europäer vor mir jemals diese Länder besucht hat. Ich meine, wenn man den Eingeborenen glauben kann; und ein Zweifel könnte sich allenfalls auf die beiden Yahoos gründen, die vor vielen Jahren auf einem Berg im Lande der Houyhnhnms gesehen worden sein sollen und von denen, wie man glaubt, das

Geschlecht jener unvernünftigen Tiere abstammt. Nach allem, was ich weiß, könnten das Engländer gewesen sein; auf Grund der Gesichtszüge ihrer Nachkommenschaft, wenn sie auch sehr entstellt waren, war ich wirklich geneigt, diesen Verdacht zu hegen. Wieweit das aber ausreichen wird, einen Besitzanspruch zu erweisen, überlasse ich den Gelehrten auf dem Gebiet des Kolonialrechts.

Was aber die Formalität betrifft, im Namen meines Souveräns Besitz zu ergreifen, so ist sie mir niemals in den Sinn gekommen; und wäre das auch der Fall gewesen, so hätte ich sie, wie die Dinge damals für mich lagen, vielleicht doch aus Vorsicht und aus Gründen der Selbsterhaltung auf eine bessere Gelegenheit verschoben.

Nachdem ich so den einzigen Einwand, der jemals gegen mich als Reisenden erhoben werden kann, entkräftet habe, nehme ich hier endgültig Abschied von all meinen freundlichen Lesern und kehre dazu zurück, mich an meinen eigenen Betrachtungen in meinem kleinen Garten in Redriff zu erfreuen; jene ausgezeichneten Tugendlehren, die ich bei den Houyhnhnms erhielt, in Anwendung zu bringen; die Yahoos meiner eigenen Familie zu unterrichten, soweit ich finde, daß sie gelehrige Tiere sind; meine Gestalt oft in einem Spiegel zu betrachten und mich so, wenn möglich, allmählich daran zu gewöhnen, den Anblick eines menschlichen Wesens zu ertragen; das tierische Wesen der Houyhnhnms in meinem Heimatland zu beklagen, sie aber meinem edlen Herrn, seiner Familie, seinen Freunden und dem ganzen Geschlecht der Houyhnhnms zuliebe stets mit Achtung zu behandeln, denen die unsrigen in all ihren Zügen zu gleichen die Ehre haben, wie sehr auch ihr Verstand entartet ist.

Letzte Woche habe ich meiner Frau zum erstenmal wieder erlaubt, mit mir zu essen – sie mußte aber am äußersten Ende eines langen Tisches sitzen – und die wenigen Fragen (aber in äußerster Kürze) zu beantworten, die ich ihr stellte. Da mir jedoch der Geruch eines Yahoos noch immer sehr widerwärtig ist, verstopfe ich mir die Nase stets gehörig mit Raute, Lavendel oder Tabakblättern. Und obgleich es einem Mann in vorgerücktem Alter schwerfällt, alte Gewohnheiten abzulegen, so habe ich die Hoffnung doch noch nicht ganz verloren, irgendwann einmal einen Nachbaryahoo in meiner Gesellschaft dulden zu können, ohne mich, wie jetzt noch, vor seinen Zähnen und Krallen zu fürchten.

Meine Aussöhnung mit der Yahoogattung im allgemeinen wäre vielleicht nicht so schwierig, wenn sie sich nur mit jenen Lastern und Torheiten begnügen wollten, zu denen sie von Natur aus berechtigt sind. Ich bin nicht im geringsten aufgebracht beim Anblick eines Juristen, eines Taschendiebs, eines Obersten, eines Narren, eines Lords, eines Spielers, eines Politikers, eines Hurenjägers, eines Arztes, eines Spitzels, eines Anstifters zum Meineid, eines Anwalts, eines Verräters oder dergleichen. Das entspricht alles dem notwendigen Lauf der Dinge. Wenn ich aber einen Kloß körperlicher und seelischer Häßlichkeiten und Krankheiten erblicke, der vom *Hochmut* befallen ist, so reißt mir sofort der Geduldsfaden. Ich werde auch nie imstande sein zu begreifen, wie solch ein Tier und solch ein Laster zusammenpassen können. Die weisen und tugendhaften Houyhnhnms, die so reich an allen vortrefflichen Eigenschaften sind, die ein vernünftiges Geschöpf nur zieren können, haben keine Bezeichnung für dieses Laster in ihrer Sprache, die überhaupt keine Wörter enthält, um etwas auszudrücken, das böse ist, mit Ausnahme derjenigen, mit denen sie die abscheulichen Eigenschaften ihrer Yahoos beschreiben. Sie waren aber nicht imstande, darunter die Eigenschaft des Hochmuts zu bemerken, weil sie die menschliche Natur, wie sie sich in anderen Ländern zeigt, wo jenes Tier herrscht, nicht durch und durch verstehen. Ich jedoch, der ich mehr Erfahrung hatte, konnte deutlich einige Ansätze dazu bei den wilden Yahoos erkennen.

Die Houyhnhnms aber, die unter der Herrschaft der Vernunft leben, bilden sich auf die guten Eigenschaften, die sie besitzen, ebensowenig ein, wie ich es täte, weil mir weder ein Bein noch ein Arm fehlt, dessen sich ja niemand, der bei Verstand ist, rühmen würde, obgleich er ohne sie beklagenswert sein müßte. Ich verweile um so länger bei diesem Gegenstand, weil ich den Wunsch habe, die Gesellschaft eines englischen Yahoos auf jede Weise nicht ganz unerträglich zu machen; und deshalb ersuche ich an dieser Stelle alle, die auch nur eine Spur dieses widersinnigen Lasters besitzen, daß sie sich nicht herausnehmen, mir vor die Augen zu kommen.

15 *Der Herausgeber* – Dieser ist nur fingiert. Die Vorrede stammt von Swift selbst.
Redriff – Anderer Name für den Londoner Stadtteil Rotherhithe am südlichen Themseufer unterhalb der Towerbrücke mit Dockhafen.
Banbury – Stadt in der Nähe von Oxford, bereits Anfang des 17. Jahrhunderts bekannt als Zentrum puritanischen Eiferertums. Gullivers Vorfahren gehören demnach derselben bürgerlichen Mittelschicht an wie die Eltern Robinson Crusoes. Vgl. Anmerkung zu S. 25: Emanuel-College.

16 *Richard Sympson* – Swifts Pseudonym als »Herausgeber«. Der Name soll wohl Verwandtschaft mit William Sympson, dem Verfasser einer 1715 publizierten »Reise nach Ostindien«, vortäuschen. Richard Simpson hieß freilich auch der Verleger einiger Werke Sir William Temples.

17 *Brief des Kapitäns Gulliver* – Erschien erstmalig in der vierbändigen Faulknerschen Ausgabe 1735. Er setzt die Kenntnis namentlich des vierten Buches weitgehend voraus.
mein Vetter Dampier – William Dampier (1652–1715), Seefahrer und Forschungsreisender, Autor des vielgelesenen Buches »Neue Reise um die Welt« (A New Voyage Round the World, 1697). Die angebliche Verwandtschaft Gullivers mit Dampier dient nicht ernstlich der Erhöhung der Glaubwürdigkeit, gehört vielmehr zur Parodie der Methode Defoes.
Abschnitt über... Königin Anna – Vgl. den Text der in der Erstausgabe von 1726 enthaltenen Stelle (Anmerkung zu S. 368).
Houyhnhnm – Vgl. S. 315ff., insbesondere S. 336. Die Aussprache des Gattungsnamens der guten Pferde lautet [ˈhuinəm]; er ist in lautlicher Anlehnung an das englische Verbum to whinny gebildet, das »wiehern« bedeutet.
Lord Godolphin – Sidney Graf von Godolphin (1645-1712), wendiger Staatsmann und Finanzpolitiker, unter Königin Anna von 1702 bis 1710 Lordschatzmeister und erster Minister des Whig-Kabinetts. Er war mit dem Oberbefehlshaber der Armee, dem Herzog von Marlborough (vgl. Anmerkung zu S. 185: Generäle), politisch und familiär eng liiert. Beide mußten demissionieren, als die von ihnen betriebene Verlängerung des Spanischen Erbfolgekrieges auf wachsenden Widerstand stieß.
Lord Oxford – Robert Harley, seit 1711 Graf von Oxford (1661-1724), als Schatzkanzler einer der führenden Männer des Tory-Kabinetts zwischen 1710 und 1714, stand mit Swift auf vertrautem Fuße.
was nicht ist – Vgl. S. 336.

Akademie der Projektemacher – Vgl. S. 253ff.

Rede an meinen Herrn – Vgl. S. 351ff.

18 *Yahoos... über die Herde herrschen* – Vgl. viertes Buch, besonders S. 378-379. Aussprache [jəˈhu:]. Das Wort drückt lautmalerisch Abscheu aus.

Smithfield – Ehemals offener Platz vor den Toren der Londoner City. Dort hatten im 16. Jahrhundert Ketzerverbrennungen stattgefunden.

19 *sieben Monate* – Die Veröffentlichung von »Gullivers Reisen« erfolgte Ende Oktober 1726, fünf Monate vor dem Datum des »Briefes«. Der Fehler stützt die Annahme von dessen späterer Niederschrift mit nachträglicher Rückdatierung.

20 *Utopia* – (griech.) Nirgendland. Anspielung auf das 1516 in lateinischer Sprache erschienene, 1551 ins Englische übersetzte Hauptwerk des Staatsmanns und Humanisten Sir Thomas More (1476-1535) »Von der besten Einrichtung des Staates und der neuen Insel Utopia«, in dem er ein Staatswesen ohne Privateigentum schildert. Vgl. S. 282, wo Swift sich nachdrücklich zu More bekennt.

Lilliput – Eine Wortbildung Swifts aus »lill« (kindersprachlich für »little« = klein) und »put« (Tropf).

Brobdingrag... Brobdingnag – Diese reine Phantasiebezeichnung für das Land der Riesen kann natürlich keiner »Berichtigung« unterliegen, wie es der grantige und pedantische Gulliver (nicht Swift) hier fordert. Übrigens ist es ja auch in der Ausgabe Faulkners dann bei »Brobdingnag« geblieben.

Laputa – Der Name der die herrschende Klasse Englands symbolisierenden fliegenden Insel im dritten Buch ist wohl nicht ohne Nebengedanken an das spanische la puta (die Hure) gewählt worden.

25 *Emanuel-College* – Dieses wurde 1584 von Sir Walter Mildmay, dem Schatzmeister der Königin Elisabeth, als Ausbildungsstätte für Puritaner gegründet. Gulliver ist demnach auch durch seine Erziehung bürgerlich geprägt. Vgl. Anmerkung zu S. 15: Banbury. Der Beginn des Universitätsstudiums mit vierzehn Jahren war früher das übliche; auch Swift trat in diesem Alter ins Trinity-College ein.

Leiden – Stadt in Holland, seit Gründung der Universität 1575 berühmte Lehr- und Forschungsstätte speziell auf medizinischem und naturwissenschaftlichem Gebiet.

26 *Old Jewry* – Straße der Londoner Innenstadt, im Mittelalter das Judenviertel. Der Name entspricht etwa dem deutschen »Alte Jüdengasse«.

Mrs. Mary Burton – Die Bezeichnung »Mrs.«, die heute nur für verheiratete oder verwitwete Frauen gilt, wurde im 18. Jahrhundert unterschiedslos auch auf ledige angewandt.

Tochter des Strumpfhändlers – vielleicht eine Bezugnahme auf Daniel Defoe, der längere Zeit in dieser Branche tätig war.

Newgate Street – Der Straßenname gemahnt an das früher dort befindliche berüchtigte Newgate-Gefängnis und steht an dieser Stelle vielleicht nicht ganz zufällig.

27 *Fetter Lane* – Straße in der Londoner City. Der Name »Fesselgasse«, dessen Herkunft umstritten ist, könnte hier einen allegorischen Nebensinn haben.

Wapping – Matrosenviertel nächst dem Tower. Dort stand ehedem ein Galgen für Seeräuber; eine assoziative Verknüpfung liegt indessen kaum vor.

Vandiemensland – Das heutige Tasmanien, eine an der Südspitze Australiens gelegene Insel. Sie wurde 1642 von dem holländischen Seefahrer Tasman entdeckt, der sie nach dem Gouverneur von Batavia, der die Expedition ausgerüstet hatte, Vandiemensland nannte. Noch zu Swifts Zeit galt sie als Teil des damals noch unerforschten australischen Kontinents.

28 *eine halbe Kabellänge* – rund 100 m.

halbe Pinte – reichlich ein viertel Liter.

29 *sechs Zoll Höhe* – etwa 15 cm. Alle Größenverhältnisse in Lilliput sind von Swift mit großer Genauigkeit und Konsequenz auf den Maßstab 1 : 12 gebracht worden.

30 *vier Ellen* – Eine Elle (ein englisches Yard) gleich 91,44 cm.

anderthalb Fuß – etwa 45 cm.

33 *Kaiserliche Majestät... königliches Siegel* – Die hier und im folgenden zu beobachtende scheinbare Inkonsequenz der Bezeichnungsweise hat ihren bestimmten Sinn. Einerseits soll durch Erhöhung des Herrschers von Lilliput zum »Kaiser« sowohl der Kontrast zwischen Winzigkeit und Anmaßung verstärkt als auch eine gewisse tarnende Verfremdung erreicht werden. Andererseits dient das Wort »königlich« dazu, dennoch die gedankliche Verknüpfung mit dem englischen Staatsoberhaupt und seinem Hofstaat herzustellen.

37 *ein alter Tempel* – Dieses »durch einen abscheulichen Mord« entweihte Bauwerk steht vielleicht für die Westminster Hall, wo Karl I. 1649 zum Tode verurteilt wurde. Die Parallele wird jedoch nicht durchgehalten und im weiteren von anderen Vorstellungen und Bildern überlagert. Ob etwa auch der Name »Temple« mit anklingt, bleibt reine Vermutung.

einundneunzig Ketten... sechsunddreißig Vorlegeschlösser – Hierunter wird man leicht eine Bezugnahme auf religiöse Glaubensartikel und gesetzliche Verbote mutmaßen. Eine genauere Festlegung wird aber gerade durch die (möglicherweise irreführenden) Zahlenangaben erschwert. Dieselben Ziffern verwendete Swift merkwürdigerweise schon im »Tonnenmärchen« in anderem Zusammenhang. Der Versuch einer Deutung führt in keinem Falle weiter.

40 *die Kaiserin* – Königin Anna (geb. 1665), regierte als Nachfolgerin Wilhelms III. von 1702 bis zu ihrem Tode 1714. Die Parallele wird erst auf S. 63 und später insbesondere auf den Seiten 73-75 augenfällig.

Person Seiner Majestät – Die gegebene Beschreibung des Kaisers von Lilliput, dessen Verhalten im folgenden zum Teil an Georg I. erinnert (vgl. Anmerkung zu S. 56 und 95), soll die Ähnlichkeit mit diesem eher vertuschen, gleichzeitig aber auch ein Kontrastbild schaffen, das sehr zuungunsten des plumpen und unbeholfenen englischen Königs ausfällt. Die Unmöglichkeit der gegenseitigen Verständigung läßt an die »Tuchhänder«-Periode denken.

habsburgische Lippe – Eines der von Georg I. ablenkenden Details. Viele der Fürsten des Hauses Habsburg hatten eine vorstehende Unterlippe als Familieneigentümlichkeit.

41 *Lingua franca* – eine Mischsprache aus Französisch, Italienisch und Spanisch, deren sich die See- und Handelsleute im Mittelmeerraum bedienten.

45 *mich zu durchsuchen* – Die Leibesvisitation, der Gulliver sich vorschriftsmäßig unterzieht, und das von den Beamten nach allen Regeln bürokratischer Pedanterie aufgestellte Inventarverzeichnis haben ihre zeitgenössische Parallele in den Hausdurchsuchungen, die vom politischen Geheimdienst der Whig-Regierung 1715 bei verdächtigen Tory-Anhängern vorgenommen wurden.

46 *Imprimis* – (lat.) Erstens; eine leere Floskel der Kanzleisprache.

49 *meine Augen waren allein auf Seine Majestät gerichtet* – Gullivers obligate Königstreue angesichts der gegen ihn getroffenen militärischen Vorkehrungen, die er natürlich, wie deren Beschreibung beweist, doch wahrgenommen hat, erscheint reichlich zwielichtig und ist daher kaum als Loyalitätserklärung zu verstehen. Die Stelle bezieht sich mutmaßlich auf die im Jahre 1722 anläßlich eines bloßen Gerüchts von einem beabsichtigten Putsch verfügte Teilmobilmachung der englischen Armee.

52 *Finanzminister Flimnap* – Sir Robert Walpole (1676-1745), Hauptexponent der Whig-Finanzoligarchie, von 1715 bis 1717 und abermals von 1721 bis 1742 einflußreicher Premierminister. Swift verabscheute seine diplomatische Wendigkeit und sein weitgehend auf Korruption beruhendes Regime. Der Kampf des »Tuchhändlers« richtete sich nicht zuletzt auch gegen Walpole persönlich.

Mein Freund Reldresal – Es ist die Frage, ob unter diesem »Minister für Privatangelegenheiten« eine bestimmte Persönlichkeit zu verstehen ist. Die Kommentatoren sind mangels konkreter Anhaltspunkte zu keiner Einigung darüber gelangt, mit wem Reldresal zu identifizieren sei. Mehr Wahrscheinlichkeit besitzt die These, daß er das Spiel der Beziehungen hinter den Kulissen repräsentiert. Seine »Freundschaft« zu Gulliver ist konventionell und versagt in der Not (vgl. S. 90-94).

53 *ein Kissen des Kaisers* – Gräfin Ehrengard Melusina von der Schulenburg, spätere Herzogin von Kendal (1667-1743), eine der Mätressen Georgs I., auf deren Fürsprache der 1717 gestürzte Minister Robert Walpole (Flimnap) vier Jahre danach wieder ans Ruder gelangte.

drei feine Seidenfäden – Ordensbänder. Diese sind beim Hosenbandorden blau, beim Bathorden rot und beim ursprünglich schottischen Distelorden grün. (In der Erstausgabe waren vorsichtshalber andere Farben angegeben.) Da die Zahl der Ritter des Hosenbandordens begrenzt ist, regte Walpole 1725 die Wiedereinführung des in Vergessenheit geratenen »Ordens vom Bade« an, um die Nachfrage nach hohen Auszeichnungen zu befriedigen. Ein Jahr darauf wurde er selbst mit dem Hosenband dekoriert.

56 *auf... ungewöhnliche Weise zu unterhalten* – Die Vorliebe Georgs I. für militärische Schaugepränge und Truppenparaden gab Swift Anlaß zur Ausmalung dieser komischen Situation.

57 *Skyresh Bolgolam* – Möglicherweise Daniel Finch, Graf von Nottingham (1647-1730). Er war unter Jakob II. mehrere Jahre Erster Lord der Admiralität gewesen. Obwohl Tory, opponierte er 1711 mit den Whigs gegen den Frieden mit Frankreich. Mit Bezugnahme auf Swift soll er einmal im Parlament (nicht unzutreffend) von »einem gewissen Geistlichen« gesprochen haben, »hinter dem man schwerlich einen Christen vermuten« würde und der dennoch auf dem besten Wege sei, Bischof zu werden. Bolgolam ist indessen kein Porträt Nottinghams, eher ein Typus, zu welchem außer ihm noch andere Personen Modell gestanden haben.

59 *Blefuscu* – hier und im folgenden: Frankreich. Vgl. aber S. 71.

64 *Tramecksan und Slamecksan* – Die Tories und die Whigs und die entsprechende religiöse Spaltung in Hoch- und Niederkirche.

65 *der Thronerbe* – Der Prinz von Wales, nachmalig von 1727 bis 1760 König Georg II. (geb. 1683), legte sich vor seinem Regierungsantritt politisch nicht fest; immerhin schien er mit der Tory-Opposition zu sympathisieren. Bei seiner Thronbesteigung entschied er sich jedoch für die Whigs, die in der Tat die progressive Partei waren, und beließ Walpole im Amt. Vgl. Anmerkung zu S. 246: großer Herr.

Art, Eier aufzuschlagen – Der Streit um die einzig zulässige Methode des Verzehrs von Eiern macht die religiösen Formen, in denen sich die Klassenauseinandersetzungen des 16. und 17. Jahrhunderts äußerten, im Lichte der Vernunft der Aufklärung lächerlich. Im folgenden sind die »Stumpfender« die Katholiken, die »Spitzender« die Protestanten. Die allegorische Darstellung gleicht im Prinzip der des »Tonnenmärchens«, insbesondere der »Geschichte Martins«, ist hier aber unter Auslassung historischer Details stärker gerafft und verallgemeinert. Vgl. Anmerkung zu S. 352: Meinungen.

Der Großvater – Heinrich VIII., englischer König von 1509 bis 1547, der sich anläßlich seines Ehescheidungsbegehrens mit Papst Clemens VII. überwarf und 1531 von Rom lossagte. Er gründete die anglikanische Staatskirche, deren Oberhaupt er wurde.

der Kaiser, sein Vater – Entspricht dem Nachfolger Heinrichs VIII., Eduard VI., während dessen Regierung (1547 bis 1553) die Reformation gewaltsam vorangetrieben und eine neue Kirchenordnung eingeführt wurde.

Ein Kaiser verlor dabei das Leben – König Karl I., der 1649 von den revolutionären Puritanern enthauptet wurde.

ein anderer die Krone – Jakob II., dem die Bourgeoisie wegen seiner katholisch-reaktionären Tendenzen 1688 den Laufpaß gab.

66 *das ist ihr Koran* – Durchsichtige Umschreibung für »ihre Bibel«, wie auch der »große Prophet Lustrog« als unehrfürchtiges Pseudonym für Christus zu gelten hat, zumal hier speziell auf den Dogmenstreit um das Abendmahl angespielt wird.

69 *zog... fünfzig... Kriegsschiffe... hinter mir her* – Pedanten haben nachgerechnet, daß diese Leistung Gullivers selbst im Maßstab 1 : 12 die Grenzen der Wahrscheinlichkeit überschreite; aber dem Streben Swifts, die Proportionen einzuhalten, steht eben bisweilen Gullivers Neigung zur Übertreibung entgegen – ein bei einem satirischen Kunstwerk durchaus natürlicher Sachverhalt.

70 *langte wohlbehalten... an* – Die Entführung der Flotte von Blefuscu betont die Überlegenheit Englands zur See imSpanischen Erbfolgekrieg 1702-1714. Die Siege des von Swift verabscheuten Feldherrn Marlborough (vgl. Anmerkung zu S. 185: Generäle) sind vermutlich bewußt ausgeklammert, in der Hauptsache wohl freilich deswegen, weil Gullivers Triumph nach der Gesamtkonzeption des ersten Buches auf unblutige Weise herbeizuführen war.

Kaiserreich Blefuscu in eine Provinz zu verwandeln – Diese Absicht des Monarchen von Lilliput ist einerseits der Durchhaltepolitik der Kriegsverlängerer um Marlborough vergleichbar, die auf der Konferenz von Gertruydenberg (1710) an Frankreich unannehmbare Bedingungen stellten, um bis zu dessen totaler Niederringung weiterzukämpfen. Andererseits wird die geplante Versklavung Blefuscus hier bis ins einzelne mit der vollzogenen Unterjochung Irlands in Parallele gesetzt.

71 *klügste Teil des Kabinetts meiner Meinung* – Gullivers Haltung ent-

spricht moralisch dem humanistischen Standpunkt Swifts; der praktisch-politische Aspekt weist auf die Bemühungen des Tory-Ministers Henry St. John, später Viscount Bolingbroke, hin, zu einem Kompromiß mit Ludwig XIV. zu gelangen.
Vertrag abgeschlossen – Der Friede von Utrecht wurde am 11.4.1713 unterzeichnet.

72 *als Zeichen von Illoyalität dargestellt* 8 Anspielung auf die 1715 gegen Lord Bolingbroke erhobene Beschuldigung, er habe während der Verhandlungen zum Utrechter Frieden verräterisch-vertraulichen Umgang mit französischen Ministern gehabt. An einer Vorfühlungnahme mit französischen Unterhändlern im September 1711 hatte auch Swift teilgenommen.

73 *Fahrlässigkeit einer Hofdame* – Vermutlich Lady Elizabeth Percy (1667-1722), seit 1682 Gattin des Herzogs von Somerset, eine Favoritin der Königin Anna, von Swift als »giftige rothaarige alte Hexe« bezeichnet.

74 *ein Ausweg eingefallen* – Die Episode der Brandlöschung hat eine gewisse Ähnlichkeit mit einer Stelle in dem satirischen Werk »Gargantua und Pantagruel« des Franzosen François Rabelais (1494-1553), wo der riesengestaltige Gargantua die Pariser »unmäßig bepißt« (Buch I, Kapitel 17).

75 *Rache zu schwören* – Königin Anna hegte, von ihren Ohrenbläsern darin noch bestärkt, ein starkes Vorurteil gegen Swift, den sie für einen Atheisten hielt. Gullivers »Vergehen« ist wohl in erster Linie mit Swifts Polemik gegen die Herzogin von Somerset und mit seiner Schrift über »Die Nachteile der Abschaffung des Christentums« in Beziehung zu setzen; jedenfalls paßt das Motiv der ungehörigen Brandbekämpfung auf beides besser als auf das »Tonnenmärchen«.

76 *Kaskagier* – Da Swift für die Zuspitzung seiner Pointe an dieser Stelle ein Volk braucht, das von unten nach oben schreibt, erfindet er sich eines.

77 *Erde... sei flach* – Der Widerspruch zu dem zuvor (S. 58) gebrauchten Ausdruck »Erdball« erklärt sich unschwer daraus, daß die religiösen Vorstellungen auch bei den Lilliputanern hinter ihrer Erkenntnis der Welt zurückgeblieben sind.

79 *die Vertreter der Vorsehung* – Gemeint ist die Auffassung, daß der König ein Stellvertreter Gottes sei, was sich bei einem Däumling sonderbar genug ausnimmt. Eigenartigerweise beruft sich Swift hier auf das von ihm stets abgelehnte Gottesgnadentum zur Begründung des Postulats einer Staatsreligion, wofür er als »Anhänger der Kirche von England« plädierte.
Großvater – Nicht notwendigerweise derselbe wie S. 65; der angeprangerte Hofbyzantinismus geht wohl im wesentlichen auf die Re-

gierungszeit Jakobs I. (1603-1625) zurück, unter dem es eine wahre Inflation von Orden und Titeln gab.

85 *mit seinem weißen Stab* – Das Amtssymbol des Lord-Schatzmeisters in England.

Ruf einer ausgezeichneten Dame – Die ganze, von Gulliver mit komischem Ernst aufgebauschte Skandalgeschichte soll kaum etwas anderes illustrieren als die Absurdität und Zählebigkeit des Hofklatsches, obwohl eine Anspielung auf die Gattin Walpoles nicht ausgeschlossen ist (vgl. S. 235). Die unnötige Beflissenheit Gullivers, jeden Verdacht intimer Beziehungen zu vermeiden, erinnert freilich an Swifts Verhältnis zu Stella.

88 *mehrere Ausschüsse des Staatsrats in größter Heimlichkeit* – Unter Vorsitz von Walpole hatte sich 1714 auf Beschluß des Unterhauses ein »Geheimausschuß zur Untersuchung des Friedensschlusses von 1713 und der Tätigkeit des letzten Kabinetts der verstorbenen Königin« konstituiert. Dessen Erhebungen führten zu einer Hochverratsanklage gegen den nach Frankreich geflohenen Lord Bolingbroke und den im Tower inhaftierten ehemaligen Tory-Chef Robert Harley, Graf von Oxford (1661-1724). Man warf ihnen vor, den Krieg vorzeitig abgebrochen und einen für Frankreich zu günstigen Frieden geschlossen zu haben. Der geplante Schauprozeß wurde später, da kaum noch lohnend, aus Verfahrensgründen eingestellt.

89 *Anklageartikel* – Diese sind auch in ihrem schwülstigen Juristenstil eine Persiflage auf die von Walpoles Geheimausschuß (vgl. vorige Anmerkung) ausgearbeitete Anklageschrift.

91 *beide Augen ausstechen* – Dieser Vorschlag zur Güte entspricht dem Antrag einiger gemäßigter Whigs, Bolingbroke und Oxford nicht des Hochverrats, sondern schwerer Verfehlungen im Amt anzuklagen, was die Einziehung ihrer Güter und den Verlust ihrer Titel zur Folge gehabt hätte. Swifts Hauptanliegen besteht jedoch in der Herausarbeitung des Gedankens, daß Blindheit der Idealzustand des Untertanen und der Normalzustand des Monarchen sei.

95 *diese Lobreden auf die Gnade Seiner Majestät* – Anspielung auf eine Dankadresse des Oberhauses an Georg I. von 1716, worin dessen »gewinnende Güte und Milde« hervorgehoben wurden. Kurz darauf erfolgte die Hinrichtung einiger prominenter Stuart-Anhänger.

96 *ergriff ich diese Gelegenheit* – Die wohlbegründete Flucht Gullivers nach Blefuscu mag eine nachträgliche Rechtfertigung Bolingbrokes sein, der 1715 ins französische Exil ging. Gulliver ist jedoch im ersten Buche keineswegs durchgängig mit ihm zu identifizieren.

100 *dem Monarchen von Blefuscu... Mitteilung zu machen* – England protestierte in Paris gegen die Gewährung von Asyl für geflüchtete Jakobiten.

101 *daß er sich über meinen Entschluß . . . sehr freute* – Zweifellos war Bolingbrokes Aktivität dem französischen Hof unangenehm. Wiederum aber ist vor einer Überbewertung der etwaigen Parallelen zu Bolingbroke zu warnen: Gulliver ist für beide Monarchen eine unheimliche physische und gesellschaftliche Riesenkraft, die sie gern wieder los wären.

103 *Mrs. John Biddel* – Die scheinbar gewissenhafte Registrierung von Personen-, Orts- und Zeitangaben nebst der Rechenschaftslegung über den Stand der Familienverhältnisse am Schluß des Kapitels gehören wiederum zur parodistischen Nachahmung der Defoeschen Reportagemanier, die auch den Beginn des zweiten Buches kennzeichnet.

104 *Downs* – Reede an der Küste von Kent, am Eingang des Ärmelkanals.

Bowlingplatz – Sportplatz mit kurzgeschorenem Rasen.

105 *der Wollmanufaktur sehr zum Vorteil* – Ironische Anspielung auf die außerordentliche Fürsorge, die man in England der Wollmanufaktur angedeihen ließ. Eine der Förderungsmaßnahmen war 1699 die Ausschaltung der irischen Konkurrenz durch eine Parlamentsakte gewesen, die den Export von Wollfertigfabrikaten aus Irland verbot.

106 *Surat* – Früher ein Welthandelsplatz in der Nähe von Bombay, war von 1639 bis 1683 die Hauptniederlassung der englischen Ostindischen Gesellschaft.

110 *Als wir merkten, daß der Sturm... heftig werden würde* – Die den nächsten Absatz einnehmende Schilderung ist »im seemännischen Stil« (vgl. S. 15) geschrieben. Für die Echtheit bürgt die Tatsache, daß Swift den ganzen Passus fast wörtlich aus dem 1669 erschienenen einschlägigen »Seemanns-Magazin« von Samuel Sturmy kopierte. Darin finden sich auch jene veralteten Fachausdrücke, von denen Gulliver eingangs (S. 19) spricht. Da die Stelle für Landratten schwer verständlich sein soll und parodistisch gemeint ist, erübrigt sich eine Erläuterung im Detail.

111 *große Tartarei* – Sibirien.

115 *Zweifellos haben die Philosophen recht* – Der Gedanke, »daß alles nur durch den Vergleich groß oder klein sei«, bildet ein Kernstück in der erkenntnistheoretischen Abhandlung »Neue Theorie der Gesichtswahrnehmung« (A New Theory of Vision, 1709) des Philosophen George Berkeley (1684-1753), den Swift persönlich schätzte und protegierte. An dieser Stelle beruft er sich nebenbei gleichsam auf ihn; aber es hätte Berkeleys nicht bedurft, um Zwergen- und Riesenreiche zu ersinnen.

118 *Pistole* – Spanische Münze, als Werteinheit etwa dem englischen Pfund entsprechend.

120 *zwei Gallonen* – Ungefähr neun Liter.

123 *von der London Bridge bis Chelsea* – Die Entfernung vom Stadtzentrum themseaufwärts bis zum damaligen westlichen Vorort Chelsea beträgt rund 6 km.

129 *nanunculus... homunceletino* – Beide Ausdrücke sind Eigenprägungen Gullivers, der mit seiner Gelehrsamkeit paradiert. Der erste ist eine korrekt gebildete Verkleinerungsform von lat. »nanus« (Zwerg); beim zweiten ist an das lat. »homunculus« (Menschlein) noch eine italienische Diminutivendung angefügt.

131 *von London nach St. Albans* – Etwa 30 km. Die Reisegeschwindigkeit zu Pferd ist im Maßstab Brobdingnags somit sehr gering veranschlagt. Vgl. S. 135, wo selbst die »kurzen Tagereisen« von umgerechnet rund 20 km auch recht knapp bemessen erscheinen.

136 *so klein wie die Themse an der London Bridge* – Die Themse ist dort 200 m breit, was in Brobdingnag immerhin noch 16 m ausmachen würde. Der Größenvergleich hat hier weniger rechnerischen als symbolischen Charakter. *Atlas von Sanson* – Nicolas Sanson (1600-1667) war ein berühmter französischer Kartograph.

137 *Königin* – Diese »gütige Fürstin«, die überdies »Geist und Humor besitzt« (S. 139), hat einiges mit Prinzessin Caroline (1683-1737), der Gattin des Prinzen von Wales und späteren Königs Georg II., gemeinsam. Die in den »Versen auf den Tod von Dr. Swift« zum Ausdruck kommende Entfremdung zwischen ihr und Swift datiert erst nach der Vollendung von »Gullivers Reisen«.

138 *Moidor* – Portugiesische Goldmünze. Maßstabgerecht hätten die brobdingnagischen Goldstücke 1728faches Volumen haben müssen. Mit »nur« 800facher »Größe« sind sie also im Verhältnis weniger als halb so gewichtig wie ihre europäische Entsprechung. Andererseits war ein Moidor etwas mehr wert als eine Guinee (vgl. folgende Anmerkung). Wo es um Geld geht, rechnet Gulliver (wie Robinson) besonders genau.

Guinee – Zuerst 1662 aus Gold von der Guineaküste geprägte englische Münze im Werte von 21 Shilling. Guinee ist die im Deutschen früher eingebürgerte französische Bezeichnung.

139 *zum König* – Man kann oft lesen, mit diesem habe Swift den Kronprinzen, nachmaligen König Georg II., gemeint. Es wäre jedoch sonderbar, wenn Swift den im ersten Buch als Thronerben von Lilliput (vgl. Anmerkung zu S. 65) wegen seiner Schaukelpolitik Verspotteten plötzlich zum Idealmonarchen erhoben hätte.

141 *schickte nach drei hervorragenden Gelehrten* – Diese Szene, die vielleicht noch aus der ersten Fassung von 1714 stammt, hat ein Vorbild in der

grotesken Utopie »Staaten und Reiche des Mondes« (1648) des französischen Schriftstellers Cyrano de Bergerac (1619-1655), der nächst Lukian (vgl. Anmerkung zu S. 223) und Rabelais (vgl. Anmerkung zu S. 74) die meisten Anregungen zum »Gulliver« lieferte. Bei der Souveränität von Swifts Aneignung ist die Quellenforschung freilich für die Interpretation von relativ geringer Bedeutung.

142 *lusus naturae* – (lat.) Naturspiel.

Die alte Ausrede von den »verborgenen Ursachen« – Die Erklärungsmethode der Scholastiker (hier als »Anhänger des Aristoteles« beschrieben), die bekannte Wirkungen auf den Dingen innewohnende »verborgene Qualitäten« zurückführt. Swift gibt ironisch zu verstehen, daß die moderne Naturwissenschaft seiner Zeit über diesen Stand der Erkenntnis nicht hinausgekommen sei, wenn sie Zuflucht zu solchen Begriffen wie »Naturspiel« nehme.

Aristoteles – Griechischer Philosoph (384-322 v.u.Z.), faßte das gesamte Wissen seiner Zeit in ein universales System zusammen. Swift ist der Auffassung, daß seine Lehre im Grunde unübertroffen und von den Epigonen, insbesondere der Scholastik, verfälscht und mißbraucht worden sei. Vgl. S. 284-285.

146 *Oxhoft* – etwa 240 Liter.

ob ich ein Whig oder Tory sei – Bei einem Einzelexemplar der Gattung Mensch im Zwergformat kann die Parteizugehörigkeit (ohne Partei) noch weniger ernst genommen werden als zuvor bei den Tramecksan und Slamecksan in Lilliput (S. 64). In dieser totalen Abwertung der zeitgenössischen Parteikämpfe, an denen Swift selbst auf der Seite der Tories teilgenommen hatte, liegt ein gut Teil Selbstironie.

147 *»Souverän«* – Name eines der größten Schiffe der englischen Flotte im 17. Jahrhundert.

in ihren Geburtstagskleidern – Anläßlich der nach dem Hofzeremoniell mit großem Pomp begangenen Königsgeburtstagsfeier.

148 *ein Quart* – etwas mehr als ein Liter.

150 *jenen klebrigen Stoff* – Von den damals umstrittenen drei Theorien über die Haftorgane der Stubenfliege (Krallen, Klebmasse oder Saugnäpfe) wählte Swift die in Vergrößerung widerwärtigste. Der Gesichtspunkt der naturwissenschaftlichen Richtigkeit ist dabei ohne Belang.

151 *Gresham College* – Der Sitz der Royal Society, der englischen Akademie der Wissenschaften.

158 *Salisbury* – Der Turm der Kathedrale von Salisbury, der Hauptstadt der Grafschaft Wiltshire, ist 123 m hoch, würde also im Maßstab Brobdingnags 5000 Fuß messen.

die Kuppel der St.-Pauls-Kathedrale – Hat einen Durchmesser von 33 m und erhebt sich etwa 95 m über den Boden. Die Kathedrale war zu Swifts Lebzeiten zwischen 1675 und 1710 erbaut worden. Daß der Vergleich des Backofens mit der größten Kirche Londons nicht lediglich zur anschaulichen Illustrierung der Maße dienen soll, wird ferner dadurch deutlich, daß ja »zehn Schritt« vom Durchmesser in Abzug zu bringen sind – immerhin siebeneinhalb Meter.

164 *so wohlriechend wie nur irgendeine Dame in England* – Nach dem zuvor Gesagten genaugenommen kein sonderliches Kompliment. (Ein ähnlich paradoxer Gebrauch derselben Vergleichsfloskel findet sich S. 124.)

166 *sich eine Hinrichtung anzusehen* – Hinrichtungen waren in England noch bis ins 19. Jahrhundert öffentliche Schaustellungen. Der thematische jähe Übergang vom Boudoir der Hofdamen zum Blutgericht ist ein gesellschaftskritischer Kontrast von berechneter Schockwirkung.

die große Fontäne zu Versailles – Die Wasserspiele im Park des unter Ludwig XIV. zwischen 1661 und 1684 erbauten prunkvollen Residenzschlosses gehörten zu den modernen Weltwundern der Zeit. Der größte Springbrunnen erreichte eine Strahlhöhe von 23 Metern. Dessen Assoziation mit einer blutigen Exekution wirft ein Schlaglicht auf die absolutistische Herrschaft des Sonnenkönigs.

175 *Lever* – (Franz.) Das Aufstehen, Bezeichnung für die damals übliche Morgenaudienz bei einem Fürsten oder Minister, eine Sitte, die Swift für abgeschmackt hielt.

177 *eine Gigue zu spielen* – Lebhafte Tanzweise, wohl aus schottisch-irischen Rundtanzmotiven hervorgegangen.

179 *Dienst erweisen zu können* – Dies ist eine erste Andeutung von Gullivers späterem Anerbieten, dem König von Brobdingnag die Erfindung des Schießpulvers weiterzugeben. Vgl. S. 189ff.

Demosthenes – 6384–322 v.u.Z.), griechischer Staatsmann, galt als einer der größten Redner des Altertums.

Cicero – Marcus Tullius Cicero (106–43 v.u.Z.), berühmter römischer Redner und Staatsmann.

drei mächtige Königreiche unter einem Herrscher – England, Schottland und Irland unter Georg I.

182 *Geist und Körper unseres jungen Adels zu bilden* – Vgl. hierzu Swifts Artikel »Ein Essay über die heutige Erziehung«.

in letzter Instanz… zu entscheiden – Das Oberhaus war die oberste Berufungsinstanz in allen Rechtsfällen. Vgl. auch S. 371.

183 *sich für die Ausgaben und die Mühe… zu entschädigen* – Da ein Wahlfeldzug kostspielig war und die Abgeordneten kein Gehalt bezogen, konnten sich nur vermögende Personen den Luxus der »Volksver-

tretung« leisten. Prestige und Einfluß machten sich meist schon bezahlt, und die Korruption tat ein übriges. Obwohl als nur hypothetische Möglichkeit formuliert, ist hier mit dem »schwachen und lasterhaften Fürsten« unmißverständlich Georg I. und mit dem »korrupten Kabinett« das Walpole-Regime gemeint.

Kanzleigericht – Oberster englischer Zivilgerichtshof in Vermögens- und Erbschaftsangelegenheiten, war bis ins 19. Jahrhundert für die Langsamkeit seiner Arbeitsweise berüchtigt. Vgl. Anmerkung zu S. 377: Billigkeitsgerichte.

184 *Präzedenzfälle* – In der englischen Rechtsprechung sind nach altem Herkommen keine Gesetzesparagraphen für die Entscheidung maßgeblich, sondern frühere vergleichbare Musterentscheidungen. Ein findiger Anwalt vermag sich daher oft je nach Bedarf auf ganz verschiedene ältere Urteilssprüche zu berufen. Vgl. S. 191-192, 357-360.

185 *wie ein Königreich... über seine Verhältnisse leben könne* – Mit der Entwicklung des Bankwesens und der Spekulation ging ein entsprechender Anstieg der Staatsschuld einher. Sie belief sich 1717 auf 54 Millionen Pfund. Die 1694 gegründete Bank von England als Instrument der Finanzclique der Whigs wurde »ewige Gläubigerin der Nation bis zum letzten gegebenen Heller« (Marx). Die Polemik gegen diese unvermeidliche Entwicklung bildet ein Hauptthema in Swifts Streitschrift »Das Verhalten der Verbündeten«.

beschwerliche und koststpielige Kriege – Der Pfälzische Erbfolgekrieg (1689-1697) kostete England achtzehn Millionen, der Spanische Erbfolgekrieg (1701-1714) verschlang fünfzig Millionen Pfund.

Generäle... reicher als unsere Könige – Anspielung auf John Churchill, Herzog von Marlborough (1650-1722), den Oberbefehlshaber im Spanischen Erbfolgekrieg, dessen unbestreitbares Feldherrngenie nur von seiner Gewinnsucht übertroffen wurde. Den Hauptangriff gegen ihn führte Swift im »Examiner«.

Söldnerheer – Die Unterhaltung eines stehenden Heeres war in der »Erklärung der Rechte« (Bill of Rights) von 1689 nur noch als Notmaßnahme mit Genehmigung des Parlaments zugelassen worden. Tatsächlich mußte dessen Zustimmung jährlich neu erteilt werden. In der Folge erwies sich ein solches Machtinstrument für die Großbourgeoisie als unentbehrlich. Aus der Unpopularität des Militärs schlugen die oppositionellen Tories nach 1714 längere Zeit hindurch politisches Kapital. Swifts Antimilitarismus ist freilich tiefer in seinem Humanismus verwurzelt.

188 *Dionysios von Halikarnass* – Griechischer Historiker, seit 30 v.u.Z. in Rom ansässig, schrieb eine »Römische Geschichte« (Archaeologia) mit dem in den ersten Kapiteln erklärten Ziel, die bisher von seinen

Landsleuten verkannte »wahre Größe Roms« zu schildern. Indem Gulliver-Swift ihn ironisch zum Vorbild nimmt, spricht er also in der Rolle eines außenstehenden Apologeten Englands, nicht als echter Patriot.

190 *vollkommen ungerührt erschiene* – Vgl. den gleichen Gedanken der verderblichen Gewöhnung an die Greuel des Krieges als Selbstverständlichkeit im vierten Buch, S. 356.

192 *Gezücht der Politiker* – Der gleichen heiligen Überzeugung gibt Swift mit ähnlichen Worten am Ende des siebenten »Tuchhändlerbriefs« Ausdruck. Es ist ganz verkehrt, dieses wahrhaft humanistische Bekenntnis, wie es vielfach geschehen ist, als den Standpunkt der Tory-Großagrarier zu interpretieren, von denen sich Swift inzwischen längst gelöst hatte. Er unterscheidet ja gerade die Menschen, die dem Boden in harter Arbeit höhere Ernten abringen, von den ausbeuterischen Grundbesitzern, die als Politiker im Parlament Sitz und Stimme haben.

192 *Die Bildung dieses Volkes ist sehr mangelhaft* – Dieser Absatz ist selbstverständlich wieder ironisch zu verstehen, was seltsamerweise mitunter übersehen wird. Swift meint tatsächlich, die Mathematik solle sich, wie in Brobdingnag, auf die Lösung unmittelbarer praktischer Aufgaben beschränken. Die Spitze richtet sich versteckt gegen Sir Isaac Newton (1643 bis 1727), den Begründer der neueren mathematischen Physik und der physikalischen Astronomie. Swifts Einstellung ist von Vorurteilen getrübt.

Ideen, Wesenheiten, Abstraktionen und transzendentale Begriffe – Hier bekundet sich Swifts Abneigung gegen die zeitgenössische (idealistische) Philosophie im allgemeinen und ihre Fachterminologie im besonderen. Er hielt die Erkenntnistheorie überhaupt für müßige Stecknadelklauberei. Vgl. hierzu auch den »Brief an einen jungen Geistlichen«.

193 *eine kleine alte Abhandlung* – Bei diesem Exkurs mag vielleicht eine persönliche Erinnerung an Stellas Lektüre in Moor Park hineinspielen. Die in dem beschriebenen Büchlein vertretene Auffassung von der fortschreitenden Entartung des ehedem riesigen Menschengeschlechts – aus dem Denken einer absterbenden Gesellschaftsordnung erwachsen – stand im 17. Jahrhundert im Widerstreit mit der bürgerlichen Idee des Fortschritts; sie wurde u.a. von dem Geistlichen Godfrey Goodman (1583-1656) in einer 1616 erschienenen Abhandlung »Der Niedergang des Menschen« gepredigt. In abgewandelter Form findet sie sich auch in Sir William Temples Essay »Über die alte und moderne Gelehrsamkeit« von 1690. Swift scheint hier am Ende des Absatzes davon abzurücken.

194 *die Armee des Königs* – Diese ist kein »Söldnerheer« (vgl. Anmerkung

zu S. 185), sondern eine Art Bürgermiliz, auf dem Lande allerdings mehr an feudale Gefolgschaften erinnernd. Swift stellt sich die Verfassung von Brobdingnag anscheinend etwa so vor wie die von ihm in den »Ansichten eines Anhängers der Kirche von England« lobend erwähnte »Adelsherrschaft in Venedig« mit bürgerlich-demokratischen Einrichtungen.

195 *der Adel strebte oft nach Macht...* – Die Notwendigkeit des (in Brobdingnag hergestellten) Gleichgewichts der Kräfte zwischen Adel, Volk und König war schon 1702 Swifts Thema in der »Abhandlung über die Kämpfe und Zwistigkeiten... in Athen und Rom« gewesen. Damals aber nahm er dem Volk gegenüber noch eine unentschiedene Haltung ein. Hier sind nunmehr die Bestrebungen der drei gesellschaftlichen Komponenten in der Wrtung deutlich abgegrenzt: Das Volk strebt nach Freiheit, während Adel und König die negativen Ziele Macht und unumschränkte Herrschaft verfolgen.

205 *Mr. Thomas Wilcocks... aus Shropshire* – Hiervon gilt sinngemäß das oben zu Mr. John Biddel Gesagte. Vgl. Anmerkung zu S. 103.

208 *daß ich mir eines grauenhaften Verbrechens bewußt wäre* – Anspielung auf Swifts Situation nach dem Sturz des Tory-Kabinetts 1714, als man ihn in Dublin der Beteiligung an jakobitischen Umtrieben verdächtigte.

211 *Vergleich mit Phaeton* – Der Vergleich liegt durchaus nicht nahe: Phaeton, in der griechischen Mythologie der Sohn des Sonnengottes Helios, vermochte bei dem Versuch, den Sonnenwagen selbst zu lenken, die Rosse nicht zu zügeln und hätte beinahe die Erde in Brand gesetzt. Der Sprecher Wilcocks (S205) will wohl mit seiner Bildung prunken und verwechselt Phaeton mit Ikaros, der mit seinen Flügeln aus wachsverbundenen Vogelfedern der Sonne zu nahe kam und ins Meer stürzte. Vielleicht begeht auch Gulliver erst bei der Nacherzählung den Schnitzer – jedenfalls nicht Swift.

212 *Tongking* – Teil von Hinterindien im heutigen Nordvietnam.
Neuholland – Frühere Bezeichnung für Australien.
Fathing – Kleinste englische Münze.

218 *Fort St. George* – Von der Ostindischen Gesellschaft 1639 erbaute Festung, das heutige Madras.

219 *benachbarten Ländern, die in einem engen Bündnis ständen* – Bei allegorischer Auffassung könnten ohne weiteres Irland und England eingesetzt werden: Der protestantische Kapitän Gulliver hat eine gemischte Besatzung an Bord, beide Länder haben denselben König. Insoweit wirklich England und Holland gemeint sind, bezieht sich das Bündnis auf die Allianz im Spanischen Erbfolgekrieg, die nicht hinderte, daß die beiden Handelskonkurrenten sich im übrigen spinnefeind waren.

220 *wollte auch niemandem erlauben, mich zu durchsuchen* – Dieser Umstand würde die Annahme stützen, daß der japanische Kapitän für den Herzog von Grafton steht, der die Einstellung der Strafverfolgung wegen Swifts »Vorschlag zur alleinigen Verwendung irischer Erzeugnisse« anordnete.

hundertdreiundachtzig Grad Länge – Man zählte die Längengrade damals durchlaufend bis 359 Grad östlich von Greenwich. Nach heutiger Berechnung wäre die Position 177 Grad westliche Länge.

222 *um meine Eier, so gut ich konnte, zu braten* – Hierzu gibt es eine auffällige Parallele im siebenten »Tuchhändlerbrief«. Die Breite, mit der die Vorkehrungen zum Eierbraten »am nächsten Tag« beschrieben werden, und die scheinbar gratis beigesteuerte Bemerkung »Mein Bett bestand aus demselben trockenen Gras und Seetang, die ich als Brennstoff verwenden wollte«, lassen einen allegorischen Nebensinn vermuten, der vielleicht mit dem Aufstand der Stadt Lindalino (S. 243-245), wo ebenfalls vorsorglich Brennmaterialien angehäuft, aber nicht entzündet werden, in gewissem Zusammenhang steht. In beiden Fällen taucht im Hintergrund der Gedanke auf (der auch im angeführten »Tuchhändlerbrief« anklingt), daß unbedachte Entflammung des Zündstoffs eine für den Brandstifter selbst verderbliche Feuersbrunst verursachen könne. Die Übertragung dieser Vorstellung in politische Begriffe ergibt sich leicht.

223 *eine Insel in der Luft* – Die Vorstellung einer fliegenden Insel findet sich erstmals bei dem griechischen Satiriker Lukian (120-180), dem »Voltaire des klassischen Altertums« (Engels). In der Literatur gibt es bis zu Swifts eigener Zeit zahlreiche Abwandlungen des Motivs, ohne daß diese jedoch seine Gestaltung der Idee merklich beeinflußt hätten.

225 *Ihre Obergewänder waren mit... Bildern... geschmückt* – Die angeführten Symbole weisen auf die Vorliebe der Laputier für Astronomie, Mathematik und Musik(theorie), Wissenschaften, für die Swift keine große Hochachtung aufbrachte.

229 *dieser Fürst zeichnet sich... durch seine Gastfreundschaft gegenüber Fremden aus* – Eine Spitze gegen Georg I., dem man in England die Protektion seiner 1714 mit herübergekommenen hannoveranischen Hofclique (darunter seiner deutschen Mätressen) sehr verübelte.

Dreieck... Rhomboid... Zykloide... Parallelogramme – Humorlose Mathematiker haben überflüssigerweise darauf hingewiesen, daß dies zweidimensionale Figuren sind, die zur Bezeichnung von Körpern fehl am Platze seien. Jedoch die Verulkung einer Wissenschaft fängt bekanntlich stets mit dem Mißbrauch ihrer Terminologie an. Swift hätte sich über diesen Einwand königlich amüsiert.

230 *die wahre Etymologie* – Gullivers verdächtige Bemerkung, er habe die

Herkunft des Namens Laputa »nie ergründen« können, verweist zunächst auf eine naheliegende Erklärung (vgl. Anmerkung zu S. 20). Die dann gegebene Ableitung von »hoher Statthalter« suggeriert die Gedankenverbindung mit der durch Vizekönige ausgeübten englischen Herrschaft über Irland. Der Rest ist reine Verspottung zeitgenössischer Philologen, deren etymologische Kenntnisse noch in den Kinderschuhen steckten.

231 *bei der Berechnung eine Ziffer verwechselt hatte* – Dies wird herkömmlicherweise für eine Anspielung darauf gehalten, daß in einer astronomischen Untersuchung Isaac Newtons (vgl. Anmerkung zu S. 192: Bildung) bei der Angabe der Entfernung der Erde von der Sonne ein Druckfehler unterlaufen war. Zwingend ist diese Annahme nicht.
Sphärenmusik – Die antike Vorsellung von einer dem menschlichen Ohr nicht wahrnehmbaren, durch den Umschwung der Weltkörper um das Zentralfeuer verursachten »Harmonie der Shären« besagt in diesem Zusammenhang nur etwa so viel, daß die Laputier sich einbilden, das Gras wachsen zu hören. Gleichzeitig betont das gebotene Katzenkonzert die Diharmonie des Hofstaats.

233 *geben in Staatsangelegenheiten ihr Urteil ab* – Der unmittelbar folgende vergleichende Hinweis auf europäische Mathematiker läßt vermuten, daß abermals an Newton (vgl. Anmerkung zu S. 192: Bildung sowie zu S. 231: Berechnung) gedacht ist, und zwar speziell an dessen »Einmischung« zugunsten Woods.
Veränderungen bei den Himmelskörpern, vor denen sie sich ängstigen – Die angeführten Beispiele karikieren zeitgenössische wissenschaftliche Theorien insbesondere der Astronomen Isaac Newton und Edmund Halley (1656-1742), welch letzterer 1705 die Wiederkunft des später nach ihm benannten Kometen für 1759 richtig vorausberechnete; er hatte auch die Eventualität eines möglichen Zusammenstoßes mit der Erde angedeutet.

235 *mit dem Premierminister verheiratet ist* – Anscheinend eine Variante der im ersten Buch berichteten Skandalgeschichte. Vgl. S. 85.

237 *Adamant* – Das Wort bezeichnete im Griechischen ein sehr hartes Metall, wahrscheinlich Stahl, im Mittellateinischen einen Magnetstein. Beide Bedeutungen sind hier zusammengeflossen.

238 *Astrolabien* – (griech.) »Sternfasser«, alte astronomische Mehrzweckgeräte zur Höhenbestimmung und graphischen Lösung von Aufgaben der sphärischen Astronomie.

239 *Art ihrer Fortbewegung* – Die Schilderung imitiert den Stil der Sitzungsberichte der Royal Society (Akademie der Wissenschaften). Daß die Antriebskraft sich aus Abstoßung und Anziehung zusammensetzt, gehört zur politischen Parabel.

240 *die von hundert Fuß Länge bei uns* – Die frühen Fernrohre des 17. Jahr-

hunderts hatten sehr erhebliche Brennweiten von 40 m und darüber. Der niederländische Physiker Christian Huygens (1629-1695) stiftete der Royal Society ein Instrument von 123 Fuß (= 36,9 m) Länge. Nach Erfindung des Spiegelteleskops durch Newton 1671 wurden die Fernrohre handlicher. Der Physiker John Hadley (1682-1744) führte 1723 der Akademie ein solches von nur 1,5 m Brennweite vor. Die von Gulliver aus den Jahren 1707-1709 berichteten Fortschritte der Laputier waren also in England inzwischen erreicht, was Swift natürlich wußte. Er läßt hier nicht die Phantasie spielen, sondern nimmt spätere Ergebnisse vorweg. Freilich teilt er Gullivers Bewunderung für die Astronomie nur sehr bedingt. Die sich ergebende Folgerung, daß man in England so weit gekommen sei wie in Laputa, ist eher dazu angetan, die nicht schmeichelhafte Ähnlichkeit beider zu unterstreichen.

241 *die um den Mars kreisen* – Seltsamerweise hat Swift, der seinen Gulliver nur der Parodie halber astronomisch fachsimpeln läßt, um sich über Newtons Gravitationsgesetz lustig zu machen (vgl. Anmerkung zu S. 283: Anziehungskraft), damit das Richtige getroffen. Die beiden Marsmonde wurden 1877 entdeckt.

dreiundneunzig verschiedene Kometen – Die Zahl der im 17. Jahrhundert beobachteten Kometen betrug 20, im 18. Jahrhundert 62. Gullivers Angabe hält sich in Anbetracht der laputanischen verbesserten Teleskope im Rahmen des Wahrscheinlichen. Der Leser soll offenbar vor dem abrupten Übergang zur politischen Allegorie verhältnismäßig nüchterne Informationen erhalten.

haben ihre Güter unten auf dem Festland – Es sieht so aus, als seien mit diesen Ministern die landbesitzenden Tories gemeint, die im eigenen Interesse einer absolutistischen Diktatur widerstreben. Andererseits besteht der Verdacht, daß das Verhalten der Grundherren von Balnibarbi gerade mit dem ihrer englischen Pendants kontrastiert werden soll.

243 *Etwa drei Jahre vor meiner Ankunft* – Die von hier bis zum Ende des vorletzten Absatzes dises Kapitels (S. 245) reichende Episode, die eine Allegorie der irischen Auflehnung gegen englische Willkür- und Zwangsmaßnahmen in der Wood-Affäre darstellt, blieb lange Zeit unveröffentlicht und wurde erst 1896 gedruckt.

Lindalino – Der Stadtname ist nach Art einer Scharade aus den Bestandteilen lin – da (irisch = mehr) – lin und der Endung o gebildet. Die Lösung ergibt »Doppel-lin« (double lin) = Dublin.

vier große Türme – Damit sind die ersten vier »Tuchhändlerbriefe« gemeint. Der ihnen an Höhe gleiche Felsen in der Mitte der Stadt soll die St.-Patricks-Kathedrale versinnbildlichen. Mit dem »großen Fluß« (S. 243) ist der Liffey gemeint.

245 *Grundgesetz dieses Reiches* – Das Gesetz über die Thronfolge von 1701 bestimmte unter anderem, daß der englische König das Land nur mit Zustimmung des Parlaments verlassen dürfe. Goerg I. hob diese Klausel auf.

246 *ein großer Herr* – Möglicherweise der Prinz von Wales (vgl. Anmerkung zu S. 65: Thronerbe), der mit seinem Vater Georg I. und mit Walpole wenig zu harmonieren schien. Swift setzte auf ihn als den Kronprinzen gewisse Hoffnungen. Die Stelle ist anders im Ton als S. 65, steht damit aber nicht in Widerspruch.

247 *Munodi* – Dieser »edle Lord« wird meist mit Henry S. John, Viscount Bolingbroke (1678–1751) identifiziert, dessen Verdienste um das Zustandekommen des Friedens von Utrecht (1713) und spätere Flucht nach Frankreich sich in Gullivers Abenteuern in Lilliput teilweise widerspiegeln (S. 70ff.). Bolingbroke kehrte 1723 aus der Emigration zurück, wonach er auf seinem Gut die Rolle des Amateur-Landwirts und politisch nicht mehr engagierten philosophischen Betrachters spielte, dabei aber doch in aktiver Opposition zum Walpole-Regime stand. Die Charakterisierung Munodis könnte freilich auch auf Sir William Temple zutreffen. Der Name mag aus lat. »mundum odi« (ich verabscheue die Welt) zusammengezogen sein.

248 *halb so groß wie London* – Der Größenvergleich mag anzeigen, daß Lagado nur zur Hälfte als Abbild Londons um 1720 zu gelten hat.

249 *Kornähre... Grashalm* – Diese Stichworte rufen die Erinnerung an die Maxime des Königs von Brobdingnag (S. 191) wach. In Balnibarbi hat es das »Gezücht der Politiker« auf der fliegenden Insel dahin gebracht, daß die Landwirtschaft völlig brachliegt.

251 *königliches Patent für die Errichtung einer Akademie* – Die Royal Society, 1645 als »Philosophische Gesellschaft« in Verwirklichung von Plänen Francis Bacons begründet, erhielt 1662 den königlichen Freibrief. Die Zeitangabe »vor ungefähr vierzig Jahren« scheint für eine frühe Entstehung dieser Partien (um 1714) zu sprechen.

253 *war ich selbst eine Art Projektemacher gewesen* – Insoweit Gulliver gewisse Züge mit Daniel Defoe gemeinsam hat, wäre an dessen »Essay über Projekte« (An Essay upon Projects 1698) zu denken, worin zahlreiche ernst zu nehmende Vorschläge für Verbesserungen auf wirtschaftlichem, gesellschaftlichem und kulturellem Gebiet gemacht werden. In Hinblick auf Swift ließe sich auf das »Tonnenmärchen« verweisen, dessen »Autor« sich selbst zu den modernen Pionieren des Fortschritts rechnet. An die Satire des »Tonnenmärchens«, insbesondere im IX. Abschnitt, knüpft das 5. Kapitel an.
Künste, mit denen sich die Professoren beschäftigen – Die Schilderung der diversen Narreteien setzt sich teils aus Anleihen bei Rabelais, teils

aus karikierten realen Forschungsthemen der Royal Society zusammen. Die Hauptfundgrube bei Rabelais (1494-1553) ist Buch V, Kapitel 22 des satirischen Werkes »Gargantua und Pantagruel«. Vgl. im einzelnen die folgenden Anmerkungen.

254 *Sonnenstrahlen aus Gurken zu ziehen* – Eine Travestie der Untersuchungen von Stephen Hales (1677-1761) über Ernährung und Saftbewegung der Pflanzen.

255 *Hände und Kleider mit Schmutz beschmiert* – Vgl. die ähnliche Szene im »Tonnenmärchen«. Das Modell zu diesem Projektemacher ist ein bei Rabelais erwähnter Proviantmeister, der »Menschenurin mit Pferdeäpfeln und großen Haufen ehrlicher Christenscheiße zu fauliger Gärung zusammenrührte«.

256 *Schmiedbarkeit des Feuers* – Vgl. Rabelais: »Andere schnitten das Feuer mit einem Messer...« Es gab auch zeitgenössische Versuche, »Feuer und Flammen wägbar zu machen«.

Farben... durch Gefühl und Geruch zu unterscheiden – Der Chemiker und Physiker Robert Boyle (1627-1691), von dem auch die von Swift in den »Betrachtungen über einen Besenstiel« verspotteten Erbauungsschriften stammten, hatte in seinen »Versuchen und Studien über die Farbe« von einem Blinden berichtet, der angeblich Farben unterscheiden konnte.

Mit Schweinen zu pflügen – Dieses Projekt ist aus einer Idee von Rabelais weiterentwickelt.

Seine Gewebe nicht zu stören – Die Formulierung soll (mit ironischer Überhöhung) die Erinnerung an den großen Mathematiker und Techniker der Antike Archimedes von Syrakus (287-212 v.u.Z.) wachrufen. Als dessen Heimatstadt von den Römern erobert wurde, zeichnete er der Legende nach gerade geometrische Figuren in den Sand und rief dem auf ihn eindringenden Soldaten die letzten Worte zu: »Störe mir meine Kreise nicht!«

257 *Verwendung von Spinnen* – Bei der allgemeinen Suche nach neuen Herstellungsverfahren war auch der Gedanke an die Nutzung von Spinnenfäden für die Textilmanufaktur ernsthaft verfolgt worden. Ein solches Projekt wurde 1710 der Royal Society zur Begutachtung eingereicht. Die Färbung durch Fütterung mit bunten Fliegen ist Swifts eigene Idee.

258 *beide Experimente an einem Hund erprobte* – Die oft mißbräuchlichen Tierversuche der Naturwissenschaftler unterlagen allgemein einer scharfen öffentlichen Kritik. So protestierte 1711 der mit Swift befreundete Dichter und Journalist Joseph Addison (1672-1719) in der Zeitschrift »The Spectator« (Der Zuschauer) gegen Leute, »die sich die Zeit damit vertreiben, Katzen in luftleeren Behältern zu ersticken, Frösche lebendig zu sezieren und Insekten auf Nadeln aufzu-

spießen«. Die besondere Unappetitlichkeit des hier beschriebenen Verfahrens ist Swifts Zutat, wohl in Anlehnung an eine ähnliche Stelle bei Rabelais.

259 *der Universalgelehrte* –Vielleicht Anspielung auf die vielseitige Tätigkeit Robert Boyles (vgl. Anmerkung zu S. 256: Farben).

262 *vielsilbige Wörter zu einsilbigen beschneidet* – Für Swift, der 1712 die Gründung einer Akademie zur Pflege und Erhaltung der englischen Sprache vorgeschlagen hatte, waren alle Abkürzungstendenzen eine besondere Anfechtung.

Plan zur völligen Abschaffung aller Wörter überhaupt – Persiflage auf die Bestrebungen der Royal Society um Versachlichung des Ausdrucks. Der Philosoph John Locke (1632-1704) regte im dritten Buch seines »Versuchs über den menschlichen Verstand« (Essay concerning Human Understanding, 1690) die Schaffung von Bildwörterbüchern an.

263 *Universalsprache* – Die Schaffung einer Weltsprache war ebenfalls ein Vorhaben der Royal Society. Dabei verstieg sich der sonst verdienstvolle Gelehrte John Wilkins (1614 – 1672) zu der Forderung, die Bezeichnung einer Sache müsse bereits deren Wesen erkennen lassen.

266 *Lenitiva... Akustika* – Das absichtlich in (z.T. veralteten) pharmazeutischen Fachausdrücken gehaltene Arzneimittelverzeichnis umfaßt lindernde, verdauungsanregende, abführende, ätzende, stopfende, beruhigende, stuhlgangbeschleunigende, kopfschmerzverhindernde, gelbsuchtheilende, schleimlösende und gehörstärkende Medikamente.

269 *genaue Prüfung ihrer Exkremente* – Den Ansatzpunkt für die Entwicklung dieser verbesserten Methode der Gesinnungsschnüffelei lieferte der 1720 inszenierte Hochverratsprozeß gegen den Bischof Francis Atterbury (1662-1732) wegen Beteiligung an einer Verschwörung zur Wiederherstellung des Stuart-Regimes. Zum Belastungsmaterial zählten nämlich zwei verdächtige Briefe, die man auf dem bischöflichen Abtritt gefunden hatte.

270 *Tribnia... Langden* – Anagramme für Britain (Britannien) und England. Der Wortlaut der hier beginnenden und mit dem Satz »Und das ist die anagrammatische Methode« endenden Passage ist in der Faulknerschen Ausgabe von 1735 gegenüber dem Erstdruck um einiges geändert und ergänzt. Inhalt und Tenor sind aber nicht wesentlich verschieden. Die Übersetzung folgt dem verbesserten Text.

271 *daß ein Nachtstuhl einen geheimen Rat bezeichnet* – Weitere Bezugnahmen auf das Verfahren gegen Atterbury, bei welchem die Anklage sich weitgehend auf die Entschlüsselung der Privatkorrespondenz des Bischofs stützte.

Ein lahmer Hund einen Landesfeind – In der Verhandlung gegen Atterbury war ein ihm von französischen Freunden geschenkter Hund, der sich ein Bein gebrochen hatte, zum Beweismittel erhoben worden. Diesen Umstand machte Swift sich zunutze, um die Lächerlichkeit der Furcht vor einer Invasion in paradoxer Weise herauszustellen.

276 *Unser Bruder Tom* – Im Original lautet das Anagramm: »Our brother Tom has just got the piles« und die Entschlüsselung: »Resist – a plot is brought home; The tour.« Der Übersetzer stand vor keiner leichten Aufgabe; es ist ihm gelungen, Aufgabe und Lösung so abzustimmen, daß Swifts Pointe gewahrt blieb.

die ... Toten ... zu zitieren – Das Motiv des Besuchs auf der Insel der Seligen bzw. in der Unterwelt und der Begegnung mit berühmten oder berüchtigten Verstorbenen gibt es bei Lukian (vgl. Anmerkung zu S. 223) und Rabelais (vgl. Anmerkung zu S. 253: Künste). Letzterer freilich hat hier kaum Pate gestanden, da seine Schilderung im »Gargantua« wesentlich die gerechte Vergeltung für fragwürdige irdische Großtaten hervorkehrt.

281 *Arbela* – Ortschaft in Assyrien. Dort besiegte 331 v. u. Z. Alexander der Große, König von Mazedonien, den Perserkönig Darius.

Nicht vergiftet worden – Die antiken Quellen stimmen über die Todesart Alexanders nicht überein. Die Version, er sei von seinem Mundschenk vergiftet worden, lehnt der griechische Biograph Plutarch (46-120) ab. Swift schließt sich ihm an, indem er den ruhmlosen Aspekt nebenbei akzentuiert.

Keinen einzigen Tropfen Essig in seinem Lager gehabt – Auch hier zeigt sich Swifts Abneigung gegen legendäre Ausschmückung. Nach dem Bericht des römischen Historikers Titus Livius (50 v. u. Z. – 17 u. Z.) soll der karthagische Feldherr Hannibal bei seiner Überquerung der Alpen (218 v. u. Z.) einen Felsen durch Erhitzung und Begießen mit Essig gesprengt haben.

Cäsar und Pompejus an der Spitze ihrer Truppen – Gemeint ist wohl die Schlacht bei Pharsalos (48 v. u. Z.) im Bürgerkrieg zwischen den beiden berühmten römischen Feldherren und Staatsmännern, in der Pompejus entscheidend geschlagen wurde.

282 *Brutus* – Marcus Junius Brutus (85-42 v. u. Z.) wurde als Vertreter der republikanischen Senatspartei zum Haupt der Verschwörung gegen Cäsar, die 44 v. u. Z. zu dessen Ermordung führte. Swift sieht in ihm stets den uneigennützigen patriotischen Tyrannenmörder.

sein Vorfahr Junius – Lucius Junius Brutus, der sagenhafte Ahnherr des Geschlechts der Junier, war an der Vertreibung des letzten römischen Königs, Tarquinius des Hochmütigen, beteiligt und 509 v. u. Z. einer der ersten Konsuln.

Sokrates – (469-399 v.u.Z.), griechischer Philosoph. In Swifts Sicht ist er, da er in einem Staatsprozeß zum Tode verurteilt wurde, ein Moralist, dem (mit Brechts Worten) »die Oberen böse nachstellten«.

Epaminondas – (um 418-362 v.u.Z.), thebanischer Feldherr und Staatsmann. Als Führer des demokratischen böotischen Bundes brach er erfolgreich die spartanische Vorherrschaft.

Cato der Jüngere – Marcus Porcius Cato der Jüngere (95 – 46 v.u.Z.), römischer Staatsmann und erbitterter Feind Cäsars. Als er die Erfolglosigkeit seiner Bemühungen sah, Rom als Republik zu erhalten, beging er Selbstmord.

Sir Thomas More – Vgl. Anmerkung zu S. 20: Utopia. More, der als Lordkanzler wegen Auflehnung gegen Heinrich VIII. auf dem Schafott endete, war der Begründer des utopischen Sozialismus. Daß Swift ihn als einzigen »Modernen« neben die fünf antiken Freiheitskämpfer stellt, will viel besagen.

284 *Didymos* – (1. Jahrhundert v.u.Z.), griechischer Philologe aus Alexandria, verfaßte Erläuterungen zu fast allen griechischen Dichtern.

Eustathios – (gest. 1185), Bischof von Saloniki, schrieb einen Mitte des 16. Jahrhunderts gedruckten vierbändigen Homerkommentar.

Scotus – Johannes Duns Scotus (1265-1308), berühmter Scholastiker, fußte in seiner zum materialistischen Denken tendierenden Philosophie auf den Lehren des Aristoteles (vgl. Anmerkung zu S. 142), die er ausführlich kommentierte.

Ramus – Petrus Ramus (Pierre de la Ramée, 1515-1572), französischer Philosoph und Kalvinist, führte in zahlreichen Schriften einen heftigen Kampf gegen die herrschende aristotelisch-scholastische Lehre. Es kommt Swift hier nur darauf an, sowohl den Scholastiker Scotus als auch den Anti-Scholastiker Ramus als Teilnehmer an einem in seiner Sicht müßigen Streit um die Auslegung eines großen Philosophen der Antike zu diskreditieren. Dieses Kapitel erscheint zu Anfang überhaupt als ein schwächerer Neuaufguß der ungleich witzigeren »Bücherschlacht«.

Descartes – René Descartes (1596-1650), französischer Mathematiker, Physiker und Philosoph, Begründer des Rationalismus.

Gassendi – Pierre Gassendi (1592-1655), französischer Physiker, Mathematiker und Philosoph, war Gegner von Descartes. Er erneuerte die Physik und Ethik des materialistischen und atheistischen griechischen Philosophen Epikur (341-270 v.u.Z.), nahm aber vorsichtshalber Gott als die erste Ursache der Atome und ihrer Bewegung an.

285 *Anziehungskraft* – Die Einreihung des Gravitationsgesetzes unter die dem Wechsel und der »Mode« unterliegenden spekulativen Theo-

rien ist ein abermaliger ungerechter, allerdings auf mangelnder Vertrautheit mit dem Gegenstand beruhender Ausfall gegen Newton. Vgl. Anmerkung zu S. 192: Bildung; vgl. ferner Anmerkung zu S. 241: Mars.

Heliogabalus – (204-222), römischer Kaiser, berüchtigt wegen seiner Schwelgereien und Ausschweifungen. Daß es auf der »Insel« des »Statthalters« an schmackhaften Zutaten mangelt, dürfte sich auf Irland beziehen.

Helot – Spartanischer Staatssklave.

Agesilaos – (445-361 v.u.Z.), König von Sparta, der sich mit den Persern gegen die anderen griechischen Staaten verbündete. Seine Vorherrschaft wurde von Epaminondas (vgl. Anmerkung zu S. 282) gebrochen.

Spartanische Suppe – Der Ausdruck bezeichnet mehr als nur jene Blutsuppe, die die Spartaner als besonders geeignet für die Erziehung zu Mut und Härte ansahen. Swifts Beispiele aus der Antike sind stets gegenwartsbezogen: »Agesilaos« ist gleichsam ein von Gnaden einer fremden Macht (England) regierender Vizekönig, der den irischen »Heloten« eine böse Suppe einbrockt.

287 *Polydor Vergil* – (1470-1555), italienischer Geistlicher, lebte seit 1502 in England und veröffentlichte eine umfangreiche »Englische Geschichte« in lateinischer Sprache. Die Berufung auf ihn ist hier freilich nur ein Scheinverweis (vgl. die folgende Anmerkung).

Nec vir fortis, nec femina casta (lat.) Kein Mann ist tapfer, keine Frau keusch. – Das angebliche Zitat scheint eine Umkehrung des Mottos auf dem Grabmal der Herzogin von Newcastle (gest. 1674) in der Westminster-Abtei zu sein, welches lautet: Alle Brüder waren tapfer, alle Schwestern keusch.

288 *Anekdoten* – Hier im ursprünglichen griechischen Wortsinne als »bisher nicht Veröffentlichtes« zu verstehen.

wie eine Hure… einen Senat beherrschen kann – Der in allgemeinen Ausdrücken gehaltene Kausalzusammenhang beschreibt eine für Swifts Zeit typische Erscheinung und ist daher nicht notwendig auf einen Einzelfall zu beziehen. Immerhin mag Swift speziell an die Herzogin von Kendal (vgl. Anmerkung zu S. 53: Kissen) gedacht haben, die von den Geschäften William Woods profitierte und über die »Hintertreppe« (oder König Georg I.) den englischen Staatsrat unter Walpole mit veranlaßt haben mag, den irischen »Senat« in der Wood-Affäre unter Druck zu setzen.

Flotte verraten wollte – Es wird allgemein angenommen, daß dies auf den Admiral Edward Russell (1653-1727), späteren Grafen von Orford, gemünzt ist, dessen Loyalität gegenüber Wilhelm III. selbst nach seinem Seesieg über die Franzosen bei La Hogue (1692) ange-

zweifelt wurde. An die Verdächtigungen hatte Swift offenbar früher nicht geglaubt, mag indes seine Meinung dann geändert haben.
Drei Könige – Deren Identifizierung liegt nicht ohne weiteres auf der Hand. Es kann sich nach der üblichen Vermutung um Karl II. (1660-1685), Jakob II. (1685-1688) und Wilhelm III. (1689-1702) handeln, indes trifft die Charakteristik letztlich auch auf Königin Anna (1702-1714) zu, und es wäre nicht einmal ausgeschlossen, daß Swift in Gedanken auch deren noch lebenden Nachfolger Georg I. einbezog – zumal Nichtanerkennung von Verdiensten durch Monarchen zu seinen eigenen bitteren Lebenserfahrungen gehörte. Vielleicht ist die Dreizahl überhaupt nur der halben Tarnung wegen gewählt: Mehr hatte Gulliver eben nicht eigens befragt.

290 *Seeschlacht von Actium* – (31 v.u.Z.), entscheidendes Treffen im Machtkampf zwischen Oktavian, dem späteren Kaiser Augustus, und seinem Rivalen um das Erbe Cäsars, Antonius. Nach der üblichen Lesart ging diese Schlacht für Antonius verloren, weil er dem Flaggschiff der fliehenden Kleopatra folgte. Die von Gulliver referierte, auffällig ins Detail gehende andere Version spielt sehr wahrscheinlich auf personalpolitische Schiebungen in der englischen Kriegsmarine (oder der Armee) während des Spanischen Erbfolgekrieges an, doch fehlen die konkreten Anhaltspunkte.

291 *Vizeadmiral Publicola* – Ist historisch nicht belegt. Der mögliche zeitgenössische Bezug bleibt offen.
Agrippa – Marcus Vipsanius Agrippa (63-12 v.u.Z.), Freund und bedeutender Feldherr des Augustus.
völlig vom Oberbefehlshaber in Anspruch genommen – Diese Bemerkung zielt eindeutig auf Marlborough.

293 *mich als Holländer auszugeben* – Tatsächlich durften seit 1638 von den europäischen Nationen nur noch Holländer japanischen Boden betreten, nachdem sich der absolutistische Feudalstaat von fast jedem Verkehr mit dem Ausland abgekapselt hatte.

303 *die Entdeckung der geographischen Länge* – Die Erfindung einer leichten und zuverlässigen Methode zur Bestimmung der Längenposition auf hoher See entsprach einem dringenden Erfordernis. Das unlösbar scheinende Problem wurde 1736 gemeistert.

311 *Xamoschi... Yedo* – Yokohama und Tokyo.

312 *Nagasaki* – War Stützpunkt der holländischen Ostindienkompanie in Japan.
das Kruzifix mit Füßen zu treten – Seit dem Verbot des Christentums in Japan (1612) kam es im weiteren Verlauf des 17. Jahrhunderts zu religiösen Verfolgungen, bei denen der erwähnte »Test« angewendet wurde; Fremde waren davon allerdings ausgenommen.

313 *Amboyna* – Insel im Malaiischen Archipel, im frühen 17. Jahrhundert

Hauptsitz der niederländischen Herrschaft in Ostindien. Dort waren 1625 einige in eine Verschwörung verwickelte Engländer niedergemetzelt worden. An dieses Ereignis soll der Schiffsname wohl erinnern.

314 *nach... vollen fünf Jahren und sechs Monaten* – Da Gulliver seine dritte Reise am 5. August 1706 angetreten hatte (S. 218), dauerte seine Abwesenheit eigentlich nur drei Jahre und neun Monate. Ob es sich um einen Irrtum Swifts handelt,ist zweifelhaft. Vielleicht will er den faktenfreudigen Leser nur daran erinnern, daß Gullivers imaginäre Reisen trotz Anlehnung an Defoes Manier eben doch nicht nachrechenbar sind.

315 *Houyhnhnms* – Vgl. Anmerkung zu S. 17.

317 *Yahoos* – Vgl. Anmerkung zu S. 18.

Purefoy... Pocock – Vgl. Anmerkung zu S. 103: Biddel. Man hat vermerkt, daß die Charakterisierung des Kapitäns Pocock zum Teil auf Dampier (vgl. Anmerkung zu S. 17) zutreffe. Zur Interpretation trägt dieser »Quellennachweis« nichts bei. Gullivers Urteil über den allzu »selbstsicheren« Pocock beleuchtet ironisch dessen eigene Schwäche: Mangel an Selbsterkenntnis.

333 *daß kein Tier... Vorliebe für Salz zeigt* – Eine bekanntlich unzutreffende Behauptung, zumal von Pferden, deren Eigenschaften Swift sonst vollauf vertraut waren. Vielleicht hat ihn seine durch individuelle Anfälligkeit bestärkte Aversion gegen zu scharf gewürzte Speisen zu dieser Theorie verleitet. Um einen etwa beabsichtigten Irrtum Gullivers kann es sich hier kaum handeln.

335 *Kaiser Karl V. machte fast die gleiche Bemerkung* – Nach anekdotischer Überlieferung soll Karl V. (1500-1558) gesagt haben, er spräche zu seinem Gott spanisch, zu seiner Geliebten italienisch und zu seinem Pferd deutsch.

Verlegenheit wegen meiner Kleider – Das im folgenden so ausführlich behandelte »Problem« der Bekleidung Gullivers ist kein naturalistisches Detail, sondern – wie im »Tonnenmärchen« – symbolischer Ausdruck seines Bestrebens, sich nach außen ein trügerisch gefälliges Aussehen zu verleihen, um durch seine »falsche Körperhülle« (S. 339) seine »viehische Natur (S. 341) zu verbergen.

nicht den geringsten Begriff von Büchern oder Literatur – Dies ist, von Swift aus gesehen, zweifellos keine Idealeigenschaft der Houyhnhnms. Diese sind überhaupt nicht etwa durchgängig als Vorbilder konzipiert.

342 *Die Vorstellungen der Houyhnhnms von Wahrheit oder Unwahrheit* – Der erste Absatz des vierten Kapitels erinnert an die Thesen des Moralphilosophen William Wollaston (1660-1724), der sittliches Verhalten als Ergebnis logischen Denkens interpretierte. Die hier mit

anderen Worten wiedergegebene Argumentation enthält ein Element der Parodie.

348 *zu meinem Nachteil* – Die kritische Beurteilung der Mängel des menschlichen Körperbaus vom Pferdestandpunkt ist zugleich Swifts komischer Kommentar zur Auffassung vom Menschen als Ebenbild Gottes.

351 *Revolution unter dem Prinzen von Oranien* – In der sogenannten »Glorreichen Revolution« von 1688 wurde der katholische König Jakob II. vertrieben. Statt seiner berief die englische Großbourgeoisie den früheren Generalstatthalter der Niederlande, Wilhelm von Oranien, der mit Maria, der protestantischen Tochter Jakobs II., verheiratet war, als konstitutionellen Monarchen auf den Thron.

352 *von dem langen Krieg mit Frankreich* – Wilhelm III. trat 1689 der europäischen Koalition gegen den übermächtig gewordenen Ludwig XIV. bei. Der sogenannte Pfälzische Krieg währte bis 1697 und ging nach nur kurzer Pause in den Spanischen Erbfolgekrieg über, der sich über fast die ganze Regierungszeit der Königin Anna (1702-1714) hinzog. Den Ausdruck »größte Mächte der Christenheit« für die daran Beteiligten ist von Swift in satirischer Absicht gewählt.

Beweggründe... Krieg zu führen – Vgl. hierzu die 1720 gedruckte »Abschweifung über Wesen, Nutzen und Notwendigkeit von Kriegen und Streitigkeiten«.

Verschiedenheit der Meinungen – Die angeführten Beispiele beziehen sich auf religiöse Streitfragen über das Abendmahl (Verwandlung von Brot und Wein in die Substanz von Leib und Blut Christi), über das Für und Wider der Kirchenmusik, über die Anbetung des Kruzifixes und über Farbe und Schnitt der geistlichen Gewänder. Vgl. Anmerkung zu S. 65: Eier.

354 *bettelhafte Fürsten in Europa* – Anspielung auf die Praktiken namentlich deutscher Duodezfürsten, ihre Untertanen als Söldner zu verkaufen. Der Extrahinweis »solcher Art sind die in Deutschland« usw., der in der Erstausgabe fehlt, zielt speziell auf den Kurfürsten von Hannover, den späteren Georg I. von England.

359 *Präzedenzfälle* – Die Berufung auf Präzedenzfälle ist ein Prinzip der englischen Rechtsprechung. Da es ein eigentliches Gesetzbuch nicht gibt, sind für die Urteilsfindung zumeist frühere analoge Musterentscheidungen maßgeblich.

362 *vor allem diejenigen, die über die anderen herrschten* – Man sollte den Widerspruch nicht wegzuerklären suchen, denn diese Maxime ist die einer herrschenden Klasse, und das sind die Houyhnhnms eben – ungeachtet ihrer sonstigen, von Gulliver vorbehaltlos bewunderten Tugenden. »Seine Gnaden« der Sprecher äußert im Vordersatz die

Ansicht Swifts, um sie im Nachsatz charakteristischerweise wieder zurückzunehmen, weil er den Yahoos keine Gleichberechtigung zugestehen würde. Das Paradoxon ist entlarvend.

365 *die Natur, die doch alle Dinge in Vollkommenheit hervorbrächte* – Das ist auch im Houyhnhnm-Lande, wo es die Yahoos gibt, eine reine Illusion, vergleichbar der zeitgenössischer bürgerlicher Moraltheologen, die sich über die Vortrefflichkeit der Welt nicht genug verbreiten konnten. Wie im »Tonnenmärchen« ist hier wohl statt »Natur« »Gott« oder »Vorsehung« zu lesen. Unter diesem ironischen Vorzeichen steht auch Gullivers Schilderung menschlicher Torheiten und Gebresten.

366 *Vomitiv* – Brechmittel.

368 *Ich sagte ihm* – An dieser Stelle folgt in der Erstausgabe jener vom »Kapitän Gulliver« nachträglich beanstandete, angeblich widerrechtlich eingeschobene Passus (vgl. S. 17), der dort auch bereits in der Kapitelüberschrift ausdrücklich durch den Zusatz angekündigt war: »Fortsetzung über die Verhältnisse in England, welches von einer Königin so gut regiert wird, daß sie keines Ersten Ministers bedarf«. Die ursprüngliche Fassung, sicherlich von Swift stammend, lautet: »Ich sagte ihm, daß unsere Regentin oder Königin, da sie keinen Ehrgeiz zu befriedigen und keiner Neigung, ihre Macht zum Schaden ihrer Nachbarn oder dem Nachteil ihrer eigenen Untertanen zu erweitern, zu genügen habe, deswegen so weit davon entfernt sei, ein korruptes Kabinett zu benötigen, um irgendwelche schlimmen Absichten zu verfolgen oder zu verbergen, daß sie nicht nur ihre eigenen Handlungen auf das Wohl ihres Volkes ausrichtet, sie nach den Vorschriften der Gesetze ihres eigenen Landes durchführt und innerhalb deren Einschränkungen hält, sondern auch das Verhalten und die Taten derjenigen, die sie mit der Verwaltung ihrer Angelegenheiten betraut, der Untersuchung durch ihren großen Rat überläßt und sie den Stafbestimmungen des Gesetzes unterwirft. Daher setzt sie niemals ein solches Vertrauen auf irgendeinen ihrer Untertanen, um ihn mit der gesamten und ungeteilten Verwaltung ihrer Angelegenheiten zu betrauen. Ich fügte aber hinzu, daß Fürsten in einigen früheren Herrschaften hier bei uns und jetzt an vielen anderen Höfen Europas, wo sie durch eine ständige Liebe zum Vergnügen und fortwährendes Trachten danach lässig und ihren eigenen Angelegenheiten gegenüber gleichgültig geworden sind, von einem solchen Verwalter, wie ich ihn erwähnt hatte, unter dem Titel des Ersten oder Obersten Staatsministers Gebrauch gemacht haben, dessen Beschreibung, soweit sie nicht nur nach ihren Handlungen, sondern auch nach den Briefen, Memoiren und Schriften zusammengestellt werden kann, die von ihnen selbst ver-

öffentlicht wurden und deren Wahrheit noch nicht bestritten worden ist: Er ist ein Geschöpf, das völlig frei von Freude« usw.

369 *Indemnitätsakte* – Zuerst in der Restauration nach 1660 angewendetes Verfahren, wonach bei einem Regierungswechsel den Anhängern des abgelösten Regimes durch Parlamentsbeschluß Straffreiheit gewährt wurde.

371 *Ohne Zustimmung dieser erlauchten Körperschaft* – Dieser letzte Absatz fehlt in der Erstausgabe. Er wurde offenbar mit Rücksicht auf das hier scharf angegriffene Oberhaus vorsichtshalber unterdrückt. Das englische Oberhaus war zugleich die höchste Berufungsinstanz in Rechtsangelegenheiten.

373 *ihre Fehler... beschönigte* – Eine komische Inkonsequenz Gullivers, der soeben beteuert hatte, er wolle der Wahrheit »alles opfern«; zugleich eine Andeutung Swifts, daß er noch weit mehr hätte sagen können.

374 *Vernunft allein genüge schon* – Nicht ohne weiteres Swifts eigene Überzeugung. Vgl. Anmerkung zu S. 342.

377 *Billigkeitsgerichte* – Das Billigkeitsrecht bestand in England seit dem 14. Jahrhundert als eine besondere Institution neben dem Gewohnheitsrecht und dem Statutenrecht zur Vermeidung von Härten und Entscheidung komplizierter Fälle im zivilen Bereich. Der zuständige Gerichtshof war das Kanzleigericht (vgl. Anmerkung zu S. 183).

384 *daß die Rothaarigen... boshafter... sind* – Daß Gulliver sich dieses Vorteil zu eigen macht, hängt wahrscheinlich mit Swifts Abneigung gegen die Herzogin von Somerset zusammen. Vgl. Anmerkung zu S. 73.

388 *Anschauungen des Sokrates, wie sie Plato überliefert* – Der griechische Philosoph Plato (427-347 v.u.Z.), ein Schüler des Sokrates, unterscheidet im fünften Buch seiner Politeia (»Der Staat«) zwischen Meinung und gesichertem Wissen.

412 *Mr. Herman Moll* – Gullivers Erzählung nähert sich wieder dem (fiktiven) Tatsachenbericht. Wie er sich zuvor (vgl. Anmerkung zu S. 17) als Vetter William Dampiers ausgab, beruft er sich nun auf die persönliche Bekanntschaft mit dem holländischen, seit 1698 in England lebenden Kartographen Herman Moll (gest. 1732). Die vorgeschlagene Korrektur von dessen noch sehr vagen Eintragungen über die Lage Australiens (Neuhollands) gehört gleichfalls zur Rolle Gullivers als Kapitän.

423 *Nec si miserum... improba finget* – (lat.)
»Wenn das Glück auch elend den Sinon gemacht hat,
Soll ihn das Böse doch nicht unwahr und lügnerisch machen.«
Vergil, Aeneis Buch II, Vers 78-79.

das allgemeine Wohl – Die derart hervorgehobene Zielsetzung erinnert lebhaft an das »Tonnenmärchen«, dessen »Autor« sich als universaler Weltverbesserer aufzuspielen liebte. Die Deklarationen Gullivers dürfen hier nicht etwa als Swifts persönliches Bekenntnis aufgefaßt werden.

424 *Ferdinando Cortez* – Fernando Cortez (1485-1547), spanischer Entdecker und Eroberer Mexikos, berüchtigt wegen seiner durch brutale Ausrottung der Bevölkerung bewirkten Vernichtung des Reiches der Azteken, deren Bezeichnung als »nackte Amerikaner« auf ihre friedfertige Arglosigkeit zu beziehen ist.

425 *Recalcitrat undique tutus* – (lat.) Allseitig auf der Hut, schlägt er hinten aus. – Das aus den Satiren (II, 1, 20) des römischen Dichters Horaz (65-8 v.u.Z.) entnommene Zitat steht dort in einem ganz anderen Zusammenhang: Von einem Freund aufgefordert, ein Loblied auf den Kaiser Augustus zu verfassen, gibt Horaz in Anwendung eines Sprichworts zu bedenken, man dürfe einen Gaul nicht zu plump streicheln, sonst schlüge er aus. Die komische Fehlzitierung läßt Gulliver wiederum als eine Art »Tonnenmärchen«-Autor erscheinen.

Inhalt

Erster Teil
Eine Reise nach Lilliput

Zweiter Teil
Eine Reise nach Brobdingnag

Dritter Teil

Eine Reise nach Laputa, Balnibarbi, Luggnagg, Glubbdubdrib und Japan

Vierter Teil

Eine Reise in das Land der Houyhnhnms

Zu dieser Ausgabe

insel taschenbuch 3058: Der vorliegende Text folgt dem insel taschenbuch 58: Jonathan Swift, Gullivers Reisen. Illustrationen von Grandville. Vorwort von Hermann Hesse. Aus dem Englischen übersetzt von Franz Kottenkamp. Vervollständigt und bearbeitet von Roland Arnold. Insel Verlag Frankfurt am Main 1974. © Aufbau-Verlag Berlin und Weimar. Lizenzausgabe mit freundlicher Genehmigung des Aufbau-Verlags. Umschlagfoto: © Joe Cornish.

Von Insel zu Insel im insel taschenbuch

Von Insel zu Insel

Ein Lesebuch · Ausgewählt von Lothar Meier
it 3054. 288 Seiten

Daniel Defoe · Robinson Crusoe

Aus dem Englischen von Hannelore Novak
it 3055. 416 Seiten

George Sand · Ein Winter auf Mallorca

Aus dem Französischen von Maria Dessauer
it 3056. 224 Seiten

Robert Louis Stevenson · Die Schatzinsel

Aus dem Englischen von Karl Lerbs
it 3057. 304 Seiten

Jonathan Swift · Gullivers Reisen

Aus dem Englischen von Franz Kottenkamp
it 3058. 480 Seiten

D.H. Lawrence · Der Mann, der Inseln liebte

Aus dem Englischen von Martin Beheim-Schwarzbach
it 3059. 96 Seiten

Alexandre Dumas · Der Graf von Monte Christo

Bearbeitung einer alten Übersetzung
von Meinhard Hasenbein
it 3060. 1216 Seiten

Literarische Reisebegleiter im insel taschenbuch Eine Auswahl

Städte

Athen. Literarische Spaziergänge. Herausgegeben von Paul Ludwig Völzing. Mit farbigen Fotografien. it 2505. 336 Seiten

Bayreuth. Ein literarisches Porträt. Herausgegeben von Frank Piontek und Joachim Schultz. Mit zahlreichen Abbildungen. it 1830. 208 Seiten

Mit Brecht durch Berlin. Ein literarischer Reiseführer. Von Michael Bienert. Mit zahlreichen Fotografien. it 2169. 271 Seiten

Literarischer Führer Berlin. Von Fred Oberhauser und Nicole Henneberg. Mit zahlreichen Abbildungen, Karten und Registern. it 2177. 517 Seiten

Bremen. Literarische Spaziergänge. Von Johann-Günther König. Mit farbigen Fotografien. it 2621. 272 Seiten

Budapest. Ein literarisches Porträt. Herausgegeben von Wilhelm Droste, Susanne Scherrer und Kristin Schwamm. Mit zahlreichen Fotografien. it 1801. 283 Seiten

Chicago. Porträt einer Stadt. Herausgegeben von Johann Norbert Schmidt und Hans Peter Rodenberg. Mit farbigen Fotografien. it 3032. 330 Seiten.

NF 31/1/2.04

Dresden. Ein Reisebuch. Herausgegeben von Katrin Nitzschke unter Mitarbeit von Reinhardt Eigenwill. Mit zahlreichen Abbildungen. it 1365. 294 Seiten

Frankfurt. Acht literarische Spaziergänge. Von Siegfried Diehl. Mit farbigen Fotografien. it 2197. 190 Seiten

Mein Frankfurt. Martin Mosebach. Ausgewählt und mit einem Nachwort von Rainer Weiss. Mit Fotografien von Barbara Klemm. it 2871. 176 Seiten

Granada. Ein literarisches Porträt. Herausgegeben von Nina Koidl. Mit farbigen Fotografien. it 2635. 243 Seiten

Hamburg. Ein Städte-Lesebuch. Herausgegeben von Eckhart Kleßmann. Mit zahlreichen Abbildungen. it 1312. 305 Seiten

Heidelberg-Lesebuch. Stadt-Bilder von 1800 bis heute. Herausgegeben von Michael Buselmeier. it 913. 385 Seiten

Istanbul. Ein Reisebegleiter. Von Barbara Yurtdas. Mit farbigen Fotografien. it 3026. 300 Seiten.

Der Kölner Dom. Ein literarischer Führer. Herausgegeben von Markus Klein. Mit zahlreichen Abbildungen. it 2226. 149 Seiten

Leipzig. Literarische Spaziergänge. Herausgegeben von Werner Marx. Mit farbigen Fotografien. it 2710. 222 Seiten

Lissabon. Ein Städte-Lesebuch. Herausgegeben von Ellen Heinemann. it 2106. 390 Seiten

NF 31/2/2.04

London. Literarische Spaziergänge. Herausgegeben von Harald Raykowski. it 2554. 272 Seiten

Mainz. Ein literarisches Porträt. Herausgegeben von Jens Frederiksen. Mit Fotografien von Sascha Kopp. it 2163. 195 Seiten

Wolfgang Koeppen. Muß man München nicht lieben? it 2712. 160 Seiten

New York. Literarische Spaziergänge. Von Herbert Genzmer. Mit farbigen Fotografien. it 2883. 160 Seiten

Paris. Literarische Spaziergänge. Von Uwe Schultz. Mit farbigen Photographien. it 2884. 272 Seiten.

Mit Proust durch Paris. Von Rainer Moritz. Mit zahlreichen Fotografien. it 2992. 160 Seiten.

Potsdam. Literarischer Spaziergang. Von Jochen R. Klicker. Mit farbigen Fotografien. it 2926. 416 Seiten.

Prag. Ein Lesebuch. Herausgegeben und mit einem Nachwort versehen von Jana Halamičková. Mit Fotografien und Illustrationen. it 994. 386 Seiten

Rom. Ein literarisches Porträt. Herausgegeben von Michael Worbs. Mit farbigen Fotografien. it 2298. 320 Seiten

Mit Marie Luise Kaschnitz durch Rom. Herausgegeben von Iris Schnebel-Kaschnitz und Michael Marschall von Bieberstein. Mit Fotografien von Mario Clementi. it 2607. 196 Seiten

St. Petersburg. Literarische Spaziergänge. Von Ingrid Schalthöfer. Mit farbigen Fotografien. it 2833. 240 Seiten

NF 31/3/2.04

Biographien · Leben und Werk
im insel taschenbuch
Eine Auswahl

Jane Austen. Leben und Werk in Texten und Bildern. Von Angelika Beck. it 1620. 214 Seiten

Lou Andreas-Salomé. Eine Biographie. Von Cordula Koepcke. it 905. 474 Seiten

Elizabeth von Arnim. Eine Biographie. Von Kirsten Jüngling und Brigitte Roßbeck. Mit zahlreichen Fotografien. it 1840. 426 Seiten

Johann Sebastian Bach. Eine Biographie. Von Charles Sanford Terry. Mit einem Nachwort von Klaus Peter Richter. it 2588. 304 Seiten

Bertolt Brecht. Sein Leben und Werk in Bildern und Texten. Mit einem Vorwort von Max Frisch. Herausgegeben von Werner Hecht. Gestaltet von Willy Fleckhaus. it 1122. 351 Seiten

Die Brentanos. Eine deutsche Familiengeschichte. Von Klaus Günzel. Mit zahlreichen Abbildungen. it 1929. 330 Seiten

Die Schwestern Brontë. Leben und Werk in Texten und Bildern. Herausgegeben von Elsemarie Maletzke und Christel Schütz. it 814. 230 Seiten

Caffarelli. Das Leben des Kastraten Gaetano Majorano, genannt Caffarelli. Von Hubert Ortkemper. Mit Abbildungen. it 2599. 272 Seiten

NF 38/1/2.02

Dostojewski. Leben und Werk. Von Wolfgang Kasack. Mit Abbildungen. it 2267. 160 Seiten

Elisabeth von Österreich. Tagebuchblätter von Constantin Christomanos. Herausgegeben von Verena von der Heyden-Rynsch. Mit zeitgenössischen Abbildungen. it 1536. 213 Seiten

Elisabeth von Thüringen. Von Reinhold Schneider. Mit einem Geleitwort von Bernhard Vogel. Mit Bildern von Moritz Schwind. it 2118. 136 Seiten

Dietrich Fischer-Dieskau. Eine Biographie. Von Hans A. Neunzig. it 1984. 384 Seiten

Theodor Fontane. Leben und Werk in Texten und Bildern. Herausgegeben von Otto Drude. it 1660. 296 Seiten

Frauen um Goethe:

Christiane und Goethe. Eine Recherche. Von Sigrid Damm. Mit 10 Abbildungen. it 2800. 544 Seiten

Cornelia Goethe. Von Sigrid Damm. it 1452. 260 Seiten

Goethes Mutter. Eine Biographie von Dagmar von Gersdorff. it 2925. 464 Seiten

Ottilie von Goethe. Eine Biographie von Ruth Rahmeyer. it 2875. 400 Seiten

Werthers Lotte. Goethes Liebe für einen Sommer. Die Biographie der Charlotte Kestner. Von Ruth Rahmeyer. it 2272. 270 Seiten

NF 38/2/2.02

Georg Friedrich Händel. Von Christopher Hogwood. Übersetzt von Bettina Obrecht. it 2655. 500 Seiten

Heinrich Heine. Leben und Werk in Daten und Bildern. Herausgegeben von Joseph A. Kruse. it 615. 352 Seiten

Hermann Hesse. Sein Leben in Bildern und Texten. Herausgegeben von Volker Michels. Mit einem Vorwort von Hans Mayer. Gestaltet von Willy Fleckhaus. it 1111. 365 Seiten

Hermann Hesse. Werk und Wirkungsgeschichte. Von Siegfried Unseld. Mit zahlreichen Abbildungen. it 1112. 414 Seiten

Hermann Hesse. Leben und Werk im Bild. Herausgegeben von Volker Michels. Mit dem ›kurzgefaßten Lebenslauf‹ von Hermann Hesse. it 36. 235 Seiten

Marie Hesse. Ein Lebensbild in Briefen und Tagebüchern. Von Adele Gundert. Mit einem Essay von Siegfried Greiner. Mit frühen Lithographien von Gunter Böhmer. it 261. 261 Seiten

Hölderlin. Chronik seines Lebens. Von Adolf Beck. Mit zahlreichen Abbildungen. it 2873. 270 Seiten

Friedrich Hölderlin. Eine Biographie. Von Pierre Bertaux. it 2652. 730 Seiten

Hölderlin und Diotima. Eine Biographie. Von Beatrix Langner. it 2716. 228 Seiten

E. T. A. Hoffmann oder Die Tiefe zwischen Stern und Erde. Von Eckart Kleßmann. Mit zahlreichen Abbildungen. it 1732. 592 Seiten

NF 38/3/2.02

Marie Luise Kaschnitz. Eine Biographie. Von Dagmar von Gersdorff. Mit Abbildungen. it 1887. 364 Seiten

Katharina die Große. Memoiren. Übersetzt von Erich Boehme. Mit einer Einleitung und einem Nachwort von Hedwig Fleischhacker. it 1858. 467 Seiten

Harry Graf Kessler. Eine Biographie. Von Peter Grupp. it 2533. 400 Seiten

Lawrence von Arabien. Leben und Werk. Von Werner Koch. Mit einem Bildteil und Lebensdaten von Michael Schroeder. it 1704. 190 Seiten

Vögel, die verkünden Land. Das Leben des Jakob Michael Reinhold Lenz. Von Sigrid Damm. it 1399. 425 Seiten

Das Ende König Ludwigs II. Von Philipp Fürst zu Eulenburg-Hertefeld. Herausgegeben von Klaus von See. it 2734. 192 Seiten

Die Familie Mendelssohn. 1729-1847. Nach Briefen und Tagebüchern herausgegeben von Sebastian Hensel. Mit einem Nachwort von Konrad Feilchenfeldt. Mit zeitgenössischen Abbildungen. it 1671. 936 Seiten

Yehudi Menuhin. Von Tony Palmer. Übersetzt von Cornelia C. Walter. Mit zahlreichen Abbildungen. it 1989. 266 Seiten

Das Leben Michelangelos. Von Herman Grimm. it 1758. 865 Seiten

NF 38/4/2.02

Claude Monet. Von Georges Clemenceau. Betrachtungen und Erinnerungen eines Freundes. Aus dem Französischen von Hannah Szàsz. Mit farbigen Abbildungen und einem Nachwort von Gottfried Boehm. it 1152. 140 Seiten

Leopold Mozart. Eine Biographie. Von Erich Valentin. it 2224. 223 Seiten

Mozart. Leben und Werk in Texten und Bildern. Von Gernot Gruber. it 1695. 286 Seiten

Gabriele Münter und Wassily Kandinsky. Von Gisela Kleine. Mit zahlreichen Abbildungen. it 1611. Überarbeitete Neuauflage. 814 Seiten

Franziska Nietzsche. Von Klaus Goch. Mit zahlreichen Abbildungen. it 1623. 392 Seiten

Friedrich Nietzsche. Leben · Schriften · Zeugnisse. Von Ralph-Rainer Wuthenow. Mit zahlreichen Abbildungen. it 2601. 175 Seiten

Nijinsky. Der Gott des Tanzes. Von Romola Nijinsky. Mit einem Vorwort von Paul Claudel. Übersetzt von Hans Bütow. Mit zahlreichen Fotografien. it 566. 399 Seiten

Novalis. Dokumente seines Lebens und Sterbens. Herausgegeben von Hermann Hesse und Karl Isenberg. it 178. 220 Seiten

Edith Piaf. Ihr Leben in Texten und Bildern. Von Monique Lange. Übersetzt von Hugo Beyer. Mit einer Discographie. it 516. 227 Seiten

NF 38/5/2.02

Marcel Proust. Leben und Werk in Texten und Bildern. Von Renate Wiggershaus. it 1348. 350 Seiten

George Sand. Leben und Werk in Texten und Bildern. Herausgegeben von Gisela Schlientz. it 565. 407 Seiten

Mary Shelley. Eine Biographie. Von Muriel Spark. Übersetzt von Angelika Beck. it 1258. 368 Seiten

Schillers Sohn Ernst. Ein Psychogramm in Briefen. Herausgegeben und mit einem Nachwort versehen von Hilde Lermann. it 2788. 304 Seiten

Clara und Robert Schumann. Eine Biographie. Von Wolfgang Held. it 2715. 272 Seiten

Peter Tschaikowsky. Eine Biographie. Von Edward Garden. Übersetzt von Konrad Küster. it 2232. 302 Seiten

Iwan S. Turgenjew. Eine Biographie. Von Juan Eduardo Zúñiga. Übersetzt von Peter Schwaar. Mit zahlreichen Abbildungen. it 2744. 288 Seiten

Giuseppe Verdi. Eine Biographie. Von Christoph Schwandt. Mit zahlreichen Abbildungen. it 2696. 304 Seiten

Antonio Vivaldi. Eine Biographie. Von Michael Talbot. Übersetzt von Konrad Küster. it 2217. 378 Seiten

Das Leben des Voltaire. Von Jean Orieux. Übersetzt von Julia Kirchner. it 1651. 1024 Seiten

Wilhelmine von Bayreuth. Eine preußische Königstochter. Neu herausgegeben von Ingeborg Weber-Kellermann. Mit Illustrationen und sieben Porträts. it 1280. 562 Seiten

NF 38/6/2.02

Stefan Zweig. Leben und Werk im Bild. Herausgegeben von Donald A. Prater und Volker Michels. it 532. 362 Seiten

Im Aufbruch. Biographien deutscher Jüdinnen. Von Marianne Goch. it 2541. 287 Seiten

Luise F. Pusch (Hg.)

- Mütter berühmter Männer. Zwölf biographische Portraits. Herausgegeben von Luise F. Pusch. it 1356. 490 Seiten
- Schwestern berühmter Männer. Zwölf biographische Porträts. Herausgegeben von Luise F. Pusch. Redaktionelle Mitarbeit: Jutta Wasels. it 796. 561 Seiten
- Töchter berühmter Männer. Neun biographische Portraits. it 979. 468 Seiten

Fünf Dichter – ein Jahrhundert. Frank Schirrmacher über George, Hofmannsthal, Rilke, Trakl und Benn. it 2549. 190 Seiten

Berühmte Liebespaare. Von Johann Wolfgang Goethe und Christiane Vulpius bis Simone Signoret und Yves Montand. Herausgegeben von Thomas Schröder. Farbig illustriert von Hans Hillmann. it 2532. 304 Seiten

Frauen mit Flügel. Lebensberichte berühmter Pianistinnen. Von Clara Schumann bis Clara Haskil. Herausgegeben von Monica Steegmann und Eva Rieger. it 1714. 402 Seiten

Die großen Komponistinnen. Von Hildegard von Bingen bis Germaine Tailleferre. Mit zahlreichen Abbildungen. it 2116. 435 Seiten

NF 38/7/2.02

